作者
張雲風
李師師
絕代名妓

目錄

序：嬌媚瓷娃娃　驚豔玉美人

吳玟

北宋名妓李師師，色藝雙絕，一身牽扯到三個不同類型的知名男人：大宋皇帝宋徽宗、文學大家周邦彥、農民起義領袖宋江。其人其事相當傳奇，且有幾分神祕色彩。她的事蹟，正史沒有記載，主要載於南宋平話、筆記類野史，如《大宋宣和遺事》、《汴都平康記》、《墨莊漫錄》、《東京夢華錄》、《靖康稗史》、《貴耳集》、《翁天脞語》、《耆舊續聞》、《人爐餘錄注》等。明代羅貫中續寫《水滸傳》，寫到美貌、善良、仗義的李師師。她因此也成了個「公眾」人物，很多人都知道她的芳名。

野史記載的李師師，零星片段，多有矛盾和不合情理之處。唯一篇《李師師外傳》屬於傳奇小說性質，二千八百字，作者不詳，專寫李師師經歷及和宋徽宗的韻事，結構完整，描寫細膩，民國時期入選於魯迅校錄的《唐宋傳奇集》。學者、作家張雲風先生年過七旬，仍筆耕不輟，睿智地以該外傳為基礎為線索，參閱正史，綜合運用野史中有價值的素材，展開合理想像和虛構，新創作了長篇歷史小說《絕代名妓李師師》。這部小說深情講述了一個紅顏薄命的動人故事，精心塑造了一個「下賤」而高尚的妓女形象，內容豐富，內涵厚重，讀來有一種洋洋灑灑、迴腸盪氣之感。

張先生小說中的李師師，以十五歲掛牌接客為分界，前期是一個千嬌百媚的瓷娃娃。這個瓷娃娃，身世奇特，苦難多多，深受瓦舍、勾欄市井文化影響，入籍倡家，師從周邦彥學藝，聰明伶俐，活潑可愛，簡直像個精靈，十四歲嶄露頭角，譽滿京城，一時興起，入香豔樓當了藝妓。她和所有純真少女一樣，有著玫瑰花一樣的夢想，渴望擁有幸福的愛情與美滿的婚姻。然而她所認為的「愛情」發生變故，夢想竟成夢魘，身心受到天坍地陷般的沉重打擊。轉而憤世嫉俗，自戕自污，告別初衷，當了色妓，瓷娃娃轉向玉美人。

小說描寫瓷娃娃是為描寫玉美人鋪墊蓄勢。李師師後期即為玉美人，高級妓女，天生麗質，幽姿逸韻，從外表到內心，從言行顰笑到氣質器度，都是驚豔的。她的驚豔，引得無數人為之傾倒。大文學家大音樂家周邦彥走近她，為她寫了多篇情深意長、婉麗纏綿的豔詞，因而成為她最崇敬最鍾情的男人。為了求得心靈慰藉，她包花年齡如同父親、祖父一樣的周邦彥，兩年裡，親親蜜蜜做他的小女人小婦人。至高無上的宋徽宗走近她，開了皇帝光顧青樓、「品酸」獵豔的先河。皇帝和妓女地位懸殊，猶若天壤。藝術靈犀使二人情意相通。她也有虛榮心，以受到皇帝寵幸而感到榮耀；同時又很冷靜和清醒，拒絕進入皇宮，寧當私寵，不做妃子。她無所求於皇帝，無欲則剛，敢於抗爭，冒犯龍顏，以維護自己和周邦彥的尊嚴。宋徽宗唯恐失去心愛，只能妥協讓步了事。「江洋大盜」宋江走近她。她同情那些被稱作「賊寇」的綠林好漢，坦然會見宋江，如實反映真相，為促成梁山眾頭領接受招安，發揮了特殊的作用。玉美人婉約靈秀，不卑不亢，善於和各類人打交道，始終奉行一條原則：「保持平常心，活出個自我來。」她和眾多妓女不同，從掛牌接客那天起，就不再相信愛情與婚姻，遇事總有主見，從不依附於他人，更不屈從於他人，「自我」意識和獨特個性非常鮮明。

作家筆下的玉美人是一個理想化、完美化了的藝術形象。這一形象在異族入侵、國難當頭之時，放射出璀璨奪目的光彩。宋徽宗是個傑出藝術家，但絕不是個好皇帝。他在位二十五年，重用奸佞，崇奉道教，癡迷於藝術，追求享樂，玩物喪志，縱欲敗度，把個堂堂大宋弄得千瘡百孔，搖搖欲墜。金軍興師攻宋，鐵騎將渡黃河，他嚇破肝膽，急急內禪，倉皇「南巡」，極端自私、貪生怕死的嘴臉暴露無遺。玉美人徹底看清了認清了一個膽小鬼、窩囊廢的真實面目，無限鄙夷他和蔑視他。她支持李綱領導的京城保衛戰，把宋徽宗賞賜的錢物，約合十萬兩銀子，全部用於勞軍；並書王昌齡《出塞》詩，將末句「不教胡馬度陰山」改作「不教胡馬度燕山」，表現了崇高的民族氣節和愛國精神。她把名畫《清明上河圖》送還作者，鼓動東京妓院掛出「金狗，滾開」的橫幅，力主香豔樓及早關門，讓身陷青樓的姐妹們從良……疾風勁草，烈火真金。她的作為正義正氣，凜然浩然，誠如《李師師外傳》所評價的那樣：「李師師以娼妓下流，猥蒙異數，所謂處非其據矣。然觀其晚節，烈烈有俠士風，不可謂非庸中佼佼者也。」《墨莊漫錄》則說：「李師師慷慨飛揚，有丈夫氣，以俠名傾一時……」

李師師說到底是個悲劇人物，是自古紅顏多薄命的又一例證。她的悲劇在於生不逢時，生活在宋徽宗、宋欽宗時代，親身經歷了亡國劫難。國家命運決定個人命運，時乖命蹇是為必然。金軍攻佔東京、滅亡北宋後，扶立傀儡張邦昌為偽楚國偽楚帝。金國皇帝和張邦昌都垂涎李師師的色藝，意欲得之而一享豔福。李師師躲無處躲，藏無處藏，除了自殺絕命外別無他路。關於李師師之死，典籍中有三種說法。一是《李師師外傳》所寫，她落入張邦昌之手，在痛罵張邦昌之流賣國求榮、賣主求榮後，吞金簪而死。二是《大宋宣和遺事》所記，她在北宋滅亡後流落到江南，靠賣唱謀生。南宋初朱敦儒詩云：「解唱《陽關》別調聲，前朝唯有李夫人。」劉子翬詩云：「輦轂繁華事可傷，師師垂老過湖湘。縷衣檀板無顏色，一曲當時動帝王。」據認為，「李夫人」、「師師」就是李師師。繼為商人婦，晚年貧病交加，投錢塘江而死。三是明、清之際小說《續金瓶梅》所描述，金軍統帥粘沒喝將她抓獲，示愛遭到拒絕，大怒，改將她發落到大凌河畔，賞給一個養馬老頭為奴。她整日擔水飲馬、燒火做飯，不久被折磨致死。張先生的小說採用第一種說法，情節有所變動，在悲劇中注入壯烈、慷慨成分，這樣最能展現主人翁「烈烈有俠士風」的品格風範。

歷史學家評論：「北宋之亡，非金人亡之，自亡之也。」「亡北宋者，實為徽宗，而欽宗猶可恕也。」《絕代名妓李師師》對此有詳盡的描繪和深刻的揭示。且看北宋滅亡過程：宋朝方面，以宋徽宗、宋欽宗為首的投降派，軟弱，求和，割地，納金，醜態百出；金國方面，以斡離不、粘沒喝為代表的侵略者，凶悍，暴虐，掠奪，貪婪，變態瘋狂。一個個場景一幅幅畫面，驚心觸目，駭人聽聞。廣大百姓蒙受災難，痛苦屈辱，悲慘淒涼。名妓李師師死在一個王朝覆滅時，死在一夥丑類邪惡裡。她的悲劇融進了國家的悲劇、民族的悲劇、人民的悲劇，具有刻骨銘心、振聾發聵的警示意義。

《絕代名妓李師師》一如張先生歷史小說固有的風格：平實，清晰，流暢，運用藝術手段展示歷史，並注重傳播歷史知識。小說中描寫東京城市格局、宮殿建築，描寫瓦舍、勾欄、妓院，描寫北宋有三個名叫師師的名妓，描寫綠珠、蘇小小、薛濤、王朝雲、琴操，描寫書法繪畫、音樂歌舞，描寫燕雲十六州，描寫宋江、方臘起義，描寫金國崛起、東京陷落、北宋滅亡，描寫宋徽宗喜好及其后妃、兒女等，涉及到很多歷史知識，總體上是寫實的，準確可信，有據可查。宋詞（當時稱長短句）是宋代文化的標誌性符號，其成就可與唐詩比肩。小說中多處描寫宋詞，引用著名詞人的優秀作品，北宋詞壇萬紫千紅、蔚為大觀景象，可見一斑。其中，周邦彥的豔詞絕大多數是泛寫，和李師師並無關係，但經張先生巧妙布局，根據李師師心境選用與之相適應的詞作，貼切自然，恰到好處，就像專為李師師而寫的一樣。做到這一點並不容易，需要具備深厚的詩詞鑑賞能力與功底。

好書多閱讀，佳作共品評。這裡，我熱忱推薦長篇歷史小說《絕代名妓李師師》，讀者朋友閱讀它品評它，定會大有裨益。

二〇一四年十月於台北

第一章　啞ㄚ不啞

西元九六〇年農曆正月，後周檢校太尉、殿前都點檢、宋州歸德軍節度使趙匡胤，發動陳橋驛兵變，黃袍加身，威逼後周皇帝柴宗訓遜位，自己登上皇帝寶座，改國號為宋（北宋），他就是宋太祖。宋代定都開封（今河南開封），開封因此稱東京，開始了一百六十多年夢幻般的崢嶸歲月。所謂「東京夢華」，正是它這一段崢嶸歲月的生動寫照。

開封地處中華腹地，物華天寶，人傑地靈。春秋時期，鄭莊公在開封附近修築儲糧的倉城，「啟拓封疆」，稱其地為啟封。西漢初為避漢景帝劉啟名諱，啟封更名為開封——這就是開封之名的由來。開封在戰國時曾稱大梁，是「七雄」之一魏國的都城。秦始皇統一中國，實行郡縣制，大梁降為浚儀縣，隸屬於三川郡。北朝東魏設梁州，下轄陳留、開封、陽夏三郡。北周改梁州為汴州。因此，開封一稱汴、汴梁、汴都、汴京。汴河是開封的主要河流，連通黃河與淮河兩大水系。隋煬帝開鑿大運河，中段就是因地制宜地利用了汴河，從而使開封成為南北交通線上的一個樞紐和要衝。唐代中期以後，藩鎮割據，汴州節度使李勉等構築汴州城，奠定了後世開封城的雛形。五代時的後梁、後晉、後漢、後周均定都開封，標誌著中國政治中心從長安、洛陽東移，具有里程碑意義。宋代東京規模宏大，氣勢雄偉，包括外城、內城、皇城三大部分，築有三重城郭，鑿有三道護城河。宮殿巍峨，坊市合一，經濟發達，文化繁榮，常住人口和外來人口超過一百萬。史學家常用兩句話形容它的輝煌氣象：「八荒爭湊，萬國咸通。」

宋代東京行政區劃含一府一縣：府為開封府，下設廂、坊，居民主要為城市平民、工商業者和達官權貴；縣為祥符縣，下設鄉、村（里），居民主要為農民。宋哲宗趙煦在位期間，東京外城東二廂永慶坊一條狹長街道上，新開辦一家染坊，門前懸掛黃布黑字招牌，上寫大字：「王記便民染坊」。「王記」，表示染坊的主人姓王。

沒錯，染坊的主人的確姓王，單名一個寅字。王寅，二十四五歲，中等身材，方臉寬額，濃眉大眼，胸前和胳膊上的肌肉隆起，身體強壯得像一頭牛。王寅老家原在祥符縣陀螺鎮，母親早已亡故，父親是個染匠，開設王記染坊，以染布染衣謀生。古代人多用棉、麻、葛等原料紡線織布，織出的布基本上是白色的。要把白布變成其他顏色，或把白布衣服變成其他顏色，主要靠染坊用顏料染作。因此，開染坊是很賺錢的，前提是染匠的技藝必須高超，染出的布、衣，色澤要鮮亮，而且要不掉顏色。王父一輩子都和顏料、染缸打交道，在實踐中摸索與累積，練就了一手過硬的染作技藝，在當地算是能人，每天都有收入，家境比較富裕並小有積蓄。

王寅自小在私塾讀過幾年書，可對之乎也哉、子云詩曰之類不感興趣，乾脆輟學，幫助父親經營染坊，也當了染匠。他很聰明，很快把父親的染作技藝全盤掌握，並有所發展，大有青出於藍而勝於藍之勢。他十八歲那年，娶了樊姓女子為妻，正式成家立業。樊氏比他小兩歲，身段苗條，肌膚白淨，那體態那容貌那神情，完全可以用一個「美」字來形容；而且性格溫柔，品德賢淑，侍奉丈夫，孝敬公公，那是絕對的好妻子好媳婦。

王記染坊經營得有模有樣，忽然一場大病，奪走了王父的性命。王父死前向兒子兒媳交代兩件事，算是遺囑：一是要把王記染坊開到繁華的京城去，那樣更有「錢」途；二是趕快生個孩子，以免絕了王家香火。王寅含淚，點頭答應，眼看著父親斷了氣。

王寅埋葬了王父，執行第一項遺囑。他把陀螺鎮的染坊及家產全部賣了，加上歷年來的積蓄，在東京外城購買了兩間門面房、一個小院落，開辦了王記便民染坊。王記染坊名稱中加進「便民」二字，顯示了王寅的智慧和精明。他的染坊要在京城立足並有所發展，除了靠染作品質做保證外，還要靠服務態度取勝，而便民正是服務態度的關鍵。

門面房用來承接活計。長長的櫃台，一頭擺放大大小小的瓷罐，瓷罐裡裝滿各種顏料；一頭擺放多種顏色的布料樣子，顧客染布染衣，指定其中任何一種顏色，王寅都能把它調製出來，並把布、衣染成那種顏色。他待客熱情，大到成匹成匹的布，小到一尺二尺的布或一條枕巾一方手帕，所有活計，全都承接，染價低廉，真正貫徹了便利民眾的宗旨。

小院落裡有兩間草房，那是王寅夫婦的住所。草房前，壘起多個灶台，架起多口大鍋，那是染坊必備的器物。染坊的染作過程大致是這樣的：先把染物放在清水中浸泡，至少半個時辰；顏料兌水，放在大鍋裡煮沸；把浸泡透了的染物，放進大鍋裡染色，不停地翻轉和攪動，切忌染色輕重不勻；顏料水和染物自然冷卻，將染物撈出，放到清水中再浸泡半個時辰。然後便是晾曬，使染物乾燥，整疊整齊。小院落裡，柴火熊熊，熱氣騰騰，那熱氣散發出顏料在水中煮沸後特有的香味；空中鐵絲縱橫，鐵絲上懸掛晾曬的染物，赤、橙、黃、綠、青、藍、紫、黑，五光十色，鮮豔絢麗。這構成了染坊獨具風情的特色景觀。

王記便民染坊右面緊挨著一家馬記豆腐店，豆腐店也有兩間門面房、幾間草房和一個小院落。

主人馬達三十八歲，妻子燕氏二十八歲，人稱馬哥、馬嫂。不知什麼原因，馬嫂長期沒有生育，以致馬哥經常罵她是不下蛋的母雞。馬嫂一個遠房堂弟燕順，在東京當苦力，靠拉平板車給商家運送貨物賺錢，維持生計，住在一座破廟裡。燕順妻子季氏二十歲，身懷六甲已六七個月，住在破廟裡怎麼生孩子？馬嫂可憐堂弟夫婦，徵得丈夫同意，遂讓燕順兩口子，住進自家後院空著的兩間草房裡。燕順感激不盡，想到即將出世的孩子，起早貪黑替商家運貨，力圖多賺些錢。然而天有不測風雲，這天，他沒吃食物，拉了滿滿一車貨物，走著走著，突然雙眼一黑，一頭栽倒在地上，口吐鮮血，瞬間一命嗚呼。

季氏獲知消息，哭得死去活來。馬哥馬嫂哀歎堂弟命薄，買了口薄棺將之埋葬。不久，季氏臨盆，生了個七斤重的胖小子，取名燕青。季氏已是個寡婦，覺得老住在堂姐堂姐夫家不像回事，意欲另外尋地方居住。馬嫂繼續可憐堂弟媳婦，說：「你們孤兒寡母，又能住到哪裡去？住到外面又靠什麼生活？豆腐店正缺人手，我看你不如留下來，幫著幹些雜事，如泡黃豆煮豆漿什麼的，總比像個沒頭的蒼蠅，亂撞一氣強不是？」季氏求之不得，熱淚盈眶，恨不得跪地叩頭，把堂姐叫觀音菩薩。從此，季氏也成了馬記豆腐店的一員，人稱燕嫂。

王記便民染坊和馬記豆腐店兩個院落之間，沒有圍牆，只用竹竿編織的籬笆牆隔開。水井是共用的，就在籬笆牆的中段。兩家人沒幾天就混熟了，親親熱熱如一家人。馬嫂燕嫂染布染衣，王寅夫婦絕不收錢；同樣，王寅夫婦喝豆漿吃豆腐，馬哥馬嫂也絕不收錢。馬嫂身材胖些，燕嫂身材瘦些。王寅戲謔地叫一人為胖嫂，一人為瘦嫂。馬嫂和燕嫂爽快答應，毫不介意。這正應了一句俗話：遠親不如近鄰。

王寅執行父親第一項遺囑卓有成效，執行第二項遺囑也有收穫。就在王記便民染坊開張的第二年，樊氏懷孕了；第三年正月，樊氏分娩，生了個小巧玲瓏的女兒。女兒就女兒唄，王寅還是很高興很開心，隨口把女兒叫丫丫，抱她親她，愛不釋手。這一年是宋哲宗元祐八年（西元一〇九三年）。宋哲宗是宋神宗趙頊的兒子，九歲登基，在皇位上已坐了八年多，后妃們卻還未生個龍子。皇帝沒有兒子，那會出現皇位危機。因此，很多人都在擔心、焦急著哪！

丫丫降生後發出的第一聲啼哭，在王寅和樊氏聽來，那是天外來音，是世界上最奇妙最美妙的音樂。丫丫與別的初生嬰兒不同，主要是皮膚潔白，晶瑩光潤，如玉如脂。兩天後，他睜開眼睛，雙眼皮，長睫毛，一對眸子又黑又亮，放射出寶石般的光芒，像是天上的星星。她開始吃母親的奶，櫻桃小口噙著乳頭，吮吸有力，吃得很貪婪很香甜。吃著吃著就睡著了，長睫毛合在一起，一副滿足、舒服的樣子，煞是好看。

王寅當了父親，高興開心，渾身上下都是勁。他讓樊氏靜靜躺著，只管餵養女兒，染坊的所有事情，獨自承擔起來。承接活計，擔水燒火，浸泡染物，配製染料，染布染衣，晾曬整疊，付貨收錢，忙得不可開交，真可謂是「眼睛一睜，忙到熄燈」。這樣，他樂意，他喜歡，臉上總是掛著笑，口中還哼著小曲兒。因為他有妻子有女兒，他要透過工作，讓她們母女過上優裕的生活。

王寅看丫丫，長得像她娘。三個月後，丫丫已顯露出美人胚子端倪。五官端正，比例和諧，組合成一個橢圓的面龐，完完美美，白白嫩嫩。小胳膊小腿，勻稱、靈巧，瓷質感很強，像個瓷娃娃。奇怪的是，丫丫自出生那天啼哭過一次外，其後再未啼哭過，好像不會啼哭似的。樊氏教她說話，讓喊爹喊娘。她呢？黑眸轉動，望這望那，就是不出聲。樊氏不由擔心起來：天哪！ㄚㄚ該不會是啞巴吧？

王寅說：「別胡說！你我的女兒，怎會是啞巴呢？」

樊氏抱著ㄚㄚ，把自己的擔心告訴馬嫂和燕嫂。馬嫂和燕嫂寬慰說：「別急！瞧ㄚㄚ這樣靈氣，怎會是啞巴呢？嬰兒嘛，有的愛哭，有的不愛哭，有的發聲早，有的發聲遲。ㄚㄚ屬於不愛哭、發聲遲類型，再長大些，自會放聲啼哭和開口學話的。」燕嫂懷中抱著燕青。燕青見ㄚㄚ，伸手去抓她的小臉。樊氏擔心燕青會弄傷ㄚㄚ的眼睛，閃了閃身避開了。

ㄚㄚ半歲的時候，樊氏的重要任務，就是教女兒出聲、學話，指指點點，告訴她什麼是天，什麼是地，什麼是太陽，什麼是月亮，什麼是樹，什麼是花，什麼是小鳥，等等。王寅在院落裡工作，把染了色的布、衣從清水中撈出，展開，懸掛到鐵絲上晾曬，眼前頓時出現一個花花綠綠的彩色世界。樊氏告訴ㄚㄚ，這是布，這是衣服，這是紅色，這是黃色，這是藍色，這是紫色，這是綠色，這是黑色。ㄚㄚ的眼睛睜得大大的，好像聽懂了，但抿著小嘴，就是不出聲。樊氏不禁嘆氣，說：「唉，這孩子，到底怎麼回事嘛？」

樊氏接著又發現，ㄚㄚ好像也不會笑，因為半歲多了，從未見她笑過。任你怎麼逗她，那怕撓她手心腳心，她也不笑。樊氏急得在房裡轉圈圈，連聲說：「這可怎麼好？這可怎麼好？」王寅也著急起來，說：「要不要請郎中瞧瞧？」

轉眼就到八月中秋節。樊氏說：「這樣：中秋節夜間，我們帶ㄚㄚ去州橋看水中月亮，對月許願，求月神嫦娥保佑她會哭會笑會說話。據說靈驗得很，許願凡有所求，都能實現。」王寅欣然同意。

汴河自西北向東南，橫貫東京城。汴河上共有十三座橋樑，其中州橋最為雄偉和壯觀。此橋正名叫天漢橋，位於皇城南面御街（一稱天街）中段，長約三十丈，寬約二丈，恰在東京城的中軸線上。站在橋頭，南望內城的朱雀門，北望皇城的宣德門，東、西望汴河水洶湧奔騰，視野開闊。橋墩、橋柱、橋樑、橋面皆為青石材料，橋欄上雕刻各種精美紋飾。橋墩、橋柱、橋樑、橋欄之間，皆用石榫連接，榫榫相扣，全橋形成一個牢固的整體。這裡是東京的中心地帶，橋上整日車水馬龍，行人熙攘。每月中旬，一輪明月倒映水中，月光融融，水光融融，天水一色，恍若仙境。美景總會發人遐想。於是便有人編出故事，說每月望日（十五日）夜間，月神嫦娥必到汴河沐浴，人若登上州橋觀月，對月許願，求妻求壽求子求女求官求財等，嫦娥都會答應。這樣一來，每月中旬夜間，登橋觀月、對月許願的人比平日裡多出數倍，望日夜間尤盛。

中秋之夜，月懸中天，金風送爽。王寅、樊氏夫婦抱了丫丫，直奔州橋。到了州橋附近一看，但見汴河兩岸和御街兩邊，商鋪酒樓燈火通明，笙歌簫曲悠悠揚揚；橋南橋北，密密麻麻全是人，摩肩接踵，都想登橋，到橋中央去俯瞰水中皎月，並對月許願。王寅面對人山人海，有點發怵，說：「這麼多人？我看就別登橋了吧？」

樊氏一心想讓女兒哭女兒笑女兒說話，說：「既然來了，哪有不登橋之理？」

王寅一咬牙，說：「那好，我抱丫丫走前面，你緊跟著，到橋中央飛快地觀月許願，然後就往回走，中不？」「中」是東京一帶方言，就是「行」的意思。樊氏點頭說：「中！」

王寅和樊氏硬是擠進了湧動著的人流。擠進去了便後悔。因為人太多，人挨人人擠人，想轉個身都不可能。樊氏原是拉著丈夫上衣後襟的，哪知一擁擠，別人插到了她和丈夫中間。人流緩慢向前挪動，好不容易登上橋頭。橋上更加擁擠，南面的人要向北，北面的人要向南，各不相讓。更有一些流氓無賴，專門擠在人堆裡，抓摸大姑娘乳房和小媳婦屁股。大姑娘和小媳婦發出尖叫。流氓無賴附和著浪叫浪笑，樂不可支。王寅招呼樊氏說：「跟著我，別走散！」樊氏回應說：「沒事，你抱好丫丫！」

天宇澄澈，皓月如盤。人流挪動，聲音嘈雜。也不知過了多長時間，王寅感覺到了橋的中央。明月正倒映在右側水面，人們都往右側擠，在那裡憑欄觀月，最為清晰。王寅懷抱丫丫，只向右側水面看了看，根本沒看到水中月亮，就被人擠到左側，當然也就沒顧上許願。樊氏非常英勇，拼命往右側擠，伸手抓住橫著的橋欄，憑欄俯看水面，只見一輪又大又圓的明月，倒映在水中，搖搖晃晃，玉光閃閃。樊氏認定，那是嫦娥秀美的面龐，忙雙手合什作揖，虔誠地說：「求求嫦娥，保佑我們家丫丫會哭會笑會說話！」她唯恐嫦娥沒有聽清，又把願語重複兩遍。這時，很多人都向右側擠，向橋欄擠。猛聽得「嚓」、「咚」兩聲巨響，右側那一段橫著的橋欄脫榫，掉落河中。王寅看得清楚，包括樊氏在內的二三十人，同時掉落河中。

有人高聲喊道：「橋欄脫榫啦！大橋可能垮坍呀！快跑呀快跑呀！」

喊聲尖銳刺耳。橋中央的人出於本能，驚慌失措，分別向橋的兩頭跑。橋頭的人不明底細，仍向橋中央擠。人流與人流相撞，有人惡語相加，有人動起拳腳，有人摔倒，有人被踩掉了鞋，喊聲哭聲謾罵聲，亂成一鍋粥。王寅很想跳河去救樊氏，可丫丫在懷，哪裡能夠？他是隨著人流「流」到岸上的，到了岸上，方才有機會朝下游水中大喊：「樊氏，樊氏！」

汴河水流湍瀧，泛著銀白色浪花，一路東去。王寅沿著河堤向東跑，依然大喊：「樊氏，樊氏！」回答他的，只是嘩嘩的流水聲。他一時不知該做什麼，拔腿往家的方向跑。他顧不上回自己的家，而是狠敲馬哥馬嫂家的門。馬哥馬嫂被驚醒了，燕嫂也被驚醒了。馬哥披衣，打著哈欠，詢問誰在敲門，聽出是王寅的聲音，忙將門打開。王寅懷抱丫丫進門，撲通跪地，拖著哭腔說：「馬哥，樊氏掉進汴河啦！」

馬哥仍打著哈欠，沒聽明白是什麼意思。馬嫂已經起床，忙向前問：「你說什麼？」

「我和樊氏帶著丫丫，去州橋觀月許願，人太多，丫丫她娘，掉，掉進汴河了。」王寅說。

「那你該跳河救她呀！」馬嫂說。

「我懷中還抱著丫丫呀！」王寅說。

燕嫂也起床了，見王寅抱著丫丫，伸手接過，說：「把丫丫給我。」燕嫂看丫丫，長長的睫毛覆蓋著眼睛，小嘴半張，呼吸均勻，睡得很熟很香。

馬哥算是聽明白了，忙穿衣穿鞋，取了一根長竹竿，對王寅說：「快走，我陪你去瞧瞧！」馬哥和王寅去了州橋。時間已過午夜子時。馬嫂沒好氣地說：「觀月？許願？觀出許出禍事了不是？」

燕嫂說：「丫丫這樣子，王寅樊氏也是病急亂投醫。」馬嫂搖頭說：「樊氏，一個女人，掉進汴河，只怕是凶多吉少。」燕嫂身上打了個冷顫，把熟睡的丫丫抱得更緊些。她想，可憐的丫丫，還不滿周歲，難道就要失去娘麼？

燕嫂把丫丫抱回自己所住的草房。燕青側躺在炕上，睡得正香。燕嫂不管燕青，且管丫丫，取來溫水，給她洗了臉洗了手洗了腳，把她放到炕的最裡面，讓她繼續睡覺。燕嫂靠著炕頭，看著丫丫，毫無睡意。她暗暗向上蒼祈禱，但願樊氏能平平安安歸來，一個嬰兒，寧可沒有爹也不可沒有娘啊！

五更時分，馬嫂和燕嫂同時起來，開始勞作做豆腐。第一步是磨黃豆，給小毛驢駕套，蒙上眼罩，讓它拉著石磨轉動。黃豆是頭天浸泡的，脹得很大，加水經石磨碾壓，變成潔白的乳狀物，流在磨槽裡，再由一個小孔，流進木桶裡。第二步是生火煮漿，將乳狀物過濾，去掉豆渣，放進大鍋煮沸，那便是可飲用的豆漿了。第三步，將豆漿轉移至缸裡，點進適量的鹽鹵或石膏水，豆漿呈現出凝固的狀態。把這樣的豆漿迅速用包布包起來，包成四方形，平放在木板上，上面亦放木板，壓上石頭等重物，擠掉包布裡的一些水分。這樣，包布裡的豆漿就成了豆腐，白白嫩嫩，味美可口。豆腐店做豆腐，數量多少用板衡量，一個包布的豆腐稱一板，二尺五寸見方，約三寸厚。馬哥馬嫂原先每天做十板豆腐，自從燕嫂這個廉價勞力加入後，他們每天做十五板豆腐。生產數量增加百分之五十，意味著銷售收入增加百分之五十。三年多來，豆腐店賺錢可是不少啊！

燕嫂在磨黃豆、煮豆漿時，回了幾次草房。炕上睡著燕青、丫丫兩個小孩，她不放心，生怕小孩跌到地上。她第五次回草房時，發現丫丫醒了，不哭不鬧，眼睛黑亮，這邊瞧瞧，那邊瞧瞧。她抱起丫丫，端了一泡尿。丫丫把一個手指放在小嘴裡吮吸，顯然是餓了。燕嫂忙去盛了半碗豆漿，晾涼，用小勺餵她。她一直吃她娘的奶，改吃豆漿，竟也吃得津津有味。豆腐做成了。燕嫂又切了半塊豆腐，用小勺餵她。她吃豆腐，同樣吃得津津有味，還用小手抓碗裡的豆腐，往嘴裡送，弄得滿手滿嘴都是豆腐，讓人感到好笑和心疼。

燕青也睡醒了，看到丫丫，奇怪地問：「娘，丫丫怎會在我們家？」燕嫂說：「你王寅叔和樊氏嬸子有事，把丫丫放我們家，讓娘幫著照看一會兒。」丫丫見燕青，眼睛更亮，伸開雙手，好像是要讓燕青抱。燕青才四歲，抱不了她，伸手把丫丫小手拉了拉，說：「丫丫，你快長大，我和你一起玩！」

中午，馬哥和王寅回來了，從二人疲倦、無奈的神情中可以斷定，樊氏是生不見人，死不見屍。馬嫂還是問：「怎樣？」馬哥搖頭，說：「一個女人，夜間掉進汴河，哪還能活？我們從州橋往下游找，找了快二十里，看到多具屍體，卻未見樊氏屍體。人們都說，水流那樣急，屍體怕是早沖到三四十里開外了，哪裡找去？再說，找到屍體又能怎樣？人死不能復生。所以，我們就回來了。」說罷，他重重歎了口氣：「唉！」

一夜又半天光景，王寅像變了個人似的，耷拉著腦袋，目光呆滯，懊惱，萎靡，悲傷。燕嫂把丫丫抱來，遞給他。他直勾勾地看著女兒，眼中滾落豆大的淚珠。他一個二十多歲的男人，怎麼管得了才八個多月的嬰兒？他想了想，突然跪地，說：「燕嫂，我現在走投無路，只能把丫丫交給你了，求你餵養她照料她，我每月付給五兩銀子。」

燕嫂沒想到會出現這種情況，忙說：「我可以幫你餵養、照料丫丫，但不能要你的銀子。我和燕青，幸虧馬哥馬嫂收留，才有安身之地。你若給銀子，就給馬哥馬嫂吧！」

王寅回頭看馬哥馬嫂。馬哥說：「鄰里之間，互相幫襯嘛，什麼銀子不銀子的？」馬嫂覺得每月五兩銀子不是個小數目，忙笑著說：「我看，中！燕嫂反正照管著燕青，再加個丫丫，就是再添一張小嘴吃飯嘛，能吃多少？至於銀子，我們本不當收，不過王寅兄弟要給，我們不收也不好不是？那就這樣，銀子我們就收下，權當給丫丫積攢著，日後給她當嫁妝就是。」

所謂當嫁妝，只是託詞而已，哪能當真？從這一天起，燕嫂就承擔起了餵養、照料丫丫的責任。丫丫還不能吃硬的食物，每天吃的主食，基本上是豆漿、豆花和豆腐。豆花是煮沸的豆漿，點鹽鹵或石膏水後形成的，很白很軟，最適宜嬰兒食用。豆花加少許糖，味道是甜的；加少許鹽、醬油、醋、香油、香菜，味道是鹹的；若再加少許辣椒油，那麼味道則鹹中帶點辣，很好吃。或許是豆漿、豆花和豆腐營養豐富的緣故，所以丫丫一歲多時白白胖胖，更像個瓷娃娃。丫丫會走路了，一顛一顛，跌跌撞撞。王寅送來一些花布。燕嫂縫製花衣花鞋，把丫丫打扮得漂漂亮亮的。馬嫂從每月五兩銀子中取出五十緡錢給燕嫂，作為丫丫的日常花銷之用。

王寅自從樊氏死後，生活沒有了規律，工作失去了心勁，作息時間亂了套，晚上不睡，早上不起，有時整個白天都在睡覺。他很少生火做飯，肚子餓了，大多去飯肆買飯吃，飽吃一頓，然後常常一天或兩天不吃飯。有時拿個碗，向馬哥馬嫂要一碗豆漿一塊豆腐，也算一頓飯。渴了，沒有開水就喝涼水。他學會了喝酒，在飯肆喝，回到家裡還喝，醉時多醒時少，房裡到處都是空酒罈子和空酒瓶子。染坊經營江河日下，名存實亡。一次，一位老婦人前來染三件衣服，說定五天後取，可是五天後，三件衣服原封未動；再說定五天後取，可是五天後，三件衣服染錯顏色，將說定的藍色染成了黑色。老婦人不依不饒，非要藍色衣服不可。王寅被逼得賠了六件衣服的價錢，事情才算了結。老婦人罵罵咧咧，持錢而去，抬眼見懸掛的招牌，想起這是口碑不錯的王記便民染坊，遂朝招牌狠狠唾了一口，說：「呸！什麼便民染坊？該改作坑民染坊、騙民染坊才對！」王寅看得真切，聽得真切，氣惱不已，向前取下招牌，把它撕得粉碎。

王記便民染坊歇業了，這樣倒是清靜了許多。丫丫兩歲多時，牙長齊了，能吃飯吃菜了，長得更加可愛。她像燕青的尾巴，燕青到哪，她跟著到哪。王寅時時穿過竹竿編織的籬笆牆，來看女兒。他對女兒是又愛又恨。愛，是因為她是他的骨血，她姓王，表示王家有後；恨，是因為她不會哭不會笑不會說話，樊氏為此丟掉了性命。王寅認定女兒是個啞巴，乾脆把丫丫叫作啞丫。可燕嫂卻說：「未必。我檢查過丫丫的舌頭和喉嚨，沒有毛病。她的耳朵很靈，耳朵不聾，就不大可能口啞。我教她學哭學笑學說話，看得出，她是很想學的，只是小嘴封閉久了，一時張開還不習慣而已。現在很需要來個衝激，猛一衝激，說不定她就會張嘴發聲了。」

「衝激？」王寅輕聲重複這個詞語，忽然提高聲音說：「瘦嫂，內城有座報慈寺，你知道嗎？寺裡有個雲惠法師，一百多歲了，仍然身板健朗，紅光滿面。每天求他摩頂賜福的信徒多了去了，上起達官權貴，下至苦力乞丐，什麼人都有。要不，我帶啞丫，也求法師摩頂賜福，衝激一下？」

燕嫂說：「那敢情好，只是別嚇著丫丫。」

於是，王寅便抱著啞丫，去了報慈寺。寺院很大，古松怪柏，浮圖梵音。雲惠法師身披一件大紅色黃格袈裟，慈眉善目，坐在大雄寶殿門前，給排著長隊的信徒摩頂賜福。王寅也排了隊。啞丫第一次看到這樣的環境，這麼多的人。王寅向前移動。啞丫看到了大雄寶殿內的景象，幾尊高高的佛像，頭大臉大，耳大眼大，鼻大嘴大，光彩閃爍，像人又不像人；佛像前面一個碩大的香爐，青煙嫋嫋，繚繞盤旋；有人跪在地上叩頭，叩了一個又一個。這時，王寅已到雲惠法師跟前。法師身披的袈裟，那豔麗的紅色，那鮮亮的黃色，還有法師又長又白的眉毛和鬍鬚，都是啞丫從未見過的。法師一隻大手，伸向啞丫頭頂。就在法師手心觸摸到啞丫頭頂的霎那間，啞丫受到驚嚇，一股氣從胸中升起，衝激喉嚨，噴薄而出，小嘴一張，居然哭出聲來。哭聲猶如河堤決口，一發而不可收拾。王寅興奮得大叫，說：「啊，啞丫會哭了，啞丫會哭了！」

法師給啞丫摩頂，問：「怎麼回事？」王寅回答說：「法師，這樣的：這是我女兒王丫丫，三歲了，不會哭不會笑不會說話，我以為是個啞巴，所以叫她啞丫。今天來求法師摩頂賜福，她就放聲啼哭了，真是奇蹟，奇蹟啊！」法師雙手合什，說：「阿彌陀佛！丫丫、啞丫，諧音啞啞，名字不好不好。老衲看，你女兒倒像佛門弟子，佛門弟子通常多稱師，因此建議你女兒也改叫師。這樣，佛祖是會賜福給她的。」王寅點頭，說：「是，是！小女從今天起，就改名叫王師。」法師又雙手合什，說：「阿彌陀佛！」

王寅抱著啞丫，興沖沖回家。啞丫既然哭開了，索性哭個夠，似乎要把自出生以來累積的啼哭，全都釋放出來。她眼淚和鼻涕一起流淌，哭得驚天動地，哭得聲嘶力竭，惹得路人側目，懷疑王寅是否是人販子，偷了或搶了別人家的小孩。

王寅抱著啞丫，一腳跨進馬記豆腐店大門，大聲說：「馬哥胖嫂快聽，啞丫會哭了！」又朝院落裡喊道：「瘦嫂，你說的對，給啞丫來個衝激，她果真哭出聲了。」

馬哥馬嫂歡喜。燕嫂跑了過來。眨眼間出現更大的奇蹟。啞丫見了燕嫂，停止啼哭，伸手要燕嫂抱，脆生生叫出一個詞：「娘！」這一聲叫非同小可，石破天驚，原來啞丫能說話會說話，不是啞巴！燕嫂紅了臉，想說「我不是你娘，你應叫我伯母」，但一看丫丫那天真無邪的樣子，不忍糾正，抱過丫丫，用力親她的小臉。燕青也跑過來了。啞丫見了燕青，又伸手要燕青抱，嘴裡還說「青，青……」燕嫂教燕青怎樣抱丫丫。燕青雙手抱住丫丫。丫丫小手亂抓，小臉笑成一朵俏麗的玫瑰花。原來啞丫也會笑！半天之內，啞丫會哭會笑會說話了，王寅、馬哥、馬嫂、燕嫂打心眼裡高興，感慨以前的擔心，真是杞人憂天，杞人憂天哪！

王寅宣布，根據雲惠法師的建議，啞丫有了新的名字：王師。

啞丫，不，應當改叫王師了。王師不啞，會哭會笑會說話，大大改變了王寅的心情。他覺得不能老懊惱、萎靡、悲傷下去，而應當振作起來，做事工作，多賺些錢。不為別人，只為女兒，必須盡到做父親的責任。

王記便民染坊又開業了。王寅又像樊氏死前那樣，承接活計，染布染衣。他是個出色的染匠，染作技藝一流，所以染坊漸漸又恢復了名譽，前來染布染衣的顧客絡繹不絕，每天都有四五十緡銅錢的收入。

夏末秋初的一天，王寅接待了兩位不速之客。那是他在陀螺鎮時結識的好友，一叫郭眾，身材矮胖，是個鐵匠；一叫馮世，身材瘦高，是個鍛銀匠。兩人年齡比王寅大，所以王寅稱其為郭哥和馮哥。在陀螺鎮，鐵匠郭眾、鍛銀匠馮世和染匠王寅，住在一條街上，天天見面，經常在一起吃飯喝酒，好得就像一個人。王寅娶妻，王寅葬父，王寅搬家到東京，郭眾和馮世都幫了大忙。

王寅猛見兩位好友，驚喜萬分，說：「呀，郭哥馮哥，你倆怎麼來了？」郭眾、馮世說：「幾年未見兄弟，前來看看你呀！怎麼，不歡迎麼？」

「哪裡哪裡，歡迎歡迎！」王寅笑著說。郭眾看了看左右，說：「怎麼不見弟妹樊氏？」王寅臉上掠過一道陰影，簡要敘說了樊氏溺水及女兒王師的事。郭眾拍了拍王寅的肩膀，說：「對不起，我不該問及兄弟心痛處。」馮世說：「事情已經出了，兄弟可要節哀自重。」王寅說：「沒事，我已緩過勁了。對了，兩位哥哥來，可不許住旅肆，就住我家。我這就買酒買菜去，夜晚痛飲，來個一醉方休。」郭眾、馮世笑著說：「中！恭敬不如從命。」

當晚，王寅關了門面房大門，招待好友。一張方桌，擺滿各種買來的菜肴，雞魚肉蛋，葷葷素素，都是東京城裡著名酒樓烹製的。酒是開封大麯，亦為名酒。三人入座，兄弟相聚，飲酒吃菜，沒有客套，其樂融融。

幾杯酒下肚，王寅問：「兩位哥哥，近幾年來生意怎樣？過得如何？」郭眾歎了口氣，說：「唉，大不如前呀！當今皇上（宋哲宗）廢棄王安石新法，一切又回到以前老路上，大地主兼併土地，大商人壟斷商業，交不完的賦稅，服不盡的徭役，農民和我等這些手工業者，哪還有好日子過啊？」馮世說：「關鍵是賦稅、徭役負擔太重。郭哥打鐵，我鍛造銀器，一個月才賺幾個錢？賺的錢多半都納了稅，剩下的養不了家糊不了口哦！」

郭眾問王寅：「兄弟呢？開染坊可賺錢？」王寅說：「湊合，累死累活一個月，只能賺十來兩銀子，都是些零打碎敲的小錢。開這麼個染坊，撐不死，餓不著。」

郭眾說：「你比我倆強多了。唉，現在最苦最難的還是農民。朝廷裡有個宦官叫楊戩，你可知曉？這個人任後苑使，掌管皇家苑囿，壞透了。他依仗皇上的寵信，發明個刮地術，即騎著馬圍繞各州縣轉上一圈，圈內的土地就被刮成皇家的公田。公田租給農民耕種，田賦高得出奇，遇到旱澇災害，田賦也分毫不減。這把農民坑害苦了，家破人亡，流離失所，不計其數。」馮世說：「刮地之風先在徐州（今江蘇徐州）、南京（今河南商丘）一帶刮起，現在都刮到祥符了，陀螺鎮附近的農民，幾乎都成了皇家的佃戶，沒法活了，沒法活了！」

王寅說：「這麼嚴重？難怪近來東京街頭，乞丐一天比一天多。」

郭眾夾一粒花生米放進嘴裡，說：「哎，王寅兄弟，你剛才說每月賺的都是些零打碎敲的小錢，什麼意思？」

「這不明擺嗎？」王寅說，「我打交道的顧客，大多是中年婦女和老太太，她們或染幾尺布，或染一件衣，我能收幾文錢染費？少則三四緡，多則十幾緡，豈不是零打碎敲的小錢？」郭眾點頭，說：「噢，原來是這樣。」

馮世飲了口酒，說：「王寅兄弟，若有成堆成捆的大錢，你想不想賺？敢不敢賺？」王寅笑了，說：「瞧馮哥說的，成堆成捆的大錢，不燙手不咬人，誰不想賺？有什麼敢不敢的？」

郭眾大笑，說：「好，我倆今天來，就是要送一筆成堆成捆的大錢，讓你賺！」王寅茫然，丈二和尚摸不著頭腦。郭眾、馮世放低聲音，不緊不慢，說明事情的原由。

原來，南京船工胡魁走南闖北，見多識廣，看到社會黑暗，政治腐敗，廣大農民因刮地術而失去土地，怨聲載道，便萌生出大膽想法：仿效陳勝吳廣、綠林赤眉和黃巢，發動農民起義。胡魁四十多歲，自小練過武功，拳腳功夫了得，為人豪俠仗義，路見不平，每每拔刀相助，因此在江湖上頗有名望，人稱老魁子。他和很多豪傑志趣相投，結拜為異姓兄弟，發誓同生共死的兄弟共五人，號稱五魁首。胡魁和他的兄弟，遂以南京為根據地，沿著大運河一線，祕密串連，發動群眾，暗中積蓄力量，隨時準備斬木為兵，揭竿為旗，幹一番驚天動地的大事業。胡魁認為，農民起義光有農民不成，還應吸收船工、鹽工、炭工等苦力以及各類手工業者參加，形成廣泛的合力。這樣，

「為何男孩該站著尿尿，女孩該蹲著尿尿？」

「因為男孩長著小雞雞，女孩沒長小雞雞。」

「為何男孩長小雞雞，女孩沒長小雞雞。」

「因為，因為……」燕嫂無法回答這個問題，伸手把王師攬在懷裡，說：「好孩子，這個問題，等你長大了就會知道的。」

雪天寒冷，滴水成冰。燕嫂把炕燒得熱熱的，讓兩個孩子在炕上玩。他倆在炕上翻筋斗，學騎馬，比石頭剪刀布，贏了的刮輸了的鼻子，同樣玩得不亦樂乎。睡覺時，燕青和王師通常睡一個被筒，一人睡一頭，王師睡靠娘的一頭。兩人都不老實，故意你蹭我一腳，我蹭你一腳，燕青腳力大，吃虧的總是王師。王師又告狀了，說：「娘，青哥蹭我。」

燕嫂假裝呵斥燕青，說：「你這個哥哥怎麼當的？為何欺侮妹妹？小心我揍你！」

燕青辯解說：「她也蹭我了！」

王師說：「我蹭你，輕輕的；你蹭我，勁太大。」

燕嫂說：「王師，過來，睡到娘被窩裡。」

王師果真鑽進娘的被窩。可是不一會兒，又睡回去了，說：「青哥再蹭我，我就撓他的腳心！」不想她剛睡下，燕青就先撓她的腳心。王師又笑又叫，又鑽進娘的被窩。

兩個小孩無拘無束地玩了一陣，連打幾個哈欠，眼皮發沉，進入夢鄉。燕嫂看熟睡的王師，那樣小巧，那樣玲瓏，那樣純真爛漫，眼角滲出幾滴苦澀的淚珠。

過罷新年，王師四歲，燕青七歲。燕青長得幾乎和娘一樣高，眉清目秀，壯壯實實。別人家的男孩，七歲時大多上學，開始進私塾讀書。燕青的爹死得早，娘寄人籬下，家裡很窮，也就失去了上學的權利。在娘的督促下，他幫著給豆腐店工作了，主要是給顧客送豆腐。永慶坊就這麼一家豆腐店，幾家飯肆與馬哥口頭協定，每天都買三五斤豆腐，但要送貨上門。馬哥滿口答應，每天做好豆腐，必親自把豆腐送到飯肆去。現在有了燕青這個勞力，送貨上門的任務，自然就落到他的頭上。燕青手快腳快，辰時左右，該送的豆腐定會送完。這樣，剩下的時間就都歸他所有。他生性好動好玩，有時和鄰家同齡男孩，有時和妹妹王師，到處玩耍，由近及遠，幾乎玩遍了整個東京城。

燕青、王師去得最多的地方是汴河之畔。由永慶坊向北，走一里多路，就到了汴河。汴河兩岸大堤，因是隋代開鑿大運河時築就，故稱隋堤。隋堤西起黃河，東至淮河，總長一千三百里。堤上遍植柳樹，楊柳依依，像兩條綠色長龍，盤旋而來，蜿蜒而去。東京段的隋堤，柳樹最為繁盛。每天早晨，碧綠的枝條在淡淡的霧氣中搖曳，迷迷濛濛，堆煙籠翠，譽稱煙柳。汴河上漕船如織，東來的，西去的，裝貨的，卸貨的，忙忙碌碌。秋日，汴河水勢猛漲，波湧浪捲，宛若一條抖動的銀鏈和玉帶。水邊楓葉如火，蘆花似雪，漁舟唱晚，風鳴鳥啼，好一幅生機勃勃的金秋畫卷！

燕青、王師或在隋堤上奔跑，或靜靜坐在汴河岸邊，看那漕船和漁船。二人弄不明白，漕船是從哪裡來的，船上為何有那樣多的糧食、絲綢、布匹、瓷器等物；也弄不明白，漁船上的魚鴉為何會捕魚，一頭鑽進水中，將魚噙住，片刻便叼出水面。有時，兩隻魚鴉會合叼一條大魚，魚躍鴉歡，非常有趣。汴河上共有十三座橋樑，燕青、王師能準確地說出它們的名字：虹橋、順成倉橋、便橋、下土橋、上土橋、金梁橋、浚儀橋、州橋、相國寺橋、興國寺橋、太師府橋、西浮橋、橫橋。他倆還知道東京除汴河外，另外還有三條河：南面蔡河，西北面金水河、五丈河。三條河上又各有多座橋樑。

燕青、王師外出玩耍，燕嫂都會給孩子三五文錢，讓買零食吃。燕嫂自到馬哥馬嫂家後，在草房後面搭了個雞舍，每年都養四五隻母雞。母雞吃剩飯剩菜和煮熟的豆渣，下蛋很多。燕嫂有時也會煮兩個雞蛋，讓兩個孩子帶上，反覆叮嚀，餓了就把雞蛋吃了。燕嫂養的一隻母雞，雞冠通紅，毛色金黃，過幾天就下一個雙黃蛋。王師但聽母雞叫，就跑去雞舍收蛋。當收到大大的雙黃蛋時，總會歡呼雀躍，喊道：「娘，又一個雙黃蛋！」

燕嫂有意問：「這個雙黃蛋誰吃呀？」

王師敬愛哥哥，說：「青哥比我大，他吃。」

燕青關愛妹妹，說：「不，王師比我小，她吃。」

燕嫂說：「嗯，從小就懂得禮讓，關心別人，真是好孩子！」她多半是把雙黃蛋攢著，要煮就煮兩個，燕青、王師一人吃一個。

這一天，兩個小孩玩耍回家。王師無精打采，蔫不唧唧的，說想睡覺。燕嫂一摸她的額頭，驚呼說：「哎呀，你發燒了，滾燙滾燙的。」燕嫂讓王師睡覺，給她脫衣服時，發現她胸前現出幾個米粒大的紅色斑點；再察看耳根處，那裡也現出幾個斑點。燕嫂大驚失色，說：「呀，你可能是出天花了！」

天花是由天花病毒引起的烈性傳染病，發病很急，無藥可治，感染者死亡率極高，病癒後臉上容易留下麻斑，俗稱麻子。王師昏昏睡去。燕嫂惴惴不安，把王師發燒，可能是出天花的事，跟馬嫂說了。馬嫂大不咧咧，說：「天花？出就出唄，有什麼大驚小怪的？」

馬哥插話說：「小孩出天花，那可是一道關口，九死一生，馬虎不得。關鍵是要讓斑疹全發出來，發得越多越好。斑疹發出來，等於毒性發出來，效果最好。」馬嫂拿眼瞪著丈夫，說：「喲，你一個大老爺知道的還不少嘛！」馬哥沒理會馬嫂的揶揄，繼續說：「小孩出天花，身邊離不開人。季氏呀，你近日就別做豆腐了，照看王師要緊。」燕嫂感激地說：「多謝馬哥提醒和關照。」燕嫂回了草房。馬嫂仍拿眼瞪著丈夫，不鹹不淡地說：「行哪，我還小瞧你了！」

小孩出天花怕風。燕嫂把草房的窗戶封得嚴嚴實實，把冬天的門簾又掛了起來。民間土方，小孩出天花要喝葡萄乾、黑木耳、橘子皮熬的湯，那種湯發勁最大。燕嫂去集市上買了這三種東西，精心熬湯，讓王師喝。王師燒得厲害，小臉赤紅，嘴唇乾裂，眼睛也是紅的。燕嫂用溫濕毛巾，不停地擦她的額頭、手心、腳心和胸口，以利降燒降溫。第二天，王師身上，斑疹多了起來。燕嫂再讓她多喝葡萄乾、橘子皮、黑木耳湯。第三天，斑疹總爆發，王師滿臉滿身，密密麻麻，紅紅豔豔，就連耳朵裡、鼻孔裡、口腔裡和眼瞼上，也都有斑疹。燕嫂歡喜地說：「發出來就好，發出來就好。」

王師滿臉滿身斑疹，兩三天後，斑疹變為丘疹、皰疹，奇癢難耐，總想抓撓。燕嫂嚇壞了，抓住王師小手，說：「好王師，千萬不可抓撓。抓破撓破了，會留下疤痕，疤痕若在臉上，那會變成麻子，懂嗎？我們家王師，小臉這樣白這樣嫩這樣光，若變成麻子，那多難看呀！」

王師是見過滿臉麻子的女人的，嚇得不敢抓撓。可是又很癢很癢，非抓撓不可。燕嫂把手洗淨，輕撫輕摁王師臉上、身上的丘疹、皰疹，產生止癢的作用。王師感到娘的手軟軟的柔柔的，撫到摁到之處，那裡似乎不那麼癢了，舒舒服服地睡著了。燕嫂把握這段時間，縫製了一副裝滿綿絮的手套，給王師戴上。這樣，王師即使不經意抓撓癢處，也不致於將丘斑、皰疹抓破撓破，落下疤痕。

小孩出天花需要增加營養。燕嫂每天讓王師多喝豆漿，外加一碗雞蛋羹。童子雞加枸杞加海帶燉的湯，據說最有營養。燕嫂買了童子雞、枸杞、海帶，溫火燉湯，雞肉雞骨都快燉化了，盛在碗裡，放幾粒鹽，滴幾滴醋，讓王師喝。這種雞湯油油的，香香的，淡淡的鹹，淺淺的酸，王師最愛喝了。多年後她還記得，稱讚那是世界上最鮮美最好喝的雞湯。

王師出天花，燕青除每天送豆腐外，再未獨自外出過，守著妹妹，幫娘做些力所能及的事情。為了防止傳染，燕嫂讓燕青迴避，並在草房外間支了個小床，供他睡覺。燕青滿不在乎，說：「我是男孩，染上天花，也不怕！」他跟平時一樣，不離王師身邊，王師睡覺醒來，睜開眼睛，都會看到青哥。青哥朝她笑，她也朝青哥笑，笑中傳遞著兄妹的親密、親熱和親情。

皰疹轉變為膿皰疹，然後膿皰疹逐漸乾縮、結痂。這期間，抓破任何一個膿皰疹或痂皮，必會留下疤痕，形成麻斑。為使王師不致成為麻子，燕嫂和燕青嚴密看管她的雙手，不許她抓撓身上任何部位，特別是臉。燕青還嚇唬她說：「你若抓撓，我就用繩子把你雙手捆起來。」

痂皮開始脫落。一個月後，王師臉上身上的痂皮脫落乾淨，起身下炕，活蹦亂跳。而她的娘，由於憂愁，由於勞頓，吃不好飯睡不好覺，原本瘦弱的身軀，顯得更加瘦弱了。燕嫂仔仔細細檢查一遍，見王師臉上、身上沒留下麻斑，仍是個純潔無瑕的瓷娃娃，喜極而泣，說：「謝天謝地，謝天謝地！」

天花的傳染性是很難防止的。就在王師下炕後的第五天，燕青又發燒了，症狀和王師一樣。燕嫂不得不在照看王師之後再照看燕青，心裡很過意不去。馬嫂的臉色陰陰沉沉，那臉色明顯是說：

「你的事真多！」

燕嫂已經有了經驗，所以照看燕青時不那麼憂愁，按照程序，一步一步，多操心多辛勞就是了。燕青享受王師享受過的待遇。王師反過來整日守著青哥。又是緊緊張張，沒日沒夜的一個多月，燕青也病癒下炕了，也沒有留下任何後遺症。天花具有免疫性，出過了就不會再出。燕嫂高興，高興兩個小孩闖過了人生道路上的一道關一道檻。生活貧苦沒有關係。孩子平平安安，順風順水，快快長大，最好！

小孩沒病就有精力與活力。燕青、王師天花痊癒，每天下午又滿世界玩耍，無憂無慮。燕氏回到做豆腐的職位，泡黃豆，煮豆漿，打水，做飯，洗涮擦拭，格外賣力。她照看王師、燕青的病，兩個多月沒給豆腐店工作，有一種虧欠之感，故要透過加倍的勞作，彌補虧欠，那樣才會心安。

王記便民染坊，大門上的封條仍然貼著，沉靜死寂。入夏後，忽有一群人前來，撕去封條，進入染坊，把顏料、大鍋、染缸等物，全都拉走，觀察丈量，比比劃劃。馬哥向前詢問，知道染坊已被官府沒收，地皮賣給了一家姓李的，姓李的要在這裡重新建房。不久動工，拆除舊房，開挖地基，砌牆，架樑，苫瓦，兩個多月，舊貌換新顏，原址上出現一座兩層小樓，樓上樓下共二十多個房間。小樓左面一片空地，緊鄰王記豆腐店，兩家的分界線仍是竹竿編織的籬笆牆。

小樓一磚到頂，青磚灰瓦，當時是權貴、富裕人家才建得起的磚瓦房。小樓經過粉刷，更顯富麗。牆表塗成暗紅色，用淺淺的暗槽劃出大大的方格。大門黑色紅邊，兩個碩大的鎏金銅環，鋥光發亮。樓道鋪紅色地毯。各個房間的牆壁，塗成淡藍色或淺綠色，錦繡門簾，彩綢窗簾，堂皇雅致。陸陸續續，搬來一些家具，花花草草，還有一些樂器，鐘鼓琴瑟之類。馬哥、馬嫂和燕嫂平靜地觀察新鄰居，知道那家很有錢，但看不出是幹什麼營生的。初秋時節，新鄰居現身了，原來是個很富態的婦人。

婦人是乘坐一輛豪華馬車來的。她四十一二歲，中等身材，穿綾著緞，佩金飾玉，臉上搽脂粉，唇上塗口紅，鬢角還戴一朵紅豔豔的絹花。隨婦人來的還有個中年女人，三十四五歲的樣子，穿戴也很講究。婦人在樓上樓下看了看，頻頻點頭，表示滿意，又信步來到空地，隔著籬笆牆，恰好看到端盆倒水的馬嫂。婦人滿臉堆笑，說：「大妹子，你是馬嫂吧？你我有緣，從此成了鄰居啦！」

馬嫂聽婦人招呼自己，受寵若驚；見婦人珠光寶氣，又有點自慚形穢。她勉強一笑，說：「好啊！若想喝豆漿吃豆腐，儘管到小店來取。」

「多謝，打攪是少不了的。」

「對了，聽說你姓李不是？你家這小樓幹什麼用呀？」

「是，我姓李，叫李蘊。這小樓，打算辦個藝女班，培養藝女。藝女班相當於庠序（學校），藝女就是學生、學員。」

馬嫂不知藝女、庠序為何物，點頭應道：「噢！」

這時，馬嫂身後，燕青在前面跑，王師在後面追，歡快地喊叫著，閃了閃，瞬間不見了。李蘊只見了王師一眼，便記住鄰家豆腐店有個小女孩，臉龐紅紅的，眼睛大大的，頭髮梳成羊角狀，繫一個藍色蝴蝶結，聲音清清亮亮，銀鈴玉磬一般，好美麗好可愛哦！

秋去冬來，進入新年，人人又長一歲。李蘊的藝女班辦起來了，叫紅蕾藝女班，兩層小樓因此叫紅蕾樓，簡稱紅樓。藝女班共有四個女孩，長得都很漂亮，不知為何，人人都姓李，名字用疊字，分別叫梅梅、蘭蘭、竹竹、菊菊。李蘊不在紅樓居住。那個中年女人具體負責管理女孩，女孩叫她黃媽。

隔壁院落建起小樓，辦了個什麼班，燕青、王師不感興趣。他倆的興趣在於漫無目的的胡跑和玩耍上，哪裡沒去過就到哪裡去。大相國寺和開寶寺相當出名，二人自然要光顧。

大相國寺位於東京城中心，建築華美，香火鼎盛。寺內建有鐘樓，鐘樓上懸掛一口巨鐘，每日四更許，僧人撞鐘，雄渾洪亮的鐘聲響徹全城，人們聞聲起床，開始一天新的生活。燕青、王師去大相國寺轉悠一番，不覺得有什麼好玩的，就又去開寶寺。開寶寺位於東京城東北隅，寺內有一座存放佛舍利的寶塔，係用鐵色琉璃釉面磚砌就，故俗稱鐵塔。鐵塔塔身為等邊八角形，共十三層，高十六七丈，猶如一根擎天之柱，拔地而起，直刺蒼穹。每層塔簷翹角上懸掛銅鈴，風吹鈴響，自然成韻。塔內砌有螺旋階梯，拾階可登塔頂。燕青鼓動王師一起登塔，王師不敢。燕青說：「有我，怕什麼？」王師下了很大的決心，才緊緊抓著燕青的手登塔。登到第五層第六層時，可見東京街景，隋堤、汴河、州橋等景致，歷歷在目。登到第八層第九層時，只見黃河如帶，河面上行駛的船隻像緩緩挪動的窩牛。王師不敢再登了。燕青還是那句話：「有我，怕什麼？」王師鼓著勇氣，把燕青的手抓得更緊，怯怯登到第十二層，直覺得八面來風，伸手可摸著藍天，抓著白雲，恍若置身幻境。王師不敢在高處停留過久，催著燕青趕快下塔，當確信雙腳已踩在地面上時，她一顆蹦蹦亂跳的心，才漸漸平靜下來。

燕青給王師買了個棒棒糖，算是對她大膽登塔的獎勵。王師手持棒棒糖，說：「青哥，你吃。」

燕青說：「哥不吃，你吃。」

「不嘛，那你先吃一口。」

燕青伸出舌頭，在棒棒糖上輕輕舔了一口，說：「好啦，你吃吧！」

王師這才吃糖，說：「哎呀，好甜！」

燕青和王師玩耍，跑得最遠的地方是繁台。繁台位於東京東南方向，在外城之外，屬於遠郊。那裡地勢高敞，建有天清寺和繁塔，有詩云：「台高地回出天半，了見皇都十里春。」清明節前後，城裡的公子王孫和仕女，總愛騎馬乘車，到繁台踏青遊覽，享受春光，放鬆身心。燕青和王師聽說過繁台，但不知確切路程，一天一時興起，便貿然前往。順著大道，走呀走呀，走得腿腳酸疼，渾身無力，怎麼也不見繁台，直到太陽偏西時才到目的地。繁台景色確實很美，台高野曠，風軟雲輕，桃紅柳綠，鶯啼燕舞，還有人燒香拜佛，飲酒賦詩。可是燕青和王師疲乏至極，又饑又渴，哪還有心情觀風賞景？最糟糕的是身上沒帶一文錢，想買個炊餅充饑也不能。二人只在一棵樹下坐了坐，就又起身往回走。走了一半，王師說：「青哥，我累我餓，走不動了。」

燕青說：「好妹妹，我也累也餓，但得堅持走，天黑前到不了家，那娘多著急呀！」

王師也擔心娘著急，所以只能堅持走。她兩腿像是灌了鉛，死沉死沉，邁不開步子。左腳好像打了泡，每走一步，都疼得鑽心。天黑時，二人總算進了外城東南角的揚州門，但離家還有五里遠。王師說：「青哥，我想坐下歇一會兒。」

燕青說：「中。」

兩個小孩坐到一塊青石上。王師趴在燕青膝蓋上，雙眼一閉，居然睡著了，任燕青怎樣叫喚怎樣搖動，也沒醒來。燕青一咬牙，說：「好妹妹，我背你回家。你摟緊我脖子，千萬莫鬆開。」一好個燕青，蹲下身子，背起妹妹。王師仍然未醒，本能地摟住燕青的脖子。燕青雖然只有八歲，雖然也很累很餓，但畢竟是男孩，完全是用男孩的精神和毅力，背著妹妹回家。走走歇歇，歇歇走走，五里路走了足足一個多時辰。

燕嫂在家中急壞了。燕青和王師在午飯前就離開家，並沒說去哪裡玩耍。午飯沒有回來吃，晚飯也沒有回來吃，這在往日是從未有過的。問題在於他倆身上都沒帶錢，連著兩頓飯不吃，怎麼受得了？天色黑定，馬哥馬嫂已睡覺休息。燕嫂一直在大門口出出進進，進進出出，像是熱鍋上的螞蟻。她不禁胡思亂想起來。兩個孩子掉進汴河了？叫馬車壓著了？被人販子拐跑了？四周黑暗，她連一個說話、商量的人都沒有，快急瘋了急死了。

一更左右，燕嫂終於看到一個矮矮的黑影。她從黑影的輪廓斷定，那是燕青。那麼王師呢？她的心猛地一緊，快步向前，發現黑影正是燕青，背上還背著王師。她忙抱過王師。燕青輕輕叫了聲娘，身子搖晃，快倒的樣子。燕嫂顧不上詢問和發作，左手抱王師，右手扶燕青，回到草房。燕青一挨炕沿，往下一躺就睡著了。他的鞋，鞋幫的一半已與鞋底分離。燕嫂把王師放在炕上，她的鞋，兩隻只剩下一隻。燕嫂想叫醒兩個孩子吃點東西，叫了幾聲，哪能叫醒？她好心疼，又是搖頭，又是嘆氣，取來一盆溫水，給孩子擦臉擦腳。在給王師擦腳時，發現她雙腳腳底都打了泡，泡已磨破，青白色的泡皮泡水黏在一起。

燕嫂一夜沒睡，知道燕青、王師走了很遠很遠的路，但不知去了哪裡。次日中午，燕青、王師才醒來，狼吞虎嚥喝了豆漿，吃了午飯。燕嫂詢問，才知他倆頭天去了繁台，一去一回，六七十里，多遠的路程呀！燕嫂責備燕青，說：「娘要說你，去繁台，怎能不跟娘說一聲？你是男孩，去了也就去了；王師是女孩，才五歲，哪能走那麼遠的路？瞧她腳底的泡，一個挨一個。萬一遇到壞人，怎麼得了？」

燕青說：「娘，我錯了，不該去繁台。」王師忙說：「娘，別怪青哥，是我讓去繁台的。」燕嫂假裝生氣地說：「你倆個，都是傻子，還光會串通、包庇。」燕青搖娘左手，王師搖娘右手，說：「娘，別生氣嘛！」燕嫂用食指點了點燕青的額頭和王師的鼻尖，說：「好，娘不生氣。但你倆要記住，以後不能出遠門，真要出遠門，一定要跟大人打招呼，身上要帶錢，懂嗎？」

「懂，懂！」燕青、王師用力點頭。

王師六歲的時候，跟隨著燕青，把東京的外城、內城各個地方，幾乎都跑遍了。兩個小孩閒不住，接著又鑽進瓦市和勾欄，聽講書（說書），看戲曲，看歌舞，看雜技，看幻術（魔術），無形中受到了文化藝術的薰陶，終生受益匪淺。

唐、宋時期，社會經濟蓬勃發展，城市也蓬勃發展，城市平民階層迅速壯大。這個階層需要保證溫飽的物質生活，同時需要豐富多彩的文化生活，瓦市、勾欄應運而生。瓦市又名瓦舍、瓦肆、瓦子，是大城市裡娛樂場所的集中地。瓦者，簡單、簡陋之意，搭建一個或多個大棚，遮風擋雨，可為消費者提供更多的娛樂時間。宋代的瓦市很大，通常設有若干個勾欄，分別租給講書藝人、戲曲藝人、歌舞藝人、雜技藝人、幻術藝人使用。勾欄一稱勾闌、構欄，是各類藝人演出劇碼的場所。據史料記載，勾欄整體像一個長方形木箱，四周圍以板壁。勾欄內部設有戲台和觀眾席。戲台高出地面二三尺，台口設有繪各種紋飾的欄桿。戲台分作前台和後台兩部分，前面為表演區，後面為戲房，即演員化妝區。前台和後台之間用屏風或帷帳隔開，演員上場下場的門，稱「鬼門道」或「古門道」。戲台一側有「樂床」——樂隊演奏樂器坐的地方。觀眾席分作神樓、腰棚兩類。神樓在樓上，正對著戲台，位置較高、偏後，相當於包廂，達官權貴及其家屬觀看演出，坐此座位。腰棚是普通觀眾的座位，一排排木製長凳，座位不編號，先到先坐。腰棚前排中央有兩個最佳座位，一叫「金交椅」，一叫「青龍頭」。這兩個座位有靠背，有扶手，坐著舒適，旁邊還有桌子，桌子上放有茶水、糖果、瓜子，是地方權勢人物或社會黑老大的專座。勾欄只有一個大門供人出入。大門前懸掛花花綠綠的裝飾物，稱旗牌、帳額、神幀等，主要是為了增強視覺衝擊力，吸引和招攬觀眾。另外還貼有招子（海報），上面寫著當天演出的劇目名稱及演員姓名。演員若是名角，那姓名寫得特大。燕青、王師沒上過學，透過看招子，倒是認識了不少字。

看勾欄演出，需花錢買票。燕青、王師鬼精鬼精，無錢買票，但總有辦法混進勾欄去。觀眾席滿座。他倆就站在腰棚最後面看，見有查票人員，趕忙蹲下身子躲藏起來，大氣也不敢出。觀眾席若有空座，他倆就會坐到空座上，大模大樣，成了正兒八經的觀眾。有時，二人用娘給的錢，買一小包炒豆或葵花子，邊吃零食邊看演出，格外愜意。

燕青、王師開始進的是幻術勾欄，那裡演出的幻術，太精彩了。藝人手中明明什麼東西也沒有，飛快轉身，手中就有一根短棒。短棒紅色，一轉身變成黃色，再一轉身變成藍色。繼續轉身，短棒不見了，手中卻有個花籃。花籃不大，從裡面卻倒出很多很多紙花，紅、黃、藍、紫色等，滿地皆是。藝人又一轉身，花籃變成一個紙團，攥在左手裡。右手將左手抓住，抓呀抓呀，猛一鬆手，左手手面上居然站著一隻乳鴿，羽毛潔白，還不會飛，只是撲騰著翅膀。藝人把乳鴿移到右手手面，再移到左手手面，眨眼間，乳鴿不見了，卻冒出一隻肥碩的鴨子，鴨子伸長脖頸，發出「呱，呱」的叫聲。觀眾看得目瞪口呆，忘情地鼓掌叫好。燕青、王師也跟著鼓掌，百思不得其解，這到底是怎麼回事呢？

接著演出一個名叫木箱鎖美女的幻術。一隻大木箱，厚厚實實。藝人請三名觀眾監督，當眾將一個美女裝進木箱，木箱上鎖，外縛麻繩，吊到半空中。藝人高喊一聲：「變！」木箱下降到戲台上，卸去麻繩，開鎖，打開箱蓋。啊？木箱裡是空的，美女不見了！藝人拍一拍手，只見那個美女在觀眾席後面，面帶笑容，娉娉婷婷，走上戲台，向觀眾施禮致意。觀眾發瘋似的歡呼喝采。燕青、王師也歡呼也喝采，怎麼也弄不懂，其中的奧祕在哪裡？

燕青、王師回家，把看到的幻術講給娘聽。燕嫂根本不信，說：「哪能呢？哪能呢？」

幻術勾欄演出的幻術異常精彩，雜技勾欄演出的雜技則是精險刺激。燕青愛看雜技。王師不大敢看卻又不能不看。他倆看蹬技：一名少婦，腳穿花鞋，仰躺在長條桌上，身下墊軟墊。她蹬一隻瓷甕。瓷甕老大。她蹬起來毫不費力，或蹬甕底，或蹬甕沿，腳不離甕，甕不離腳，反反正正，穩穩當當。蹬甕難的是雙腳蹬甕腹，使甕轉動。一是滾狀轉動，甕口朝一個方向；一是旋狀轉動，甕口朝各個方向。轉動飛快飛快，讓人緊張得喘不過氣來。最後，她雙腳一用力，把甕蹬得老高老高，一個收勢，雙腳又穩穩把甕接住。

觀眾歡呼叫好。少婦起身歇了歇，又蹬一張方桌，蹬桌面蹬桌邊，蹬桌角蹬桌腿，方桌在她腳上，聽話似的，任由擺弄。蹬桌難的是蹬一條桌腿，用一隻腳蹬起和平衡全桌的重量。少婦做到了，而且能換腳，即把所蹬的桌腿從左腳換到右腳上，再從右腳換到左腳上。那是多麼過硬的功夫啊！

古時雜技又叫馬戲。因為雜技班（團）通常都養馬，表演馬技是必不可少的劇碼。但表演馬技需要寬廣的場地，勾欄裡顯然不宜。勾欄裡也有用於表演的動物，主要是狗、猴子和山羊。藝人發號施令，狗鑽圈，猴子跳繩，山羊過獨木橋，各顯其能。最有意思的是山羊駕轅，拉一輛四輪小車；猴子站在小車上，一手抓韁索，一手揚鞭子，充當馭手；狗滿台奔跑，跳上小車，跳上猴子肩膀，再跳到山羊背上，來個後腿倒立。好玩，好玩，太好玩了！燕青、王師和眾多觀眾一樣，捧腹大笑，笑得前仰後合，笑得眉飛色舞。

燕青、王師對講書勾欄，起初並未引起重視。一天在講書勾欄前看招子，上寫某名角講什麼《西遊記平話》，還彩繪兩個人物，一像猴，一像豬，分別舉一長棒和釘鈀當兵器，形象怪異。他倆出於好奇，就混進講書勾欄聽講書。這一聽方知講書之妙，不聽也不行了。

宋代講書又叫平話，藝人講的書通稱話本。當時，小說《西遊記》尚未問世，但唐僧西天取經的故事，孫悟空和豬八戒的故事，一些片段已廣泛流傳，並形成話本，成為講書藝人常講的劇碼。講書勾欄，戲台布置比較簡單，只擺一張鋪有青布的條桌，藝人站在桌後，用一片木板將桌面一拍，便開講。話本多是長篇，每次只講一章一節，結尾來個「欲知後事如何，且聽下回分解」，吊足了人的胃口。觀眾不間斷地連續聽下去，每聽一次，自然會使藝人錢包裡增加幾文錢。

燕青、王師聽講書，知道了孫悟空。孫悟空沒爹沒娘，是從石頭裡蹦出來的，實際上是個猴子。他漂洋過海，拜師學藝，學會七十二變，一個筋斗能翻十萬八千里。燕青聽了講書，常在炕上翻筋斗，說那也有十萬八千里。王師說：「吹牛！你一個筋斗，最多能翻三尺遠。」燕青辯解說：「我們家炕就這樣大，三尺遠等於十萬八千里！」

孫悟空闖了地府，又闖龍宮。他向龍王索要一件兵器。龍王讓他去拔定海神針鐵。孫悟空好樣的，一用力，就把定海神針鐵拔了，當作兵器，喚作如意金箍棒。那金箍棒神透了，隨著主人意願，變長變短，變粗變細，最小時像繡花針，可藏在耳朵裡。燕青聽了講書，找了一根竹竿拿在手裡揮舞，說那是他的金箍棒。王師說：「那你把它變成繡花針藏耳朵裡，讓我瞧瞧。」燕青說：「我這個金箍棒，隨時都要用來打妖怪，用不著變成繡花針藏耳朵裡。」

孫悟空大鬧天宮，英勇無畏。藝人講得繪聲繪色，活靈活現。燕青、王師聽得全神貫注，嘴巴微張，眼睛瞪得溜圓，生怕漏掉一句話或一個細節。孫悟空單打獨鬥天兵天將，打敗托塔天王李靖和腳踏風火輪的哪吒，痛快痛快！孫悟空和二郎神互比變化，一物降一物，精采精采！可恨玉皇大帝和一群神仙，用暗器傷人，捉住孫悟空，交給太上老君，放進八卦爐煉丹。太上老君用神火燒了七七四十九天。孫悟空安然無恙，反而練成了一副火眼金睛，手舞金箍棒，打出南天門，返回花果山，太棒了！玉皇大帝沒法，請來西天如來佛。如來佛神通廣大。孫悟空逃不出他的手掌心，終被壓在五行山下，單等取經的唐僧。

唐僧赴西天取經，收了孫悟空為徒弟，又收了豬八戒為徒弟。豬八戒原是天庭的天蓬元帥，因調戲月宮嫦娥，被貶往凡間，投錯了胎，投到老母豬肚裡，所以生下來像豬，豬嘴豬耳豬肚子。他好吃，飯量很大，老喊肚餓；好色，見了美女，就走不動路；使的兵器是九齒釘鈀，偷懶，愛沾小便宜，鬧出許多笑話。這個夯貨，可氣可恨但又可愛。

唐僧取經經歷了一個又一個磨難。燕青、王師印象最深的是過火焰山，孫悟空三調芭蕉扇。他倆聽了講書，晚上又在炕上講給娘聽。燕青主講，多出錯誤。王師專門糾正他的錯誤並做補充。二人爭爭吵吵，基本講出了故事的梗概。

唐僧師徒赴西天取經，受阻於火焰山。要過此山，須向鐵扇公主借取寶物芭蕉扇，那扇子一扇熄火，二扇生風，三扇下雨。孫悟空去向鐵扇公主借扇。鐵扇公主係牛魔王之妻、紅孩兒之母，恰是孫悟空的仇家。她不借，又鬥孫悟空不過，遂用芭蕉扇，只一扇，就把孫悟空扇出去五萬里遠。孫悟空得到靈吉菩薩的定風丹，芭蕉扇再奈何他不得。孫悟空變成小蟲，鑽到鐵扇公主肚裡，逼她交出芭蕉扇。鐵扇公主只好同意。誰知她給的扇子是假的，孫悟空拿去扇火，越扇火勢越盛，上了大當。

孫悟空繼續謀求芭蕉扇。他掌握了牛魔王的 行蹤，偷其坐騎金睛獸，變成牛魔王模樣，去鐵扇公主處騙到了芭蕉扇。可是，他只知把扇子變大的口訣，不知把扇子變小的口訣，只能把變大了的扇子扛在肩上。牛魔王得知孫悟空騙去芭蕉扇，亦效其法，變做豬八戒模樣，假裝接應孫悟空。孫悟空信以為真，把扇子讓豬八戒扛。這樣，芭蕉扇又落到牛魔王手中，孫悟空叫苦不迭。

為了芭蕉扇，孫悟空和牛魔王展開廝殺，直殺得雲迷世界，霧罩乾坤，天昏地暗，日月無光。廝殺驚動玉皇大帝和佛祖如來，派來天兵天將和佛兵佛將，將牛魔王、鐵扇公主制伏。二妖交出芭蕉扇。孫悟空用扇子扇滅火焰山的火焰，天降甘霖。唐僧師徒踏上了新的路程。

燕青、王師邊講故事還邊做動作，更是有趣。如鐵扇公主第一次用芭蕉扇扇孫悟空時，王師就取了娘的芭蕉扇，對著燕青一扇，還單腳站在炕上轉了個圈，說：「瞧我芭蕉扇的厲害！」燕青打幾個滾，滾到炕的一角，學孫悟空的樣子，說：「好大好大的風呀！」又如牛魔王被制伏，現出本相——一頭牛。王師讓燕青手腳著炕當牛，她用一根線繩套住牛頭，牽著牛走，歡快地對娘說：「娘，看呀，我把牛魔王捉住了！」

燕嫂沒有進過勾欄，沒有聽過講書，不知孫悟空、豬八戒、牛魔王、鐵扇公主為何許人，笑著說：「你把牛魔王捉住，打算讓他幹什麼呀？」王師說：「讓他犁地，或者拉車。」燕青不幹了，站起，說：「我不是牛魔王，我是燕青。我也要當孫悟空，降妖除怪，保護唐僧，去西天取經！」王師說青哥是牛魔王，燕青說自己不是牛魔王。兩個小孩笑著叫著，扭打在一起。

燕嫂也笑，笑出了眼淚。孩子的情趣就是她的情趣，孩子的快樂就是她的快樂。她的生活很貧乏，但她希望孩子的生活不要貧乏，最好能像朝霞那樣多姿多彩，像鮮花那樣絢麗芬芳。

燕青、王師在瓦市轉悠，哪個勾欄的演出最好看，他倆就出現在那個勾欄。這不，他倆又混進戲曲勾欄、歌舞勾欄了。

宋代的戲曲藝術相當發達與普及。從一定意義上說，最早的勾欄，就是為了適應戲曲演出需要而誕生的場所，所以又稱戲院、劇院。戲曲內容都是古代的人和事，演員演出要化妝，要扮作古人，故而，戲台上演員上場下場的門，稱「鬼門道」或「古門道」。宋代的歌舞藝術也很繁榮，雅樂和文舞發展到一個新的水準，樂、舞、歌融為一體，鋪張奢靡，美侖美奐。一個勾欄大多兩用，或演出戲曲，或演出歌舞，反正不閒著，利用率極高。

燕青、王師看戲曲看歌舞，不大關心內容，主要關心演員。演員經過化妝，穿上戲衣舞衣，人人都很漂亮。尤其是那些女演員，都像天上的仙女。她們，她們用美豔的容貌，用華麗的服飾，用投入的演唱，用翩翩的舞姿，把小小的戲台裝扮得花團錦簇，氣象萬千。王師看著看著，也常會搖頭晃腦，手舞足蹈起來。

燕青、王師看戲曲看歌舞，見識了很多樂器，如鐘、鼓、琴、瑟、磬、笙、笛、簫、琵琶、箜篌、篳篥等。他倆弄不明白，樂師們或敲或彈或吹，樂器為何就會發出那樣優美動聽的聲音，並能表達、傳達人的思想感情。燕青一天逞能，找來竹竿，說要製作橫吹的笛和豎吹的簫。費了九牛二虎之力，笛和簫製作出來了，但怎麼也吹不響。燕青掃興，王師也掃興。

燕青、王師看戲曲，知道了兩個女性人物：《昭君出塞》裡的王昭君和《文姬歸漢》裡的蔡文姬。有兩個鏡頭給他倆留下深刻的印象：一是王昭君出塞，身披紅色大氅，騎在馬上，懷抱琵琶，邊彈邊唱，一隻大雁不知為何出現在戲台上；一是蔡文姬歸漢，大漠荒茫，她痛苦演唱大段歌詞，好像叫《胡笳十八拍》，悲愴悲涼，把所有人都唱哭了。

當燕青、王師在瓦市、勾欄接受多種文化藝術薰陶的時候，李蘊的紅蕾藝女班漸漸走上正軌。黃媽主管藝女的學業，另外雇用一個華嫂，專門負責買菜做飯，掃除洗涮。李梅梅、李蘭蘭、李竹竹、李菊菊吃、穿、住、學都在紅樓，紅樓裡時時傳出讀書聲，還有樂聲和歌聲。四個女孩有時會到樓下空地上玩一會兒。空地上種有美人蕉和鳳仙花，葉綠花紅，賞心悅目。隔著籬笆牆，就是馬記豆腐店。這樣，她們和燕青、王師，燕青、王師和她們，一來二去就認識了熟悉了。她們都很喜歡王師，稱呼她瓷娃娃，經常瞞過黃媽，領她進入紅樓二樓，進入她們的房間。王師見四個姐姐，兩人合住一個房間，各有一張床，一個梳粧檯，各有好多花衣花裙，好生羨慕。她的娘很窮，她是無法擁有這些奢侈品的。四個姐姐問她平時幹什麼。她回答得很乾脆：「玩呀！」接著就講自己和燕青哥，到過什麼什麼地方，汴河，隋堤，州橋，御街，大相國寺、鐵塔，繁台。這樣，該四個姐姐羨羨慕她了，那些地方，她們大多沒有去過。王師又講起瓦市、勾欄，講起講書、戲曲、歌舞、雜技、幻術，甚至講起火焰山、芭蕉扇，講起孫悟空、豬八戒、牛魔王、鐵扇公主。四個姐姐哪裡聽過這樣新鮮這樣好玩的事情？如聽天書，興奮不已，因此就更加羨羨小巧玲瓏的瓷娃娃了。外面的世界真精彩，只可惜她們被禁錮在紅樓，事事不得自由。

梅梅等在黃媽教授下，學習識字寫字，學習唱歌跳舞。唱歌跳舞時。通常是兩人唱一首歌，另兩人跳舞，演示歌曲的內容。她們學得差不多了，悄悄教王師也學著唱學著跳。王師有悟性善模仿，學了幾次，就能自唱自跳，邊唱邊跳，唱和跳的水準不亞於四個姐姐。

秋末冬初的一天，李蘊來到紅樓，由黃媽引領，察看地方，說藝女班還要增加幾個學員。猛聽得樓上傳來低低的歌聲，唱的是漢樂府民歌《江南》：

江南可採蓮，
蓮葉何田田。
魚戲蓮葉間：
魚戲蓮葉東，
魚戲蓮葉西，
魚戲蓮葉南，

魚戲蓮葉北。

這是一個女童唱的，聲音清清亮亮，不含一絲雜質。黃媽說：「又是那個瓷娃娃，我去將她趕走。」李蘊說：「瓷娃娃是誰？」

「隔壁馬記豆腐店的一個女孩，叫王師，體態、長相像瓷娃娃，近來和梅梅等混得很熟，常往樓上跑。」

「噢！那個女孩，我第一次來紅樓時見過，挺美麗挺可愛的不是？不用趕她，我倆去樓上瞧瞧。」

李蘊、黃媽上樓，歌聲來自梅梅、蘭蘭房間。黃媽敲門。歌聲戛然而止。蘭蘭開門，一下子僵在那裡。李蘊、黃媽進房，見梅梅、蘭蘭、竹竹、菊菊四人都在，另外還有個小女孩，就是王師。王師面龐白裡透紅，大眼睛，雙眼皮，長睫毛，黑亮的眸子忽閃忽閃，羞羞怯怯。李蘊和顏悅色地說：「你就是王師吧？剛才的歌是你唱的？」

王師點頭。竹竹、菊菊忙給李蘊、黃媽讓座。梅梅說：「李媽媽，她就是王師，隔壁馬記豆腐店的。我等唱的歌跳的舞，她聽了看了，就會唱會跳，而且能邊唱邊跳，可聰明了！」

這是王師第一次見李蘊，知道她叫李媽媽。李蘊說：「是嗎？要不要來個邊唱邊跳，我瞧瞧？」

王師羞怯，哪敢在生人面前顯擺？任梅梅等怎樣鼓動，就是不唱不跳。李蘊笑著說：「害羞是不是？那好，今日算了，改天吧！王師，你可知你剛才唱的那首歌叫什麼名字？歌中表現的是什麼意思？」

王師搖頭。李蘊說：「歌名叫《江南》，產生在漢代，距今七八百年了。它是一首民歌，一首採蓮歌，反映的是青年男女，在採蓮時的忙碌景象與歡快心情。特點：語言簡潔明快，音調迴旋反覆。唱歌時跳舞時要想像一種意境，一幅畫圖：一條河流或一個池塘，碧綠的蓮葉一望無際；水面有採蓮小船，穿行在蓮葉間，一群俏女雙手採蓮，歡聲笑語；蓮葉下有好多魚兒嬉游，忽兒游向東面，忽兒游向西面，忽兒游向南面，忽兒游向北面，無拘無束，自由自在。這意境這畫圖，是不是很美呀？」李蘊說著，還站起身，輕哼歌曲，扭腰舉臂，學魚兒嬉游，游向東西南北的樣子，優美飄逸，唯妙唯肖。王師呆了，沒想到穿綾著緞、佩金飾玉的李媽媽，這樣精通歌舞，說的唱的跳的都好！

蘭蘭說：「李媽媽，王師還會唱《佳人歌》呢！」李蘊說：「是嗎？那是漢代大音樂家李延年最早演唱，用來形容他妹妹具有傾城傾國之美的。因為這首歌，他的妹妹成了漢武帝的寵妃。歌中『一顧傾人城，再顧傾人國』兩句，把李延年妹妹的美，誇張到了極點。所以，傾城傾國一詞，後來專門用於形容美女絕頂美貌。女兒們，來，我們一起唱《佳人歌》，好不好？」於是，她起頭，並打節拍，帶領女孩唱了起來：

北方有佳人，
絕世而獨立。
一顧傾人城，
再顧傾人國。
寧不知傾城與傾國，

佳人難再得！

這首歌要連唱數遍，一遍一種情調。只有李媽媽，才能把不同的情調，準確地表達出來。

王師回家，把在紅樓的見聞，一五一十告訴娘。燕嫂聽說那個姓李的女人，人稱媽媽，會唱歌會跳舞，甚是驚駭。因為妓院的老鴇才稱媽媽呀！王師還說，李梅梅、李蘭蘭、李竹竹、李菊菊，原先不姓李，都是李媽媽花錢從官府買的，進了藝女班才改姓李，並起了新的名字，說是藝名。燕嫂聽了更加驚駭，覺得那個李媽媽大有來頭，絕非一般女人。

晚上，燕青和王師在炕上瘋了一陣，洗臉洗腳睡覺。燕青自出天花以後，就睡外間小床。他是男孩，年齡漸大，應當分床單睡了。王師睡在炕裡面，很快進入夢鄉，紅潤的臉上浮著甜美的微笑。燕嫂在油燈下做鞋，快過年了，她還要為燕青和王師各做一雙新鞋。她的心中，只有燕青和王師。不知從何時起，她已萌生出一個非常樸實的想法，就是日後要讓燕青和王師結為夫妻。王師現在是她的女兒，日後要成為她的兒媳，她、燕青、王師是一家人，今生今世要永遠在一起！

社會下層的窮苦人，也有理想與願望。燕嫂的理想與願望，就是在豆腐店裡好好工作，把燕青和王師撫養成人，然後讓二人成婚。他倆再透過辛勤的工作生活下去，生育、撫養兒女。然而，理想與願望由不得人，命運更由不得人。一場莫名其妙、突如其來的橫禍，不僅奪去了燕嫂的性命，而且徹底改變了燕青和王師的人生軌跡。

第三章 莫名橫禍

每年臘月，馬記豆腐店總是特別繁忙。這是因為，快過年了，飯肆需要的豆腐成倍增加，普通人家買不起大魚大肉，但物美價廉的豆腐還是要買幾斤的。一些權貴、富裕人家預訂豆腐，開口就要十幾板，相當於豆腐店平日全天的產量。豆腐熱銷，生意紅火，馬哥馬嫂自是歡喜。一板一板的豆腐，其實都是響噹噹的銅錢和白花花的銀子啊！因此，每天做的豆腐，從十板、十五板增加到二十板、三十板。儘管這樣，豆腐還是供不應求。馬哥馬嫂恨不得像孫悟空那樣會七十二變，拔一根毫毛一吹，就變出一百板一千板豆腐來。

豆腐產量翻番，馬哥馬嫂固然勞累辛苦，但最勞累最辛苦的還是燕嫂。燕嫂每天都是第一個起床，起了床就開始忙碌，直到夜深時才能睡覺。燕嫂每天的活計，除了泡黃豆、煮豆漿外，還有很多，主要是打水，洗包布、做飯。

豆腐店做豆腐，用水最多。燕嫂自到馬哥馬嫂家以後，打水的任務就落到了她的身上。水桶是木製的，相當於她半個身高。井台上架有轆軸，用轆軸把水桶放入井中，打滿水，再絞上來，放到井台上。一桶水太沉，她提不動，必須把水倒在兩個小桶裡，分兩次提回，把水倒進水缸裡。她說不清每天要打多少桶水，反正只要她在，水缸裡的水必是滿的，能夠保證做豆腐的需要。燕青八歲時力氣已超過娘，有時也幫娘打水。但燕嫂總不讓兒子幫忙，擔心他毛手毛腳，萬一不慎掉進井裡，那可不是鬧著玩的。

豆腐店做豆腐，要用大量包布，每天一大木盆，當天必須洗淨，曬乾或晾乾。包布上帶有鹽鹵和石膏，光滑黏乎，洗時要放鹼。因此，燕嫂的手每天都在鹼水裡泡鹼水裡搓，受到嚴重浸蝕，非常粗糙。冬天洗包布，接觸涼水，雙手皴裂，裂口大得像小孩的嘴。王師一天捧著娘的手，心疼地說：「娘，你就別洗那些包布了。」燕嫂用裂口的手指，輕理王師的秀髮，說：「傻孩子，那些包布，娘不洗誰洗呀？」

燕嫂每天還要做飯。宋代北方，人們的飲食習慣大多吃兩頓飯，分別在辰時、申時左右。早先，馬哥馬嫂兩個人生活，都是馬嫂做飯。馬嫂不善烹飪，只會做燴菜，白菜、蘿蔔、粉條、豆腐，有時加上豬肉，一鍋煮，煮熟了放鹽放醋，就是燴菜。馬哥馬嫂吃了多少年的燴菜，直到燕嫂出現，情況才有所改變。燕嫂做飯講求變化，普普通通的家常菜，也能做出花樣來。豆腐店最不缺的就是豆腐。燕嫂做涼拌豆腐，除放鹽放醋外，還放切碎的嫩綠小蔥，再滴幾滴香油，那就成了小蔥拌豆腐，一清（青）二白，味美可口。燕嫂把豆腐切成很小的四方塊，加少許肉末，加蔥花薑末等調料，爆炒後煨湯，勾兌粉芡，那就成了豆腐肉末羹，味道鮮美，營養豐富。燕嫂還做五香豆腐、麻辣豆腐、油炸豆腐、番茄豆腐湯、絲瓜豆腐湯等，它們讓人看在眼裡有眼福，吃在口中有口福。

燕嫂餵養的幾隻母雞，下的蛋足夠吃的。炒雞蛋是最平常最易做的一道菜。燕嫂做來，總能激起人的食欲。番茄炒雞蛋，紅色豔紅，黃色金黃。韭菜炒雞蛋，韭菜鮮嫩；辣椒炒雞蛋，辣椒青辣。春末夏初香椿炒雞蛋，那是雞蛋菜中的精品，香椿和雞蛋黏合在一起，放入口中咀嚼，特殊的清香，直透肺腑。雞蛋可以做荷包蛋，可以蒸雞蛋羹，可以攤雞蛋餅，可以把雞蛋餅切成絲，調進涼菜或餛飩裡，那色彩和香味，總會令人垂涎欲滴。

主食，燕嫂做得也有變化。這頓吃飯，下頓就會吃麵條；今天吃蒸饃，明天就會吃煎餅。煎餅是用白麵做的，圓圓的，薄薄的，形狀、大小一樣，活像一個模子刻出來似的。煎餅夾菜，菜有花生炒肉片，青椒炒馬鈴薯絲，酸菜炒粉條，還有大蔥、麵醬等，吃了還想吃，老吃不夠。吃了煎餅，再吃一碗酸辣紫菜湯，直覺得筋脈通暢，渾身舒坦。

燕嫂用心做飯，固然是為了報答馬哥馬嫂，同時也是為了兩個孩子。燕青、王師正處在長身體的關鍵時期，在吃飯問題上虧待不得，不求吃好，但求吃飽。燕青年齡漸大，飯量也漸大。因此，燕嫂每次做飯，總想著要多放一把米，多炒一個菜。她時時都在擔心燕青和王師吃不飽啊！

燕嫂勞累辛苦，夜晚回到草房，腰酸背痛，骨頭像散了架，雙手的皴裂，更是痛得鑽心。但她怕影響到燕青、王師的情緒，總是默默忍受，一聲不吭。她勤勞樸實，她任勞任怨，她的身上，有著工作婦女共有的品格和精神：善良、頑強、堅韌。

臘月，燕青也很辛苦。每天上午，他要給顧客送豆腐，勞作量比以前多出一倍以上。再就是那頭毛驢，五更時駕套，蒙眼拉磨，圍繞固定的圓圈，轉呀轉呀，沒完沒了。馬哥還常常拍打它的屁股，說：「老夥計，好好拉，卸了套，我給你多吃點精料。」

有付出就有回報。臘月二十三祭罷灶王爺，馬哥馬嫂粗粗算帳，當月能賺二十兩銀子，創了豆腐店開張以來月收入的最高紀錄。馬哥高興，說：「嗯，今年要好好過個年！」為此，採購是第一位的。馬哥做好豆腐，便去集市上採購，大包小包，大捆小捆，買回很多很多年貨。馬哥又發話，豆腐店業務在除夕中午以前全部結束，下午，直到來年正月初六，全是過年和休息時間。

接連多日都是晴天。小孩們唱起了年年都唱的民謠：「二十三，祭灶官；二十四，掃房子；二十五，打豆腐；二十六，去割肉；二十七，殺隻雞；二十八，殺隻鴨；二十九，去打酒；年三十兒，貼對聯兒。」眨眼間便是除夕。燕嫂從上午起就鑽進廚房，乒乒乓乓，煮炒煎炸，做起了晚間吃的年夜飯。下午，馬哥叫了燕青、王師，在門面房大門中央位置，懸掛起一個不大不小的紅燈籠；兩扇門上，各貼了個四方塊的紅對聯，分別寫著一「福」字和一是「壽」字。燕青、王師朝街道上看去，很多人家都懸掛了紅燈籠，貼上了紅對聯，表示真的過年了。

酉正時分（下午六時），天色漸黑。燕嫂在門面房裡點亮兩支紅蠟燭，拉開方桌，擺出六盤涼菜來：豬肝、凍肉、油炸排骨、鹽水鴨塊、蒜泥變蛋、香油海蟄。馬哥坐上座，馬嫂坐右座，燕嫂坐左座，燕青、王師坐對面，每人面前放一隻小碟。燕嫂為人自愛自覺，平日是從不和馬哥馬嫂同時吃飯、同桌吃飯的，總是在馬哥馬嫂快吃完時，把飯菜拿回草房去，和兩個孩子一起吃。可是年夜飯這頓飯，她、燕青、王師，是非和馬哥馬嫂同時吃同桌吃不可的，不然，怎能顯示出過年的氣氛？

馬哥打開一瓶開封大麴，斟滿五個酒杯，房裡浮起濃烈的酒香。馬哥說：「過年了，來，我們乾一杯！」他端起酒杯乾了。馬嫂也乾了。燕嫂可不敢乾，說：「我不會喝酒。」她端起酒杯抿了一小口。燕青豪爽，也乾了。馬哥稱讚說：「好小子，行哪！」王師冒冒失失飲了一口，嗆得咳嗽起來，齜牙咧嘴，說：「呀，好辣！」眾人見狀，都笑了。

吃菜。各人把六道涼菜都嘗了一遍，豬肝香，凍肉涼，排骨酥，鴨塊鹹，變蛋軟，海蟄脆，總體評價是兩個字：好吃。

燕嫂讓燕青、王師給馬伯和伯母敬酒。兩個小孩樂意給馬伯敬酒，不大樂意給伯母敬酒，但在當天那個場合，他倆還是聽從娘的話，恭敬地給馬伯和伯母敬了酒。燕嫂乘機起身，說：「我去做熱菜。」去了廚房。

不一時，第一道熱菜端上桌：紅燒獅子頭。獅子頭是純豬肉做的丸子，大如拳頭，一隻盤子只能盛四個；紅燒後帶點湯，顏色暗紅，幾片青菜襯底，賞心悅目。馬哥夾了一塊放在小碟裡，再放進嘴裡，連連點頭，說：「好吃，好吃！」獅子頭很大。馬哥和馬嫂分吃一個，燕青和王師分吃一個。燕嫂只用筷子在王師那半個上夾了一小塊，品嘗一下就又去了廚房。

又幾道熱菜陸續端上桌：冰糖肘子、油炸雞、蜂蜜棗肉、糖醋魚。每道菜都色、香、味俱全。馬哥邊吃邊誇，讚不絕口。第六道熱菜也是最後一道熱菜：梅菜扣肉，外加荷葉餅。梅菜是醃製的梅菜乾，水泡襯底，上面放肉片，籠蒸，使肉片上的油全浸進梅菜裡。用荷葉餅夾梅菜夾肉片，吃上一口，綿、軟、香，滿嘴流油。燕嫂夾了四個荷葉餅，馬哥、馬嫂、燕青、王師，一人一個。她說：「荷葉餅夾梅菜扣肉，既是一道熱菜，又是主食，這樣就不用煮飯了。」馬哥馬嫂正吃得滿嘴流油，說：「這麼多菜，每樣吃一點就飽了，哪還吃得下飯？」

燕青、王師見娘光做菜了，還沒吃到嘴，說：「娘，你也坐下吃呀！」馬哥也說：「是呀，季氏，光讓你一人忙活，你也坐下，先吃一點。」燕嫂說：「這就好，我再去做一道湯。」很快，湯就上桌：酸辣肚絲湯。湯裝在一隻大湯碗裡。燕嫂取來幾隻小碗和小勺，把湯盛在小碗裡。馬哥喝湯，抹了抹嘴，拍了拍肚子，滿意地說：「吃了幾十年年夜飯，單數今年吃的過癮，爽快！」

這時，燕嫂才坐下，涼菜熱菜，這樣吃一點，那樣吃一點，片刻間也就吃好了。接著是收拾，剩菜該單放的單放，該合併的合併，洗滌擦拭。燕嫂手腳麻利，很快便收拾停當。接下來，她要和麵、調餃子餡，大年初一吃餃子，那是新一年頭一天的第一件大事。

馬哥把兩支蠟燭挪到方桌上，說：「燕青，你這幾年送豆腐，很有功勞，所以我要獎勵你：給你五十文壓歲錢。王師跟著沾光，也是五十文。」他說著，取出一百文嶄新的銅錢，分成兩半，一半給燕青，一半給王師。

五十文銅錢相當於半兩銀子。燕青、王師第一次見有這麼多錢，哪敢接受？拿眼睛看娘。燕氏笑著說：「馬伯給你倆壓歲錢，你倆就收著唄，快給馬伯叩頭，祝馬伯福如東海，壽比南山。」燕青、王師忙跪地叩頭，說：「謝馬伯，祝馬伯福如東海，壽比南山。」馬哥大笑，說：「好，好！燕青呀，我另外還要送你一件新年禮物，猜猜，是什麼？」

燕青搖頭，猜不出來。馬哥取一個小包放在桌上，說：「打開瞧瞧。」燕青小心打開小包，驚喜得大叫：「啊，爆竹！」王師也大叫：「娘，快看：爆竹！」

爆竹一名爆仗，源於先秦時期庭燎的習俗：庭院裡放一堆青竹，用火點燃，竹節爆裂，發出叭叭聲響。據說這種聲響能祛邪驅鬼，保佑四季平安。宋代發明了火藥。火藥主要用於軍事領域，手工業者也用它製作燃放的爆竹。王安石《元日》詩：「爆竹聲中一歲除，春風送暖入屠蘇（酒名）。」可見在宋代，過年燃放爆竹已成普遍習俗。燕青見過權貴、富裕人家男孩燃放爆竹的情景，爆竹騰空，一聲巨響，紙花飄飛，火藥氣息瀰漫，使他十分羨慕和嚮往。沒料想今天，馬伯竟也送他爆竹，他的欣喜和激動，難以言表。王師眼尖，又驚呼說：「呀，十五個爆竹呢！」

燕嫂說：「燕青，這爆竹你敢放嗎？」燕青堅定回答說：「敢！」馬哥說：「男孩嘛，膽子要大，明天清晨開門，先放幾個爆竹，除舊迎新，保證全年大吉大利。」

燕青說：「是，馬伯！」

馬哥和燕青、王師說話，燕嫂插話，馬嫂被晾在一邊。馬嫂聽馬哥說除舊迎新，心中猛然一震，自己的丈夫要除什麼舊，迎什麼新？她再看馬哥、燕嫂、燕青、王師，突然冒出個奇怪的念頭：瞧，他們多像一家人，有說有笑，多麼親熱！而自己呢？倒像個局外人和多餘人了！因此，她心裡有了幾分嫉妒，幾分恨意。

燕嫂起身去了草房，取來兩雙新鞋，遞給馬嫂，說：「過年了，我給姐姐和姐夫各做了一雙鞋，你倆試試，看合不合腳？」

馬嫂看鞋，白底黑面，做工精細，自己的一雙，鞋面上還繡了小花。馬嫂試鞋，馬哥也試鞋，不大不小，剛好合腳。馬嫂尚未表態，馬哥先說話了：「季氏，你整天忙個不停，雙手皴裂，還給我們做鞋，真難為你了。」燕嫂說：「這有什麼？姐姐顧不上做，所以我就代勞了。」

馬嫂不會做針線活，她和馬哥穿的衣服鞋襪都是在集市上買的。燕嫂說姐姐顧不上做，所以自己代勞，那是巧話巧說。可是在馬嫂聽來，這話彆扭，以為季氏是在嘲笑她和埋汰她。她本想說一句感謝的話的，但話到嘴邊又嚥了回去。馬哥穿著鞋來去走動，說：「嗯，合腳，舒服！」馬嫂忽然心想：怪了，自己丈夫腳的大小，她季氏怎會知道的？難道他倆之間……

馬哥偏偏多事，不知從何處取出三盒蛤蜊油，放在桌上，說：「季家大妹子，你整天洗包布，又是涼水又是鹼水，雙手皴裂成什麼樣了？這蛤蜊油專治皴裂，送給你，把手也保養保養。」

燕嫂聽到「季家大妹子」這個稱謂，覺得不倫不類，不敢接受馬哥送的東西。馬嫂心裡，那嫉妒那恨意就像水池裡的水泡，咕咕直往上冒，不由冷笑說：「大妹子心中有哥哥，給做鞋；哥哥心中有大妹子，送蛤蜊油。你呀，快收下，切莫辜負哥哥的一片心！」

這話說得又酸又醋，尤其是「心」字，說得意味深長。馬哥和燕嫂不知該如何應對。燕嫂沒有收蛤蜊油，呼喚燕青和王師，快步回了草房。身後傳來馬哥有意壓低的聲音：「大過年的，你，你怎能這樣說話？」馬嫂的聲音比馬哥的高得多：「我怎樣說話？怎樣說話？瞧你倆的親熱勁，我若仍像平時那樣說話，只怕馬記豆腐店老闆娘，很快就是那個女人了！」「你，你！」馬哥氣得說不出話來。

燕嫂關了房門，倚在門上，呼呼喘氣，胸脯起伏。她生怕給馬哥做鞋會惹出麻煩，所以也給馬嫂做了一雙，但麻煩還是惹出來了。馬哥也真是的，無緣無故，又何必送什麼蛤蜊油？燕嫂憑女人的直覺預感到，山雨欲來風滿樓，那山雨將會是一場禍事。

燕嫂想到過年，想到兩個孩子，努力使煩亂的心情平靜下來。她取出新做的衣服和棉鞋，讓燕青和王師試過，確定過年期間就穿這新衣新鞋。她又取出二十文錢，說：「娘沒有那麼多錢，你倆的壓歲錢，一人只能給十文。」

燕青、王師歡呼，說：「呀，我倆大發了，各有六十文錢了！」他倆興致勃勃，數了多遍，燕青又數王師的，王師又數燕青的，確確實實是六十文錢。

燕嫂說：「娘給你倆也有新年禮物。看：這是什麼？」燕青驚呼：「皮帶，小刀！」王師驚呼：「髮卡，手鐲！」

是的，燕嫂給燕青買的新年禮物，是一根皮帶和一把小刀。小刀裝在皮革製的刀鞘裡，可以懸掛在皮帶上，男孩用作裝束，很神氣很帥氣。燕嫂給王師買的新年禮物，是兩個髮卡和一副手鐲。髮卡鮮紅，雙翅張開的蝴蝶形狀。手鐲是銅製鍍銀的，戴在王師手腕上，玲瓏別致。燕青、王師歡天喜地，擺弄皮帶、小刀、髮卡、手鐲，愛不釋手，午夜過後才鑽進被窩睡覺。

午夜過後意味著舊的一年過去，新的一年到來。新的一年，燕青十歲，王師七歲。燕嫂是在二十歲時，燕青出生的那一年住到馬哥馬嫂家的，也就是說，不知不覺中她也已跨進三十歲的門檻了。

大年初一凌晨，燕青和王師聽到大街上第一聲爆竹聲響，就急急起床，忙去開門放爆竹。燕青把一個爆竹端立在地上，用一根點燃的香炷點燃撚子。撚子絲絲冒出火花。燕青趕忙退後。王師則躲在大門裡，雙手緊捂耳朵。「咚」的一聲巨響，爆竹騰向高空；又是一聲巨響，爆竹在空中爆裂，化作片片紙花，隨風飄飛。在燕青、王師聽來，爆竹聲響宛若夏日雷霆，驚天動地，整條街道彷彿都在搖晃。隔壁紅蕾藝女班的門也打開了，李梅梅、李蘭蘭、李竹竹、李菊菊跑出來，和王師一起，看燕青放爆竹。燕青像個英雄，每放一個爆竹，都會引起女孩們的驚喜與歡呼。十五個爆竹，燕青捨不得一次放完，放了九個，剩下六個，說要等到元宵節再放。藝女班過年放假。梅梅等和燕青、王師約定，上午去內城玩耍。她們說，她們最想看勾欄的雜技、幻術演出。

燕嫂起床後即進廚房包餃子。餃子餡是肉加韭菜、白菜的，別說吃，聞起來就很香很香。她麻利地擀皮、包餡，包出的餃子白白的鼓鼓的，有稜有角，整齊地放在竹篦上，像是袖珍藝術品。馬哥起床。燕嫂趕快煮了一大盤餃子，讓姐夫先吃。馬哥仍為頭天晚上的事情窩火，吃餃子時只說了一句話：「別往心裡去。」燕嫂擔心再生是非，沒有答腔。她等待給馬嫂煮餃子，可馬嫂遲遲不見起床，只好又煮了些餃子，端回草房，讓兩個孩子吃了。

燕青、王師吃罷餃子，換上新衣新鞋，懷抱幾文銅錢，呼喚梅梅等，高高興興玩耍去了。馬嫂還不見起床。燕嫂肚餓，取了年夜飯剩下的一個荷葉餅，用開水泡了泡，就著鹹菜吃了。馬哥看得清楚，想說「你煮餃子吃嘛」，可是張了張嘴，那話沒說出來。他搖搖頭，去驢房牽出毛驢。毛驢就地打了個滾，據說那樣最容易解除疲勞。毛驢的年齡比燕青還大，體瘦腿長，辛勤拉磨，除了一點草料外，不圖任何回報。馬哥讓毛驢飲水，用手撫摸它的面部和耳朵，又取來鐵刷子，輕刷它的背部、臀部、腹部、頸部和腿部。毛驢感到很舒服，一動不動，盡情享受主人的愛撫。

快到中午，馬嫂才緩緩起床。燕嫂忙說：「姐姐，我給你煮餃子去！」誰知馬嫂板著臉，陰陽怪氣地說：「不敢勞你大駕，我自己有手，會煮！」燕嫂一時發窘，快快回了草房。馬哥瞪了妻子一眼，很想發作幾句，但硬是忍住了，繼續刷他的毛驢。

煮餃子應當是先把涼水煮開，然後把生餃子下鍋，煮開再兌一點涼水，保證餃子不被煮爛。可是馬嫂已多年未進過廚房，連做飯的基本常識都忘了，鍋裡放了涼水，同時下了餃子。結果，所有餃子都煮爛了，餃子皮和餃子餡混在一起，變成糊糊。馬嫂吃了幾口，一生氣，不吃了，又回去躺到炕上，滿肚子的氣。馬嫂從頭天晚上起就在生氣，生丈夫馬達的氣，生堂弟媳婦季氏的氣。雖說是過年，但嫉妒、多疑和胡思亂想，完全攪亂了她的心緒。

馬嫂燕氏，洛陽遠郊燕坡人。父親是個木匠，家境不錯，有房有地。燕氏自小長得豐滿，喝涼水都長肉，胖呼呼的。她聽說唐代美女楊玉環，是個胖子，後來成為皇帝的貴妃，所以也給自己取了個名字，叫燕玉環。燕玉環十四五歲時，媒婆說媒，踏破門檻。可她心比天高，認定丈夫至少也該是個王公大臣，絕非庸俗平凡之輩，所以對媒婆所說的上百個對象，不屑一顧。這樣，她的婚姻便被耽擱了，以致十八歲時仍待字閨中。待字閨中就待字閨中唄，而她偏偏輕浮，愛和長相俊美的男人調笑逗樂，甚至幽會。結果未婚先孕，肚子一天天大起來了。燕父燕母著急，幫女兒打了胎。好事不出門，壞事傳千里。周圍鄉親都知道了這件事，添油加醋當笑料談論。更有一人在夜間，將一隻破舊的繡花鞋掛到燕家大門上。從此，燕玉環是個破鞋在當地傳揚，無人不知無人不曉。

一個大姑娘家頂著個破鞋的名聲，那是何等羞恥和難堪！燕父燕母厚著臉皮再求媒婆，替女兒說媒。燕玉環身價大跌，媒婆說的對象，大多是老年喪偶的光棍，或是身有殘疾的啞巴、瞎子、跛子。幸有一個媒婆說到鄰村一人叫馬達，年齡比燕玉環大十歲，父母雙亡，獨自開一豆腐店謀生，長相一般，但誠實、壯實，勤勞、本分。燕父燕母一聽，當即表態說：「就是他了！」燕玉環已知自己形如一棵爛白菜，有人要就好，哪還能挑肥揀瘦，討價還價？於是，媒婆跑前跑後，馬達和燕玉環成婚。成婚時沒有花轎，沒有拜堂，馬達用一輛馬車，將燕玉環接到豆腐店，當夜同床共枕，就算是夫妻了。要是在以前，燕玉環肯定會說一朵鮮花插在了牛糞上；如今沒法說，插在牛糞上的只是破鞋般的殘花，牛糞不嫌棄不拒絕，那就阿彌陀佛了。

社會輿論殘酷無情，破鞋一語壓得馬達和燕玉環喘不過氣來。夫婦倆一商量，乾脆賣掉豆腐店，遠走他鄉，另創新業。燕父燕母支持女婿女兒走得越遠越好，資助了一百兩銀子。這樣，馬達和燕玉環就到了東京，在外城買下兩間門面房和一個小院落，開辦了馬記豆腐店。馬達年輕力壯能吃苦，燕玉環也放下身段，一心當好老闆娘。因為夫婦倆辛勤勞作，所以豆腐店辦得像模像樣，不賺大錢賺小錢，每天都有收入。人稱馬達叫馬哥，其妻自然叫馬嫂。馬嫂原名燕玉環成了歷史，再無人提及，這正是她所希望的。自己，庸人一個，哪能和人家楊玉環比呢？

馬嫂遠房堂弟燕順在東京當苦力，意外遇到堂姐，欣喜萬分。馬嫂知道燕順已有妻子季氏，季氏懷了身孕，仍住在破廟裡，於心不忍。她可憐堂弟和堂弟媳婦，便讓燕順、季氏住進自家空著的草房裡。哪知不久，燕順就勞累而死，季氏生下燕青。再不久，王記便民染坊發生變故，王寅、樊氏的女兒王師成了季氏的女兒，豆腐店裡陡然增添了一大兩小三口人。

馬嫂收留季氏母子，頗以主人和恩人自居。她發現，季氏是一個極其廉價和堅韌的工作力，幹了所有的重活和髒活，使豆腐店產量連連攀升。她變得清閒了，也就發福了，滿身是肉，臉龐大，脖子圓，胸圍、腰圍、臀圍一樣粗，像是井台打水的木桶，毫無女人風韻可言。漸漸的，她不由嫉妒起從早到晚，只知埋頭工作，不聲不吭的季氏來。

馬嫂嫉妒季氏年輕能幹。季氏身材矮矮的，皮膚黑黑的，長得不算漂亮，只能說是端正而已。但她小馬嫂八歲，身上各部位該凸的凸，該凹的凹，和諧而又勻稱。馬嫂把多餘的衣裙送給她，她略加改造，重新縫製，嘿，總是那麼合身，那麼中看。她的烹飪手藝也是一絕，既能做簡單的飯菜，又能做複雜的飯菜。比如年夜飯那幾道涼菜和熱菜，馬嫂即使花上十天半個月，也絕對做不出來。

馬嫂嫉妒季氏有兒有女。只有當過母親的女人，才是人生完滿的女人。從這個意義上說，季氏的人生比馬嫂完滿得多。馬嫂未婚先孕過，若不打胎也會當母親，但那是羞恥，往事不堪回首。季氏不僅生了兒子燕青，而且有了女兒王師。馬嫂怎麼也弄不明白，當樊氏溺水而死的時候，王寅為何偏偏把王師交給季氏，而不交給自己餵養、照料？當王師第一次開口說話時，為何偏偏把季氏叫娘，而不把自己叫娘？多年來，季氏無微不至地撫育燕青、王師，燕青、王師大聲地歡快地叫娘，那才是天倫之樂啊！而她馬嫂，嫁了馬哥這麼多年，成了不下蛋的母雞，無兒無女，真是！

馬嫂明知季氏是個安分守己的女人，但偏要往歪處想，一個女人，常年守寡，怎麼打熬得住？樊氏死後，馬嫂想像，季氏和王寅借著王師的由頭，定會偷情。兩家院落之間，只隔著一道籬笆牆，孤男寡女偷情太容易了。她曾多次半夜起來，窺視院落裡的動靜，甚至在籬笆牆缺口處做了記號，看有沒有人從那裡通過。結果令她失望，未見季氏和王寅有任何私情，她實是以小人之心度君子之腹了。

馬嫂進而把歪想用到丈夫身上，腦海裡浮現出一系列問號：只要下雨，馬哥必替季氏去井中打水，為什麼？季氏有時顧不上洗包布，馬哥必替她洗，為什麼？王師、燕青出天花，馬哥那樣關心、體貼季氏，為什麼？馬哥一次還說，想認燕青做乾兒子，把做豆腐的手藝傳給他，為什麼？再就是昨天，馬哥給燕青、王師壓歲錢，給燕青買爆竹，出手大方，為什麼？季氏給馬哥做鞋，馬哥送季氏蛤蜊油，為什麼？馬嫂明知馬哥和季氏整天處在自己眼皮底下，不會也不可能通姦偷情，但嫉妒和多疑使她鑽了牛角尖，她不能不往那方面想，越想越氣，越想越恨，近乎失去理智。她要捍衛自己的地位和利益，因而要和丈夫攤牌，和季氏攤牌，大鬧一場了。

從大年初一到初五，燕青、王師和李梅梅等幾個女孩，去瓦市和勾欄看各種演出，幻術、雜技、講書、戲曲、歌舞，樣樣精彩，看得目不暇接，樂不可支。他們身上都裝有壓歲錢，這個買糖果，那個買瓜籽，還買黃橙橙紅豔豔，又甜又酸的冰糖葫蘆，邊吃邊看演出，那才叫個愜意！

馬記豆腐店，馬嫂和馬哥在他們所住的廂房裡吵架了。馬哥開始把聲音壓得很低，意思明顯是家醜不可外揚。馬嫂卻故意提高嗓門，唯恐別人聽不著。馬哥忍無可忍，也就提高嗓門，針鋒相對，豁出去了。

燕嫂發現馬嫂和馬哥吵架，嚇得不敢擅出草房。她不清楚他們吵架的原因，但從馬嫂高高的嗓門中，能夠猜出和自己有關，和燕青、王師有關。因為馬嫂多次提到「季氏」，還有「憐香惜玉」、「眉來眼去」、「有情有意」、「通姦偷情」、「老牛嫩草」、「我成全你們」、「二房」、「小妾」等詞語，有時也提到燕青、王師的名字。馬哥則吼叫：「你放屁！」「沒事找事，血口噴人！」稀里嘩啦，好像是摔碎了茶壺茶碗。燕嫂心裡一陣陣發緊發堵，有口難辯，苦澀的淚水模糊了雙眼。

燕嫂季氏原籍滄州（今河北滄州），父親和哥哥務農，母親多病，家境貧窮。季氏十二歲那年，父親賣掉家中僅有的三畝薄地，給母親治病，但母親還是死了，父親和哥哥淪為地主家的長工。季氏十五歲時，長得不算漂亮，卻也端端正正，青春健康，透著少女的活力。那家地主的兒子十三歲，患了不治之症癆病，咳嗽吐出的痰中已帶黑紅色瘀血，眼看沒有幾天活頭了。有人提出「沖喜」，即為那兒子娶妻，讓其當了丈夫後再離開人世。地主心腸狠毒，一眼看上季氏，給了季父二十兩銀子和兩匹彩緞作為聘禮，說要娶季氏為兒媳。季父也要為兒子娶媳婦，居然不顧女兒死活，收了那些聘禮。沖喜意味著過門不久就守寡。季氏痛苦至極，在婚期前夕來了個逃婚，收拾幾件衣服，離家出走。她一路向南，逃到徐州，身無分文，不得不在一家飯肆打工。在那裡，她向大廚學會了一些烹飪技藝。飯肆老闆不是個東西，好色，見季氏年輕，頓生歹心，浪言穢語不說，有時還動手動腳。季氏害怕吃虧，連打工的工錢都沒有討要，不辭而別，由徐州向西，輾轉跋涉，到了京城東京。她疲乏，她饑渴，渾身無力，又發起燒來，頭重腳輕，直想睡覺。東京太大，她分不清東西南北，哪有睡覺的地方？好不容易找到一座破廟，不管三七二十一，鑽進去倒頭便睡，昏昏沉沉，諸事不知。

當季氏醒來時，已是三天之後，看到一個壯漢也在破廟裡，生火煮著小米粥。她本能地摸了摸身上和衣服，知道那壯漢未佔自己的便宜。壯漢見她醒了，朝她一笑，說：「你都睡了三天了，還發燒，好嚇人。我請醫生給你瞧過，醫生說是勞累過度，又感染風寒，所以如此，不妨事，多睡覺多休息，就會緩過勁來。醫生還開了兩副湯藥，我煎了讓你服了，還讓你喝了好多好多的涼開水。這不？你醒了，醒了就好，醒了就好。」

季氏坐起，見壯漢二十三四歲，中等身材，方臉寬額，說話不敢正面看人，一副憨實厚道的樣子。她看地上，有藥罐有水杯，說明自己確實是服了藥喝了涼開水的。再看，自己睡的是一塊木板，木板上鋪著厚厚的穀草，蓋的是一條半舊的薄被。這顯然是壯漢的睡處，那人把睡處讓給自己了。季氏剛想說幾句感激的話，壯漢盛了一碗煮好的小米粥，遞給她，說：「你多日沒吃東西了，快吃點小米粥，這樣身體恢復得快些。」季氏很餓很餓，羞紅了臉，一口氣把小米粥吃了。那粥，熱熱的，油油的，香香的，勝過世界上所有的美味佳肴！

季氏身上有了些力氣。破廟附近有個池塘，她去那裡洗了洗，換上乾淨衣服。呵，一個蓬頭垢面，髒兮兮的女子，變成了清清爽爽，秀秀氣氣的女子。看得出，她還是個大姑娘。互相詢問，壯漢始知姑娘姓季，滄州人，逃婚逃到東京的；姑娘始知壯漢叫燕順，洛陽人，在東京拉平板車做苦力，沒有住處，故在破廟裡安身。同是天下淪落人，相逢何必曾相識。就這樣，燕順和季氏，兩個毫不相干的淪落人，意外相逢了相識了。季氏人地生疏，無處可去，只能也住在破廟裡。燕順人好心善，把睡處讓給季氏，自己在破廟門口鋪了些穀草，夜晚就睡在穀草上，兼當季氏的保鏢。季氏好生感動，認定燕順是個好人，是個可以信賴和依賴的好人。

白天，燕順拉著平板車外出工作。季氏把破廟收拾一番，還做了簡單的飯菜。晚上，燕順歸來，驚訝不已，大有一種家的感覺。有時，季氏也隨燕順外出工作，燕順拉車她推車，同出力同流汗，一碗水分著喝，一張餅分著吃，那樣的日子平淡樸實，真好！

這年冬天，一個風雪交加的夜晚，季氏羞澀地讓燕順睡到她的被窩裡。從那一夜起，他倆成了夫妻，貧窮但恩愛的夫妻。燕順要養活妻子，拼命工作。他把賺的每一文錢都交給妻子，他們渴望能有一處屬於自己的住房。季氏十九歲那年，她懷孕了。燕順偶然遇到遠房堂姐——過去的燕玉環，現時的馬嫂。燕順帶領季氏，登門拜訪堂姐堂姐夫。馬嫂心腸一軟，便讓堂弟夫婦住進了自家的草房。隨後便有燕順之死，便有燕青出生，便有王師歸於季氏餵養、照料……

燕嫂是個正統正派的女人，守寡以後把全部心思和精力放在工作上，放在照料孩子上，從未想過改嫁，更未想過偷情。她深知寡婦門前是非多的道理，所以時時都注意檢點言行。她接觸的男人只有馬哥。馬哥是她的姐夫她的恩人，她感激他和尊重他，但從不主動和他說話，更不用說單獨相處。作為母親，她自好自愛，只想順順當當地把燕青、王師撫養成人。然而樹欲靜而風不止，是非還是出來了。是非往往釀出禍事。明天後天又會怎樣呢？她不敢想，又不能不想。唉，孤兒寡母，寄人籬下，做人做事，深不得淺不得，難哪！

馬嫂和馬哥吵架，斷斷續續。燕嫂窩在草房裡，提心吊膽。這種局面維持數日，正月初六平衡打破，矛盾總爆發了。

初六是個陰天，朔風呼嘯，烏雲翻滾，天空飄著零零星星的雪花。燕青、王師和梅梅等原本打算去開寶寺登鐵塔的，計畫取消，改為休息。王師去了紅樓二樓，學唱一首新歌。燕青擺弄他的小刀，琢磨著削個什麼刻個什麼。約莫申時左右，馬嫂和馬哥吵架升級，聲音很大。馬嫂怒氣沖沖，快步來到草房跟前，高聲說：「季氏，你出來！我告訴你：當初我收留你，是可憐你，同情你。而你，忘恩負義，賣弄風騷，勾引我男人，恬不知恥！你，連同燕青、王師，趕快收拾收拾，給我滾，滾！」

馬哥跟了上來，也是怒氣沖沖，高聲說：「季氏，別聽她的，她放屁！馬記豆腐店姓馬，我馬達說了算，我不發話，誰也別想趕你走！」

燕嫂在草房裡聽得真切，淚水簌簌。燕青手中握著小刀，牙齒緊咬嘴唇。紅樓的黃媽及幾個女孩，站到院落空地上看熱鬧。王師飛快地穿越籬笆牆，跑回草房，撲到娘懷裡。燕青和王師，平日討厭馬嫂，很少叫她伯母，私下多叫她肥婆。關鍵時刻，他倆愛憎鮮明，絕不允許肥婆欺侮和為難娘。

馬嫂把臉轉向馬哥，憤憤地說：「你個老公驢，我讓季氏滾，你心疼了不是？憐惜了不是？你口口聲聲說和她沒有關係，沒有通姦，沒有偷情，哪為何護她呀？留她呀？呃？你心裡有她，就明說唄，娶她做二房呀，做小妾呀！要不要我騰出位置，讓她做正房，做妻子？你說馬記豆腐店姓馬，它就姓馬了？我說不對，它也姓燕，有我老娘的一半！我老娘讓季氏滾，她就得滾！豆腐店裡不能長住一個騷貨！」

馬嫂只顧嘴上痛快，信口開河。馬哥心火突突，失去耐性。他從馬嫂所說的騷貨一詞，想到馬嫂的過去，發一聲冷笑，也就撕破臉皮，憤憤地說：「姓燕的，別以為你是騷貨，別人也是騷貨。

你該尿泡尿照照，你是什麼貨色？你忘記你的醜事了？誰和野漢子通姦偷情，未婚先孕了？誰做姑娘時就落下破鞋的名聲了？誰年過十八歲還沒人要，嫁不出去了？姓燕的，給你臉你不要臉，虧你還好意思在這裡撒野耍潑，丟人現眼！」

馬嫂的過去是塵封的歷史，像一個骯髒的傷疤，早結痂了。她萬沒想到馬哥會把痂皮當眾揭開，又使傷疤暴露在光天化日之下。她還是有羞恥心的，直覺得眾目睽睽，無地自容。她且把季氏放在一邊，轉移仇恨矛頭，像河東獅吼，一頭撞向馬哥，說：「馬達，你不是人，老娘和你拼了！」

馬哥怒從心頭起，惡向膽邊生，身子一閃，掄起粗大巴掌，朝馬嫂臉上扇去。這一巴掌下手太狠太重。馬嫂跌趴在地上，右臉腫了起來，火辣辣的疼，口吐鮮血，鮮血中有硬物，吐出一看，原來是黏呼呼的兩顆牙齒。馬嫂號啕大哭，嗚嗚嗚嗚，把馬哥祖宗十八代罵了個遍。

燕嫂打開草房的門，左手牽著燕青，右手牽著王師，走前幾步，平靜地說：「馬哥馬嫂，你們別吵了。我、燕青、王師，這就滾，馬上就滾。」

馬嫂停止大哭，抬眼看著季氏。馬哥咆哮起來，大聲說：「季氏，你不能走！你我光明正大，清清白白，還怕一個臭婆娘滿嘴噴糞不成？要滾，也是她姓燕的滾，破鞋滾！」說著，搬來一條長凳，橫放在院落裡，坐下，把一隻腳放在長凳上，擺出一副一夫當關，萬夫莫開的架勢。燕嫂驚愕，不知所措。馬嫂披頭散髮，以手捂臉，跑回廂房。

凜冽的西北風發出淒厲的呼號。零星的雪花迅速變成毛狀片狀，紛紛揚揚，隨風飛舞，打著鏇子。天空一片混沌。地上積雪由淺而深。天氣惡劣，嚴寒逼人。身單力薄的燕嫂及兩個孩子，想滾也滾不成了。

入夜，風狂雪猛，天寒地凍。草房裡，燕嫂懷攬燕青和王師，望著油燈一點灰黃的光亮，出神發呆，漫無頭緒。她想起燕青和王師還未吃晚飯，便說：「燕青，你去廚房，碗櫃裡有麵餅，取幾個回來，和王師一起吃。」燕青答應，開門進門，風雪湧進草房，險些將油燈吹滅。燕青拍打滿身的雪花，跺著腳說：「好大的雪呀！」

燕嫂在土炕炕膛裡先烤熱兩個麵餅，燕青和王師一人一個，說：「快吃，吃完喝點水。」燕青、王師說：「娘，你也吃呀！」燕嫂說：「娘不餓，你倆吃吧！」

燕青吃餅，狼吞虎嚥；王師吃餅，文文靜靜。燕嫂見兩個孩子吃餅的樣子，心中翻江倒海，眼眶裡滿是淚水。

馬記豆腐店，她肯定待不成了。馬哥雖然留她，但那是氣話，不能當真。她回想到豆腐店九年來，與人無爭，與事無爭，只想多工作，報答馬哥馬嫂，同時把燕青、王師拉扯成人。她有過高的奢望嗎？沒有。她招過誰惹過誰嗎？沒有。她就像那頭毛驢，辛苦勞作，求的只是能有個住處能填飽肚子。她是寡婦，特別注意檢點言行，然而還是和「通姦」、「偷情」、「騷貨」等醜惡詞語沾上了邊。人有臉，樹有皮。她的人格和名譽受到玷污，哪還能再在豆腐店裡待下去？

馬嫂訓斥她滾，她不得不滾。可是，她一無親二無故三無錢，滾，又能滾到哪裡去呢？關鍵是有燕青、王師兩個孩子啊！自己可以住破廟住橋洞，孩子不可以；自己可以流浪乞討，孩子不可以。想到孩子，她心如刀割，淚如雨下。驀然，丈夫燕順好像站在她面前。燕順還是九年前的樣子，對她說：「你呀，活得太苦太累。趕快解脫吧，解脫了，一了百了！」

解脫意味著死，意味著離開這個世界。看來，只能這樣了，捨此別無他路。自己一死，馬哥馬嫂尤其是馬嫂，或許能再次生出些憐憫心同情心，收留燕青、王師，使他倆能有個地方住，有口飯吃，不致流落街頭，凍死餓死。

燕嫂淒然，不禁想到命。命這個東西，說有就有，說無就無，虛無縹緲，不可捉摸。不過，她認為人是有命的，這個命不可自控，完全掌握在冥冥上蒼手中。她逃婚，是命；她與燕順相逢，是命；燕順早死，是命；她勞勞碌碌這麼多年，是命；如今，燕順招呼她解脫，趕快解脫，還是命。有道是命中八升，何求一斗？她一個窮女人苦女人弱勢女人，無法掙脫命的大網，只能認命，服從，就範。世界固然精彩，但不屬於她，留戀、抗拒毫無意義。

燕青、王師見娘的神情異樣，停止吃餅，說：「娘，你哭了。」燕嫂趕忙擦拭眼淚，說：「娘沒事沒事，你倆快吃，炕膛裡還烤著兩個餅呢！」燕青說：「那個肥婆真壞！」王師附和說：「可不？肥婆肥胖得像豬，身上髒，說話也髒！」

燕嫂想笑一笑，但沒笑出來，說：「小孩子，別損大人。那人，你倆該叫伯母，不可叫肥婆。你倆呀，還指望她關愛呢！」燕青、王師想，那個肥婆還會關愛別人？那太陽豈不是打西邊出來了？

燕嫂解脫之心已定，但不能讓孩子看出端倪。她像往常一樣慈愛，一樣和顏悅色，給燕青、王師洗臉洗腳，又給王師梳頭髮。她說：「你兩個，以後要學會照料自己，吃飯、穿衣兩件大事，溫飽問題比什麼都重要，懂嗎？你兩個，雖然不是親兄妹，但比親兄妹還要親，任何時候都要同甘苦共患難，永遠相親相愛，懂嗎？燕青是哥哥，王師是妹妹，哥哥要格外照顧、保護好妹妹，懂嗎？」

燕嫂這三個「懂嗎」，明顯有交代後事的意思。燕青、王師年齡太小，聽不懂「懂嗎」的弦外之音。燕青撫摸娘乾巴巴的皴裂的雙手，說：「娘，今後我幫你打水，洗包布。」王師說：「那我就幫娘燒火做飯。」

燕嫂眼中熱淚滾落，親了親燕青的額頭和王師的面頰，說：「好孩子，娘謝謝你倆！」她忽然想起什麼，又說：「燕青，今夜風大雪大，外間太冷，你，你可到炕上來睡。」燕青高興，王師也高興。這樣，他倆可以並排而睡，細說孫悟空三打白骨精的故事。那是他倆及梅梅等前天在講書勾欄聽過的平話，一些情節，尚需溫習和討論。兩個小孩睡在熱炕上，臉對著臉，說著說著，連打幾個哈欠，隨後便進入夢鄉。

燕嫂開了一次房門，去廚房舀了一大碗鹽鹵回來。鹽鹵是點豆腐用的，極鹹。她也洗了臉洗了腳梳了頭髮，換了一身乾淨衣服。她將自己的被褥挪到外間小床上，鋪展齊整，再回到內間，打開兩個包袱放在炕邊，包袱裡分別包著燕青、王師的衣服鞋襪。其中，王師的一雙鞋，她只納了一隻鞋底，另一隻無法再納了。她看兩個熟睡的孩子：燕青仰躺著，寬額濃眉，那神態活像他爹燕順；王師側躺著，秀髮覆枕，睫毛合攏，嘴角露出甜美的微笑。她不禁熱淚滂沱，心裡說：「孩子，不是娘心狠，忍心丟下你倆，而是這世道這社會太齷齪，容不下娘啊！娘活著，你倆只能跟著娘受苦受罪；娘一死，你倆或許會有人照應，用不著顛沛流離。」

燕嫂擔心動搖解脫的意志和決心，所以不敢再看孩子。她坐到外間小床上，默想許久，好像再沒有什麼可牽掛可流連的了。她端起那隻大碗，一股氣，將鹽鹵喝光，然後躺下，拉了被子蓋在身上，輕聲說：「燕順，等著我，我尋你來了！」

草房內，油燈熄滅。草房外，風挾著雪，雪裹著風，發出刺耳的呼嘯，大逞淫威。風雪之夜，這是個騷動的瘋狂的肆虐的風雪之夜！

馬哥當夜睡在門面房裡，生他臭婆娘馬嫂的氣。馬記豆腐店，叫臭婆娘莫名其妙一吵一鬧，恐怕再無寧日了。次日早晨開門，街道、房屋、樹上，白雪皚皚，銀鑲玉裹。他取了掃帚，清掃院落裡的積雪，想起頭天沒泡黃豆，所以這天磨不成豆漿做不成豆腐了。忽然，他聽到後面草房裡有哭聲。只見燕青跑向前來，滿臉淚水，急急地說：「馬伯，我娘我娘……」

馬哥心頭一震，扔下掃帚，跑向草房。他見到的是小床上季氏的屍體，掉落在地上的被子和裝鹽鹵的大碗。王師伏在屍身上痛哭，邊哭邊喊：「娘啊，娘啊！」馬哥明知季氏已死，但還是用手指去探鼻息，鼻息全無。季氏面部扭曲，完全變了形，可以想見鹽鹵侵蝕她的內臟時，她咬牙掙扎，強忍痛苦，不致發出聲響的情景。馬哥心中無名火熾，熊熊騰起三百丈，轉身直奔廂房。馬嫂已經起床，正面對銅鏡，審視紅腫的右臉。馬哥像一頭暴怒的獅子，伸手抓住她的衣領，拖了就走。馬嫂大叫：「你幹什麼？」馬哥並不答話，像拖死狗一樣把她拖進草房，厲聲喝道：「跪下！」

馬嫂跪地，朝小床上一看，方知事態嚴重。她的嫉妒、疑心，她的胡思亂想、胡言亂語，居然鬧出了人命！馬哥滿眼凶光，用手指著她，咬牙切齒地說：「你這個母夜叉、母老虎，喪門星、害人精，騷貨、破鞋！季氏礙著你什麼了？你那樣嫌棄她糟蹋她？你讓她滾，她一個寡婦，還有兩個孩子，能滾到哪裡去？他娘的，你也是女人，心腸怎麼這樣歹毒？這麼多年，我沒進過這草房。你睜眼瞧瞧，草房裡可有一件像樣的東西？這下好，你把她逼死，心安理得了？稱心如意了？呸！善有善報，惡有惡報，你會遭報應，遭報應的！季氏在陰曹地府做鬼，也不會放過你和饒過你！」馬嫂自覺理虧，哪敢吭聲？馬哥看她，越看越氣，越看越恨，狠狠踹了她一腳，呵斥說：「滾！滾得遠遠的，別再讓我看到你！」馬嫂心虛，不敢正眼看馬哥，更不敢正眼看燕青、王師，茫茫然惶惶然，起身離去。

人死入土為安。宋代東京，已有專門承辦喪事的殯儀鋪。馬哥領了燕青、王師，去殯儀鋪找到白老闆，約請辦理喪事。白老闆一算，棺材、喪衣及殯葬費用等，共三十兩銀子，說：「這是本鋪開年第一宗生意，優待二兩銀子，你給二十八兩。」馬哥說：「不！那樣對死者不敬。我不要優待，只求棺材板厚一點，壽衣品質好一點。」白老闆每天都承辦喪事，司空見慣，臉上沒有任何表情，說：「這個，好說。你們請回，下午小殮，我看就不必停殯了，小殮後即大殮，初九出殯。」

燕青、王師回到草房，找了白布纏在頭上，算是戴孝。馬哥買回幾包冥錢。二人跪在火盆前焚燒。可憐兩個孩子，心裡奇苦奇痛，卻不會呼天搶地大哭，只會默默流淚。

下午，白老闆領著幾名冷漠的仵匠，帶來三套壽衣，抬來一口棺材。草房地方太小，棺材無法入內。馬哥指揮，臨時在院落裡搭個席棚。仵匠小殮，即給死者穿衣服；接著大殮，即將死者置於棺內，蓋蓋釘釘。大殮後的棺材叫靈柩，停在席棚裡，不再移動。燕青、王師想再看娘一眼，也不能夠了。

初九出殯。普通人家在東京買不起墓地，人死後只能埋在外城外面的亂墳崗。燕順死時埋在那裡，墳已不見，如今燕嫂也得埋在那裡。數名仵匠一聲吆喝，靈柩啟動。燕青、王師手捧喪杖走在前面。馬哥拋撒冥錢。沒有排場，沒有儀式，甚至沒有哭泣，亂墳崗又添了個小小的新墳。燕嫂長眠地下，徹底徹底解脫了。

仵匠回殯儀鋪。馬哥、燕青、王師回豆腐店。馬哥突然想起，兩天沒見臭婆娘了。他去所住的廂房察看，發現重要物件都在，只是少了馬嫂的幾件衣服。看來，馬嫂是離家出走了。

不錯，馬嫂的確離家出走了。馬嫂本來只是嫉妒、疑心，吃丈夫和季氏的醋，才口無遮攔，大放厥詞的，沒料想事情會弄到不可收拾的地步。季氏無辜屈死，她有責任。破鞋歷史敗露，自討沒趣。馬哥打她罵她，夫妻情分斷絕。燕青、王師用仇恨的眼神盯她，眼神裡有尖刀有烈火。這又怪得了誰呢？不都是自己造成的嗎？馬哥呵斥她：「滾！滾得遠遠的，別再讓我看到你！」是的，自己應該滾，滾得越遠越好。就這樣，馬嫂只帶了幾件衣服，離家出走了。她去了哪裡？結果如何？無人知曉。從此，此人在人世間消失了蒸發了。

馬記豆腐店經歷一場莫名橫禍，元氣大傷。馬哥深受打擊，心灰意冷。燕青和王師孤苦伶仃，相依為命。生活還得繼續不是？來日長長，前路漫漫。他們說不清道不明，來日裡，前路上，還會遭遇怎樣的風雨，怎樣的溝坎？

第四章 入籍倡家

燕嫂屈死，馬嫂出走，使這個年過得晦氣喪氣，大煞風景。當馬哥、燕青、王師環視豆腐店內外的時候，直覺得空蕩、清冷、死寂。大雪壓坍雞舍，燕嫂餵養的母雞全被壓死了。王師想到那隻慣下雙黃蛋的母雞，又想哭。燕青的爆竹還剩六個，沒有心情再放，只好當作垃圾扔了。馬哥考慮，季氏是死在後面草房裡的，那裡低矮潮溼，陰氣森森，燕青、王師哪能再在草房裡住？所以命二人住他和馬嫂所住的廂房，自己住門面房。他又認認真真檢查一遍，地契、房契及歷年來積攢的三百兩銀票都在，說明馬嫂還是有良心的，離家出走時並未把夫妻共有的財產席捲一空。

他們好幾天沒有好好吃飯了。馬哥領了燕青、王師，去一家飯肆，點了幾個菜，美美吃了一頓，還喝了酒。馬哥傷感地說：「你倆的娘一死，再沒人做飯，我們以後恐怕都得買飯吃了。」燕青說：「馬伯，我學做飯！」王師說：「我也學做！」馬哥苦笑，說：「人說窮人的孩子早當家，這話真是不假呀！」

馬哥身心俱疲，無心再做豆腐，光想睡覺。這一睡不打緊，潛伏多年的各種疾病，驟然爆發。他感到渾身都不自在，頭暈目眩，腰酸背痛，咳嗽噁心，脈搏跳幾下停一下，心慌心悸，出冷汗，意欲嘔吐卻嘔吐不出來。接著睡覺又出了問題，輾轉反側睡不著，幾天幾夜不合眼，累得筋疲力竭，昏昏沉沉。他終於病倒了，不得不請郎中看病。

燕青按照馬伯的指點，去一家藥鋪請來一位年邁的魏郎中。魏郎中常買馬哥做的豆腐，彼此認識。他落座號脈，號了左手號右手，號了好長時間，眉頭鎖成一個疙瘩。馬哥擔心地問：「請問郎中，我得了何病？」魏郎中說：「恕我直言，老弟的心、肺、腸、胃、肝、腎都有毛病。你平時做豆腐，光知工作工作，賺錢賺錢，不知休息，更不知保養，日積月累，以致如此。近來又遇煩心事不是？風寒攻心，陰陽錯亂，正呈愈演愈烈之勢。」馬哥說：「請問能治嗎？」魏郎中說：「我給開個方子，先吃幾副湯藥，看看情況再說。治病，靜心為主，用藥為輔。心靜不下來，吃再多的藥也是白搭，諸病難癒。」

燕青一下子長大了，擔負起照顧病人的任務。他學會了去錢莊用銀票兌換銀兩和銅錢，學會了抓藥煎藥，學會了做簡單的飯菜，而且學會了餵毛驢草料。馬哥患有多種疾病，藥方上開的藥材種類特多，每天都要煎出兩大碗湯藥，分兩次服用。馬哥服用幾天就不再服用了，說那味道太苦，比黃連還苦。

魏郎中讓馬哥靜心，可他的心就是靜不下來。他想起燕嫂，那樣一個好人，受屈受辱，最終竟在豆腐店喝鹽鹵而死。他實在對不起那個苦命人哪！他想起馬嫂，跟自己夫妻一場，怎麼就那樣小肚雞腸呢？夫妻之間，無中生有的通姦、偷情之類的懷疑、指責、謾罵，最惱人最傷人哪！話又說回來，自己對她，是不是過分了？千不該萬不該，不該揭開她那個醜惡傷疤呀！她出走了，是活是死？活不見人，死不見屍，讓人一顆心老懸在半空啊！

馬哥還想眼前的燕青和王師，兩人還是孩子，無爹無娘，未來的日子怎麼過？怎麼過？

馬哥心靜不下來，又不堅持吃藥，病勢越來越重，身體每況愈下，二月中旬，臥倒在床，再也起不來了。他一下子蒼老了許多，鬚髮蓬亂，眼窩深陷，兩頰瘦削，面色蠟黃。燕青著急，要再請魏郎中。馬哥止住，說：「算了！生死由命，我這個病，縱然華陀轉世，恐怕也治不了。」

經過多年相處，馬哥很喜歡燕青這個孩子，聰明，懂事，勤快，沒有什麼壞毛病。馬哥夜間要喝水要解手，身邊離不開人。燕青不聲不響，也搬到門面房住，細心伺候病人。王師一人，夜間不敢在廂房睡覺。燕青就去找隔壁的黃媽，請讓王師和梅梅等合住一段時間。黃媽答應。梅梅等更是歡喜。因為這樣，她們可以聽王師講瓦市、勾欄很多很多的新鮮事情。

馬哥重病纏身，無法再做豆腐。那麼豆腐店還有存在的必要嗎？他試探著問過燕青，想不想學做豆腐的手藝？如果想，豆腐店就保留，由燕青接手業務。可是燕青回答得很乾脆：不想！他說他的志向是習武，闖蕩江湖，而不是黃豆、石磨、豆腐。馬哥不強燕青所難，所以決定關閉豆腐店。這樣，那頭毛驢就用不上了。馬哥讓燕青去牲口市場，找來一個買主，當面議價，以六兩銀子賣掉毛驢。買主付了銀子，牽驢要走。馬哥強撐著起身下床，顫顫巍巍，撫摸毛驢面部，難分難捨。毛驢熱呼呼的長舌，親熱地舔著主人的手。馬哥熱淚縱橫，又退給買主二兩銀子，說：「只求你，只求你好好對待我這個老夥計、老朋友啊！」

陽春三月，本該是桃紅柳綠、鶯飛燕舞的季節。可這年來了個倒春寒，清明前後，天氣依然陰死鬼冷，十餘日不見太陽。馬哥病情急轉直下，連發高燒，神志昏迷。燕青自作主張，又去把魏郎中請來。魏郎中邊號脈邊搖頭，將燕青拉至一邊，悄聲說：「他不行了，準備後事吧！」

馬哥也知道自己不行了。馬嫂沒有給他生下一男半女，他只能把燕青、王師當作兒女，交代後事。燕青、王師眼淚汪汪，不知所措。馬哥強打精神，說：「孩子，別哭！人總是要死的，我也不例外，只是死得早了些。我死，最放心不下的是你倆，一個十歲，一個七歲，咋辦呀？還好，我有些財產留給你倆，可使你倆近期內的生計不成問題。」馬哥說著，從枕頭下取出一個金屬小盒，打開，遞給燕青，又說：「這是我和你倆的伯母，歷年來積攢的三百兩銀票，其中有王師爹王寅給的一百多兩。另外還有地契、房契，這個院落如果出賣，至少也值五六百兩銀子。銀票、地契、房契，你要收好，它們可是你倆的生計保障啊！」

馬哥一陣咳嗽，許久才吐出痰來。燕青用痰盂接痰，痰中有鮮紅的血跡。王師用溫濕毛巾給馬伯擦嘴，毛巾上也有紅色血絲。馬哥艱難喘氣，接著說：「燕青，我死後，就像你娘死後一樣，去找殯儀鋪白老闆，花三十兩銀子，由他安排辦理喪事，懂嗎？葬地只能是外城外面的亂墳崗了，我找你倆的娘去，彼此在地下也好有個照應。」

燕青痛哭失聲，王師也淚水嘩嘩。兩個小孩對馬伯是有感情的，多麼希望死神手下留情，再給他幾年陽壽啊！

清明節氣後面的節氣是穀雨。就在穀雨這一天，病了兩個多月的馬哥停止了呼吸，死年四十八歲。白老闆又一次前來辦理喪事，心中納悶：這家奇怪，兩個多月裡怎會死了兩口人！

燕青和王師失去了娘，又失去了馬伯，傷心，悲苦，沉痛，同時也經受了考驗與鍛鍊。他倆得勇敢地面對現實，堅強地生活下去。如何生活呢？兩個少年，處在人生道路的十字口，懵懵懂懂，茫然，躊躇，彷徨。

馬伯一死，燕青、王師成了名副其實的孤兒孤女。幸虧馬伯死時，給他倆留下了銀票、地契、房契等，這才使他倆成為比較幸運的孤兒孤女，不必流落街頭，受凍挨餓。燕青已學會做簡單的飯菜，遵從娘的遺囑，照顧、保護王師，兄妹倆的生活一時不成問題。至於長遠，長遠怎麼辦？二人朦朦朧朧，似乎有那麼一個隱隱約約的意向。

燕青、王師深受瓦市、勾欄文化的影響。燕青在勾欄聽講書西遊記平話，原先想當神通廣大、可以上天入海的孫悟空，後來知道孫悟空是個神話人物，像他這樣的凡人根本當不成。他又聽講書三國志平話，發現忠肝義膽、武藝高強的關羽、張飛、趙雲，歷史上確有其人，所以又想當關羽、張飛、趙雲。想當是一回事，能不能當是另一回事。少年燕青還分不清二者的區別，只是一腔熱情，嚮往習武，闖蕩江湖，最好能遇到劉備那樣的大英雄，跟隨他走南闖北，真刀真槍，創建功業。王師最羨慕戲台上的那些歌舞藝人，年輕，漂亮，穿戴鮮豔、華美的衣飾，隨著樂隊演奏的樂曲翩翩起舞，間或展啟嬌喉，高歌一曲，贏得滿堂喝采聲與歡呼聲。那情景，讓人著迷，讓人陶醉。梅梅等曾鼓動王師，應當進紅蕾藝女班，和她們一起學習歌舞，這樣長大後才能表演歌舞。王師聽後怦然心動，可是那個紅蕾藝女班，想進就能進嗎？

就在燕青、王師對未來生活想入非非，捉摸不定的時候，李蘊李媽媽出現了。

燕青、王師正在廂房裡收拾馬伯穿過的衣服鞋襪，打算扔掉或燒掉。李蘊由黃媽陪同，在院落裡看了看，進了廂房。燕青、王師見是貴客，慌忙讓座。李蘊看了看房裡的景象，說：「燕青、王師，我們不妨坐在院落裡說說話，好嗎？」燕青、王師同意。因為廂房裡太亂，沒有可供客人坐的地方。

兩個大人兩個小孩坐在院落裡。李蘊態度和靄，詢問燕嫂、馬哥的喪葬情況。燕青低著頭，簡約回答。李蘊掏出手帕擦拭眼角，連聲歎息：「唉，唉！」談話進入正題。李蘊說：「燕青、王師，你倆可知我是幹什麼的？我辦的紅蕾藝女班又是幹什麼的？」

燕青、王師搖頭，意思是：不知。李蘊說：「那我就告訴你倆：我叫李蘊，出身歌舞藝人。古代把歌舞藝人及雜戲藝人等，叫倡優或倡伎，所以從事這一行業的人通稱倡家。這個『倡』，是『人』旁加個昌盛的的『昌』。倡家有很多女藝人，她們若是進入妓院接客謀生，或者經營妓院謀生，又稱娼妓。因此倡家又通稱娼家。這個『娼』，是『女』旁加個昌盛的的『昌』。『倡』與『娼』，『伎』與『妓』，既有區別又無區別，說來複雜，今天且不說它。我要說的是，我們李家既是『人』旁的倡家，又是『女』旁的娼家。因為我們家還經營著一家妓院，就是御街上那座香豔樓，現在由我妹妹李茵在那裡管理，你倆知道嗎？」

燕青、王師限於年齡，不知「倡」與「娼」，「伎」與「妓」的區別，也就不知「倡家」與「娼家」的區別，但知道香豔樓。那樓位於皇城以南、州橋以北的金環巷，屬於御街上最繁華的地段。綠樹紅牆，群樓比肩，每天夜晚，那裡華燈齊放，車水馬龍，進進出出的都是些衣冠楚楚的達官權貴、公子王孫和文人雅士。那些人在那裡尋歡作樂，據說都是一擲千金！香豔樓門前有很多妓女，一個個濃妝豔抹，敞胸露臂，走路一扭一扭，說話浪聲浪氣，他倆對她們可沒有什麼好印象。

李蘊並未說「妓女」一詞，而是說：「我們家的香豔樓，論規格論檔次，在東京數一數二，接待的都是上層社會有頭有臉的大人物。那些大人物的需要是多方面的，其中一項是要為他們提供歌舞服務。所以，我才辦了紅蕾藝女班，專門培養歌舞人才，也就是倡優或倡伎，懂嗎？」

燕青看王師，王師看燕青，似懂非懂。李蘊無須燕青、王師回答，又說：「燕青、王師，我今天來是想跟你倆商量一件事情：我辦的藝女班還要擴大，藝女常年要保持在八人至十人左右。可是，現在的地方過於狹小，挪騰不開。所以，所以我想利用馬記豆腐店這個院落，再建一座紅樓。」

燕青、王師以為李媽媽要霸佔馬伯留給他倆的院落，心中一陣緊張。李蘊好像看出了他倆的心思，用手指著院落前後，笑著說：「別緊張，我不是要霸佔這個院落，只是想利用這個院落，將破舊草房拆掉，再建一座磚瓦結構的二層樓房，和原先的紅樓連成一體。院落的地產是你倆的，樓房建成後，房產也給你倆，我只擁有使用權，用來辦藝女班。怎樣？」黃媽插話說：「燕青、王師，李媽媽家最不缺的就是錢，她說話算話，不會騙你倆，更不會坑害你倆的。」

李蘊所說的方案極有誘惑力。燕青想了許久，說：「中！但我有個要求。」

「說！」

「就是，就是把我娘住過的兩間草房，單獨建成磚瓦房，外帶個小廚房。那是我和王師的家，我倆住在家裡，踏實，還能常常想起娘。」

「哎呀燕青，你還是個孝子嘛！」李蘊大加讚賞，說：「你的要求，我答應。那麼這事就算定了？定了，我立刻開工。」燕青說：「定了！」李蘊高興，吩咐黃媽說：「黃媽，在紅樓給燕青騰一間房，讓他先住著。王師繼續和梅梅、蘭蘭合住。」黃媽點頭答應，說：「是！」

數天後，一夥人前來，就像兩年前拆除王記便民染坊一樣，嘩里嘩啦，把馬記豆腐店破舊草房拆除乾淨，然後開挖地基，砌牆，架樑，苫瓦，粉刷。僅僅兩個多月，又一座兩層小樓落成了。新樓與舊樓相連，臨街一面，上、下兩層各四間房，中間無牆，變成非常寬敞、明亮的大房。這樣，藝女們聽講課，學樂器，練舞蹈，就有足夠大的空間了。院落裡的籬笆牆拆除，栽植了幾株柳樹和槐樹。樹與樹之間壘砌花壇，花壇裡栽培了更多的美人蕉和鳳仙花。院落裡的空地，比以前大多了美多了。新樓最後處，按照燕青的要求，果然單獨建了兩間磚瓦房，外帶小廚房。磚瓦房向南朝陽，分內間和外間，牆壁粉刷成乳白色，地面鋪了暗紅色瓷磚。燕青和王師看了又看，好生歡喜，這裡就是他倆永久的家呀！他倆不禁想起屈死的娘。娘寄人籬下，勞苦勞碌一輩子，哪見過哪住過這樣高級的磚瓦房？

李蘊神通廣大，說到做到。燕青、王師佩服得五體投地，相信她是個說一不二、言而有信的好人和能人。李蘊又到紅樓來了，帶來三個女孩。黃媽予以安排，三個女孩享受和梅梅等一樣的待遇。李蘊來到新樓最後處的磚瓦房，看望燕青、王師。她可憐、同情這兩個孩子，心中總有一份牽掛。時值申時，燕青、王師正坐在一張小桌前吃下午飯。飯是燕青做的，小米高粱米粥，水放多了，成了稀湯。菜是從街上買的，一碟黑呼呼的鹹菜。李蘊皺起眉頭，說：「你倆就吃這樣的飯呀？」

燕青、王師不好意思，低頭不語。李蘊看了外間看裡間，看了裡間看外間，除了簡陋，就是零亂。自從李蘊進門起，燕青、王師再未吃碗裡的稀湯，靜靜坐在小凳上，像是迷失了方向和道路的羔羊，驚恐惶恐，惴惴不安。尤其是磁娃娃一樣的王師，小臉粉潤，細眉彎彎，黑眸轉動，紅唇緊抿，神態中有不安，也有憂鬱和憂傷。她那樣嬌小，那樣柔弱，實在讓人疼愛，讓人情不自禁地想親近她和幫助她。不然，這個瓷娃娃是極容易自碎或被打碎的。

房間裡沒有李蘊可以坐的地方。她只好站著，說：「燕青、王師，我最看不得沒爹沒娘的孩子。你兩個，一人十歲一人七歲，是不是？該學點本事了。日後想幹什麼能幹什麼呀？告訴我，我或許能給你倆提供一些幫助。」

喜從天降。燕青、王師眼中立刻放射出彩虹一樣的光芒，嘴巴動了動，想說幾句感激的話，卻沒說出口。孤兒有孤兒的福氣，孤女有孤女的造化。燕青、王師就是這樣的孤兒孤女，人在家中坐，福氣和造化找上門來了！

燕青、王師第一次正式面對人生，考慮日後想幹什麼能幹什麼的重大問題。好在他倆已有隱約的意向，一人想習武，闖蕩江湖；一人想進藝女班，學習歌舞，進而當個歌舞藝人，也就是李蘊所說的倡優、倡伎、倡家。

盛夏時節，李蘊再次來到紅樓，聽取燕青、王師的意見。黃嫣在座。當燕青、王師羞羞怯怯，吞吞吐吐說出想幹什麼的時候，李蘊笑了，因為他倆的想法和的她想法，大體上吻合。

李蘊說：「燕青想習武，闖蕩江湖，好啊！男孩就應當這樣，要朝遠處看，往大裡想。現有一近一遠兩個方案，供你選擇。近者，香豔樓正缺夥計，你可去那裡鍛鍊，一面當夥計，一面習武。六七年後，你的武功高強了，可當一名保全。香豔樓家大業大，盛名貫耳，常有鳥人前去尋釁滋事。武功高強的保全，能賺大錢，包你吃香的喝辣的，只有你欺侮別人的份，別人可不敢欺侮你。」

燕青緊抿著嘴，對這個「近者」沒有反應。李蘊接著說：「遠者，河北大名府（今河北邯鄲大名）有我一個朋友，姓盧名俊義，綽號玉麒麟，生性慷慨，行俠仗義，槍棒功夫，十分了得，結交天下豪傑，乃當今河北（黃河以北）第一英雄。我可以把你介紹給他，你跟他學武功闖江湖，要不了幾年，也會成為江湖好漢。」

燕青一聽這個「遠者」，眉角上揚，雙眼發亮，不假思索地說：「我去大名府，跟隨盧英雄學武功闖江湖。」

黃媽笑了，說：「瞧這燕青，倒會選項！」李蘊沉吟，說：「你若去大名府，可就要和王師分開，山阻水隔，不定多少年才能見一次面。你忍心嗎？捨得嗎？」

「這……」燕青眼看王師，想起娘要他格外照顧、保護好妹妹的遺囑，不禁躊躇。王師不知大名府在哪裡，也不知青哥的選擇是對是錯，眼圈泛紅，默不吭聲。

那麼，李蘊和盧俊義之間又是個什麼關係呢？

原來，李蘊年輕時是個妓女，姿色媚麗，能歌善舞，十五歲時就在香豔樓掛牌接客，藝名李仙仙，很有名氣，為香豔樓也為自己賺得了大把大把的金銀。她二十二歲那年，接待了一位貴客，身材偉岸、儀表堂堂，出手闊綽，一夜費用千兩銀子，眼皮也不眨一下，私下還給了李仙仙一掛項鍊，價值五十兩黃金。李仙仙事後方知，貴客就是北京大名府富豪，財富和武功天下馳名的玉麒麟盧俊義，深感幸運。一夜歡情，二人成為至交，其後盧俊義每到東京，必到李仙仙處過夜。李仙仙依仗盧俊義做靠山，三十歲時出以高價，買斷香豔樓資產和妓女，恢復李蘊本名，當起了老鴇。四十歲時將老鴇職位讓給妹妹李茵，自己專辦藝女班，為香豔樓物色和培養後備人才。黃媽也是香豔樓的妓女，隨著年齡的成長，厭倦起青樓生活，所以由李蘊聘請，參加辦藝女班，專管藝女的學業。

李蘊見燕青態度猶豫，遂說：「這事先別定，考慮考慮再說，好嗎？現在說王師的事。王師想進藝女班，學習歌舞，好啊！這是我走過的歌舞藝人路子，即倡家路子。我上次說過，倡家包括歌舞藝人和雜戲藝人，另有很多稱謂，如俳、優、伶、女樂等，女孩子最喜愛最擅長幹這職業了。這職業歷史悠久，一千多年前就已形成規模。春秋時有個齊國，齊國宰相管仲輔佐齊桓公稱霸，設『女閭七百』，即明文規定這七百戶倡家經營合法。因此，後世尊稱管仲為倡家祖師爺。」

據考，管仲當年設的「女閭七百」，其實是官辦的七百家妓院，管仲因此被尊為妓院行業的祖師爺。而李蘊卻把「女閭七百」說成是「七百戶倡家」，把管仲說成是「倡家祖師爺」，顯然是混淆了概念。她是故意這樣說的，目的在於抬高倡家的地位。

李蘊看著瓷娃娃一樣的王師，又說：「自古以來，倡家一直以女性為主。這些女性通常都是色藝雙絕，就多數人而言，最終又都會和妓院結下不解之緣。『人』旁倡家之所以又稱『女』旁娼家，原因就在這裡。漢代，倡家是非常吃香、走紅的職業，出了幾個名人。一是衛子夫，原先是歌伎，美豔絕倫，精通歌舞，被漢武帝看中，進入皇宮，後來成為皇后。二是趙飛燕、趙合德姐妹，原先也是歌伎，以其雪膚花顏和歌舞才能，把漢成帝迷得神魂顛倒，兩姐妹一為皇后，一為昭儀，寵冠後宮達十餘年，享盡了榮華富貴。三是曹操妻子卞氏，也出身倡家，生了曹丕、曹植等傑出的兒子。曹丕當了皇帝，建立魏國，尊謚生母為武皇后。隋代和唐代，倡家隊伍相當龐大，隋煬帝教坊和唐玄宗梨園蓄養的歌舞藝人，均超過三萬人，唐玄宗好幾個妃嬪，皆出身倡家。再說本朝，本朝真宗皇帝立的第二個皇后劉氏，也出身倡家。劉氏姿容美豔，擅搖鞀鼓（撥浪鼓）為歌舞伴奏，那技藝精湛極了，可以說是出神入化，使無數人為之傾倒。劉皇后後來成為太后，一度稱制，斷決國事，很了不起。」

老王賣瓜，自賣自誇。李蘊正是出於這一本能，大講倡家，講倡家歷史，講倡家名人，口若懸河，滔滔不絕。接著，她用總結性的語氣說：「所以呀，切莫小瞧倡家這個行業，這個行業裡也是臥虎藏龍的。」

王師頭一次聽說倡家行業裡的「虎」和「龍」，似乎聽進去了，又似乎沒聽進去。她美麗的長睫毛和明亮的大眼睛撲閃撲閃，關心的只是自己能不能進藝女班，能不能和梅梅等一起學習歌舞。燕青陪著王師聽「虎」聽「龍」，關心的也是王師能否進藝女班的問題，安頓好妹妹，他才能無牽掛地去大名府習武。

黃媽提醒李蘊說：「那麼王師的事到底怎樣呀？」李蘊這才收住話頭，笑著說：「瞧我，扯遠了不是！王師想進藝女班，想學習歌舞，我同意，也歡迎。但你要知道，藝女班不是誰想進就能進的。也就是說，倡家不是誰想當就能當的。藝女班的藝女，都要入倡家籍，即登記造冊，交官府備案。這樣，入籍者長大後就是倡家職業，或當歌舞藝人，或當妓女或開妓院，都是合法的，懂嗎？再有，你若入倡家籍，也得像李梅梅等一樣，得隨我姓，得改姓李，並用藝名。我看，可在『師』字後面再加個『師』字，叫李師師，可好？」

李蘊的表態，意味著問題有了著落。王師很高興。入倡家籍，入就入唄；改姓改名，改就改唄。只要能進藝女班學習歌舞，就好！李蘊想了想，又說：「王師呀，我要把醜話說在前頭：幹倡家這一行的，就大多數女藝人而言，最終都是要進妓院當妓女的，只賣藝不賣身者叫藝妓，又賣藝又賣身者叫色妓。事實上，在妓院那樣特定的場合，純粹的藝妓幾乎是沒有的。所以，你既然選擇了倡家這個行業，那就得做好當藝妓，進而當色妓的思想準備。再則，有層意思特別要說清楚：李梅梅她們，都是我從官府買回來，當作女兒培養的。這是一種投資，她們日後是要去香豔樓當妓女，無條件為我們李家賺錢的。你王師不同，你不是我從官府買的，就當是我收養的女兒吧！我同樣會培養你，吃穿住和學藝的費用，全包。至於日後怎麼辦？到時候再說。你的出路不外乎兩條：或當藝妓，或當色妓。憑你的條件，加上我的培養，我相信你不論當藝妓還是當色妓，都會前程無量，定會成為出類拔萃的妓女，進而成為名滿京城的絕代名妓！」

這是李蘊在王師、燕青跟前第一次說到「妓女」一詞。王師、燕青光高興了，並未介意後面的那些話。實踐證明，李蘊是有眼力和魄力的，此後事態的發展，她的話一一得到了印證。

接下來的幾天，燕青、王師處在興奮狀態中。燕青因可能跟隨盧俊義學武功闖江湖而興奮，王師因可能進藝女班學習歌舞而興奮。李梅梅、李蘭蘭、李竹竹、李菊菊獲知消息，登門找王師，嘰嘰喳喳，嘻嘻哈哈，又說又笑。這促使燕青、王師兩個小孩達成默契，燕青儘管去大名府習武，王師自有好姐姐好夥伴關照，吃穿住和學藝均不成問題。燕青把這個意思告訴李蘊。李蘊樂得一拍手，說：「好！我這就寫信和盧俊義聯繫，讓你盡快成行。」

話題又集中到王師身上。李蘊說：「王師，你知道我為何要你用李師師這個藝名嗎？這是因為：一、李梅梅等的藝名都用疊字，你也不能例外，兩個『師』字疊用，順口好聽；二、我大宋朝開國後，出過兩個名妓都叫師師，現在我要讓你成為第三個師師，而且色藝和名氣要壓倒前兩個師師。」

王師驚訝，疑惑地說：「第三個師師？」

李蘊堅定地說：「對，第三個師師！」黃媽插話說：「前兩個師師，一人姓陳，一人姓徐。」「陳師師是仁宗皇帝時人。」李蘊說，「據說她姿色很美，傾國傾城，天生一副好嗓子，唱歌跳舞，韻味無窮。當時文學大家柳永官場上失意，情場上得意，倚紅偎翠，淺斟低唱，和陳師師最為相好。他在《西江月》中描寫三個妓女，陳師師名列首位：『師師生得豔冶。』在《鬥百花》中還描寫陳師師上床前的嬌羞情態，至為傳神：

滿搦宮腰纖細。年紀方當笄歲。剛被風流沾惹，與合垂楊雙髻。初學嚴妝，如描似削身材，怯雨羞雲情意。舉措多嬌媚。

爭奈心性，未會先憐佳婿。長是夜深，不肯便入鴛被，與解羅裳，盈盈背立銀釭，卻道你先睡。」

「柳永一生寄情風月，醉臥花叢，」黃媽說，「晚年窮愁潦倒，死時一貧如洗。陳師師等一些名妓湊錢替他辦理喪事。出殯之日，東京全城妓女身穿縞素，為他送葬，其後每年清明，妓女還相約到他墳前祭奠，號稱弔柳會。」

李蘊又說：「另一位文學大家張先也和陳師師相好，特意創制一個詞牌叫《師師令》，寫道：

御街香鈿寶珥。拂菱花如水。學妝皆道稱時宜，粉色有、天然春意。蜀彩衣長勝未起。縱亂雲垂地。都城池苑誇桃李。

御街問東風何似。不須回扇障清歌，唇一點、小於珠蕊。正是殘英和月墜。寄此情千里。」

「這個張先也有故事。」黃媽說，「八十歲了，還娶一個十八歲的倡女為妾，得意地賦詩道：『我年八十卿十八，卿是紅顏我白髮。與卿顛倒本同庚，只隔中間一花甲。』大文豪蘇軾前去賀喜，賦詩揶揄道：『十八新娘八十郎，蒼蒼白髮對紅妝。鴛鴦被裡成雙夜，一樹梨花壓海棠。』」

黃媽說到「一樹梨花壓海棠」時忍不住笑了，李蘊也笑了。王師、燕青看看黃媽，又看看李蘊，莫名其妙。李蘊用絹帕摁了摁嘴角，接著說：「徐師師是神宗皇帝時人。我年輕時見過她，說那人長得國色天香，一點都不為過。當時也有兩個文學大家迷倒在她的石榴裙下。一是晏幾道，在《生查子》中寫道：

遠山眉黛長，細柳腰肢嫋。妝罷立春風，一笑千金少。歸去鳳城時，說與青樓道：遍看穎川花，不似師師好。

另一篇《生查子》中又寫道：『幾時花裡閒，看得花枝足。醉後莫思家，借取師師宿。』瞧，此人對徐師師多麼癡迷！再一人是秦觀，在《一叢花》中寫道：

年時今夜見師師，雙頰酒紅滋。疏簾半捲微燈外，露華上、煙嫋涼颸。簪髻亂抛，偎人不起，彈淚唱新詞。

佳期，誰料久參差。愁緒暗縈絲，想應妙舞清歌罷，又還對、秋色嗟咨。惟有畫樓，當時明月，兩處照相思。

這是從回憶、思念角度寫的，才子佳人相處的美好時光，點點滴滴，秦觀都記得清清楚楚，無法忘懷。」

「秦觀今年剛去世，晏幾道好像還健在。」黃媽補充說。

李蘊興致勃勃，講陳師師，講徐師師，引用文學大家作品，娓娓道來，如數家珍。王師不知柳永、張先、晏幾道、秦觀為何許人，也不知那些作品好在哪裡，但對李蘊是佩服的，佩服她見多識廣，佩服她博聞強記。燕青在旁聽著也有同感，佩服李媽媽的文思與口才，一般女人難以比擬。

李蘊興猶未竟，接著說：「王師，兩年前我第一次見到你，就覺得你是個美人胚子，可造之才。玉不琢，不成器。你既然入籍倡家，投身到我名下，我就要當一名玉工，把你這塊玉雕琢成精美精緻、人見人愛的器皿。只要你我用心，加上努力，那麼你就一定能夠成為第三個師師。第三個師師，不姓陳不姓徐，而姓李，叫李師師！要不了多久，你一定會出人頭地，風光無限，我、李茵、黃媽，以及整座香豔樓，都會跟著你沾光呢，懂嗎？」

王師不懂。她即使改姓改名，難道就會成為出人頭地、風光無限的李師師，讓李媽媽等跟著沾光嗎？

李蘊掩飾不住內心的興奮，又說：「燕青、王師，你倆可知大宋皇帝換人了？」

燕青、王師搖頭。皇帝換不換人，跟他倆想幹什麼能幹什麼沒有關係。李蘊眉飛色舞，說：「告訴你倆：原先的哲宗皇帝趙煦，今年年初駕崩了。哲宗皇帝無子，所以由神宗皇帝趙頊第十一子、哲宗皇帝同父異母弟、端王趙佶登上大位。這個趙佶才十九歲，風流倜儻，愛書畫愛花石愛音樂愛歌舞愛美女。此人登基，實是倡家之福，倡家之福啊！」

趙佶死後廟號徽宗，史稱宋徽宗。李蘊預見到，這個皇帝愛好頗多，定會促使倡家事業欣欣向榮，興旺發達，但沒有預見到，這個皇帝日後會到妓院獵豔，寵幸上李師師，演出一段亙古少有的風流韻事來。至於王師，哪怕做三千六百個美夢，也絕對不會夢到她和皇帝之間，日後會發生身體上和心靈上的碰撞，並迸發出耀眼的火花來。

王師和新來的三個女孩算是紅蕾藝女班的第二批學員。王師的藝名叫師師，那三個女孩的藝名分別叫鶯鶯、燕燕、鵲鵲。按照慣例，入籍倡家需要舉行一個儀式，拜祖師，拜媽媽。祖師就是管仲，媽媽當然就是李蘊了。黃媽不知從什麼地方找來一幅畫像，白絹上畫一老頭，寬袍大袖，圓臉長髯，一雙眼睛炯炯有神。據說，老頭就是管仲。儀式在二樓臨街的大房間舉行。管仲畫像懸掛在南牆正中位置，條桌上放香爐，香爐裡點燃三炷香，青煙嫋嫋。李蘊衣飾端整，正襟危坐，面前地上放一蒲團。李梅梅、李蘭蘭、李竹竹、李菊菊早就舉行過儀式，當日只當觀眾。李鶯鶯、李燕燕、李鵲鵲、李師師四個女孩站成兩排。黃媽充當主持，手持名簿，高聲喊道：「李鶯鶯入籍倡家，拜祖師拜媽媽。」

李鶯鶯向前，跪在蒲團上，向著祖師畫像和李媽媽叩三個頭，說：「我，李鶯鶯，自願入籍倡家，遵守倡規，尊敬媽媽，永不反悔和變心！」這幾句話是預先準備好的，帶有宣誓性質，聽來有點莊嚴和肅穆。李蘊端坐，面帶微笑，像是雍容、富態的觀世音菩薩。李鶯鶯起身，按照黃媽的指點，右手大拇指蘸紅色印泥，在名簿上她的名字下摁了個醒目的手印，便算完成了入籍倡家的程序。以下是李燕燕、李鵲鵲，分別拜祖師拜媽媽，摁手印。最後是李師師，恭敬叩頭，說：「我，王師……」她發覺錯誤，趕忙改口，說：「我，李師師，自願入籍倡家，遵守倡規，尊敬媽媽，永不反悔和變心！」

李蘊凝視著小巧玲瓏的瓷娃娃，看著她摁下的鮮紅手印，心中的意念異常強烈，暗暗說：「這是第三個師師，她，她在我名下，非要壓倒前兩個師師不可，不可！」

拜祖師拜媽媽儀式結束，王師便叫李師師了，正式成為倡家的一員。李蘊管吃管穿管住管學藝，她得過集體生活，搬到紅樓去住。黃媽根據以舊帶新的原則，調整住房，李師師和李梅梅同住一個房間。於是，她也有了一張床，一個梳粧檯，好多花衣花裙。衣裙都是絲綢的，很薄很輕很漂亮。夜晚，她睡在屬於她的那張小床上，好像做夢了，夢見彩霞滿天，鮮花遍地，好絢麗好芬芳啊！

第五章 藝女歌哭

王師進了藝女班，入籍倡家，成了李師師，搬到紅樓去住。燕青倒也自在，一人吃飽，全家不餓。這天，李蘊突然通知，說盧俊義派了一名保鑣來接燕青去大名府，三天後動身。燕青激動，笑得合不攏嘴。李師師也笑，但笑得很勉強。兩個小孩在同一個屋簷下，共同生活了這麼多年，一旦要分開，多麼留戀，多麼不捨！

燕青想得更多些，想到師妹在藝女班，萬一不順心不如意怎麼辦？他覺得有必要把家安頓好，做為師妹的退路。因此第二天，他把家中的破破爛爛全扔了。第三天買回一套新家具，包括床、衣櫃、桌子、凳子等。被子、褥子、單子、枕頭等也是新的，整整齊齊放在衣櫃裡。他特意給妹妹買了一個梳粧檯，梳粧檯上帶一面大銅鏡，明明亮亮，氣氣派派。晚上，李師師回家一看，大眼睛睜得更大，驚呼說：「呀！這還是我們的家嗎？」

燕青說：「這是我們的家，從現在起，主要是你的家。我去大名府後，你在藝女班若受屈受氣，可回到家裡來住。廚房裡鍋碗瓢盆齊全，買點糧食蔬菜，生火做飯就能過生活。娘生前怎麼說來著？她說：『要學會照料自己，吃飯、穿衣兩件大事，溫飽問題比什麼都重要。』這話，你我都要牢記。」

師師重重點頭。她想到青哥即將離家遠行，行前這樣關心、照料自己，心裡難受。燕青又說：

「娘生前還說，我是哥哥，你是妹妹，哥哥要格外照顧、保護好妹妹。我去大名府，無法再照顧、保護你。這期間，你只能自己照顧、保護好自己。若有人敢欺侮你，你盡量忍著讓著，等我回來跟他算帳，懂嗎？」

燕青也學會用「懂嗎」這個詞，儼然像個大人。他想起一件重要事情，引了師師，去裡間打開衣櫃，說：「看這橫板，有異樣嗎？」

師師看了許久，說：「沒有呀！」

燕青說：「看好！」他用力將橫板的一端一摁，奇怪的是橫板翹起，露出一個夾層，夾層裡有一金屬小盒。燕青取出小盒，打開，說：「這是馬伯留下的遺產。從馬伯死到現在，我們共花了約六十兩銀子，我去大名府，帶二十兩銀票，剩下二百二十兩銀票，以及地契、房契等，全留給你，都在這裡。」師師說：「我不要，反正吃穿住和學藝，藝女班全包！」燕青笑著說：「不要？扔掉不成？馬伯說了，它是你我生計的保障，你要拿著留著，以防萬一。平時，小盒就放在這夾層裡，不要動它。衣櫃橫板上有機關，不知者不會注意有這夾層，貴重物品放在裡面，保險。」燕青把小盒放回原處，蓋上橫板，讓師師演示打開的方法。師師用力將橫板的一端一摁，橫板果然翹起，露出夾層和小盒。燕青說：「對，就這樣。想用錢時，就這樣從小盒裡取銀票，然後去錢莊兌換銀子或銅錢。」

師師鼻子一酸，流下淚來，說：「青哥，你什麼都為我想到了。」燕青說：「娘不是說了嗎？我和你雖然不是親兄妹，但比親兄妹還要親，任何時候都要同甘苦共患難，永遠相親相愛。我是哥哥，事事想著妹妹，應該的。對了，你快回紅樓睡覺去，明天上午隨我去和娘告個別。」

第四天是燕青赴大名府前的最後一天。他和師妹買了些供品、香燭、冥錢，來到外城外面的亂墳崗，來到娘的墳前。二人擺上供品，點燃香燭，焚燒冥錢，磕了好幾個頭。燕青流淚，說：「娘，我明天就起程去大名府習武，你，你在地下可要保佑師妹呀！」師師也流淚，說：「娘，你也要保佑青哥呀！」馬伯的墳在不遠處。二人也去墳前祭奠磕頭，祈求保佑。

這一天是在兄妹互相叮嚀、囑咐中度過的，眼淚流了一次又一次。次日一早，李蘊和盧俊義保鏢到來。李蘊把燕青介紹給保鏢。保鏢拍了拍燕青的肩膀，說：「嗯，習武的好料！」保鏢領了燕青上路。燕青一步一回頭，難捨師妹。師師珠淚滾滾，跑向前去，舉手高喊：「青哥！青哥！」直到青哥消失在遠處拐彎的地方。

燕青去了大名府。師師與梅梅等為伴，開始了漫長的學藝生涯。藝女學藝，有歡樂有苦痛，歡樂時歌，苦痛時哭。純真的少女在歌哭中感知，在歌哭中成長，在歌哭中逐漸感知了認識了複雜的社會與人生。

藝女班八個藝女，梅梅、蘭蘭十歲，竹竹、菊菊九歲，鶯鶯、燕燕八歲，鵲鵲、師師七歲。這樣的梯形年齡結構，是李蘊的精心安排。因為梅梅等日後都是要進香豔樓當妓女的，每年進兩人，這樣可使香豔樓不斷補充新鮮血液，吸引客人，保證生意持續興旺，紅紅火火。

師師進入藝女班這個團體，很快發現，梅梅、蘭蘭她們其實並不快樂，心裡好像有事，時時望著遠方，發怔發呆。她忽然想起李蘊的話：「李梅梅她們，都是我從官府買回來，當作女兒培養的。」夜晚睡覺時，師師睡到梅梅姐床上，而且和梅梅姐睡一頭，悄聲詢問，這是怎麼回事？不想她這一問，梅梅竟然流淚，低聲啜泣起來。師師慌了，直說自己不好，不該問。梅梅沒怪師師，抹了抹淚，沉痛講述了她及蘭蘭、竹竹、菊菊的身世。

原來，梅梅本姓韓，叫韓花；蘭蘭本姓鄒，叫鄒芳。二人的祖父韓川、鄒浩係朝廷重臣，宋神宗時支持過王安石變法，變法失敗後仍擔任侍郎，宋哲宗元祐年間，奸相章惇、曾布專權，排斥異己，重提舊事，硬給韓川、鄒浩加了個「附逆」的罪名，斬首，抄家，親屬處以流放。韓花、鄒芳因不滿十歲，按律不在流放之列，沒入官府。竹竹本姓宋，叫宋珍；菊菊本姓呂，叫呂珠。二人的父親宋保國、呂仲甫屬於朝臣新銳，既反對王安石變法，又反對章惇、曾布結黨營私，專斷朝政。章惇、曾布大怒，又隨意找了個罪名，將宋保國、呂仲甫貶謫，抄家，親屬處以流放。宋珍、呂珠因不滿十歲，也沒入官府。大理寺裡聚集了上百名罪臣子女，等候發落，大多將分派到皇宮或王公家庭充當奴僕。這時，東京各大妓院都去大理寺活動，專買長相好潛質好，具有培養前途的女孩。李蘊李媽媽挑選了韓花、鄒芳、宋珍、呂珠四人，以每人五十兩銀子的價格，買了下來。這樣，她們便進了紅蕾藝女班，入了倡家籍，並改姓李，取了藝名，分別叫梅梅、蘭蘭、竹竹、菊菊。

師師看過戲曲，知道什麼叫流放：犯人脖頸上戴著沉重的枷鎖，由凶狠的衙役押解著，跌跌撞撞地前往遙遠而荒涼的地方。她向梅梅姐身邊靠了靠，問：「那你爹娘他們流放到哪裡去了？還能回來嗎？」

「聽說流放在惠州（今廣東惠陽）或儋州（今海南儋縣）。那兩個州好像在南方，很遠很遠。爹娘他們能不能回來，誰知道呢？唉！」

小小的梅梅，竟也會嘆氣了。師師又問：「那麼鶯鶯、燕燕、鵲鵲呢？她們也是李媽媽買的？」

「可不是？她們和我們一樣。聽說鶯鶯原姓方，燕燕原姓袁，鵲鵲原姓沈，她們的父親都是將軍。上年，朝廷軍隊和並不怎麼強大的西羌軍隊打了一仗，結果朝廷軍隊慘敗。朝廷覺得臉丟大了，所以就拿二十多名將軍當替罪羊，統統貶謫，抄家，親屬流放。李媽媽又去大理寺買人。這樣，藝女班裡就又有了鶯鶯、燕燕、鵲鵲。」梅梅反問師師：「對了，師師，你本姓王，卻把燕青叫哥，這是怎麼回事？」

師師說：「聽說我出生八個月，親娘就死了，我對她毫無印象。我四歲時，爹捲進一件謀反案，也被朝廷斬首，我對他只有一點點印象。從記事之日起，我就把燕青的娘叫娘，同時把燕青叫哥。燕青的娘待我很好很親，可是今年初卻……」

師師想起娘，好像看到了她瘦弱的身軀，皴裂的雙手，屈死後的遺體，不覺也流下淚來。梅梅側身攬過師師，說：「唉，我們這些女孩，怎麼都這樣不幸！」

藝女學藝，從識字起步。西漢元帝時，黃門令史遊編纂一本書，共一千三百九十四字，分別用七言、三言句式編排，用作兒童啟蒙識字課本，首句為「急就奇觚與眾異」，故名《急就章》或《急就篇》。該書文字排列沒有規律，難認難記。南朝梁武帝時，員外散騎侍郎周興嗣，奉旨從王羲之書法中選取一千個字，編纂成韻文，每句四字，字、詞皆有含義，稱《千字文》：「天地玄黃，宇宙洪荒。日月盈昃，辰宿列張。寒來暑往，秋收冬藏。……」該書一出，立刻取代《急就章》，用作兒童啟蒙識字課本，風行中華大地。宋代又出現一本《百家姓》，也用作兒童初級啟蒙識字課本：「趙錢孫李，周吳鄭王。馮陳諸衛，蔣沈韓楊……」為何把趙、錢、孫、李四姓列作首句呢？黃媽告訴藝女們說：「這是因為《百家姓》是本朝一個姓孫的秀才編纂的。本朝皇帝姓趙，所以趙姓排在第一位；孫秀才是錢塘（今浙江杭州）人，那裡曾屬吳越國，吳越國皇帝姓錢，所以錢姓排在第二位；孫秀才姓孫，母親姓李，所以孫、李姓排在第三、四位。四個姓連讀，便成了『趙錢孫李』。」

八個藝女，識字水準差別很大。梅梅等四人，已認識很多字，讀《千字文》。鶯鶯、燕燕、鵲鵲三人認識的字不多，讀《百家姓》。黃媽考慮師師剛剛進班，讓她也讀《百家姓》。師師自小看勾欄招子，認識一些字，又鬼精鬼精，悟性和記性極強，沒幾天就把《百家姓》的字全認識了。黃媽非常驚訝，說：「這個師師，了不得了不得！」

師師也讀起《千字文》，很快又把《千字文》的字全認識了，而且能背誦全書，準確無誤。黃媽更加驚訝，手裡翻著《千字文》，說：「師師，我考考你。我念一句，你背下句：金生麗水。」師師張口就來：「玉出昆岡。」黃媽：「龍師火帝。」師師：「鳥官人皇。」

蘭蘭不服氣，也翻手中的書，說：「我念兩句，你背下面兩句：鳴鳳在竹，白駒食場。」師師：「化被草木，賴及萬方。」

竹竹也翻書，說：「我念兩句，你背上面四句，再背下面四句：九州禹跡，百郡秦並。」師師：「上面四句：起翦頗牧，用軍最精。宣威沙漠，馳譽丹青。下面四句：岳宗泰岱，禪主雲亭。雁門紫塞，雞田赤誠。」

菊菊也翻書，說：「我念兩句，你背下面十句：布射僚丸，嵇琴阮嘯。」師師：「恬筆倫紙，鈞巧任釣。釋紛利俗，並皆佳妙。毛施淑姿，工顰妍笑。年矢每催，曦暉朗曜。璿璣懸斡，晦魄環照。」

黃媽及蘭蘭等驚得瞠目結舌。梅梅知道底細，說：「別考了，師師已把《千字文》背得滾瓜爛熟，天王老子也難不住她。」

事後，黃媽把這一情況告訴李蘊。李蘊微笑，意味深長地說：「這個師師，小荷才露尖尖角，過幾年再看，看她怎樣出人頭地，大放異彩！」

藝女在學識字的同時也學寫字。透過寫字，她們認識了文房四寶，知道了字的筆劃——橫、豎（直）、撇、捺、點、折（拐）。運用這些筆劃，可以寫出楷書、行書、篆書、隸書、草書等，各種書體講究筆劃美和結構美，從而形成了書法藝術。師師具有書法天賦，喜歡楷、隸兩種書體，寫的字端整、規範、娟秀，在八名藝女中水準算是最高的。

新皇帝宋徽宗登基第二年，改元建中靖國元年（西元一一〇一年）。李蘊告訴師師，說盧俊義有信來，他讓燕青當了他的跟班，著意栽培。師師得知青哥的確切消息，喜極而泣，此後一心學藝，別無雜念。師師這年八歲，認識的字多了就想讀書，讀多種書。讀書使她開闊了視野，成長了知識，她的腦海裡逐漸有了地理的概念、歷史的概念、政治的概念、社會的概念，等等。她不由發出感歎：啊，識字真好！讀書真好！

女孩子愛玩，但玩法不多。她們玩得最多的是一種名叫「跳房子」的遊戲：在樓下空地上，劃一個大長方形，再將大長方形縱向一分為二，整齊地切割成十個方格，右邊五格由近及遠編作一、二、三、四、五號，左邊五格由遠及近編作六、七、八、九、十號，十格代表十間「房子」。兩人對玩，單腳踢一個四方瓦片。開玩者從頂端將瓦片扔進一號「房子」，單腳跳進「房子」，將瓦片踢出「房子」；再將瓦片扔進二號「房子」，單腳跳進一號「房子」、二號「房子」，將瓦片踢進一號「房子」，踢出「房子」；再將瓦片扔進三號「房子」，單腳跳進一號「房子」、二號「房子」、三號「房子」，將瓦片踢進二號「房子」、一號「房子」，踢出「房子」。如此類推，瓦片若扔錯「房子」號數，若壓在「房子」線上或單腳踩在「房子」線上，叫「失火」，改由另一人扔瓦片、踢瓦片。誰的技藝高超，第一個將瓦片扔進十號「房子」，單腳跳進一、二、三、四、五、六、七、八、九、十號「房子」，將瓦片踢進九、八、七、六、五、四、三、二、一號「房子」，踢出「房子」，不「失火」，算是獲勝者。兩人對玩變成兩組人（每組二人、三人、四人等）對玩，那就是集體遊戲了。玩「跳房子」時，女孩們叫著笑著，常為「失火」與否發生爭執，活潑可愛，煞是有趣。

她們還常玩一種投沙包的遊戲：沙包是用碎布裝少許沙子縫製的，女孩分站兩邊，相距約二十步，稱攻者；一人站在二十步內的中線處，稱守者。攻者叫一聲「開攻」，兩邊各投出一個沙包，砸向守者。守者左躲右閃，盡量不讓沙包砸中，若被砸中，立刻換人，由攻者中一人出來充當守者，原守者加入攻者行列。攻者攻勢凌厲，守者身手敏捷，沙包疾飛，攻者守者進進退退，不停換人，喊叫聲與歡笑聲響成一片，如火如荼。這種遊戲連續進行，活動量很大，不一時，女孩們都香汗淋漓，嬌喘吁吁，彎腰扶腿，說：「哎呀，累死了累死了！」

農曆七月初七是神話傳說牛郎和織女鵲橋相會的日子，稱七夕節或乞巧節，從漢代起就形成了穿針乞巧的習俗。唐詩描寫：「長安城中月如練，家家此夜持針線」，「星河耿耿正新秋，絲竹千家列彩樓」，「家人竟喜開妝鏡，月下穿針拜九霄」，「家家乞巧望秋月，穿盡紅絲幾萬條」。由此可見習俗之盛。這天戌正（晚八時）時分，梅梅指揮，在師師家磚瓦房門前擺一張小桌，小桌上陳放瓜果，說那是供奉給牛郎織女食用的供品。然後各人落座，一手持繡花針，一手持五色線，仰望天空皎月，心想織女容顏，祈求賜巧，完全憑感覺將線穿進針孔，穿進者叫「得巧」，意味著心靈手巧，聰敏聰慧。梅梅、蘭蘭、竹竹、菊菊先後將線穿進了針孔，非常得意，笑臉如花；鶯鶯、燕燕、鵲鵲、師師聚精會神，怎麼也穿不進，好生懊惱，丟開針和線，說：「乞不得巧就笨唄，不乞了不乞了！」

當晚，她們還有一件事要做：用鳳仙花染手指甲。院落裡，有很多黃嫣種植的鳳仙花，花期正盛，粉紅、大紅、紫、黃色等，每一朵花都像一隻飛翔的蝴蝶或鳳凰。鳳仙花因能染紅指甲，故又名指甲花。下午，女孩們已採了一些鳳仙花，加少許明礬，放在一個小罐裡搗爛，搗成糊狀，同時採了一些豆葉備用。穿針乞巧結束，年齡大的幫年齡小的，將糊狀鳳仙花依次放在手指甲上，分別裹上豆葉，用細線紮緊。年齡大的再互相幫助，最終完成裹、紮任務。八個女孩八十個手指，全都裹著豆葉，紮緊細線，不洗臉不洗腳，就上床睡覺，第二天才能看到染指甲的效果。

皎月西沉，繁星滿天。女孩們躺在床上，難以入睡，又關心起天上的牛郎織女來。梅梅、師師就是這樣的。梅梅說：「這時候，牛郎織女該相會了吧？」師師說：「肯定相會了。他們一年才見一回，多著急呀！」她停了停，突然想起一個怪異的問題，說：「梅梅姐，牛郎織女在鵲橋上相會，那些喜鵲亂飛，萬一鵲橋坍了，那可怎麼辦呀？」梅梅說：「他們是通過鵲橋相會，相會的地點不一定在橋上。」師師說：「也是。那你說，他們相會時又幹什麼呢？」

牛郎織女相會時幹什麼呢？梅梅回答不上來。師師又說：「我讀過秦觀的《鵲橋仙》，這樣寫的：

纖雲弄巧，飛星傳恨，銀漢迢迢暗渡。金風玉露一相逢，便勝卻人間無數。

柔情似水，佳期如夢，忍顧鵲橋歸路。兩情若是久長時，又豈在朝朝暮暮！

我讀了，只覺得寫得很美，又覺得不合情理。男女兩情長久，卻說不必朝朝暮暮在一起，那不也成牛郎織女了？」

「你這個小鬼頭，還挺會聯想哩！」梅梅說。

天明，女孩們睜開眼睛，急於除去手指上裹著的豆葉。啊，手指甲又紅又亮，好美豔呀！她們匆匆起床穿衣，你看她的手指甲，她看你的手指甲，欣喜，歡笑，讚歎。真是：長空星河鵲橋風，鳳仙花韻鬼斧工。少女夢醒開顏看，十指纖纖玉筍紅。

黃媽對藝女染指甲一事極為讚賞，說：「我像你們這樣大的時候，每年也用鳳仙花染手指甲。女孩的手是女孩的第二張臉，懂嗎？古人常說玉指如蔥，是說女人的手指要纖長，要白淨，要細膩，要光滑。指甲染成紅色，不僅美麗，還增加了秀雅氣與富貴氣，男人喜愛，喜愛呀！」

女孩們聽了黃媽的話，有的嘻嘻而笑，有的羞紅面龐。她們美化手指甲，難道是為了讓男人喜愛麼？

女孩子普遍愛美。尤其在十歲以後，生理和心理發生微妙變化，無師自通，都會注重衣飾，注重打扮，嚮往美與追求美。紅蕾藝女班的藝女，日後都是要當藝妓或娼妓的，最基本最重要的條件，就是要美。因此，李蘊李媽媽不失時機地要對她們進行美的教育，讓她們接受美的薰陶。

宋徽宗使用建中靖國年號僅僅一年，越年改元為崇寧元年（西元一一〇二年）。這一年，梅梅等八個藝女分別十二歲、十一歲、十歲、九歲。春暖花開之時，李蘊專門為藝女授課，中心是講美女之美。

李蘊講：「一個國家一個社會，不可沒有美女。美女是人精，是尤物，是專為男人而生而存在的。女人心目中的美女不算美女，男人心目中的美女才算美女。先看古詩文中是怎樣描寫美女的。《詩經》首篇《關雎》：『關關雎鳩，在河之洲。窈窕淑女，君子好逑。』窈窕淑女，形容女子美好、賢淑，最適宜做配偶做妻子。但最適宜做配偶做妻子的女子，不一定是美女。《詩經・衛風・碩人》：『手如柔荑，膚如凝脂，領（脖頸）如蝤蠐，齒如瓠犀，螓首（額頭）蛾眉，巧笑倩兮！美目盼兮！』大意是：雙手白嫩如春荑，膚如凝脂細又膩；脖頸粉白如蝤蠐，齒如瓜子白又齊；額頭方正蛾眉細，笑靨醉人真美麗，秋波流動蘊情意。該詩寫到碩人的手、膚、脖頸、牙齒、額頭、眉毛、笑容和目光等，這樣的女子才算美女。戰國時宋玉《登徒子好色賦》寫東鄰女子：『增之一分則太長，減之一分則太短；著粉則太白，施朱則太赤。眉如翠羽，肌如白雪，腰如束素，齒如含貝。』東鄰女子是宋玉虛構的美女，現實中並不存在。三國魏曹植寫了一篇《洛神賦》，據說洛神就是他嫂子甄宓的化身：

其形也，翩若驚鴻，婉若遊龍。榮曜秋菊，華茂春松。彷彿兮若輕雲之蔽月，飄搖兮若流風之回雪。遠而望之，皎若太陽升朝霞；迫而察之，灼若芙蕖出淥波。穠纖得衷，修短合度。肩若削成，腰如約素。延頸秀項，皓質呈露。芳澤無加，鉛華弗御。雲髻峨峨，修眉聯娟。丹唇外朗，皓齒內鮮。明眸善睞，靨輔成權。瓌姿豔逸，儀靜體閒。柔情綽態，媚於語言。奇服曠世，骨象應圖。披羅衣之璀璨兮，珥瑤碧之華琚。戴金翠之首飾，綴明珠以耀軀。踐遠遊之文履，曳霧綃之輕裾。微幽蘭之芳藹兮，步踟躕於山隅。於是忽焉縱體，以遨以嬉。左倚彩旄，右蔭桂旗。攘皓腕於神滸兮，采湍瀨之玄芝。

聽聽，這才是美女，從外到裡，從形到神，真正的美女，大美女！」

李蘊古詩文功底深厚，隨口引用，駕輕馭熟，自然自如。藝女聽了感到新鮮，心想美女原來是這樣的啊！李蘊輕輕咳嗽一聲，接著講：「其實，美女之美，只可意會，不可言傳，很難用固定的標準來衡量。要說標準，也有，那就是看身材，看容貌，看氣質。一般說來，大凡讓人賞心悅目的女子，就算美女。比如身材，過高過矮、過胖過瘦都不理想。美女的身材，重在修長、苗條、輕盈，透過衣裙，要能看到她全身優美的曲線。再比如容貌，首先看皮膚，要白要嫩，所謂冰肌玉膚，猶如凝脂，說的就是皮膚的白和嫩。其次看五官，要端正要和諧。美女的臉型，以圓、橢圓、瓜子形狀為上乘，兩腮要紅潤，鼻樑要高挺，嘴宜小，唇宜朱，牙齒要潔白、整齊。特別是眉毛和眼睛，包括睫毛，最有講究。眉毛要彎彎的細細的，眼睛要黑白分明，清澈明亮，睫毛最好黑些長些。女人憑什麼勾引男人？全憑一雙眼睛，它會說話，它會傳情，它會讓人心蕩神搖，魂不守舍。身材和容貌，這是外表，更有內在的，就是氣質。美女的氣質，表現在言行舉止上，一舉手，一投足，一張口說話，一回眸看人，便可知她的修養和性情。你們知道嗎？古代有四大美女：西施有沉魚之美，魚兒見到她會沉到水底去；王昭君有落雁之美，飛雁見到她會落在地上；貂蟬有閉月之美，月亮見到她會藏到雲彩後面；楊貴妃有羞花之美，盛開的花兒見到她會合上花瓣。所以今人形容美女，才有『沉魚落雁之容，閉月羞花之貌』一說。我想，四大美女之美，概括起來，無非是身材美、容貌美、氣質美這三個方面。」

李蘊這樣講美女之美，藝女聞所未聞，聽得全神貫注，用心專心。其中，師師知道王昭君是個美女，出塞時曾有飛雁落在地上。那是她在勾欄看戲曲演出時看過的，但印象不深了。如今知道，西施、貂蟬、楊貴妃也是美女，那麼書籍中必有記載，自己得趕快找有關書籍來讀讀，看她們到底怎麼個美法。

「此外，」李蘊順著她的思路繼續講，「美女之美，還有體香和才藝方面的要求。唐詩歌詠牡丹花：『國色朝酣酒，天香夜染衣。』『國色』是最高級別的色彩，『天香』是最高級別的香氣香味。其後，『國色天香』一詞成了成語，成了形容美女美貌的經典比喻。美女身上，髮膚之間，總有一種特殊的氣息，沐浴過後尤為明顯。那是體香，幽幽的，溫溫的，襲人撩人，那也是美。體香若能達到『天香』程度，則是最高級別的美！『國色』與『天香』匹配，那才叫珠聯璧合，渾然天成。至於才藝，那是美女的翅膀，或者說是靈魂。一個美女，儘管有『國色』有『天香』，但若無才藝，不懂琴棋書畫，不善音樂歌舞，胸無點墨，智識淺陋，一問三不知，那叫金玉其外，敗絮其內！嚴格地說，她不美，真正有情趣的男人，是不會喜愛她的。」

李蘊講到這裡，有意笑了笑，手指八個藝女，說：「在我看來，你等可不是金玉其外，敗絮其內。你等現在是美人胚子，長大後要金玉其外，錦繡其內，懂嗎？你等的身材、容貌，基礎很好，但還要打造，還要雕琢。氣質，主要靠讀書靠學藝來培養和提升，日積月累，方可具備。你等入籍倡家，都是我的女兒。我說過，我培養你等是投資，是栽植搖錢樹。我呀，指望搖錢樹盡快長高長壯，我輕輕一搖，就能搖下真金白銀來呢！」

李蘊這次授課，在藝女心中舉起一面美的旗幟，燃起一支美的火炬。尤其是一篇《洛神賦》，給她們留下了極其深刻的印象。她們找到那篇賦文，讀了又讀，看了又看，覺得洛神確實很美，美到極致，高山仰止，可望而不可及。夜晚，她們常常擁擠在一個房間裡，互相評頭論足，討論誰最符合美女標準，誰最有希望能成為洛神那樣的大美女？討論來討論去，眾人不約而同看準師師，因為這個小妹妹，除了身材還不怎麼修長外，其他方面，居然挑不出一點可以稱得上是缺陷的缺陷來。於是紛紛開起玩笑，用《洛神賦》裡的詞語誇獎師師。她們根據師師可愛的長相，多稱她瓷娃娃。

梅梅：「我們的瓷娃娃，翩若驚鴻，婉若遊龍。」蘭蘭：「榮曜秋菊，華茂春松。」竹竹：「彷彿兮若輕雲之蔽月，飄搖兮若流風之回雪。」菊菊：「遠而望之，皎若太陽升朝霞；迫而察之，灼若芙蕖出綠波。」鶯鶯：「穠纖得衷，修短合度。」燕燕：「肩若削成，腰如約素。」鵲鵲：「延頸秀項，皓質呈露。芳澤無加，鉛華弗御。」

師師聽了誇獎，又喜又羞，伸手去捂這人的嘴，又捂那人的嘴，說：「好姐姐，饒了我吧！洛神是白天鵝，我是醜小鴨，比不得比不得！」

花季少女，花樣年華，沉浸在美的嚮往美的追求裡，純真無邪，像蔚藍天空輕輕飄浮著的白雲，像夏日清晨草葉上的露珠。一天，黃媽突然宣布，為使走路的姿態婀娜，藝女還有一項科目：纏足。少女們立時花容變色，因為纏足等於受刑，若非纏不可的話，那就慘囉！

纏足一稱裹足、裹腳，是中國封建時代特有的一種陋習。源起於五代時的南唐。南唐佔地長江下游，都城金陵（今江蘇南京），最後一個皇帝叫李煜，史稱後主。李煜生性荒淫，擅長詩詞書畫，後宮美女如雲。他寵幸的嬪妃中有個窅娘，美貌多智，能歌善舞。李煜別出心裁，專門製作了六寸高的尖頭舞鞋，裝飾珠寶、瓔珞等，命窅娘以帛纏足，纏做新月狀，穿此舞鞋在用黃金雕刻的蓮花上跳舞。窅娘奉旨纏足，雙腳肌骨變形，變得纖小屈曲，再穿上特製的舞鞋跳舞，那體態那舞姿，輕盈婀娜，格外優美。李煜樂不可支，稱讚窅娘的腳是「金蓮」。宋代，上層社會受李煜影響，流行變態的審美觀念，以女人腳小為美。於是很多女子開始纏足，最理想的小腳僅長三寸，瘦、小、尖、彎、軟，美稱「三寸金蓮」。三寸金蓮穿的繡鞋，形似舟、月，作工精細，袖珍玲瓏，儼若可以把玩的藝術品。

黃媽宣布要纏足，遭到藝女的強烈反對。她們的第一反應是纏足很苦很痛，等於受刑。接著說：「小腳女人走路，慢慢騰騰，一挪一扭的，美在哪裡？」「我等變成小腳女人，還怎麼玩『跳房子』和投沙包遊戲？」「一旦纏足，整天窩在這紅樓裡，還不把人憋死！」

黃媽不為藝女的反對所動，說：「你等現在是藝女，日後接觸的都是上層社會的顯貴人物。那些人物喜愛小腳女人，所以你等就得纏足，懂嗎？蘇軾作有一篇《菩薩蠻》，專門歌詠小腳女人跳舞的情景：『塗香莫惜蓮承步，長愁羅襪凌波去。只見舞回風，都無行處蹤。偷立宮樣穩，並立雙跌困。纖妙說應難，須從掌上看。』這就是顯貴人物的思想情趣，你等反對沒用，得適應得迎合，懂嗎？李媽媽怎麼說來著？她說，你等的身材、容貌，基礎很好，但還要打造和雕琢。纏足，就是打造和雕琢的科目之一。我當年也纏過足，知道纏足很苦很痛。但俗話說得好：『吃得苦中苦，方為人上人。』怕苦怕痛，怎能成為人上人？所以，你等必須纏足，乖乖纏足。纏足的最佳年齡是從四歲五歲開始。你等早已過了這個年齡，再要把足纏成三寸金蓮，那是不可能的。李媽媽說了，那就放寬標準，纏成四寸長、五寸長，也行。你等知道四寸長、五寸長小腳叫什麼嗎？叫『四寸銀蓮』、『五寸銅蓮』！我的腳就是銅蓮；李媽媽的腳好像是銀蓮。」胳膊擰不過大腿。纏足是李媽媽決定的，藝女只能服從，只求纏成銅蓮、銀蓮，切莫纏成金蓮。

纏足的實質是透過外力徹底改變腳的形狀，包括試纏、試緊、纏尖（纏腳趾）、纏瘦（纏腳頭）、纏彎（纏腳面）等環節，通常需經數年才能完成。期間，纏足者走不了遠路，出不得遠門，只能窩在家中，基本失去了人身自由。黃媽體諒藝女，特意給她們放了一天假，說：「允許你等再瘋一天，回來就纏足，不得再推三阻四，叫苦叫痛。」

八個藝女像是即將要被關進籠子的小鳥，把握這一天時間，美美地逛了一趟御街。御街北起皇城宣德門，跨越汴河州橋，南至外城中門南薰門，長十餘里，高樓華屋，商鋪雲集，車水馬龍，人流如織，好繁華好熱鬧啊！師師專門帶了一張五兩銀子的銀票，去錢莊要兌換成四兩銀子和一百緡銅錢。錢莊收回銀票，如數給了銀子和銅錢，還外加利息十緡銅錢。女孩們都很好奇，原來銀票就是這樣兌換成現金的。師師請客，買了女孩最愛吃的食品：涼粉。涼粉是用豌豆粉做的，豌豆粉加水煮熟，盛在面盆裡冷卻，賣時稱涼粉。一張案板，上面鋪籠布，將涼粉倒扣在籠布上，晶瑩如玉。切時不用刀，而用一種特製的漏勺，在大塊涼粉上轉動一圈，漏勺裡就裝滿玉絲狀的涼粉。將涼粉放進小瓷碗裡，撒幾粒鹽和芥茉，澆上調好的醬油、醋、香油、辣椒油。一人一小碗，就站在街道旁邊吃，涼、嗆、鹹、酸、辣、香、爽，勝過山珍海味！

她們吃了涼粉，又見賣冰糖葫蘆的。冰糖葫蘆是用野生山果做的，通常用一根細木棍，穿上七八個大小相同的山果，放在煮化的糖飴裡滾動，山果染滿糖飴，取出冷卻，一串一串插在圓形草環上，或紅色或黃色，鮮豔透亮，誘得人直嚥唾沫。師師又買了八串，一人一串，邊走邊吃。哎呀，脆脆的，甜甜的，酸酸的，美不可言！

她們逛街，進了朱雀門，過州橋，到了金環巷附近。那裡矗立著東京等級最高的三大妓院——香豔樓、夢仙樓、銷魂樓。梅梅、蘭蘭等遠遠注視著華美的香豔樓，心裡盪起波瀾。她們，她們數年後就將在那裡接待上層社會的顯貴人物呀！

八個藝女沿御街北行，前面就是皇城。皇城地域一分為二，北面是金碧輝煌的皇宮，南面是中書省、尚書省、門下省、樞密院等重要官署所在地。中書省是國家行政中心，位於端禮門，宰相統領百官在那裡議決政事，發號施令。當藝女們逛到端禮門的時候，只見門前立著一塊巨大石碑，名叫《元祐黨人碑》，一行一行，刻有字跡。很多人圍著石碑觀看，或失聲痛哭，或昏厥倒地，或搖頭嘆氣，大發感慨說：「黑白顛倒，忠奸混淆，亂套了亂套了！」

梅梅、蘭蘭、竹竹、菊菊向前看碑，見碑上以司馬光、文彥博為首，刻的都是前朝官員的姓名。四人看著看著，看到這四個名字：韓川、鄒浩、宋保國、呂仲甫。頓時，她們臉色大變，眼裡湧出淚水，恨不得生出雷霆般的氣力，將那石碑推倒、砸碎！

那麼，《元祐黨人碑》又是怎麼回事呢？這要從宋徽宗重用大奸臣蔡京、大宦官童貫說起。

蔡京字元長，興化仙遊（今福建仙遊）人。為人奸佞，極善投機鑽營，原在朝廷任職，後出知杭州府，寫得一手好字，書法可與蘇軾、黃庭堅、米芾比美，合稱「宋四大家」。童貫字道夫，東京人，自小閹割，入宮當了宦官，不學無術，年過半百仍沒沒無聞。宋徽宗登基，圓滑的童貫時來運轉，被任用為供奉使，去杭州主持明金局事務。明金局的職責是蒐集江南的奇珍異玩，運送京師，專供皇帝欣賞和收藏。這樣，童貫和蔡京一見如故，結為至交，相約互相吹捧和提攜。於是，童貫推薦蔡京，蔡京很快當上宰相；蔡京反過來推薦童貫，童貫逐漸掌握了朝廷兵權。

蔡京為相所幹的第一件事，就是迎合宋徽宗意欲發揚光大父兄之志的「紹述」心理，炮製了《元祐黨人碑》。宋神宗、宋哲宗兩朝，圍繞王安石變法，朝臣分成「新黨」、「舊黨」兩大派別，兩派鬥爭與傾軋的慘烈程度，駭人聽聞，一大批功勳老臣受到斬首、貶謫、抄家、流放等懲罰。蔡京掌權，舊帳新算，把司馬光、文彥博等一百二十人定為「元祐奸黨」，由宋徽宗用他那特有的瘦金體書法書寫黨人姓名，然後刻成石碑，以示那些人罪有應得，永遠不得翻案。另外還規定，「奸黨」成員及其家屬，凡流放邊地的，不得擅回內地；其兒孫登記造冊，不得在京城居住或當官。

韓川、鄒浩正是梅梅、蘭蘭的祖父；宋保國、呂仲甫正是竹竹、菊菊的父親。四個女孩看了石碑，笑臉變成淚臉，情緒低落到極點，再沒心思逛街了，急於返回紅樓。鶯鶯、燕燕、鵲鵲、師師不知發生了什麼狀況，只好跟著返回。回到紅樓，梅梅、蘭蘭、竹竹、菊菊禁不住放聲大哭，邊哭邊喊：「爹呀娘呀，你們現在在哪裡呀？」鶯鶯、燕燕、鵲鵲好像受到傳染，也想起爹娘，隨著大哭起來。

師師嚇壞了，忙去告訴黃媽。黃媽急急前來，詢問半天，方知是黨人碑一事。她安慰這個，又安慰那個，嘆氣說：「唉，這事是皇帝和朝廷定的，哭又有何用？孩子們，凡事呀，要換個角度想，要對比著想。你等家庭遭難，親人流離，確是不幸和可憐，可比起某些人來，又算是幸運的。這些年來，大理寺收容了多少十歲以下的罪臣子女？其中，男孩多被閹割，充當宦官；女孩多被分派在皇宮或在王公家庭，罰做奴僕，給主子端屎端尿刷馬桶。你等，你等是李媽媽花錢從官府買回來當作女兒，著意培養的，不用當奴僕，不愁吃不愁穿，還能學藝。這可是不幸中的大幸哪！日後出了鋒頭，大紅大紫賺大錢。那時，你等的爹娘若得到赦免，回到內地，說不定還能全家團圓呢！所以，你等切莫哭哭啼啼了，那樣沒用；正確的做法應是打起精神，該做什麼做什麼，用一流的色藝來改變和掌控自己的命運。」

這番話是一個老妓女的經驗之談。梅梅、蘭蘭止住哭泣，所有人也就止住哭泣。黃媽試探著問：「原先說好的，明天開始纏足，是不是……」

梅梅表態說：「纏！」其他人也表態說：「纏！」

纏足只是肌體之苦痛，而回憶往事，想念爹娘是心靈、精神之苦痛。這些女孩欣然同意纏足，實是要藉肌體之苦痛，取代或減輕心靈、精神之苦痛啊！

第二天，黃媽分別給八個藝女纏足。第一個環節是試纏，纏的不是太緊，將大拇趾外的四趾盡量朝腳心拗扭，一道一道，纏上長條裹布，並用針線縫合，然後穿上尖頭小鞋固定，這種鞋睡覺時也不能脫。試纏，女孩們略感疼痛，但不強烈，反倒覺得好玩。第二個環節是試緊，即將裹布收緊，給雙腳肌骨增加壓力。女孩們感到疼痛了，再不覺得好玩了。第三、四、五個環節裹尖、裹瘦、裹彎，是徹底改變腳的形狀的關鍵環節，裹布越纏越緊，像帶刺的鐵箍箍在腳上，骨頭似乎壓斷，肌肉似乎擠碎。女孩們經受的苦痛，甚於囚犯受刑，簡直生不如死，想撞牆想跳樓的心都有。她們咬牙切齒，大罵南唐後主李煜，是那個人，最早讓女人纏足；又大罵大文豪蘇軾，是那個人，寫了歌詠小腳女人跳舞的《菩薩蠻》，狗屁！黃媽是過來人，深知纏足對女孩來說，是一種折磨，一種摧殘。因此，她給女孩纏足，要求並不十分嚴厲，每見她們疼得撕心裂肺、淚水飛流時，總會心生憐憫，網開一面，給她們把裹布放鬆些，再放鬆些。梅梅等八個女孩，纏足的效果最終不如預期，半是四寸銀蓮，半是五寸銅蓮，沒有出現三寸金蓮，歸根到底是黃媽心善與仁慈的結果。

黃媽在給女孩纏足的同時，建議她們一併把耳洞穿了。穿了耳洞，便可戴耳墜耳環，那是美女之美的重要標誌。女孩們一想也是，反正是疼痛，不如把兩個疼痛併作一個疼痛。於是，黃媽又給她們穿耳洞：用燒酒消毒，用一根粗粗的銀針洞穿耳垂，還要連續洞穿，輕輕撚動。血流如注，痛徹心扉與骨髓。女孩們得忍耐，忍耐，牙齒緊咬嘴唇，嘴唇上留下深深的血印。

藝女纏足是為了美，穿耳洞也是為了美。美是她們用青春的苦痛和血淚換來的，其中的艱辛與酸楚，跟誰說去？

第六章 名師高徒

藝女既纏足又穿耳孔，在陣陣爆竹聲中進入崇寧二年（西元一一〇三年）。嚴格地說，藝女班自開辦以來，藝女只是在黃媽的管理下，學會識字寫字和簡單的歌舞而已，還遠遠未沾「藝」字的邊。從這一年起，大文學家大音樂家周邦彥應聘為藝女授課，她們才真正接觸到了藝術，開始了名副其實的學藝，從而使技藝突飛猛進，成為其後人生中的一大亮點。

周邦彥字美成，錢塘人。出身書香門弟，博覽百家之書，二十多歲時赴東京，入太學（大學）深造，創作一篇《汴都賦》，洋洋灑灑七千字，立意新穎，文筆華瞻，寫盡了汴都歷史沿革、山川形勝、街市建築和風物人情之美，受到宋神宗的誇獎，因而聲名大振，出任太學正（大學助教）。後到盧州（今安徽合肥）任職八年，還朝任國子主簿——國家教育機構的中級官員。宋徽宗登基，周邦彥改任校書郎，負責校訂歷朝典籍。先前，他光顧過香豔樓，和李蘊早有交往。這時，李蘊出以重金，聘請他為藝女班授課。周邦彥公職不算太忙，因此滿口答應。這使他意外遇到李師師，多年後成了師師最崇敬最鍾情的男人。

周邦彥時年四十七歲，白白淨淨，朗眉秀目，說話輕聲慢語，舉手投足透著沉穩、儒雅氣息。他由李蘊、黃媽陪同，第一次見八名藝女，少女的美豔、清純和鮮麗，使他眼睛一亮，心情愉悅。李蘊介紹帶有官銜的周邦彥，說：「周大人學富五車，才高八斗，紆尊降貴前來授課，實是我們藝女班的榮幸。」周邦彥微笑致詞，說：「我首先要說，李媽媽辦這個藝女班，挑選你們這些花容月貌、冰清玉潔的女孩學藝，有眼光有魄力！孔子把女子與小人並列，說：『唯女子與小人難養也。』在重男輕女的傳統觀念主導下，從古到今，有幾個女孩能上學能學藝的？有幾個女子能名垂青史的？鳳毛麟角，少之又少啊！絕大多數女孩沒有名字，一生圍著鍋台轉，圍著公婆、丈夫、兒女轉，耗盡青春和生命。因此我要說，李媽媽辦班興藝，專門培養你等學習琴棋書畫和音樂歌舞，很有積極意義。古代湧現的一些高級妓女，有文化有思想，懂文學懂藝術，善交際善談吐，姿色美豔，技藝一流，綜合素質堪稱婦女階層的精英。究其原因，在於她們是接受了教育，經歷了打造、雕琢的一群女人！所以，你們應當珍惜機遇，好好學藝。我這個人，不敢說學富五車、才高八斗，只當是學富半車、才高半斗吧！我樂意為你們釋疑解惑，並相信無須多久，你們都會成為紅顏翹楚，巾幗騏驥！」

周邦彥溫文爾雅，而且幽默詼諧。藝女們立刻喜歡上了這個周大人。待聽講課，更知周大人才華橫溢，知識淵博，詩詞音樂歌舞樣樣精通，並且達到很高的水準，果真是學富五車、才高八斗！

周邦彥由黃媽安排，每旬前來講一次課，前幾堂課主要講文學。他說：「我聽李媽媽說，她給你們講過美女之美，講過美女的氣質。是的，美女的氣質是內在的神態美，比外在的形態美更加重要。一般說來，外在的形態美多是先天的，而內在的神態美則是後天的，需要透過讀書、磨練等手段來培養來提升。讀書要讀各種各樣的書，就你們而言，特別要讀文學方面的書，讀文學大家的作品。最好讀原詩原文，著力記住那些膾炙人口的名句。名句大多是兩句構成一聯，對仗對稱，言簡意賅，千錘百鍊，可以說是古詩文的靈魂，讀懂記住，終生受益。讀名句記名句，要會揣摩和想像。比如王勃『落霞與孤鶩齊飛，秋水共長天一色』，孟浩然『野曠天低樹，江清月近人』，王維『大漠孤煙直，長河落日圓』，岑參『忽如一夜東風來，千樹萬樹梨花開』，林逋「疏影橫斜水清淺，暗香浮動月黃昏」等，你們只有閉上眼睛去揣摩去想像，腦海裡浮現一幅幅畫面，彷彿置身其間，方能感覺到和體會到那景象那意境，是何等之美！名句的文字都是唯一的，任何一字，都無法變更和替換。不信，你們變更和替換一字我瞧瞧，你們沒有那個水準，我也沒有那個水準。」

藝女聽了這話都笑了起來。周邦彥又說：「我說讀書，讀文學作品，讀名句，可以培養和提升氣質，這是個潛移默化、潤物無聲的過程，不要指望立竿見影，而要日積月累，要有恆心和毅力。另外，文學是藝術的基礎，是前提，只有文學功底紮實、深厚的人，從事藝術活動才能得心應手。接下來，你們要學習琴棋書畫，學習音樂歌舞，文學這一關過不了，怎麼行呢？所以，我主張你們先用半年時間，讀《詩經》讀《楚辭》，讀唐詩讀宋詩，尤其是名句，一要讀懂，二要記住，那時再談藝術方面的問題，可好？」

周邦彥按照自己的計畫，從《詩經》、《楚辭》、唐詩、宋詩中挑選若干名篇，從文學鑑賞角度，給藝女詳加講解和分析，並安排了大量課外作業。八個女孩把周邦彥叫老師，愛聽他講課，樂於完成作業，因此一時間忘卻了纏足和穿耳孔的苦痛，把全部心思放在讀文學作品上，放在記憶名句上。李師師年齡最小，識字最多，悟性強，記性好，讀書效果事半功倍，深得周邦彥的賞識。

半年後，周邦彥以唐詩宋詩為內容，舉行一次測試，檢查藝女記憶名句的情況。他說：「我提示一聯名言的上句，你等答下句。比如我說『春眠不覺曉』，你等就對答『處處聞啼鳥』，懂嗎？」

藝女興高彩烈，躍躍欲試。周邦彥先提示通俗的淺顯的名言：「舉頭望明月」；藝女用清亮的聲音對答：「低頭思故鄉」。周邦彥：「白日依山盡」；藝女：「黃河入海流」。周邦彥：「獨在異鄉為異客」；藝女：「每逢佳節倍思親」。周邦彥：「野火燒不盡」；藝女：「春風吹又生」。周邦彥：「借問酒家何處有」；藝女：「牧童遙指杏花村」。周邦彥：「春風又綠江南岸」；藝女：「明月何時照我還？」周邦彥：「不識廬山真面目」；藝女：「只緣身在此山中」。

一來一去幾個回合，藝女們暗暗得意，心想名句名句，不過如此！周邦彥微笑，有意增加難度：「羌笛何須怨楊柳」；五六個藝女：「春風不度玉門關」。周邦彥：「孤帆遠影碧空盡」，四五個藝女：「唯見長江天際流」。周邦彥：「無邊落木蕭蕭下」；三四個藝女：「不盡長江滾滾來」。周邦彥：「停車坐愛楓林晚」；兩三個藝女：「霜葉紅於二月花」。周邦彥：「春潮帶雨晚來急」；對答得上的只有梅梅和師師兩人：「野渡無人舟自橫」。周邦彥：「春蠶到死絲方盡」；對答得上的只有師師一人：「蠟炬成灰淚始乾」。周邦彥：「霜禽欲下先偷眼」，對答得上的仍只有李師師一人：「粉蝶如知合斷魂」。師師對答，帶有替藝女爭氣的性質。所以從梅梅到鵲鵲，為她加油，全都鼓起掌來。

周邦彥打心眼裡喜歡這個嬌媚的師師，清純的師師。眾人稱她瓷娃娃，既形象又貼切，她可不就是個晶瑩透亮的瓷娃娃麼？周邦彥笑著說：「師師，你我來個一對一，我提示上句，你對答下句，怎樣？」

師師羞怯地看著姐姐們。梅梅等齊聲鼓動說：「對答，對答！我們當中，只有你能和老師一對一！」師師又看坐在一邊的黃媽。黃媽領教過師師驚人的記憶力，也說：「老師點將，你就對答，對答不上也沒有關係。」師師於是從座位上站起，面對端坐的老師，說：「那我試試。」

周邦彥看著師師，清了清嗓子，開始提示。師師答對。一來一往，速度飛快，梅梅等包括黃嫣的反應、思緒都跟不上提示和對答的節奏——

周邦彥：「乘風破浪會有時」；師師：「直掛雲帆濟滄海」。周邦彥：「星垂平野闊」；師師：「月湧大江流」。周邦彥：「潮平兩岸闊」；師師：「風正一帆懸」。周邦彥：「最是一年春好處」；師師：「絕勝煙柳滿皇都」。周邦彥：「月落烏啼霜滿天」；師師：「江楓漁火對愁眠」。周邦彥：「美人首飾侯王印」；師師：「盡是沙中浪底來」周邦彥：「孤舟蓑笠翁」；師師：「獨釣寒江雪」。周邦彥：「潮落夜江斜月裡」；師師：「兩三星火是瓜洲」。周邦彥：「天下三分明月夜」；師師：「二分無賴是揚州」。周邦彥：「千里鶯啼綠映紅」；師師：「水村山郭酒旗風」。周邦彥：「商女不知亡國恨」；師師：「隔江猶唱後庭花」。周邦彥：「沉舟側畔千帆過」；師師：「病樹前頭萬木春」。周邦彥：「春心莫共花爭發」；師師：「一寸相思一寸灰」。周邦彥：「有情芍藥含春淚」；師師：「無力薔薇臥曉枝」。周邦彥：「一水護田將綠繞」；師師：「兩山排闥送青來」。周邦彥：「竹外桃花三兩枝」；師師：「春江水暖鴨先知」。周邦彥：「一年好景君須記」；師師：「最是橙黃橘綠時。」

「……」周邦彥記憶一時短路，提示不出上句，忽又記起《詩經》裡的詩句，提示：「昔我往矣，楊柳依依」；師師對答：「今我來思，雨雪霏霏」。周邦彥又記起《離騷》裡的詩句，提示：「路漫漫其修遠兮」；師師對答：「吾將上下而求索」……

周邦彥異常驚訝、驚奇、驚喜，他的學生，瓷娃娃一樣的師師，年僅十歲，對答名句，飛快如流，真是好樣的，厲害！梅梅等見小妹妹未被老師難住難倒，佩服至極，拼命鼓掌。黃媽對師師，更加刮目。事後，周邦彥將測試的情況告訴李蘊。李蘊大笑說：「師師這孩子，人小鬼大。她自小出入瓦市勾欄，所見所聞遠遠超過同齡女孩。進藝女班不久，就能熟背《千字文》，酷愛讀書，小腦袋瓜裡還不知裝著多少花蝴蝶哩！」周邦彥由衷地感歎說：「這樣聰穎而有才氣的女孩，簡直是小精靈，沒見過沒見過！」

周邦彥給學生講文學，特別講到宋代興盛起來的一種新文體——長短句。這種長短句，宋代以後才稱「詞」，宋代的長短句因此通稱「宋詞」。宋代產生一大批詞作大家和經典作品，所以說宋詞足以和唐詩相比美，成為中國文學史上又一座豐碑。

周邦彥說：「長短句源起於隋、唐之際的民間曲子詞，兼有文學與音樂兩方面的特點。唐代詩人創作了一些長短句，那些作品有固定的曲調、樂譜，都是可以演奏演唱的。本朝長短句創作蔚為大觀，形成各個方面都很規範的音樂文學。關於長短句，你們需要記住這樣幾點：一、每篇長短句都有一個調名，叫詞名（後叫『詞牌』），如《西江月》、《蝶戀花》、《念奴嬌》、《水調歌頭》等；詞名兼有文學與音樂雙重意義，詞名一定，作品的格式和曲調就都定了。二、長短句按長短規模，分為小令（五十八字以內）、中調（五十九至九十字）、長調（九十字以上）三類；每篇的結構分片（一稱闋），不分片的叫單調，分上、下兩片的叫雙調，分三片、四片的叫三疊、四疊。若按音樂，則分為令、引、慢、三台、序子、法曲、大曲、纏令、諸宮調九種，這些實際上是曲調的不同表現形式，各有各的樂譜。四、寫作長短句，先確定詞名，那麼全篇的文字、字數、句數、句式、曲調等，都是約定俗成的，只能依調填詞，所以寫作叫依聲。」

藝女秀眼睜得大大的，說：「這麼複雜！」

周邦彥笑了笑，說：「這些，說來聽來好像複雜，其實對文化人來說，掌握了它的規律，一點也不複雜。需要指出的是，音樂文學是中國文學的一個傳統。《詩經》所有詩篇，《楚辭》部分詩篇，原先都有樂譜，都是可以演奏演唱的，後來樂譜佚失，只剩下歌詞，便是詩（詩歌）。長短句正是沿襲了音樂文學的傳統，並發揚光大，在詩之外別樹一幟，形成了一種新的文體。這凝聚了眾多文學大家的心血！」周邦彥略一停頓，又說：「本朝湧現的眾多文學大家，幾乎都是長短句高手。以歐陽修、晏殊、柳永、張先、晏幾道、王安石、秦觀等為代表，用長短句抒寫豔思戀情，形成流派，稱婉約派。婉約派的特點是，內容上側重於兒女風情，藝術上講究結構縝密，音律諧婉，語言圓潤，追求清新綺麗的柔婉之美。大文豪蘇軾也創作長短句，水準極高，並又形成一個流派，稱豪放派。豪放派的特點是，創作視野廣闊，取材廣泛，引入詩文句法、字法，語言豪壯激越，重視音律又不拘守音律，具有一種恢弘雄放之美。」他考慮講課授眾還只是女孩，接著說：「關於婉約派與豪放派，你們不必知道太多，我只要求你們能熟讀幾位大家的幾篇優秀作品，並學會小唱就足夠了。何謂小唱？就是隨著音樂，歌唱長短句作品。歌唱時可以由別人彈奏樂器，也可以由自己彈奏樂器。」

小唱？藝女對此大感興趣。蘭蘭說：「就請老師給我等小唱一篇長短句，可好？」「好，好！」眾人回應。黃媽也附和叫好，並去樂器架上取來一張琴。

周邦彥並不推辭，說：「那好，我就小唱柳永的《雨霖鈴》吧！」說罷，他右手手指撥動琴弦，左手手指摁弦，隨著紓緩悠揚的旋律，眼睛似睜似閉，身體略略搖晃，忘我地唱了起來：

> 寒蟬淒切，對長亭晚，驟雨初歇。都門帳飲無緒，留戀處、蘭舟催發。執手相看淚眼，竟無語凝噎。念去去、千里煙波，暮靄沉沉楚天闊。
>
> 多情自古傷離別，更那堪，冷落清秋節。今宵酒醒何處？楊柳岸，曉風殘月。此去經年，應是良辰好景虛設。便縱有千種風情，更與何人說？

琴聲綿柔，歌聲婉轉，結尾兩句重複唱三遍，一遍比一遍低沉，小唱完了，似乎仍餘音嫋嫋，迴響不絕。八個藝女和黃媽靜靜聆聽，進入境界，琴聲歌聲止住好大一會兒，她們才反應過來。

啊，這就是音樂文學長短句的魅力！

周邦彥進而講解這篇作品，說：「柳永的《雨霖鈴》分上、下兩片，寫的是作者與相好妓女惜別時的情景。上片，起首三句選擇帶有特徵性的景物，創造出一種氣氛：時值清秋，景色蕭瑟，且值天晚，暮色陰沉，再加上寒蟬淒切的鳴聲，又是在分手的長亭，所見所聞，好不淒涼！『都門』五句細膩地描寫離別的場面和痛苦的心情：一面是深深的留戀，一面是蘭舟催發，千般柔情、萬種別恨，難以表述，只有執手相看，淚眼相對，無語凝咽。接著以『念』字領起三句，『千里煙波』寫前程渺茫未卜，不知寄身何處，『暮靄沉沉』寫面對現在的離別，心情壓抑、沉重。這三句情景交融，不盡之意，盡在言外。下片，分三層進行敘寫。『多情』句為第一層，先做泛論，從個別說到一般，意謂傷離惜別並非自我始，自古皆然，但此時的離別，因正值蕭瑟、淒涼的秋季，傷痛就更甚於常時。『今宵』句為第二層，設想別後酒醒的悵惘。此三句為千古麗句，楊柳、河岸、曉風、殘月，構成一幅淒清的畫面，充滿朦朧美與夢幻美。『此去』為第三層，設想從此離別，歎息天各一方，無比孤獨、寂寞與清冷。全篇用寫景、敘事、抒情等手法，層層鋪敘，重重疊疊地渲染氣氛，纏綿悱惻地表現離愁，最能展現婉約派長短句的風格，堪稱極品。這篇作品的音樂屬於法曲，講究柔婉，用琴、箏、琵琶演奏均可。演奏歌唱時若配上舞蹈，樂、舞、歌三位一體，那就更引人入勝了。不過，你們目前所要做的，還是文學，要從文學鑑賞的角度，熟讀幾位大家的幾篇優秀作品，這對你們即將學習琴棋書畫和音樂舞蹈，大有好處。」

藝女異常興奮。周邦彥這位老師太有水準了，能說能唱能彈琴，甚過黃媽千百倍。師師的感觸尤深。她是因為喜愛歌舞，所以才進藝女班，才入籍倡家的。兩年多來，黃媽教授了幾首歌幾支舞，但過於簡單，只是小孩們喊喊唱唱、蹦蹦跳跳而已。如今，周邦彥出現，瞧他講文學，瞧他小唱《雨霖鈴》，端的是一位名師，一位高人！他說即將讓藝女學習琴棋書畫和音樂舞蹈，那才是真正的學藝，值得期待值得期待啊！

這天課後，周邦彥將幾頁紙交給黃媽，紙上分別錄有六位大家八篇優秀作品，依次是：歐陽修的《踏沙行》、柳永的《雨霖鈴》、《蝶戀花》，張先的《南鄉子》，晏幾道的《臨江仙》，蘇軾的《念奴嬌》、《水調歌頭》，秦觀的《鵲橋仙》。另外，一張紙上錄有《少年遊》和《還京樂》，未署作者姓名。

藝女按照黃媽的吩咐，將優秀作品轉抄在自己的本子上。師師發問了，說：「黃媽，《少年遊》和《還京樂》的作者是誰？為何未署姓名？」黃媽說：「這兩篇作品的作者，就是周大人周老師，他出於謙遜，沒有署名。你們不知道吧？周大人也是一位文學大家，年輕時就寫了《汴都賦》，一舉成名。後又寫了很多長短句，內容主要寫男女豔情和離愁別緒，是公認的婉約派代表大家之一。此外，他還會演奏各種樂器，能製作樂譜舞譜，是個全才，在朝廷可吃香啦！」

「啊？原來如此！」藝女同聲發出驚歎，趕忙聚到師師跟前，爭著閱讀那兩篇作品。師師輕聲讀了出來：「《少年遊》：

朝雲漠漠散輕絲，樓閣淡春姿。柳泣花啼，九街泥重，門外燕飛遲。

而今麗日明金屋，春色桃枝。不似當時，小樓沖雨，幽恨兩人知。」

竹竹說：「這篇作品是雙調，上片寫惜春怨別，情牽舊事；下片寫明媚春光，抒發重聚的歡娛。」菊菊說：「於豔情中寄身世遭遇之慨，感情濃烈深摯。」師師又往下讀：「《還京樂》：

禁煙近，觸處浮香，秀色相料理。正泥花時候，奈何客裡，光陰虛費。望箭波無際。迎風漾日黃雲委。任去遠，中有萬點相思清淚。到長淮底。過當時樓下，殷勤為說，春來羈旅況味。

堪嗟誤約乖期，向天涯、自看桃李。想而今、應恨墨盈箋，愁妝照水，怎得青鸞翼，飛歸教見憔悴。」

鶯鶯說：「這篇作品也是雙調，寫的是春日羈旅懷人。」燕燕說：「通篇都是情語，波瀾起伏、盪氣迴腸。」鵲鵲說：「情語？那麼，這篇作品是周老師寫給情人的了？」

鵲鵲的話，引得眾人嘻嘻而笑。大家約定，周老師下一次講課時，就請他小唱《少年遊》和《還京樂》。

藝女們熟讀老師布置的長短句作品，進入崇寧三年（西元一一〇四年）。新年伊始，周邦彥未見前來授課。元宵節過後，李蘊通知說，周大人剛被任命為考功員外郎，忙於公務，授課得暫停一年。

藝女知此情況，都很失望，同時又為她們的老師感到驕傲。因為考功員外郎是科舉考試的主考官，只有才學傑出、德高望重的官員才有資格擔任。鑑於此，她們對周老師更增加了幾分仰慕幾分崇敬。

周邦彥公務繁忙，心中仍牽掛著藝女班的藝女。他派人送來幾篇散文，包括范仲淹的《岳陽樓記》，歐陽修的《醉翁亭記》，蘇洵的《木假山記》，王安石的《遊褒禪山記》，蘇軾的《赤壁賦》、《後赤壁賦》，蘇澈的《黃州快哉亭記》等；專門捎話給黃媽說，這些散文都是寫景抒情的經典名篇，務要督促藝女認真閱讀，最好能背誦，以利提高文學鑑賞能力和陶冶性情。梅梅等對讀散文興趣不大。只有師師，見了散文，如獲至寶，貪婪地閱讀，很快便能背誦。背誦了還用隸書默寫，一遍一遍，不厭其煩。她說：「默寫，既能加深記憶，又能練習書法，一舉兩得，何樂而不為？」

這一年，師師十一歲，而梅梅、蘭蘭已十四歲。按照規定，藝女班的藝女十五歲就要去香豔樓當妓女，接客賺錢。也就是說，梅梅、蘭蘭即將告別藝女班，去過另外一種生活了。八個藝女相處幾年，友好友愛，情同姐妹，突然有兩人將離開這個團體，大家都很傷感。轉眼又是七夕節，梅梅、蘭蘭強作笑顏，仍然帶領妹妹們乞巧和染指甲。地方還是在師師家磚瓦房門前。一彎斜月，閃閃繁星。她們乞巧有了訣竅，都能熟練地將絲線穿進針孔，乞巧成功。竹竹看了看四周，忽然悄聲訥：「昨天深夜，我和菊菊上茅房，發現一個大祕密。」「什麼大祕密？快說快說。」眾人好奇。「這個……」竹竹賣起關子。「竹竹，最好別說。」菊菊阻止竹竹。眾人見二人這樣，越發好奇，催促說：「什麼大祕密？快說呀！」

竹竹終於忍耐不住，把聲音放得更低，說：「我倆發現黃媽房裡還有個人！」

梅梅、蘭蘭抿嘴而笑。因為她倆早就知道，黃媽獨自住在一樓，隔三岔五就會有男人夜深時前來，黎明時離去，因此算不上什麼祕密。鶯鶯、燕燕卻很驚訝，說：「有個人？男的還是女的？」

竹竹用食指在鶯鶯、燕燕額上一點，笑著說：「傻瓜，若是女的，那還有什麼戲？」鵲鵲不解，說：「怎麼又扯上戲了？」師師更是不解，說：「既然是男的，深夜在黃媽房裡做什麼？」

菊菊見未能阻止竹竹，也就說：「那個唄！」鵲鵲、師師同聲說：「那個？哪個呀？」蘭蘭、竹竹、菊菊、鶯鶯、燕燕同時笑了起來，說：「瞧你兩個，傻到家了！」梅梅附在鵲鵲、師師耳邊說：「那個，就是脫光衣服，男壓女或女壓男，顛狂著睡覺。」鵲鵲、師師的粉臉騰地紅了。她倆從那一刻起，隱約知曉男人和女人在一起，所謂那個，就是……

初冬的一天，香豔樓老鴇李茵由姐姐李蘊陪同，前來和梅梅、蘭蘭談話，正式提出二人去香豔樓的問題。李茵比李蘊起碼年輕十歲，身材、容貌活像姐姐，衣飾時尚，珠光寶氣，舉手投足，一副精明幹練的樣子。這不足為奇，此人經營著一家大妓院，若不精明幹練行嗎？黃媽告訴藝女，她們已把李蘊叫李媽媽，為示區別，應把李茵叫李茵媽媽。

李茵媽媽見梅梅、蘭蘭已是大姑娘，亭亭玉立，青春煥發，而且識字，讀了不少古詩文和長短句，略會唱歌和跳舞，相當滿意。她帶來一些新衣裙和首飾，分給二人，說：「你倆從現在起，就要學會梳妝打扮，打扮得跟天上仙女似的，年後接客，要做到一鳴驚人，懂嗎？香豔樓規模大檔次高，所有妓女都是高級妓女。這些年來，我和我姐培養你倆是花了本錢的，很快就是你倆知恩圖報，還本還利的時候了，當然也是你倆為自己賺錢攢錢的時候。香豔樓規矩，妓女吃穿住用病的花銷，樓裡全包；妓女接客，錢由樓裡統一結算，其中妓女提成百分之十。至於客人私下贈予妓女的錢物，全歸妓女所有，樓裡不予過問。人常說，妓女的黃金年齡特別短暫，十五至二十歲是極品，二十一至二十五歲是精品，二十六至三十歲是次品，三十歲以後是等外品。我希望你倆能把握極品、精品這兩個年齡段，為香豔樓多賺些錢，也為自己多賺些錢多攢些錢。」

李茵說得直截了當，開辦藝女班和經營香豔樓，就是為了賺錢。這個賺錢，是透過妓女接客來完成的。梅梅、蘭蘭知道，眼前這個李茵媽媽，就是她倆去香豔樓後的主人，心中怯怯的，臉紅無語，許久才說：「我倆還想聽周老師講課，學習琴棋書畫和音樂舞蹈，可以嗎？」

李茵笑著說：「這是好事，當然可以。對了，還有，你倆從現在起，就得服藥了。藥，我已給了黃媽，她會跟你倆說怎樣服用。」

服藥？服什麼藥？梅梅茫然，蘭蘭惶惑。

李蘊、黃媽在李茵跟前，多次提說過李師師，都是稱讚、誇獎之語。因此，李茵特地見了李師師，發現果然像個瓷娃娃，從長相到談吐，很難挑出什麼瑕疵來。她很欣喜，心想這個李師師，正如姐姐所說，略加雕琢，準能成為一棵大搖錢樹，成為本朝的第三個師師！

李茵、李蘊離去。黃媽取出一個小瓶，倒出兩粒暗紅色藥丸，讓梅梅、蘭蘭服用，一人一粒。梅梅、蘭蘭大叫：「這是什麼藥？我倆好好的，服它做甚？」黃媽說：「這叫涼藥，避孕用的。你倆現在得服用，接客後還得定時服用。」

避孕？梅梅、蘭蘭羞得滿臉通紅，喃喃地說：「不服用不行嗎？」「不行！」黃媽斬釘截鐵地說：「你倆很快就會是妓女，而妓女是不能懷孕不能生孩子的，懂嗎？妓院裡的妓女，若都懷孕，挺著個大肚子，那還是妓院嗎？妓女萬一生下孩子，孩子的爹是誰，能說清嗎？想當年，李媽媽、李茵媽媽和我，都曾服用過涼藥，所以才沒懷孕沒生孩子。服藥避孕，也是妓女的一項功課，必須服用的！」

梅梅、蘭蘭從未想過這個問題，猶猶疑疑，然後一狠心一咬牙，把藥丸吞進肚裡。她倆快步跑回自己房間，蒙頭大哭。一個女人，一旦服用那種涼藥，就意味著終生絕育，再也當不了母親啦！

臘月下旬，香豔樓來了一輛馬車，接走梅梅、蘭蘭。紅樓一下子沉寂、清冷了許多，在沉寂、清冷中辭舊迎新，崇寧四年（西元一一〇五年）到來了。

崇寧四年正月，三年一次的科舉考試告一段落，周邦彥不再擔任考功員外郎，改任宗正少卿兼議禮局檢討，職掌皇家和朝廷的部分禮儀事項。他又有時間給藝女班授課了，藝女感到歡欣鼓舞。梅梅、蘭蘭徵得李茵媽媽的許可，返回紅樓聽課。這二人在元旦夜晚第一次接客，已從藝女變成妓女，從姑娘變成女人，好像驟然成熟了，衣飾華麗，神采飛揚。竹竹等打趣，詢問姐姐共接待多少個姐夫了？梅梅、蘭蘭羞而不惱，眉眼含笑，整個人都搖曳生輝。

這時，周邦彥由黃媽陪同，步入那個大房間。藝女起立鼓掌，熱忱歡迎闊別了一年多的老師。周邦彥還是原先的樣子，朗眉秀目，溫文爾雅，落座後說：「黃媽告訴我，說你們讀古詩文讀長短句，很刻苦很上心。好啊，你們有了一定的文學功底，可以涉足藝術了。從今天起，我開始講音樂歌舞。」

這是藝女盼望的時刻，人人專心聆聽。周邦彥說：「自三皇五帝以來，就有音樂歌舞。什麼是音樂？《禮記》云：『夫樂，清明象天，廣大象地，終始象四時，周旋象風雨。』象，象徵的意思，並非好像之『像』。樂有五聲：宮、商、角、徵、羽；樂有八音：金、石、絲、竹、匏、土、革、木。人們利用八音，製造出各種樂器；透過五聲，演奏出各種樂曲。這就是音樂。音樂有曲調有樂譜。因此，你們學音樂，首先要弄懂曲調和樂譜，按照曲調、樂譜演奏演唱，苦練基本功，積以時日，自會水到渠成，技藝大進。什麼是歌舞？《月令章句》云：『歌者，樂之聲也。』《毛詩序》云：『情動乎中，而形於言；言之不足，故嗟歎之；嗟歎之不足，故詠歌之；詠歌之不足，不知（覺）手之舞之，足之蹈之。』可見，歌舞是聲音語言和肌體語言，是用來表達感情和抒發心聲的。歌與樂，可以獨立存在，如漁夫打魚、牧人牧羊時，可即興唱歌；一種樂器或多種樂器，可單獨或合作演奏出樂曲。唱歌時用樂器伴奏，是歌和樂的結合；歌、樂加上舞蹈，是歌、樂、舞的結合；有樂有舞無歌，是樂和舞的結合。這幾種結合形式，各有各的長處。其中，歌和樂的結合最為普遍。歌者一邊唱歌，一邊彈奏琴、箏、琵琶之類樂器，自彈自唱，自由靈活。」他頓了頓，用總結性的語氣說：「總之，一個時代，一個社會，不可以沒有音樂歌舞。有了，生活才會豐富多彩；

沒有，死水一潭，死氣沉沉，哪還有什麼樂趣？」

藝女班的藝女，平時也唱歌也跳舞，但對音樂歌舞的來龍去脈卻是一無所知，這天聽周老師這麼一講，頗有醍醐灌頂之感。周邦彥接著說：「音樂，從功能和地域劃分，可分為雅樂、雜樂、四夷樂三大類。樂器的種類則多得很，如金製的有鐘、鎛、鐃，石製的有磬，絲製的有琴、瑟、箏、竺、箜篌、琵琶，竹製的有笛、簫，匏製的有笙、竽，土製的有塤、缶，革製的有鼓，木製的有柷敔，等等。我主張，女孩子最好學琴。琴的歷史悠久，傳說是伏羲氏所造。《白虎通》云：『琴者，禁也。禁止於邪，以正人心也。』《風俗通》云：『琴者，樂之統也。君子所常御，不離於身；非若鐘鼓，陳於宗廟，列於虡懸也。以其大小得中而聲音和。大聲不喧嘩而流漫，小聲不湮滅而不聞，適足以和人意氣，感發善心也。』一個人攜一張琴，在那裡都可以彈，或自彈自唱，沒有什麼條件的制約。古代很多名曲，如《高山流水》、《胡笳十八拍》、《廣陵散》、《梅花三弄》、《平沙落雁》、《陽關三疊》等都是琴曲，原因就在這裡。」

說到名曲，藝女興致高昂，提議周老師演奏演唱一曲。周邦彥全不推辭，說：「那好，我就奏、唱《陽關三疊》。對了，你們誰知這支琴曲的來歷？」眾人搖頭。周邦彥說：「那你們誰知唐代王維的一首詩，名叫《送元二使安西》的？」師師站起，說：「那是七言絕句，內容是：『渭城（今陝西咸陽）朝雨浥輕塵，客舍青青柳色新。勸君更盡一杯酒，西出陽關無故人。』」

周邦彥點頭，向師師投去讚許的目光，說：「對，琴曲《陽關三疊》，就是根據王維的絕句譜寫的，原名《渭城曲》或《陽關曲》，因歌詞有所改動，重複疊唱，故又名《陽關三疊》。」說罷，他微閉雙眼，一面彈琴，一面歌唱起來：

渭城朝雨，一霎浥輕塵。更灑遍客舍青青，弄柔凝，千縷柳色新。更灑遍客舍青青，千縷柳色新。休煩惱，勸君更盡一杯酒，人生會少，自古富貴功名有定分。莫遣容儀瘦損。休煩惱，勸君更盡一杯酒，只恐怕西出陽關，舊遊如夢，眼前無故人，無故人。

琴聲委婉，歌聲渾厚。在琴聲和歌聲裡，眾人彷彿到了朝雨過後，客舍青青，柳色新綠的渭城，看到王維送別元二，頻頻勸酒，叮嚀保重、珍愛的場景，朋友間的情意，關懷、留戀與祝願，真摯感人。

周邦彥收勢，琴聲和歌聲止住。藝女喜形於色，熱烈鼓掌。菊菊記起上年大家的約定，說：「請周老師再小唱《少年遊》和《還京樂》，那可是你的作品。」

「哦？你們知道那是我的作品？」周邦彥詫異。

「知道！黃媽告訴我們的。」鶯鶯、燕燕說。

周邦彥略一思索，便又小唱起《少年遊》和《還京樂》來，以歌為主，以樂為輔，歌聲引導琴聲，琴聲陪襯、點綴歌聲，歌與樂融為一體，珠聯璧合。周邦彥小唱結束。藝女又熱烈鼓掌。周邦彥說：「我最喜歡這種小唱方式，信手彈琴，信口唱歌，隨心所欲，盡情盡性。長短句是音樂文學，你們只要掌握了曲調和樂譜，那麼便可以小唱任何一篇長短句。這是一個寶庫，裡面的歌、樂寶藏，可是取之不盡用之不竭呀！」

周邦彥親作示範，詳細講解彈琴的指法，說明怎樣撥弦摁弦，怎樣按曲調、樂譜彈出音符，並用音符組合成旋律等。他說：「學藝無捷徑可走。你們不管學何種樂器，必須刻苦練習，刻苦刻苦再刻苦，練習練習再練習，還要用心去琢磨去體會。只有如此，方有可能熟練地駕馭那種樂器。」

周邦彥這些話，梅梅等左耳進右耳出，並未介意。只有師師，聽懂了領會了，並牢記在心。此後，她鑽進長短句的歌、樂寶庫，潛心研究曲調和樂譜，主攻琴藝，從而使小唱才能突飛猛進，水準之高，令人歎為觀止。

藝女選擇要學的樂器。梅梅、蘭蘭、鶯鶯、師師選學琴。竹竹、菊菊、燕燕選學琵琶。周邦彥說：「琵琶原是邊疆少數民族樂器，秦、漢時傳至中原，推手向前曰『琵』，引手向後曰『琶』，故名琵琶。琵琶表現力極強，最能抒發慷慨激烈的思想感情。唐代太宗皇帝作有《琵琶賦》，云：『半月無雙影，金花有四時。摧藏千里態，掩抑幾重悲。促節迎紅袖，清音滿翠帷。駛彈風響急，緩曲劍聲遲。空餘關隴恨，因此代相思。』」鵲鵲與眾不同，選學笛。周邦彥說：「《風俗通》云：『笛，漢武帝時邱仲所作也。』這是不正確的。其實，春秋戰國時就有了笛，宋玉作有《笛賦》，是為證明。漢高祖初入咸陽，發現秦宮中藏有許多奇珍異物，其中有一隻昭華之琯，長二尺三寸，六孔，吹之則見車馬山林，隱轔相次，那就是笛。現時之笛，通常長一尺四寸，七孔。笛，滌也。笛聲乃樂聲中之正聲，笛音一定，諸弦歌皆從之，滌邪去穢，暢神怡志，以雅見長。」

從此，紅樓裡琴聲清雅，琵琶聲激越，笛聲高亢，還有斷斷續續的歌聲，煞是熱鬧。這年八月，宋徽宗出於對音樂歌舞的偏愛，專門設置大晟府，主管音樂歌舞。這樣，這些藝女學習音樂歌舞，恰恰迎合了皇帝的偏愛，正當其時，前程似錦。

藝女班八人，四人學琴，三人學琵琶，一人學笛。周邦彥很快發現，八人當中，只有李師師，音樂天賦極高，給她講課，她一聽就懂，一學就會，給她一篇長短句作品，她練習兩三遍，便能小唱，準確表達作品的內涵與意蘊。一天，周邦彥又給師師兩篇作品——晏幾道的《臨江仙》、《鷓鴣天》，讓她小唱。師師腦中飛快搜索這兩個詞名的曲調和樂譜，輕撥琴弦，將歌詞哼唱兩遍，然後猛撥琴弦，彈出序曲，接著一面彈琴，一面放聲歌唱起《臨江仙》來：

鬥草階前初見，穿針樓上曾逢。羅裙香露玉釵風，靚妝眉沁綠，羞臉粉生紅。
流水便隨春遠，行雲終與誰同。酒醒長恨錦屏空，相尋夢裡路，飛雨落花中。

她彈、唱完《臨江仙》，繼續彈琴，自然地轉移到《鷓鴣天》的曲調和樂譜，又歌唱起來：

彩袖殷勤捧玉鐘，當年拚卻醉顏紅。舞低楊柳樓心月，歌盡桃花扇底風。
從別後，憶相逢，幾回魂夢與君同。今宵剩把銀釭照，猶恐相逢是夢中。

兩篇作品描寫的都是豔情。《臨江仙》寫回憶寫懷念，久別長恨，相思如夢。《鷓鴣天》寫回憶寫相逢，別後重逢，相見如夢。師師的歌聲和琴聲，雖然還稚嫩，卻很真切很細膩地把豔情以及豔情的差別表達了出來，相當傳神。周邦彥又是點頭又是微笑，顯然非常滿意。他又發現，如果把音樂也分為婉約派和豪放派兩大流派的話，那麼師師喜愛和擅長表現的是前者而非後者。婉約，展現師師的性格，又展現師師的氣質。

師師小唱長短句漸入佳境，應付自如。周邦彥進而教她彈、唱《陽關三疊》，在此基礎上，教她彈奏風格婉約的名曲《高山流水》、《梅花三弄》等。周邦彥說：「彈奏名曲，務要理解名曲產生的背景及曲意。比如《高山流水》，產生於戰國時期。楚國琴師俞伯牙一次在荒野彈琴，樵夫鍾子期從琴聲中聽出是在抒發『巍巍乎志在高山』和『洋洋乎志在流水』的感情。俞伯牙驚訝說：『善哉，子之心與吾同。』二人因琴結為摯友。一年後，鍾子期病故。俞伯牙痛失知音，摔琴斷弦，終生不再碰琴。該曲最早分為《高山》、《流水》二曲，分別表達仁者樂山、智者樂水的曲意；後來合為一曲，由樂山樂水引申出知音知心最可珍貴的題旨。彈奏此曲，最要緊的是要彈出高山的巍巍之姿和流水的洋洋之態，讓人從中領會，知音知心就在眼前和身邊。」

師師聽得專心，抿嘴點頭。周邦彥又說：「再比如《梅花三弄》，產生於東晉。書聖王羲之曾吹奏一支歌詠梅花的笛曲，叫《梅花落》。他的好友桓伊，將笛曲改編為琴曲，結構上採用循環手法，整段重複三次，每次都用泛音奏法，故稱《梅花三弄》。該曲詠物抒懷，透過歌詠梅花的豔色、芳香和凌寒傲雪等特徵，讚頌品格忠貞、情操高尚的人。梅為花之最清，琴為聲之最清，以最清之聲狀最清之物，旋律與韻味，美妙絕倫。」

師師按照樂譜，試著練習兩支名曲，有幾處高音，任老師怎麼指教，她就是高不上去。周邦彥著急，很想手把手教，但顧忌男女授受不親，伸出的手又縮了回來。黃嫣看出他的為難，笑著說：「師師還是個孩子，大人該怎樣教就怎樣教，哪來那麼多講究？」周邦彥也朝黃嫣笑了笑，鼓足勇氣，站到師師身後，右手抓右手，左手抓左手，說：「應當這樣撥弦摁弦。」他明顯感到，師師的小手綿綿柔柔，玉指如蔥；她的脖頸白皙秀美，身上和髮間散發出淡淡的幽香。師師長這麼大，除燕青哥外，還沒有哪個男人接觸過她的肌膚；現在周老師緊緊抓著她的手，她感到有點異樣，心跳有點快，面頰有點燒，身上好像暖洋洋的。

師師憑天賦和勤奮，很快便能熟練地彈奏《高山流水》和《梅花三弄》。而她的姐姐們，還停留在辨識樂譜階段。師師又學會彈奏《平沙落雁》。那是一支清新、優美、雋永的琴曲：秋高氣爽，風靜沙平，雲程萬里，天際飛鳴。雁陣由遠而近，倏隱倏顯，若往若來。其欲落也，凌空盤旋，回環顧盼；其將落也，息聲斜掠，選擇沙地；其既落也，三五成群，彼呼此應，雛雁歡快飲水覓食，母雁昂首伸頸，警惕地張望著四方……

師師還想學一支有歌有樂的名曲。周邦彥說：「《胡笳十八拍》有歌有樂……」師師忙說：「得是蔡文姬的《胡笳十八拍》？」周邦彥驚訝地說：「哦？你知道蔡文姬？」師師輕輕點頭，說：「我小時常在勾欄看各種演出，記得看過戲曲《文姬歸漢》，蔡文姬唱《胡笳十八拍》，很長又很悲，人聽了沒有不落淚的。」

「原來這樣。」周邦彥說：「蔡文姬名琰字文姬，東漢末大學者蔡邕的女兒，就是東京人。她精通詩文和音樂，才華出眾，婚後喪夫，孀居娘家。當時軍閥混戰，天下大亂，她被匈奴人擄了去，成為左賢王王妃，生了兩個孩子。十餘年後，曹操統一中原，出以重金，將她贖回。蔡文姬流落異域，無限懷念國家和家鄉，歸漢時又得拋夫棄子，強忍親人生離死別之苦。她據親身經歷，創作了長詩《胡笳十八拍》。繼把長詩譜成琴曲，有歌有樂，亦名《胡笳十八拍》。胡笳，胡人的樂器；拍，首、篇的意思。該曲內容深厚，格調悲愴、哀怨、悽楚，句句血聲聲淚，極富感染力和震撼力。你呀年齡還小，因此現在還是別學它為好。」

師師聽從老師的話，放棄了學《胡笳十八拍》的念頭。不久，她還是自學了這支名曲，每次彈琴、歌唱，都會熱淚盈眶，難以自制。

梅梅、蘭蘭、鶯鶯和師師同步學琴，但水準一直停留在彈《陽關三疊》階段。竹竹、菊菊、燕燕學琵琶，一曲《陽春白雪》，彈了數月方才入門。鵲鵲學笛，因缺少吹笛的氣力，手指又按不住笛孔，只好改學琵琶。她學琵琶還行，學會彈《陽春白雪》後，聲稱還要學彈最著名的琵琶名曲《十面埋伏》。

條忽兩年過去，周邦彥教授的藝女，人人都有長進，其中師師最為突出。這兩年裡，竹竹、菊菊、鶯鶯、燕燕先後也十五歲，按規定進香豔樓接客，當了妓女。她們和梅梅、蘭蘭一樣，仍定時回紅樓聽講課。李蘊李媽媽為使香豔樓後備人才不致斷檔，又去大理寺買回四個罪臣之女，補充進了藝女班。四人年齡均在十歲左右，藝名分別叫花花、好好、月月、圓圓。大觀元年（西元一一〇七年），師師和鵲鵲十四歲，成了藝女班的大姐大。她倆身體在發育，技藝要更上一層樓，想到書法、繪畫、舞蹈、棋藝等方面尚未涉足，不由說：「天哪，學藝的任務還重得很呢！」

第七章 東京之花

李師師和李鵲鵲提出想學書法、繪畫、舞蹈和棋藝。周邦彥笑著說：「藝術門類很多，學藝不必求全，女孩子通曉、擅長一兩項就不錯了，哪能樣樣通曉、擅長？音樂與舞蹈密不可分。因此，你們可再學點舞蹈。至於書法、繪畫、棋藝，專業性太強，了解一些基本知識，學會欣賞，就可以了。」

周邦彥開始教授舞蹈。梅梅等都回紅樓聽課。周邦彥說：「我以前引用過《毛詩序》的話：『情動於中而形於言。言之不足，故嗟歎之；嗟歎之不足，故詠歌之；詠歌之不足，不知（覺）手之舞之，足之蹈之。』這個『手之舞之，足之蹈之』就是舞蹈。舞蹈是用肌體語言抒發感情，直觀，具有特殊的美感。人的肌體是靜態的，舞蹈時就成了動態的，具有音樂的韻律和生命的靈動，簡直就是一件藝術品，美侖美奐。自古以來，舞蹈分文舞、武舞兩大類別，這相當於長短句的婉約派和豪放派吧！唐代產生三大樂舞：唐太宗時的《秦王破陣樂》，武舞，風格雄壯陽剛；唐高宗時的《上元舞》，武舞中摻進文舞，風格趨於溫雅；唐玄宗時的《霓裳羽衣曲》，文舞，風格華麗奢靡。本朝以重文輕武、守內虛外為國策，所以文舞居多，武舞很少。樂是雅樂，舞是文舞，最能反映本朝的社會特徵與文化風貌。」他笑了笑，又說：「我製作過一些舞譜，但說實話，並不喜歡。舞蹈本來源於民間，源於工作，但現時的舞蹈，基本上被上層社會壟斷，多為各種典禮、祭祀、飲宴、娛樂活動服務，動作程序化與刻板化，一味追求鋪張，缺少生活氣息。舞蹈，肌體的各個部位都要動起來，關鍵是要練好基本功。基本功練紮實了，頭、手、腰、足隨意動作，皆成舞蹈。對了，我聽黃媽說，你們學過漢樂府民歌《江南》，能邊歌邊舞，是不是？好啊，唱來跳來我瞧瞧。」

黃媽命眾人唱起來跳起來。周邦彥站在一邊觀看，覺得歌、舞缺少變化，過於單調，舞蹈動作也不夠形象與規範。梅梅突然說：「哎，請周老師和我等一起歌舞好不好？」

「好！」眾人回應。

「不不，我老胳膊老腿，跳不動了！」周邦彥連連搖手。

蘭蘭、竹竹、菊菊等向前，拉了老師進入歌舞的行列。周邦彥微笑，只能跟著唱跟著跳。看得出，他的舞蹈動作中規中矩，基本功相當厚實。

舞蹈休息間隙，師師等請周老師講講書法、繪畫、棋藝方面的知識。周邦彥說：「你們倒會見縫插針哪！」師師等笑得前仰後合。周邦彥清了清嗓門，說：「那好，我就講講。書法，是寫字的藝術。我等都會寫字，但要把字寫出特色寫成藝術，很不容易。對於書法，你們一要懂得書體，能分辨出什麼是正書、行書、隸書、篆書、草書等；二要知道一些著名書法大家，如李斯、程邈、張芝、鍾繇、王羲之、王獻之、顏真卿、張旭、懷素、柳公權等。同時把字寫好，我看就足夠了。繪畫，是運用線條和色彩的藝術。學繪畫比學書法更難，很多人畫了一輩子畫，也沒畫出名堂。對於繪畫，你們一要懂得畫科，能分辨出什麼是道釋畫、人物畫、山水畫、花鳥畫、畜獸畫等；二要知道一些著名畫家，如顧愷之、展子虔、閻立德、閻立本、吳道子、李思訓、李昭道、張萱、周昉、韓滉、韓幹、薛稷、邊鸞、徐熙等，我看就足夠了。許多書法大家又是繪畫大家，如唐代的王維、本朝的蘇軾等。當朝皇帝也是一位，書法前無古人，獨具一格，譽稱瘦金體；花鳥畫工整典雅，構圖和著色，爐火純青。」

周邦彥提到當朝皇帝，梅梅、蘭蘭、竹竹、菊菊不禁想到《元祐黨人碑》，碑上刻有她們祖父、父親的名字：韓川、鄒浩、宋保國、呂仲甫。而那名字正是當朝皇帝用瘦金體書寫後刻在石頭上的。花花、好好、月月、圓圓發出驚呼說：「啊，當朝皇上還是個書畫大家？」

周邦彥點頭，說：「是，他是個書畫大家。琴棋書畫，合稱四藝，再講棋。棋指圍棋，其實是一種遊戲，一種很複雜高智慧的遊戲。黃媽，請取一副圍棋來。」

黃媽去樂器架上取來一副圍棋，放在桌上。周邦彥取幾枚黑、白棋子，擺放在方形棋盤上，說：「圍棋相傳是堯帝發明的。最早的棋盤縱橫各十七道線，組合成方格，共有二百八十九個交叉點。南北朝以後，棋盤有所變化，縱橫各十九道線，共有三百六十一個交叉點。基本玩法是：兩人各執黑、白棋子對弈，把棋子放在點上，努力使己方佔的點連成一片，並將對方佔的點包圍『吃』掉，最後佔點多的一方獲勝。圍棋規則繁術語多，每弈一盤棋，往往費兩三個時辰，所以我不主張女孩學棋。你們若執意要學，不妨學弈五子棋，簡單好玩。」

「五子棋？」師師等都是首次聽說這種棋藝，頗感興趣。「對，五子棋。」周邦彥擺放棋子示範，說：「這樣玩：棋盤上縱向、橫向、斜向線上，有很多線條交叉點不是？兩人各執黑、白棋子對弈，若一人緊挨著佔了五個點，便算獲勝。」

玩法確實簡單，眾人躍躍欲試，爭著要和老師對弈。可是弈後方知不簡單，因為她們光注意在縱向、橫向線上左堵右截，而老師卻在斜向線上將五枚棋子緊挨著佔了五個點。師師愛動腦子愛琢磨，其後常獨自擺弄棋子，苦思冥想，漸漸掌握了弈五子棋的門道。她再和老師對弈，先是輸的多，接著是有輸有贏，後來居然是光贏不輸。周邦彥大笑說：「好個師師，真是青出於藍而勝於藍呀！」

李蘊曾說，師師是天生的美人胚子，是一塊玉，她要當一名玉工，把這塊玉雕琢成精美精緻、人見人愛的器皿。事實上，真正的玉工應是周邦彥，是這位名師──大文學家大音樂家，培養師師，教授文學藝術，將她雕琢成了精美精緻、人見人愛的器皿。花是要綻放的，鳥是要飛翔的。容貌和才藝都非同尋常的李師師，既像花又像鳥，即將大放異彩，譽滿京城。

宋徽宗偏愛音樂歌舞，主管音樂歌舞的機構大晟府應運而生，成為一個獨立的官署。大晟府首長稱大司樂，副首長稱典樂，以下官員有大樂令、協律郎、按協聲律、制撰文字、運譜等，職責是專為皇帝和朝廷提供各種典禮、祭祀、飲宴、娛樂活動的音樂歌舞服務。

大晟府大司樂柴可榮，五十一二歲，體態豐滿，面相溫和，最愛熱鬧，整天笑呵呵樂呵呵的，從未憂愁過，人稱無憂菩薩。夏日的一天，無憂菩薩和副手及下屬官員議事，忽然提出一項動議，說：「大晟府成立已經兩年，專為皇上和朝廷服務，可在社會上卻沒沒無聞。我們能否舉辦一次音樂歌舞活動，讓更多的人知道有個大晟府，擴大擴大官署的影響？」

這項動議新鮮有趣，眾人熱烈討論起來。討論來討論去，形成共識：京城香豔樓、夢仙樓、銷魂樓三大妓院均辦有藝女班，集中了一批豆蔻年華、貌美如花的藝女；可以以大晟府名義，舉辦一次音樂歌舞比賽活動，優勝者授予「藝女之花」稱號，給予表彰和獎勵。這樣，等於是一次公關與宣傳，最吸引人眼球，必能擴大大晟府的知名度及影響。柴可榮雙眼笑成一條線，拍板說：「對，就這樣辦！」當即指定協律郎洪衵跟三大妓院老鴇商量，拿出個具體方案來。

洪衵，四十多歲，官階五品，精力充沛，奉命將三大妓院老鴇李茵、崔晶、趙筠召集到一塊，商量有關問題。三位老鴇精明強幹，能說會道，一個勝過一個，完全贊同和支持大晟府舉辦活動，但對授予的稱號提出異議，說：「『藝女之花』稱號，太過侷限，不夠分量；要授就授予『東京之花』稱號，即便『大宋之花』、『華夏之花』，也未嘗不可。」李茵、崔晶、趙筠之所以這樣說，是因為她們手下各有一名王牌藝女，論容貌論才藝絕對一流，參加音樂歌舞比賽必得冠軍。因此，她們覺得授予的稱號越堂皇越好，那是榮譽，榮譽的後面更是妓院的人氣、客源，以及滾滾而來的黃金白銀！本來是音樂歌舞比賽，但崔晶提出比賽項目應加上書藝，因為她手下的王牌藝女精於書法；趙筠則提出比賽項目應加上棋藝，因為她手下的王牌藝女精於弈五子棋。崔晶、趙筠的理由冠冕堂皇：「棋與書俱入四藝，哪能忽視不比呢？」沒有人提出比賽四藝中的畫藝，因為繪畫在當時屬於高難藝術，各藝女班均不設這門課程。

洪衵很有耐心，一面跟三位老鴇周旋，一面向上司彙報，幾上幾下，草擬出具體方案，內容包括：主辦單位是大晟府；活動名稱叫書棋樂舞四藝比賽；比賽公開舉行，香豔樓、夢仙樓、銷魂樓各派一名藝女參賽；大晟府官員並聘請專家擔任評判，給參賽者成績打甲分、乙分，參賽者獲甲分多者為優勝；優勝者授予「東京之花」稱號，獲花牌（匾額）一面及獎銀三百兩。關於比賽項目，這樣規定：一、書藝。現場出示一篇短文，參賽者用楷書或隸書書寫；二、棋藝。參賽者輪流對弈五子棋，對弈採用五局三勝制；三、樂藝（含歌）。參賽者小唱一篇長短句；四、舞藝。參賽者跳一支獨人舞或在多人舞中擔任主舞。

具體方案既定，三位老鴇趕緊部署，忙碌起來。三人分別認為，「東京之花」稱號，非她們手下的王牌藝女莫屬，因而信心滿滿，勁頭十足。

香豔樓老鴇李茵把方案告訴李蘊、黃媽，並說她手下的王牌藝女就是李師師。李蘊好生激動，說：「好！把李師師打造成本朝第三個師師，在此一舉。」黃媽也說：「我敢打賭，這次比賽，師師準拿頭名！」

李茵、李蘊又把情況告訴周邦彥，並請分析比賽形勢。周邦彥笑著說：「這次活動的實質是比美，香豔樓派師師參賽，她一出場，定能贏得滿堂彩，容貌上無須擔心。比賽項目前兩項書藝與棋藝，師師還得練，我相信她不會比夢仙樓、銷魂樓的人遜色。第三項樂藝，關鍵是要選好小唱的作品，憑她的琴技和唱功，定會有上佳表現。第四項舞藝，最拿不準。方案裡不是說『或在多人舞中擔任主舞』嗎？因此我主張師師別跳獨人舞，而在多人舞中擔任主舞。她們跳的《江南》舞，基礎不錯，但要修改，重新製作舞譜，並為歌詞重新制樂，反映採蓮女的工作生活，表現天人合一的主題。這事，我來做。」

李茵、李蘊想的只是比賽比賽，哪像周邦彥考慮問題，這樣全面、周到、細緻？李茵起身，向周邦彥深深鞠躬，說：「比賽之事，煩請周大人全盤操心，事成之後，我當重謝！」周邦彥大笑，說：「見外了不是？師師參賽獲勝，亦周某所願也！」

他們商定內緊外鬆，先別明說比賽及師師參賽的事，以利眾藝女保持一顆平常心，暗暗準備比賽事項。周邦彥原定每月到紅樓講課三次，臨時改為五次，有意卻又不動聲色地指導師師練字、弈棋、彈琴、小唱。他選定了蘇軾的《水調歌頭》，作為師師小唱的作品，讓她反覆彈奏、歌唱，避免出現任何瑕疵。他重新製作了《江南》舞譜、樂譜，組織排練，由師師當採蓮女，梅梅彈琴、蘭蘭擊磬伴奏，其他人當「魚」。周邦彥與當時的文人雅士不同，反對纏足，認為「三寸金蓮」實是一種病態美和畸形美，不值得推崇。因此，他和黃嫣商量，藉著跳舞的機會，讓師師等把腳上的裹布解開，扔了。這一舉措，喜得藝女笑顏逐開，歡呼雀躍。開始排練時，師師這個採蓮女不會採蓮，眾多的「魚」也不會在水中戲游。周邦彥自作示範，逐一手把手地教授。她們很快領會了學會了，並熟練了，採蓮、戲游像模像樣，輕盈歡快，唯妙唯肖。周邦彥有時晚上也前來，指導加班排練。紅樓裡燈火通明，歌曼舞妙，別有一番景象。他還考慮到衣飾問題。李茵、李蘊照辦，專門給師師等縫製了高品質的絲綢衣裙，製作了金玉首飾。

諸事齊備，只待東風。洪袓前來通知：比賽確定在八月二十日舉行，三大妓院參賽的藝女分別叫李師師、崔念奴、趙元香；為了擴大影響，大司樂柴可榮柴大人決定，租用一家勾欄，作為比賽地點。李茵、李蘊立即趕到紅樓，鄭重宣布準備已久的四藝比賽及指派師師參賽的事。藝女們先是一怔，接著恍然大悟，進而興奮，摩拳擦掌，信心十足地說：「『東京之花』，篤定屬於香豔樓，屬於我們師師！」

八月二十日，風軟雲淡，秋高氣爽。金色的陽光燦爛而柔和，照耀著整座東京，皇城、內城、外城的城垣城樓巍峨聳立，熠熠生輝；汴河、蔡河、金水河、五丈河碧水如帶，波光粼粼。鮮豔的菊花開得多姿多彩，空氣中瀰漫著濃烈的醉人的芳香。御街中段一處瓦市，瓦市一家勾欄，門前高插幾面彩色旗幟，懸掛幾隻大紅燈籠，並貼有醒目的招子。招子上書寫大字：「嫦娥下凡，西施轉世，東京之花，今日揭祕！」「豔視獎銀三百兩，豆蔻美女大比拼！」「比賽比賽，精彩精彩，速來速來，一睹為快！」招子就是海報，文字講究誇張、刺激，富於煽動性。顯然，這家勾欄就是大晟府租來用於舉辦書棋樂舞比賽的地方了。

根據北方人的飲食習慣，巳、午、未三個時辰最適宜舉辦大型活動。李茵、崔晶、趙筠帶領香豔樓、夢仙樓、醉魂樓的人，早早到了勾欄，各佔據戲台後面的一個角落，分別給參賽的王牌藝女化妝。當天的比賽不賣票，所以腰棚和神樓上坐滿了人，男女老少，都是看了招子來看熱鬧的。他們的興趣不在比賽，而在美女，要看看即將揭祕的「東京之花」，到底有多美？

巳初（上午九時），大晟府大司樂柴可榮陪同一個大人物到來。大人物叫萬恆通，五十多歲，任開封府尹，東京行政首長，位高權重，跺一跺腳，京城地面都會上下震動。二人進入勾欄腰棚。柴可榮笑容可掬，禮請萬恆通先在「金交椅」落座，自己才在「青龍頭」落座。隨行的官員也紛紛落座。三大妓院派來的三名妓女，笑靨如花，嬌聲嬌氣，斟茶遞果，熱情招待貴客。李茵、崔晶、趙筠特意過來，招呼府尹大人、大司樂大人，問候請安，請予關照。萬恆通一面喝茶，一面點頭，說：「好說，好說！」此人是地方的父母官，誰也不敢得罪的。

大晟府官員典樂及大樂令等，還有聘請的專家，共七位評判，坐到腰棚的前排。衣冠齊整的洪昶出現在戲台上，介紹參賽的藝女：香豔樓李師師，夢仙樓崔念奴，醉魂樓趙元香。李師師、崔念奴、趙元香出「鬼門道」，登台亮相。腰棚裡和神樓上的觀眾睜大眼睛，驚呼：「啊，果真是美女！」尤其是第一個叫李師師的，身段苗條，婀婀娜娜，上穿粉色紅格短袖繡邊上衣，下穿淺藍色金絲百褶短裙，一片紅綾紮住長長的黑髮上；天生麗質，眉不描而黛，面不粉而白，唇不塗而朱，雙眼皮，長睫毛，眼睛清澈，亮眸閃動，宛若春天的湖水和夜空的星星；沒有化妝，只在耳垂上戴了紅寶石耳環，手腕上戴了綠翡翠玉鐲，美得清純、亮麗、自然。崔念奴、趙元香盛妝豔飾，雖然也很美，但比起李師師來，總好像差那麼一點點。觀眾紛紛預測說：「別比了，『東京之花』，肯定是李師師！」

萬恆通也發起了議論，說：「這三個小妞，嗯，長相不錯，不錯！」柴可榮說：「府尹大人再看小妞的才藝，也很出色呢！」

洪昶讓三名藝女抽籤，以確定出場比賽次序。結果，崔念奴為一號，趙元香為二號，李師師為三號。洪昶宣布：「第一項比賽比書藝，一號、二號、三號同時出場。」早有人在戲台上擺下三張方桌三把椅子，方桌上放置文房四寶，硯台裡已磨好了墨。一號、二號、三號分別入座，試筆試墨。洪昶取出三篇短文，發給三人，說：「這是本朝學者周敦頤的名文《愛蓮說》，書寫可用楷書，也可用隸書。」

三人閱讀名文：

水陸草木之花，可愛者甚蕃。晉陶淵明獨愛菊，自李唐來，世人甚愛牡丹。予獨愛蓮之出淤泥而不染，濯清漣而不妖，中通外直，不蔓不枝，香遠益清，亭亭淨植，可遠觀而不可褻玩焉。予謂菊，花之隱逸者也；牡丹，花之富貴者也；蓮，花之君子者也。噫！菊之愛，陶後鮮有聞，蓮之愛，同予者何人？牡丹之愛，宜乎眾矣。

隨即提筆濡墨，認認真真書寫起來。腰棚裡和神樓上的觀眾又指點比劃，評論說：「三號寫字的姿勢最好看。」「二號寫字的姿勢也好看。」一位老人說：「比賽書藝，要把字寫得好看，寫字的姿勢好看，頂個屁用！」這話引起一片笑聲。

萬恆通又發起了議論，說：「比賽書寫《愛蓮說》，嗯，好，好！這三個小妞，恰似出淤泥而不染，濯清漣而不妖。」柴可榮說：「只可惜她們是要當妓女的，那時就不一樣了。」

《愛蓮說》只有一百一十九字。三號李師師第一個寫完，隸書，清爽娟秀，豐腴圓潤。一號崔念奴、二號趙元香也寫完，楷書，工整端嚴，稜角分明。趙元香因為緊張的緣故，漏寫了「香遠益清」四字，後用小字補上，影響了整體的觀賞效果。七位評判當場打分：一號、三號甲分，二號乙分。

洪袓宣布：「第二項比賽比棋藝，一號與二號、二號與三號、三號與一號，輪流對弈五子棋，對弈採用五局三勝制。」戲台上撤去兩張方桌，只剩一張方桌，方桌上擺下棋盤棋子。一號與二號對坐，側面站立兩位評判。猜先，二號猜得先手，執黑，在棋盤中央投下第一枚棋子。

腰棚裡和神樓上的觀眾，不知五子棋為何物，更不知怎麼個弈法。很多男孩女孩擠到戲台前，想看個究竟，你推他搡，吵吵嚷嚷。大晟府一些官員挺身而出，阻擋那些孩子，維持秩序。戲台上，二號落子飛快，瞬間便贏了第一局。一號有些發慌，越慌越出錯，又連輸兩局。二號趙元香以三比零獲勝。

接著，二號與三號對弈，二號又猜得先手。二號精於棋藝，平時很以此自負，剛剛又勝了一號，鋒頭正盛；誰知遇到三號，方知強中更有強中手，自己難以招架。她每落一枚棋子都很謹慎，考慮很長時間，而三號根本不假思索，黑棋子剛一落下，白棋子跟著落下，又是她長考的時間。二號注意在橫向、縱向線上堵截，斜向線上出了問題，輸了第一局。她注意在斜向線上堵截，橫向、縱向線上出了問題，又輸了第二局。第三局，二號使出渾身解數，這兒堵截，那兒堵截，三號卻又明修棧道，暗渡陳倉，在斜向線上將五枚棋子排成了一線。李師師以三比零獲勝。

三號與一號對弈。二號希望一號也能以三比零勝三號，那樣三人成績相同，可以再賽。然而，一號不堪一擊，三號三下五除二，又以三比零獲勝。七位評判打分：三號甲分，二號、一號乙分。給一局未贏的一號也打乙分，屬於安慰性質。

萬恆通很驚訝，說：「三號連勝六局，這樣厲害！對了，她叫什麼名字來著？」柴可榮答：「李師師，人稱瓷娃娃。」萬恆通點頭，說：「噢！李師師，瓷娃娃！」他的腦海裡一下子就記住這個名字。

第二項比賽結束，李師師、崔念奴、趙元香退到後台。戲台上，撤去方桌，中央擺放一把椅子。洪昶宣布：「第三項比賽比樂藝，小唱長短句。現在，有請一號閃亮登場！」

音樂歌舞是觀眾最愛看的。勾欄裡群情振奮，所有目光聚焦戲台，只見一號崔念奴紫衣紫裙，手執琵琶，娉娉婷婷步出「鬼門道」，向戲台下一鞠躬，穩穩坐到了椅子上。

崔念奴落座，將一頭大一頭小的琵琶抱在懷裡，定一定神，右手撥弦，左手摁弦，演奏出一支曲調來，嘈嘈切切，悠悠揚揚。內行一聽便知，曲調名叫《望海潮》。崔念奴隨即啟嬌喉，放鶯聲，唱道：

東南形勝，三吳都會，錢塘自古繁華。煙柳畫橋，風簾翠幕，參差十萬人家。雲樹繞堤沙，怒濤捲霜雪，天塹無涯。市列珠璣，戶盈羅綺，競豪奢。

重湖疊巘清嘉，有三秋桂子，十里荷花。羌管弄晴，菱歌泛夜，嬉嬉釣叟蓮娃。千騎擁高牙，乘醉聽簫鼓，吟賞煙霞。異日圖將好景，歸去鳳池誇。

這是文學大家柳永的作品。柳永的作品以婉約綺麗為主，唯這篇《望海潮》，寫得雄健豪放，從自然形勝和市井繁華兩個角度，生動描繪出杭州的美景、江潮的壯觀和民眾的歡樂，反映出當時社會的太平氣象。崔念奴小唱，非常投入，樂聲和歌聲高亢大氣，準確表達了作品的意蘊。小唱結束，觀眾報以熱烈的掌聲。

崔念奴退下。戲台上加了一張長桌，長桌上放了一張琴。洪袓宣布有請二號閃亮登場。趙元香粉紅衣裙，步出「鬼門道」，鞠躬，落座，彈琴。她彈的曲調名叫《一叢花》，隨即唱道：

傷高懷遠幾時窮？無物似情濃。離愁正引千絲亂，更東陌、飛絮濛濛。嘶騎漸遙，征塵不斷，何處認郎蹤！雙鴛池沼水溶溶，南北小橈通。

梯橫畫閣黃昏後，又還是、斜月簾櫳。沉恨細思，不如桃杏，猶解嫁東風。

這是文學大家張先的作品，描寫離愁和怨情。一位女子傷高懷遠，觸景生情，思念從軍征戰，長久不歸的丈夫，心煩意亂，無休無止，獨自面對黃昏、斜月，由思而生怨生恨，說自己還不如「猶解嫁東風」的桃杏花呢！趙元奴小唱，琴聲和歌聲紓緩低沉，真切細膩地傳達出那個思婦的心聲。小唱結束，觀眾同樣報以熱烈的掌聲。

趙元香退下。長桌上換了一張琴。洪昶宣布有請三號閃亮登場。李師師還是原先的衣裙，只是在脖頸上加圍一條米黃色絲巾，更添了幾分俏麗。她步出「鬼門道」，鞠躬，落座，彈琴。她彈的曲調是周邦彥精心選定的蘇軾作品《水調歌頭》，接著用她那特有的清亮歌喉唱道：

明月幾時有？把酒問青天。不知天上宮闕，今夕是何年。我欲乘風歸去，又恐瓊樓玉宇，高處不勝寒。起舞弄清影，何似在人間。

轉朱閣，低綺戶，照無眠。不應有恨，何事長向別時圓？人有悲歡離合，月有陰晴圓缺，此事古難全。但願人長久，千里共嬋娟。

蘇軾在中秋月夜，懷念胞弟子由，作此長短句，立意高遠，構思奇幻。上片寫望月奇思，幻想遊仙於月宮；下片寫賞月體會，抒發美好願望。作者視月亮為有生命、有情感的至朋好友，運用形象化手法，勾勒出皓月當空，天地一體，孤高曠遠的境界氛圍；優美的神話傳說與遺世獨立的思想意緒融匯在一起，在月亮的陰晴圓缺中，滲進濃厚的哲學意味，從中既可感受到客觀存在的自然之美，又可領略到親人之間的真情摯愛。這種情這種愛，推而廣之，「但願人長久，千里共嬋娟」，人月合一，情韻兼勝，具有極高的審美價值。李師師聽周邦彥多次講解這篇作品，深刻領會了它的主題，又反覆彈奏、歌唱過，所以當天小唱，琴聲和歌聲均達到最佳狀態，盡善盡美。小唱結束，勾欄裡的掌聲分外熱烈，還有人高聲喝采：「好，好，好！」

李師師起身，鞠躬，退場。萬恆通再次發起了議論，說：「這三個小妞，樂藝很好。樂器彈得好，歌也唱得好！」柴可榮笑著附和說：「那是，那是！」

七位評判商量一番，給一號、二號、三號都打了甲分。

第四項比賽比舞藝。一號出場，跳獨人舞，舞名叫《早春》，有人在戲台一側的「樂床」彈琵琶伴奏。舞者舉臂，隨著樂聲，滿場奔跑，東瞧瞧西望望，前俯後仰，跳躍旋轉，努力表現冬去春來，大地復甦，萬物欣欣向榮、生機勃勃的景象。但是，觀眾反應平淡，不知她在幹什麼。一號纏足纏得規範，小小雙腳是標準的三寸金蓮。這使她的舞蹈效果大受影響，重心不穩，踉踉蹌蹌，幾次險些摔倒。二號出場，跳獨人舞，舞名叫《宮怨》，有人彈箏伴奏。舞者像是一個宮廷女子，用肌體動作說明，她長期生活在深宮裡，猶如囚禁，沒有自由和愛情，空耗青春，孤獨、寂寞、愁苦、哀怨。但是，觀眾反應也很平淡，還說舞者生活優越，衣飾那樣漂亮，為何還身在福中不知福，愁眉苦臉不快樂呢？

一號的《早春》，二號的《宮怨》，觀眾基本上沒有看懂，勾欄裡的氣氛有點沉悶。直到三號出場，在集體舞《江南》中擔任主舞，沉悶氣氛才為之一掃，變得熱烈、歡快起來。

「樂床」裡，梅梅彈琴，蘭蘭擊磬，琴聲和磬聲交響，宛若天籟之音。梅梅、蘭蘭輕聲合唱：「江南可採蓮，蓮葉何田田。」師師身穿紅綾衣裙，頭上插蓮花，額上飾瓔珞，踏著碎步，舞到戲台中央，明眸笑靨，巧手採蓮。師師接唱：「魚戲蓮葉間。」梅梅、蘭蘭重複唱這句歌詞。竹竹、菊菊、鶯鶯、燕燕、鵲鵲、花花、好好、月月、圓圓九人，扮作「魚」，秀髮高挽，滿頭珠翠，額上各塗一點豔紅花鈿，淺綠色衣裙，外罩蟬翼般銀色羽氅，羽氅飾有圖案，像是魚的白色鱗片，輕輕盈盈，飄逸而出。勾欄裡所有人眼睛一亮，精神一振，情不自禁地發出一聲「啊！」眾人立刻明白了舞蹈的內容：穿紅綾衣裙者是採蓮女，其他人是「魚」，採蓮女引導眾「魚」共舞，她們，她們可都是年輕嬌媚、秀色可餐的美女呀！

採蓮女邊舞邊唱：「魚戲蓮葉東」。梅梅、蘭蘭斷句唱：「蓮葉東」。眾「魚」跟隨採蓮女游向東面。採蓮女唱：「魚戲蓮葉西」。梅梅、蘭蘭斷句唱：「蓮葉西」。眾「魚」跟隨採蓮女游向西面。採蓮女唱：「魚戲蓮葉南」。梅梅、蘭蘭斷句唱：「蓮葉南」。眾「魚」跟隨採蓮女游向南面。採蓮女唱：「魚戲蓮葉北」。梅梅、蘭蘭斷句唱：「蓮葉北」。眾「魚」跟隨採蓮女游向北面。戲台上以採蓮女為中心，眾「魚」跟隨她戲游，這樣重複多次，又圍著她順向轉圈、逆向轉圈、交叉轉圈，一點紅一片綠，一片綠一點紅，無拘無束，自由自在。觀眾看得全神貫注，目不轉睛。琴聲和磬聲的節奏忽然加快，採蓮女和眾「魚」或呼應對唱，或全體合唱，高歌：「江南可採蓮，蓮葉何田田。魚戲蓮葉間：魚戲蓮葉西，魚戲蓮葉南，魚戲蓮葉北。」她們在高歌的同時，舞蹈動作的頻率加快，幅度加大，紅色與淺綠色相映，銀色羽氅飄飛，向東向西，向南向北，穿行，旋轉，俯仰，跳躍，滿台絢麗，如詩如畫，夢幻一般。師師等雖然纏了足，但都是四寸銀蓮或五寸銅蓮，所以舞蹈充滿健康美與瀟脫美。觀眾眼花撩亂之際，琴聲和磬聲戛然而止，歌聲和舞蹈隨之停止。戲台中央，採蓮女高舉雙臂，仰望天空，眾「魚」環繞著她，身體後仰，手與手相拉，做出眾星捧月，又像百花向陽的造型。人人嬌喘吁吁，但都在笑，笑得燦爛，笑得甜美。觀眾明白舞蹈結束了，掌聲如潮，更多的人高聲喝采：「好，好，好！」

採蓮女和眾「魚」鞠躬、退場。萬恆通再發議論，說：「這個舞很有創意，新鮮別緻！」柴可榮說：「可不是！採蓮女與『魚』親密無間，表現了天人合一的大主題！」

七位評判給舞藝打出分數：三號甲分，一號、二號乙分。也就是說，當天的比賽，三號共得了四個甲分，一號得了兩個甲分兩個乙分，二號得了一個甲分三個乙分。

洪昶遞給柴可榮一頁寫有字的紅紙，請宣布比賽結果。柴可榮登上戲台，笑容可掬，照紙宣布：「大晟府舉辦書棋樂舞四藝比賽，香豔樓選派的藝女李師師技藝優秀，四藝全部甲分，榮獲『東京之花』稱號！」

師師還是紅綾衣裙，嬌羞含笑，走到戲台中央。戲台下的人全都起立，鼓掌，歡呼，有節奏呼喊：「李師師，李師師！」柴可榮在震耳的鼓掌聲歡呼聲中，繼續照紙宣布：「『東京之花』李師師，獲花牌一面，並獲獎銀三百兩。現在，請開封府尹萬恆通萬大人，給李師師頒獎！」

萬恆通整了整衣冠，健步登台，從一名妓女手中接過花牌，頒給師師。花牌用薄銅製就，長方形，長約二尺，寬約一尺五寸，鎏金邊框，銀灰底色，橫向自右及左鑄四個鮮紅楷字：「東京之花」。萬恆通又從妓女手中接過銀票，頒給師師。銀票共三張，每張面值一百兩。萬恆通近距離觀察李師師，不由心旌搖盪：好一個千嬌百媚的瓷娃娃啊！

洪昶宣布當天的比賽結束。很多觀眾興猶未竟，擁到戲台跟前，再目睹一下「東京之花」的風采。他們很羡慕她手中的銀票，一個女孩家，三百兩銀子怎麼花呀？

李茵、李蘊、黃媽、梅梅、師師等十餘人，分乘兩輛馬車，興高彩烈回到紅樓。她們同時想到說到一個人，就是周邦彥。若不是周大人周老師，師師及紅蕾藝女班、香豔樓，哪能獲得這樣巨大的榮譽？正想著說著，周邦彥已到紅樓，詢問比賽結果來了。眾人將他包圍，爭相敘說比賽情況，還讓他看「東京之花」花牌。周邦彥手捋鬍鬚微笑，說：「意料中事也，意料中事也！」

李茵說：「周大人，比賽之前，我說過事成之後，當重重謝你。現在事成了，你說要我怎麼個重謝法？我想酬你五百兩銀子，不知……」師師忙說：「還有這獎銀，也給老師。」她硬把三張銀票塞在李茵媽媽手裡。

周邦彥打躬作揖，說：「哎呀，饒了我饒了我吧！你們的心意我領了，但銀子，不能收也不會收。我到此授課，經常接觸美女，一起說說笑笑，唱唱跳跳，自己覺得年輕，足矣！」

李茵斷然說：「我李茵說話算數，五百兩銀子，反正是你周大人的，香豔樓權且替你保管著，你隨時都可以支取。至於獎銀，是獎給師師的，理當歸師師所有。」她把銀票退給師師。師師堅絕不要，說：「我獲獎，大家都有功勞，那就把獎銀分給眾姐妹吧，包括一直給我們做飯的華嫂。」

「這……」李茵猶豫。「難得師師這樣輕錢財重情義，讓人深感欣慰！」李蘊說。「是的，師師心中有集體有他人，這比獎銀更重要更可貴！」周邦彥說。

一場四藝比賽，使很多人知道了「東京之花」，知道了李師師。一傳十，十傳百，李師師這個名字很快傳遍京城，譽滿京城。香豔樓成了最大的贏家，接待的達官權貴、公子王孫、文人雅士猛增三成。顯貴客人都在打聽：李師師何時進香豔樓？何時掛牌接客？他們垂涎「東京之花」的姿色和才藝，若能及早懷抱尤物「香豔」一回，那該是多麼令人癡迷和陶醉的豔福啊！

第八章 閨情夢魘

紅蕾藝女班出了個「東京之花」，出了個李師師，名聲鵲起。紅樓門前再不平靜，每天都有人在那裡聚集，指指點點，吵吵嚷嚷，甚至向前敲門，詢問能不能一睹李師師的芳容，或者看看她怎樣小唱，怎樣跳舞。黃媽開門接待一個個毫不相干的閒人，叫苦不迭，這樣的干擾也太大了。李蘊、李茵聞知聽此事，不得不從香豔樓抽調兩名身強力壯的保全，專門在紅樓門前充當門衛，以保證藝女班的正常秩序。

李師師、李鵲鵲等還沉浸在四藝比賽的亢奮和喜悅中，倏忽進入九月。李茵、李蘊來和鵲鵲談話，正式提出去香豔樓的問題。鵲鵲和梅梅、蘭蘭等一樣，是沒入官府的罪臣之女，是由李蘊花錢買回，當作女兒加以培養的。藝女到了十五歲，就得進香豔樓接客，無條件為李家賺錢。這既是定例，又早有前例。因此，鵲鵲無話可說，只能點頭答應。規矩還是先前的規矩，鵲鵲當妓女後，吃穿住用病的花銷，樓裡全包；接客的收入由樓裡統一結算，她可提成百分之十。客人私下贈予她的錢物，歸她所有，樓裡不予過問。李茵和藝女談話，總要說這樣一段話，這次也不例外：「人常說，妓女的黃金年齡特別短暫，十五至二十歲是極品，二十一至二十五歲是精品，二十六至三十歲是次品，三十歲以後是等外品。我希望你倆能把握極品、精品這兩個年齡段，為香豔樓多賺些錢，也為自己多賺些錢多攢些錢。」

鵲鵲將進香豔樓，自然得服用避孕用的涼藥。當她從黃媽手中接過一粒暗紅色藥丸，一口吞下的時候，淚水奪眶而出，洶湧澎湃。因為此舉意味著，她，她將同所有妓女一樣，再也當不了母親——女人一生的缺憾，多麼巨大多麼沉痛的缺憾哪！

李茵、李蘊同時和師師談話。二人好像忽然發現，獲得「東京之花」稱號的師師，比以前更美了。她的美不是一點一滴，而是從裡到外全方位的，包括身材、臉形、膚色、五官，以及顰笑、神態、氣質等。尤其是她雙眼皮、長睫毛掩映下的一雙眼睛，珠眸烏黑，像是清澈的水中游動著的兩粒蝌蚪，晶瑩明亮，靈動活潑，閃耀和流露出來的是嬌媚，是聰穎，是智慧，是純真。李茵不由想到兩句古詩：「秋水為神玉為骨，芙蓉如面柳如眉。」李蘊則想到給藝女們講過的《洛神賦》：「翩若驚鴻，婉若游龍……」

李茵笑著說：「師師，你為藝女班也為香豔樓爭得了榮譽，我要感謝你呀！」師師微笑，笑得靦腆，笑得甜美，輕聲說：「那是大家的功勞，主要是周老師的功勞。」

李蘊說：「師師，你和鵲鵲同歲，都是十四歲。鵲鵲很快就要進香豔樓當妓女，那麼你呢？有何打算？」師師明亮的眼睛撲閃撲閃，茫然搖頭，意思是：不知道。

「師師進藝女班七年了吧？」李茵說。

「可不是？一晃七年，師師已從紮著羊角辮的小姑娘長成亭亭玉立的大美人了。」李蘊說：「對了，師師，你還記得七年前我說的話嗎？那時，你想進藝女班學習歌舞，我說那要入倡家籍，要改姓改名。你同意了。我還說，幹倡家這一行的，就大多數女藝人而言，最終都是要進妓院當妓女的，只賣藝不賣身者叫藝妓，又賣藝又賣身者叫色妓。我還說，你是我收養的女兒，日後怎麼辦？到時候再說。」李蘊略停，似乎要給師師一點回憶時間，接著又說：「我和你李茵媽媽歷來都是一言九鼎，當年說過的話，絕不失信。現在到了那個『日後怎麼辦？到時候再說』的時候了，你倒是打算怎麼辦呀？」

這些年來，師師把全部心思都用在學藝上，哪還記得李蘊當年說過的話？舊事重提，她才隱約記起，李蘊當年確實是這樣說的，而且說過：「憑你的條件，加上我的培養，我相信你不論當藝妓還是當色妓，都會前程無量，定會成為出類拔萃的妓女，進而成為名滿東京的絕代名妓！」這些話，一度曾是自己學藝的動力，不然，自己哪會成為「東京之花」？然而，師師畢竟只有十四歲，要她回答「日後怎麼辦」這樣一個重大問題，實在太難太難。七年前，她是為了日後能當歌舞藝人才進藝女班，才入倡家籍的，諸事懵懵懂懂。隨著年齡的成長，特別是梅梅姐等陸續進香豔樓掛牌接客，她才真正懂得妓院、妓女、藝妓、色妓的確切含義。妓院、妓女、藝妓，她還能接受，最接受不了的是色妓，是色妓的「賣身」。須知，賣身就是賣淫，是靠出賣色相和肉體賺錢哪！不，那種事，我師師不能幹，不能幹，絕不能幹！師師見李蘊一直看著自己，不由粉臉一紅，低聲說：「怎麼辦？我不知道。但我，我，我不賣身。」

李蘊點頭，表示明白了。李茵立刻說：「你可以不賣身呀！可以當藝妓呀！我姐不是說了嗎？你跟梅梅她們不同，她們是我們李家花錢買的，所以必須當色妓，又賣藝又賣身。而你呢？是我姐收養的女兒，自由人身，完全可以不當色妓而當藝妓，只賣藝不賣身。香豔樓也有這項業務，藝妓為客人彈彈琴、唱唱歌、跳跳舞什麼的，但不陪宿。當藝妓也是很賺錢的，客人要是高興，也會一擲千金！」

「香豔樓也有藝妓業務？」師師問。

「有，有！」李茵說，「不僅香豔樓有，夢仙樓、醉魂樓都有。你可知黃鶯兒這個人？她就曾在香豔樓當藝妓，人長得漂亮，天生一副好嗓子，那歌唱的，恰似黃鶯鳴叫，火爆得很，迷倒了多少男人！她結婚後因家境窘困，到香豔樓當藝妓。三年，僅僅三年，賺了個盆滿罐滿，又是購地又是建房，全家人過上了富裕日子。她倒是知足，上年辭職，回家享清福去了。現在，香豔樓的封宜奴，夢仙樓的徐婆惜，醉魂樓的孫三四，都是藝妓，專門小唱，每天都有幾十兩銀子收入。」

「那我如果到香豔樓當藝妓，又怎麼個當法？」師師又問。

「你是問酬勞不是？嗨，好說好說！」李茵說，「你一個女孩家，孤零零的，哪管得了亂七八糟的雜事？你若到香豔樓當藝妓，就跟封宜奴一樣：樓裡幫你打點一切，你儘管賣藝就是，其他什麼也不用管。賣藝的收入，樓裡和你平分，一半對一半。」

師師還是個女孩，對所謂的酬勞、收入尚無什麼概念。她想的只是要不要當藝妓和怎樣當藝妓的問題，這個問題太重大了，她一時拿不定主意。李蘊說：「師師，此時離年底還有兩個多月時間，別急，待考慮好了再定，好不？你是我收養的女兒，無爹無娘，我和李茵媽媽定會將你安頓好，不然於心不忍，懂嗎？」

這幾句話說到師師心痛處。她不禁眼圈泛紅，鼻子酸酸的。她，她突然想到一個人：燕青，燕青哥哥。自己處在人生的十字路口，何去何從，多麼需要有個親人共同商量，加以指點呀！可是，燕青，燕青哥哥，他，他在哪裡呢？

李師師面臨著要不要當藝妓和怎樣當藝妓的艱難抉擇，無人商量，無人指點，突然想起燕青哥哥。在這個世界上，青哥算是她唯一的親人，可是這個親人卻遠在大名府，她與他離別已經七年了啊！

七年裡的前三年，燕青透過盧俊義和李蘊的關係，每年給師師捎兩次口信，告知他當了盧俊義的跟班，除了習武外，還經常外出，到過很多地方。接著三年，他每年給師師捎一次口信，只是簡單地報個平安。第七年，也就是最近一年，師師並未收到青哥的口信，以致對他的情況一無所知。

想起青哥，師師心頭總有一種甜蜜蜜暖洋洋的感覺。她和青哥有著同一個娘，自打記事之日起，就和青哥一個桌上吃飯，一個炕上睡覺，青梅竹馬，兩小無猜。當時的生活很簡陋很貧苦，但有親情在，仍是很快樂很開心的。她記得，她和青哥手拉著手，幾乎跑遍京城的大街小巷，登上過鐵塔，最遠到過繁台。去繁台那一回，自己在回家途中竟然睡著了，是青哥把自己背回家的。她記得，她跟著青哥，出入瓦市的各家勾欄，看了多少幻術、雜技、講書、戲曲、歌舞演出！沒錢買票，青哥總有辦法，領著自己混進勾欄去。勾欄若有一個空著的座位，青哥總會懷抱自己，共同坐在那個座位上，伸長脖子看演出，直到演出結束。師師還記得一件小事。大概她四歲那年吧？冬天下雪，她和青哥在草房前堆雪人，又用篩子罩麻雀，她忽然跑回家向娘告狀，告青哥站著尿尿。現在想來，哎喲，真傻真羞真丟人，一個女孩，怎會告那樣的狀啊！

在師師的潛意識裡，她和青哥不僅是異姓兄妹，而且別有一種特殊關係。他們的娘在生前多次流露出一個想法，希望她的女兒能成為她的兒媳。娘在屈死的當夜，還鄭重叮囑說：「你兩個，雖然不是親兄妹，但比親兄妹還要親，任何時候都要同甘苦共患難，永遠相親相愛，懂嗎？」娘的意思很明顯，就是要青哥和她結為夫妻。師師每每想到這一點，芳心總會「蹦蹦」亂跳。俗話說：男大當婚，女大當嫁；不婚不嫁，鬧出笑話。自己已經到了出嫁的年齡，那麼自己的那個人，除了青哥，還能是誰呢？她想，青哥比她大三歲，如今一定長得更高更壯了，眉清目秀，武功高強，陽剛帥氣。她還想，自己若和青哥結為夫妻，一定會恩恩愛愛，白頭偕老，還會生出一大群兒女來的。可是青哥，你，你現在在哪裡？為何消息全無？李茵媽媽鼓動我去香豔樓當藝妓，我要你告訴我，我到底是去還是不去？去，怎麼說？不去，又怎麼說？

藝女班的藝女僅剩六人：鵲鵲、師師、花花、好好、月月、圓圓。鵲鵲即將去香豔樓掛牌接客，常在銅鏡前左顧右盼，不知在想什麼。花花等正學識字，結結巴巴讀著《百家姓》和《千字文》。師師和她們沒有共同語言，有點六神無主，心緒不寧。十一月的一天，周邦彥來藝女班，然而不是來授課，而是來告別的。因為朝廷已任命他為隆德府（今山西長治）府尹，他即將赴任。

周邦彥喜愛並關心藝女班的幾個女孩。尤其是李師師，從長相到才藝，那樣突出，那樣完美，足以稱得上他所說的「紅顏翹楚，巾幗騏驥」。他從李蘊、黃媽口中，得知師師正為當藝妓問題左右為難，覺得有必要和她談一次話，算是長輩人對小輩的叮嚀與忠告。

周邦彥喚了師師，開門見山地說：「聽說你最近遇到煩心事了不是？要叫我說，藝妓可以當，靠賣藝賺錢，不丟人！你的容貌很美，小唱水準無人可比。我相信，你若賣藝，定能像四藝比賽那樣，脫穎而出，力壓群芳。」師師靜靜看著老師，緊抿朱唇，微微點頭。周邦彥又說：「學無止境，藝無止境。你若當藝妓，優勢在小唱上，或清唱，或邊彈樂器邊唱，都佔優勢。為此，我把我創作的幾十篇長短句作品送給你，你再找些柳永、張先、晏幾道、蘇軾、秦觀等人的作品，從中挑選一些所喜歡的，多加練習，這樣便能保證小唱的內容不斷檔不重複，常唱常新。」

周邦彥把一本文稿遞給師師。師師趕忙起身，雙手接過，恭敬施禮，說：「多謝老師。」

周邦彥一擺手，說：「謝就不必了。師師呀，我還要對你說，說……」他一時找不到合適的詞語，停頓好長時間，才繼續說：「我還要對你說，一旦當了藝妓，務要以藝為重，潔身自愛，懂嗎？你青春，你美貌，你多才多藝。這，我為你感到驕傲，同時也為你感到擔心。從歷史經驗角度看，美女色藝雙絕，很難說是什麼福分，相反，多半倒是災禍。李媽媽給你等講過衛子夫、趙飛燕、趙合德的榮耀不是？但是，這三個人在一番榮耀之後，結局都很悲慘，都是在殘酷的宮廷鬥爭中自殺而死的。你可知周朝的褒姒？褒姒出身貧苦，長得很美，成為周幽王的寵妃。褒姒過不慣王宮生活，整天愁眉不展。周幽王為逗她大笑，曾點燃烽火戲諸侯。國王荒淫，引發天下動亂，諸侯反叛，外敵入侵。不久，諸侯與外敵攻陷周朝的國都，周幽王逃跑，褒姒被西戎人擄了去，受盡凌辱而死。還有三國時的甄宓，長得很美，曹植的《洛神賦》將她的美描繪到了極致。她一度是魏文帝曹丕的愛妃，但很快失寵，繼被賜死。史籍記載，甄宓死後，殮屍時『披髮覆面，以糠塞口』，然後草草下葬，很慘很慘。再看西施、楊貴妃等，其美足以沉魚羞花，而且才藝超群，歌舞技藝一流。但又怎樣呢？被人利用，被人玩弄，最終被人視為紅顏禍水，成了屈死的恨鬼冤魂。有道是：自古紅顏多薄命。我是相信這句話的，因為事實就是如此。美女美貌有才藝，這不是美女的錯。錯，錯在男人，錯在有權有勢有錢的男人。他們主宰著國家和社會，好淫好色，因而鑄成了無數血淚悲劇。師師呀，我比你年長許多，說句以老賣老的話，可以當你的爹甚至爺爺。作為長輩，我要特別提醒你，藝妓可以當，但要自重，要自愛。妓院那種地方，太齷齪太骯髒，最容易使人頹廢和墮落。女孩子一般是不宜到那裡賺錢的，藝妓與色妓之間，僅有一步之遙，一步之遙啊！」

師師聽到這裡，身上打了個激靈。當了藝妓，就非當色妓不可麼？她在心裡暗暗說：「不，不，我師師不會走那一步的！」

周邦彥用手捋了捋修剪得很整齊的濃密鬍鬚，忽然又說：「師師，來年你就十五歲了吧？我建議你趕快嫁人，嫁一個志同道合的男人。那樣，夫妻倆共同打拼，比你獨自一人拋頭露面強。而且要見好就收，賺一些錢後就改行，另謀生計。這些話的意思，你懂嗎？」

聽到「嫁人」、「男人」、「夫妻」諸詞，師師紅潤的粉臉，羞得更紅了，就像彩霞烘托的一輪朝陽。她想告訴老師，她心中已有志同道合的男人了，那人就是燕青哥哥。可是，此話怎能說得出口？況且，青哥近況怎樣，自己一無所知，所以還是別說為好。老師的話，她好像聽懂了，又好像沒有聽懂，用力回答一個字：「嗯！」

天色將晚，周邦彥告辭。黃媽和藝女們將他送到紅樓門外，互道珍重，說後會有期。師師凝望老師遠去的背影，悵惘若失。她和父親甚至祖父一樣的周老師，還能後會有期嗎？世事人事，滄桑多變。日後的一切，誰也無法預知啊！

當新的一年（大觀二年，西元一一〇八年）到來，李師師進入十五歲的時候，她的心情很落寞很鬱悶。隨著鵲鵲去了香豔樓，她的七個姐姐全都當了色妓，只有她還留在藝女班，成了花花、好好、月月、圓圓四人的姐姐。黃媽教授歌舞，還是多年前的老套，毫無新意。

燕青還是消息全無。師師曾多次想：「我去大名府找他去！」可是，她連大名府在哪個方向都不知道，又怎麼找他去？她只能靠閱讀周老師送給她的幾十篇長短句作品來調節情緒。啊，那些長短句寫得多好啊！多數篇章寫豔情寫相思，立意新穎，文辭典麗，風格渾厚和雅。她練習小唱那些作品，琴聲悠揚，歌聲甜美。只有在這個時候，她才能進入忘我境界，落寞與鬱悶為之一掃，眼前呈現的景象是風和日麗，鳥語花香，俊男俏女，情深意長……

一天，梅梅、蘭蘭等前來紅樓，看望師師。她們全都佩金飾玉，塗脂抹粉，說起妓院接客那些事，一個個如沐春風，笑得花枝亂顫。看得出，她們都很滿足，都很快樂，似乎在向師師展示：青春、美貌、才藝，是財富是資源，要學會利用，不然過期作廢！

梅梅、蘭蘭帶頭，眾口一詞，全都鼓動師師去香豔樓，說：「那樣，我們八姐妹就又能在一起了。」鶯鶯說：「師師跟我等不一樣，那就當藝妓唄！」燕燕說：「對，就當藝妓，把那個封宜奴壓下去！」

師師美麗的長睫毛撲閃撲閃，疑疑惑惑：怎麼扯上封宜奴了？竹竹看出她的疑惑，說：「封宜奴是香豔樓的藝妓，小唱有些名氣。」菊菊略顯氣憤，說：「那個女人愛顯擺愛吹噓，常說我等倡家藝女，才藝平平，只配給她端茶送水或提鞋。你說她傲不傲，狂不狂？所以，只有師師，才能把她的傲氣狂勁壓下去！」

師師性格婉約內斂，但也有爭強好勝的一面。封宜奴那樣小瞧她的姐姐們，是她不能容忍的。因此，她終於決定，去香豔樓當藝妓。她這樣做，不僅僅是要壓封宜奴，更重要的是要驗證，自己的小唱，是不是像周老師所說的那樣，脫穎而出，力壓群芳。

春暖花開，桃紅柳綠。李茵親自乘坐馬車，把師師接到香豔樓，並安排在礬樓居住。香豔樓其實是一處佔地廣大的園林，園林中坐落群樓，礬樓是群樓中最豪華的樓房之一，獨立一個院落，竹木扶疏，花草繁茂。迎面一座兩層樓，上下各三間，樓下是客廳，樓上是臥室。地上鋪著地毯，牆壁懸掛字畫，家具全新，陳設完備。樓房兩廂，各有多間廂房，可供燒水和沐浴等。李茵對師師格外優待，指派一個十來歲的侍女璇兒，專門照料她的飲食起居。很多人不解，說：「一個黃毛小妞，為何這樣特殊？」李茵笑而不答，心裡說：「哼，黃毛小妞？她可是一棵大搖錢樹，從這棵樹上搖下的金子銀子，能把你等嚇死！」

三天後，香豔樓門前貼出招子：「東京之花李師師小唱專場，明晚舉行，歡迎光臨！」招子引起轟動，顯貴客人立刻記起上年的四藝比賽，記起那個瓷娃娃一樣的美女，記起「東京之花」。李師師再次亮相，當然是要去一睹芳容的。聽唱倒在其次，主要是看人，秀色可餐，秀色可餐哪！

次日晚戌正，香豔樓一處大廳裡，燭炬通明，人聲鼎沸。入場費每人五兩銀子。聽眾全都是達官權貴、公子王孫、文人雅士，哪在乎那區區小錢？到場的很快超過百人，人人衣冠楚楚，風度翩翩。場內坐椅不夠，臨時加了些長凳，這才保證每人有個座位。大廳一端有高出地面的舞台。大幕拉開，舞台中央一張條桌，覆蓋絳紅色絨布，上面放一張琴。舞台右側走出一位美女，修長玲瓏，娉娉婷婷。她，正是當晚的主角李師師。師師紅綾窄袖上衣，外罩淺粉色白絨毛邊褙子（坎肩）；紫羅長裙，束米黃色腰帶，腰帶前垂條狀部分，錦繡花卉，下端懸吊彩色纓穗。她沒有化妝，飾物僅有鑲有珍珠的瓔珞和碧綠色的翡翠耳環，高髻，彎眉，大眼，明眸，粉面，朱唇，嫵媚亮麗，儀態萬方，端的是清水芙蓉，風韻天然。她走至條桌後面，站定，朝台下莞爾一笑，並微微鞠躬，然後落座。她這一笑，宛若朝霞，宛若桃花，豔光四射，眾人不由自主地同聲讚歎：「啊！」

師師輕撥輕摁琴弦，手指間流淌出流暢、優美的旋律。不少聽眾還是懂音樂的，聽出師師彈的是名曲《高山流水》。聽那曲聲，似乎隱隱可見高山的巍巍之姿，流水的洋洋之態，山姿水態讓人產生聯想：知音知心就在眼前和身邊。他們人人以為，這支名曲就是為自己而彈的，舞台上的那個美人，不正是把自己當作知音知心了麼？

師師彈《高山流水》，只是專場的序曲，重點還是後面的小唱。琴聲弦律巧妙過渡，自然彈出長短句《解語花》的曲調。她微微抬頭，啟朱唇，吐鶯聲，唱道：

風銷絳蠟，露浥紅蓮，花市光相射。桂花流瓦。纖雲散，耿耿素娥欲下。衣裳淡雅。看楚女、纖腰一把。簫鼓喧，人影參差，滿路飄香麝。

因念都城放夜。望千門如畫，嬉笑遊冶。鈿車羅帳，相逢處，自有暗塵隨馬，年光是也，唯只見、舊情衰謝。清漏移，飛蓋歸來，從舞休歌罷。

這是周邦彥的作品，描繪元宵佳節的習俗，從地方寫到京城，從燈、月寫到人，構思巧妙，語言精粹。師師的歌聲字正腔圓，輕快活潑，連唱兩遍，唱出了元宵之夜的盛況，把聽眾帶進了那種境界：天上人間，流光溢彩，人面燈輝，萬眾歡騰。所有人全都注目師師，靜聽歌聲，深深受到感染，無不盈盈而笑。舞台上的人太美了，她的歌也太美了，花五兩銀子來欣賞人欣賞歌，值，值呀！

琴聲弦律又巧妙過渡，自然彈出長短句《漁家傲》的曲調。師師又唱道：

灰暖香融銷永晝。葡萄架上春籐秀。由角欄杆群雀半。清明後。風梳萬縷亭前柳。

日照釵梁光欲溜。循階竹粉沾衣袖。拂拂面紅如著酒。沉吟久。昨宵正是來時候。

這還是周邦彥的作品，抒寫閨中少女初戀時的春日情思。師師儼然就是那個少女，唱回憶，歌境從室內到窗外，到院落，再到春風楊柳的廣闊空間，主人翁因愛情而愉悅，因幸福而陶醉。啊，一切多麼美好！師師接著唱了《瑞龍吟》、《渡江雲》、《風流子》。它們都是周邦彥的作品，寫豔情寫相思，引人入勝。師師具有極高的文學藝術素養，能夠深刻理解作品的內容，並用歌聲把它表達出來，細膩傳神，情思綿綿。當小唱結束，大幕拉上的時候，聽眾一面鼓掌、歡呼、喝采，一面朝舞台上扔銀錠、銀票、銅錢，甚至解下玉佩等飾物，也扔到台上。這叫「台賞」，就是即興賞給藝妓的小費。有人高聲喊道：「李師師，再唱一曲！」於是眾人回應，拍手高喊：「李師師，再唱一曲！再唱一曲！」

盛情難卻。大幕再度拉開。師師加唱了周邦彥的《訴衷情》：

出林杏子落金盤。齒軟怕嘗酸。可惜半殘青紫，猶印小唇丹。
南陌上，落花閒。雨斑斑。不言不語，一段傷春，都眉間。

這是一篇很真切很俏皮的作品，透過少女嘗杏怕酸的細節，暗示其心中萌發的愛情夢想與追求，即如吃杏子一樣，想要嘗試，又怕齒酸。師師用歌聲，生動刻劃了少女的羞澀情態及微妙心理，清麗空靈，可喜可愛。聽眾全都聽懂了看懂了，發出會心的滿意的微笑。小唱結束，大廳裡再次響起熱烈的掌聲與歡呼聲。

當晚的小唱獲得極大成功。第二天，李茵、李蘊同時來見師師。李茵說：「師師，你知道第一場小唱賺了多少銀子嗎？」

師師搖頭。李茵舉了一個指頭，又舉了兩個指頭。師師說：「十二兩？一百二十兩？」

李茵眉開顏笑，說：「不，不！入場費六百一十兩，台賞折合銀子六百零二兩，共計一千二百一十二兩。樓裡和你平分，各得六百零六兩，恰是六六大順哪！哪，這是六百零六兩銀票，給你，好好收著。」

師師接過一疊銀票，難以相信，說：「這麼多？」李蘊說：「師師呀，我早就說過，你有條件有潛力，不論當藝妓還是當色妓，都會前程無量，成為出類拔萃的妓女，進而成為名滿東京絕代名妓！現在應驗了吧？好好唱，大把大把賺錢的日子還在後頭呢！」

「對，這僅僅是開始，耗子拉木鍁——大頭在後頭呢！」李茵附和說。

「這，這……」師師看著手中的銀票，還是不敢相信。馬伯辛辛苦苦一輩子，臨死時留給青哥和她的銀票才二百多兩，而自己一場小唱，就賺了這麼多錢，怎麼可能呢？

李師師當了藝妓，小唱一鳴驚人，首場就為自己賺了六百多兩銀子。她的姐姐們羨慕不已，全都來到礬樓。蘭蘭說：「師師，你一場小唱，比我全年接客賺的錢還多！」竹竹說：「這樣要不了多久，師師就成富婆了！」梅梅說：「胡說！師師尚未那個，怎能叫富婆呢？」竹竹一笑，吐了吐舌頭。菊菊接著說：「那就叫富妞，富妞！」。「富妞」稱謂令眾人捧腹大笑。笑過之後，鶯鶯說：「師師小唱，那麼多人到場，有一人最不開心，你等知道是誰？」

「誰？」

「封宜奴呀！」鶯鶯說：「她昨晚也小唱了，入場費每人一兩銀子，聽說到場的僅有三人，一人中途還溜了號。」燕燕說：「該！看她還神氣不神氣？」鵲鵲剛接客不久，還有點拘謹，說：「師師這邊，門庭若市；封宜奴那邊，門，門……」她忘詞了。梅梅說：「門可羅雀！」「門庭若市」與「門可羅雀」，形容門前景象大不相同，猶似天壤。眾人又大笑起來。

李茵迅速做出安排，讓師師每五天舉行一場小唱專場。師師手中有周邦彥幾十篇長短句作品，同時熟知多位文學大家的作品，每場小唱的內容都會變化，很少重複，真正做到了天天更新，常唱常新。達官權貴、公子王孫、文人雅士既衝著她的歌聲而來，更衝著她的芳容而來，趨之若鶩，很多人都是「回頭客」，場場必到，還互相打趣說：「李師師的小唱，歌美，百聽不厭；人美，百看不厭。哈哈，哈哈！」

客源即財源。師師小唱專場收入居高不下。精明的李茵又推出新花樣：師師可以小唱聽眾點的歌，每支歌收銀子三十兩。此花樣一出，聽眾紛紛點歌，點柳永的《雨霖鈴》、張先的《木蘭花》、晏幾道的《鷓鴣天》、蘇軾的《水調歌頭》、秦觀的《鵲橋仙》的最多。這些作品都是長短句名篇，師師平時都練習過，爛熟於心。所以當聽眾點歌付費之後，她立即彈琴高歌，抑揚頓挫，聲情並茂。點歌人聽了不由心花怒放，得意地說：「啊，啊，美人唱我點的歌了，唱我點的歌了！」

師師小唱專場火熱火爆，好幾場聽眾都超過二百人，入場費、點歌費加上台賞，每場收入銀子都在二千兩以上，師師分得其中的一半。一天，鶯鶯、燕燕興沖沖前來，說：「師師，你把那個封宜奴徹底壓下去了，真棒！姓封的混不下去，昨天捲起鋪蓋走人了！」

師師說：「是嗎？那多不好呀！」鶯鶯、燕燕說：「有什麼不好的？看她還敢小瞧我等倡家藝女不！」

師師小唱專場火熱火爆，不僅影響了封宜奴，還影響到了夢仙樓的徐婆惜和醉魂樓的孫三四。那兩個藝妓小唱，原先還是有不少聽眾光顧的，自打李師師橫空出世，所有聽眾都轉移到了香豔樓。徐婆惜、孫三四無奈，只得宣布歇業。歷史典籍《東京夢華錄》記載宋徽宗時東京名妓群芳譜，特別提到：「小唱：李師師、徐婆惜、封宜奴、孫三四等，誠其角者，李師師推第一。」可見當時藝妓的競爭是很激烈的，李師師因色藝雙絕，所以力壓群芳，擊垮了對手。

師師住在馨樓二樓，地方寬敞，條件優越。樓上三間房，中間是正房，東間是師師的閨房，西間是璇兒的住房。師師閨房裡，除一張大床外，還有精美的衣櫃和梳粧檯。每場小唱專場結束，李茵都會把師師該得的收入，折成銀票交給她。她看也不看，隨手交給璇兒。璇兒負責保管銀票，幾乎天天數天天算，數共有多少張銀票，算共有多少兩銀子。數著算著就亂了，因為數目字越變越大，她數不過來算不過來了。

到了盛夏六月，師師確實成了富妞，擁有的銀子超過萬兩。那麼多錢，怎麼花呀？她不知道。夜深人靜。她沐浴過後，遍體生香，仰躺在床上，啊，好舒服呀！她的耳畔再次響起周老師的話：「建議你趕快嫁人，嫁一個志同道合的男人。那樣，夫妻倆共同打拼，比你獨自一人拋頭露面強。而且要見好就收，賺一些錢後就改行，另謀生計。」周老師的話很對，自己是應該趕快嫁人。她又想起燕青哥哥，只有青哥，才是她志同道合的男人哪！她想像，青哥肯定會回來和她結婚的，紅樓後面那兩間磚瓦房就是她倆的洞房。自己本來就很美貌，大婚之日再一妝扮，紅衣紅裙紅花紅蓋頭，像火像霞，勝似天仙，不把全京城的女人羨慕死才怪哩！她想像，她婚後再小唱半年或一年，攢足銀子，統統交給青哥去購地去建房，然後便激流勇退，夫妻長相廝守，生兒育女……

想到大婚之日，想到生兒育女，師師直覺得臉上發燒，血流加速，一摸兩個乳頭，居然脹得鼓鼓的硬硬的。她用纖長的食指輕輕刮著鼻子，自對自說：「羞不？羞不？」又說：「青哥，你快回來，我想你，好想好想啊！」

師師面帶微笑，心懷嚮往，閉上眼睛睡覺。她希望做一個美夢，夢見青哥，夢見最快樂最開心的好事。她果然進入了夢境，然而夢境卻成夢魘，那樣陰森，那樣恐怖，那樣令人不寒而慄。

大廳，燭炬，舞台，聽眾。師師小唱，唱得百花鮮豔，唱得彩霞絢麗。平地裡驟起狂風，燭炬全滅。哪裡還有聽眾？無數妖魔鬼怪或披頭散髮，或青面獠牙，面目猙獰，狂舞怪叫，往舞台上亂扔銀錠。師師抓起一枚銀錠，呀，銀錠變長，變成軟軟的涼涼的一條蛇，一條赤練蛇！她嚇得一聲慘叫，將蛇扔掉，天哪，地上還有好多好多蛇，爬行盤曲，口吐鮮紅鮮紅的信子。天上閃過一道電光，蛇不見了，卻又冒出一群老虎和狼來。老虎的嘴很大，毛茸茸的，長舌舔著鋒利的牙齒。狼的眼睛賊亮賊亮，發出幽幽的綠光。老虎和狼撲向師師，好像還在說：「啊哈，這頓美餐還是個美女哩！」師師蜷縮成一團，喊叫說：「不，我才十五歲，我不想死，不想死啊！」猛地傳來馬蹄聲響。師師循聲看去，只見一匹火炭似的紅鬃馬，馬背上一人，身材魁偉，氣宇軒昂，一手握韁索，一手握寶劍，好雄壯好威武啊！再看，呀，他不正是燕青哥哥嗎？師師大叫：「青哥救我！」燕青聞聲，驅馬突入虎群狼群，伸手將她提上馬背，攬在懷中，喝一聲「駕！」紅鬃馬四蹄騰起，風馳電掣，馳向遠方。師師依偎在青哥懷裡，身上暖暖的，心裡蜜蜜的，那感覺真好！忽然，青哥和紅鬃馬消失了，師師像一片羽毛，在飛在飄。俯瞰可見整座京城，那不是皇城麼？那不是汴河麼？那不是御街和鐵塔麼？咦？自己的娘怎麼活了，又做起了豆腐？還有各位姐姐，為何哭泣，淚汪汪的？她飛呀飄呀，落到一處怪石嶙峋的懸崖上。啊？青哥早在那裡，身邊還有個女人。師師想笑一笑，卻沒笑出來，叫道：「青哥！」燕青看她，面孔陰冷，說：「你是誰？」那個女人搶先說：「她呀，東京之花呀，香豔樓藝妓呀，可會賺錢啦！」師師怯怯地說：「青哥，我，我……」燕青臉色鐵青，厲聲說：「打住，別叫我青哥！你是藝妓，你是明星，我承受不起！藝妓賣藝，誰又敢保證不賣身？所有妓女包括藝妓，都是賤貨髒貨，你不在乎，我覺得羞恥，羞恥！這裡是懸崖，你該跳下去，省得丟人現眼！」師師眼裡湧出淚水，說：「我，我……」燕青很不耐煩，說：「怎麼？不跳？那好，我幫你！」燕青說著，走近師師，抓住師師，舉起師師，狠狠扔下懸崖。師師發出「啊——」一聲長叫，長叫在山谷間迴響，小巧的身體急速翻滾墜落，跌落萬丈深淵……

「啊——」一聲長叫，使師師從夢中驚醒。她心跳如鼓，氣喘吁吁，冷汗浸濕內衣，眼角淚痕尚存，好久才回過神來，仍在想，好奇怪好可怕的夢啊！也幸虧是夢，否則，自己不是摔得粉身碎骨，到閻王跟前報到去了？

夢是虛幻的，不可當真，更不可信。但此後數日，那個夢老在師師腦際縈繞，揮之不去。李蘊李媽媽突然告訴師師：盧俊義盧員外捎話，說燕青將回東京探親，時間在七月上旬。師師一聽，驚喜萬分，盼星星盼月亮，望眼欲穿，終於把青哥盼回來望回來了。可是，自己剛做了那個惡夢，這又意味著什麼？預示著什麼？呸呸，別胡思亂想了，應放鬆心情，高高興興迎接青哥才是。

第九章 憤世自戕

燕青將回東京探親。所謂探親，自然是「探」李師師這個「親」。師師高興，還有幾分激動。因為茫茫大千世界，只有青哥和她，她和青哥，才算得上是親人哪！

接連好幾天，師師領著璇兒，都回紅樓去，回那個兩間磚瓦房的家裡去。家裡多年沒有住人，需要打開門窗通風，需要認認真真掃除，衣櫃裡的被子、褥子、單子、枕頭等，也需要取出來晾曬晾曬。說實話，師師對這個家是很有感情的。家的前身是兩間低矮、破舊的草房，她記事的時候就住在草房裡，親人有娘還有青哥。馬伯死後，李蘊利用院落新建樓房，青哥要求，單獨建了兩間磚瓦房，這才成了她和青哥的家。家裡所有東西都是新的，都是青哥去大名府前夕買的。她當時特別喜愛梳粧檯上那面大銅鏡，好明亮好氣派呀！師師打開衣櫃時，忽然記起衣櫃裡有個機關。她用力將橫板的一端一摁，橫板翹起，露出夾層，露出金屬小盒。她打開小盒，地契、房契及二百多兩銀票都在。她好像只從小盒裡取過五兩銀票，其後再未碰過這祕密機關。

師師和璇兒掃呀洗呀擦呀，把家收拾得整整齊齊，乾乾淨淨。外間，桌子凳子纖塵不染。裡間，棗紅色床架上，掛起淺藍色細紗蚊帳，彎彎的帳鉤是鎏金的，金黃金黃。厚厚的褥子，上鋪紅、橙色相間的大花格單子。兩床被子，大紅錦緞牡丹花被面。兩個枕頭，枕套上是松柏、喜鵲圖案。師師在鋪褥子、單子，疊被子、套枕套時，笑瞇瞇地想到她和青哥未來的大婚之日，那時外間和裡間都要貼上很多紅雙囍字，單子、被面、枕頭套上，都要刺繡鸞鳳和鴛鴦圖案，那樣才喜慶才吉利。璇兒提出問題了，說：「師師姐，這床不是燕青哥一人睡嗎？為何放兩床被子兩個枕頭？」

師師的粉臉「騰」一下紅了，嗔怪地說：「你個小鬼頭，懂什麼？」其實，師師心裡是藏著甜甜的隱私的：青哥和自己總歸要結為夫妻，那麼青哥回來探親，自己和他在這床上先那個，偷嘗禁果之歡，又有何不可？

師師懷著急切的心情，扳著手指數日子，等待青哥回來。七月初一、初二、初三，還不見人影，她急得真像熱鍋上的螞蟻。初四，初四下午，紅樓做飯的華嫂到香豔樓報信，說師師的哥哥回來了，沒有鑰匙，進不了家門。師師一聽，立即喚了璇兒，拉了華嫂，快步走出香豔樓，雇了一輛馬車，直奔紅樓。馬車在紅樓門前停下。師師讓璇兒付車錢，自己跳下車，小跑進門，邊跑邊喊：「青哥，青哥，青哥！」她看到青哥了，青哥正朝她笑。她舉起雙臂，想撲到青哥懷裡，猛地發現，青哥身後還立著個女人。她雙臂舉在空中，一下子僵住了，腳步也止住了。

燕青手拉身後的女人，前行幾步，介紹說：「師師，這是你嫂子，盧瑞香；瑞香，這就是我妹妹，李師師。」

嫂子？師師腦子裡「嗡」的一響，像挨了一記悶棍。盧瑞香倒是先開口，說：「喲！燕青常誇我的小姑子國色天香，美若天仙，今日一見，果然果然，就跟畫上人兒似的。」

師師打量這個嫂子，年齡與自己相仿，長相可用「圓圓」二字形容：圓圓的頭，圓圓的臉，圓圓的眼睛，圓圓的嘴，就連脖頸、胸、腰、臀、腿、手，也給人圓圓的印象。她穿的衣裙質地上乘，戴的首飾價格昂貴，有著一股富貴氣。師師努力讓自己鎮定下來，勉強笑了笑，取鑰匙開門，可手有點抖，鑰匙插不進鎖孔。還是璇兒向前，接過鑰匙將門打開。燕青、盧瑞香進房，見房裡整齊乾淨，點頭讚許。師師再打量朝思暮想的青哥，高高的壯壯的，銀絲白綢上衣，繡邊青緇長褲，瀟灑，精幹，身上再無當年那個少年的影子，而完完全全是個大人了。他，他怎麼就娶了盧瑞香，給自己領回個嫂子呢？

璇兒去廚房燒水。燕青將帶回的一個大包打開，取出好多金玉首飾、脂粉香水等，放在桌上，說：「師師，這些東西，是我和瑞香送給你的禮物。」

師師在香豔樓，什麼好東西沒見過？對禮物不感興趣。她的神情有點恍惚。盧瑞香倒像到了家一樣，去廚房打來一盆水，從大包裡取出毛巾，讓燕青洗把臉，並說天氣太熱，讓把身上也擦擦。燕青洗了臉，又脫去上衣擦身。師師眼前一亮，呀，青哥是紋了身的！只見他白淨的雙臂上紋兩條青龍，龍頭靠近肩頭，龍尾接近手腕，龍嘴龍睛龍鬚龍鱗，形態逼真，活靈活現。寬闊的後背上紋兩隻白虎，雙虎面面雄視，前腿騰空呈前撲狀，凶猛、強悍、威武！肌肉暴起的前胸紋一簇彩色牡丹，花葉碧綠，花朵豔紅，花心部位還有絲絲黃蕊與粉蕊。牡丹上方紋兩隻蝴蝶，蝴蝶款款飛翔，好像伸手就可以捉住似的。師師多想向前，仔細欣賞並摸摸那精美的花繡哪！可是她不能，因為，因為青哥的身體已屬於另外一個女人！

燕青擦身，夠不著後背。盧瑞香一笑，奪過毛巾，在丈夫胳膊上親暱地拍打一下，幫他擦，又幫他穿好上衣，最後還把那盆水端出去倒了。瞧，這就是妻子，這才是妻子！

一家酒樓夥計送來個食盒。燕青說：「師師，我知你不會做飯，所以在酒樓訂了飯菜。這幾天，我們就別做飯了，吃現成的，酒樓會按時送來。」盧瑞香儼若家庭主婦，收拾桌子，布菜斟酒，滿房的菜香酒香。吃飯間，燕青告訴師師，他當年去大名府習武，當了玉麒麟盧俊義的跟班；盧俊義家產億萬，武藝超群，行俠仗義，結交天下豪傑，乃河北第一好漢；這些年來，他師從盧俊義，學得刀槍弓弩一身好功夫，走南闖北，大長了見識；他學會吹打彈拉唱，熟悉各地方言土語，而且紋了身，江湖上稱他叫「浪子燕青」。盧俊義夫婦無子，只有獨生女兒瑞香，提出招他為上門女婿；今年正月初六，他和瑞香結婚，時過半年，夫妻回家探親，一來看望妹妹，二來去娘墳前燒些冥錢……原來這樣！

師師恍恍惚惚。青哥忽然領回個女人，再說他怎樣怎樣，跟她還有關係嗎？好像沒有。只是在燕青說到正月初六結的婚時，她很吃驚，想插一句話，可還是忍住了，無語。燕青說完自己的情況，忽然問：「妹妹，這些年，你過的還好嗎？現在幹什麼？」

師師似乎沒有聽見。璇兒輕扯一下她的衣袖。她才反應過來，故作輕鬆狀，說：「嗯？噢！很好呀！現在幹什麼？當，當藝妓唄！」

「當藝妓？」盧瑞香圓圓的嘴變了形狀。燕青眉梢動了動，沒有吭聲。

這頓飯吃得索然寡味。太陽落山，暮色漸濃。師師推說有事，喚了璇兒，回香豔樓。她原先以為，她是有家的，就是那兩間磚瓦房，還想像那將是她和青哥的洞房。哼哼，可笑好可笑啊！自己無爹無娘無親人，哪裡有家？要說有，只能是香豔樓，是馨樓。還有，自己想像的所謂的洞房，也只是虛無縹緲的水中月、鏡中花啊！燕青在後面叫她，讓她帶上那些禮物。她沒有回頭。青哥已屬於別的女人，她要那些禮物做什麼？

師師不知是怎樣回到馨樓怎樣睡到床上的。燕青給她領回個嫂子，給了她致命的一擊，她所有美好的嚮往、憧憬，就像五彩水泡一樣，瞬間破滅了。她仰望漆黑的夜空，怎麼也想不通，青哥為何那樣無情無義，說結婚就結婚了呢？他和我自小青梅竹馬，難道就不知我的心思？那姓盧的女人有什麼好？她的長相比得了我嗎？她的才藝比得了我嗎？是的，她的爹娘很有錢，她爹娘的錢也是她的錢，可我也有錢呀，我擁有銀票已超過萬兩，而且還在增多，會增得很多很多！你說，用這些錢，能購多少地，能建多少房！周邦彥周老師建議我嫁一個志同道合的男人，夫妻倆共同打拼，然後見好就收，賺一些錢就改行，另謀生計。燕青哥哥，我心中的男人就是你啊，我當藝妓賺錢，在一定程度上也是為了你，以及你我的未來呀！而你，你，卻當了人家的上門女婿，和那個姓盧的女人結了婚！你介紹她是我嫂子，我才不會叫她嫂子哩！對不起，從此以後，我也不會再叫你青哥了！

師師生氣、嫉妒。她生燕青的氣，氣他無情無義。她嫉妒盧瑞香，不費吹灰之力就成了燕青的妻子。瞧燕青那一身花繡，盧瑞香可以隨意接觸，而她卻不能！她和璇兒這幾天忙著打掃房子，晾曬被褥，所為何來？此時，那兩間磚瓦房裡，那張掛了新蚊帳、鋪了新褥子新單子、放了新被子新枕頭的大床上，燕青和盧瑞香正在那個吧？那可不是偷嘗禁果，人家是名正言順，是光明正大！

師師渾身躁熱，乾脆將蓋著的被單揭去。她重新回想往事，又覺得自己生氣、嫉妒，好像沒有道理，太過滑稽。她的娘即燕青的娘，生前雖然流露出希望她能從女兒變成兒媳的意思，但並未明確說過燕青和她必須結成夫妻呀！娘怎麼說來著？對了，是這樣說的：「你兩個，雖然不是親兄妹，但比親兄妹還要親，任何時候都要同甘苦共患難，永遠相親相愛，懂嗎？」這話可以這樣理解，也可以那樣理解，夫妻之間固然要「同甘苦共患難，永遠相親相愛」，兄妹之間同樣要「同甘苦共患難，永遠相親相愛」呀！燕青以前關心、照顧、保護自己，那是兄長關心、照顧、保護妹妹。他對自己有過暗示嗎？有過承諾嗎？沒有，絕對沒有！那時他和自己都還是少年，哪裡懂得那麼多？既然如此，他在大名府當婚則婚，娶盧瑞香為妻，又有什麼不對呢？自己生的哪門子氣呢？盧瑞香嫁了自己心儀的男人，那是人家運氣好命相好，而自己錯過姻緣，只因運背命薄，怪不了他人。

師師終於明白什麼叫剃頭挑子一頭熱。她就是這樣的。燕青只是把她當妹妹，而她偏偏往婚姻方面想，一廂情願，自作多情。師師又想，自己即使嫁給燕青，恐怕也不是個好妻子。自己除了長得美貌有些才藝外，還有什麼？還會什麼？不會做飯，不會炒菜，不會繡花，不會紡線，不會織布，不會縫衣，不會照顧人和伺候人，相反，倒要別人照顧和伺候。自己僅是個供擺設用的花瓶，而花瓶是不能當飯吃當衣穿的。所以，燕青還是娶她盧瑞香為好！

李師師胡思亂想，約莫四更，才朦朧入睡。天亮後慵慵懶懶，不想起床。璇兒輕敲房門，說：「師師姐，你答應今天上午陪你哥上墳燒紙去的，還去不去？」

師師這才記起，確有此事。燕青是偕同妻子榮歸故里，去娘墳前燒紙的，她不想摻合在其間，所以不想去，但既然答應了，又不好不去。於是，她起床，梳洗，吃早點，隨後和璇兒步出香豔樓。金環巷口，燕青牽一匹火炭似的紅鬃馬，並有一輛豪華馬車，等候在那裡。師師見紅鬃馬，心裡猛地一緊。因為那馬和她前些日子做夢夢見的紅鬃馬，高低、長短、毛色、神態，一模一樣！燕青笑著告訴師師，說這次探親，他是騎馬，盧瑞香是乘坐馬車，一路遊山玩水回來的，馬夫住在驛館裡，兼管馬和馬車。盧瑞香坐在馬車上，招呼師師妹妹上車。師師朝她點點頭，但並未叫嫂子。師師和璇兒上車後，馬車啟動。車廂裡很寬敞很舒適。盧瑞香說，在大名府，她家家大業大，像這樣的馬車就有三十多輛，話裡明顯有顯擺、炫耀的意思。師師沒有搭理盧瑞香。她看馬車前面的燕青，穩穩騎在紅鬃馬上，笑容滿面，春風得意，一副自信自負的樣子。她又記起那次夢魘，又生起氣來，奇怪地想：此人會不會罵自己是賤貨髒貨？會不會把自己扔下懸崖，跌落萬丈深淵？

外城外面的亂墳崗，新墳舊墳，雜草叢生。這些年來，每逢娘的忌日和清明節，師師都會到墳前祭掃，並雇人整修墳塚，還在墳前栽了三株松樹。若不是師師引領，燕青是不可能找到娘的墳的。燕青在墳前擺放祭品，焚燒冥錢，拉了妻子跪地叩頭，說：「娘，兒子燕青和你兒媳盧瑞香，給你燒紙來了！」焚燒的冥錢，化作黑灰。一陣風起，黑灰打著旋兒，四處飛揚。

師師沒有燒紙，也沒有跪地叩頭。她聽了燕青所說的「兒媳」，想起頭天的「正月初六」，胸口發悶發堵，決定刺他一刺。當燕青、盧瑞香起立時，她不經意地問燕青說：「你記得娘的忌日是哪一天？」

「哪一天？」燕青手撓額頭，說：「好像，好像是過年期間，那天颳大風下大雪。」

「正月初六，夜間！」師師一字一頓地說。

「正月初六？哎呀，那不是我們大婚大喜的日子嗎？」盧瑞香驚呼說。

燕青臉色頓時大變，有點白有點紅又有點青。古代習俗，兒女是不能在爹娘的忌日婚嫁的。燕青早把娘的忌日忘了，犯了大忌。他忙又跪地叩頭，說：「娘呀，兒子不孝，該死，該死啊！」他非常窘，跪在地上好久沒有起來。盧瑞香也有點窘，目光移往別處，看著雜亂無章的亂墳。兩隻烏鴉凌空盤旋，不時發出刺耳的鳴聲：「呱，呱！」

燕青讓師師引領，又去馬伯墳前燒了些冥錢。馬伯的墳久未整修，墳塚快成平地了。

一行人返回城裡。燕青和妻子要遊覽京城要購物，邀請師師同行。師師可不想再摻合在其間，推說要練琴要練歌，不奉陪了。馬車到了金環巷口，師師和璇兒下車，逕回香豔樓。

那天夜晚，師師又失眠了。她從首飾盒中找出那副銅製鍍銀的舊手鐲，戴在手腕上，心潮起伏，思緒萬千。她六歲進入七歲那年除夕，娘送給她兩件新年禮物，一件是鮮紅的蝴蝶形髮卡，一件就是這副手鐲，此後第六天，娘就屈死了。髮卡早壞，手鐲猶在。手鐲最多能值七八十文錢，但師師卻把它看得很珍貴很珍貴。它是娘留下的唯一遺物，遺物上有深深的母愛和濃濃的親情。師師突生奇想，假若娘活著的話，那麼燕青就不會去大名府，自己就不會進藝女班，那樣他和她恐怕早結成夫妻了。她轉而又想，假若娘活著的話，假若燕青和她結成夫妻的話，又能怎樣呢？最大的可能是寄身在馬記豆腐店裡，燕青學會做豆腐，她像娘那樣，泡黃豆，磨黃豆，煮豆漿，點鹽鹵，洗包布，曬包布，腰酸背痛，雙手皴裂……那是她想要的生活麼？她搖頭，她苦笑，未置可否。光陰流逝，往事如煙，又怎麼可能有「假若」呢？

燕青感覺到了，自己娶盧瑞香為妻，領盧瑞香回東京探親，嚴重傷害了師師。師師和自己生分了，疏遠了，不僅不把盧瑞香叫嫂子，而且連青哥也不叫了。李蘊和盧俊義相好，盧俊義的女兒、女婿到了東京，李蘊專門設宴宴請，並請了師師。但師師推說身體不適，拒絕到場。顯然，她是有意迴避，她不願和自己再有什麼牽扯。其實，燕青心裡也不好受。他和師師朝夕相處七年，青梅竹馬，彼此間的感情何等深厚！他去大名府後，心中還是有師師的。當盧俊義夫婦提出招他為婿時，他想說他已有意中人，就是師師。可是不知為何，那話就是沒說，以致盧瑞香成了他的妻子。大婚之日選哪一天不好？偏偏選在正月初六——娘的忌日。唉，真是！

燕青陪同妻子遊覽了京城各個景點，購了許多衣物，決定初十回大名府。燕青仍關心師師，所以請李蘊轉告，讓師師初九回家一趟，他有話說。師師聽了轉告，心想回家？自己哪還有家？她考慮再三，初九，還是領了璇兒，雇乘馬車，回了一趟那兩間磚瓦房。盧瑞香滿臉堆笑，格外熱情，口口聲聲叫著妹妹。師師不理不睬，讓璇兒去廚房，自己落座，隔著方桌，恭聽燕青有何話說。

燕青乾咳嗽一聲，擺出兄長的姿態，開口了，說：「師師，我和瑞香明天就回大名府，今天，有些話想跟你說。以前的事就別提了，我想說的是現在和今後。我不贊成你在香豔樓當藝妓，女孩子賣藝，不成樣子。你十五歲了，應當盡快嫁人，安安分分，做一個賢妻良母。你還沒有合適的對象不是？我打算請瑞香的爹娘幫忙，給你物色個理想的婆家，然後就……」

「就什麼？」盧瑞香插話了。盧瑞香從見師師第一眼起，心裡就酸酸的醋醋的。她的小姑子長得太美了，美得讓人驚悸讓人眩暈。她知道燕青和師師小時候有那麼一點情愫；而且看出師師對燕青娶了自己非常反感，不叫嫂子，也不叫青哥了。這正合她的心意。在此基礎上，她要採用十分偏激的方法，激化師師對燕青對自己的不滿，甚至是仇恨。只有這樣，燕青和師師之間有可能死灰復燃的情絲，才能徹底斬斷。所以，盧瑞香插話了，說：「就什麼？要叫我說，師師妹妹不應嫁給外人，要嫁，也只能嫁給我夫君。」她故意把「我夫君」三字咬得很重，接著說：「師師妹妹，你我姐妹，誰跟誰呀，共事一夫，有何不可？你嫁給我夫君之後，我是正房，你是偏房；或者掉個位置，你是正房，我是偏房，也行。你說怎樣？」

師師花容變色，胸脯起伏。燕青一拍桌子，怒聲說：「胡說什麼？荒唐！」盧瑞香說：「喲，夫君哪，我可是要成全你倆呀！師師妹妹色藝雙絕，對你又有情義，肥水哪能落外人田？」

師師後悔回來，聽到這些不堪入耳的髒話。她調整一下煩亂的情緒，平靜地說：「燕青，當年李媽媽讓我進藝女班，改姓改名，入籍倡家，你是在場的同意的，是不是？你去大名府後，頭三年每年給我捎兩次口信，次三年每年捎一次口信，從第七年起，再未捎過口信，是不是？我學藝期滿，何去何從，多想有個人商量、指點，可是你在哪裡？你正忙著當上門女婿，是不是？」

這三個「是不是」，問得燕青面色發白，啞口無言。師師又說：「我已當了藝妓，你不贊成又能怎樣？是，我該嫁人了。你愁我嫁不出去嗎？要你岳父岳母大人幫忙嗎？呵，那不成了笑話！告訴你，不敢勞你大駕！還有你，」師師雙眼直視盧瑞香，說：「你的話讓人噁心！你放心當你的正房吧，只有瞎了眼的女人，才會搶你的男人！」

師師性格婉約內斂，即使大喜大怒大哀大樂，也能掌握分寸，說話時有條有理，不溫不火。她平平靜靜地說了該說的話，隨即起身，喚了璇兒，回香豔樓。燕青想要挽留，卻張不開口。盧瑞香嘴角輕揚，露出一絲不易覺察的微笑，她的目的達到了。

初十，燕青騎馬，盧瑞香乘坐馬車，回大名府。燕青多想師師能前來送一送行哪，但師師沒有露面。燕青心甚怏怏，師師跟自己情斷義絕，今生今世恐怕再也見不到她了。

李師師對燕青的感情，或者說朦朧的戀情，剛剛開始就結束了。不，根本沒有開始，僅僅處於萌芽狀態就結束了。這對一個十五歲女孩來說，打擊太大，傷害太重。她覺得心裡很痛很苦，不由想到蔡文姬。蔡文姬幾乎經歷了女人所能經歷的所有苦難：幼年喪母，婚後喪夫，孀居期間父親冤死，繼被匈奴人擄往胡地，懷國思鄉，嫁左賢王，生兩個混血兒子，曹操派漢使將她贖回，她不得不拋夫棄子，歸漢後再嫁董祀，董祀又獲罪下獄……師師年幼時在勾欄看戲曲演出，就知道蔡文姬。學藝時想學琴曲《胡笳十八拍》，周邦彥說她年齡太小，最好別學那支格調異常淒苦的作品。直到上年，她才接觸到《胡笳十八拍》琴譜及《胡笳十八拍》原文，一彈一唱，便喜愛上了，練習多次，便能熟練地彈、唱。現在，她自認為如同蔡文姬，滿心都是痛都是苦，那是茫茫世界沒有一個親人的痛苦，是感情失落無所寄託的痛苦，是受了侮辱卻又無助無奈的痛苦。痛和苦需要排解，需要宣洩，需要釋放。因此，她請李茵媽媽張貼招子，她當晚要演奏名曲、演唱名歌《胡笳十八拍》，那名曲、名歌濃縮了蔡文姬生涯中一段最痛苦最黑暗的心路歷程。

達官權貴、公子王孫、文人雅士看到招子，歡呼雀躍。因為蔡文姬是東京人，其人其事其作品，在當地無人不知無人不曉。而絕代美人李師師，要演奏、演唱《胡笳十八拍》，豈能錯過眼福和耳福？當晚，花五兩銀子入場的聽眾足有三百人。

大幕拉開，師師出現在舞台上。她長髮梳成高髻，橫插一枝玉簪；碧綠翡翠耳環，長長的銀鍊綴幾粒珍珠；白綾金絲上衣，藍緞繡邊，袖子略短，手臂微微裸露；粉羅銀絲長裙，錦繡花卉腰帶，黃纓紫穗。她像往常一樣，沒有化妝，只在額上貼了一點紅豔豔的花鈿。師師落座，氣定神閒，一撥一摁琴弦，旋律從手指間流淌出來。琴曲《胡笳十八拍》共十八段，運用宮、徵、羽三種調式，在琴聲中引入胡笳表現手法，演奏需要極高的技巧。琴曲內容分兩部分：前部分傾訴作者身世，亂世烽火，身陷胡地，懷國思鄉，呼天不應，喚地不靈；後部分抒發作者歸漢的心情，拋夫棄子，進而思子，痛徹骨髓。師師把自己設想成蔡文姬，移情於聲，一段段彈來，自始至終扣著一個「淒」字，悽楚，淒切，悽愴，淒涼，淒中又有哀有怨，有憤有恨，從而使全曲充滿一種直直的穿透人心的力量。唐代琴家黃庭蘭擅彈《胡笳十八拍》。詩人李頎有詩讚道：「蔡女（蔡文姬）昔造胡笳聲，一彈一十有八拍。胡人落淚沾邊草，漢使斷腸對客歸。」師師彈奏的水準與黃庭蘭可有一比，因而全場人屏聲斂氣，或「落淚」，或「斷腸」，完全進入了琴聲的境界。

「我生之初尚無為，我生之後漢祚衰。天不仁兮降亂離，地不仁兮使我逢此時。干戈日尋兮道路危，民卒流亡兮共哀悲。煙塵蔽野兮胡虜盛，志意乖兮節義虧。對殊俗兮非我宜，遭惡辱兮當告誰？笳一會兮琴一拍，心憤怨兮無人知。」

師師演奏完琴曲，又用琴聲伴奏，開始演唱《胡笳十八拍》。她的歌聲本來是很清脆很圓潤的，但由於作品浸血裹淚，所以改用沙沙的啞啞的聲音演唱，低沉哀婉，如訴如泣。第一拍即點明「亂離」，這是當時的社會大背景，也是蔡文姬痛苦生涯的根源。隨著師師的歌聲，人們彷彿看到蔡文姬行進在荒原大漠和漫漫長路上，步履蹣跚，飽受折磨與煎熬，而她是用生命的堅韌毅力，頑強地掙扎著支撐著，才使自己沒有倒下。

師師唱：「為天有眼兮何不見我獨漂流？為神有靈兮何事處我天南海北頭？我不負天兮天何配我殊匹？我不負神兮神何殛我越荒州？制茲八拍兮擬排憂，何知曲成兮心轉愁。」這是蔡文姬流落異域，問天問神發出的吶喊與呼號。然而，天冷酷，神無情，哪會在乎一個孤弱女子的命運？

師師唱：「不謂殘生兮卻得旋歸，撫抱胡兒兮泣下沾衣。漢使迎我兮四牡騑騑，胡兒號兮誰得知？與我生死兮逢此時，愁為子兮日無光輝，焉得羽翼兮將汝歸。一步一遠兮足難移，魂消影絕兮恩愛遺。十有三拍兮弦急調悲，肝腸攪刺兮人莫我知。」這是蔡文姬棄別兒子的場景，母子連心，骨肉分離，撕心裂肺，肝腸寸斷。

師師唱：「身歸國兮兒莫之隨，心懸懸兮長如饑。四時萬物兮有盛衰，唯我愁苦兮不暫移。山高地闊兮見汝無期，更深夜闌兮夢汝來斯。夢中執手兮一喜一悲，覺後痛吾心兮無休歇時。十有四拍兮涕淚交垂，河水東流兮心自思。」這是蔡文姬思子而成夢，夢中有「喜」有「悲」，夢醒後更痛更苦更悲。

師師唱：「十七拍兮心鼻酸，關山阻修兮行路難。去時懷土兮心無緒，來時別兒兮思漫漫。塞上黃蒿兮枝枯葉乾，沙場白骨兮刀痕箭瘢。風霜凜凜兮春夏寒，人馬饑尷兮筋力單。豈知重得兮入長安，歎息欲絕兮淚闌干。」

蔡文姬懷著棄子之痛之苦，離開傷心的胡地，重返長安，屈辱的生活好像結束，而新的不幸——思子之痛之苦才剛剛開始。師師唱：「胡笳本自出胡中，緣琴翻出音律同。十八拍兮曲雖終，響有餘兮思無窮。是知絲竹微妙兮均造化之功，哀樂各隨人心兮有變則通。胡與漢兮異域殊風，天與地隔兮子西母東。苦我怨氣兮浩於長空，六合雖廣兮受之應不容！」蔡文姬思念遺棄在胡地的親生兒子，那種痛苦，以及哀與怨、憤與恨，如湧動的狂潮，浩大無邊，「長空」容納不下，「六合」（天下）也容納不下！

「受之應不容，受之應不容，受之應不容……」師師將結尾一句重複數遍，歌聲琴聲慢慢止住。再看師師，早就哭成淚人，伏在琴上，抽抽泣泣，雙肩顫動。大廳裡鴉雀無聲，人們思緒還沉浸在低沉哀婉、如訴如泣的歌聲中，沉浸在蔡文姬巨痛巨苦的境遇中。許久許久，才意識到《胡笳十八拍》唱完了，於是鼓掌、歡呼、喝采，並往舞台上扔台賞。師師起立，鞠躬，滿臉淚水，宛若經雨的海棠花。鼓掌聲歡呼聲喝采聲更加熱烈，還有人有節奏地高喊：「李師師！李師師！李師師！」

大幕拉上又拉開，師師謝幕三次，人們才留戀不捨地退場散去。

師師演奏、演唱《胡笳十八拍》是一次告別。除了告別心靈的精神的痛和苦外，還告別少女時代，告別昨天，告別矜持，告別尊嚴。此後的她，憤世嫉俗，自戕自污，決意嘗試著去過另外一種生活。

當李師師選擇當藝妓的時候，她表示只賣藝不賣身，也就是不當色妓。她算是李蘊收養的女兒，雖然入了倡家籍，但人身是自由的，也完全可以不當色妓。周邦彥告誡她要自重自愛，並建議她趕快嫁人，夫妻倆共同打拼，賺些錢後見好就收，改行另謀生計。她覺得這是金玉良言，為此曾編織過五彩斑斕的夢想。然而，她想嫁的那個人，卻辜負了她的芳心，成了別人家的上門女婿，留給她的只是痛苦。李師師完全可以撇開燕青，再精選如意郎君。憑她的條件，嫁個官宦、富家子弟，輕而易舉，就是嫁皇親國戚或王公大臣，當個誥命夫人，也不是沒有可能。但是，師師無親無故，生活圈子非常狹窄，誰又會為她的婚事操心、勞神？哪有父母之命？哪有媒妁之言？再則，從師師方面說，她正當妙齡，色藝雙絕，又哪能嫁一個陌生的庸俗的男人，與那人同床共枕，油鹽醬醋一輩子？她所接觸的女人，李蘊、李茵、黃媽，沒有結婚；從梅梅到鵲鵲，七個姐姐也沒有結婚。她們不是生活得很好嗎？那麼自己又何必選什麼郎君，讓婚姻捆住手腳呢？

不結婚不等於不需要情愛。師師已經十五歲，情竇初開，也是需要情愛的。香豔樓的夜晚，處處香豔，處處迷人。三十多個妓女，房間裡都是紅燭搖曳，薰爐浮香，絲竹管弦，樂聲歌聲，樂也靡靡，歌也靡靡。紅男綠女相擁相偎，浪言穢語，調情罵俏，不時傳出毫無節制的放蕩笑聲。如果沒有了聲響，那定是拼床上功夫了，顛鸞倒鳳，興雲布雨。師師獨自睡在她的大床上，每當想到這些，心田裡身體裡都會產生強烈的渴望與衝動，感到煩亂，感到糾結。過去她心中有燕青有夢想，所以自重自愛，守身如玉；如今她心中空空如也，那還為誰自重自愛？為誰守身如玉？憤世嫉俗促使師師自戕自污，她毅然決然又要向前跨出一步，跨出一生中帶有轉折意義的一步，一大步。

師師告訴李茵，她要服用涼藥，同時請予安排，八月一日，她要掛牌接客。李茵欣喜，問：「你想好了？」師師答：「是，想好了，也決定了！」

李茵當即把師師的決定轉告姐姐李蘊。李蘊也很欣喜，說：「當初，我讓師師改姓改名時說過，要把她打造成本朝的第三個師師，而且色藝和名氣要壓倒前兩個師師。現在看，這一天快到了，快到了！」

李茵很快和師師達成協議：梅梅等接客收入，個人提成百分之十；師師跟她們不同，接客收入，仿照小唱專場辦法，樓裡與她平分。師師說：「我一個人，要那麼多錢幹什麼，媽媽看著辦就是。」李茵說：「不，得按規矩辦。你師師為香豔樓賺大錢，我們李家哪能虧待你？」

師師掛牌接客，進入實際操作階段。香豔樓門前貼出招子：「八月一日李師師掛牌接客。七月三十日晚，競拍初夜費。」

所謂初夜費，是指妓院妓女首次接客，客人交納的費用，妓女越年輕美貌，越有才藝和名氣，初夜費越高。首次接客的妓女必為處女，所以眾多客人爭先恐後，都想獲得獨佔處女的初夜權。妓院據此想出賺錢之道：競拍，誰出的初夜費最高，初夜權歸誰。這像後世的文物和藝術品拍賣會，拍賣師出個底價，各買主競相加價，最後誰出的價格最高，文物和藝術品就歸誰所有。

達官權貴、公子王孫、文人雅士看了招子，無不歡欣和振奮。他們大多是聽李師師彈過琴唱過歌的，垂涎她的美貌，傾心她的才藝，等待的就是這一天。七月三十日晚，他們心猿意馬，全都帶足銀票，來到香豔樓，參加競拍，志在必得。香豔樓前樓大廳，燭炬通明，亮如白晝。正面牆上懸掛妓女花牌（名牌），長方形，藝名下標明年齡。李師師的名牌格外醒目，黃底朱字：「李師師，十五歲。」一眾多客人正是衝著這花牌而來的。

大廳中央一張條桌，桌後坐著一人，四十多歲，白淨淨的，胖墩墩的，看上去很是忠厚，實則十分精明。他是香豔樓男主事，名叫包正。古代妓院，通常有一男一女兩個主事。男的管外事，多和男客打交道；女的管內事，多和妓女打交道，即老鴇。男女兩個主事，一般都是舊日的相好，屬於沒有夫妻名分的夫妻。包正自稱是包拯包青天的後代，很多人便把他叫包青天。他呢？笑著答應，相當爽快。包青天身後，立著三名保全，兩腿分開，雙手背後，都是身強力壯的漢子。

包青天見到場的客人足有二百人，咧嘴一笑，起身宣布競拍開始，起價銀子一百兩，競報加價銀數不限。立刻有人競報：「二百兩！」接著紛紛競報，三五輪便從三百兩、四百兩增加到一千兩。一個胖子又競報：「一千二百兩！」一個瘦子馬上競報：「一千三百兩！」又有個高個子競報：「一千五百兩！」一個矮個子馬上競報：「一千八百兩，不，二千兩！」

這樣的局面使很多人感到懊惱，因為他們估計形勢錯誤，身上就沒帶那麼多銀票。大廳一側有個房間，李茵、李蘊坐在房間裡，靜聽競拍情形。二人相信，當晚一定能拍出一個高價位。

包青天高聲說：「這位客官競報二千兩！」話音剛落，一個大嘴巴的競報：「二千五百兩！」全場發出驚呼：「啊！」一個小眼睛的競報：「三千兩！」全場又發出驚呼：「啊！」

沒有那麼多銀票的客人，不得不退出競拍，後面變成大嘴巴和小眼睛兩人的較量。大嘴巴：「三千一百兩！」小眼睛：「三千二百兩！」大嘴巴：「三千五百兩！」小眼睛：「三千六百兩！」大嘴巴咬了咬牙：「三千八百兩！」小眼睛舔了舔嘴唇：「四千兩！」大嘴巴終於敗下陣來，因為他身上只有三千八百兩銀票。小眼睛很得意，臉上露出勝利的微笑。

包青天說：「這位客官競報四千兩，四千兩！」大廳裡無人應對。小眼睛準備交付銀票。忽然，一個聲音響起：「我，五千兩！」

這一聲猶如石破天驚，引發出更響亮的「啊！」的驚呼聲。眾人循聲看去，只見那人三十多歲，穿紫色綢衫，除了身體強壯外，並無什麼顯眼之處。小眼睛在快得手時也敗下陣來，灰溜溜的，分外沮喪。

五千兩！這個價位大大超出李茵、李蘊的預計。從李梅梅到李鵲鵲，初夜權都是競拍的，初夜費價格都在一百八十兩到二百兩銀子之間。而李師師的初夜費，竟高達五千兩，五千兩啊！李蘊說：「這些男人是瘋子，全是瘋子！」李茵說：「全是瘋子才好，不然，我們哪賺得了大錢？」

包青天興奮得嗓音有點沙啞，說：「這位客官競報五千兩，五千兩！」再無人加價競報了。包青天說：「祝賀這位客官，你競拍得李師師的初夜權。請問貴姓？交費吧！」

那人說：「姓方！」取出一厚疊銀票，交給包青天。包青天點過，恰是五千兩，拱手說：「好，方客官，明晚恭候大駕！」那人也一拱手，笑了笑，揚長而去。所有人包括包青天、李茵、李蘊在內，誰也不知那個姓方的是何方神聖，為何那樣有錢？

在競拍進行過程中，璇兒一直在大廳外面偷看偷聽。姓方的離去，她飛快跑回馨樓，報告說：

「師師姐，那人姓方，三十多歲，穿紫色綢衫，看樣子挺壯實的，交付了五千兩銀票。」

姓方？三十多歲？五千兩？坐在燈下的師師，面色冷靜，什麼話也沒有說。她的心中翻江倒海，明晚，明晚那個姓方的到來，自己就將成為另外一個李師師了呀！

八月一日晚，師師一反平日不化妝不打扮的常態，有意盛裝豔飾，穿了最華豔的衣裙，戴了最貴重的首飾，描了眉，搽了粉，塗了口紅。她設想有兩個李師師：一是真李師師，沒有自戕自污，還保持著原先本色，如花似水，冰清玉潔；一是假李師師，戴著面具，就是現在這個樣子，準備接待來客。李茵提前到了礬樓，又給師師鬢角插了一朵玫瑰花。不一時，包青天陪同一位客人進入礬樓院落，進入客廳。李茵從樓上下來，一見客人，驚得愣在那裡，瞠目結舌。客人笑著說：「李媽媽，可好呀！」包青天趕忙解釋說：「我也是剛剛知道：昨天晚上競拍，萬大人不便親自前來，所以指派一個衙吏代勞。那個衙吏說姓方，那姓是假的，其實就是府尹大人。」

原來，包青天陪同的客人，居然是東京行政首長、開封府尹萬恆通！他未穿官服，矮矮的，胖胖的，頭髮和鬍鬚是刻意修剪了的，看去就像個雜貨鋪的掌櫃。李茵反應過來，忙滿臉堆笑說：「府尹大人駕臨香豔樓，榮幸之至，榮幸之至！」她熱情招呼萬恆通落座，親手斟茶，並朝樓上喊道：「師師，快來陪侍貴客！」

師師由璇兒攙扶步下樓梯。萬恆通直覺得滿眼驚豔，疑是仙女下凡。包青天、李茵辭去，璇兒回了自己的房間。那一夜，師師失去貞操，由少女變成女人，由藝妓變成色妓。她的變化，印證了李蘊說過的話：「在妓院那樣特定的場合，純粹的藝妓幾乎是沒有的。」也印證了周邦彥說過的話：「藝妓與色妓之間，僅有一步之遙，一步之遙啊！」

第十章 青樓血淚

李師師終生也不會忘記，她十五歲那年八月初一夜間，是怎樣失身於開封府尹萬恆通萬大人的。璇兒告訴她，客人姓方，三十多歲；然而她下樓看到的客人，卻有五十多歲，這是怎麼回事？再看，好像見過那個人，啊，想起來了，她不是開封府尹嗎？不是叫萬恆通嗎？上年自己獲「東京之花」殊榮，不是他頒發的花牌和獎銀嗎？他，他怎會在這裡？

客廳圓桌上，擺放四碟小菜和一壺酒。包青天、李茵、璇兒退出客廳。萬恆通笑嘻嘻先在桌旁落座，讓師師坐他身邊，可師師偏坐他對面。這樣也好，他可以直勾勾地觀察她欣賞她，就像獵人觀察、欣賞即將到手的獵物一樣。師師明顯感到，他的目光火辣辣的色瞇瞇的，滿是欲望與貪婪。萬恆通斟了兩杯酒，一杯給師師，一杯給自己。他將自己杯裡的酒喝了，誇獎師師真漂亮，不化妝就漂亮，化了妝更漂亮；他說他上年看她比賽，給她頒發花牌和獎銀時，就喜歡上她了，喜歡得要死；他說昨晚競拍，他不便親自出面，就指派一個衙吏代勞，帶上一萬兩銀票，結果五千兩就競拍成功了；他說他是開封府尹，京城最高首長，朝廷二品大員，除了他，誰還配享用她的初夜權？

萬恆通邊說邊自斟自飲，一壺酒快喝光了。師師算是長了見識，原來競拍初夜權，也可由他人代勞的。她不看萬恆通，只看面前酒杯裡的酒，而且不說話，只聽。萬恆通早就欲火難耐，起身，向前，伸手將師師抱起，上樓，進房，將師師放在床上。他急急地脫光師師的衣裙，又脫光自己的衣服，隨後像猛虎撲食似的，壓上了師師光滑細膩，凝脂一樣的胴體……

師師感覺隱隱疼痛，但沒有喊叫，更沒有拒絕。當色妓就是這樣，任由男人擺弄、輕薄，你得學會承受、忍受。萬恆通呼哧呼哧，瞬間便酣暢淋漓，快活滿足，其樂無比。他佔有過無數女人，唯這個瓷娃娃一樣的李師師，還是個雛，千嬌百媚，像春末夏初某種果子，快成熟又未全熟，有點青，有點澀，享用起來更加刺激，更有味道。他急於看師師身下的單子，單子上留下幾點血印，像是鮮紅的梅花花瓣。他大喜大樂，心花怒放，大嘴又緊咬師師嬌嫩的嘴唇，大手又狠抓師師豐滿的乳房，恨不得將身下的雛撕了吃了，使之化作他身體的一部分。

萬恆通張狂一夜，四更多時離去，說是要參加朝廷朝會。他送給師師一件禮物——兩枚精巧的金龍，價值千兩銀子。師師在萬恆通走後立即起床，喚醒璇兒，去廂房沐浴，要徹徹底底洗去身上的污穢。沐浴時，她猛地想起那次夢魘，燕青罵她是賤貨髒貨。時過一個多月，自己不果真成了賤貨髒貨了麼？

上午，李茵給師師送來二千五百兩銀票，詢問下次接客的時間。師師說，她已決定，一年只接十二次客，時間放在每月的初一。李茵嫌少了些，但還是依了師師。有一情況她沒跟師師說，她把萬恆通的五千兩銀票，讓包青天給退回去了。萬恆通是什麼人？開封府尹、京城首長、臥海龍、地頭蛇！他進妓院，誰敢收錢？若把他得罪了，隨便出個難題，妓院就得關門，吃不了兜著走！所以，師師頭次接客，香豔樓不僅沒賺到錢，反倒貼賠了錢（給師師的二千五百兩銀票）。不過，李茵堅信，這樣做值！香豔樓有李師師這張王牌，又有萬恆通這個後台，還愁不賺大錢嗎？

下午，師師的七個姐姐齊到馨樓，向師師表示祝賀。這是妓院的一項定例，新手接客，老手都會前來祝賀，祝賀新手加入她們的行列。師師接客之前，姐姐們和她說話還是克制的收斂的，如今，師師接客了，她們說話也就口無遮攔，粗話髒話瘋話浪話，家常便飯，張嘴就來，說了全不臉紅。

竹竹說：「師師，聽說你接的客，也是個老貨？」菊菊說：「我等頭次接客，不都是老貨！老貨才有錢呀！」鶯鶯說：「哎，那老貨那玩意兒行不行？硬梆不？」燕燕說：「老貨老貨，老槍舊貨，那玩意兒硬梆得了嗎？」鵲鵲說：「我等都是做皮肉生意的，我的初夜費才一百二十兩，而師師的高達五千兩，真是人比人，嚇死人！」梅梅說：「你別不服氣，師師是東京之花！」蘭蘭說：「這能比嗎？師師身上是金皮玉肉，我等身上是瓦皮土肉！」

這話說得眾人大笑起來。

其後的日子裡，礬樓成了梅梅等聚會、休閒的據點。幾乎每天下午，她們都會到此八卦八卦，說笑一陣。時間長了，師師發現，姐姐們表面上大不咧咧，嘻嘻哈哈，其實內心是痛苦的，那是蒙羞受辱的痛苦，浸血裹淚的痛苦。

師師接客之後，耳聞目睹，方才逐漸明白妓女、妓院的點點滴滴、林林總總。宋代時妓女宏觀上分為兩類，即藝妓和色妓。細分則有宮妓、官妓、營妓、家妓、民妓的區別。宮妓專為帝王、皇家提供服務，官妓專為高級官員提供服務，營妓專為軍營將士提供服務。這三種妓女屬於「國營」，領取「薪資」，生活有保障，也比較優越。家妓屬於官宦、豪富人家私有，只為主人及其家屬提供服務。民妓就是妓院妓女，屬「個體」性質，妓院大門敞開，每個社會成員，只要支付一定費用，均可獲得妓女的服務。東京香豔樓、夢仙樓、醉魂樓三大妓院的妓女，應劃在民妓範疇。

民妓所在的妓院又是分等級的，大體上分為高、中、低三級。高級妓院，妓女亦為高級妓女，年輕美貌，多才多藝，受過專業訓練，具有專業技能；服務對象主要是達官權貴、公子王孫、文人雅士等顯貴客人。客人光顧尋歡作樂，實質上是嫖，卻美其名曰「狎妓」。「狎」，主要是就文人雅士而言，兼有休閒、社交、欣賞歌舞、切磋詩文等含義。中級妓院，妓女多是從高級妓院淘汰下來的半老徐娘，服務對象主要是尋花問柳的花花公子，以及長期在外地奔走的各類人員。客人光顧，嫖稱「嘗鮮」。低級妓院，妓女多為已婚女人，上有老下有小，或貧或病，迫於生計，不得不靠賣淫賺錢。她們沒有文化，只能穿戴廉價的衣飾，塗脂抹粉，扭腰擺臀，見客就拉，有時白天也拉客。服務對象多是販夫走卒等苦力，以及光棍漢等。客人光顧，嫖稱「打炮」。低級妓院的妓女又叫娼，所以所有妓女又叫娼妓。娼，敗壞了整個娼妓行業的名聲，以致在三教九流中，娼妓和戲子、乞丐等並列，同屬於各類人等最下賤的「下九流」。

妓女除通稱娼妓外，另有許多稱謂。師師原先只知青樓女子、煙花女子、風塵女子等，其中青樓女子稱謂最為普遍。它源於南朝梁代劉邈的《萬山見採桑人》詩：「倡妾不勝愁，結束下青樓。逐伴西蠶路，相攜東陌頭。」因此，妓院稱作青樓，妓女稱作青樓女子。煙花女子源於「煙花柳巷」一詞。風塵女子源於一些妓女的生活特點：居無定所，四海為家，常年漂泊，風塵僕僕。

一天，師師的姐姐們說起妓女的稱謂，使她又成長了見識。竹竹說：「別人稱我們這些人，有文雅的，也有粗俗的。文雅的如花娘、粉子、角妓、神女、勾蘭美人等；粗俗的有賣淫女、私巢子、野雞、破鞋……」菊菊搶過話頭說：「最粗俗的莫過於窯姐。」

師師說：「窯姐？哦？我還是第一次聽說，這是何意？」菊菊說：「它指……哎，我說不出口，還是讓梅梅姐說吧！」梅梅搖了搖頭，說：「師師，你見過燒製磚瓦和瓷器的窯嗎？為了坯子和成品進窯出窯方便，窯的門是敞開的，很大很大。於是，有人損得很，將妓女的下身比作窯門，形容男人可以隨意進出。這樣，妓院就稱了窯子，妓女就稱了窯姐。」蘭蘭補充說：「所以，男人到妓院來，俗稱逛窯子、嫖窯姐。」

菊菊又說：「另外，最粗俗的稱謂還有鴇兒。」鵲鵲說：「對了，我一直想問，很多人私下都稱李茵媽媽為老鴇，這是為何？」梅梅說：「鴇本為鳥名，喜歡交媾，無休無止。有書記載：『鴇似雁而大，無後趾，虎紋。喜淫而無厭，諸鳥求之即就。』有人將鴇鳥比作妓女，尤其是年老的妓女，稱鴇兒，開辦妓院的媽媽則稱老鴇或鴇母。」

「那些男人最可惡，佔了我等的便宜，還變著法子糟蹋我等。」鶯鶯、燕燕憤憤地說。

沉默，沉默，誰也沒有吭聲。師師直覺得心跳耳熱，臉上發燒。這樣的稱謂固然粗俗、難聽，但又如何辯得妓院不該稱窯子，妓女不該稱窯姐稱鴇兒？妓女失去人格，失去尊嚴，蒙受羞恥與屈辱，還得強作笑顏，內心裡能不痛苦嗎？痛苦又能怎樣，跟誰說去？

李師師堅持每月只接一次客，全年共接十二次客，這一原則一直不變。每次接客，她都化妝打扮，盛妝豔飾，這一原則也一直不變。她這樣做自有想法：第一，她已經自戕自污了，但身體還是自己的，不該踐踏，所以接客不能太多太濫；第二，出賣色相和肉體畢竟很不光彩，所以她自欺欺人地設想出兩個李師師來，讓不化妝的真李師師固守本色，讓化了妝的假李師師去和客人周旋，權當玩一場人生遊戲。

師師的初夜費是五千兩銀子。不曾想這個價格成了她每次接客的固定價格。不論哪個客人，想到礬樓過夜嗎？那好，請支付五千兩銀票。這價格是相當昂貴的，儘管如此，客人還是爭著搶著前來，甚至提出要預約，預先支付下個月、下兩個月、下三個月的銀票。在香豔樓前樓大廳，李師師的名牌只懸掛過一回就撤了。因為她根本不用掛牌，眾多客人正排著隊，只恨銀票支付不出去呢！

一晃兩年，師師共接待過二十多位客人。客人均不年輕，來自東西南北，各行各業，其中以大官員、大富豪、大商賈居多。他們有的是錢，五千兩銀票不過小菜一碟。他們登記的姓名都是假的，有的姓是真的名字是假的。他們快樂快活了一夜，臨走時通常都會送給師師一件或兩件禮物，無非是金玉飾品、翡翠瑪瑙之類。

李茵每年從師師接客收入中淨賺三萬兩銀子，這相當於香豔樓全年總收入的一半。她和她的姐姐李蘊笑得合不攏嘴，更加堅信師師的的確確是一棵大搖錢樹，從這棵樹上，誰也說不清到底能搖下多少錢來。

妓院規矩，每隔一段時間都會選出一個最出色的妓女為花魁，充當門面，招攬客人。香豔樓花魁自然非師師莫屬。當時，崔念奴為夢仙樓花魁，趙元香為醉魂樓花魁。師師的名氣遠在崔念奴、趙元香之上。一次，夢仙樓老鴇崔晶、醉魂樓老鴇趙筠，見到香豔樓老鴇李茵，又妒又恨地說：「你憑一個李師師，香豔樓老壓著夢仙樓、醉魂樓，還讓不讓人活了？」李茵笑答：「活不下去啦？那好，乾脆把夢仙樓、醉魂樓歸到我香豔樓名下算了！」崔晶、趙筠亦笑言：「想的倒美，做夢去吧！」

師師把主要精力放在讀書上，放在才藝上。她讀了很多很多的書，讀書使她累積了豐富的知識。她天天練琴、小唱，琴藝與唱功更趨完美。她找了些書畫作品，欣賞揣摩，用來陶冶性情。她弈五子棋的水準極高，沒有對手，只能獨自對弈：左手執黑子，右手執白子，黑方白方攻守嚴密，很難分出勝負。此外，她就是保養身體，按時作息，適當鍛鍊，控制飲食，保持身材始終優美、苗條。

這期間，師師的姐姐們除了接客外，無所事事，虛擲著大把大把的光陰。每天下午，她們照例會到礬樓聚會，肆意八卦和說笑。這一天，竹竹一到礬樓就氣憤地說：「氣死我了，氣死我了！」眾人問：「怎麼啦？竹竹姑娘也會生氣？」

竹竹說，「昨晚，我接的客人是個秀才，四十多歲，可那玩意兒不行，軟不沓沓的，鼓弄好久，氣喘吁吁，還是不行。我一把將他掀翻，說：『滾一邊涼快去！』他不樂意了，說我輕慢客人，假正經。我說：『我輕慢你了，假正經了，你又能怎樣？』他「嘿嘿」一笑，說：『我要寫詩損你，損你們所有妓女！』嗨，他還真的下床，提筆寫下一首詩來。」眾人笑出聲，說：「你有種！詩在哪裡？」

「這不！」竹竹亮出手中疊著的一張紙。菊菊伸手搶過，將紙展開，見詩題叫《諷妓》，便讀道：

煙花妓女俏梳妝，洞房夜夜換新郎。
一雙玉腕千人枕，半點朱唇萬客嘗。
裝就幾般忸怩態，做成一片假心腸。

迎新送舊知多少，故落嬌羞淚兩行。

菊菊讀完，不笑了，說：「這，這……」鶯鶯說：「這是醜化妓女！」燕燕說：「也是侮辱！」鵲鵲說：「還是誣衊！」梅梅、蘭蘭接過那張紙，讀詩，搖了搖頭，無語。那張紙到了師師手裡。她讀詩，臉上依然帶著笑，說：「各位姐姐先別聲討那個秀才，我看人家的詩，寫得還是不錯的，反映了青樓女子的境遇及心態。」

竹竹、鶯鶯、燕燕、鵲鵲說：「你還向著那個秀才說話？瞧詩裡的話，多難聽！」

「可這是事實呀，誰否定得了？」師師說，「自我掛牌以來，漸漸悟出一個道理：在妓院這種地方，客人和妓女都是假心假意，逢場作戲，千萬莫要當真！詩裡的話是難聽，但比起野雞、破鞋、窯姐、鴇兒來，我看還是輕的。嘴在人家鼻下長著，筆在人家手上握著，你能叫人家不說不寫嗎？你管得了管得住嗎？從古至今，在世人心目中，所有妓女都是賤、髒、不知恥、不要臉，你生氣，生得過來嗎？所以我說，不必介意別人怎樣說怎樣寫，重要的在於我等要保持平常心，要活出個自我來！」

「保持平常心」，「活出個自我來」！這話很有哲理意味，從梅梅到鵲鵲，都不大理解。梅梅說：「師師，你在我們姐妹中，年齡最小，但讀的書最多，不妨講講歷史上一些妓女的事蹟，可好？」眾人附和說：「對，講講，講講！」

師師淺淺一笑，說：「行，那我就講講。第一人要講綠珠。綠珠是晉代（西晉）名妓，姿容美豔，舉世罕見，多才多藝，擅長吹笛和跳舞，並能自作新歌。大富豪石崇發現她色藝雙絕，用十斛珍珠購得，收為家妓。石崇有美妻嬌妾和家妓近千人，偏偏最寵愛綠珠。『八王之亂』爆發，風雲突變。石崇被罷了官，攜帶家人移住金谷園（今河南洛陽東）。趙王司馬倫親信孫秀，早就垂涎綠珠美色，派人向石崇索取。綠珠不甘受辱，墜樓而死。接著，石崇也遭了殺身之禍。唐代詩人白居易、杜牧分別作詩讚歎綠珠殉情而死：『莫悲金谷園中月，莫歎天津橋上春。若學多情尋往事，人間何處不傷神。』（《洛中春感》）『繁華事散逐香塵，流水無情草自春。日暮東風怨啼鳥，落花猶似墜樓人！』（《金谷園》）要叫我說，她為石崇那樣的人殉情而死，不值得。不過，她的剛烈，倒是令人肅然起敬的。」

蘭蘭說：「我聽說石崇那個人很壞，舉行宴會時命家妓勸客人飲酒，若客人不飲，就當場將家妓殺死，一次宴會，曾連殺三人。」

師師說：「可不是！所以我認為綠珠為石崇那樣的人殉情而死，不值得。第二人要講蘇小小。蘇小小是南朝齊代名妓，錢塘人，愛乘坐一種油壁香車，遊覽西湖山水，姿容與才藝遠近馳名。一天，她在青樓遇到金陵俊美公子阮郎，一見傾心，以為終生有靠。阮郎甜言蜜語，信誓旦旦，說回家後稟明父母，即為她贖身，迎娶為妻。小小感到很幸福，賦詩云：『妾乘油壁車，郎跨青驄馬。何處結同心，西陵松柏下。』阮郎回家說明情況。阮父勃然大怒，痛斥兒子荒唐，說兒子若執意娶青樓女子，那就將他逐出家門。阮郎在他爹的威壓下，屈服了，斷絕了與小小的聯繫。小小知道上當受騙，花容憔悴，痛苦至極。這期間有個姓孟的大官，欲納小小為妾，送幾盆梅花套近乎。小小嚴詞拒絕，賦詩云：『梅花雖傲骨，怎敢敵春寒？若更分紅白，還須青眼看！』她還資助過一個貧窮書生鮑仁，給予上京趕考的路費，其後一年多便憂鬱而死，葬於西湖西陵。鮑仁趕考，金榜題名，回來感謝恩人，趕上的卻是恩人的葬禮。他撫棺慟哭，為小小墓立碑，並書聯語：『湖山此地曾埋玉，花月其人可鑄金。』唉，人都死了，落下個『埋玉』、『鑄金』的虛名，還有何意義？」

菊菊說：「蘇小小也太純情癡情了！」師師說：「是的，過於純情癡情，正是她的悲劇所在。好，第三人要講薛濤。薛濤是唐代名妓，長安人，自小聰慧，熟讀詩書，八歲能詩，通曉音律，是個才女。父親入蜀為官，入蜀後即病死。她為了養活母親，十六歲時在成都當了既賣藝又賣身的歌妓，因貌美藝精而聲名大振。二十多年裡，歷任劍南西川節度使及著名詩人白居易、元稹、張籍、王建、劉禹錫、杜牧、張祜等，和她都有唱酬、詩文交往。節度使韋皋為她贖身，佔為私寵，並上書朝廷，請授予祕書省校書郎職銜。朝廷不許，然而還是有人稱她為『女校書』。韋皋吹她捧她，但嚴厲限制她的活動，不許再和其他人交往。薛濤老大不快，憤然寫下《十離詩》，不辭而別，離開韋皋。《十離詩》包括十首詩，即《犬離主》、《筆離手》、《馬離廄》、《鸚鵡離籠》、《燕離巢》、《珠離掌》、《魚離池》、《鷹離鞲》、《竹離亭》、《鏡離台》。詩中，薛濤自比犬、筆、馬、鸚鵡、燕、珠、魚、鷹、竹、鏡，而把韋皋比作主、手、廄、籠、巢、掌、池、鞲、亭、台；她以前過度依賴韋皋，以致失去自我，成了別人的附屬品，現在開竅了，不願再受種種束縛，所以要『離』去，去過自己的生活。薛濤隱居在成都浣花溪，自知身分上的污點，一生未嫁，四十多歲時曾和元稹有一段戀情，但並未嫁給元稹。因為她明白，她和元稹之間只能是露水情緣，若抱奢望，以為愛戀可以變成婚姻，可以恩愛一生，那就大錯特錯了。」

師師笑了笑，進而總結似地說：「我覺得綠珠、蘇小小、薛濤三人，有特點有個性，都是活出了自我的。特別是薛濤，洞察世事人情，既不自暴自棄，又不趨炎附勢，愛和情都很適度，始終是一個聰慧、多才、清醒、冷靜的薛濤。我等若能如此，自會省去很多痛苦與煩惱。」

師師讀的書多，又愛思考，所以說出來的話總有真知灼見，思想高度和深度遠遠勝過同齡人。她講綠珠、蘇小小、薛濤，梅梅等只是當故事聽，聽完就完了。她們都是平常妓女，都是肉胎凡身，真要她們「保持平常心」，「活出個自我來」，又談何容易，談何容易啊！

宋徽宗大觀年號用了四年後改元政和，取政通人和之意。這期間果真政和麼？非也非也。當時，宋徽宗把政事交給蔡京管，把軍事交給童貫管，自己的心思、精力全花在恣意享樂上，花在書畫金石、音樂歌舞，以及尋找美女，冊封妃嬪上。蔡京利用「御筆手詔」的特權，為非作歹，權勢熏灼。童貫不是宰相，權力卻等同宰相，以致時人稱蔡京為「公相」，稱童貫為「媼相」。此外還有個「隱相」梁師成。梁師成也是個大宦官，以附庸風雅而深得皇帝信用，管領的衙門多達二百多個，其作用和影響無時不在，無處不在。這夥奸佞政治上排斥異己，迫害忠良，經濟上巧取豪奪，瘋狂斂財，直至明碼標價，出賣官職名號：「三千索，直祕閣；五百貫，擢通判。」這樣，全國登記在冊的官吏數目，相當於宋神宗、宋哲宗朝的十倍，真是駭人聽聞。廣大農民饑寒交迫，紛紛起義造反。而在朝廷朝會上，蔡京、童貫及其親信、爪牙，每天都報告祥瑞，什麼黃河清、甘露降，什麼祥雲現、靈芝茂，什麼連理木、合抱蓮，甚至還有一龜雙頭、牛生麒麟、雞產鳳凰的。宋徽宗自認為英明睿智，功德巍巍，治國有方，天下太平，所以命改元政和。

政和元年（西元一一一一年），李師師十八歲。她的生活依舊，遵行「保持平常心」，「活出個自我來」的理念，每月只接一次客，接客時必盛裝豔飾，然後就讀書，練琴練歌，欣賞書畫，弈五子棋，心無旁騖，我行我素。然而，她的姐姐們心浮氣躁，很難做到這樣。這不？李梅梅、李蘭蘭相繼出事了。

梅梅於這年年初接了個姓甄的客人，三十一二歲，風流倜儻，一表人材。半個多月裡，姓甄的三次光顧香豔樓，摘的都是梅梅的名牌。梅梅好生歡喜，床上待客，分外盡心。姓甄的大覺受用，緊緊摟著梅梅，又是抓又是啃的，居然提出要為她贖身，使之從良。梅梅問他真實姓名。姓甄的這才說，他姓鄭名奎，在工部茶鹽司任職，職掌茶稅鹽稅，每年收入可觀；他的遠房妹妹鄭氏，原為當今皇帝的貴人，剛剛被冊立為皇后，而且鄭皇后父親鄭紳，剛剛又從太子少師升任開府儀同三司。憑著這層關係，他的仕途前程無量，如花似錦。鄭奎還說，他早娶妻魏氏，梅梅若願贖身從良，他只能收她為偏房，單獨另住，保證不會和魏氏發生衝突。

贖身從良是多少青樓女子的夢想與願望！何況，這個鄭奎年輕英俊，是朝廷官員，而且還沾著皇親國戚的邊，梅梅心動了，但又拿不定主意，特找師師商量。這事關係重大，師師許久沒有吭聲。梅梅說：「師師，你知道的，我本姓韓，叫韓花，祖父韓川，當過侍郎。誰知祖父獲罪被斬首，爹娘、兄嫂均處以流放，我則被李蘊媽媽用五十兩銀子買為女兒，十五歲便到香豔樓接客，當了妓女。凡良家女子，誰願當妓女？那首《諷妓》詩裡說的，夜夜換新郎、千人枕、萬客嘗什麼的，說明妓女賤呀！師師，我比你大三歲，今年都二十一了。李茵媽媽說，妓女按年齡可分為極品、精品、次品、等外品。我已從極品進了精品，再過幾年就成次品了，歲月不饒人哪！我做夢都想贖身從良，現在遇到鄭奎，你說我能錯過這機會嗎？」

師師說：「問題是你了解鄭奎嗎？他的話可信嗎？」梅梅說：「應該算是了解吧？他說了，為我贖身的錢，全由他出；我從良後，單獨另住，不會和他妻子磕磕碰碰。」

熱戀中的女人都是傻瓜、笨蛋。師師見梅梅從良的決心已定，不好再說什麼。竹竹等獲知消息，雖然依戀不捨，但還是替梅梅高興，熱情地送上恭喜與祝福。於是鄭奎出面，為梅梅支付贖身費三千兩銀子。這是香豔樓規定的價格：二十歲以上的妓女，贖身從良，可以，但必須支付贖身費三千兩銀子。李蘊當初買韓花（梅梅），花銀子五十兩；梅梅學藝和接客期間，是有些花銷，但六年多來，為香豔樓賺了多少錢？如今李茵「賣」梅梅，又得銀子三千兩。這也是妓院的一項生意，買女孩「賣」妓女的生意！李茵把李蘊當年買罪臣之女韓花的契書交給梅梅。那是梅梅的賣身契呀！梅梅手捧契書，熱淚盈眶。鄭奎用一乘青布小轎接走梅梅。師師等含淚相送，別情淒淒。

無獨有偶。師師等送別梅梅不久，又送別蘭蘭，蘭蘭也贖身從良了。蘭蘭本姓鄒，叫鄒芳，經歷和梅梅幾乎一模一樣，贖身從良，相當草率：蘭蘭接了個客人姓卞名新，廣陵（今江蘇揚州）人，奉父親之命，攜帶二千兩銀子，上京趕考，落榜，便到香豔樓狎妓，摘了蘭蘭的名牌，二人一雙兩好，情投意合。卞新長得標緻，風流，提出要為蘭蘭贖身，娶之為妻。蘭蘭為此徵求妹妹們的意見。妹妹們勸她慎重。她說她是癩蛤蟆吃秤砣——鐵了心了，非嫁卞新不可。因為她也快成次品，不嫁人不行了。卞新支付不起蘭蘭的贖身費。蘭蘭傾其所有，將接客六年多積攢的銀票等，全給了卞新，湊足銀子三千兩，交給香豔樓。李茵把李蘊當年買罪臣之女鄒芳的契書也交給了蘭蘭。蘭蘭成了自由人，歡天喜地隨卞新回廣陵去了。

馨樓聚會，先前是八姐妹，驟然少了兩個姐姐，眾人都感得冷清。但很快就適應了，有道是天下無不散的筵席嘛！

蘭蘭離開香豔樓沒幾天，李茵告訴師師等，說梅梅自殺死了。師師等驚駭萬分，目瞪口呆：這，這怎麼可能呢？

原來，鄭奎是個早有一妻兩妾的男人，因貪戀梅梅姿色，故為她贖身，說是收作偏房，實是屬於包養私寵性質。鄭奎在東京有多處房產，確實是讓梅梅單獨另住的，一個小院，幾間瓦房，而且雇了個侍女照料梅梅。鄭奎的安排看似嚴密，其實他妻子魏氏早盯上他了，且知他金屋藏嬌，藏的是個妓女。魏氏於是聯合二妾，趁鄭奎外出的機會，惡狠狠尋上門來，揪住梅梅，按倒在地，剝光衣裙，毆打撕扯，邊打邊罵，罵的粗話髒話野雞、破鞋、窯姐、淫女、娼婦、蕩婦、妖精等，可想而知。侍女嚇得去找鄭奎，哪裡找去？侍女再回到小院，發現那三個女人已離去，房裡值錢的東西被席捲一空。再看女主人，布繩套著脖子，懸在床架上，舌頭伸出老長，只穿著內褲，遍體鱗傷。侍女嚇壞了，記得女主人說過香豔樓，於是到香豔樓找到老鴇李茵。李茵心念舊情，忙讓包青天帶兩個保全，去察看情況。包青天向官府報案。官府衙吏勘察現場，說死者是自殺，並非他殺，所以不予立案。包青天只好給一家殯儀鋪幾十兩銀子，讓置辦棺材、衣衾，草草將梅梅埋葬。

師師等聽了李茵的講述，眼圈都紅紅的，心上像壓了一塊大石頭。竹竹憤憤地說：「那個鄭奎呢？應該找那王八蛋算帳！」李茵說：「到哪兒找那人去？找到他，又能拿他怎樣？」菊菊說：「那梅梅姐就白白死了？」

沒有人回答她的問話。因為在這個世界上，梅梅不過像一隻螞蟻，微不足道，死了又算得什麼？

師師等尚未從梅梅之死的沉痛中恢復過來，忽又聞知噩耗，蘭蘭也死了，死在楚州（今江蘇淮安），還生出一起凶殺案。噩耗還是李茵講述的。她說，日前，楚州兩個衙吏到香豔樓，調查兩個名叫鄒芳、李蘭蘭的女子，看是否是同一個人。李茵詢問，從衙吏口中了解到楚州發生的事情——

卞新領了名義上的妻子蘭蘭，回老家廣陵。他身上已無一文錢，幸虧蘭蘭還有幾件首飾，變賣了可做盤纏。途中，卞新越往前行越懊惱，越往前行越害怕。他半年裡花光二千兩銀子，科考落第也就罷了，卻領回一個來路不明的妻子；妻子若是良家女子也就罷了，可偏偏是個青樓妓女。父親若盤問、追究起來，那可怎麼好？那可怎麼好？這一天，他們到達楚州，住進一家旅肆。再有約三天路程，便到廣陵，卞新心裡越發忐忑與惶恐。

旅肆裡已住有一男子，姓孫名財，二十四五歲，家產巨萬，慣向青樓買笑，紅粉追歡，出入風月場中，見多識廣。他一見蘭蘭，那樣年輕美貌，不由兩眼放光，心蕩魂搖；再看卞新，愁眉緊鎖，無精打采，連交納的房錢還是向女的要的，立即猜到了是怎麼回事。孫財盛情邀請卞新到旅肆附近的酒樓飲酒，三問兩問，問出了卞新的所有底細。他幫卞新分析利害關係，結論是絕不能把一個水性楊花的妓女帶回家門。他說，他孫財歷來重友輕財，為幫朋友排憂解難，願出三千兩銀子買下蘭蘭。老弟有了這些銀子，回家就說落榜後在東京當塾師，不僅沒花攜帶的銀子，而且還賺了一千兩銀子。那樣，令尊大人定會高興，老弟的憂慮和煩惱不都一掃而光了？

卞新說到底是個寡情薄義之人，本心懼怕老子，受利所驅，竟然同意孫財提出的方案。天色將晚，下起小雨。卞新回旅肆，吞吞吐吐把方案告訴蘭蘭。蘭蘭一聽，花容變色，既後悔又憤恨，牙齒咬得咯咯響。許久，她才冷冷地說：「行，你去叫孫財多買些酒菜，帶上銀票過來，夜間飲完酒，我就歸他了。」

卞新暗喜，忙去叫孫財。蘭蘭俏眼含淚，脂粉香澤，著意梳妝，衣飾華豔，光彩照人。當夜，孫財交付三千兩銀票。卞新親筆寫下字據：「茲有卞新賣妻李蘭蘭與孫財，收到銀票三千兩。」卞新與孫財繼續開懷暢飲。蘭蘭關緊房門，笑吟吟也飲了幾杯酒，並反覆勸酒。子時左右，卞新、孫財喝得爛醉如泥，癱倒在地上，人事不知。蘭蘭怒從心頭起，惡向膽邊生，從梳妝盒裡取出一把鋒銳的剪刀，先刺進卞新喉嚨，再刺進孫財喉嚨。卞新、孫財醉得像死豬，至死連哼都沒哼一聲。蘭蘭確信二人已死，把三千兩銀票撕得粉碎，又把剪刀刺進自己喉嚨。

天明，旅肆掌櫃發現三具屍體，慌忙向官府報案。州衙衙吏勘察現場，認定是女的先殺死兩個男的，然後自殺。衙吏見到卞新所寫的字據，確定兩具男屍，一是卞新，一是孫財，女屍當然是李蘭蘭了。可從女屍身上又找到一份契書，契書上寫著十多年前，李蘊在大理寺買罪臣之女的內容，罪臣之女名字叫鄒芳。那麼，李蘭蘭與鄒芳是同一個人嗎？衙吏沒有把握，這才到東京調查，透過大理寺找到李蘊，找到香豔樓，終於查清李蘭蘭與鄒芳是同一個人，李蘭蘭是鄒芳入籍倡家後的藝名……

師師等再次驚駭萬分，目瞪口呆。她們明白，蘭蘭在八姐妹中，性格最溫順最溫和，而在楚州卻敢殺死兩個無恥男人，然後自殺，足見她的心中，多麼痛多麼苦多麼憤多麼恨！青樓女子若把血淚、痛苦化作憤恨，那麼什麼樣的事都幹得出來的！一天晚上，她們約定都不接客，聚在馨樓院落裡，為梅梅、蘭蘭焚燒冥錢。竹竹忽然大聲罵道：「他娘的，所有男人，沒一個好東西！我若說要贖身從良，你等就把我舌頭割了餵狗！」菊菊也說：「寧可相信大白天有鬼，也別相信男人那張破嘴！」

火苗躍動，映紅六張沉痛、悲苦的面頰，也映紅面頰上紛紛滾落的淚珠。

李梅梅、李蘭蘭贖身從良死了，並不影響香豔樓的正常經營。政和二年（西元一一一二年），紅蕾藝女班的李月月、李圓圓十五歲，繼李花花、李好好之後，也到香豔樓掛牌接客。花花、好好、月月、圓圓儘管豆蔻鮮麗，但初夜費也就是一百二十兩銀子，比起師師來，猶若天壤。李蘊年紀漸大，不再買罪臣之女為女兒，紅蕾藝女班也就停辦了。黃媽和華嫂無事可做，任務就是看守紅樓。

璇兒也十五歲了，師師不能不操心她的婚事。璇兒從記事之日起就是個孤兒，流落街頭，乞討度日。李茵一次偶然遇到她，頓生憐憫之心，帶回香豔樓撫養，數年後讓她做了師師的侍女。璇兒長相端正，為人本分，在妓院裡長大，沒有沾染上什麼惡習，近墨而不黑，能做到這一點很不容易。因此，師師一直把她當作小妹妹。師師問璇兒想嫁個什麼樣的男人，璇兒的回答令她吃驚。璇兒說：「不嫁官不嫁富，不嫁花花公子，只嫁農人，最好是個略有殘疾的農人。」師師問：「這是為何？」璇兒答：「官家富戶，花花公子，都是花花腸子花花心，吃著碗裡看著鍋裡，沒一個靠得住。只有農人，略有殘疾的農人，純樸厚道，又不用服兵役服徭役，憑種地過日子，那樣夫妻才能長相廝守，踏實安寧。」

師師對這個小妹妹刮目相看，經和李茵商量，李茵把事情交給包青天去辦。包青天很快物色到一人，姓喬名農，二十歲，自小生病，落下殘疾，腿有點跛，但跛得並不厲害，有木匠手藝，侍奉守寡的母親至孝，家住東京南郊四十里的喬村。李茵、師師徵求璇兒的意見，璇兒表示同意。於是擇定吉日，璇兒大婚。師師出錢，讓包青天在喬村買了十畝地，作為送給璇兒的嫁妝。李茵對璇兒有收養之恩，師師與璇兒有姐妹之情。所以璇兒婚後把香豔樓當娘家，把李茵、師師當親人，每隔三五個月，都會回娘家一趟，看望親人。她回娘家，仍住馨樓，眉飛色舞地和師師說話，說自家種的莊稼養的雞，說鄰家娶了媳婦嫁了女。這時，師師臉上總會浮現出發自內心的真摯笑容。她笑起來真好看，活像清晨綻放的花朵和絢麗的彩霞。

李茵又指派一個侍女蟬兒，照料師師的飲食起居。一天下午，師師正在練琴練歌。竹竹忽然前來，神色暗淡，眼睛紅腫，顯然剛剛哭泣過。師師驚問：「怎麼啦？」竹竹尚未開口，已是淚水嘩嘩，許久才嗚咽著說：「我，我見到我娘我哥了。」

師師更是驚訝，說：「你娘？你哥？這是怎麼回事？」竹竹於是抽抽噎噎，說了個大概情況——

竹竹本姓宋，叫宋珍。父親宋保國十多年前，因反對當時奸相章惇、曾布而獲罪，被貶謫、抄家，親屬流放。宋珍年幼沒入官府，由李蘊買為女兒，入倡家籍，這才叫李竹竹。竹竹完全失去了爹娘、哥嫂的消息，只在蔡京所立的《元祐黨人碑》上看到過爹的名字。這天上午，保全通知竹竹，說大門外有人找她。她去大門外一看，見是一個中年男子，衣衫襤褸；一個老年婦人，面黃肌瘦。再看，她不由嚇傻了，原來男子竟是她哥，婦人竟是她娘。她將娘和哥領到離大門口較遠的蔽靜處，母女、兄妹抱頭痛哭，恍若隔世。她見娘和哥的身體非常虛弱，知是多日的餓與累所致，遂領二人去了一家飯肆，買了飯菜讓娘和哥吃。吃飯時，她哥告訴她，當年，眾多罪臣及其家屬流放的地方叫儋州，那裡隔著大海，原始蠻荒，爹和她嫂子早死了，死後連棺材都沒有，一張蘆席一裹就埋葬了。上年，他才聽說朝廷毀了《元祐黨人碑》，對罪臣子女的限制有所鬆動，所以決心陪同娘返回中原，返回東京，尋找妹妹。一路上千山萬水，艱難跋涉一年多，九死一生。到東京後，去了大理寺，去了紅蕾藝女班，方知妹妹改叫了李竹竹，順籐摸瓜，又找到香豔樓……

竹竹說著說著，早已泣不成聲。師師說：「你先別哭。你娘你哥現在哪？你打算怎麼辦？」

「他們還在飯肆裡。我現在是方寸大亂，六神無主，所以趕回來和妹妹商量，你說我該怎麼辦？」竹竹說。

「你娘你哥肯定太累了，先安排在旅肆休息。接著該租房，讓生活盡快穩定下來。」師師說。

「是，我這就去安排，並租房。」竹竹邊擦眼淚邊說。

「蟬兒，取一千兩銀票給竹竹姐。」師師呼喚蟬兒。

「不用！錢，我有！」

蟬兒取出銀票，竹竹已走遠了。

第二天，竹竹就租好房子，安頓了她娘她哥，並把她哥講述的儋州經歷及見聞，轉而講給師師聽。那是地獄一樣的經歷及見聞，不論誰聽了，都會毛骨悚然。師師猛地想起一事，問竹竹說：「對了，你娘你哥回來，沒跟菊菊姐說吧？」

「沒有，」竹竹說，「我哪敢說？你知道，菊菊本姓呂，叫呂珠，她爹叫呂仲甫，名字也是刻上了《元祐黨人碑》的。我哥說，她爹娘、哥嫂和我爹我嫂子一樣，到儋州不久就死了，也是用蘆席一裹埋葬了的。我娘我哥能活著，且能回到東京，算是奇蹟，也算萬幸。」

師師說：「你娘你哥回來的事，菊菊爹娘、哥嫂已死的事，千萬別跟她說，免得她傷心、痛苦。」

竹竹重重點頭，說：「嗯！」

師師、竹竹關心菊菊。然而現實太殘酷太無情，菊菊竟然遇上了另外的麻煩事，或者說是最讓人傷心、痛苦卻又難以啟齒的尷尬事：她染上性病了。

中國古代性病的文字記載，始見於東漢末年的《華陀神醫祕傳》。從東漢到隋、唐代，醫書上多從男方染病者角度，稱性病為「陰惡瘡」、「黴瘡」或「花瘺」。宋代竇漢卿《瘡傷經驗全書》：「黴瘡由於與生疳瘡之婦人交合熏其毒氣而生。」「疳瘡」，是從女方染病者角度記載的性病名稱。明、清代，性病統稱「楊梅瘡」。近代，性病有了個很美豔的名字：「花柳病」。「花柳」一詞，出自唐代李白《流夜郎贈辛判官》詩：「昔在長安醉花柳，五侯七貴同杯酒。」「花柳」一詞，還衍生出「尋花問柳」的成語。

菊菊是在一次例行的身體檢查中，查出染上了疳瘡的，症狀是下身發癢，略有潰爛，流黃水而有異味。香豔樓是東京最高級最豪華的妓院，接待的都是身分顯貴的客人，按理說，疳瘡傳播的機率很小很小，但菊菊偏偏就染上了。是哪個客人傳染給她的？她根本說不清楚。菊菊痛哭流涕，也罵人了：「哪個烏龜王八蛋，患了黴瘡，還來妓院鬼混？我操他娘八輩子祖宗！」妓女染上疳瘡，接客就得停止。菊菊說：「不，我還要接客！烏龜王八蛋把病傳染給我，我要報復，也要把病傳染給更多更多的男人，讓他們都不得好死！」

李茵安排，將菊菊轉移到香豔樓後面的平房居住，專門治病。當時治療疳瘡，主要用唐代孫思邈《千金要方》裡的藥方：以菖蒲末與白粱粉調和成藥劑，或以蜂蜜煎甘草末，塗抹下身。菊菊的情緒低落到極點，愁眉苦臉，連話也懶得說。師師、竹竹每天都去看她，給她送去姐妹的友愛與溫暖。一天，菊菊忽然眼含熱淚說：「我多想我爹我娘啊！十多年了，他們不知流放在哪裡？不知是死是活？」師師、竹竹互相對視，嚇得不敢搭腔，心裡像刀割一般，好痛好痛。可憐的菊菊，她哪裡知道，她的爹娘及哥嫂早就不在人世了。而這個消息不能告訴她，不敢告訴她，就算是善意的隱瞞與欺騙吧！

兩年裡，在香豔樓，在師師身邊，發生了一系列不可思議不可想像的事情。香豔樓是高級妓院，妓女都是高級妓女，按照周邦彥的說法，高級妓女是婦女階層的精英，是紅顏翹楚，是巾幗騏驥。精英、翹楚、騏驥的遭遇尚且如此，那麼背街小巷低級妓院的妓女呢？她們處在社會的最下層，是娼，貧窮下賤，又該有多少血淚，多少屈辱，多少痛苦！豔樓一樓客廳正面牆上，原先供奉著一幅管仲畫像。管仲是妓院行業祖師，又被說成是倡家祖師。師師忽然厭惡、憎恨起這個祖師來，斷然將畫像取下，拿出去燒了。她在燒畫像時，憂傷而憤憤地說：「可惡的管仲，可恨的管仲，你幹什麼不好，偏開什麼妓院？妓院這個大火坑，滿是罪惡，從古至今，坑害了多少多少無辜女人哪！」

第十一章 心靈慰藉

李師師色藝雙絕，豔名遠播，一直堅持每月只接一次客，全年共接十二次客。菊菊染上性病，使她每次接客都格外謹慎，小心翼翼，接客後第一件事必是沐浴，一定要把全身洗得乾乾淨淨。一次五千兩銀子，成了她接客的固定價格。這使她所接客人的身分受到了制約：一是沒有年輕人，二是沒有文人雅士。因為年輕人和文人雅士大多支付不起那麼多錢。這樣，她所接的客人，只能是大官員、大富豪、大商賈，老氣橫秋，酒囊飯袋，大腹便便，一到馨樓，一見麗人，就流口水，就猴急上床，一張狂一發洩完事。完事便沉沉睡去，打著呼嚕，嘴角還掛著微笑，證明他們有錢有勢，曾經享用過天下名妓的玉體的。師師和那些人，沒有任何共同語言，多半不會說一句話，她給予他們的只是一副沒有思想沒有靈魂的美麗軀殼而已。

就在菊菊染病的這年秋天，師師接了個客人算是例外。那天晚上，罩著紅色紗罩的燭炬點亮，一樓客廳滿是朦朦朧朧的紅色。當師師盛裝豔飾步下樓梯的時候，抬眼見到的客人，卻很年輕，三十四五歲，身材偉岸，穿一身軍服，方臉劍眉大眼，顯得幹練、瀟灑而英武。那人見她，忙向前拱手，笑著說：「在下賈奕，有幸到此，一睹師師姑娘芳容。」

師師姑娘？師師聽到這個稱呼，心裡不免一熱。她十五歲破瓜，當色妓已經四年，哪還是什麼姑娘？她淡淡一笑，下樓，坐到客廳中央的圓桌旁，心想：賈奕？又是個假姓假名吧？

賈奕坐在師師對面，似乎猜到了美人所想，笑了笑，說：「在下賈奕，漢代賈誼的賈，神采奕奕的奕。在下到此，可不敢用假姓假名，若用假姓假名，那是對姑娘的不敬，甚至是對姑娘的褻瀆。我是個軍人，任右廂都巡官，官階五品。師師姑娘，我是你的忠實仰慕者與崇拜者，四年前，你所有的小唱專場，我都到場了。我記得，你第一場小唱，彈的第一支名曲是《高山流水》，唱的第一篇長短句是《解語花》。你最後一場小唱是演奏、演唱《胡笳十八拍》，全場人和你一樣，都痛苦悲切，淚流滿面。人說琴聲有八絕：清、奇、幽、雅、悲、壯、悠、長。八絕是一種境界，一般人很難達到，而你達到了。你的琴藝，加上你的歌聲，盡善盡美，出神入化，所以才有那樣強的震撼力與感染力。」

師師第一次聽客人講述她的小唱專場，評價她的琴藝歌聲，對眼前這個賈奕大有好感。而且這個賈奕穩重斯文，並不放肆地抱她親她，猴急上床，她對他的好感又增加了一層。賈奕看著師師，又說：「在下冒昧，想請姑娘彈一琴曲，我獻醜，吹笛伴奏，不知意下如河？」

師師覺得有趣，欣然同意，喚蟬兒取來琴、笛。賈奕持笛在手，觀察打量，並試了試聲音，讚道：「好笛好笛！」師師端坐，目光直視賈奕，意思是問：「彈何琴曲？」賈奕說：「姑娘隨意彈，我吹笛附和就是。」

師師點頭，一撥弦一摁弦，彈起《平沙落雁》。賈奕吹響笛子，聲音純正清亮。樂曲旋律以琴為主，以笛為輔，一主一輔，構成一支獨具特色的琴、笛合奏曲。師師發現，賈奕吹笛的技藝，很有水準，笛聲始終追隨著附和著琴聲，確實是伴奏而不是獨奏，時而高亢激越，時而紓緩紆徐，描摹雁陣發出的各種聲響，形象逼真，唯妙唯肖。她不禁想起一首《詠笛詩》：「涼秋夜笛鳴，流風韻九成。調高時慷慨，曲變或淒清。征客懷離緒，鄰人思舊情。幸以知音顧，千載有奇聲。」此時此刻，不正是詩中的意境麼？

琴聲和笛聲同時停止，猶覺餘音繞樑，嫋嫋不絕。「這位客官的笛藝很好嘛！」這是師師當天對賈奕說的第一句話。賈奕忙說：「承蒙誇獎，不勝榮幸！對了，師師姑娘，我還想和你合作小唱一篇長短句，不知可否賞光？」師師更覺得有趣，說：「哦？唱哪一篇？」賈奕說：「我是軍人，最愛唱蘇軾的《念奴嬌》，就唱它吧！」

師師又是一點頭，於是彈起《念奴嬌》的曲調。序曲彈過，師師和賈奕同聲唱道：

大江東去，浪淘盡，千古風流人物。故壘西邊，人道是，三國周郎赤壁。亂石穿空，驚濤拍岸，捲起千堆雪。江山如畫，一時多少豪傑！

遙想公瑾當年，小喬初嫁了，雄姿英發。羽扇綸巾，談笑間，檣櫓灰飛煙滅。故國神遊，多情應笑我，早生華髮。人間如夢，一尊還酹江月。

這是宋代長短句豪放派的代表性作品之一，風格雄健、豪邁、大氣。賈奕唱上片時是坐著的，唱下片時站了起來。儼然，他就是雄姿英發的周瑜。他的歌聲雄渾厚重，師師的歌聲清婉甜美，一曲男女聲合唱，珠聯璧合，別有情趣。

樂止歌止。「這位客官的歌也唱得很好嘛！」這是師師當天對賈奕說的第二句話。說這句話時，她的臉上有了笑容。數年來，她所接的客人，沒有一個像賈奕這樣年輕英俊的，沒有一個像賈奕這樣懂得音樂的，更不用說器樂合奏、聲樂合唱了。她的心情很輕鬆很愉悅，不知為何，居然生出一種渴望，渴望那人能抱著自己，快點上床。

但是，賈奕似乎並不著急。他依然坐在師師對面，說：「師師姑娘，我能和你合作小唱《念奴嬌》，深感榮幸。作為軍人，我愛唱《念奴嬌》，羨慕周瑜，羨慕他生活在一個英雄輩出的時代，所以大有作為，創建了非凡的功業。而我呢？我們這些人呢？生不逢時，生不逢時啊！」

師師聽賈奕忽然發出這樣的感慨，心中一緊，喚蟬兒斟兩杯茶來。賈奕喝茶。師師注視賈奕，說：「現時年號叫政和，不是政通人和嗎？客官為何……」

賈奕搖頭，說：「政通人和？那是騙人的鬼話！師師姑娘，你聽說過『公相』、『媼相』吧？『公相』指蔡京，『媼相』指童貫。這兩個奸人把持朝政，結黨營私，禍國殃民，哪有什麼政和可言？師師姑娘，你知道，我大宋朝並未能統一中國。西北，有党項族人建立的夏國（西夏）；北面，有契丹族人建立的遼國。我朝和夏、遼多次發生戰事，從未打過像樣的勝仗。不久前，在遼國東北方向，又出了個女真族人建立的金國。那個金國好生厲害，既虎視遼國，又覬覦大宋。而大宋，蔡京、童貫之輩，光顧製造種種歌舞昇平假象，全無一點憂患意識。蔡京長期任宰相，奸詐圓滑，人所共知。我只說童貫，童貫是什麼人？是宦官，是閹豎，不學無術，竟也職掌全國軍權，等同宰相！我等當兵的，都成了他的屬下，英雄無用武之地，真能把人羞死！去年，童貫代表大宋，出使一回遼國，索要燕雲十六州，碰了一鼻子灰，也使大宋丟盡了臉面！」

師師第一次聽客人說天下大勢，說朝廷重臣，感到新鮮，說：「那當今皇上呢？他做什麼？為何不管管蔡京、童貫？」

「當今皇上？」賈奕搖頭搖得更快些，不屑地說：「哼，正是他把所有大權都交給蔡京、童貫的，他還管他倆？古人總結，帝王之大患，一曰喜諛，二曰好侈，三曰漁色。當今皇上兼而有之，程度最甚。你問他做什麼？據我所知，他除了國事以外，什麼事都做，書畫金石呀，音樂歌舞呀，宮殿園林呀，美女佳麗呀，凡是沾著享樂邊的事，他都做，做得不惜代價，如醉如癡。據說，他常自比南唐後主李煜。依我看，李煜比起他來，怕也只是小巫見大巫。」

師師又是第一次聽客人說當今皇上。不過，當今皇上離她很遠很遠，說他做甚？時間已是午夜。她朝賈奕一笑，起身上樓。賈奕趕忙也起身上樓，輕攬師師腰肢。那一夜，數度雲雨。師師真正感受到了男人的強悍與威力，甜蜜的快感，像清純甘洌而又湍急的溪流，騰著浪花，從她心上流過，從她全身流過。她像是溶化了，化作氣體，化作雲彩，在蔚藍的晴空飄浮，飄浮。只可惜良宵苦短，正歡愉間天就亮了。賈奕告辭。他送給她的禮物也很特別：一支潔白晶瑩的玉笛，長短、粗細、形制與竹笛一樣，吹響的聲音異常悅耳動聽。師師收到過很多禮物，唯這玉笛與眾不同，常令她回憶起一個意氣風發而又心憂國事的軍人，軍人具有藝術氣質，曾和自己合奏過名曲《平沙落雁》，合唱過「大江東去，浪淘盡，千古風流人物……」

日出日落，花開花謝，春夏秋冬更替又一個輪迴，新的一年是政和三年（西元一一一三年）。盛夏時節，璇兒再回娘家看望李茵、師師，給了所有人一個驚喜：她懷抱一個男嬰，那是她的兒子，出生剛滿百天。小傢伙胖呼呼的，小胳膊小腿，藕段似的，一雙眼睛，又黑又亮，誰見了都想抱他一抱，親他一親。璇兒說，兒子名叫虎子。李茵先抱虎子，師師次抱虎子，蟬兒抱過虎子，再捨不得讓別人抱了，惹得幾人一陣歡笑。

晚上，師師讓璇兒、虎子隨自己睡。璇兒於是給虎子餵奶，給虎子洗澡，動作熟練而麻利。師師笑著說：「瞧你這個小娘，挺能幹嘛！」璇兒也笑著說：「沒法子，逼的。有了孩子，不這樣不行哪！」虎子睡著了。蟬兒提出，要抱虎子去她房間先睡一會兒。師師叮嚀：「小心點！」璇兒說：「沒事，虎子皮實著呢！」

師師和璇兒坐在燈下說話。璇兒告訴師師，她婚後生活得很好，喬農待她好，婆婆也待她好。她坐月子期間，婆婆伺候她，根本不讓她下炕，更不讓她碰涼水。婆婆疼愛孫子，逢人便誇：「我上輩子積了德了，這輩子才娶了個好兒媳，好兒媳又給我生了個好孫子。」璇兒告訴師師，喬農樸實厚道，人很勤快，農忙時幹農活，農閒時幹木匠活，賺雙份錢。他雖然腿有點跛，但並不影響工作。官府常到村裡抓人，健壯的男人幾乎被抓光了，不是服兵役，就是服徭役。幸虧喬農身有殘疾，跟兵役和徭役無緣，讓人少操多少心少擔多少心！璇兒告訴師師，師師送給她的十畝地，上年收成不錯，就是賦稅太重，自家只能落下一半糧食，她還種了蔬菜養了雞，所以溫飽不成問題。喬農說了，好好幹，過兩年把房子翻建成新的，那時生活就更像樣了。璇兒告訴師師，農村人一年四季忙到頭，難得有休息的時候。她最喜歡下雨天，喬農在炕上睡覺，婆婆抱著虎子說這說那，她坐在一邊飛針引線，或縫衣服或納鞋底，全家人守在一起，粗茶淡飯，踏實安寧。這就是生活，最普通最簡樸的生活，真好！

師師看著璇兒，聽得入神。顯然，璇兒當初選擇的嫁人標準是正確的，所以才有現時的如意、滿足與心安理得。璇兒又說：「其實在喬村，多數人家還是很窮苦的，失去了土地，淪為佃農，苛捐雜稅多如牛毛，缺吃少穿，為了活下去，只得拖兒帶女，背井離鄉。」她說到這裡，有意壓低聲音說：「師師姐，你聽說了嗎？農村時下正流傳兩句民謠，挺玄乎的。」

「哦？民謠怎麼說？」

「打破筒，潑了菜，便是人間好世界。」

師師輕聲重複兩句民謠，說：「這是何意？」

璇兒說：「聽人說，『筒』與『菜』好像是指兩個大官，兩個奸臣，什麼公象母象的。」

師師猛地想起賈奕所說的「公相」蔡京、「媼相」童貫，相是宰相的「相」，而璇兒誤以為是動物大象的「象」了。「筒」與「菜」指兩個大官，兩個奸臣，對，正是童貫之「童」、蔡京之「蔡」的諧音，當然所指也就是童貫、蔡京了。「打破筒，潑了菜，便是人間好世界。」天哪！這不是鼓動造反嗎？那麼，果真造反，「打破筒，潑了菜」，便會是「人間好世界」麼？師師搖頭，想不清楚，更說不清楚。

璇兒在礬樓住了兩天便回了喬村。她給師師留下很多感觸很多啟示。璇兒姿色平平，大字不認識幾個，更沒有什麼才藝。她的特點在於低調，在於務實，在於知足。她不嫁官不嫁富，不嫁花花公子，只嫁略有殘疾的丈夫；她愛她的丈夫愛她的家，十六歲就當了人母；她沒有過高的奢望與追求，只求自食其力，能夠溫飽，再就是全家人能守在一起，過一種最普通最簡樸的生活。師師由璇兒想到自己。自己色藝雙絕，自己大紅大紫，自己萬眾矚目，自己彈一次琴唱一次歌接一次客，就能賺很多很多錢。可是又怎樣呢？自己有璇兒那樣稱心如意嗎？有璇兒那樣心安理得嗎？有璇兒那樣踏實安寧，那樣幸福嗎？回答是肯定的：沒有，絕對沒有。在妓院在青樓，姿色、肉體、人格、尊嚴、良知、情感等，都是供買賣供品玩的商品，除了淫穢、齷齪、骯髒外，還是淫穢、齷齪、骯髒。師師又想起那首《諷妓》詩，俏梳妝、換新郎，千人枕、萬客嘗，忸怩態、假心腸，迎新送舊，故落嬌羞。唉！這哪是正常女人過的日子啊？

師師送走璇兒，忽然厭惡起自己所從事的職業來。她很想像璇兒那樣，當個小女人小婦人，也過過最普通最簡樸的生活。可是和誰過呢？她苦笑，她懊惱，她連一個能真誠面對，能推心置腹，能不加掩飾地說上幾句溫情話體己話的男人也沒有啊！

正在這時，周邦彥回到東京。師師高興極了。她知道周邦彥關心並喜歡自己，斷然採取一項勇敢果決、異乎尋常的驚人舉動。

當年春末，朝廷免去周邦彥隆德府府尹職務，調入祕書監任少監，即國家圖書館副館長，官階四品。周邦彥利用卸舊職任新職的間隙，先回老家錢塘住了兩個月，然後才赴東京。他在隆德府時，李師師的豔名也風傳到了那裡。人們說她是天上的仙女下凡，美得不能再美了；說她先當藝妓，繼當色妓，每月僅接一次客，固定價格是五千兩銀子。儘管價格高得嚇人，但客人還是爭先恐後，能夠一享豔福的，不過百分之一二。周邦彥聽了傳言，記起自己和師師的那次談話。他是贊同師師當藝妓的，但反對她當色妓；他舉了很多紅顏薄命的例子，勸師師要自重自愛，並建議她趕快嫁人，見好就收。怎麼？這些話，她沒有聽懂嗎？她為何偏就當了色妓呢？諸多疑問困擾著他，所以他在祕書監報到的第二天中午飯後，就尋到了香豔樓，尋到了馨樓。

馨樓院落，雅致寧靜。幾株老槐樹枝繁葉茂，投下片片蔭涼。青青柳條又長又柔，搖出悠閒與愜意。翠竹剛勁挺拔，圍牆上的長春籐鬱鬱蔥蔥，像是要編織出綠色的圖板。花壇裡姹紫嫣紅，牡丹、芍藥、薔薇、月季花等競相盛開，芳香四溢，招來幾隻蜜蜂和蝴蝶，款款飛舞。師師一見周邦彥，乍驚乍喜，真想猛地撲到老師懷裡。分別六年了，老師變化不算太大，還是白白淨淨，朗眉秀目，溫文爾雅，輕聲慢語。周邦彥看師師，嬌媚瓷娃娃早變成驚豔玉美人。身材長高了許多，窈窕婀娜；面龐秀美，長睫毛撲閃，黑美眸轉動，眉拂春黛，眼橫秋波，平添了成熟女人特有的幾分風情與風韻。

師師熱情招呼老師進客廳落座，纖纖玉手，端茶壺，取茶杯，為之斟茶。周邦彥說：「師師，別忙，先看看我給你捎來了什麼禮物？」他說著，從背著的一個大包裡，取出三個精美的木盒，放在圓桌上，示意說：「把盒蓋打開！」

師師小心打開第一個盒蓋，只見厚厚的紅絨布包裹著一物。她揭去絨布，眼前一亮，原來絨布包裹著的是一隻玉雕公雞，顏色碧綠。她打開第二個盒蓋，揭去絨布，絨布包裹著的是一隻玉雕母雞，顏色雪白。她打開第三個盒蓋，揭去絨布，絨布包裹著的是六隻玉雕雛雞，顏色鵝黃。每個木盒都很沉重。師師喚來蟬兒，逐一取出公雞、母雞、雛雞，擺放在棗紅色的圓桌上。啊！碧綠，雪白，鵝黃，玉光閃閃，滿堂生輝。公雞、母雞約七八寸高，雕在方形底座上。公雞高昂著頭，雄視四方，神態豪壯；母雞俯看地面，正尋覓食物，神態溫和。雕刻技藝精湛，雞冠肥厚，雞喙尖銳，雞腿和雞爪強勁有力，縷縷雞毛紋絡，凹凸長短，清晰有序。雛雞約三四寸高，雕在圓形底座上。六隻雛雞六種姿態，或站立，或蹲伏，或奔跑，或展翅試圖飛翔，活潑、靈動、可愛。雛雞身上毛絨絨的質感很強，引得人總想伸手去撫摸撫摸。

師師觀賞玉雕的公雞、母雞、雛雞，歡喜得像個孩子，笑靨如花，手舞足蹈。她回視靜靜看著她的周邦彥，說：「老師，你怎麼想到送這禮物給我？」

周邦彥說：「因為你出生在農曆癸酉年，屬雞。我若記得不錯的話，你今年應該是二十歲，對不對？我在隆德府任上，心裡老想著你，牽掛著你。當地盛產玉石，所以專門購了碧綠，雪白，鵝黃三種玉石，並請了最出色的玉匠，雕了這兩大六小八隻雞。現在送給你，你喜歡就好，喜歡就好。公雞、母雞、雛雞，可以擺放出多種圖形。比如，公雞、母雞在前面，雛雞跟在後面；公雞、母雞在中間，雛雞環繞在周圍；公雞、母雞在兩邊，雛雞聚合在中間。不管圖形怎樣變化，都能展現一個主題：親親熱熱一家人。」

一語驚煞玉美人。師師的眼淚，像斷了線的珠子，大顆大顆滾落。在這個世界上，竟還有人想著她牽掛著她，並知道她屬雞，花錢購買玉石，請人雕琢成這些栩栩如生的雞，親自背來，當作禮物送給她。這個人就是周邦彥——她的老師，一位才藝超群的文學大家！親親熱熱一家人，這話說得多好！放眼茫茫人海，能和自己稱得上是「一家人」的，勉勉強強，湊湊合合，恐怕也只有這個周老師了。

周邦彥見師師珠淚滾落，哭而無聲，有點手足無措。他站起身，說：「師師，你……」師師破涕為笑，說：「老師，謝謝你，謝謝你記得我屬雞，並送給我這些雞。我流淚，是歡喜的，高興的，激動的。老師請坐，我有很多很多話要跟你說……」

李師師和蟬兒用絨布把玉雕公雞、母雞、雛雞包裹好，放回原先的木盒裡。師師看著三個一模一樣的木盒，淚花閃爍，心潮起伏，她更記得周邦彥和自己的那次談話，老師曾對她寄予很高的希望，然而她卻未能做到。今天，老師就在當面，她不需要詢問，就應當主動說明事情的原委，也算是向老師的一個交代。

師師起身，向周邦彥深深鞠躬施禮，說：「老師，師師辜負了你的希望，對不起，對不起。」周邦彥忙也起身，說：「這是幹什麼？快坐下，有話好說，好說。」蟬兒見狀，出了客廳，去給花壇裡的花澆水。

師師落座，坐在老師對面，眼睛只看那三個木盒。她說：「老師，那年冬天，你去隆德府前夕，專門和我談話，說藝妓可以當，但要自重自愛，別當色妓。你還建議我趕快嫁人，夫妻倆共同打拼，賺些錢後，要見好就收，另謀生計，等等。當時，我是想那樣做的，可是後來，後來就由不得自己了，我，我還是當了色妓。為什麼會這樣？那是我憤世嫉俗，自戕自污所致。」

「憤世嫉俗，自戕自污？」周邦彥反問這兩句話。

「是，憤世嫉俗，自戕自污。」師師點頭說。接著，師師按照她的思路，說了她的身世。她說她本姓王，出生不久，娘就死了，四歲時爹又死了。她是由一個叫燕嫂的女人，用豆漿、豆腐餵養大的，所以把燕嫂叫娘，把燕嫂的兒子燕青叫哥。她和燕青青梅竹馬，兩小無猜，她以為她日後是要嫁給燕青的。她七歲那年，忽遭變故，她的娘燕嫂又死了，她再次成了孤兒，親人只有燕青了。她五六歲時隨燕青看過各個勾欄的各種演出，尤愛音樂歌舞。這時，李蘊媽媽憐憫她和燕青，把她當作收養的女兒，讓她進了紅蕾藝女班，入了倡家籍，這才改姓改名，叫了李師師。燕青也由李蘊介紹，去了大名府習武，闖蕩江湖。

師師說，她是為了能當歌舞藝人才進藝女班，才入倡家籍的，當時她還不大懂事，一切都糊里糊塗。前三年，她認識了字，開始讀書。直到她十歲時，才真正接觸到文學藝術，並逐漸懂得什麼叫文學藝術。那是因為周老師到藝女班授課，為她開啟了一扇五彩繽紛、斑爛絢麗的窗戶。她說，她的容貌是先天的，是爹娘給的；而才藝則是後天的，是老師給的。她學會彈琴，學會舞蹈，學會小唱，學會欣賞書畫，學會弈五子棋等，都浸透著老師的心血。沒有老師，她不可能在十四歲時就譽滿京城，更不可能達到色藝雙絕的境界。

師師說，她當藝妓，主要是為了驗證老師的話，看能不能脫穎而出，力壓群芳。她的小唱專場，彈的全是老師教的名曲，唱的全是老師寫的作品，獲得極大成功。誰知這時，燕青回東京探親，給她領回一個嫂子。原來燕青在大名府已經娶妻，成了大富豪盧俊義的上門女婿。這事對她的打擊太大太大，她所依賴所期待的唯一親人，居然辜負了她，她有一種天坍地陷的感覺。那個姓盧的女人還當面污辱她，妄說二女共事一夫，一為正房一為偏房什麼的。她說她想嫁人，可是一無父母之命，二無媒妁之言，誰為她作主？她痛苦，她鬱悶，她憤恨，卻找不到一人可以傾訴，因此又舉辦一場小唱專場，演奏、演唱了《胡笳十八拍》。從那以後，她就憤世嫉俗，她就自戕自污，仿效各位姐姐，遊戲人生，掛牌接客，當了色妓，由此走上了一條不歸路。

師師說，她每月只接一次客，每次接客必盛裝豔飾，設想出真、假兩個李師師來。明知這是自欺欺人，但也只能如此。誰都知道，妓院這種地方，是淫穢的齷齪的骯髒的，一旦置身其間，很難自拔。她呢？只能像歷史上的綠珠、蘇小小、薛濤那樣，盡量保持一顆平常心，活出個自我來也就罷了。幾年來，她目睹了多少青樓血淚！比如梅梅、蘭蘭之死，比如竹竹的娘和哥九死一生尋到竹竹，比如菊菊染上性病……她說著說著，實在無法控制情緒，不覺伏在桌上，放聲痛哭。

周邦彥聽了師師的話，驚詫驚駭，許久說不出話來。他對師師當色妓是很反感很生氣的，當天來本想埋怨她責備她幾句，不曾想她卻有著這樣的經歷，這樣的痛苦，那麼自己又能說什麼呢？他用手指輕敲桌面，說：「師師，別哭了，過去的就讓過去吧，來日方長，來日方長啊！」

師師微微抬頭，滿臉淚水，說：「老師，我現在很厭惡色妓這個職業，不想再接客了，只想像璇兒那樣，過幾天最普通最簡樸的生活。」

周邦彥說：「璇兒是誰？」

師師於是講了璇兒的事蹟，講完，勇敢地直視周邦彥，說：「老師，我想當璇兒，至於喬農，想讓你當。你反正獨自一人在京城，這事應該不難。」

周邦彥聽懂了師師的意思，嚇得直搖手，說：「不，不，不！我說過，論年齡，我可以當你的爹甚至爺爺。我今年都五十七歲了，老家的孫子、孫女都快跟你一樣大了，我哪能，哪能……」

師師說：「老師，年齡不是問題，關鍵是我崇敬你，並想報答你。我若能和你在一起共同生活一天、兩天，那是我的福氣我的造化。當然，前提條件是你不嫌棄我。老師，你是知道的，各大妓院都有包養的業務，稱『包花』，即在一段時間內，客人預先支付費用，包養某個妓女，那個妓女就不得再接其他客人。老師，我現在最厭惡的就是接客，所以請你權當幫忙，屈尊當一回喬農，讓我也體會體會最普通最簡樸生活的滋味，好嗎？老師放心，包花時間不會太長，最多一年或兩年。」

師師說到包花，周邦彥嚇得更加惶恐，說：「好師師，你饒了我吧！我一個窮當官的，一不貪污二不受賄，就那麼一點點俸銀，養家餬口尚且拮据，哪還敢包什麼花？」

師師笑了，眼角還掛著淚，說：「包花的錢，我出，就當是學生包花老師。」

「那得多少錢？」

「一年嘛，也就是三萬兩銀子吧？」

「三萬兩？」周邦彥差點沒嚇死。

「這事，我來辦，老師別管。」

「不，不！這事，我得想想，想想。」

師師做出很認真的樣子，說：「中！老師可以想想。不過，我一會兒就去辦手續，用老師的名義，把包花的錢一次付清。明天晚上，我等老師來礬樓，等到戌末（晚上九時）。到時候你若不來，那就是嫌棄我，我沒臉再見人，也就不活了，必學綠珠，跳樓摔死！」

跳樓摔死？周邦彥嚇出一身冷汗，又是搖手，又是搖頭，說：「別，別，別！」

師師又笑了，說：「那老師贊同包花了？」

「我，我？啊？不！我得想想，想想。」周邦彥說話語無倫次。

師師強忍住笑，說：「老師儘管想，可以想到明晚戌末。今天，我就不留老師了，老師請便。我，我這就去辦手續，把包花的銀票付給李茵媽媽。」師師說著，便喚院落裡的蟬兒，讓帶上銀票，隨自己找李茵媽媽去。

周邦彥不知自己是怎樣離開礬樓的。事情來得太突然，還有點滑稽有點荒唐，他一時回不過神來。回到住處，把頭埋在一盆涼水裡浸了浸，這才略略清醒。說實話，他在十年前見到那個十歲的師師時，他就喜歡上她了，喜歡她的美貌、聰穎和靈氣。她讀書學藝，總比別的女孩高出一大截，所以十四歲時便成了「東京之花」，譽滿京城。自己去隆德府之前，為何專門和她談話？自己在隆德府任上，為何時時牽掛著她，為何要購玉雕雞送給她？都是因為歡喜她啊！當然這個歡喜不是情愛上肉體上的歡喜，而是精神層面的歡喜，是老師對學生的歡喜，長輩對幼輩的歡喜。因此，當師師說到喬農說到包花時，在他聽來，不亞於一場強烈地震。他知道，師師說這話時，不是鬧著玩的，而是認真的。她之所以提出這樣的要求，是因為受到的傷害太重，是因為內心很痛很苦，是因為需要感情撫慰與心靈寧靜。他能拒絕她嗎？能拂逆她的心意嗎？好像不能。她若果真跳樓摔死，那麼自己又何以在這個世界上立足啊！他在房間踱步，眼前又浮現出師師講目睹的青樓血淚，伏在桌上，放聲痛哭的情景。他感到心酸心痛，一個詞名一串文字騰騰躍上腦際，趕忙捉筆濡墨，將它們寫在一頁紙上。寫完，讀了兩遍，還算滿意。

香豔樓，師師敢想敢說敢做，當天找到李茵媽媽，按一年接十二次客計算，一次支付六萬兩銀票，說自己由周邦彥包花了，時間預定兩年。李茵是不好得罪師師這棵大搖錢樹的，接過銀票，落得做個順水人情，笑著說：「這是好事呀！周大人對香豔樓有功有恩，那年我酬謝他的五百兩銀子，至今還記在櫃台帳上，等他支取哩！」

時光運轉，無窮無盡。明晚戌末，文學大家周邦彥和絕代名妓李師師之間，又會擦出怎樣的火花呢？

第二天晚上還不到戌時，周邦彥就到了馨樓。他的心情很複雜，生怕來遲了，師師會跳樓，以致鑄成無法彌補的大錯。師師剛剛沐浴過，身穿粉紅色絲質睡衣，露出全身優美的曲線。烏黑的長髮用一方白綾輕輕一紮，垂在身後。她粉面紅潤，星眸晶亮，滿身雅豔，遍體嬌香。她調皮地朝周邦彥嫣然一笑，那意思分明是說：「老師，我相信你一定會來的！」

客廳裡燭炬閃閃，紅色朦朧。師師和老師分坐在圓桌兩邊，相視無語。師師忽然說：「老師，我們現在做什麼？」周邦彥像是從夢境中驚醒，忙說：「哦？對了，我在隆德府任上，心裡老想著你，牽掛著你，所以在創作長短句時，總會不知不覺寫到你。我又帶來幾篇作品，你瞧瞧。」

周邦彥說著，從懷中取出幾頁紙，遞給師師。師師接過，看最上面的一頁，輕聲讀了出來：

「《浪淘沙慢》：

曉陰重，霜調岸草，霧隱城堞。南陌脂車待發，東門帳飲乍闋。正拂面垂楊堪攬結。掩紅淚、玉手親折。

念漢浦離鴻去何許，經時信音絕。情切。望中地遠天闊。向露冷風清無人處，耿耿寒漏咽。嗟萬事難忘，唯是輕別。翠樽未竭，憑斷雲、留取西樓殘月。

羅帶光銷紋衾疊，連環解，舊香頓歇。怨歌永、瓊壺敲盡缺。恨春去，不與人期，弄夜色，空餘滿地梨花雪。」

師師讀著讀著，俏眼裡流出珠淚來。這是一篇長調，分上、中、下三片，內容是寫作者對久別戀人的懷念之情，以時間推移為線索，層層鋪陳，多層次多角度描寫，把離人的離情、思情、愁情、恨情，寫得無限真摯與深切。須知，作者所懷念的「戀人」，就是自己，就是她李師師啊！作為女人，被人愛著想著牽掛著懷念著，那是很幸福的。師師又想，可這個周老師，你既然對我有這樣的情意，為何不直接說出來呢？反害得我拐彎抹角提出包花，也真是！

師師喜得一拍手，說：「好作品！蟬兒，把琴拿來，我要小唱！」

蟬兒從樂器架上取來琴，放在桌上。師師撥弦摁弦，彈出《浪淘沙慢》曲調。彈第二遍時，便看著紙上的文字，唱出聲來。周邦彥受到她的感染，也用手打著節拍，附和唱了起來。上片，回憶當初的離別；中片，把相思、懷念集中在一個夜晚充分描述；下片，極寫怨情別恨，結尾景語，尤能給人以美的遐思。師師和周邦彥反覆唱「恨春去，不與人期，弄夜色，空餘滿地梨花雪」，由高及低，漸漸琴聲住歌聲止。二人互相凝視，溫情的笑中有淚光閃亮。蟬兒評論說：「唱得真好。我聽不懂歌詞，但就是覺得好聽，好聽！」

師師再看下面，每頁紙上都寫有一篇作品。最後一頁寫的是：《洛陽春》：

眉共春山爭秀，可憐長皺。莫將清淚濕花枝，恐花也如人瘦。
清潤玉簫閒久，知音稀有。欲知日日依欄愁，但問取亭前柳。

周邦彥解釋說：「師師，你昨天對我說的那些話，使我很受震動，也使我進一步了解了你認識了你。我沒想到你和你的姐姐們，竟有那麼多的委屈、血淚與痛苦。我不忍心看你皺眉、流淚、消瘦，所以回住所後就寫了這篇《洛陽春》。我已想好，就讓我這個老頭子做你的『知音』吧，只當是『亭前柳』，任你折取，只要能為你排解憂愁就好，就好。」

師師欣喜，立刻起身，撲到周邦彥懷裡，撒著嬌說：「老師，謝謝你，謝謝！」她猛見蟬兒還站立在桌旁，頓時羞紅了臉，故意嗔怪道：「你個鬼丫頭，不睡覺去，還待在這裡做甚？」蟬兒一笑，做了個鬼臉，回了自己的房間。

過了片刻，師師手牽周邦彥上樓。周邦彥感覺到，她的小手好玲瓏好柔軟啊！樓上也是三間房，中間又是個別致的小客廳，書架上堆滿書籍，瓷瓶裡插有畫軸，臨窗一張圓桌，那是師師讀書、寫字、弈棋的地方。師師住東間房，蟬兒住西間房。東間房裡，紗燈紅亮，薰爐浮香。一張紅木大床，床架上懸掛淺藍色絲帳，床上鋪著細竹篾涼席。梳粧檯也很大，碩大的圓形銅鏡，光可鑑影。衣櫃、箱籠等物，都很精美，擺放得井然有序，恰到好處。

師師從衣櫃裡取出一個枕頭兩條浴巾放到床上，嬌滴滴，羞答答，說：「吹燈休息吧？」周邦彥說：「別吹燈，我要在燈下賞美！」

周邦彥脫了衣服，擁著師師上床。他輕輕給師師脫去睡衣，讓她平躺在床上，又給她脫去胸衣，脫去肚兜，脫去短褲。啊！他真真切切地欣賞到了一個驚豔玉美人的玉體。他坐在她身邊，憐香惜玉，輕輕撫摸她，並開始吻她，吻她的頭髮，吻她的耳垂，吻她的額頭，吻她的眉毛，吻她的眼睛，吻她的面頰，吻她的鼻子，吻她的脖頸，繼而吻她的唇。師師覺得渾身癢癢的，麻麻的，酥酥的，回應他的吻。兩人的舌頭攪在一起，吮吸吮吸。周邦彥嗚嗚地說：「手如柔荑，膚如凝脂，領如蝤蠐，齒如瓠犀，螓首蛾眉，巧笑倩兮！美目盼兮！』師師笑著說：「你個酸文人，這時還吟《詩經》裡的詩！」周邦彥說：「那就改吟白居易的詩：『暗嬌妝靨笑，私語口脂香。』」他的雙手撫摸到師師山巒般的乳房、櫻桃般的乳頭，他的嘴也跟了上去，噙住乳房、乳頭，化用王維的詩，嗚嗚地說：「願君多採擷，此物最可親。」師師笑出聲來，說：「什麼呀？」周邦彥手、嘴並用，摸到了吻到了師師的肚臍。師師怕癢，身體微微扭動。再往下，就是兩腿間那片芳草地了。那片芳草地多麼神祕多麼迷人哪！周邦彥吟出兩句唐詩來：「晴川歷歷漢陽樹，芳草萋萋鸚鵡洲。」師師故意逗他，說：「只有芳草麼？」周邦彥說：「不，還有桃花潭。」隨口又化用李白的詩，吟道：「桃花潭水深千尺，滿是師師戀我情。」師師又嬌又羞又惱又急，擰了周邦彥一把，說：「快，我等不及了！」周邦彥也是激情似火，急急壓到師師身上，進入進入，瞬間，電光石火，山崩河決。二人同時領略到什麼叫血肉交融，什麼叫情濃意熾，什麼叫銷魂蝕骨，什麼叫酣暢淋漓。

周邦彥和師師面對面緊緊擁抱，相視而笑，回味風流、浪漫和甜蜜。周邦彥猛地坐起，披上浴巾，說：「筆，筆！」師師說：「做什麼？筆在客廳圓桌上。」周邦彥撩開絲帳，下床，去客廳圓桌上取了筆、墨和紙，回到房裡，將紙展放在梳粧檯上，龍飛鳳舞，即興寫下一篇長短句來。師師也坐起，披了浴巾。周邦彥把剛創作的作品遞給她。她輕聲讀道：「《玉蘭兒》：

鉛華淡佇新妝束，好風韻，天然異俗。彼此知名，雖然初會，情分先熟。

爐煙淡淡雲屏曲，睡半醒，生香透玉。賴得相逢，若還虛度，生世不足。」

作品寫的就是剛才床上的情景。周邦彥把對師師的歡喜、情愛、憐惜、讚賞等，用優美、貼切的文字記錄了下來，篇幅雖短，但內蘊深厚，足以永恆。師師將那頁紙緊貼在胸前，動情地說：「『情分先熟』，『生世不足』，老師，謝謝你謝謝你呀！」

周邦彥說：「傻瓜！你讓我老樹逢春，我該謝你才對，你怎麼反倒謝我了？」

師師說：「我謝老師，是因為你給了我真情真愛，使我真正感受到了自己是個女人。」

夜闌更深。師師蜷縮在周邦彥懷裡睡著了，就像一隻恬靜的溫順的小貓。周邦彥輕輕撫摸她光滑細膩的玉體，聞著她長髮上身體上散發的幽幽嬌香，心潮洶湧，感慨萬千。他一個年近花甲的老頭子，沒花一文錢，竟能和色藝雙絕的名妓同床共枕，老牛嫩草，享受豔福，也算「一樹梨花壓海棠」，真是千古奇聞，千古奇聞哪！師師不是想能像璇兒那樣，當個小女人小婦人，過過最普通最簡樸的生活嗎？那好，自己定要像疼愛女兒、孫女一樣，疼她愛她，關心她呵護她，使她別再受到傷害，永遠開開心心，快快樂樂。她才二十歲，她應該有屬於她的金色青春與年華呀！

李師師包花周邦彥，說是過最普通最簡樸的生活，其實那生活也是很浪漫很有情調的。一個是絕代名妓，一個是文學大家，一少一老，女貌郎才，那生活普通得了簡樸得了嗎？

師師叫周邦彥，只能叫老師。竹竹、鶯鶯、燕燕、鵲鵲、花花、好好、月月、圓圓都來看望周邦彥，也叫老師，偏偏竹竹調皮，有時叫妹夫或老妹夫。不管她們怎樣叫，周邦彥都笑著答應，和靄和氣。菊菊沒有來。倒是師師和周邦彥去看望了菊菊。菊菊病情有所好轉，臉上略略有了笑意。只是在說到梅梅、蘭蘭時，菊菊眼中又有了淚光。

師師是一心想當個小女人小婦人的，可是當了兩三天，發現那個角色並不好當。問題在於女人最起碼最基本的技能——做飯洗衣，她都不會。香豔樓有個大廚房，有多名廚師，專為妓女、保全等做飯。師師平時吃飯，都是蟬兒去把飯菜打回來，打回什麼吃什麼，挑不得三揀不得四。因此，礬樓廂房裡雖有鍋灶，但那只是為了燒水，從未做過飯炒過菜。現在，周邦彥住到礬樓，還能繼續去大廚房打飯菜吃麼？師師平時穿的衣服，都是蟬兒洗的，現在周邦彥的衣服，還能讓蟬兒洗麼？還有，她又不會做針線活，別說縫衣做鞋，就連個紐扣也不會釘。你說，這個小女人小婦人怎麼當？

師師恰也坦白，把自己的無能如實告訴周邦彥。周邦彥樂得大笑，抓住師師小手，說：「你這雙手如筍如蔥，是用來彈琴、寫字、弈棋的，不是用來做飯洗衣的，懂嗎？今後，飯菜我做，衣服我洗，有蟬兒幫忙就是了，你千萬別動手別插手。」

師師詫異地說：「你會做飯洗衣？」

周邦彥笑著說：「我十七歲時就到了東京，先上太學，繼入仕途，四十年了，獨自一人，走南闖北，不會做飯洗衣能行嗎？做飯，山珍海味做不了，家常便飯，那可難不倒我。」

周邦彥暫時還不用去祕書監坐班，於是喚了蟬兒，上了兩趟街，買回一大堆鍋碗瓢盆、砧板菜刀、米小米、糯米麵粉、肉蛋蔬菜、油鹽醬醋、各種調料等。周邦彥問師師說：「今天吃煎餅，可好？」師師拍手說：「好呀，我最愛吃煎餅了！」

周邦彥繫上圍裙，師師也繫上圍裙。周邦彥說：「你繫圍裙幹什麼？」師師說：「幫忙呀！」周邦彥說：「說好的，做飯洗衣不要你動手插手，蟬兒洗菜、燒火，你坐在一邊看就是了。」師師抿嘴一笑，說：「看就看！」果真端來一張圓杌，坐在廚房門口，只看不動手。

周邦彥忙開了。先在瓷盆裡摻水和麵，和成糊狀，不停攪動，並吩咐蟬兒洗菜。他又剁肉，放蔥放薑，剁成末狀。繼而切菜，或切成絲狀，或切成條狀，動作飛快。又打雞蛋，加些蔥花和鹽，放在瓷碗裡摔打。蟬兒燒火。周邦彥揮動鍋鏟，三下五除二，炒出第一盤菜：蝦米肉末。又炒出第二、三、四盤菜：醋溜馬鈴薯絲、酸菜粉條、韭黃雞蛋。另有一盤黃瓜絲、蔥絲和一碟麵醬。接著做煎餅。做煎餅需用炊具鏊子（半面鼓狀，鏊面微凸），及特製的刮子（總體形狀像耙子，但頂端不分齒）、鏟子（三角形，帶木柄）。周邦彥將鏊子放在木炭火爐上，烤熱。用油布蘸油塗拭鏊面，舀一勺麵糊放在鏊面上，迅速用刮子順方向刮麵糊，刮兩圈，使之成為碗口大的圓形薄餅。再用鏟子，將薄餅翻過。不一會兒，一張煎餅就做成了，鏟起放在盤裡，再做下一張。師師坐在圓杌上看周邦彥勞作，那樣嫻熟，那樣俐落，不由滿臉浮笑。她弄不明白，這個才華橫溢的文學大家，怎麼還有這一手呢？廚房裡很熱。她不時用絲帕給周邦彥擦擦額上的汗。周邦彥朝她笑，那笑不是感謝，而是憐愛，是心上人對心上人情投意合，甘願為之付出的憐愛。

「吃飯囉！」周邦彥、蟬兒歡呼著，把菜端到客廳，放在圓桌上。師師也幫忙，端了煎餅。煎餅很圓很軟很薄，大小一樣，一張一張摞在一起，簡直像藝術品。三人落座。師師看著那餅那菜，直嚥口水。周邦彥取一張煎餅，放在空盤裡，放些肉末、馬鈴薯絲、粉條、雞蛋，再放些蘸了麵醬的黃瓜絲、蔥絲，捲起，捲成圓柱形，下端往上一折，煎餅和菜便成了個整體。他將煎餅遞給師師。師師雙手接過，輕吃一口。啊，真香啊！香中有酸有辣有鹹。周邦彥又捲了一張煎餅給蟬兒。蟬兒吃了一口就叫了起來：「呀，好吃好吃，真好吃！」

師師吃順了嘴，一股氣吃了五張煎餅。蟬兒也吃了五張煎餅，說：「哎呀哎呀，撐死了！」

周邦彥一面給師師、蟬兒捲煎餅，一面自己也吃了幾張煎餅。他又去了廚房，不一時端出個大湯碗來，說：「湯來囉！」那是紫菜肉絲湯，幾片紫菜，少許肉絲，加上幾片青菜葉和韭黃，滴了幾滴香油。蟬兒取了三個小碗和湯匙來，盛湯。師師用湯匙舀湯，送進嘴裡，湯的味道鮮美，卻很清淡，讓人喝了還想喝。周邦彥笑著說：「吃飯最好要喝湯。有道是：吃飯喝湯，萬壽無疆。這是說吃飯喝湯，最有利於健康，能益壽延年。」

師師說：「我和蟬兒都是從大廚房打飯菜吃，哪有湯喝？」

周邦彥說：「那是過去，現在有我呀，我會天天做湯給你喝的。」

師師笑了，笑得很甜很美。她多麼希望，每天都能吃到他做的飯菜，喝到他做的湯啊！

周邦彥開始去祕書監坐班。師師就像妻子等待丈夫一樣，每天太陽偏西時等待周邦彥回來，成了她的一件大事。周邦彥回來，必給她買回好吃的，桃子、杏子、櫻桃、草莓、桑椹、西瓜、甜瓜、荔枝等。周邦彥喝一杯涼開水就進廚房。他知道師師愛吃麵食，所以下午飯多做麵食，擀麵、扯麵、拉麵、雞蛋麵、菠菜麵、油潑麵、炸醬麵、旗花麵、臊子麵、漿水麵等，天天不重樣。師師想吃餛飩。周邦彥就做餛飩，做雞湯餛飩。一大碗雞湯，放幾粒蝦米，幾粒拘杞，幾縷雞肉絲和蛋餅絲；麵皮擀得薄薄的，包進調好的肉餡，下鍋煮熟，撈進碗裡；調點鹽，放點蔥花、香菜，再滴幾滴醋、香油和辣椒油。那餛飩，色、香、味俱全，師師百吃不厭。蟬兒跟著師師沾光，一個侍女，也吃香的喝辣的，不久便把小臉吃得圓嘟嘟紅樸樸的。

竹竹等全都知道了周老師會做飯炒菜，而且烹飪技藝上乘，吵吵嚷嚷，說他偏心眼兒，心中只有師師一人，沒有其他學生。她們要師師和老師請客，不然就天天到礬樓蹭飯吃。周邦彥笑著答應，說：「請，請，一定請！但要等到秋涼時，還要趕我休沐的一天。」

古代官員休假叫休沐，通常是每十天休沐一天。轉眼便到九月，金風送爽，丹桂飄香。周邦彥和師師決定請客。周邦彥連著休沐兩天，一天用於採購，一天用於烹飪。當竹竹、鶯鶯、燕燕、鵲鵲、花花、好好、月月、圓圓來到礬樓的時候，師師也去把菊菊拉了來。客廳中央兩張圓桌併在一起，十二道涼菜已布在桌上，還有一罎酒。眾人嘻嘻哈哈，一一落座。蟬兒斟酒，酒香滿廳。周邦彥腰繫圍裙，首先敬酒，說：「今天主要是師師請客，我當廚師。來，先乾一杯，祝你等永遠青春、美貌，每天都有個好心情。」

眾人嘻笑，起立端酒。周邦彥乾杯。師師、竹竹等或乾杯，或飲半杯，或只用舌尖舔了舔。酒醇酒烈，粉腮紅暈，如花如霞。

周邦彥又去了廚房。師師招呼姐妹們吃菜，群芳粥粥，歡聲笑語。飯桌上的話題只有一個：誇獎稱讚，周老師做的菜為什麼就這樣好吃呢？

接著，十二道熱菜漸次端上桌。那些菜，葷葷素素，色豔味香，師師、竹竹等沒吃過，沒見過，連聽說都沒聽說過。單有一道南方菜，叫蟹黃羹。秋天螃蟹肥大，將其洗淨煮熟，剝殼，切腿，剔出蟹黃蟹肉，加上切成小四方塊的豆腐和鹹鴨蛋黃，油炒，輔以蔥、薑等佐料，兌水，溫火慢燉，並勾粉芡，使之成羹。用湯匙舀著吃，那味道之鮮美，無與倫比，吃了終生難忘。最後上兩道湯。一道桂圓銀耳湯，甜的；一道清燉甲魚湯，略鹹。師師也學說那兩句經典之語：「吃飯喝湯，萬壽無疆。」

十個女人飲酒、吃菜、喝湯，一個個都是紅光滿面，香汗涔涔。她們吃得差不多了，周邦彥、蟬兒才落座吃飯。鶯鶯說：「今天是老師當我們的廚師，這話說出去誰信？」燕燕說：「豈止是老師，還是當代文學大家！」鵲鵲說：「還是朝廷四品大官！」

竹竹有些酒量，又陪周邦彥飲了一大杯酒，說：「妹夫，老妹夫！要叫我說，你那個官就別當了，還給我等當老師，兼當廚師。我等姐妹給你薪酬，包比你當官的俸祿還多！」

周邦彥說：「我倒想那樣，可我答應不算，你得找當今皇上說去，要他批准才行。」

「哈哈，哈哈！」眾人大笑，笑得花枝亂顫，笑得前仰後合。

這一天，大家都很開心、快樂，暮色蒼茫時才陸續散去。師師堅持送菊菊回住處。路上，菊菊說：「師師，謝謝你，你老是想著我，關心著我。」師師說：「我也是被人想著被人關心著的，否則，我說要活出個自我來，還不定能不能做到呢！」

其後近兩年裡，周邦彥在朝廷是祕書少監，在礬樓多半是廚師。他的烹飪手藝給師師及她的姐妹帶來口福，也帶來歡樂，就像一個大家庭，充滿和睦、親熱和溫馨氣氛。這氣氛，是師師最需要最想要的呀！

夜晚，院落的大門一關，礬樓便是李師師和周邦彥二人的世界。蟬兒乖巧懂事，一般是不會打擾他倆的。他倆或彈琴，或小唱，或欣賞書畫，或弈五子棋，徜徉在藝術的百花園裡，心情平和而舒暢。再就是說話，那話像是萋萋的春草和滔滔的江水，永遠永遠也說不完。

周邦彥為官三十多年，到過很多地方，閱歷豐富，見多識廣。師師最愛聽他講各地的山山水水，風土人情。尤其是在冬日的夜晚，朔風呼嘯，雪花紛飛。師師早早就上了床，靠著床頭，半臥半坐，蓋上被子，被窩裡有蟬兒給她灌的瓷器暖壺，暖和和的。周邦彥也上了床。師師會依偎在他的懷裡，催他說古道今，講什麼都行。有時還騎到他身上，舔他的胸脯，拽他的鬍鬚。這時，師師最像個小女人小婦人，撒嬌，調皮，隨意，任性。周邦彥緊緊擁抱著她，問：「今天講什麼？」她說：「隨便，你講什麼我都愛聽。對了，你老家在錢塘，那就講錢塘吧！那裡還是蘇小小的故鄉。」周邦彥點頭含笑，輕捏一下師師秀美的鼻子，說：「中！那就講錢塘。」

周邦彥說：「錢塘因錢塘江而得名，又稱杭州。那裡山青水秀，有錢塘江，有西湖，風光太美了。蘇小小生前過於純情癡情，死後葬在西湖之畔的西陵。唐代李賀作有《蘇小小墓》詩：『幽蘭露，如啼眼。無物結同心，煙花不堪剪。草如茵，松如蓋。風為裳，水為佩。油壁車，夕相待。冷翠燭，勞光彩。西陵下，風吹雨。』聽聽，這詩的意境多麼凄清和凄美！錢塘江江潮，天下聞名……」

師師插話說：「那年四藝比賽，夢仙樓崔念奴小唱柳永的《望海潮》，內容好像就是描繪錢塘江潮勝景的。」

周邦彥說：「是！柳永是本朝長短句婉約派首領，但《望海潮》風格卻是豪放派的。觀錢塘江潮的最佳時間，是每年八月中秋節前後。那壯觀景象，讓人無法形容。潮水自遠而近，浪浪相推，浪浪相疊，奔騰澎湃，勢如千軍萬馬，排山倒海，撼天動地，給人的感受只能是兩個字：驚駭。西湖則以清麗、明媚、靈秀著稱，湖上碧波，湖岸柳煙，仙境一般。白居易任杭州太守時，歌詠西湖：『亂花漸欲迷人眼，淺草才能沒馬蹄』，『松排山面千重翠，月點波心一顆珠』。蘇軾任杭州通判時，也歌詠西湖……」

師師又插話說：「蘇軾歌詠西湖，最出名的是那首七絕《飲湖上，初晴後雨》：

水光瀲灩晴方好，山色空濛雨亦奇。

欲把西湖比西子，淡妝濃抹總相宜。」

「對，是這首七絕。」周邦彥說，「可你知道嗎？這首七絕是蘇軾為一名妓而作的，並將作品贈予了那個名妓。」

「哦？這我可不知。」

「事情是這樣的：」周邦彥說，「蘇軾因遭貶謫而任杭州通判，常和友人邀請名妓，在西湖上泛舟飲酒。名妓中有一人叫王朝雲，天生麗質，聰穎靈慧，歌喉舞姿，才藝超群。這一天，她先是濃妝豔抹，歌舞一番，引起了蘇軾的注意。待入座陪酒時，她換了裝束，衣飾雅素，又洗去脂粉，明眸皓齒，宛若空谷幽蘭，別有韻致。她陪酒的對象偏偏又是蘇軾，蘇軾怦然心動。當時，西湖上原本豔陽高照，波光瀲灩，忽然一陣風起，細雨霏霏，山水迷濛，如夢如幻。蘇軾由王朝雲想到西湖美景，由西湖美景想到王朝雲，由西湖美景、王朝雲又想到古代美女西施，於是便揮毫寫下千古名篇《飲湖上，初晴後雨》，並把作品贈送給了王朝雲。西湖因此又稱西子湖。」

「哎呀，還有這樣一段故事呀，真浪漫！」

「蘇軾在杭州，還結識過一個極有才氣的名妓。」

「誰？」

「琴操。她本姓蔡名雲英，彈琴技藝出神入化。東漢學者蔡邕即蔡文姬之父，撰有專門論述琴藝的著作《琴操》，蔡雲英遂把這書名作為藝名，亦叫琴操。琴操不僅琴藝高超，而且文才出眾。你還記得秦觀那篇著名的《滿庭芳》嗎？」

師師說：「記得。」隨口背誦道：

「山抹微雲，天連衰草，畫角聲斷譙門。暫停征棹，聊共飲離樽。多少蓬萊舊事，空回首煙靄紛紛。斜陽外，寒鴉數點，流水繞孤村。

銷魂當此際，香囊暗解，羅帶輕分，漫贏得青樓薄幸名存。此去何時見也，襟袖上空有啼痕。傷情處，高城望斷，燈火已黃昏。」

周邦彥說：「對，就是這篇，是門字韻。一天，琴操陪一文人遊湖，文人小唱《滿庭芳》，把『畫角聲斷譙門』誤唱成『畫角聲斷斜陽』。琴操說：『唱錯了，是譙門，不是斜陽。』那文人故意為難琴操，說：『你有文才，你能把這篇作品由門字韻改成陽字韻嗎？』琴操說：『這有何難？』她略一思索，便開口小唱：

山抹微雲，天連衰草，畫角聲斷斜陽。暫停征轡，聊共飲離觴。多少蓬萊舊侶，頻回首煙靄茫茫。孤村裡，寒煙萬點，流水繞紅牆。

魂傷當此際，輕分羅帶，暗解香囊，漫贏得青樓薄幸名狂。此去何時見也？襟袖上空有餘香。傷心處，長城望斷，燈火已昏黃。

琴操變換一些字詞，便將原作品由門字韻改成陽字韻，但仍保持原作品詞的風貌、意蘊，毫無雕琢痕跡，真是大手筆，不容易不容易啊！」

師師讓周邦彥把陽字韻《滿庭芳》背誦兩遍，說：「琴操改得確實好！此人的才氣，我看可比薛濤。」

周邦彥說：「可不是！蘇軾聽說此事，讚賞不已，也多次邀請琴操遊湖。二人討論琴棋書畫與音樂歌舞，很是投緣。蘇軾曾勸琴操贖身從良。琴操說：『世事升沉夢一場，從今念佛往西方。』她隨後便削髮為尼，二十四歲時病死了。」

師師惋惜地說：「可惜可惜，又是個紅顏薄命的。」

周邦彥從杭州西湖講到蘇州太湖，說：「蘇州和杭州，合稱蘇杭。這一帶是錦繡江南最美麗最富庶的地方，所以民諺說『上有天堂，下有蘇杭』。我半年前回了一趟老家，所見所聞卻是……」他再看師師，師師依偎在他的懷中，小鳥依人，已經睡著了。她長長的睫毛閉合在一起，面帶淺笑，呼吸平穩，睡得很香很甜。周邦彥疼愛地看著她，替她掖了掖被角。心想，自己回老家的所見所聞，還是別對她講為好，講了，是會破壞她安適的寧靜的心情的。

在那些美好的日子裡，周邦彥長短句創作，多出名篇。這天，他又將一篇《長相思慢》遞給師師。師師輕聲讀道：

「夜色澄明，天街如水，風力微冷簾旌。幽期再偶，坐久相看，才喜欲歎還驚，醉眼重醒。映雕闌修竹，共數流螢。細語輕輕。絕台、掛蠟潛聽。

自初識伊來，便惜妖嬈，豔質美盼柔情。桃溪換世，鸞馭凌空，游絲蕩絮，任輕狂、相逐犖犖。但連環不解，流水長東，難負深盟。」

她讀著讀著，眼眶濕潤了。這篇《長相思慢》融敘事與抒情為一體，寫的不正是周邦彥對她的情對她的愛麼？上片描寫二人重逢，月夜微風，坐久相看，「才喜欲歎還驚」，多麼真切呀！下片全為他的獨白傾訴，他說自從初次認識，他就愛上她了，愛她什麼？「豔質美盼柔情」。「豔質」是整體之美，「美盼」是眉眼之美，「柔情」是性情之美。他對她的評價多麼高呀！而且，他還運用「桃溪換世」（劉晨、阮肇的故事）、「鸞馭凌空」（蕭史、弄玉的故事）兩個典故，表達了他的心願，希望能和她永遠恩愛，天長地久。

師師從周邦彥一系列作品中，感受到了他的情他的愛。她很感動，也感到幸福和甜蜜。但是，她又是冷靜的清醒的理智的。她很明白，她和周邦彥的關係，就像薛濤和元稹的關係一樣，二人可以在一個特定的時間段內，瘋狂地相親相愛、同床共枕，但有傳統觀念與世俗在，斷不可以有婚姻有家庭，她不可能嫁他，他也不可能娶她。因此，所謂的「桃溪換世」、「鸞馭凌空」，那只是個虛幻的美夢罷了。

春風夏花，秋月冬雪。李師師和周邦彥共同生活了兩年，當了兩年的小女人小婦人，心靈獲得了某些慰藉。政和五年（西元一一一五年）夏天，周邦彥的官職又有變動，師師的包花也就停止。不久，一位貴客自天而降，師師的生活又有了新的色彩，從而使她的名字，和一個皇帝的荒淫及一個王朝的覆滅，緊緊聯繫在了一起。

第十二章 貴客天降

政和五年的春天，李師師和周邦彥的二人世界還是風平浪靜的。一天，師師睡午覺醒來，慵慵懶懶，忽然說：「老師，你的作品大多是從你的角度，也就是從男人的角度，寫豔情寫相思的；現在，我要你從我的角度，也就是從女人的角度，也寫一篇豔情和相思的作品，怎樣？」

周邦彥笑著說：「怎麼會有這想法？從我的角度、男人的角度，寫豔情寫相思，我有體驗體會，好寫；若從你的角度、女人的角度，寫同樣題材，我沒有體驗體會，那就難寫了。」師師撒嬌說：「不嘛！我就要你寫，就要你寫！」周邦彥只好說：「中，中！我寫，我寫！」

周邦彥左手托著右胳膊，右手輕捋鬍鬚，在客廳裡踱來踱去，凝神沉思，然後快步走到圓桌旁，提筆濡墨，在一頁紙上寫下一篇《滿江紅》來：

晝日移陰，攬衣起，春帷睡足。臨寶鑑，綠支撩亂，未忺妝束。蝶粉蜂黃都褪了，枕痕一線紅生玉。背畫欄、脈脈悄無言，尋棋局。

重會面，猶未卜。無限事，縈心曲。想秦箏依舊，尚鳴金屋。芳草連天迷遠望，寶香薰被成孤宿。最苦是、蝴蝶滿園飛，無心撲。

師師偏頭看去，立刻領會到了作品的妙處。周邦彥果真是從女人的角度，用代言體，描繪一個閨中女子傷春懷人的思情愁緒，辭藻富豔，色彩穠麗。上片，寫女子春日睡起的無聊情態，刻畫精細。下片，放筆直言，由女子傾訴滿腔不可遏抑的相思之苦，無法排遣，曾登高遠望，希翼能看到意中人，不料春草連天，視線遮斷，不得不重薰錦被，獨自孤宿，連滿園飛舞的蝴蝶，也無心撲捉，更反襯出孤宿的愁苦。

師師是要周邦彥從她的角度，從女人的角度，寫這篇作品的。那麼，《滿江紅》的女主人翁，豈不正是她麼？「重會面，猶未卜。無限事，縈心曲」，豈不正是她的境遇麼？師師試圖小唱《滿江紅》，可是不是彈錯了曲調，就是唱錯了歌詞。她因此更加覺得，那個女主人翁與自己有關，女主人翁的相思、孤宿，似乎有所兆示，兆示著將要發生的事情。到了盛夏六月，果不其然，兆示應驗了。

六月二十五日，周邦彥回礬樓，買了很多新鮮荔枝，一顆一顆剝殼，餵師師吃。師師見他神色異樣，忙問：「怎麼啦？」連問數遍，周邦彥才說：「朝廷已任命我為明州（今浙江寧波）知州，我又得離開你了。」

因為有兆示，師師一點也不感到奇怪。她平靜地說：「什麼時候走？」

「吏部命我三天後起程。」

三天！她和他相處只有三天了！竹竹等知道了這件事，全都前來，主張老師把官辭掉，動輒東籬西顛的，吃那份苦受那份罪幹嗎？再則，老師去了明州，她們嘴饞了，到哪解饞去？周邦彥苦笑，說：「唉，人在官場，身不由己，身不由己啊！」

周邦彥和師師非常珍惜這三天時間，形影不離。周邦彥想方設法給師師做好吃的，並把一些烹飪知識傳授給蟬兒。師師要給周邦彥洗一回衣服。周邦彥不讓，怎奈師師堅持要洗，他只得脫下剛穿的內衣，讓師師放在水盆裡搓了搓。內衣晾出去。周邦彥則用毛巾把師師的手擦了又擦，說：「瞧你這雙手，可不是用來洗衣服的呀！」

夜晚，周邦彥和師師做愛，享受離別前夕的纏綿與繾綣。二人沒有睡意，便相擁而坐說話，仍是周邦彥講，師師聽。周邦彥講地理講歷史，講文學講藝術，講各類名人的各種趣聞。分別在即，他覺得有必要再給師師講點時事，於是便又講起錢塘、蘇州，重拾前年冬天那個沒有講完的話題。

周邦彥說：「師師，你還記得吧？前年冬天，我講過杭州、蘇州，講過『上有天堂，下有蘇杭』。那年，我回了一趟老家，所見所聞觸目驚心。蘇杭一帶深受花石綱之害，昏天黑地，哪還像天堂啊？」

「花石綱？什麼叫花石綱？」師師問。

周邦彥說：「這樣的：當今皇上喜愛書畫金石、奇珍異玩，所以蔡京提議，在杭州、蘇州設供奉局及供奉使，專門負責採辦。童貫先任供奉使，名義上是採辦，實際上是搜尋搜刮、強搶強掠呀！童貫因搜尋搜刮、強搶強掠有功，因而官運亨通，職掌全國軍權。當下朝廷有所謂的『三相』，即『公相』蔡京、『媼相』童貫、『隱相』梁師成。蔡京、童貫的親信朱勔繼任供奉使，此人比童貫可更貪婪更凶惡。他強徵民夫，搜岩剔藪，索隱窮幽，尋找奇木異石，一經發現，便不惜人力物力，予以採伐。民眾之家一木一石，若造型怪異，便用黃綾覆蓋，指定為貢品，說要獻給皇上。誰敢表示異議，即獲大不敬罪，或下獄，或受刑，苦不堪言。朱勔搜尋搜刮、強搶強掠到大量奇木異石，又強徵商船、船工，每十隻船為一綱，經由大運河運送到東京，這就叫花石綱。花石綱把蘇杭百姓攪得天翻地覆，雞犬不寧，死人無數，很多人家家破人亡。百姓痛恨朱勔，更痛恨奸臣蔡京、童貫，以致有兩句民謠廣泛流傳……」

「是不是這兩句：打破筒，潑了菜，便是人間好世界。」

周邦彥很是驚訝，說：「噢？你怎會知道的？」

「璇兒跟我說的，民謠在喬村也有流傳。」

「民謠反映民心，那可忽視不得呀！」周邦彥說，「另外還有外患，說來更讓人憂心。師師，你知道，我朝的北面是契丹族人的遼國，遼國東北方向又新崛起一個女真族人的金國。自古以來，北方胡人政權強盛後，都要向南方擴張，侵略中原大地的，金國也不會例外。而我朝呢？一貫重文輕武，守內虛外，又是蔡京、童貫當政，軍心渙散，邊備鬆弛。這樣下去，怎麼得了，怎麼得了啊！」

類似的話，師師聽賈奕說過，現在又聽周邦彥說起。她覺得好笑。金國在哪？整個京城，整個大宋朝，有幾人知道金國的？而武官賈奕和文官周邦彥，卻憂心忡忡說金國如何如何，該不會是杞人憂天吧？

「師師，」周邦彥又說，「我這次去明州，最放心不下的，就是你，就是你呀！我知道你厭惡接客，想過最普通最簡樸的生活。可是你人在青樓，又何能過那種生活？我不知該怎樣勸你，我只能說，憤世自戕使你受了極大的傷害，但你不能也不應繼續憤世自戕下去。作為第一步，你最好能離開香豔樓，至於日後怎麼辦，那會有多種多樣的選擇。目前，大宋朝既有內憂又有外患，時事怎樣發展，誰也說不清楚。可歎我周邦彥，年近六旬，官階四品，卻幫不了你任何忙，愧疚至極，真是百無一用是文人，是文人哪！」

師師倒是曠達、樂觀，說：「老師不必為我擔心。師師早不是當初的師師了，做什麼，怎麼做，我自有分寸。」

六月二十八日，是周邦彥和師師相處的最後一天。當晚，周邦彥要回祕書監衙署居住，次日清晨就要踏上行程。按照師師的意思，周邦彥又做了豐盛的飯菜，竹竹、菊菊等悉數到場，吃飯飲酒，既是歡聚，又是告別。日暮時分，師師取出琴來，彈起名曲《《陽關三疊》。這是老師教授給她的第一支琴曲，當天她要用此曲為老師送行。琴聲宛轉悠揚。師師揚聲歌唱，竹竹、菊菊等附和歌唱：

渭城朝雨，一霎浥輕塵。更灑遍客舍青青，弄柔凝，千縷柳色新。更灑遍客舍青青，千縷柳色新。休煩惱，勸君更盡一杯酒，人生會少，自古富貴功名有定分。莫遣容儀瘦損。休煩惱，勸君更盡一杯酒，只恐怕西出陽關，舊遊如夢，眼前無故人，無故人。

周邦彥背了一個小包，含淚在師師額上一吻，依依不捨，步出礬樓院落。師師端坐，想起李商隱的一首《無題》詩：「相見時難別亦難，東風無力百花殘。春蠶到死絲方盡，蠟炬成灰淚始乾……」竹竹、菊菊等代她將周邦彥送至香豔樓大門外，互道珍重，目送著老師遠去。她們返回礬樓，見師師仍端坐著，儼若一尊美麗的雕像。那一夜，師師回想包花兩年的點點滴滴，五味雜陳，徹夜未眠……

周邦彥是李師師一生中最崇敬最鍾情的男人。這個男人一旦離去，師師還真有點不習慣，心裡感到空落落的。周邦彥勸她最好能離開香豔樓，意思是勸她別再當色妓了。這個問題，她不是沒有想過。可離開又會怎樣又能怎樣呢？離開無非是為了嫁人，嫁人等於是自尋其辱。試想，根深柢固的傳統觀念與世俗，能容得下一個從青樓走出的妓女嗎？她不論是嫁高還是嫁低，但在世人心目中，她髒她賤，一句水性楊花，一句殘花敗柳，就會壓得她永遠說不起話抬不起頭。更何況她色藝雙絕，大紅大紫，在東京也算得上是「大菩薩」，又有哪座「廟」能裝得下她呢？

師師一時還不想離開也不能離開香豔樓。她是個需要別人照料和伺候的女人，離開香豔樓，對柴米油鹽醬醋茶一竅不通，那還不餓死！同時，她又厭惡接客，所以又取出三萬兩銀票，交給李茵媽媽，權當是她接客一年，為香豔樓賺得的收入。李茵只能同意，不過還是說：「師師呀，你還是快點接客吧？這兩年，客人快要踏破門檻，非要摘你的名牌。我和包正求爺爺告奶奶，磨破嘴皮子，編造各種藉口，為你擋駕，就差沒給人家下跪呀！現在你又一年不接客，我，我……」

師師一笑，說：「對不起，有勞媽媽繼續擋駕。」

師師仍然過著她想過的最普通最簡樸的生活。只是沒有了周邦彥，她的話少了許多，夜晚還得忍受孤宿之苦。她除了讀書、練琴、小唱、弈五子棋外，每天都要寫字，因為書法尤能陶冶性情。她新寫兩副條幅，一副寫的是劉禹錫的《陋室銘》，一副寫的是周敦頤的《愛蓮說》，都是隸書，寫後捲起放在一邊，再未管它。竹竹一天無意發現，驚呼說：「哎呀，師師的書法多美！」她自作主張，將兩副條幅拿去書畫店裱褙了，然後取回，讓蟬兒懸掛在客廳正面牆上。竹竹拉師師端詳條幅。嘿！還真像回事，客廳因此增色不少。

秋天，璇兒帶著虎子，又來看望李茵和師師。虎子兩歲了，長得虎頭虎腦，更加討人喜歡。師師強留璇兒多住了兩天，她愛聽璇兒講農家的那些長短瑣事。璇兒告訴師師，喬農兌現當初的諾言，將原先的舊房拆了，翻建了五間新房——三間正房，兩間廂房，另外還圈了個院落。璇兒說：「喬農原想將新房建成磚瓦房，還想用磚砌個圍牆。我說：『磚瓦房在農村太顯眼，還是磚牆草房為好。普通農家，要磚砌圍牆幹什麼？顯闊不是？最好多栽些樹木和竹子，過幾年，樹木和竹子不就成了天然圍牆？若要看家護院，養一條狗不就得了？』婆婆贊同我的意見。喬農自然也聽我的。師師姐，我們家現在可像個樣子了，又寬敞又亮堂。你呀，要是在城裡過得不順心，就到喬村去住，到我家去住，吃農家飯，穿農家衣，包你舒舒暢暢，煩惱全無。」

師師見璇兒眉飛色舞的樣子，打心眼裡為她高興，笑著說：「中，中！我哪一天在城裡混不下去，一定到你家去住，去住！」

秋去冬來，風雪中迎來新的一年。新的一年是政和六年（西元一一一六年），師師二十三歲。按照李茵的理論，她正處在精品年齡段，再過兩三年，也就要變成次品了。她每每品此理論，總會忍俊不禁。有道是女人三十還如狼四十還似虎，為何青樓女子二十多歲就身價大跌，日薄西山了呢？

春末的一天下午，包正包青天接待了一位怪客。說怪，是因為那客人取出一把銀票放在桌上，說：「本人姓章名地，『立早』章，『土也』地，是一戶大戶人家的管家。今日來香豔樓，願出八千兩銀子，會會花魁李師師。我不要她陪睡，只想一睹芳容，和她飲杯酒，說說話即可。若八千兩銀子嫌少，我可以再加，一萬兩，一萬二千兩，或者更多，都行。」

好大的口氣，好大的派頭！包青天不敢作主，趕忙找到李茵。李茵也覺得怪，親自去會見章地，發現那人不像壞人，亦無惡意。不陪睡，飲杯酒，說說話，就能賺八千兩銀子，多麼划算的一筆生意！她滿臉堆笑，說：「這位客官，請坐喝茶。我們家師師已快三年沒接客了，像客官這種情況，出了錢卻不要陪睡的，我們還是第一次遇到。這樣：我去問問師師，只要她願意，那麼今晚，客官就可和她飲酒、說話，如何？」

章地說：「中！我在這裡靜候佳音。」

李茵飛快到了礬樓，跟師師說了章地的事。客人到妓院，出高價，卻不要陪睡。師師也覺得怪，說：「那我就會會他，看他是哪路神仙？」李茵歡天喜地，轉告章客官，收了那八千兩銀票。

戌正，李茵領了章地，到了礬樓。蟬兒已點亮紗燈，並在客廳圓桌上擺下一壺酒和四碟小菜。章地落座。不一時，師師下樓，沒有化妝，尋常衣飾，一派驚豔。章地不由起身，睜大眼睛，心裡喝采道：「好個尤物！」李茵介紹，說：「師師，這位就是章地客官，他說要見見你，飲杯酒，說說話，如此而已。」說罷，笑著朝章地點頭，退出客廳。礬樓大門外，隱藏著三名保全。保全是奉李茵、包青天的命令，暗裡保護師師的。因為誰也不摸章地的底細，他若敢輕舉妄動，那麼保全就會立即動手，將其制伏。

章地喧賓奪主，稱師師為師師姑娘，笑著說：「師師姑娘，請坐。」師師落座，坐在章地的對面。她抬眼打量對面的怪客，只見他四十多歲，矮矮的，胖胖的，圓臉，沒有鬍鬚，滿臉油光油光的。說話聲音略尖略細，好像帶點女人腔。師師伸手，指了指酒壺酒杯，意思是：「客官自便。」

章地倒也不客氣，自斟自飲一杯，還取了一片臘牛肉放進嘴裡，隨即說：「師師姑娘，不瞞你說，本人今日到此，只是為了替主人探路。我家主人是誰？明說吧，他姓趙名乙，趙錢孫李之『趙』，甲乙丙丁之『乙』，家大業大，全家到底有多少人口多少資產，連我這個管家也說不清。我家主人風流倜儻，文武雙全，尤愛文學藝術，詩賦、琴棋、書畫、金石、音樂、歌舞等，無一不通，無一不精。他早聞姑娘豔名，且知姑娘色藝雙絕，有心前來一會，但又礙於身分，存在諸多不便。所以，他命我到此探探虛實，若姑娘果真如眾人傳說的那樣，那麼他自會衝破不便，降尊紆貴，前來一會姑娘的。」

師師嫣然一笑，說：「哦？那客官探的虛實怎樣啊？」

章地也一笑，說：「耳聽為虛，眼見為實。今見姑娘，比我想像的還要美豔十倍。另外，素聞姑娘最擅小唱，水準之高，無人可比。不知可否賞光，小唱一曲，也使我這個凡人飽飽耳福？」

師師心想，你這是考我？她喚蟬兒：「取琴來！」蟬兒取來琴，放在桌上。師師端坐彈琴，彈出一個曲調，然後邊彈邊唱：

黃金榜上，偶失龍頭望。明代暫遺賢，如何向？未遂風雲便，爭不恣狂蕩，何須論得喪。才子詞人，自是白衣卿相。煙花巷陌，依約丹青屏障。幸有意中人，堪尋訪。且恁偎紅倚翠，風流事、平生暢。青春都一晌。忍把浮名，換了淺斟低唱。

章地看著師師，靜聽琴聲歌聲，搖頭晃腦，一副陶醉的樣子。琴聲歌聲止住。他輕輕拍手，說：「姑娘小唱技藝，果然高超。這篇《鶴沖天》，叫姑娘這麼一唱，美妙無比，柳永若地下有知，定會含笑九泉的。」

師師暗暗吃驚。這個章地，知道自己小唱的作品是柳永的《鶴沖天》，顯然大有來頭。她很想問些什麼，章地卻起身，拱手說：「感謝姑娘的款待及小唱，夜色已深，章地告辭。」他走到門口，又轉過身，說了一句意味深長的話：「我相信，我們還會再見面的。」

章地離去，李茵進了馨樓，將四千兩銀票給了師師，歡喜地說：「不過一個時辰，幾乎沒攤本，就賺了那人八千兩銀子，這錢也賺得太容易啦！對了，那人到底是哪路神仙？」師師搖頭，把剛才的情形說了一遍。李茵驚得目瞪口呆，半天說不出話來。章地另有主人，主人叫趙乙。趙乙是誰？是王爺？是公爵？可沒聽說王爺、公爵裡有人叫趙乙的呀！趙乙家大業大，有心一會師師，又礙於身分，還要先派個管家來探路，罕見罕見。師師更是丈二金剛，摸不著頭腦。她感興趣的是那個趙乙，風流倜儻，文武雙全，詩賦、琴棋、書畫、金石、音樂、歌舞等，無一不通，無一不精。那麼此人是誰呢？他果真是這樣一個全才麼？

當李師師和李茵弄不明白章地是哪路神仙的時候，章地已乘專用馬車，進了皇宮。下車，直奔紫宸殿，向主人趙乙報告當日見聞。趙乙是誰？說來嚇你一跳，他就是堂堂大宋皇帝——宋徽宗趙佶！章地本名張迪，宋徽宗貼身宦官押班（頭領），主管內侍省事，即大內總管。那麼，宋徽宗為何化名趙乙，指派張迪化名章地，去香豔樓探路呢？其間自有機巧與奧祕。

宋徽宗是宋神宗第十一個兒子，宋哲宗時封端王。按照常規，他是不可能當上皇帝的，所以年輕時就輕佻放蕩，有著多種嗜好，其中之一就是嗜好女色。他十七歲大婚後，仍不安分，常和駙馬都尉王詵等一起，偷偷摸摸去秦樓楚館，尋歡作樂。十九歲時，宋哲宗駕崩，無子，他這個皇弟意外坐上了皇帝寶座。

宋徽宗當了皇帝，立過兩位皇后，封過大量妃嬪。第一位皇后王氏是他的嫡妻，姿色平平，品行恭儉，不討皇帝的喜歡，二十五歲時就病死了。她為宋徽宗生了長子趙桓。第二位皇后鄭氏，原是皇太后的侍女押班，喜愛讀書，能歌善舞，由賢妃、貴妃而升為皇后。鄭皇后能獨立處理大臣的奏章，倒為宋徽宗減輕了一些負擔。宋徽宗好淫好色，封的妃嬪不計其數，凡他看中的美貌宮女，隨意臨幸，臨幸後登記在冊，有的有封號，有的無封號，便成為妃嬪。史籍記載，他的後宮有「三千粉黛，八百煙嬌」，那有點誇張。真實情況如《開封府狀》所記載，他的後宮登記在冊有封號的妃嬪及女官共有一百四十三人，登記在冊而無封號的宮女多達五百零四人！

這一年，宋徽宗三十五歲，在皇位上已坐了整整十六年。十六年裡，他把軍國大事統統交給蔡京、童貫處理，自己所思所想，或是文化藝術，或是聲色犬馬，無非是充分利用皇權，縱情享樂。他的後宮儘管群雌粥粥，佳麗如雲，但再綺麗的風景看久了也會厭煩，再精美的佳肴吃多了也會膩味。一天，他和當值大臣蔡攸、王黼說了一會兒閒話，覺得無聊，便提筆在一把團扇上寫詩。寫了兩句：「選飯朝來不喜餐，御廚空費八珍盤。」下面卻文思枯竭，再不知該怎樣寫了。蔡攸一見，續上一句：「人間有味俱嘗遍」；王黼也續上一句：「只許江梅一點酸」。宋徽宗把這兩句也寫在團扇上，將全詩念了一遍，哈哈大笑，說：「有味俱嘗遍，江梅一點酸，妙，妙，大妙也！」

蔡攸係蔡京長子，五十多歲，身材矮矮的瘦瘦的，山羊鬍鬚，心機、品行酷如其父，老奸巨猾。王黼是梁師成的門生，四十七八歲，身高體壯，目光如電，八字鬍鬚，素有辯才。二人均任翰林學士承旨，不離皇帝左右，專務奉承逢迎。

蔡攸聽皇帝誇「妙」，趁勢說：「陛下為國為民，日理萬機，宵衣旰食，實在辛苦。近來好像瘦多了，臣等為之心痛。依臣之見，陛下應多出宮走走，一可體察民情，二可活動活動筋骨，以利龍體康泰。」王黼附和說：「是啊，陛下龍體康泰，那可是社稷之福，萬民之福啊！」

宋徽宗伸展雙臂擴了擴胸，話裡有話地說：「人間有味俱嘗遍，只許江梅一點酸。朕出宮走走，就能品到那一點酸麼？」

蔡攸、王黼心領神會皇帝的意思，相視一笑，同聲說：「這好辦，臣來安排就是。」

皇帝要品酸，蔡攸、王黼同時想到香豔樓的李師師。因為他倆數年前，分別化名柴某、汪某，花了五千兩銀子，光顧過香豔樓，領略過李師師的魅力。二人於是喚來張迪，吩咐他如此如此，這般這般，去香豔樓探路。入夜，皇帝去了小劉貴妃寢宮，兩位學士承旨坐在紫宸殿一座偏殿裡，等候張迪回話。蔡攸說：「皇上嘗遍人間美味，偏又要品酸，你說怪也不怪？」王黼說：「這有何怪的？人常說妻不如妾，妾不如妓嘛！又說家雞不如野雞美，家花不如野花香嘛！」蔡攸說：「老弟真不愧是獵野雞採野花的行家呀！」王黼說：「哪裡哪裡？在老兄這個大巫跟前，我只是個芝麻粒大的小巫罷了。」二人放聲大笑，取出一副圍棋，對弈起來。

亥正（夜間十時）許，張迪回到紫宸殿偏殿，報告探路見聞。蔡攸、王黼大喜，立刻安排皇帝三天後出宮，而且叮囑張迪，只說微服私訪，別提香豔樓和李師師。

這天日暮時分，宋徽宗、蔡攸、王黼、張迪四人，都是普通衣飾，悄悄出了皇宮。四人身分分別是：宋徽宗名趙乙，主人，稱趙大官人；蔡攸名柴友，王黼名汪富，二人為趙大官人師爺；張迪名章地，管家。皇帝夜晚出宮，這是何等大事？蔡攸、王黼不敢大意，特密令殿前都指揮使高俅，親率十餘個武藝高強的大內高手，隱蔽護衛。這個高俅，因為擅長蹴鞠，所以深得宋徽宗寵信，由信差起步，逐漸高升至殿前都指揮使——皇帝侍衛總隊隊長。

一行人出皇城東門東華門，向南，三拐兩拐，拐上御街。張迪先行一步，去了香豔樓。蔡攸、王黼陪同皇帝，慢慢悠悠，遊覽御街夜景。華燈齊放，百肆喧嘩，遊人駢集，這裡歡聲，那裡笑語，權貴與富裕人家高樓深院裡，隱隱傳來樂聲與歌聲。前面便是金環巷，從巷口看巷裡，懸掛好多好多大紅燈籠，紅光殷殷，幾多浪漫，幾多神祕和曖昧。香豔樓、夢仙樓、醉魂樓三大妓院，群樓矗矗，燈火通明，大門口人進人出，全都喜笑盈盈。在香豔樓前。王黼低聲對皇帝說：「香豔樓名妓李師師，色藝雙絕，精通琴棋書畫、音樂歌舞，尤擅小唱，水準京城第一。陛下意欲品酸，此處最宜。張迪已探過路，絕不會出差錯。」

宋徽宗卻故意猶豫，說：「這，這恐怕不妥吧？」

蔡攸亦低聲說：「陛下微服出遊，無人認得，有臣等在，自不會洩漏風聲。所以儘管放心，想怎麼著就怎麼著。」

宋徽宗出宮就是為了品酸，這個機會豈能錯過？遂說：「誠如二卿所言，沒甚妨礙，朕就進樓一遊，但須略去君臣名分，毋令他人瞧破機關。」

王黼說：「這個，臣等早安排了。」

宋徽宗居中，蔡攸在左，王黼在右，步入香豔樓大門。張迪在大門裡迎候，引導三人，逕往磬樓。他告訴兩位學士承旨，說他已支付一萬兩銀票，皇上可以留宿。蔡攸、王黼把此話轉告皇帝。皇帝微笑不語。

他們到達礬樓。張迪預先安排，李茵已在那裡迎候。張迪跨前一步，介紹說：「李媽媽，這位是我家主人，趙乙趙大官人；這兩位，一是柴友師爺，一是汪富師爺。」李茵滿臉堆笑，說：「三位都是貴客，歡迎歡迎！」她沒想到，趙乙趙大官人竟這樣年輕！

李茵引領四人進入客廳。客廳裡比平日裡多了幾盞紗燈，更明更亮。圓桌四周四張椅子。李茵請貴客落座。趙大官人自然坐首座，兩位師爺陪坐，自稱章地的管家卻不敢坐，恭立在趙大官人身後。蟬兒取來茶壺茶杯。李茵親自為貴客斟茶。兩位師爺發現正面牆上懸掛兩副條幅，起身去看。柴師爺說：「這副是《陋室銘》：山不在高，有仙則名；水不在深，有龍則靈。這副是《愛蓮說》：予獨愛蓮之出淤泥而不染，濯清漣而不妖。」汪師爺說：「這隸書寫得很有水準，豐腴，圓潤，娟秀！李媽媽，這是何人的作品？」李茵仍是滿臉堆笑，說：「這是我們家師師寫的。」

「啊！」兩位師爺頗為吃驚。端坐著的趙大官人瞄了瞄條幅，也覺得隸書寫得不錯。

「師師，快下樓待客！」李茵走至樓梯口，朝樓上喚道。

「來也！」樓上答應，聲音清亮，鶯啼燕語一般。趙大官人、柴師爺、汪師爺、章地的目光聚焦樓梯，只見一位驚豔無比的玉美人，像仙女下凡似的，輕輕盈盈，娉娉婷婷步下樓來。

章地支付一萬兩銀票，李茵即通知李師師，說那個趙乙趙大官人，當晚會光顧礬樓。師師已快三年沒接客了，考慮應以怎樣的容貌出現在客人面前，沐浴後決定化個淡妝，即介於真、假李師師之間。趙大官人瞧她，端得嬌豔，身穿淺藍色織錦衣裙，肩披乳白色繡花絲巾，鬢鴉凝翠，鬟鳳涵青，冰肌玉膚，粉面朱唇；長長睫毛烏黑，兩彎畫眉如黛，一對星眸似珠；眉眼間蕩漾著淺淺的甜甜的笑意，酥胸微露，還有纖纖玉指，纖纖柳腰，以及滿身散發的芷蘭般幽香，無不親切可愛，讓人暇想聯翩。師師下了樓梯，走向圓桌。李茵忙介紹說：「這位是趙大官人，這位是柴師爺，這位是汪師爺，這位是……」

章地說：「我自我介紹：我叫章地，管家。這不？和師師姑娘又見面了。」

師師嫣然而笑，逐一施禮，從容落座在趙大官人對面那張椅子上。蟬兒斟了一杯茶，放在師師面前。柴、汪兩個師爺，師師好像見過。她猛地記起，她接客不久曾接待過他倆，他倆還各送給自己一隻金虎、一隻金龜呢！

趙大官人這樣年輕，同樣出乎師師意外。她看他的長相，也可算是風流倜儻，長方臉，臥蠶眉，眼角略細而上翹，肌膚白淨，往那兒一坐，顯得文靜儒雅，又有一種居高臨下、不怒自威的器度。師師想，此人果真如章地所說，文武雙全，詩賦、琴棋、書畫、金石、音樂、歌舞等，無一不通，無一不精麼？

趙大官人輕飲一口茶，直視師師美麗的大眼睛，說：「久聞師師姑娘豔名，今日一見，果然名不虛傳。」師師微笑說：「趙大官人過獎，民女愧不敢當。」

趙大官人又說：「且聞師師姑娘色藝雙絕，具有多方面的才藝。瞧這兩副條幅，」他指了指正面牆上的條幅，說，「即可知姑娘隸書的功力。那好，取文房四寶來！」

誰都能聽出，這是命令的口氣。李茵見趙大官人要寫字，忙將圓桌上的茶壺茶杯端走。蟬兒取來紙墨筆硯。章地則磨墨、鋪紙。趙大官人將紙疊成兩半，提筆在上半寫下一句詩來：「身無彩鳳雙飛翼」。他又取一張紙，疊成兩半，又在上半寫下一句詩來：「舞低楊柳樓心月」。然後，他對師師說：「這兩聯詩，姑娘可否續寫出下句？」

這是有意測試師師的文學知識與書法水準。師師見那紙上詩句，驚呼說：「哎呀！這是當今皇上的瘦金體呀！趙大官人莫非是……」

趙大官人見師師認識自己的書體，心中得意，嘴上卻說：「當今皇上的書體，無人不知，無人不曉，我是摹仿的，摹仿的。」章地幫腔說：「我家主人最愛書法繪畫，書法摹仿當今皇上的瘦金體，足以以假亂真。」兩位師爺也幫腔說：「那是，那是！」

趙大官人讓出座位。師師坐在他讓出的座位，提筆在手，用隸書工整續寫出下句：「心有靈犀一點通」，「歌盡桃花扇底風」。

趙大官人臉上露出滿意的笑容。因為這兩聯詩，分別出自唐代李賀的《無題》和宋代晏幾道的《鷓鴣天》，李師師能不加思索地續寫出下句，說明她有豐富的文學知識，而且隸書功力確實不錯。兩位師爺端詳兩聯詩句，稱讚道：「趙大官人的瘦金體，師師姑娘的隸書，一剛一柔，相當益彰，可謂是珠聯璧合呀！」

師師起身，忙說：「師爺取笑了，民女寫字，只是為了消遣而已，哪敢和趙大官人的瘦金體相提並論！」

趙大官人坐到原先座位上，說：「聽說師師姑娘棋藝亦佳，切磋切磋如何？」師師說：「弈棋耗時太多，民女因此只弈五子棋。」趙大官人說：「中！就弈五子棋。」章地忙走到師師身邊，悄聲說：「弈棋，你最好別贏！」師師笑了笑，只當沒聽見。

李茵見趙大官人要弈棋，又將紙墨筆硯取走。蟬兒取來棋盤棋子，放在圓桌上。師師坐到原先座位，伸手將裝白色棋子的棋盒挪到自己跟前。這是棄棋的禮貌之一，意思是對方尊貴，應執黑子先行。趙大官人也不謙讓，在棋盤中央投下第一枚黑子。師師應對，將一枚白子投在黑子的對角線上。趙大官人發現，師師取子、投子的動作中規中矩，尤其是用中指、食指、無名指執子，投放在棋盤上的霎那間，發出一聲脆響，姿態十分優美和優雅。她的手指白皙、纖長，手指甲是塗了指甲油的，豔紅豔紅。不知為何，他有一種將她的手緊緊握住，並放在唇邊熱吻的衝動。他投下第二枚黑子，師師隨之投下第二枚白子。柴、汪師爺站到趙大官人身後，因有「觀棋不語」的規矩，靜靜觀看棋局，默不吭聲。平日，他倆常和趙大官人弈棋，但只輸不贏，輸了還要裝出輸得心服口服的樣子。而今天，李師師不知天高地厚，該不會贏了趙大官人吧？

柴、汪師爺正看著想著，第一局棋結束，師師贏了。第二局，仍是師師贏了。趙大官人弈五子棋和常人一樣，注意了橫向、縱向線，斜向線上出了問題；注意了斜向線，橫向、縱向線上出了問題。趙大官人輸棋，恐怕是生平頭一回。兩位師爺和章地暗暗埋怨師師。趙大官人倒很坦然，說：「師師姑娘棋藝精熟，趙某甘拜下風。」師師說：「雕蟲之技，遊戲而已，大可不必當真。」

趙大官人和師師對弈之際，李茵和蟬兒在客廳裡又擺下一張圓桌，並布下事先預備的酒菜。李茵請貴客吃點宵夜。趙大官人、兩位師爺、師師移桌落座，章地仍恭立在趙大官人身後。蟬兒斟酒。師師起身，端起酒杯，說：「民女向趙大官人和師爺敬酒！但民女從來不吃宵夜，所以只彈琴、小唱，一助雅興，不知可否？」

趙大官人說：「如此甚好！」

師師恭敬地將酒杯舉至額前，算是敬酒，然後放下酒杯，轉身，回到原先圓桌旁落座。蟬兒已取來琴放在桌上。師師閉目定一定神，一撥弦一摁弦，彈響了樂曲。

趙大官人、兩位師爺和章地聽出，她彈的是名曲《梅花三弄》。他們聽那清雅的琴聲，似乎看到梅花在綻放，梅香在飄溢，風朔雪寒，梅林裡梅枝上卻是梅韻飛舞，春意盎然。趙大官人飲了一杯酒，示意章地，去樂器架上取一支簫來。當師師彈到「二弄」的時候，趙大官人附和著吹響了簫，使琴曲變成了琴、簫合奏曲。師師感覺得到，趙大官人吹簫的技藝，絕對一流。她彈罷《梅花三弄》，起身施禮，說：「趙大官人的簫藝，爐火純青。」趙大官人笑著說：「哪裡哪裡？還是姑娘的琴藝，近乎八絕（清、奇、幽、雅、悲、壯、悠、長）。」柴、汪師爺說：「應當說是簫絕琴絕，亦為雙絕也！」

師師復落座，彈出一支曲調，隨即啟朱唇，放鶯聲，唱道：

舞雪歌雲，閒談妝勻。藍淡水深染輕裙。酒香醺臉，粉色生香，更巧談話，美性情，好精神。

江空無畔，凌波何處月橋邊，青柳朱門。斷鐘殘角，又送黃昏。奈心中事，眼中淚，意中人。

這是張先的《行香子》，描寫一個閨中女子和情人相處時日的歡樂及別後相思的愁苦。師師用清亮、純正的歌聲，唱出了作品的內蘊，她活脫脫就是那個女子。

趙大官人目不轉睛看著她，她是那樣驚豔，驚豔中透著完美，身材完美，容貌完美，妝飾完美，神態完美，小唱完美，完美得讓人挑不出一點毛病與瑕疵。師師又小唱了兩篇作品。趙大官人早已走神，心猿意馬，獵豔情切，巴不得立親薌澤，嘗鮮品酸。柴、汪師爺窺破上意，密語章地，章地又密語李茵，悄悄退出客廳，到廂房歇息。蟬兒也回了自己的房間。趙大官人遂走近師師，握住師師雙手，示意上樓。師師判定趙大官人絕非等閒人物，羞羞答答，樂得半推半就。二人牽手上樓，進入師師臥室，該發生的事情全發生了。趙大官人為品酸而來，激情高漲。師師大半年沒接觸男人，欲火旺盛。那一夜枕席歡娛，情濃意熾，風光無限。轉瞬卯初（凌晨五時），章地不得不喚醒趙大官人，連同兩位師爺，匆匆離去。

師師醒來，趙大官人已離去多時。她發現趙大官人留下一條金黃色鮫綃絲帶，瞧絲帶上的紋飾，嚇了一跳。因為紋飾是刺繡的金龍與鳳凰。天哪！這不是皇帝專用的御物麼？她回想夜間趙大官人的氣派，那書體，那簫藝，以及兩位師爺和章地對趙大官人的態度，可以斷定，那個趙大官人就是當今皇上。如果是這樣的話，那麼自己憤世自戕所玩的人生遊戲，可就玩得太大了。堂堂皇帝瞞天過海，涉足青樓，這可是史無前例，千古奇聞哪！

整個香豔樓轟動了沸騰了。人人皆知，李師師接待了一位名叫趙乙的貴客，貴客還帶著兩個師爺和一個管家，管家支付一萬兩銀票，眼皮都不眨一下。上午飯後，李茵到了礬樓，給了師師五千兩銀票，說那是她接客的收入。竹竹、鶯鶯、燕燕、鵲鵲、花花、好好、月月、圓圓到了礬樓，嘰嘰喳喳。好久沒露面的李蘊由黃媽陪同，也到了礬樓，詢問夜間之事。李蘊已六十多歲，心寬體胖，越發顯得富態。眾人七嘴八舌，話題只有一個：趙乙趙大官人是誰？兩個師爺和管家又是誰？

李茵詳細敘述事情經過，特別說章地強調，趙大官人身分高貴，接待上不能出任何差錯，所以要她當老鴇的，親自在礬樓迎候貴客，並參加接待貴客。眾人得出結論：趙大官人最大可能是個王爺。不過，這個結論立即被否定了。因為李茵說，她讓包青天透過關係調查過，朝廷共有數十位王爺，根本就沒有叫趙乙的。黃媽說：「身分高貴者光顧妓院，有幾人用真姓真名的？趙乙這個姓名，肯定是假的，柴師爺、汪師爺、章管家的姓氏，恐怕也是假的。」眾人一聽，都說有理有理，就又認定趙大官人最大可能是個王爺。

李蘊問了個關鍵問題：「那位趙大官人多大年紀？」李茵說：「年輕得很，也就是三十四五的樣子，相貌堂堂，一表人才。」李蘊扳著手指算了算，大驚說：「呀！他莫非是當今……」她算出，當今皇上十九歲登基，時過十六年，恰是三十五歲。她本想說「他莫非是當今皇上」，但「皇上」二字到了嘴邊又嚥了回去。因為她知道，歷朝歷代的皇帝，後宮裡全是美女，他可以讓任何一個美女侍寢，根本用不著狎妓嫖娼。她給藝女講過漢武帝、漢成帝、魏武帝（曹操）、唐玄宗，這幾人都曾立倡家女子為皇后為寵妃，但未見有出宮鬼混，尋花問柳的。當今皇上固然荒淫，但還不至於荒淫到偷雞摸狗打野食的地步吧？

李茵說：「姐姐想說什麼？」李蘊掩飾說：「啊，沒什麼沒什麼！」

眾人把目光集中到師師身上。竹竹說：「師師，你該最知道趙大官人是誰呀？你和他寫字、弈棋、彈琴、小唱，又那個了，能不知道他是誰？他和你說了些什麼話？他給了你什麼禮物？你倒是說話呀！」鶯鶯、燕燕等附和，說：「是呀，你倒是說話呀！」

師師笑了笑，說：「我能說什麼？那人說他叫趙乙，叫趙大官人，我能說不是？明知那姓那名是假的，我又哪能說那是假的？他好像沒和我說什麼話，也沒給我什麼禮物。」

師師是斷定趙乙趙大官人就是當今皇上的，但這話不能說，說了，萬一不是，那怎麼收場？那條鮫綃絲帶，也不能說，那或許是趙大官人留給她的禮物，或許是趙大官人忘了佩戴遺落下的，說了，眾人必然要看，看了那龍鳳紋飾，誰也說不清楚是怎麼回事。竹竹問趙大官人和自己說了些什麼話？師師記起來了，趙大官人起床穿衣時，好像說了一句話：「且待旨意！」她當時尚未全醒，聽作是「且待紙藝」或「且待止義」等，完全不明白「紙藝」、「止義」是什麼意思。現在經竹竹一問，她頭腦裡猛地靈光一閃。趙大官人如果是當今皇上的話，那麼所謂「紙藝」、「止義」，不正是「旨意」的諧音麼？天哪！當今皇上是要自己等待他的旨意啊！師師感到渾身發熱，脈搏跳得快了許多。幾年前，她聽那個姓賈的客人說起過當今皇上，說皇上喜諛、好侈、漁色，三者兼而有之，程度最甚。當時，她以為皇上離自己很遠很遠。現在看，皇上漁色已漁上自己了。師師和許多女人一樣，也是有虛榮心的。她覺得，作為色妓，若和當今皇上有了豔情，那份榮耀也算登峰造極了吧？

客廳裡，女人們正議論紛紛，忽見包青天匆匆跑進院落，急急地說：「快，快，皇宮裡來人了！」眾人莫名其妙，不知所云。再看，那個章地手舉一卷黃綾，由兩名持刀執劍的侍衛陪同，大步走進院落，用帶著娘娘腔的聲音呼喚道：「聖旨下！李師師接旨！」

女人們全都嚇懵了，聖旨怎麼傳到馨樓了？包青天嚇得鑽進廂房。章地又呼喚一遍：「李師師接旨！」師師沒奈何，只得步出客廳，雙膝跪地。章地一抖黃綾，那是一道聖旨。他雙手捧著聖旨，朗聲宣讀道：

茲訪得民女李氏師師，溫良賢淑，色藝雙絕，著納入後宮，封明妃，賜號瀛國夫人。欽此。

客廳裡，李蘊聽得真切，喜得雙手合十，說：「阿彌陀佛！」李茵笑顏逐開，說：「香豔樓出了個皇妃、國夫人，真乃天大的造化！」

院落裡，跪地的師師卻無反應。章地將聖旨遞給她，說：「李師師接旨謝恩哪！」師師拒不接旨。她幾天前稱章地為客官，這時稱章地為大人，說：「大人容稟：這旨，民女不能接！」

「啊？」客廳裡的女人無不吃驚，驚得嘴巴都成了圓圓的「O」形。章地語氣變得強硬起來，說：「你敢抗旨？」

師師不亢不卑，從容地說：「大人容稟：民女乃青樓女子，風塵煙花，不宜充當皇上妃嬪；再則，民女來自民間，不慕榮華富貴，不懂宮廷禮儀，亦不宜充當皇上妃嬪。」

章地傳旨多年，還從未遇到過膽敢抗旨的，說：「此事非同小可，你要三思！」師師說：「民女知道抗旨的後果，聽憑發落就是。」章地臉色難看，捲了聖旨，說：「回宮覆命！」兩個侍衛緊跟著他，出了院落大門。

師師回到客廳。遺憾聲埋怨聲響成一片。包青天從廂房出來，說：「你等知道傳旨人是誰嗎？

我問了，他本名張迪，化名章地，是當今皇上貼身宦官押班，主管內侍省事，是大內總管！他說了，趙乙趙大官人就是當今皇上，那兩個師爺，一叫蔡攸，一叫王黼，都是皇上駕前的大紅人！」

李茵狠狠瞪了他一眼，沒好氣地說：「馬後炮！」

皇妃與國夫人，多麼崇高、尊貴的名號！無數女人夢寐以求一輩子，連邊也沾不上，而師師卻把到手的名號，拿腳踢了。這實在讓人無法接受，也無法理解。最要命的是，師師抗旨，等於在獅子頭上拔毛，老虎嘴裡扳牙，後果可想而知。師師必將獲罪，而且會連累整個香豔樓啊！李蘊急得搖頭嘆氣，李茵急得團團亂轉。師師向前施禮，說：「對不起，我給兩位媽媽及香豔樓惹禍了。事是由我引起的，皇上降罪下來，我獨自承擔，盡量把媽媽及香豔樓受到的傷害降到最低程度。」

李蘊雙手拉著師師，問：「師師，你告訴我：為何放著皇妃與國夫人不當？」師師答：「我不想依附於人受制於人，只想無拘無束，自由自在，活出個自我來！」

李蘊一拍手，說：「好，有志氣，也有骨氣！」李茵在風月場上打拼數十年，見多識廣，且有些俠義氣概，大聲說：「師師，看在這些年來，你一人接客支撐起半個香豔樓的份上，看在你敢於抗旨，視榮華富貴如糞土的份上，我李茵支持你的決定與選擇。什麼皇妃，什麼國夫人，不當也罷！皇上降罪下來，我也有一份。大不了香豔樓關門，坐牢，殺頭，隨他的便，老娘不怕！包青天，你還愣著幹什麼？快去通知大廚房，讓多準備酒菜，晚上擺宴，我請客！」

「謝謝媽媽！」師師像個孩子似的，撲到李茵懷裡。這是個令人動情的時刻。黃媽和竹竹等鼓起掌來，眼裡全都淚光閃閃。

第十三章　風波鬧劇

香豔樓內外，瀰漫著山雨欲來風滿樓的惶恐氣氛。李師師、李茵等，等待皇帝降罪，做好了最壞的思想準備。可是等哪等哪，足足等了五天，卻不見任何動靜。那五天，真比五年五十年還要長啊！

再說大宋皇帝宋徽宗，那天品酸，品到了特別刺激特別醉人的滋味，身心大快。他離開礬樓回到皇宮，勉強舉行朝會，朝罷進入偏殿，滿腦子只有李師師。她是個玉美人，那樣驚豔，那樣婉約，那樣靈動，那樣溫存，雖在青樓，卻無一點風塵氣與煙花氣，就像茫茫荒原流淌的一股清泉，漆黑夜空閃爍的一顆星辰，姿容、才藝、氣質，勝過後宮所有粉黛。他命張迪召來蔡攸、王黼，直接了當地說自己非常喜愛李師師。蔡攸說：「那就將她納入後宮，封為妃嬪。」王黼說：「最好再給她加個國夫人名號。」宋徽宗大喜，說：「可！」於是蔡攸當場擬旨，蓋上皇帝璽印，由張迪前去傳旨。

張迪回宮覆命，結果大大出乎蔡攸、王黼意外，也出乎宋徽宗意外。哪個女人不攀龍附鳳？哪個女人不嚮往皇宮？可她李師師不識好歹，竟敢……

蔡攸、王黼偷看皇帝臉色，準備迎合皇帝的好惡而表態。宋徽宗眉頭皺了皺，接著又舒展開了，說：「那個李師師，還真的不同凡響，抗旨的兩條理由，頗有見識。一，她說她是青樓女子，不宜充當妃嬪，這是從朕的角度，從國家的角度考慮問題的，很是難得；二，她說她來自民間，不慕榮華富貴，不宜充當妃嬪，這一點尤為可貴。朕的後宮裡，從皇后到妃嬪到宮女，不慕榮華富貴的，恐怕一個也沒有啊！」

蔡攸確知了皇帝的態度，立刻表態說：「陛下聖明！李師師稱得上是秀外慧中，外柔內剛。」王黼引用《愛蓮說》的話，說：「出淤泥而不染，濯清漣而不妖。」

宋徽宗微笑，說：「現在的問題是，朕喜愛並需要李師師，而她卻不願入宮，怎麼辦？朕身居九重，微行一次香豔樓可以，若微行多次，那成何體統？再說，李師師已是朕的女人，總不能讓她再接其他客人吧？所以得有個長遠之策，懂嗎？」

「這……」蔡攸、王黼撓頭，一時還想不出什麼長遠之策。張迪插話說：「奴才以為，在皇城附近，賞賜一處宅院，供李師師居住，皇上隨時可去那裡歇息，不就得了？」

宋徽宗又是大喜，說：「對！就這樣辦！」

王黼忙說：「皇城東華門外鎮安坊，臣恰有一處宅院，環境幽靜，設施齊備，願意獻給皇上，略加收拾，便可住人。」

宋徽宗說：「如此甚好。張迪，你快去看看，用宮內標準，三五天內將宅院收拾好，然後去香豔樓，和那個李媽媽商量，讓李師師移至宅院居住。」

當天，王黼領了張迪，看了那處宅院。宅院距東華門僅一里多路，獨立庭院，佔地七八畝，花木蓊鬱，荷池假山，曲徑通幽。許多平房布局有序，錯落有致。中央又有一個獨立單位，前面是圓形拱門，拱門內是兩排平房，一座兩層樓房，樓房翹角飛簷，雕樑畫棟。王黼說，宅院是他給孫子買的，孫子年幼，所以一直沒有住人，現在獻給皇上，正好派上用場。張迪說：「看來收拾不怎麼費力。」當時，專為皇帝服務的有六尚局，即尚食局、尚藥局、尚醞局、尚衣局、尚舍局、尚輦局。其中，尚舍局負責宮殿、房舍建設。張迪回宮，指派尚舍局宦官頭目，帶人收拾宅院，重點是裝飾房間，尤其是樓房的房間。宦官頭目哪敢怠慢？帶人連夜施工，頓使宅院面貌錦上添花。臨街處往裡收縮，形成一個小小的廣場；新砌三間門房，門框黑色，門扇紅色，門環鎏金，門楣上雕刻瘦金體三個大字：滄巫樓。——這是張迪請皇帝御筆手書，為宅院新取的名字，然而很少人能知道這名字的含義。大門兩側，各蹲一尊石獅，造型生動，威武雄壯。樓房的房間煥然一新，地上鋪著地毯，牆上懸掛字畫，錦繡帷幔，金玉飾物，文房四寶，圖書樂器，琳琅滿目。樓上臥室最為講究，床、衣櫃、梳粧檯、被褥、枕席等，都是從皇宮裡搬過來的，無不精巧精美至極。

滄巫樓收拾齊整，張迪到香豔樓，找到包青天，再找到李茵。李茵見到張公公，以為是降罪來了，嚇得面色發白，雙腿都有點打顫。等到張公公說明來意，說皇上賞賜宅院，要李師師移去宅院居住時，她懸著的心一下子落了地，笑了起來，恨不得去張公公臉上親上一口，再給他一把銀票。李茵和張迪去見師師，報告喜訊。師師也由惶恐、忐忑而變得鎮定。她想，自已移去滄巫樓居住，未嘗不是好事。最大好處是如周邦彥所希望的那樣，離開了香豔樓，再不用濃妝豔抹，去接那些陌生的年老的平庸的粗俗的客人了。此後，她只接皇帝一個客人，那人看起來還不錯，起碼不那麼平庸與粗俗。因此，她同意移去滄巫樓居住，條件是要有兩個熟人，一是李蘊媽媽，一是蟬兒，陪她同去居住。張迪完成使命，很高興，說：「明天，明天奴才親自前來，接師師姑娘去滄巫樓。」

師師聽張迪自稱奴才，心裡很不是滋味，說：「張公公，你還得答應我一個條件。」

張迪說：「請講。」

師師說：「你我說話，你不得自稱奴才。」

「這……」張迪說，「我伺候皇上多年，一直自稱奴才，在姑娘面前，自然……」

師師說：「你伺候皇上自稱什麼，我管不著，但你我說話，關係平等，你無須作踐自己。你答不答應？不答應，我就不去滄巫樓。」

張迪忙說：「奴……啊，不，我，我答應，我答應！」

張迪是個很奸詐很圓滑的宦官。師師從一開始就信任他尊重他，使他很受感動。所以在其後的時日裡，他是幫了師師不少忙的。

香豔樓的氣氛由陰轉晴，由寒冬轉為陽春。李蘊很快到了礬樓，因師師指名要她也去滄巫樓居住，激動得說不出話來。住到滄巫樓，她可以經常見到皇上啊！竹竹等也到了礬樓。她們既為師師受到皇上寵幸而高興，又為師師離開香豔樓離開她們而傷感。師師約了竹竹，去看望菊菊。路上，師師說：「竹竹姐，梅梅、蘭蘭、你和菊菊，是我最早認識的四個姐姐。梅梅、蘭蘭已故去，你見到了你娘和你哥，唯菊菊最可憐，孤苦伶仃，還染了病。她的病因治療及時，基本痊癒，但還要鞏固一段時間。你嫂子死後，你哥尚未續弦不是？所以我想，能不能讓菊菊做你的新嫂子？菊菊贖身的錢，我出。她有個歸宿，我也就放心了。」竹竹說：「我也有此意，但不知菊菊可否願意？」師師說：「那好，過些日子，我跟菊菊說。」

師師、竹竹見到菊菊，菊菊已知師師的事。彼此交談，有歡笑，有淚水，有詢問，有祝福，有叮嚀，有期待，然後依依惜別。

第二天，張迪率三輛馬車來接師師。竹竹、菊菊等都來為師師送行，好像她要去很遠很遠的地方似的。張迪乘坐第一輛馬車，師師和蟬兒乘坐第二輛馬車，李蘊乘坐第三輛馬車。李茵堅持要送師師去滄巫樓，上了第三輛馬車。上了馬車才發現，皇家馬車，那才叫豪華與氣派。

馬車穩穩停在滄巫樓大門前。師師下車，門楣上「滄巫樓」三字映入眼簾。她知道，「滄」、「巫」取自唐詩「曾經滄海難為水，除卻巫山不是雲」（元稹《離思》）句中的兩個字，當今皇上用作樓名，意謂在男女情事方面，他經歷多閱歷廣，一個女人若不是特別優異的話，他是不會看上她愛上她的。張迪引師師等進入大門。大門內有宮監宮女十餘人，站立兩排迎接。張迪手指那些人，說：「師師姑娘，他們都是我從宮中調來伺候你的，負責看門、掃除、做飯、洗涮等所有雜事。他們當中，這人是總管，姓杜名德，你可叫他杜公公，有事跟他說就是。」那個杜公公，四十歲左右，畢恭畢敬地說：「為師師姑娘效勞，請多關照和指教。」

庭院裡茂林修竹，花花草草，生機盎然。張迪引師師等進入圓形拱門，那裡別有洞天，正面是樓房，兩側是平房，彩畫廡廊，圓形朱柱，富麗、堂皇、奢靡。尤其是樓房，富麗、堂皇、奢靡得讓人無法形容，不敢想像。樓下是個大大的客廳，窗明几淨，纖塵不染。張迪說：「師師姑娘，皇上說了，從現在起，你就是滄巫樓的主人，誰敢對你不敬，任由處罰。你們安排安排，看怎麼個住法。飲食等事，自有人照料。我先告退，晚上還會陪皇上前來。」

張迪辭去。李蘊、李茵、蟬兒瞧瞧這裡，摸摸那裡，懷疑置身在天堂。李蘊老臉笑成一朵花，說：「師師呀，你還記得我當年說過的話嗎？我說，你會成為本朝的第三個師師。第三個師師，不姓陳不姓徐，而姓李，叫李師師！我、李茵，以及整座香豔樓，都會跟著你沾光。這不？這話應驗了不是？我李蘊老了老了，果真跟著你沾光，住進了這天堂一般的滄巫樓。我，我這一輩子沒白活呀！」李茵說：「論成就，論名氣，論榮耀，我們家師師遠遠超過陳師師、徐師師了！姐姐，靠著師師，好日子還在後頭呢！」

李茵滿心歡喜回了香豔樓。師師讓李蘊媽媽、蟬兒同住樓房。李蘊覺得自己住樓房不合適，堅持和蟬兒各住一間平房。宮女請吃飯。那飯那菜都是山珍海味，皇宮水準。亥初（晚上九時），宋徽宗由張迪陪同，步入客廳。師師要行跪拜大禮。宋徽宗將她扶住，說：「你見朕，大禮可免。」李蘊跪拜在地，不敢抬頭。師師介紹說：「這位是收養我為女兒的李蘊媽媽，是香豔樓李茵媽媽的姐姐。」宋徽宗說：「兩位媽媽培養出了一個美師師好師師，不易啊！張迪記好：明天各賜兩位媽媽黃金千兩，白銀萬兩，玉如意一柄。」

張迪說：「奴才遵旨！」李蘊叩頭，連聲說：「謝皇上聖恩，謝皇上聖恩，！」李蘊是第一次見到皇上龍顏，第一次聽到皇上王言，而且得到了皇上的賞賜，這個當過妓女當過老鴇的老婦人，喜極而泣，若再年輕些，她會跳起來高呼萬歲的。

宋徽宗擁著師師上樓，同入羅幃，顛龍倒鳳，天台再到，神女重逢，伸續前歡，情韻無窮。宋徽宗突然來了靈感，披衣下床，用他那獨一無二的瘦金體寫下一篇長短句來。師師也披衣下床，看皇上的大作，輕輕讀道：

「淺酒人前共，軟玉燈邊擁，回眸入抱總含情。痛痛痛，輕把郎推，漸聞聲顫，微驚紅湧。

試與更番縱，全沒些兒縫，這回風味忒顛犯。動動動，臂兒相兜，唇兒相湊，舌兒相弄。」

她掩嘴笑了。這是什麼呀？過於直白，還有點淫穢。大宋皇帝竟寫這樣低級趣味、有傷風化的文字，真是！

歷史很親切，在於它記錄的人和事真實而生動；歷史很精彩，在於它定格的每個瞬間和細節都耐人尋味。大宋皇帝宋徽宗，撇開真龍天子至高無上的尊崇地位不說，僅就精神氣質和藝術氣質而言，絕對是個性情中人、極品男人。他從壁壘森嚴的皇宮，含笑走向香豔樓，走向滄巫樓，懷抱絕代名妓李師師，品酸嘗鮮，尋歡作樂，整個身心如沐春風，歡暢無比。師師在他面前，從不化妝，本色透明，或讀書或寫字，或彈琴或小唱，絕不會像其他女人那樣，向他提出種種要求，如名分呀金錢呀衣物呀，以及父兄的官職呀爵位呀待遇呀，等等。他和她在一起，除了文化藝術和情愛外，心無旁騖，無須提防和戒備，因而能夠得到最充分的休閒和放鬆。

師師只是宋徽宗的私寵，充其量算是個外室。宋徽宗還需應對鄭皇后和眾多妃嬪。一次，他在韋妃處過夜，仍然惦記著師師。韋妃頗有醋意，說：「那是個什麼樣的李家女子，令皇上如此傾心？」宋徽宗說：「怎麼說呢？如果讓你等一二百人，和她穿上同樣的衣裙，混雜在一起，她會迥然不同，一種幽姿逸韻，完全在容色之外。」「幽姿逸韻」，是宋徽宗對師師的準確評價。師師的美，尤其是內在美與氣質美，別的女人無法與之相比。師師對皇帝到不到滄巫樓毫不介意，她的心思和精力仍然放在才藝上。當時有一個叫晁補之的少年，仰慕師師的色藝，常在滄巫樓前徘徊，但始終沒有勇氣走進滄巫樓。南宋初，晁補之已經成人，成為著名詩人，從追憶的角度寫下兩首詩，把李師師比作蘇小小，描繪她住的地方是「門侵楊柳垂珠箔，窗對櫻桃捲碧紗」，「繫馬柳低當戶葉，迎入桃出隔牆花」；想像她的姿容是「鬢深釵暖雲侵臉，臂薄衫寒玉映紗」，她的歌舞是「看舞霓裳羽衣曲，聽歌玉樹後庭花」。師師在滄巫樓的生活，大體上就是這樣的。

竹竹、菊菊等都到滄巫樓看望過師師，都為滄巫樓的富麗、堂皇、奢靡而驚歎。師師把菊菊、竹竹叫在一起，當起了媒人，讓菊菊贖身從良，嫁給竹竹的哥哥。菊菊同意。師師大喜，取三千兩銀票為菊菊贖身。李茵哪能要師師的銀票？找出當年的契書，退給菊菊。菊菊成了自由人，恢復元姓名呂珠，搬出香豔樓居住，不久和竹竹哥哥結了婚。

師師還關心蟬兒的婚事，蟬兒十五歲，該出嫁了。蟬兒和璇兒一樣，也是李茵收養的孤女。四年多來，她照料師師的飲食起居，管理師師的錢物，勤快、盡職、本分。師師跟李茵一說，李茵還是交給包青天去辦。包青天這回物色了一名軍人，蟬兒沒有意見。於是，蟬兒大婚。師師送了一份厚禮。蟬兒度完蜜月，又回到滄巫樓。她說，她丈夫平時要住軍營，自己閒得無聊，不如仍回來侍候姐姐。

秋天，璇兒前來看望師師，懷中抱了個女嬰，沒領虎子。一問，方知她又生了個女兒，叫英子，半歲多了。師師告訴璇兒當年發生的事情。璇兒驚訝驚訝，不知說什麼才好。晚上，師師要璇兒隨自己住樓房。璇兒不敢，堅持隨蟬兒住平房。璇兒悄悄對師師說：「姐，皇上那個人，你得當心點。我們喬村人，好像沒有說他好話的，多說他是瞎子是聾子。朝廷裡那麼多奸臣，幹了那麼多壞事惡事，他為何看不見？廣大民眾缺吃少穿，受苦受難，這裡怨聲，那裡罵聲，他為何聽不見？

你說，他是不是瞎子聾子？」

這關乎到政治，璇兒說不清楚，師師也說不清楚。

當今皇上到香豔樓獵豔，並金屋藏嬌，把名妓李師師藏到滄巫樓長期享用，消息走漏，朝野盡知。祕書省正字曹輔忠君愛國，憤然上書，說：「皇上身居九重，為社稷所由寄，為黎民所由託，今日之作為，與嫖客無異，何以面對兆萬百姓與列祖列宗？李師師以色惑君，蔡攸、王黼以佞誘君，更不足誅矣！」宋徽宗閱書，勃然大怒，將奏書交給蔡攸、王黼處理。蔡、王對曹輔恨得咬牙切齒，以大不敬罪，將其流放郴州（今湖南郴州）。

接著倒楣的是賈奕。右廂都巡官賈奕，那年光顧過香豔樓，曾和李師師有過一夜情。其後，他上了前線，立了戰功，新近調回朝廷，任武功員外郎，官階從五品升為四品。他又想起李師師，誰知李師師已成了皇帝私寵，住進了滄巫樓。這天，他身穿軍服，腰佩軍刀，企圖闖進滄巫樓，再見李師師一面。看門的宮監將他喝住，指了指門楣上三個大字，說：「你瞧瞧，這是什麼地方，是你隨便進得的嗎？」賈奕不得不止步，因為那三個大字是皇上親書的瘦金體，威懾力太大了。他滿肚子氣惱與憤恨，去附近酒肆喝酒，很快喝醉了，向酒家索要紙筆，嘩嘩寫下一篇《南鄉子》，嘲諷矛頭直指皇上：

閒步小樓前，見個佳人貌似仙。暗想聖情渾似夢，追歡執手，蘭房恣意，一夜說盟言。滿掬沉檀噴瑞煙，報導早朝歸去晚回鑾，留下鮫綃當宿錢。

賈奕出身軍伍，生性魯莽，加上醉酒，頭重腳輕，搖搖晃晃，又回到滄巫樓大門前，將自己的作品扔給看門的宮監，打著酒嗝說：「把這交，交給皇上，就說是我賈，賈奕寫的！」《南鄉子》當天就到了宋徽宗手裡。他氣得臉色鐵青，下令將賈奕處斬。蔡攸、王黼擔心事情鬧大，不好收場，改將賈奕放逐瓊州（今海南海口），永遠不許返回中原。

曹輔的事，賈奕的事，師師一無所知。等到周邦彥也受到懲治時，師師知道了，並生氣發火了。

那是政和七年（西元一一一七年）三月的一天傍晚，周邦彥忽然到了滄巫樓。李蘊、蟬兒歡喜。師師且喜中還有驚，說：「這回任明州知州還不滿兩年，怎麼就回來了？」周邦彥說：「朝廷為保存哲宗皇帝朝的典籍、檔案，設立個機構叫徽猷閣，機構缺人，所以調我回來，任徽猷閣待制（等待皇帝顧問）。一回來，就聽說你移住到這裡來了。」

師師面色微紅，嘆氣說：「唉，一言難盡。」

周邦彥打量富麗、堂皇、奢靡的客廳，端的宛若天堂。正面牆上懸掛一幅畫，尤為醒目。那是宋徽宗的寫實御筆畫《瑞鶴圖》：皇城南門宣德門巍峨聳立，門樓上方彩雲繚繞。空中，十八隻仙鶴或翱翔，或盤旋，鶴身粉畫墨寫，鶴睛用生漆點染，姿態、神態各異，無一相同者。另有兩隻鶴站立在樓脊飾物鴟吻上，回首凝望，怡然自得。浩翰長空和隱隱約約宮殿群，構成廣闊、宏大的背景，群鶴靈動，從而使全畫充滿祥和祥瑞氣氛。畫的左面，自上而下題瘦金體「瑞鶴圖」三字。字下是宋徽宗特有的簽名，像個「天」字，第一筆後拉得很長，據說是「天下一人」的略筆。名下押葫蘆形花印，印文為篆書「政和」二字。畫的兩側是一副瘦金體對聯。上聯：九州日月開春景；下聯：四海笙簫頌華年。

李蘊、師師陪周邦彥在客廳裡喝茶說話。夜幕降臨，紗燈點亮。師師覺得周邦彥不是外人，所以請老師上樓小坐。樓上共三間大房，中間又是客廳，比樓下客廳更加溫馨，香氣馥郁。客廳正面牆上，也懸掛一幅畫，那是宋徽宗的御筆畫《芙蓉錦雞圖》：一叢秋菊綻放，一株芙蓉斜偃，一隻羽色鮮麗的錦雞，依枝回首，仰望翩翩戲飛的雙蝶。全畫工筆描繪，構圖和諧，色彩鮮豔，錦雞與雙蝶形象，栩栩如生。畫的兩側也是一副瘦金體對聯。上聯：歌舞神仙女；下聯：風流花月魁。周邦彥近前觀賞畫上的簽名與押印，忽聽得樓下一聲通報：「皇上駕到！」周邦彥驚慌，嚇得三魂掉了兩魂，本能地進了東房藏身。師師的臥室在西房，東房裡箱箱櫃櫃，是放衣物的地方。師師也不及多想，到樓梯口迎接皇上。宋徽宗擁了師師，到圓桌旁落座，說：「朕忙了一天，只想到你這裡來小憩，放鬆放鬆。」

師師甜笑，剝個新鮮的柳丁，遞給皇上，說：「先吃個柳丁。要不要我小唱一曲？」宋徽宗說：「今日算了，朕只想和你說說話。」接著，他興致勃勃地說起他收藏的書畫金石來。他說，他登基伊始，就命蔡京、童貫、梁師成、朱勔等，負責搜求古代的書畫金石，由他鑑定收藏。大觀四年（西元一一一〇年），他成立了翰林書藝局、翰林畫圖局，輔助他做這件事。這些年來，他收藏的書畫作品，及商周青銅器、秦漢磚瓦和玉器，隋唐金銀器等，達數萬件，那可都是價值連城的稀世珍寶！他說，他打算組織翰林們編輯三部大書，分別精選書法、繪畫、金石作品，複製印刷，詳加介紹與鑑賞。三部大書若能編輯成功，那麼他的文治文功，就會超過歷史上任何一個皇帝，足以流芳千古，永垂不朽！

宋徽宗是一位藝術大家，說起他的收藏和打算來，眉飛色舞，滔滔不絕。師師暗暗叫苦：周邦彥還在東房裡呀！不知不覺已到三更，一直坐在一樓喝茶的張迪，催促宋徽宗回宮，因為五更時要舉行朝會，議決大事。宋徽宗這才收住話頭，起身。師師假意挽留說：「都三更了，街上行人稀少，霜重路滑，不如別走了吧？」宋徽宗說：「不，朝會要緊，朝會要緊。」

宋徽宗走了。周邦彥從東房出來，說：「哎呀，嚇死我了！」師師說：「這位皇上，說起書畫金石來，能說三天三夜，別人不用想插話。」

周邦彥回想剛才皇帝和師師的談話，心裡酸溜溜的，但又不好說什麼。他隨手取了紙筆，寫下一篇長短句，隨即告辭。師師送走老師，返回讀那篇作品，標題叫《少年遊》，內容是：

并刀如水，吳鹽勝雪，纖手破新橙。錦幄初溫，獸香不斷，相對坐調笙。低聲問：向誰行宿？城上已三更。馬滑霜濃，不如休去，直是少人行。

師師盈盈而笑，輕聲說：「這個老夫子，沒想到他也會吃醋！」

第二天，師師睡到巳時才起床，梳洗吃飯，然後彈琴，小唱周邦彥新寫的《少年遊》。這篇作品以皇帝和師師夜間相會為題材，略加提煉，抓住破橙、調笙、絮語幾個最富典型性的細節，從尋常瑣事中寫出纏綿深情，清麗、淺顯而又委婉、含蓄。作品中表現的酸酸醋意顯而易見。師師覺得有趣，一面小唱，一面嘴角綻放出淺淺的微笑。

宋徽宗五更時舉行朝會，議定一件大事：擴建延福宮，使之成為可與唐代大明宮、興慶宮相比美的宏麗宮殿。退朝後，他換穿普通衣服，由張迪陪同，逕往滄巫樓。一進大門，就聽到師師的琴聲歌聲。張迪要通報。他予以制止。聽著聽著，他喜滋滋的。因為師師唱的曲調是《少年遊》，內容全是他和她夜間相會時的情景，「低聲問」以下幾句，簡直就是她的原話呀！

宋徽宗快步上樓，大聲說：「師師，你真行，竟能寫出這樣優美的《少年遊》！」師師慌忙起身，說：「我哪有那水準？這篇作品是周……」話一出口，就知道失言了。宋徽宗狐疑地問：「這篇作品不是你寫的？」師師只好實話實說：「不是我寫的，是周邦彥寫的。昨天晚上，周邦彥來看我，我們正說著話，皇上來了。他遂進東房藏身，能聽到皇上和我的談話。皇上走後，他出來，寫下這篇《少年遊》，隨即也走了。」

宋徽宗的臉色頓時變得很難看，咬著牙說：「你，你……」轉而快步下樓，怒聲說：「回宮！」

師師臉色也變了，抓起桌上的琴，狠狠摔在地上。最慌神最不安的是李蘊、蟬兒，萬沒想到周邦彥來了一趟滄巫樓，事情竟會弄成這樣！

滄巫樓氣氛變得怪異起來，誰也不明白事情會怎樣發展。師師最擔心的是老師周邦彥，皇上肯定是不會放過他的。第三天下午，她讓蟬兒去一趟徽猷閣，無論如何要見到周邦彥，當面問清情況。蟬兒當晚回來，神情憂鬱，告訴師師說，朝廷已把周邦彥官階降為六品，貶為廣陵稅務徵管，明天中午他就會離開東京。師師花容變色，憤憤地說：「無恥！」這話是罵朝廷，當然也包括皇上。她讓蟬兒準備一壺酒幾樣小菜，她說她要親自為老師送行。

那一夜，師師徹夜未眠。次日辰時，她打扮成民婦模樣，和蟬兒前往平康津。那是汴河上的一個碼頭，周邦彥就在那裡乘船，由水路前往廣陵。碧水如帶的汴河，綠柳堆煙的隋堤，勾起師師兒時的許多回憶，風光依舊，而人事全非呀！

平康津，船隻往來，商旅很多。蟬兒選擇一家茶亭，招呼師師落座喝茶。約莫午時，師師看到了周邦彥，只見他頭裹黑布綸巾，身穿灰布長衫，背一個大的包袱，面容憔悴，步履蹣跚，似乎比三天前蒼老了許多。周邦彥看到師師，目光閃亮一下，瞬間又變得暗淡了。

師師請老師坐在自己對面。蟬兒布下四碟小菜，斟下兩杯酒。師師端起一杯酒，說：「老師，師師前來為你送行，所有麻煩都是我引起的，我只能說：對不起！」她輕輕把酒飲了，酒勁上臉，臉飛紅暈。周邦彥也把酒飲了，說：「師師，你別把什麼事都往自己身上攬，那樣讓人難受。我降級貶職，去廣陵當稅務徵管，也不錯，起碼清閒了不是？」

師師眼裡泛起淚花，說：「可老師是一位才華橫溢的文學大家呀！」周邦彥苦笑，說：「文學大家？哼，當今世道，文學大家不值錢，不值錢！對了，別說我，還是說你吧！記得那年我去明州前，跟你說過，我最放心不下的就是你，望你最好能離開香豔樓；今天，我還要這樣說，我最放心不下的仍是你，望你最好能離開滄巫樓。我大宋朝內有內憂，外有外患，幾年後會怎樣，難料，難料啊！」

船家高喊：「前往廣陵一線的客人請快登船，午正開船！」

師師心中一緊，說：「今日一別，不知相會更在何時。老師，請再寫一篇作品，留作紀念吧！」

蟬兒是帶了文房四寶來的，趕忙鋪紙磨墨。周邦彥起身四望，時近正午，日懸中天，柳陰筆直，更有無數柳樹，綠枝搖曳，沿著大堤，伸展向遠方。他遂託柳起興，思如泉湧，揮筆寫下一篇《蘭陵王》來：

柳陰直，煙裡絲絲弄碧。隋堤上、曾見幾番，拂水飄綿送行色。登臨望故國，誰識京華倦客？長亭路，年去歲來，應折柔條過千尺。閒尋舊蹤跡，又酒趁哀弦，燈照離席。梨花榆火催寒食。愁一箭風快，半篙波暖，回頭迢遞便數驛，望人天北。淒惻，恨堆積！漸別浦縈回，津堠岑寂，斜陽冉冉春無極。念月榭攜手，露橋聞笛。沉思前事，似夢裡，淚暗滴。

他扔下筆，深情地看了師師一眼，說了一聲「保重」，然後背起大包，步下大堤登船，進入船艙。師師、蟬兒也步下大堤。船纜解開，船隻啟程。師師搖手，但看不到周邦彥。周邦彥透過船窗，是能看到師師的，眼角滾落幾顆豆大的淚珠，默默地說：「師師，你可要好自為之呀！」

師師回到滄巫樓，展讀《蘭陵王》。啊，作品寫得多麼沉鬱多麼感人哪！以柳發端，以行為愁，欲留不得，離傷別恨，回想落淚，虛實轉換，迴環往復，字裡行間飽含著多麼深厚的情意，多麼無奈的喟歎！師師取來另一張琴，彈琴小唱，唱著唱著，思想完全進入到作品的境界裡，珠淚滾滾，當唱到「淒惻，恨堆積」、「沉思前事，似夢裡，淚暗滴」時，雙手捂臉，伏在琴上，已是嗚嗚咽咽，泣不成聲。

悄聲上樓的宋徽宗、蔡攸、王黼、張迪，恰恰看到了這一情景。師師聽到聲響，抬臉見是皇上等，不予理睬，起身進了臥室，關了房門。宋徽宗尷尬笑了笑，說：「瞧她！」

宋徽宗那天回宮，怒不可遏，命把周邦彥降級貶官，仍有餘恨，又有一種懲治師師的衝動。張迪倒是為師師說了不少好話，關鍵一點是師師並未留周邦彥在滄巫樓過夜，說明她是在乎並尊重皇上的。宋徽宗一想也是，又記起師師的諸多好處，也就打消了懲治的念頭。事過數天，宋徽宗高興，約了蔡攸、王黼，到滄巫樓欣賞師師小唱，不料一上樓，師師就給了他們一個難堪。

蔡攸、王黼同時看到桌上的《蘭陵王》，讀了一遍，喝采道：「好作品！」宋徽宗也讀了一遍，說：「嗯，確實很有水準。」蔡攸、王黼手指房門，努嘴示意，說：「去哄哄。」宋徽宗一笑，推門進了臥室。

不一時，臥室裡傳來師師的聲音。師師生性婉約，從不大喜大怒，更不會耍潑，說話時不溫不火，字字句句很有力量。她說：「你是皇上，九五之尊，本該胸懷四海，然而卻自私狹隘，小肚雞腸。周邦彥是你的臣子，都年過花甲了，你吃他的醋，值得嗎？至於嗎？告訴你，周邦彥是我的老師，我的才藝都是他教授的，沒有他就沒有我李師師。我還告訴你，我在香豔樓，包花周邦彥，包了整整兩年。你不是吃醋嗎？該先把我殺了，再把他殺了，豈不解恨？請問，你的後宮有多少女人？我若也吃醋，吃得過來嗎？千萬別說你愛我、我愛你那樣肉麻的話。你是皇帝，不可能有專一的愛情；我是色妓，也不可能有專一的愛情。你我聚到一起，是因為情欲，而不是什麼愛情！我從十五歲起就是青樓女子，自知不配住你這座滄巫樓。你讀過薛濤的《十離詩》吧？那是她離開韋皋時寫的。其中《珠離掌》寫道：『皎潔圓明內外通，清光似照水晶宮。只緣一點玷相穢，不得終宵在掌中。』我就是那顆『珠』，自會離開你這個『掌』的。」說到這裡，她朝樓下喊道：「蟬兒，快來收拾東西，我們仍回香豔樓去！」

宋徽宗活了三十六歲，當了十七年皇帝，何曾被人這樣頂撞過冒犯過奚落過？一時竟啞口無言，手足無措。樓上的蔡攸、王黼、張迪聽得真切，手心裡出了汗。樓下的李蘊聽得真切，嚇得面色如土。蟬兒還算沉穩，沒有答腔，也沒有上樓。

這一瞬間，宋徽宗意識到自已必須妥協，否則定會失去妙人李師師。他附在師師耳邊，笑嘻嘻地說：「別生氣發火嘛！朕認錯改正，不就結了！」他隨即步出臥室，大聲說：「張迪，傳旨高俅，讓派兩名侍衛，快馬將周邦彥追回！」張迪說：「奴才遵旨！」宋徽宗又對蔡攸、王黼說：「你兩立即擬旨，著周邦彥官復原職。啊，不！著提舉（主持、主管）大晟府，官階三品。」蔡、王二人說：「遵旨！」

一場風波，以宋徽宗妥協讓步而告結束。師師哭笑不得，「珠」沒有離開「掌」。周邦彥任新職，職掌音樂歌舞，這正是他的強項。然而他卻是百感交集，淒情楚楚。大晟府與滄巫樓，相距不過數里。周邦彥再未找過師師，也再未見過師師。一道無形的鴻溝橫亙在兩人中間，咫尺天涯，他和她無法也無力踰越啊！

數天後，李茵到滄巫樓，聽李蘊說起此事。她簡直不敢相信，感歎說：「好個師師，真是吃了老虎心豹子膽哪！」

宋徽宗貶謫周邦彥而引起的風波，李師師只是生氣發火，並未受到實質性的傷害。而一年後發生的一場鬧劇，使她險些丟了性命，還牽扯出一件淫穢大案，宋徽宗覺得龍顏掃地，憤怒縊殺了兩個最寵愛的貴妃。

事情要從宋徽宗崇奉道教說起。

蔡京為相，意欲長期專權，千方百計蠱惑皇帝，縱情聲色，別管國事。其中，惝怳無憑的道教，就是他蠱惑皇帝的一大法寶。那一年，東京絕大多數人包括宋徽宗在內，全都看到了海市蜃樓奇觀：遠方天空下方，隱隱約約，青山綠水，綿延數里，色彩迷濛；亭台樓閣與道觀、佛寺等，錯落參差，鱗次櫛比；還有車馬往來，幢幡節蓋，人影綽綽，彷彿行進在街市上一般。宋徽宗以為是幻覺，揉了揉眼睛，掐了掐手臂，一切都是真真的。奇觀持續了約半個時辰，太陽落山時，半明半滅，漸漸消失。當時人還沒有海市蜃樓方面的知識，蔡京等乘機進言，說那是神界仙府，皇上應像秦始皇和漢武帝那樣，指派道士與神仙溝通，可保社稷長治久安，說不定還能求得長生不死之藥哩！宋徽宗居然相信，從此崇奉道教，並命蔡京推薦道士，奉為上賓。於是，郭天信、魏漢津、王老志、王仔昔等，先後得到信用，大紅大紫。宋徽宗命在皇宮福寧殿東，新建一座玉清和陽宮，供奉道像，存放經籍，隨時前往膜拜，敬禮上香。各種祭祀典禮，必用數百名道士為先導，那些人清一色青布道冠道服，手執馬尾製作的拂塵，神氣活現。又命創置道流官階，名號有先生、處士等，凡二十六級，領取朝廷俸祿。這樣一來，黃冠羽客，互相引進，信口雌黃，欺世盜名，很快形成了一股熏灼的邪惡勢力。最甚者數江湖騙子林靈素得到信用，從而釀成了滑天下之大稽的鬧劇。

林靈素本名靈噩字歲昌，溫州（今浙江溫州）人，家世寒微，年少時入禪門，受不了清規戒律之苦，改而為道士。年長，學會一些妖幻之術，北上京城，投到蔡京門下。蔡京視為奇貨，收養在府中，授以密計，儲備待用。政和七年（西元一一一七年）二月甲子日，宋徽宗宴請二千多名道士，夜間做夢，夢見一座神霄宮，不知何意。蔡京遂推薦林道士給皇帝解夢。

宋徽宗問林道士說：「卿有何仙術？」林道士吹噓說：「臣上知天庭，中知人間，下知地儲。」宋徽宗說：「朕夢見神霄宮，但不知是何來歷？」林道士根據蔡京指點，胡謅說：「天有九霄，神霄最高。天庭玉帝號東華帝君，總理九霄事務，以神霄為都闕，號稱天府。玉帝有兩個兒子，長子叫長生大帝君，次子叫青華大帝君。陛下乃長生大帝君降生凡間，故為天下聖主。蔡京和童貫，則是左元仙伯、右元仙伯降生，故為陛下輔弼。陛下做夢，實是應東華帝君所召，作神霄之遊啊！」

宋徽宗驚喜地問：「此話當真？」林道士說：「臣怎敢欺誑陛下？陛下若非天帝之子降生，哪能貴為天子？就是臣，今日得見陛下，也有原因。臣本仙府散卿，姓褚名慧，因陛下臨凡御世，所以臣也隨之臨凡，來輔助陛下治理天下哩！」

宋徽宗大喜大樂，當即給林道士賜名靈素，賜號金門羽客。繼下令全國各地，廣建道觀，稱神霄玉清宮，各設長生大帝君像，虔誠供奉。他自己則稱教主道君皇帝，頒詔曉諭說：「朕乃天帝元子長生大帝君，憫中華芸芸眾生，遂懇天帝，願為人主，令天下歸於正道。卿等可上表章，冊朕為教主道君皇帝。止用於教門。」

蔡京、童貫奉詔稱善。眾道士則紛紛上表，冊尊皇帝道號，就連天庭玉帝，也被尊為太上開天執符禦歷含真體道昊天玉皇大帝。

到了夏天，宋徽宗很想領教領教林靈素的道術，命其作法祈雨，以解宮中暑熱。林靈素說：「近日天意主旱，不能得雨。但陛下連日苦熱，待臣往叩天府，假一甘霖，為陛下致涼。」宋徽宗說：「先生既轉凡胎，難道尚能升天？」林靈素說：「體重不能升天，魂輕可以駕虛，臣自有法處置。」說罷退入齋宮，小臥一時，復入奏說：「四瀆神祇，均奉天帝誥敕，一律封閉，唯黃河尚有路可通，但只可少借涓流，不能及遠。」宋徽宗說：「無論多少，能得微雨，清涼一下就好。」林靈素於是披髮仗劍，望空拜禱，左手五指捏訣，口中喃喃誦咒。不一時，果然黑雲四集，蔽日成陰，一道閃電，一聲響雷，稀稀拉拉，落下一些雨滴。片刻雨止，雲散天晴，復現出一輪煌煌赫赫的烈日來。宮中炎熱，似乎減去了一半。宋徽宗無限詫異，認定林靈素確實是神人，優加賞賚，允許自由出入宮禁。

宮廷內外，人人皆知林靈素是天上神仙，下凡來輔助皇帝的，神通廣大，能上天庭，能呼風喚雨。此人時年四十多歲，出入宮禁，見到眾多妃嬪，年輕美貌，既欣喜又垂涎。妃嬪見他，無不敬佩與仰慕，眉來眼去，脈脈含情。如此這般，焉能不生出事端？

宋徽宗後宮，當時由鄭皇后主事，其下有四個貴妃：王、喬貴妃已年過三十，風韻大減；小劉、崔貴妃正當妙齡，最受皇帝寵愛。小劉貴妃本是酒家女，姿容明媚，天資警悟，善承意旨，極善妝飾，每製一衣一裙，款式新穎，引得宮內宮外競相仿效，傳為時尚。崔貴妃本鍛銀匠女，姿容同樣明媚，通解風情，床上功夫了得，花樣百出。宋徽宗寵愛這兩個貴妃，時時臨幸，賞賜甚厚。可是自李師師住進滄巫樓後，皇帝心思全在那人身上。兩個貴妃深感失落，悵悵不平。就在這時，林靈素出現，很快和她倆混到了一起。

宋徽宗後宮宮殿，用三垣四象二十八宿命名。三垣為紫微宮、太微宮、天市宮。鄭皇后住紫微宮，王、喬貴妃住太微宮，小劉、崔貴妃住天市宮。四象為蒼龍宮、白虎宮、朱雀宮、玄武宮。這四宮實際上又是四大宮殿群，每宮各含七殿，共二十八殿，依次叫蒼角殿、蒼亢殿、蒼氐殿、蒼房殿、蒼心殿、蒼尾殿、蒼箕殿，白奎殿、白婁殿、白胃殿、白昴殿、白畢殿、白觜殿、白參殿，朱井殿、朱鬼殿、朱柳殿、朱星殿、朱張殿、朱翼殿、朱軫殿，玄斗殿、玄牛殿、玄女殿、玄虛殿、玄危殿、玄室殿、玄壁殿，其他妃嬪分住其間。林靈素到天市宮拜訪小劉貴妃，一見面就拜倒在地，說：「散卿褚慧，拜見九華玉真仙妃！」恰巧，崔貴妃也在。林靈素又鞠躬施禮，說：「散卿褚慧，奉迎神霄侍案夫人。」兩個貴妃莫名其妙。林靈素解釋說，兩個貴妃和自己一樣，都是天庭神仙臨凡；在天庭，小劉貴妃是九華玉真仙妃，崔貴妃是神霄侍案夫人，他褚慧是散卿；論級別，九華玉真仙妃在散卿之上，所以他見她要跪拜；神霄侍案夫人與散卿同級，所以他見她只需施禮。兩個貴妃一聽，驚喜萬分，當下稱林靈素為仙兄。林靈素則稱兩個貴妃為仙妹。小劉貴妃專門擺下酒宴，慶賀臨凡的三位神仙得以歡聚，共同侍奉和輔助皇帝──臨凡的長生大帝君。

天市宮包括左殿和右殿，小劉貴妃住左殿，崔貴妃住右殿。酒不醉人人自醉，色不迷人人自迷。仙兄與仙妹往來，浪言穢語，哪有好事？不久，林靈素便和兩個貴妃勾搭成姦。林靈素詢問貴妃，可有仇家？若有，他可以運用道術，輕而易舉為之報仇。兩個貴妃不約而同提到李師師，說那個女人迷惑了皇帝，最好能將她除掉。林靈素滿口應承，說：「這有何難？待我設計，就說她是狐妖，定叫她死無葬身之地！」

貴妃的地位僅次於皇后，照料飲食起居的侍女多達十五人，侍女設一人為押班，統管諸事。小劉貴妃的押班叫珠兒，崔貴妃的押班叫環兒。貴妃與人通姦偷情，若無押班的幫助與隱瞞，那是不可能的。兩個貴妃熟知此理，因此以利誘為主，籠絡珠兒、環兒，使之全力為自己服務。珠兒與環兒關係要好，親如姐妹。二人覺得事情比天還大，多了個心眼，一面為主子提供服務，一面找到大內總管張迪，如實報告了所有情況。張迪驚得目瞪口呆，反覆告誡萬不可聲張，並叮嚀一切照舊，要裝出沒事兒似的，但要隨時報告情況。張迪也覺得事情比天還大，思來想去，前往紫微宮，向鄭皇后報告了天市宮發生的醜事。

鄭皇后讀書識字，當皇后已經七年，頗有些見識。皇帝好淫好色，她是有想法沒辦法，因為誰也管不了皇帝，她只能睜一隻眼閉一隻眼，只要能保住自己及父兄的榮華富貴就好。她聽了報告，也是驚得目瞪口呆，事關皇帝體面、皇家體面，非同小可，但又不能對皇帝明說，怎麼辦？她根本不相信所謂神仙臨凡的鬼話，所以和張迪暗暗商量，先別打草驚蛇，但要好好想想，精心準備，以便選擇一個適當的時機，給穢亂宮闈的姦夫淫婦致命的一擊。

宋徽宗政和年號用了七年，越年改元為重和元年（西元一一一八年）。這一年，宋徽宗崇奉道教，越發狂熱。他新建一座豪華壯美的上清寶籙宮，供林靈素居住，改賜林靈素道號叫通真達靈元妙先生，並賜正式官職中大夫。他御注《道德經》，頒發全國，規定太學及各地庠序置《道德經》、《黃帝內經》、《莊子》、《列子》博士，博士地位等同五經博士。他採用蔡京建議，收集古今道教大事編輯成書，御賜書名《道史》。林靈素紅得發紫，每月都在上清寶籙宮舉辦道會，羽流雲集，仕女盈門，遊手好閒之徒也青布幅巾，冒稱道士，混入宮內，圖的是在會後能享用一頓御賜的美餐。宋徽宗有時也會率親近大臣，到場聆聽教旨。林靈素頭戴道冠，身穿道服，昂然登壇，高坐說法，無非是什麼紫氣東來、日精月華之類，虛無杳渺，玄之又玄。說法說到無詞處，便插科打渾，間參媟語，口無遮攔，引得上下哄堂，嘈嘈雜雜，烏煙瘴氣。每當這時，人們都會發出疑問：這位通真達靈元妙先生，真是神仙臨凡麼？

這一年，皇家帝姬趙福金，登門拜訪李師師，二人有緣，成為朋友。趙福金時年十二歲，是宋徽宗第六個女兒，原封延慶公主。政和三年（西元一一一三年），宋徽宗別出心裁，將公主名號改稱帝姬，延慶公主遂改封為茂德帝姬。這位帝姬姿容美豔，生性活潑，嬌憨又有點任性，最受父皇疼愛。宋徽宗另外還疼愛第十個女兒趙纓絡，時年八歲，也很美豔、活潑，封順德帝姬。趙福金早就聽說李師師，知她是京城名妓，色藝雙絕，敢抗父皇旨意，拒不入宮為妃嬪，又敢頂撞、冒犯父皇，迫使父皇召回周邦彥，擢為提舉大晟府。李師師為何能有這樣大的膽量和氣概？趙福金懷著好奇心理，決定登門拜訪，看個究竟。

趙福金府邸位於東華門外長樂坊，宋徽宗年滿十歲的皇子皇女都在那裡居住。長樂坊和鎮安坊僅隔一條街。趙福金帶了兩名侍女，不用乘車，片工功夫就到了滄巫樓。

當看門的宮監通報茂德帝姬來訪的時候，李蘊驚得手忙腳亂。師師不亢不卑，大大方方下樓迎接。她看帝姬，頓時想到學藝時的自己，也是這樣年少，這樣美貌，這樣亮麗和純真，活像一個瓷娃娃！趙福金看師師，沒有化妝，儀態萬千，可以說是自己見過的最美最美的女人，既美在容貌，更美在氣質。趙福金首先施禮，稱師師為李姨。這個稱謂，一下子拉近了師師和帝姬的距離。

師師熱忱歡迎並款待帝姬。二人交談，帝姬方知李姨讀書甚多，精通琴棋書畫和音樂歌舞，尤其是小唱水準，無人可比。而她，連識字課本《千字文》還沒讀完呢！帝姬對李姨佩服得五體投地，也明白了父皇傾心於她癡迷於她的原因。

這年夏天，趙福金先後三次拜訪李姨。不知什麼緣故，她覺得李姨像她的生母，見了面總有說不完的話。她說她的生母生前的封號是淑容，在她六歲那年病死了，她是由一個姓范的奶娘撫養大的；她說她的庶母很多，多得數不過來，同父異母兄弟姐妹也多，好像共有三十二個哥哥、弟弟，三十三個姐姐、妹妹，兄弟姐妹很少來往，有的壓根叫不上名字；她說她父皇已為她選定了駙馬，是宰相蔡京第四個兒子蔡鞗，任政和殿待制，秋天就要舉行訂婚儀式；她說蔡京名聲極壞，她不願做蔡家的兒媳，可父命難違，她也無法拒絕。這個才十二歲的帝姬竟也會嘆氣了，說：「唉！生在皇家有什麼好？諸事不得自由！」她接著又笑了起來，說：「李姨，我舉行訂婚儀式那一天，你可得參加，那樣我會很高興很開心的。」

參加皇家帝姬的訂婚儀式？師師覺得根本不可能，但又不想掃帝姬的興，只好敷衍說：「中！參加，參加！」

八月中秋，九月重陽，秋高氣爽，菊花飄香。茂德帝姬的訂婚儀式定在九月十六日舉行，帝姬府和宰相府都為此而忙碌。張迪幾乎每天都和鄭皇后見面，研究珠兒和環兒報告的最新情況：林靈素連續光顧天市宮，神祕兮兮，詭詭祟祟，一次和兩個貴妃密議，說到茂德帝姬的訂婚儀式，說到李師師，說只要李師師露面，他會結果她的性命，並會當眾證明她是狐妖。很重要的一個細節是，林靈素當著兩個貴妃的面出示一隻死狐狸，把兩個貴妃嚇得大呼小叫，花容變色。

鄭皇后和張迪研究來研究去，確定兩條原則：一是要保護李師師，她是皇帝的心愛，不容有任何閃失；二是要在林靈素出手時將其制伏，從他身上搜出死狐狸。

九月十六日，豔陽高照，天氣晴朗。茂德帝姬府邸張燈結綵，喜氣洋洋。訂婚儀式多在午正

（中午十二時）舉行，屆時蔡絛會帶著豐厚的彩禮前來，正式宣布和帝姬訂婚。帝姬是當天的主角，精心打扮，準備迎接參加儀式的親人。估計來人很多，乾脆將桌椅等擺放到庭院裡，倒也寬敞。庭院裡只設八個座位：中央是皇帝、皇后的座位；右邊偏後是四個貴妃的座位；左邊偏後是太子、太子妃的座位。巳時，帝姬的兄弟姐妹們來了，庶母王貴妃、喬貴妃及各位淑儀、淑容、充儀、充容、充媛、貴儀、昭儀、昭容、昭媛、修儀、修容、修媛、順儀、順容、婉儀、婉容來了；太子趙桓、太子妃朱氏來了，朱氏懷中抱著剛滿一歲的兒子趙諶。來人全都送了禮物，說的都是賀喜、祝福的話。帝姬笑臉如花，不知說了多少遍「謝謝，謝謝！」皇家成員加上宮監、侍女，濟濟一堂，足有三四百人。

張迪高聲通報：「皇上皇后駕到！」宋徽宗、鄭皇后步入大門。帝姬向前迎接。宋徽宗滿臉含笑，手拉帝姬，高興落座。皇后亦落座。張迪恭立在皇帝皇后身後。奇怪的是那個林靈素也來了。庭院裡沒有安排他的座位。宋徽宗示意張迪，搬一張椅子，供他在一側落座。

鄭皇后看右邊，小劉、崔貴妃的座位還空著，未免生疑。忽見林靈素起身，向宋徽宗拱手，說：「九華玉真仙妃駕到，臣當拜謁。」宋徽宗說：「誰是九華玉真仙妃？」林靈素說：「陛下少頃便知。」說罷跪拜在地。大門處，果有宮女，簇擁一個麗人嫋嫋而來，兩彎眉畫遠山青，一對眼明秋水潤。宋徽宗亦疑是仙妃，待麗人近前，才看清是小劉貴妃。林靈素說：「天府散卿褚慧，拜見九華玉真仙妃！」小劉貴妃裝出是第一次見到林靈素的樣子，說：「哦？仙兄為何在此？」林靈素起立，說：「仙妃請坐，褚慧還要奉迎神霄侍案夫人。」宋徽宗說：「誰又是神霄侍案夫人？」林靈素還是那句話：「陛下少頃便知。」大門處，又進來一個麗人，高髻堆青嚲碧鴉，雙睛蘸漆橫秋水。宋徽宗遙看，看清她是崔貴妃。林靈素鞠躬施禮，說：「天府散卿褚慧，奉迎神霄侍案夫人。」崔貴妃也裝出是第一次見到林靈素的樣子，說：「哦？仙兄為何在此？」

九華玉真仙妃？神霄侍案夫人？天府散卿褚慧？除鄭皇后、張迪外，所有人都是一頭霧水，不知所云。小劉貴妃先落座，崔貴妃次落座，趾高氣揚，旁若無人。林靈素仍向宋徽宗拱手，重複在天市宮說過的鬼話：兩個貴妃也是天庭神仙臨凡；在天庭，小劉貴妃是九華玉真仙妃，崔貴妃是神霄侍案夫人，他褚慧是散卿；論級別，九華玉真仙妃在散卿之上，所以他見她要跪拜；神霄侍案夫人與散卿同級，所以他見她只需施禮；他們臨凡，同是為了侍奉和輔助皇帝——臨凡的長生大帝君。

原來如此！宋徽宗大笑，樂不可支。眾妃嬪、龍子、鳳女信者少，疑者多，注視林靈素和小劉、崔貴妃，覺得好笑，也覺得噁心。

小劉貴妃左顧右盼，忽起身對宋徽宗說：「皇上，今天茂德帝姬舉行訂婚儀式，是個大喜日子。皇家成員都來了，但有一人不可不來。」宋徽宗說：「誰？」小劉貴妃說：「李師師呀！她雖沒有名分，但至少也算半個皇家成員吧？聽說她色藝雙絕，譽滿京城，臣妾等都想一睹她的風采哩！」崔貴妃忙向前幫腔，說：「是呀，李師師應當前來！」

茂德帝姬是最希望李娘前來的，向前搖著父皇的手，撒嬌說：「父皇，你就傳一道口諭，請李娘來嘛！」

宋徽宗看鄭皇后。鄭皇后微笑，說：「既然兩個貴妃提議，帝姬又有這個意思，那就請她來罷！」

宋徽宗轉頭命張迪說：「張迪，你可走一趟，去滄巫樓傳朕口諭，就說請她前來參加茂德帝姬的訂婚儀式，一定要來！」

「奴才遵旨！」

張迪走到大門口，和在那裡的幾名宮監低語數句，乘坐一輛馬車，直奔滄巫樓。

庭院裡歡聲笑語。宋徽宗、鄭皇后輪流抱過趙諶，仔細端詳，稱讚皇孫眉眼長相像太子。林靈素和小劉、崔貴妃交談，隱隱暗語，大意是某某馬上就要命歸西天。不一會兒，林靈素回到宋徽宗座位前，魘動鼻子，說：「怪哉怪哉！」宋徽宗驚問：「什麼怪哉？」林靈素說：「奈何有一股妖魅氣，越來越近？」

說話間，張迪陪同一個美人，出現在大門口。眾人齊齊看去，見那美人身段苗條，儀態素雅，尋常衣飾，淺淺淡妝，卻是驚豔了得，說是美若天仙，毫不為過。她，正是李師師，主要是為了滿足茂德帝姬的心願而來的。茂德帝姬歡呼著，跑向前去迎接。林靈素則說：「妖魅氣原來出自此人！」他亦快步向前，而且從衣兜裡掏出一把明晃晃的匕首來。林靈素手執匕首，窮凶極惡，要直刺李師師咽喉。茂德帝姬覺得身後有人，猛一轉身。林靈素的匕首剛好刺到，沒有刺中李師師，恰恰刺中帝姬右肩，劃破衣服，露出肌膚，血流如注。茂德帝姬一聲慘叫。李師師伸手將她扶住。說時遲，那時快，兩名宮監飛身躍起，一人踢落林靈素的匕首，一人踢中林靈素胸部。林靈素退後跌倒。兩名宮監趁勢將他按住，反翦了雙手。另兩名宮監取來麻繩，將他縛了個嚴嚴實實。林靈素大叫：「皇上，臣要殺的是妖狐，李師師是個狐狸精，狐狸精！」張迪向前，撩起林靈素的青布長袍，拽出一隻肥大的死狐狸，扔在地上。林靈素徹底蔫了，垂頭無語。

當天，茂德帝姬府邸大門內外，共有十幾名宮監，他們都是大內侍衛，由鄭皇后指派，扮作宮監，負責保護李師師、擒拿林靈素的。

整個事情發生在一瞬間，太意外太突兀了。李師師和多名侍女，將茂德帝姬扶進閨房。范奶娘見狀，抱住帝姬大哭。師師為帝姬止血包紮，特別用銀簪檢測血跡，發現匕首上沒有淬毒，這才略略心安。

院落裡人聲嚷嚷。鄭皇后對皇帝說：「陛下快去看看帝姬的傷，這裡的事，由臣妾處理。」宋徽宗臉色鐵青，起身去看帝姬。林靈素跪在地上，戰戰兢兢。鄭皇后威嚴地說：「林靈素，你可知罪？」林靈素說：「臣，臣是天府散卿臨凡，輔助皇上的呀！」鄭皇后冷冷地說：「那好，你到大理寺去說吧！來人，將這個妖人送交大理寺，嚴加審訊！」

林靈素被侍衛押走了。小劉、崔貴妃嚇得面如死灰。鄭皇后又威嚴地說：「將小劉、崔貴妃兩個淫婦拿下，送交宗人府，嚴加審訊！」兩個貴妃聽到「淫婦」二字，嚇得魂飛魄散，知道東窗事發，死到臨頭，在被押走時還回頭喊叫：「皇上——」

第二天，大理寺和宗人府呈上審訊報告，真相大白：林靈素和小劉、崔貴妃根本不是什麼神仙臨凡，一男和二女通姦已一年有餘；小劉、崔貴妃忌恨李師師，所以林靈素要將其置於死地，聲稱是狐妖。大理寺和宗人府遵從鄭皇后懿旨，為顧全皇帝體面、皇家體面，做出判決：林靈素祕密處斬，兩個貴妃祕密縊殺，對外宣布是「暴卒」。宋徽宗手提朱筆，有點哆嗦，在兩份審訊報告上各批了個瘦金體字：「可」。

事後，李師師聽張迪講述，方知鬧劇的原委。她很感慨，說：「還有人想要我的性命？真是明槍易躲，暗箭難防啊！」

第十四章 梁山真相

宋徽宗崇奉道教，信用林靈素，寵愛兩個貴妃，鬧出天大笑話，李師師險些喪命，寶貝帝姬受了傷。他一度自覺難堪和無趣，相當鬱悶，怪罪於當年使用的重和年號，年底詔令改元宣和，新的一年叫宣和元年（西元一一一九年）。「宣和」是一座宮殿名，專門用來收藏宋徽宗心愛的書畫金石精品。「宣和」又緊承政和，宣揚光大政通人和的意思。宣和年間，宋徽宗把全部心思放在編輯三部大書上，三部大書書名已經確定，分別叫《宣和畫譜》、《宣和書譜》、《宣和博古圖》。前兩部由書畫院主持編輯，第三部由翰林學士承旨王黼主持編輯。他要透過三部大書證明文治文功，以使自己流芳千古，永垂不朽。

蔡京、童貫長期專斷朝政，蔡攸、王黼也升任少宰（副宰相），從朝廷到地方，政治更加腐敗，貪官污吏，苛捐雜稅，徭役兵役，廣大農民失去土地，饑寒交迫，家破人亡，不得不鋌而走險。於是山東、江南爆發了農民起義。

竹竹、鶯鶯、燕燕、鵲鵲等，常到滄瓜樓看望李師師。她們告訴師師，自打當今皇上駕幸香豔樓、接走師師之後，香豔樓名聲更大，生意紅火極了，夢仙樓和醉魂樓接待的客人少得可憐，都快撐不下去了。她們還告訴師師，眾多客人都說，山東地界爆發了農民起義，領頭的叫宋江，綽號及時雨，佔據一個叫梁山泊的地方，打家劫舍，除暴安良，回應者甚眾，可厲害了。

這是師師第一次聽說山東農民起義，第一次聽說宋江和梁山泊。她隱約記得，五六歲時曾聽娘（燕嫂）提說過，她的生父王寅，是因為捲進一起農民起義大案，而被朝廷斬首的。因此，她對農民起義說不上是什麼態度，既不贊同也不反感，只當新聞聽聽而已。

夏末秋初的一天，師師正在彈琴。李蘊上樓和她說話，很小心的樣子，悄聲說：「師師，你可知宋江和梁山？」師師點頭，說：「我聽竹竹她們說過。」李蘊說：「告訴你，盧俊義和燕青也上梁山了，盧俊義還當了梁山的副頭領。」師師不信，說：「哪能呢？盧俊義不是大名府富豪，家大業大嗎？怎會參加農民起義？」

李蘊去樓梯口看了看，確信樓下無人，才又悄聲說：「唉！這世道沒有什麼能不能的。實話跟你說，我年輕時也是妓女，一次接客，接的正是盧俊義，綽號玉麒麟，他那個出手，真叫闊綽大方。從那以後，我和他成為相好，是他資助我，出以高價，買斷香豔樓資產和妓女，使我當了老鴇。後來我把老鴇職位讓給李茵，專辦藝女班，為香豔樓物色和培養後備人才。你進藝女班那年，我把燕青推薦給盧俊義，他二話沒說就答應了，並讓燕青當了他的跟班，進而又將燕青招為上門女婿。」

「燕青」這個名字，師師幾乎忘記了，一經李蘊提起，她感到心頭隱隱作痛。李蘊接著說：「盧俊義豪俠仗義，帶著燕青，闖蕩江湖，兼做生意，一年倒有大半年不沾家。他的妻子賈氏，難耐床笫寂寞，便和管家頭頭李固勾搭上了。可恨那個李固，吃著碗裡看著鍋裡，和賈氏通姦不說，又甜言蜜語，連哄帶騙，睡上了另一個女人的床。那個女人，就是盧俊義和賈氏的女兒、燕青的妻子盧瑞香！一個姦夫，同時和母女倆通姦，還真少見。今年春天，盧俊義和燕青回家，發現家中天大的醜事，這還得了？盧俊義殺死賈氏和李固，燕青殺死盧瑞香，二人一合計，攜帶金銀珍寶，上了梁山。昨天，大名府一個朋友來東京，說起這些情況。我聽了，差點沒嚇死。盧俊義、燕青上了梁山，就成了賊寇，這輩子可就完啦！」

此後多日，李蘊媽媽的話總會迴響在師師耳邊，揮之不去。她想起她和燕青共同生活的童年時光，想起燕青那年回東京探親的情景，想起那個長得圓圓的，矜持而得意的盧瑞香。事情怎會成了這樣呢？她固然怨恨燕青和盧瑞香，若不是那兩人，自己斷不會憤世嫉俗，自戕自污。但她不願看到燕青因殺人而淪為賊寇呀！官府對賊寇，歷來懲治嚴厲，鎮壓、緝拿、斬殺，這樣下去，燕青的日子可怎麼過啊！

宣和二年（西元一一二〇年）五月端午節，璇兒帶了兩竹籃粽子，看望李茵和師師。晚上，璇兒陪師師說話，悄聲說：「姐，先給你看一樣東西。」她從懷中取出一個四方紙塊。師師接過，展開，只見上面密密麻麻寫滿了字，看字，她不由倒吸了一口涼氣。原來那是一份《梁山英雄大聚義榜》，先有「替天行道」、「忠義雙全」八字，以下是一長串名單，包括星相、綽號、姓名——

天罡星三十六人：

天魁星呼保義宋江。天罡星玉麒麟盧俊義。

天機星智多星吳用。天閒星入雲龍公孫勝。

天勇星大刀關勝。天雄星豹子頭林沖。

天猛星霹靂火秦明。天威星雙鞭呼延灼。

天英星小李廣花榮。天貴星小旋風柴進。

天富星撲天鵰李應。天滿星美髯公朱仝。
天孤星花和尚魯智深。天傷星行者武松。
天立星雙槍將董平。天捷星沒羽箭張清。
天暗星青面獸楊志。天佑星金槍手徐寧。
天空星急先鋒索超。天速星神行太保戴宗。
天異星赤髮鬼劉唐。天殺星黑旋風李逵。
天微星九紋龍史進。天究星沒遮攔穆弘。
天退星插翅虎雷横。天壽星混江龍李俊。
天劍星立地太歲阮小二。天平星船火兒張横。
天罪星短命二郎阮小五。天損星浪裡白條張順。
天敗星活閻羅阮小七。天牢星病關索楊雄。
天慧星拚命三郎石秀。天暴星兩頭蛇解珍。
天哭星雙尾蠍解寶。天巧星浪子燕青。
地煞星七十二人：
地魁星神機軍師朱武。地煞星鎮三山黃信。
地勇星病尉遲孫立。地傑星醜郡馬宣贊。
地雄星井木犴郝思文。地威星百勝將軍韓滔。
地英星天目將彭玘。地奇星聖水將軍單廷珪。

地猛星神火將軍魏定國。地文星聖手書生蕭讓。
地正星鐵面孔目裴宣。地辟星摩雲金翅歐鵬。
地闔星火眼狻猊鄧飛。地強星錦毛虎燕順。
地暗星錦豹子楊林。地軸星轟天雷凌振。
地會星神算子蔣敬。地佐星小溫侯呂方。
地佑星賽仁貴郭盛。地靈星神醫安道全。
地獸星紫髯伯皇甫端。地微星矮腳虎王英。
地慧星一丈青扈三娘。地暴星喪門神鮑旭。
地默星混世魔王樊瑞。地猖星毛頭星孔明。
地狂星獨火星孔亮。地飛星八臂哪吒項充。
地走星飛天大聖李袞。地巧星玉臂匠金大堅。
地明星鐵笛仙馬麟。地進星出洞蛟童威。
地退星翻江蜃童猛。地滿星玉旛竿孟康。
地遂星通臂猿侯健。地周星跳澗虎陳達。
地隱星白花蛇楊春。地異星白麵郎君鄭天壽。
地理星九尾龜陶宗旺。地俊星鐵扇子宋清。
地樂星鐵叫子樂和。地捷星花項虎龔旺。
地速星中箭虎丁得孫。地鎮星小遮攔穆春。

地羈星操刀鬼曹正。地魔星雲裡金剛宋萬。
地妖星摸著天杜遷。地幽星病大蟲薛永。
地伏星金眼彪施恩。地僻星打虎將李忠。
地空星小霸王周通。地孤星金錢豹子湯隆。
地全星鬼臉兒杜興。地短星出林龍鄒淵。
地角星獨角龍鄒潤。地囚星旱地忽律朱貴。
地藏星笑面虎朱富。地平星鐵臂膊蔡福。
地損星一枝花蔡慶。地奴星催命判官李立。
地察星青眼虎李雲。地惡星沒面目焦挺。
地醜星石將軍石勇。地數星小尉遲孫新。
地陰星母大蟲顧大嫂。地刑星菜園子張青。
地壯星母夜叉孫二娘。地劣星活閃婆王定六。
地健星險道神鬱保四。地耗星白日鼠白勝。
地賊星鼓上蚤時遷。地狗星金毛犬段景柱。

最下方注明聚義時間：「宣和二年四月」。師師驚問：「這是從哪裡來的？」璇兒說：「前兩天，喬農在鄰村做木匠活，有人塞給他的。姐，喬村一帶，很多人私下都在說宋江說梁山，還有人說要去梁山入夥呢！」

師師愕然。數年前就有民謠：「打破筒，潑了菜，便是人間好世界。」看來，宋江等人有所行動了。她再看那名單，盧俊義、燕青都屬於天罡星，分別排在第二位、第三十六位。她不相信什麼天罡星、地煞星，但燕青隨盧俊義上了梁山，淪為賊寇，已是確鑿無疑的了。她愕然後又有點自嘲。她和燕青早就是路人，人家上不上梁山，成不成賊寇，跟自己又有什麼關係呢？

師師看到的《梁山英雄大聚義榜》，當時流傳甚廣。明代施耐庵先生創作《水滸傳》，將它用作高潮與結尾，完整地收錄在第七十回「忠義堂石碣受天文　梁山泊英雄驚惡夢」中。

璇兒這次到滄巫樓，次日就回了喬村。她包的粽子，蘆葉新鮮，糯米精白，有的還包進了紅棗、杏仁、豆沙，吃來真香啊！師師忽然想到老師周邦彥，讓蟬兒帶十個粽子給他送去，順便問問情況。蟬兒很快回來，說周邦彥在春天就離開東京了。師師忙問是怎麼回事？蟬兒說：「我問了，人家說：山東鬧宋江起義，江南鬧方臘起義，朝廷為節約開支，把大晟府撤銷了。周老師好像改任處州（今浙江麗水）知州，早上任去了。我問處州在哪裡？人家說遠得很，那裡現在已被方臘攻佔了。」

師師又是愕然，久久無語。她知道，周老師三年來再未到過滄巫樓，離開東京時也未見她一面，自有苦衷。他是不想給自己添麻煩和給她添麻煩哪！師師又聽說有方臘起義，方臘既然攻佔了處州，那周老師又何能去那裡當什麼知州？她掐指一算，周老師已是六十五歲高齡。唉！他哪裡還經得起這樣的折騰哪！

那年夏天和秋天，東京形勢明顯緊張起來。外城各個城門都加強了警戒，嚴格盤查行人。東面正門新曹門和南面正門南薰門，不時有縱馬疾馳的信使，進進出出，急急匆匆。人們見面，說的都是農民起義，不是山東宋江，就是江南方臘。信息來源管道很多，張三這樣說，李四那樣說，眾說紛紜，雜亂無章，只有用心梳理，才能梳理出個大概頭緒。

宋江字公明，鄆城（今山東鄆城）人，任本縣小吏押司，生性慷慨，樂善好施，愛交江湖朋友，遂得綽號及時雨。嗣因外妾生變，釀成命案，致遭官府拘捕。江湖好友救他性命，擁上梁山，推為首領。梁山在鄆城、壽張（今山東陽谷壽張）兩縣間，山形突兀，路轉峰迴，周圍有二十多里方圓的水域，渠溝河汊，水產豐饒，稱梁山泊。宋江初上梁山，只有頭領三十六人，兵馬四五百人。他們奉行「忠義」二字，打家劫舍，但有一條原則：專打專劫為富不仁的土豪劣紳及貪官，不打不劫窮苦人。因此，又有頭領七十二人投奔宋江，梁山兵馬迅速發展到三四千人。宋江為了領導管理好這支起義隊伍，建起忠義堂與水滸寨，打出「替天行道」和「忠義雙全」兩面旗幟，並利用人們的迷信心理，謊稱一百零八個頭領，上應列星，下凡聚義，偽造石碣，將星相、綽號、姓名鐫刻在碑上；繼命將碑上文字抄錄在紙上，廣為散發，它就成了《梁山英雄大聚義榜》。

梁山頭領中，真正出身農民的不算很多，更多的倒是朝廷小官小吏，受各種原因所逼，一賭氣才上梁山的，所以有「逼上梁山」之說。以宋江為代表，多數人是「只反貪官，不反皇帝」，一面造反，一面渴望招安，力圖走忠於皇上，報效國家，建功立業，封妻蔭子的路子。蔡京、童貫一夥，不問青紅皂白，認定他們是賊是寇，是匪是盜，發兵前往鎮壓。那個高俅由殿前都點檢升任太尉，自恃其能，曾統兵前往梁山，聲稱要生擒宋江等一百零八個賊寇，獻俘闕下。哪知一經交鋒，官軍根本不是梁山兵馬的對手，落花流水，望風而逃。可笑高俅，反被梁山兵馬捉住，成了俘虜。宋江沒有殺他，設宴款待，重申願受招安的心願。高俅滿口答應，說定會稟明皇帝。可是，此人一回東京，馬上又是本來嘴臉，吹噓征討賊寇，大獲全勝，絕口不提自己被俘及宋江渴望招安之事。

師師暗暗梳理宋江起義頭緒的時候，東京人的話題又全都轉向了江南，轉向了方臘起義。師師聽周邦彥說起過江南，說起過花石綱。花石綱正是方臘起義的導火索。

方臘，睦州（今浙江建德）清溪人，那裡山深林密，民物殷阜，盛產漆、楮、杉、樟諸木，都很值錢。方臘經營一處漆園，收入可觀。宋徽宗登基後，在蘇州、杭州設供奉局，童貫、朱勔先後任供奉使，透過花石綱，搜刮、掠奪的民財民物，不計其數。方臘漆園的漆樹也被指為奇珍異物，多被挖走或砍伐，卻得不到一文錢的補償。他因此痛恨花石綱，痛恨官府，遂鼓動農民起義。當地農民多有與方臘同樣的經歷，所以一呼百應，推選方臘揭竿舉事。方臘也利用人們的迷信心理，編出四句歌謠唱道：「十千加一點，冬盡始稱尊。縱橫過浙水，顯跡在吳興。」「十千」隱寓「万」字，「加一點」便成「方」字，「冬盡」為「臘」，「稱尊」就是當皇帝。「浙水」即浙江，「吳興」泛指今浙江、江蘇一帶。這歌謠產生了鼓動民眾的作用。於是，方臘自稱聖公，建元永樂，轟轟烈烈造起反來，半個多月，起義軍發展到數萬人。方臘起義與宋江起義不同：主體都是農民，苦大仇深，矛頭直指皇帝，攻城掠地，凡是朝廷官吏，不投降者一律斬殺。方臘領導和指揮這支義軍，陷清溪，連克睦州、歙州（今安徽歙縣）等地，所向披靡。特別是一戰而攻克杭州，舉國為之震動。

警報像雪片似的飛向京城。當時，蔡京因年老和推薦林靈素而致仕。王黼升任太宰兼門下侍郎（宰相），主持政事。宋徽宗在眾奸佞的蒙蔽下，一直以為天下太平，政通人和，如今卻出了宋江起義和方臘起義，氣不打一處來。可是氣又有何用？還得發兵鎮壓不是？當務之急是要鎮壓方臘，那人要「稱尊」要「縱橫」要「顯跡」，要和自己平起平坐，平分天下，那還了得！他遍觀朝臣，除了童貫外，無人可當大任，沒奈何，只好任命這個媪相為江、淮、荊、浙宣撫使，緊急從各地調集十五萬兵馬，即日南下，征討方臘。

那些日子裡，宋徽宗情緒相當低落，只想光顧滄巫樓。玉美人的身體與溫存，才能給他少有的歡愉、鬆弛與寧靜。他對師師主要講三部大書，有時也會提到宋江和方臘。一次，他半躺在床上，閱讀一份奏書，忽然大發感慨，說：「大凡皇帝，多半是瞎子聾子。為什麼？因為他被眾多人包圍著，根本看不到聽不到真實情況。比如梁山，蔡京、童貫等說宋江一夥是江洋大盜，殺人放火，十惡不赦。你信不信？只能信。高俅說宋江一夥拒不接受招安，發兵鎮壓，官軍大勝。你信不信？也只能信。可是，亳州知州侯蒙在這份奏書裡說：『宋江橫行齊、魏，才必過人。現在清溪盜起，不若赦他前非，令南討方臘，將功贖罪。』官軍不是大勝了嗎？為何還說『宋江橫行齊、魏』？宋江不是十惡不赦嗎？能否『赦他前非』？能否『令南討方臘，將功贖罪』？唉！真是看不懂聽不懂，朕該如何決斷！」

這是國家政事，師師不便插言。不過，她記起璇兒說過的話。喬村人多說皇上是瞎子是聾子，還真說中了。這不？眼前這位皇帝，不正承認他是根本看不到聽不到真實情況的瞎子聾子了麼？

梁山英雄在大聚義之後，迎戰高俅統領的官軍，雖然取勝，但也蒙受了重大損失。宋江過分相信高俅，指望他能把梁山真實情況，尤其是自己的招安願望，報告皇帝。誰知高俅回了京城，再沒了消息。轉眼到了年底，天寒地凍，滴水成冰。海州（今江蘇連雲港）知州張叔夜調集重兵，進攻梁山。張叔夜熟悉梁山的地理形勢，穩紮穩打，步步為營，重點放在封鎖、切斷梁山的物資供應上。這著棋非常厲害，頓使梁山遭遇了前所未有的困難。

宋江、盧俊義、吳用商討對策，商討來商討去，招安成了主導傾向。宋江說：「當今皇上還是聖明的，只是受奸臣蔡京、童貫等蒙蔽，暫時昏昧罷了。他若知我等替天行道，忠義雙全，定會放棄征討，下詔招安的。」那麼如何才能讓皇上知道他們的真實情況和想法呢？三人撓頭，誰也沒有辦法。

他們說起當今皇上，不知不覺扯出李師師來。盧俊義忽然一拍手說：「對，透過李師師，可以上溯到皇上。」宋江、吳用忙問怎麼回事？盧俊義於是說起他和李蘊的風流豔史，說起李蘊成了李師師的媽媽，說起皇上私寵李師師，賞賜滄巫樓，李師師指名要李媽媽和她一起居住。宋江、吳用大喜，說：「這樣說，盧頭領見到李蘊，便可見到李師師？」

盧俊義搖手說：「不，還有一人可直接去見李師師。」

「誰？」

「燕青。」

「這是為何？」

盧俊義於是又說起燕青和李師師的關係，說他倆小時是異姓兄妹，妹妹對哥哥一往情深，燕青後來娶了自己的女兒，李師師絕望至極，這才憤世嫉俗，自戕自污，進了青樓。還說燕青和李蘊也是熟人。

宋江、吳用更喜，忙喚來燕青，共商大事。燕青面露難色，說：「我負心於師師，傷害了師師，不是一般的負心與傷害，而是痛徹心肺、骨髓的負心與傷害。我實在無臉見她，即便去見她，她也未必肯見我。」

宋江、盧俊義、吳用豈會放過燕青？你一言，他一語，從招安大計和梁山兄弟前程的高度，曉之以理，動之以情，反覆勸說。因此，燕青不得不同意，說：「那我就厚著臉皮試一試吧！」

他們接著商討方案，最終決定利用來年元宵節的機會，宋江、柴進、燕青三人，前往東京，設法進滄巫樓見李師師，由宋江當面申述梁山真相，並請李師師務要把真相轉告皇上。為了防備萬一，還確定花榮、戴宗、魯智深、武松四人，分別扮成遊客和行腳僧，同往東京，只在暗中接應。

新的一年是宣和三年（西元一一二一年）。正月十二日，宋江一行住進新曹門附近的兩家旅肆。他們身上都帶有偽造的路引（相當於身分證和通行證），入住旅肆不成問題。次日，柴進、燕青進城探路，找到鎮安坊及滄巫樓，只見一個總管正指揮幾名宮監，在大門前搭設燈架，準備元宵節張燈。其他街巷，家家熱鬧，戶戶喧嘩，都在安排慶賀佳節事項。

十四日晚，晴空萬里，明月東升。宋江等次第入城。城裡六街三市，試點花燈，正是：樓台上下火照火，車馬往來人看人。他們到達鎮安坊，按照計畫，有人進酒肆飲酒，有人入茶坊喝茶。宋江、燕青扮作絲綢商人模樣，各背一個小包，走向滄巫樓。總管杜德杜公公將二人攔住。燕青滿臉堆笑，說：「這裡的李蘊媽媽是小人的姑母，煩請通報一聲，就說侄兒嚴清清前來拜訪老人家。」杜德猶疑。燕青忙取出路引讓他查驗，順勢將一枚銀錠塞在他手裡。杜德思量銀錠，足有七八兩重，便說：「等著，我給你通報。」燕青忙說：「謝了，謝了！」

李蘊正在廂房，聽了通報，一頭霧水，自己哪有個什麼叫嚴清清的侄兒？她滿腹狐疑，到大門口察看。燕青跪地，納頭便拜，說：「姑母姑母啊，侄兒嚴清清想死你了！」李蘊細看，發現跪地叩頭的竟是燕青，嚇出一身冷汗，但此時此刻，她只能當他是侄兒，故意罵道：「你個渾小子，這幾年死到哪裡去了？為何今天才想起來見我？」燕青起身，說：「姑母容稟：以前窮得叮噹響，哪有臉面攀附親戚？這兩年與夥伴合夥做絲綢生意，發了點小財，所以才敢來見慈顏，以盡孝敬之心。」

杜德見來人確是李媽媽的侄兒，准許進入大門。另一人是嚴清清的夥伴，也就同進大門。李蘊將二人領進自己房間，仍然心跳如鼓，壓低聲音說：「燕青，你不是上了梁山嗎？怎敢到此？這位是……」燕青說：「實不相瞞，這位便是我大哥，梁山首領及時雨宋江。」宋江微笑，拱手施禮，說：「李媽媽，宋江打擾了！」

李蘊嚇得後退數步。宋江大名，風傳全國，怎會在這裡出現？他要幹什麼？燕青打開自己的背包，取出三百兩黃金，放在桌上，說：「區區薄禮，不成敬意，還望媽媽笑納。」李蘊可不敢收賊寇的禮物，說：「燕青，你就明說，你和宋首領到此，所為何來？」

「宋大哥想見師師一面，說說梁山真相。」燕青說。

「啊？」李蘊嚇得叫出聲來。師師是皇帝的私寵，若見賊寇首領，若叫皇帝知曉，怎麼得了？她又搖頭又搖手，說：「不可不可，萬萬不可！」

宋江再次施禮，說：「李媽媽，宋江冒險前來東京，求見花魁娘子，不為私情，只為招安大計。事關梁山眾頭領的前程及數千兄弟的性命，尚請媽媽行個方便。」

「這……」李蘊猶豫。燕青說：「李媽媽，就行個好幫個忙吧！宋大哥和我來找你，實是盧俊義盧首領的意思。」

李蘊聽到盧俊義這個名字，心頭一震。盧俊義是她的情人和恩人，沒有盧俊義，就沒有李家的香豔樓，就沒有她和妹妹李茵的今天。她定了定神，說：「那好，我去問問師師，她說見，你們就見面；她說不見，還請二位趕快離開這裡，免得生出是非。」宋江忙說：「有勞有勞。」

李蘊進了樓房。宋江、燕青在廂房等待，分分秒秒，如月如年。不一時，李蘊返回，說：「師師同意見你倆，但有一條：長話短說。因為皇上到滄巫樓來，從來不打招呼，萬一撞上，那可是誅家滅族的禍事！」

李蘊領著宋江、燕青進了樓房客廳。客廳裡燭炬明亮，設施華美，火爐炭火熊熊，薰爐香煙嫋嫋，幾盆水仙葉綠花盛，一派富麗、堂皇、奢靡氣象。圓桌兩側，各放兩張椅子。李蘊請宋江、燕青在右側兩張椅子落座。蟬兒斟茶。師師步下樓梯。宋江一眼瞧見，趕忙起身，燕青跟著起身。師師走至桌前。宋江見她，沒有化妝，卻是驚豔無比，光彩四射，急忙拱手施禮，說：「山僻村野，孤陋寡聞，宋江今日得睹花魁娘子芳容，生平幸甚。」

師師又一次聽有人稱自己花魁娘子，粲然一笑，伸手示意，意思是請坐。宋江、燕青落座。師師亦落座，坐在圓桌左側的椅子上，李蘊坐在她的外側。師師常聽人說，農民起義首領大多長得凶惡，面目猙獰，紅眉綠眼，青面獠牙，可眼前這個宋江，五十一二歲年紀，衣飾齊整，頭臉乾淨，矮矮的，胖胖的，黑黑的，憨憨的，面相溫和而隨和，倒真像個絲綢商人。她順便打量一眼燕青，身材、相貌還像十多年前那樣，但神情顯得尷尬，眼睛盯著火爐，始終迴避自己的目光。師師開口了，說：「宋首領的威名與惡名，如雷貫耳，你到此處，就不怕我一聲呼喚，宮監將你拿住，送交朝廷麼？」

宋江笑著說：「不怕！因為我聽說，花魁娘子心腸好，善良、真誠、正義、正直……」師師一笑，打斷宋江的話，說：「言歸正傳。宋首領就說梁山真相吧！抓要緊的說，重點說你們要我轉告皇上什麼？」

宋江於是直奔主題，說了這樣幾層意思：一、梁山頭領前身，多數都是朝廷官吏，受各種原因所逼才上梁山，內心裡只反貪官，不反皇帝。梁山兩面大旗上，一書「替天行道」，一書「忠義雙全」。「天」，既指天帝，也指皇上；「道」，是公平正義，是除暴安良，是建立國泰民安的社會秩序。二、梁山奉行「忠義」，「忠」是忠於皇上。打家劫舍，但只打劫富人壞人惡人，不打劫窮人好人善人。比如梁山劫取的生辰綱，那是梁中書送給岳父蔡京的生日禮物，屬於民脂民膏，屬於不義之財。梁山也殺了一些人，如魯智深殺了鎮關西，楊志殺了牛二，武松殺了西門慶和蔣門神等。那些人都是人渣，該殺！三、高俅統兵進攻梁山，被梁山擊退，高俅及數百名官兵還成了梁山的俘虜，但梁山未加殺害，以禮相待，全部放還。四、梁山頭領大多渴望招安，報效國家，建立功業，封妻蔭子。近來，海州知州張叔夜又進攻梁山，皇上和朝廷若仍不予招安，梁山只有奮起抗擊，抗擊如果失利，那麼就南搗徐州、廣陵，大不了爭個魚死網破。

宋江娓娓道來，盡吐心曲，還從包裡取出「替天行道」、「忠義雙全」兩面旗幟，給師師看。師師知道宋江所說都是實情，但還是要測試一下他是否誠實，說：「我見過《梁山英雄大聚義榜》。請問宋首領，那上面的天罡星、地煞星是怎麼回事？」

宋江抱拳，說：「真人面前不說假話。所謂天罡星、地煞星，純是我等利用人們的迷信心理，胡編胡捏，蒙人騙人的伎倆。慚愧慚愧！」

師師又一次笑了，心想宋江這樣忠厚老實，為何竟能當上梁山首領？她說：「但不知宋首領還有什麼話要說？」宋江說：「索紙筆一用。」師師命蟬兒取來文房四寶。宋江提筆蘸墨，略一思索，用行書在紙上寫下一篇《念奴嬌》來：

天南地北，問乾坤何處可容狂客？借得山東煙水寨，來買鳳城春色。翠袖圍香，絳綃籠雪，一笑千金值。神仙體態，薄幸如何消得？

想蘆葉灘頭，蓼花汀畔，皓月空凝碧。六六行連八九，只等金雞消息。義膽包天，忠肝蓋地，四海無人識。離愁萬種，醉鄉一夜頭白。

宋江寫畢，喚了燕青，拱手向花魁娘子和李蘊媽媽告辭。師師起身，說：「宋首領放心，你今晚所說的話，包括兩面旗幟和這篇《念奴嬌》，我會如實轉告皇上。至於皇上如何決斷，那是他的事，恕我愛莫能助。」

「多謝多謝！」宋江轉身，走出客廳。燕青也走出客廳。「燕青燕頭領，請留步，」師師突然說，「對你，我只想說一件事：這些年來，每逢娘的忌日，我都去娘的墳前燒紙掃墓，今後還會這樣做。你，你就好自為之吧！」

燕青很想回頭看師師一眼，叫一聲妹妹，但他沒有那個勇氣，腳步一停，又快走幾步，隨著宋江出了圓形拱門，出了滄巫樓大門。

李蘊長長出了口氣，說：「哎喲，嚇死我了！」師師說：「宋江他們，也不容易！」

第二天是元宵節。宋江一行顧不上觀燈，匆匆回了梁山。夜間，宋徽宗在觀燈之後，微服到了滄巫樓。師師坦坦蕩蕩，講述了她和宋江見面、交談的詳情，並把梁山兩面旗幟和宋江所作的《念奴嬌》，擺到了皇帝面前……

江、淮、荊、浙宣撫使童貫坐鎮金陵，緊急調集兵馬，征討方臘。當十五萬兵馬迎風冒雪，到達江南時，已是宣和三年二月中旬，方臘義軍又攻陷了婺州（今浙江金華）、衢州（今浙江衢縣），並攻秀州（今浙江嘉興）。這期間，梁山首領宋江、副首領盧俊義率眾頭領接受招安，作為官軍的一部分，日夜兼程，南下征討方臘。

宋江等接受招安的經過大體上是這樣的：宋徽宗從李師師口中，獲知梁山真相，覺得同是農民起義，但宋江不同於方臘。最大的不同是宋江沒有野心，不反皇帝，反而忠於皇帝，願意接受招安，報效國家，建立功業。他又翻閱了亳州知州侯蒙的奏書，侯蒙建議「不若赦他前非，令南討方臘，將功贖罪」，好像可行。江南、山東兩處起義，招安一處，全力對付另一處，何樂而不為？因此，他命王黻頒詔給海州知州張叔夜，停止進攻梁山，改進攻為招安。張叔夜奉旨，派人和宋江洽談，立即達成協議：梁山兵馬解散，每人發給一定資費，另謀生計；拆毀忠義堂與水滸寨；宋江、盧俊義等一百零八個頭領，編入官軍序列，參加征討方臘，將視軍功大小決定升遷。眾頭領中，林沖、魯智深、武松、李逵、阮小二、阮小五、阮小七等，最反對最痛恨招安，但出於一個「義」字，勉強隨行。朝廷另有文書發給童貫，說明宋江等已屬官軍，將到前線效力。童貫在文書上批了一行字，命宋江等直接去杭州，到部將辛興宗軍中報到。

宋江冒險赴東京見李師師，李師師將梁山真相及宋江意願轉告宋徽宗，宋徽宗命張叔夜予以招安，典籍是有記載的。如《翁天脞語》：「山東巨寇宋江，將圖歸順，潛入東京訪師師。」《靖康稗史》：「侯蒙上書，未若師師進言。」《宋史．徽宗紀》：「（宣和三年二月），宋江等犯淮陽軍……命知州張叔夜招降之。」師師以一名妓之力，促成招安，至於宋江等招安後的結果結局，則是她始料所未及的。

宋江等到了辛興宗軍中，建功心切，主動要求攻取杭州。辛興宗仍以宋江等為賊寇，歧視、懷疑，只派一名神將，率兵馬千人，協助攻城。宋江等的人格自尊和報國熱情受到沉重打擊。方臘部將方七佛鎮守杭州，手下兵馬三四萬人，皆為精銳，憑險據守，以逸待勞。梁山眾頭領固然英勇，但在人地生疏、孤軍獨戰的情況下，攻城毫無作為，半月裡竟有三分之二人陣亡。宋江痛心疾首，後悔走了招安這步臭棋。不久，官軍收復杭州，擬攻睦州。宋江等心灰意冷，為保存剩下三分之一人的性命，請求散歸故土，老死山林。辛興宗正嫌他們是個累贅，樂得批准。這樣，宋江、盧俊義、吳用等，包括燕青，脫離了官軍，回歸北方，隱姓埋名，漸漸銷聲匿跡。杭州一帶留下張順祠、時遷廟，武松墓等遺存，印證了宋江曾征討方臘那一段並不怎麼光彩的歷史。

為了鎮壓方臘起義，宋徽宗不得不宣布暫罷蘇、杭供奉局和花石綱。童貫指揮各路兵馬，發起總攻，收復眾多失陷的州縣，斬殺義軍七八萬人。官軍裝備精良，車馬船隻，兵器甲冑，應有盡有，而義軍基本上沒有裝備，兵器也只是棍棒、木杈之類。方臘敗退，困守青溪山區。官軍將山區包圍，縱火燒山，捉得逃命的義軍萬餘人，當場斬首。四月庚寅日，辛興宗部下校尉韓世忠，挺身執戈，帶領軍士十餘人，潛入山中，查明方臘所住的山洞，發動突然襲擊，刺傷方臘，將其生擒，並俘獲方臘妻子、兒子及其親信等五十二人。至此，攻陷六州五十二縣，波及二百多萬民眾的方臘起義，宣告失敗。

捷報飛送東京。宋徽宗大喜，命童貫班師。七月戊子日，宋徽宗出席在宣德門舉行的獻俘大典。童貫將俘擄的方臘等，押在囚車裡獻給皇上。東京居民人山人海，出來看熱鬧，發現方臘並非三頭六臂，長相跟普通人沒有什麼兩樣。八月丙辰日，方臘被凌遲處死，其妻、子、親信等伏誅。

童貫升任太師，辛興宗等皆加官晉爵。師師關心宋江、燕青，李蘊關心盧俊義，但沒有人能說清他們是死是活。師師只是從張迪口中得知，童貫、辛興宗曾向皇上彙報，說梁山頭領三分之二死了，三分之一活著，活著的中途離開官軍，下落不明；兩個首領宋江和盧俊義肯定是活著的，至於燕青，那就說不準了。師師心中一陣難過。從那時起，她一直疑疑惑惑，自己會見宋江，並把梁山真相轉告皇上，穿針引線，促成招安，到底是對是錯？對，為何對？錯，為何錯？她多希望能有一位高人給她解這個疑釋這個惑啊，可是沒有！

師師不禁想到周邦彥，老師若在，或許能幫自己解疑釋惑。誰知就在方臘被處死後數天，一位僧人找到滄巫樓，告訴師師說，周邦彥在三月下旬死在金陵了。

原來，周邦彥上年春天並未向師師告別，便悄悄離開東京，前往處州赴任，出發不久，處州就被方臘義軍攻佔。朝廷免去他的處州知州職務，改任提舉南京（今河南商丘）鴻慶宮。然而，他憂慮國事，並未北上任職，錢塘失陷，家鄉也不能回，只好輾轉於金陵、廣陵、鎮江一帶，觀察形勢。他多數時間寄住在金陵曇光寺，終於病倒了。病中，他整理歷年來的文稿，裝訂成厚厚的兩大本。同時，他無限懷念、思念師師，又寫了幾篇新作品。生命彌留時刻，他把一個布包鄭重交給靈光寺方丈靈慧法師，拜託設法轉交給東京滄巫樓的李師師。周邦彥死後，靈慧法師不忘所託，專門派一僧人赴東京，親手把布包交給了李師師。僧人離去。師師打開布包，看到了兩大本書稿和幾篇新作品。周邦彥沒給師師寫信，但託人交予書稿這一舉動，足以說明在他心目中，師師是最可靠最可信的人。師師閱讀那幾篇新作品。一篇《點絳唇》：

遼鶴歸來，故鄉多少傷心地。寸書不寄，魚浪空千里。憑仗桃根，說與淒涼意。愁無際。舊時衣袂，猶有東門淚。

一篇《解連環》：

怨懷無託。嗟情人斷絕，信意遼邈。縱妙手、能解連環，似風散雨收，霧輕雲薄。燕子樓空，暗塵鎖、一床弦索。想移根換葉，盡是舊時，手種紅藥。汀洲漸生杜若。料舟移岸曲，人天角。

謾記得、當日音書，把閒語閒言，待總燒卻。水驛春迴，望寄我，江南梅萼。拼今生，對花對酒，為伊淚落。

一篇《芳草度》：

昨夜裡，又再宿桃源，醉邀仙侶。聽碧窗風快，珠簾半捲疏雨。多少離恨苦。方留連啼訴。鳳帳曉，又是匆匆，獨自歸去。愁顧。滿懷淚粉，瘦馬沖泥尋去路。

謾回首、煙迷望眼，依稀見朱戶。似癡似醉，暗惱損、憑闌情緒。淡暮色，看盡棲鴉亂舞。

師師讀著讀著，淚水模糊了雙眼。幾篇作品都是寫懷念、思念昔日情人的，千迴百轉，情思悲切，婉曲迭宕，纏綿悱惻。須知，周邦彥所懷念所思念的昔日情人，正是自己，正是她李師師啊！字字句句，都是癡情，都是癡語，都是發自肺腑！

師師一算，老師死年應是六十六歲。晚上，她和蟬兒在庭院的一角，給老師燒了很多很多冥錢。師師記得，自己和老師最後一次見面，是在那年夏天平康津隋堤上，老師希望自己最好能離開滄巫樓，並寫下了那篇著名的《蘭陵王》。從那時到現在，四年有餘，自己仍是自己，而自己最崇敬最鍾情的老師，一位卓有成就的文學大家，已撒手人寰，長眠地下了。師師決定，務要把老師的書稿整理出版，傳於後世，那才是對老師最好的緬懷與紀念。

第十五章　艮岳複道

方臘起義如火如荼之時，宋徽宗曾宣布暫罷蘇、杭供奉局和花石綱。僅過兩個多月，當童貫報告已生擒方臘時，他又立即宣布恢復蘇、杭供奉局及花石綱，由王黼、梁師成兼領其事。他為何這樣急切呢？因為延福宮擴建正處在關鍵階段，該宮的建築材料和裝飾材料，大多出自江南。

大凡驕奢淫逸的皇帝，必愛宮殿園林建築。蔡京為相，迎合皇帝心理，提出「豐亨豫大」的理念，即辦所有事情，都要講究豐盛、亨通、安樂、宏大，以顯示大宋朝的氣派和氣象。宋徽宗深以為然，所以在宮殿園林建築方面，求多求大，求華求美，不惜人力、物力和財力。

東京核心地域是皇城，皇城的北半部分，就是通常所說的皇宮。宋朝開國一百多年，宋徽宗時的皇宮，宮殿林立，金碧輝煌，相當壯美。可是，宋徽宗並不滿足，採納蔡京建議，命梁師成等監工，再建造一座延福宮。延福宮位於皇城北向中門拱辰門外，實際上是在皇宮北面再建一座皇宮，佔據了皇宮北面，內城北向景龍門、天波門南段的大片空間。那裡原先住有居民，統統遷走。大批工匠聚集，日夜勞作。梁師成等為討皇上歡心，專務奢侈華麗，爭奇鬥巧，不計錢物。政和四年（西元一一一四年），延福宮竣工。殿閣亭台，連屬不絕。鑿池為湖，引泉為泊。怪石幽岩，珍禽異獸。名花嘉木，類聚成英。宋徽宗命把花石綱所辦的珍品，派布宮中，自作《延福宮記》，鐫碑紀勝。然後率領一些佞臣，到宮中遊覽，仰眺俯矚，賞心悅目，幾不啻身入廣寒，飄飄若仙。他滿意地對眾人說：「這是蔡愛卿愛朕，議建此宮，梁愛卿等苦心監工，亦多功勞。古時秦始皇、隋煬帝盛誇建築，就繁麗逾恆而言，恐怕也未必有此佳勝哪！」佞臣們忙說：「秦始皇、隋煬帝皆亡國之君，平時所愛，無非聲色犬馬。而陛下鑑賞，乃山林間棄物，無傷盛德，有益聖躬，豈是秦始皇、隋煬帝所能比擬的？」宋徽宗大笑，說：「嗯！說得好，說得好！」

宋徽宗崇奉道教，既命在皇宮東側新建起玉清和陽宮（後改名為玉清神霄宮）、上清寶籙宮。宮殿建築，花錢無數。史載：「視官爵、財物如糞土，累朝所儲掃地矣。」蔡京、童貫、梁師成等又建議，大宋朝應當有一座堪與唐代大明宮、興慶宮相比美的宏麗宮殿。宋徽宗欣然同意，並命梁師成任總監工。梁師成提出規劃，新宮殿應當是園林建築，對延福宮加以擴建，再新建若干宮殿，特別要在皇宮東北方向，突破內城北向東門封丘門，壘築土山，登山可望東京全景。宋徽宗又是欣然同意：准！於是，一項浩大繁冗的土木工程開始了。遷徙居民，拆毀房屋，開挖地基，背土壘山，移植花木。在工地上勞作的工匠有萬餘人，民夫有七八萬人。車馬往來，塵土飛揚，人聲鼎沸，雞犬不寧。梁師成規定，新宮殿所用的木材、石料等，多數要從江南運來。土木工程在鎮壓方臘起義期間也沒有停止。所以，宋徽宗得知方臘被擒，迫不及待地就宣布恢復蘇、杭供奉局及花石綱。

宣和四年（西元一一二二年），六易寒暑，耗費工役、錢財不可勝計的新宮殿落成，初名萬歲山，嗣因地處京城艮方位（東北），故又定名為艮岳。艮岳廣袤十餘里，周邊築有圍牆，嚴禁東京居民入內，宮殿園林，山水相映，看不完的宮室台榭，說不盡的靡麗紛華，人巧幾奪天工，塵境不殊仙闕。宋徽宗又作《艮岳記》，單道艮岳的萬千氣象：

於是按圖度地，庀徒潺工，壘土積石，設洞庭湖口絲溪仇池之深淵，與泗濱林慮靈壁芙蓉之諸山，最瑰奇特異瑤琨之石，即姑蘇武林明越之壤，荊楚江湘南粵之野，移枇杷橙柚橘柑榔栝荔枝之木、金峨玉羞虎耳鳳尾素馨渠那茉莉含笑之草，不以土地之殊，風氣之異，悉生成長養於雕闌曲檻。而穿石出罅，岡連阜屬，東西相望，前後相續，左山而右水，沿溪而傍隴，連綿而彌滿，吞山懷谷。

其東則高峰峙立，其下植梅以萬數，綠萼承趺，芬芳馥郁，結構山根，號綠萼華堂。又旁有承嵐昆雲之亭，有屋內方外圓如半月，是名書館。又有八仙館，屋圓如規。又有紫石之岩，祈真之磴，攬秀之軒，龍吟之堂。

其南則壽山嵯峨，兩峰並峙，列嶂如屏，瀑布下入雁池，池水清泚漣漪，鳧雁浮泳水面，棲息石間，不可勝計。其上亭曰噰噰，北直絳霄樓，閣巒崛起，千疊萬複，不知其幾千里，而方廣兼數十里。

其西則參朮杞菊黃精芎藭，被山彌塢，中號藥寮，又禾麻菽麥黍豆粳秫，築室若農家，故名西莊。上有亭曰巢雲，高出峰岫，下視群嶺，若在掌上，自南徂北，行岡脊兩石間，綿亙數里，與東山相望，水出石口，噴薄飛注如獸面，名之曰由龍淵濯龍峽蟠秀練光跨雲亭羅漢岩。又西半山間樓曰倚翠，青松蔽密，布於前後，號萬松嶺。上下設兩關，出關下平地，有大方沼，中有兩洲，東為蘆渚亭曰浮陽，西為梅渚亭曰雲浪，沼水西流為鳳池，東出為研池，中分二館，東曰流碧，西曰環山，館有閣曰巢鳳，堂曰三秀。東池後結棟山下曰揮雲廳，復由磴道盤行縈曲，捫石而上，既而山絕路隔，繼之以木棧，倚石排空，周環曲折，有蜀道之難。躋攀至介亭，此最高於諸山，前列巨石，凡三丈許，號排衙，巧怪巉岩，籐蘿蔓衍，若龍若鳳，不可殫窮。麓雲半山居右，極目蕭森居左，北俯景龍江，長波遠岸，彌十餘里，其上流注山間，西行潺䕯為漱玉軒。又行石間為煉丹亭、凝觀圖山亭，下視水際，見高陽酒肆。清斯閣北岸，萬竹蒼翠蓊鬱，仰不見天，有勝雲庵、躡雲台、消閒館、飛岑亭，無雜花異木，四面皆竹也。

又支流為山莊，為回溪，自山蹊石罅搴條下平陸，中立而四顧，則岩峽洞穴，亭閣樓觀，喬木茂草，或高或下，或遠或近，一出一入，一榮一凋，四面周匝，徘徊而仰顧，若在重山大壑，深谷幽岩之底，不知京邑空曠，坦蕩而平夷也，又不知郛郭寰會，紛萃而填委也。真天造地設，神謀化力，非人所能為者，此舉其梗概焉。

文中提到的那塊巨石，聳立在艮岳最高處。巨石是朱勔任蘇、杭供奉使時，在太湖一座山上發現的，約兩間房大小，造型奇特，下方上圓，頂端尖狀，如鍔刺天。將這樣一個大物件運往東京，可花費了氣力：將多艘大船串綁在一起，上鋪木板；在巨石下放置圓木，用滾動法，將它移放到木板上。大船由太湖入長江，沿大運河北上。二百多名船工，水陸牽挽，斷橋毀堤，歷時半年才到東京。途中二三十人斷送了性命。朱勔在奏報中卻說，巨石運輸一沒勞民二沒傷財，安抵京城，乃是川瀆效靈所致。宋徽宗信以為真，指定巨石為神運石。建造艮岳，巨石被安放到山頂，兀然峙立，號昭功敷慶神運石。神運石旁，植兩株檜樹，一株枝條夭矯，名曰朝日升龍之檜；一株枝幹偃蹇，名曰臥雲伏龍之檜。金牌金字，懸掛樹上。宋徽宗親題一詩云：

拔翠琪樹林，雙檜植靈囿。
上稍蟠木枝，下拂龍髯茂。
撐拿天半分，連捲虹兩負。
為棟復為樑，夾輔我皇構。

後人評說此詩，認為詩中寓含隱讖。「檜」讖大奸臣秦檜；「半分」、「兩負」讖宋朝將分北宋與南宋兩個階段；詩末「構」字，正是宋徽宗第九子、康王趙構的名諱，此人在北宋滅亡後稱帝，定都臨安（今浙江杭州），史稱南宋，偏安一隅，縱情享樂，「直把杭州作汴州」！

艮岳在建造過程中，宋徽宗特命從山上向南建一條複道。複道相當於高架橋，凌空建造，兩側封閉，人與車馬行在橋上，橋下人無法看到。複道至長樂坊，直達茂德帝姬趙金德府邸；再至鎮安坊，直達滄巫樓。這樣，宋徽宗就可以透過複道駕幸滄巫樓，再用不著偷偷摸摸，微服出東華門，經過那段一里多長的街巷了。

這天，宋徽宗由張迪陪同，通過複道，到了滄巫樓，見到師師，興致勃勃講述艮岳，又取出《艮岳記》，讓師師觀賞。師師讀《艮岳記》，只見文字堆砌，不見真情實感，光怪陸離，不可名狀。但這是皇帝的大作，她不想掃皇帝的興，故意說：「《艮岳記》的風格氣勢，跟《阿房宮賦》可有一比嘛！」宋徽宗大樂，說：「知朕此文之妙哉，師師也！」

艮岳落成，宋徽宗心情大好，確信大宋朝在他臨朝期間，才有了足以與唐代大明宮、興慶宮相比美的宏麗宮殿。接著，他組織編輯的三部大書──《宣和書譜》、《宣和畫》、《宣和博古圖》出版，更加心花怒放，確信他的文治文功，超過了以前任何一位皇帝。

宋徽宗命張迪抱著三部大書，隨自己通過複道，到了滄巫樓。宋代已發明活字印刷，所以書籍印刷品質很高，文圖清晰，裝幀精美。師師看到三部大書，驚呼說：「呀，真漂亮！」宋徽宗笑嘻嘻地說：「這三部大書，可是朕的心血結晶哪！」

是的，這三部大書的確是宋徽宗的心血結晶。宋徽宗年輕時就喜好書法、繪畫、金石，登基後利用至高無上的皇權，搜求和收藏古代的書法、繪畫、金石精品，數量之多，品質之高，亙古未有。他把搜求到的精品，收藏在宣和殿裡，那裡號稱御府，實際上相當於國家書畫館、國家博物館。宋徽宗每天舉行朝會以後，多數時間是在宣和殿裡度過的，觀賞、鑑別藏品，或寫字作畫，忙時常常廢寢忘食。師師聽宋徽宗說過，他之所以要編輯三部大書，緣起於《平復帖》和《遊春圖》。

《平復帖》是晉代書法家陸機的書法作品，牙色麻紙本，縱二十三點七公分，橫二十點六公分，草隸書體，九行八十四字，內容是陸機向友人問候疾病的信札，其中有「恐難平復」一語，故名《平復帖》，筆意婉轉，風格質樸。該帖是中國書法已知傳世最早的法帖真跡，素有「法帖之祖」的美譽。《遊春圖》是隋代畫家展子虔的繪畫作品，絹本設色，長卷，縱四十三公分，長八十點五公分。描繪桃杏爭豔時節，人們春遊的情景：青山聳峙，江流無際，湖光山色，花團錦簇，人物、佛寺點綴其間，咫尺千里，處處洋溢著陽光般的明媚與溫暖。該畫是是中國繪畫已知傳世最早的卷軸山水畫，用濃烈的青綠色畫山畫水，開了唐、宋金碧山水畫之先河。

宋徽宗搜求到《平復帖》和《遊春圖》，愛不釋手，還親筆為《遊春圖》題寫了畫名。隨著搜求和收藏的書畫精品和金石精品越來越多，他便產生了編輯三部大書的想法。這樣做，可以集中展示書法、繪畫、金石的藝術魅力，同時可以展現他的文治文功，傳於後世。宋代尚無照相技術，出版圖書，全靠人工，按一定比例，將原件縮小、臨摹，然後製版印刷。因此，編輯這三部大書，耗費的人力物力財力，也是相當驚人的。

《宣和書譜》二十卷，著錄晉代至宋代書法墨跡，共一百九十七人、一千三百四十四件作品。編輯體例：按帝王及書體分類設卷，包括帝王書一卷、正書四卷、行書六卷、草書八卷、八分書一卷；每種書體前有敘論，論述書體的淵源及發展，以下為書法家小傳、評論，最後列御府收藏的該書法家作品目錄。《宣和畫譜》也是二十卷，著錄魏晉至宋代畫家繪畫真跡，共二百三十一人、六千三百九十六件作品。編輯體例與《宣和書譜》相同：按畫科十門設卷（無帝王卷），包括道釋四卷、人物三卷、宮室（含番族）一卷、龍魚一卷、山水三卷、畜獸二卷、花鳥五卷、墨竹（含蔬果）一卷；每門畫科前有敘論，論述畫科的淵源及發展，以下為畫家小傳、評論，最後列御府收藏的該畫家作品目錄。

師師的藝術才能主要在琴藝、小唱、棋藝方面，但也懂得書法、繪畫欣賞。《宣和書譜》和《宣和畫譜》共收錄四百多位書法家、畫家的七千七百多件作品，廣博浩翰，蔚為大觀，令她歎為觀止。她熟知一些著名書法家、畫家的代表作品，但唐太宗、武則天、唐明皇、元稹、李商隱等人的書法作品，顧愷之、李思訓、李昭道、王維、張萱、周昉、韓滉、曹霸、李煜、徐熙等人的繪畫作品，她還是第一次見到。所有書法作品和繪畫作品，風格各並，但都是傳世極少的精品，書韻畫意，美侖美奐。

師師觀賞書譜、畫譜，發現大書裡並未收錄宋徽宗的作品。宋徽宗的瘦金體書法獨步天下，挺拔遒勁，飄逸犀利，代表作有《御書千字文》、《夏日詩帖》、《歐陽詢張翰帖跋》等。宋徽宗的花鳥畫，精工絢麗，注重細節，形象逼真，極得自然之趣，代表作有《柳鴉圖》、《竹禽圖》、《四禽圖》、《池塘晚秋圖》等。師師一次詢問皇帝，書譜、畫譜裡為何不收錄他的作品？宋徽宗笑了，說：「書譜、畫譜收錄的都是御府收藏的書畫精品，也可以說都是文物。朕的作品，御府沒有收藏，不算文物，當然還是不收錄為好。不過朕相信，若干年後，後人再編輯書譜、畫譜之類的圖書，肯定會收錄朕的作品的。金子總會閃光，這是真理。」

師師知道，就書法與繪畫而言，宋徽宗在繪畫上花費的氣力更多更大。他把繪畫提到了一個空前的高度：太學專門設立畫學，分道釋、人物、山水、鳥獸、花竹、屋木六科，定期招收學生；把繪畫正式列為科舉考試科目之一，優秀者進入朝廷畫院任畫師，授予畫學正、藝學、待詔、祗侯、供奉、畫學生等名號。繪畫科考，他必親自主持，多以詩詞為題命考生作畫，旨在激發新的創意。師師聽張迪說過兩次考試。一次，皇上出的考題叫「山中藏古寺」。多數考生畫深山畫密林，畫密林中一座紅牆寺院，翹角飛簷。獨有一考生，沒畫寺院，只畫一個和尚，挑著兩桶水，行進在小溪旁的彎曲山徑上。結果，這個考生得了頭名。又一次，皇上出的考題叫「踏花歸來馬蹄香」。「香」無形無色，最難表現。有人畫騎馬人手拿一枝花或一束花，有人畫馬蹄上沾著幾片花瓣。獨有一考生畫一騎馬人，踏春歸來，幾隻蝴蝶在馬蹄周圍飛舞。宋徽宗撫掌稱讚此畫，說：「好！立意妙而意境深，選擇蝴蝶飛舞的細節，傳達出了馬蹄香的題旨。」結果，這個考生得了頭名。師師聽後，感慨說：「這樣考試，倒也別出心裁。」

師師觀賞了書譜、畫譜，又觀賞《宣和博古圖》。這是一部金石學著作，三十卷，著錄商代至唐代青銅器共八百三十九件。分鼎、尊、罍、彝、舟、卣、瓶、壺、爵、斝、觶、敦、簠、毀、鬲、鍑及盤、匜、鐘磬及錞于、雜器、鏡鑑等二十類，依類設卷。每類前有總說，論述該類器物的起源及變革。每件器物都摹繪圖象，勾勒銘文，並記錄器物的尺寸、容量、重量等，間附考證，附記器物的出土地點、顏色和收藏家姓名。師師對金石學基本上是一竅不通，觀賞這部大書，恰也成長了見識，至少認識了那些精美而奇巧的器物，叫什麼名字，幹什麼用的。

師師觀賞三部大書，心中深感震撼。沒有人懷疑，宋徽宗是一位傑出的書法家、畫家、金石學家、收藏家。然而，作為一國之君，他把心思和精力都用在這些方面，是不是不務正業？是不是玩物喪志？師師記得多年前賈奕曾評說過皇帝：「你問他做什麼？據我所知，他除了國事以外，什麼事都做。」一個除了國事以外，什麼事都做的皇帝，能算是好皇帝麼？師師笑了笑，搖了搖頭，因為她說不清楚。

自從建了複道，宋徽宗隨時隨刻都會駕幸滄巫樓。他給師師觀賞了《艮岳記》，觀賞了《宣和書譜》、《宣和畫譜》、《宣和博古圖》，接著又給了師師一個驚喜：將一幅名畫展示在她面前。

宋徽宗是從畫院直接到滄巫樓的。張迪跟在皇帝身後，雙手抱著一個長方形木盒。木盒棗紅色，長約二尺，寬、高約一尺，非常精緻。宋徽宗一見師師，便樂呵呵地說：「師師，朕要讓你一飽眼福！」師師說：「一飽眼福？那必是寶貝了！」宋徽宗說：「對！寶貝，大寶貝！」

宋徽宗從張迪手中接過木盒，說：「挪一張條桌過來！」張迪嗅了蟬兒，抬過一張條桌。宋徽宗把木盒放在條桌右端，從中取出一物，那是捲著的畫軸。宋徽宗小心翼翼，將畫軸徐徐展開。畫軸太長，條桌長度不夠。張迪和蟬兒再將兩張圓桌拼在條桌的左端。整個畫軸得以展開。啊！好一幅精美、氣派的長卷畫作！長卷畫作畫在米黃色絹上，經裱褙後更顯高雅、大氣。畫末題有瘦金體「清明上河圖」五字，並鈐有宋徽宗收藏書畫專用的雙龍小印。據此可知，長卷畫作名叫《清明上河圖》，宋徽宗是收藏它的第一人。

師師看出來了，說：「這畫上畫的，是汴河兩岸景象嘛！」宋徽宗滿臉是笑，說：「沒錯，畫上畫的是汴河兩岸景象。畫法術語叫散點透視法，即採用鳥瞰式，不斷移動視點，把看到的景象，有重點有層次地濃縮在一幅畫中。」

師師問：「此畫作者是誰？畫名何意？『清明上河』，是不是清明上墳掃墓？」宋徽宗大笑，搖手說：「不，『清明上河』並非清明上墳掃墓。此畫作者叫張擇端，字正道，琅琊東武（今山東諸城）人，是畫院的一位畫師。他畫此畫，是為了展現汴河風貌，也就是京城風貌，所以將畫名定為《汴河風貌圖》或《汴京風貌圖》。他將作品敬獻給朕，並請朕題寫畫名。朕考慮此畫結構宏偉，內容豐富，遠非『風貌』二字所能涵蓋的，所以才題了《清明上河圖》的畫名。這個『清明』可不是清明節的『清明』，而是太平盛世、政治清明的『清明』。『上河』指汴河，它是京城第一河，稱『上河』，就跟漢、唐時京城的縣稱『上縣』一樣。《清明上河圖》這個畫名，最能展現大宋朝的太平氣象、清明氣象、興盛氣象，比《汴河風貌圖》或《汴京風貌圖》更有思想高度。」

宋徽宗興致高昂，接著說：「這幅長卷縱七點五寸（實際二十四點八公分），長近一丈六尺（實際五百二十八公分），這樣長的畫，自古以來從未有人畫過。畫屬於風俗畫性質，畫中共有五百五十多個人物，五六十頭牲畜，二十多輛車子轎子，二十多艘船隻，六街三市，房舍無數。全畫構圖嚴謹，筆觸細膩，著色雅淡，大至廣袤的原野、寬闊的河流、高聳的城樓，小到人物的笑貌、牲畜的神態、攤販的貨物、市招上的文字等，均各有特色，曲盡其妙。了不起，了不起啊！」

宋徽宗的欣喜與讚賞之情，溢於言表。師師受到感染，直覺得那畫琳琅滿目，美不勝收。忽有宮監前來報告，說王黼請皇上火速回宮，有緊急軍情需要商量。宋徽宗嘟囔說：「哼，朕這個皇帝，片刻也不得安寧！」他又對師師說：「畫放這兒，你慢慢觀賞就是。」

宋徽宗和和張迪匆匆回宮。師師這才坐下來，仔細觀賞《清明上河圖》。她發現，全畫從右至左，大致可分為三個段落。第一段落是東京郊外風光：疏林薄霧中，掩映著幾家農舍，附近有流水、老樹、草橋和扁舟。兩個腳夫趕著五頭毛驢，緩緩前行。高高的樹上有幾個鳥巢，打麥場上有幾個石碾子，羊圈裡養有幾隻羊，羊圈旁是雞舍鴨舍。一片柳林，柳樹枝頭泛出嫩綠。大路上過來一支迎親送親隊伍。新郎騎著一匹棗紅大馬，馬前一人抱著新娘的梳妝盒，馬後一人挑著新娘的嫁妝。轎夫抬著轎子，轎頂裝飾各種雜花，顯然那是花轎，轎內坐著的必是新娘。一家茶坊，挨著一農家，農家養有兩頭牛，遠處農田禾苗旺盛，農夫正在澆水施肥。

第二段落是汴河場景：汴河是全畫的主體，東西橫貫。河岸上，店舖密集，貨物堆積如山。河面上，商船密布，東來西往，船夫撐篙搖櫓，縴夫拉縴收縴。有的船滿載貨物，逆流而上；有的船靠岸停泊，卸貨裝貨。一座堅固的木質拱橋，結構精巧，宛若長虹臥波，故名虹橋。一艘大船駛近，船工們神色緊張，手持長篙，嚴陣以待，有幾人忙著放下桅桿，以利從橋下通過。鄰船上的船工，指指點點，大聲吆喝著什麼。橋上行人，伸頭探腦張望，生怕大船過橋發生意外。虹橋是一處碼頭，橋頭遍布飲食攤、茶水攤、刀剪攤及各色雜貨攤，還有看相算命的攤子。攤主推銷商品，行人選購商品，討價還價。熱熱鬧鬧，嘈嘈雜雜，表示那裡是一個水陸交通會合點，人人都在忙碌，充滿生活氣息。

第三段落是城內街市：城門高大，城樓宏偉。衣飾奇異的西域商人，手牽幾乘馱著貨物的駱駝，走向城外。房舍鱗次櫛比，商業、手工業興旺發達。看那些門面，有綢緞店、珠寶店、香料店、油米店、鞋帽店、香火紙馬店、修面整容店、大車修理店、醫藥門診店等。大的店鋪門前紮有彩樓，懸掛燈籠、招子、旗幟，招攬生意。街市行人摩肩接踵，川流不息，有做生意的商賈，有看街景的士紳，有叫賣的小販，有乘坐轎子的美婦，有身背竹簍的和尚，有問路的外鄉遊客，有赤膊表演的雜技藝人，有在酒樓豪飲的紈絝公子，有在路邊行乞的殘疾老者。男女老幼，士、農、商、醫、卜、僧、道、胥吏等，三教九流，無所不備。瞧，從內城方向走來一隊人馬，一個騎馬的武官趾高氣揚，前面有儀仗開道，後面有人替他拿著關刀。兩名趕馬車的苦力見狀，雙手緊拉馬韁，唯恐發生驚馬現象……

師師平時欣賞過不少繪畫作品，而像《清明上河圖》這樣的長卷，還是首次見到。她的突出印象是，此畫畫面長而不冗，繁而不亂，所畫的人與物，倖色揣稱，栩栩如生。生動逼真的畫面，將她帶入童年時代。汴河及汴河之畔，那田園、村舍、車馬、船隻、虹橋、城樓、街市、店鋪，以及諸多風物人情等，她是多麼熟悉，又覺得多麼親切啊！她毫不懷疑，畫家畫的就是汴河風貌，往大裡說，也就是京城風貌。因此，《汴河風貌圖》或《汴京風貌圖》的畫名，十分準確，切合題旨。相比之下，《清明上河圖》的畫名，賦予畫作太強的政治色彩，反而有「拔高」之嫌。明明就是一幅風俗畫，為何要跟太平、清明、興盛三大「氣象」掛鉤呢？看，畫上畫有多個乞丐在乞討，畫有騎馬的武官不可一世。太平麼？清明麼？興盛麼？

師師觀賞《清明上河圖》，又產生一個疑問：畫上畫的主要是春季景象，但又有夏季、秋季景象，這是為何？如畫中有多人頭戴草帽、竹笠，多人手拿扇子扇風或遮陽，多個小孩赤身嬉戲追逐，一家農舍短籬內長滿像茄子一樣的作物，多處攤販的貨桌上擺有切開的西瓜，一處茶水攤招牌上寫有「口暑飲子」，幾家酒肆酒旗上寫有「新酒」（宋代，中秋節前後釀的酒稱新酒），五頭毛驢馱負著冬季才用的木炭，等等。一天，師師曾向宋徽宗提出她的疑問。宋徽宗搖頭，回答不上來，說：「待朕尋個機會問問張擇端，看是怎麼回事。」可一轉身，他就把此事給忘了。

複道將皇宮與艮岳連在一起。複道向南延伸，又將艮岳與茂德帝姬趙福金府邸、李師師住所滄巫樓連在一起。複道是皇帝專用的「御道」。趙福金因最受父皇寵愛，所以也可以通過複道，到滄巫樓拜訪她所敬佩的李姨。師師喜歡美貌、活潑、可愛的趙福金。那年仙妖鬧劇，林靈素本欲刺殺師師，幸虧趙福金代師師挨了匕首一刺，師師得以逃過一劫。因此，師師對趙福金又存一份感激、負疚之情，帝姬每次來訪，她都會熱情接待，二人對坐說話，一說就是一兩個時辰。

趙福金這年十六歲，上年已經大婚。丈夫蔡鞗是蔡京第四子，以駙馬都尉身分，又升任政和殿學士，乾脆住到長樂坊帝姬府邸。這個蔡鞗，年齡比趙福金大一倍還多，長相一般，依仗其父的權勢，早就在風月場上鬼混，也不知玩弄過多少女人。如花似玉的趙福金，奉父皇之命，皇家與宰相家聯姻，嫁給這樣一個浪蕩公子，心甚怏怏，卻又是啞巴吃黃連，有苦說不出。

趙福金成了蔡京的兒媳，見到李姨，忍不住總想說蔡京，說蔡京一家人。她說，蔡京最奸詐最圓滑最貪婪也最無恥，憑阿諛逢迎當了宰相，又憑阿諛逢迎長期專權。蔡京和童貫、梁師成等狼狽為奸，互相吹捧與提攜，不論出現什麼情況，他們及其黨羽都能穩如泰山，毫髮無損。蔡京曾三次被罷相，但不多久就又會回到朝廷，官復原職。為什麼？因為父皇喜歡他信任他，稱讚他是「忠貫金石，志安社稷」。蔡京妻妾多兒孫多，府第在金水河邊上，豪華奢靡，宛若宮禁。府中男傭女僕上千人，分工細密，廚房竟有一女僕，專事切蔥絲的！每天飲食，五六十道山珍海味，還常說「無下箸處」。冬季禦寒，燒香取暖，其香是特製的，焚燒之後，雲霧濛濛，沒有烈焰，衣冠芳馥，數日不絕。他年過七旬，還納了三個十幾歲的少女為妾，真是個老淫棍、老妖精！蔡京近年來兩眼昏花，視力極差，但還牢牢把持著權力不放。他讓蔡絛做他的幫手，宰相事務均由蔡絛處理，並讓蔡絛代表他向父皇奏事。蔡絛因此沾沾自喜，吹噓說要不了幾年，他也會當上宰相的。

趙福金從蔡京又說到童貫、梁師成。她說，童貫原是個不起眼的宦官，五十多歲時才發跡，步步高升，職掌全國軍權。童貫軍權在握，隨心所欲，公然出賣軍職，貪污受賄。富豪惡霸，流氓無賴，只要出錢，竟能買到節度使之類的重要軍職。此人統兵鎮壓了方臘起義，更是紅得發紫，官拜太傅、太師，封楚國公。別看他是個宦官，可美妻嬌妾，以及收養的乾兒子乾女兒，卻有一大群呢！

趙福金說，蔡京叫「公相」，童貫叫「媼相」，梁師成則叫「隱相」。梁師成粗通文墨，自詡風雅，迎合父皇愛書畫愛金石的喜好，謊稱自己是蘇軾的養子，辦一書畫坊，收買一批文士墨客，專門寫字作畫，從中挑選一些精品，獻給父皇。父皇因此重用此人，命他主管宮殿建築。他為了討得父皇的歡心，主持建造明堂、延福宮、玉清和陽宮、上清寶籙宮，直至艮岳，一磚一瓦、一石一木、一花一草，必求大求新求精求奇求巧，耗費錢財無數。梁師成從主管的肥差中撈足了油水，府第之豪華奢靡，可比蔡京府第。趙福金從梁師成又牽扯出王黼來，說：「李姨，你知道嗎？你住的這個地方，原是王黼的一處宅院，他獻給父皇後，經裝修才叫滄巫樓。王黼不學無術，多智善佞，父事梁師成，倚其聲焰，這才飛黃騰達。他獻出一處宅院，又主持編輯了《宣和博古圖》，父皇賞賜給他一處三倍大的府第。王黼府第與梁師成府第相鄰，有便門相通，兩家人親如一家人。蔡京致仕，王黼當了宰相，和梁師成新領蘇州、杭州供奉局及花石綱事項，那個貪婪勁，無法形容。凡四方水土珍異之物，用於皇家的不足十分之一，絕大多數都由他倆家瓜分私吞了！」

師師驚呼說：「這幾人怎能這樣？」趙福金說：「我也問過父皇同樣的問題，你猜父皇怎麼說？他說：『朕知道他們很奸很滑很貪，但大宋朝這樣大，軍國大事這樣多，總得有人去管去做不是？水至清則無魚。他們對朕忠心，這是大節，其他都是小節！』聽聽：這就是父皇使用朝臣的高論！李姨你說，他這樣，能是個好皇帝嗎？」

師師苦笑，無言以對。趙福金還說，她的父皇應該當藝術家，比如書法家、畫家、金石學家、收藏家、文學家、音樂家、舞蹈家什麼的，就是不該當皇帝。她讓李姨看過她父皇的幾篇長短句作品。師師讀來，覺得都是歌頌太平的應景之作，蒼白無力，唯一篇《臨江仙》，寫景抒情，尚有點韻味：

過水穿山前去也，吟詩約句千餘。淮波寒重雨疏疏。煙籠灘上鷺，人買就船魚。
古寺幽房權且住，夜深宿在僧居。夢魂驚起轉嗟吁。愁牽心上慮，和淚寫回書。

趙福金又說，她的父皇最愛畫鶴，為了畫得像畫得好，命人建一鶴苑，養了很多鶴。他三番五次去鶴苑，觀察鶴怎樣吃食怎樣飲水，怎樣走動怎樣飛翔等，所以畫的鶴才形神兼備。他畫了一幅《筠莊縱鶴圖》，有人評述說：「或戲上林，或飲太液，翔鳳躍龍之形，擎露舞風之態，引吭唳天，以極其思，刷羽清泉，以致其潔，並立而不爭，獨行而不倚，閒暇之格，清迥之姿，寓於縑素之上，各極其妙。」趙福金又說，她的父皇還精於茶藝，多次為近臣調茶，並撰寫了《大觀茶論》一書。該書前有序言，其下分地產、天時、採摘、蒸壓、製造、鑑別、白茶、羅碾、盞、筅、瓶、杓、水、點、味、香、色、藏焙、品名，共二十目，記載詳細，論述準確。一些貢茶優美的名字，如玉清慶雲、瑞雲翔龍、浴雪呈祥等，都是他欽定的。師師聽後更加愕然：皇帝喜好如此廣泛，哪還有心思和精力治國理政？

趙福金在李姨跟前，可以說是無話不說。她又說到父皇好淫好色，使師師聽了很不自在。趙福金說：「父皇是皇帝，擁有一位皇后和眾多妃嬪，也屬正常，《周禮》就是這樣規定的。可他的妃嬪也太多太多了。到底有多少？誰也說不準。我最看不慣的是，父皇隨意臨幸那些十幾歲的美貌宮女，臨幸後給個名號，登記在冊，就算正式妃嬪。父皇連她們的姓名都不知曉，僅臨幸一次，就把她們忘到九霄雲外。她們住在宮裡，算是我的庶母，多個庶母年齡比我還小啊！我是崇寧五年（西元一一〇六年）生的，今年十六歲。庶母淑容裴月里、淑容陳嬌子、充儀申觀音、貴儀金秋月、昭容李珠媛、婉容閻寶瑟，是大觀三年（西元一一〇九年）生的，今年才十三歲；淑儀金弄玉、昭儀朱素輝，是大觀四年（西元一一一〇年）生的，今年才十二歲。李姨你說，這，這叫什麼事？這些人有名號，登記在冊，享受妃嬪的待遇，算是幸運的。最可憐最可悲的是那些受過父皇臨幸，卻未給名號、未登記在冊的宮女，沒有妃嬪名分，但又是『皇帝的女人』，規定不許出宮，不許嫁人，終生獨守空房。這，這也太不人道啦！」

師師熟知宋徽宗好淫好色，但沒想到竟好到這種程度。她就是皇帝好淫好色，而被好到滄巫樓的，所以對這個話題比較敏感，還是嚴緘其口為上策。她故意轉移話題，展開《清明上河圖》，讓趙福金觀賞。趙福金驚歎畫作之長之美，滿眼放光。她見畫面上多處畫著雞與狗，忽然問：「李姨，你可知現時京城裡什麼最多？」師師沒想過這個問題，一時回答不上來。趙福金笑著說：「狗呀！這都是那個林靈素遺留下來的禍害。父皇生辰是十月初五。林靈素說那個日子不吉利。父皇因而把生辰改作十月初十。父皇生於壬戌年，屬相為狗。林靈素說狗通人性，屬狗最好。父皇因此下令禁止宰狗，禁吃狗肉。林靈素死了，可父皇的詔令仍未廢除，以致京城裡流浪狗滿街跑，都形成狗患了。」

師師還是第一次聽說這樣的事，哭笑不得。她想，皇帝若屬牛屬馬的話，恐怕就得把牛、馬供奉起來，不讓套犁耕地、駕轅拉車了，真是荒唐！

帝姬趙福金信任李姨，什麼話都說。這使師師對宋徽宗有了更多的了解，更深的認識。她是二十三歲時成為皇帝私寵的，眨眼間已二十九歲，在滄巫樓住了整整六年了。這六年裡，她深得皇帝眷愛，經歷了很多，見識了很多，但基本上是保持平常心，活出了自我的。但是，她也是「皇帝的女人」，今後怎麼辦？能在滄巫樓一輩子？不！滄巫樓屬於皇家，過於富麗、堂皇、奢靡，絕非自己的歸宿之地。她想起周邦彥那年在平康津說過的話：「我最放心不下的仍是你，望你最好能離開滄巫樓。我大宋朝內有內憂，外有外患，幾年後會怎樣，難料，難料，難料啊！」是的，皇帝是那樣的皇帝，朝廷是那樣的朝廷，大宋朝的前景確實難料。師師考慮應當離開滄巫樓、離開皇帝了。然而，她還未及離開，烽火狼煙突起，整個大宋朝，包括皇帝和國民在內，就遭遇了萬劫不復的滅頂之災。

第十六章 烽火狼煙

宋徽宗在文治文功方面大有成就，忽又異想天開，奢望在武治武功方面也能有所作為，從而可與漢武帝、唐太宗齊名，文韜武略，一統天下，彪炳史冊，永垂不朽。宋朝西北與夏國為鄰，北面與遼國接壤。宋、遼之間存在著燕雲十六州的爭端，戰戰和和百餘年，爭端仍是爭端，始終未能解決。

燕雲十六州指幽州（燕京，今北京）、順州（今北京順義）、儒州（今北京延慶）、檀州（今北京密雲）、薊州（今天津薊縣）、涿州（今河北涿州）、瀛州（今河北河間）、莫州（今河北任丘北）、新州（今河北涿鹿）、媯州（今河北懷來）、武州（今河北宣化）、蔚州（今河北蔚縣）、應州（今山西應縣）、寰州（今山西朔州東）、朔州（今山西朔州）、雲州（今山西大同），大致包括今北京、天津、河北北部和山西北部大片土地。五代後唐時，河東節度使石敬瑭依仗遼出兵支持，當了皇帝，建立晉國（後晉）。此人厚顏無恥，竟自稱「兒皇帝」，拱手把這十六個州獻給了遼國，遼國的疆域由此擴展到長城沿線，幽州、雲州分別成了遼國的南京、西京。從宋太祖到宋哲宗，歷任皇帝都曾想從異族人手中收復十六州，可惜沒有那個實力，雷聲大雨點小，不了了之。宋徽宗一貫不務正業，竟然生出雄心，意欲做列祖列宗沒有做成的大事。政和元年（西元一一一一年），他命童貫為使臣出使遼國，索要燕雲十六州，發話說遼國若不歸還，那就兵戎相見。遼天祚帝耶律延禧對宋朝的威脅嗤之以鼻。童貫出使碰了一鼻子灰，敗興而歸。

童貫這次出使也有收穫，遇到一個通曉漢語和女真語的人，叫李良嗣。李良嗣說，遼國東北新崛起一個女真族人建立的金國，宋朝若和金國結盟，聯合攻遼，那麼遼國必敗，宋朝何愁不能收回燕雲十六州？童貫大喜，即將李良嗣帶回宋朝，鄭重推薦給宋徽宗。

宋朝君臣孤陋寡聞，聽了李良嗣的講述，方知世界上還有個女真族人建立的金國。女真族是個古老的少數民族，五代以後生活在金水（今松花江支流阿什河）流域，臣服於遼國。遼國對女真族人實行殘酷的民族壓迫，壓榨欺凌，駭人聽聞。女真族傑出首領完顏阿骨打（漢語名完顏旻）憤怒而起，率領族人反遼，自稱皇帝，定國號為金，以皇帝寨（後改稱會寧府，今黑龍江阿城南）為國都。遼帝耶律延禧不容後院起火，調集七十萬兵馬，御駕親征，企圖消滅金國。阿骨打率二萬將士迎戰，人人英勇，個個剽悍，打得遼軍丟盔掉甲，滿地找牙。耶律延禧嚇得倉皇潰逃，一晝夜跑了五百里。阿骨打乘勢攻佔遼之東京（今遼寧遼陽），佔有了整個遼河流域。李良嗣再提宋、金結盟，聯合攻遼的建議。宋徽宗欣然同意，賜李良嗣姓趙，由他代表宋朝，全權負責與金國洽談結盟事項。

宋、金聯絡需經海上。宣和二年（西元一一二〇年），趙良嗣與金國簽訂「海上之盟」，雙方約定以長城為界，聯合攻遼：金國攻遼之中京（今內蒙古寧城西），宋朝攻遼之南京；獲勝後，宋朝收回燕雲十六州，宋朝原先每年貢獻給遼國的歲幣，轉而貢獻給金國。所謂歲幣，是宋真宗時宋、遼簽訂「澶淵之盟」的產物：遼帝稱宋帝為「兄」，但「兄」每年要向「弟」貢獻三十萬歲幣，包括白銀十萬兩和綢緞二十萬匹。宋徽宗當即任命童貫為統帥，調兵遣將，準備進行「北伐」。金帝阿骨打踐行盟約，用兵如神，先攻取遼之上京臨潢府（今內蒙古巴林左旗南），再攻克遼之中京大定府，順便攻克了遼之西京大同府。宋朝因鎮壓方臘起義，耽誤了攻遼的時日，直到宣和四年（西元一一二二年），才又由童貫任河北、河東路宣撫使，蔡攸為副使，率十五萬兵馬「北伐」，攻取遼之南京。遼軍在金軍面前不堪一擊，在宋軍面前卻如狼似虎。宋軍各路兵馬敗退，潰不成軍。史載：「帝（宋徽宗）聞兵敗，懼甚，遂詔班師。」遼國涿州、易州守將郭藥師投降宋朝，宋朝不戰而得涿州、易州，算是「北伐」的唯一成果。宋軍每戰必敗，根本無法抵達南京。童貫無奈，只得請求金國幫忙。阿骨打一面斥責宋朝攻遼違期，一面揮師南下，沒費吹灰之力，於年底就攻克遼之南京，佔有了燕雲十六州中的十四個州。

趙良嗣奉命去見阿骨打，根據「海上之盟」的約定，索要那十四個州。阿骨打既得肥肉，哪會讓人？態度蠻橫，只答應給宋朝燕京（遼之南京）及薊、景、檀、順、涿、易六州。涿、易二州已為宋朝所有，阿骨打實際上只答應給宋朝燕京及薊、景、檀、順四州。趙良嗣往返奔波。阿骨打發下狠話，說：「燕京及六州之外，寸土不與！」宋徽宗退而求其次，命趙良嗣再索要營、雲、灤三州。阿骨打大怒，說：「少得囉嗦！若再煩朕，一州不給，朕還要取回涿、易二州！」

宋朝君臣一籌莫展，遂命趙良嗣與金國談判，討價還價，最終完全按金國的意願，簽訂協定：一、燕京及薊、景、檀、順、涿、易六州歸宋朝；二、宋朝原先每年貢獻給遼國的歲幣，增加至四十萬（白銀二十萬兩、綢緞二十萬匹），貢獻給金國；三、宋朝每年給遼國燕京代稅錢一百萬緡；四、宋、金互相賀正旦生辰，邊境開放榷場貿易。

宣和五年（西元一一二三年）四月，金軍退出燕京及薊、景、檀、順四州。童貫、蔡攸進入燕京，發現城內強壯男女及糧食、錢物等，盡被金軍掠去，單剩下千餘名老弱病殘及一座空城。薊、景、檀、順四州情況也是如此。童貫、蔡攸卻向宋徽宗奏報，說：「燕城老幼，伏道迎謁，焚香稱壽。」宰相王黼等跪拜在地，高呼萬歲，稱頌皇帝聖明，功德巍巍。宋徽宗自我感覺良好，不管怎麼說，他畢竟收回了燕雲十六州中的七個州，論武治武功，大大勝過列祖列宗了。詔令在燕京設燕山府，統管七州事務。

童貫、蔡攸還朝。童貫進封徐、豫國公，蔡攸升任少宰。趙良嗣談判勞苦，升任延康殿學士。宋徽宗對遼國降將郭藥師格外優待，召見、賜宴，賞賜府第、妻妾、金銀、禦袍，任命為檢校少保，又加封少傅，同知燕山府，負責捍守燕京。郭藥師感激涕零，說：「陛下知遇之恩，重於燕山，臣守北邊，願效死力！」燕山是燕京、薊州一帶山脈的總稱，實際上已成了宋朝與金國的臨時分界線。

有人對此提出異議，說：「燕京新歸我朝，實乃北邊屏障，豈能交由一遼之降將捍守？」宋徽宗不以為然，說：「朕素懷寬厚仁德之心，寧人負朕，朕不負人。再則，用人之道，貴在疑人不用，用人不疑嘛！」不久又給郭藥師掛了個太尉虛銜。

宋軍「北伐」期間，東京人的話題多從遼國轉向金國。絕大多數人不知金國在哪裡，不知金國軍隊為何那樣凶悍，那樣所向披靡？李師師想起來了，她最早聽賈奕說起過金國，說「金國好生厲害，既覬覦遼國，又覬覦大宋」。後來又聽周邦彥說起過金國，說它強盛之後，定會向南方擴張，侵略中原大地。她當時沒往心裡去，以為那是杞人憂天。不曾想現在人人都說金國，都說阿骨打，賈奕和周邦彥可真有先見之明哪！童貫、蔡攸還朝後的一天，宋徽宗在滄巫樓放鬆身心，主要是睡覺，睡了五六個時辰。他讓師師看過一張地圖，地圖上標明宋朝、夏國、遼國、金國的疆域，遼國的疆域差不多都被金國佔領了。師師在地圖上找到長城、燕山、燕京、薊州等地方，說：「我朝北面，原與遼國接壤，現在變成與金國接壤，金國會不會得寸進尺，再南侵我朝？」宋徽宗朗聲大笑，說：「不會不會！金國說到底只是個胡虜小國，即使吞併了遼國，其疆土、人口、物產等，也無法跟我大宋朝相比。它南侵我朝？哼，恐怕有那個心，也沒那個膽，更沒那個力！」

師師聽皇上說得這樣肯定，羞澀地一笑，說：「那就好那就好！」

五月，宋徽宗接到報告：金國皇帝完顏阿骨打在回師途中，突然患病，死於部堵樂（今黑龍江克東），死年五十五歲。阿骨打之弟完顏吳乞買（漢語名完顏晟）繼位，時年四十八歲。宋徽宗和他的近臣暗暗歡喜，更加認定，金國皇位更替，在相當長時間內斷然不會入侵大宋；即使入侵，大宋也有足夠的實力，把胡虜趕出國門去！因此，東京又是一片燈紅酒綠、歌舞昇平景象，大人物們全都高枕無憂，縱情聲色，享受他們認為應該享受的紙醉金迷生活。

金國順利完成了皇位更替。完顏阿骨打與完顏吳乞買兄弟，歷史上分別稱金太祖、金太宗。金國完顏家族人才濟濟，湧現出一大批文武精英。金太宗繼位，以勳臣斜也（漢語名完顏杲）、斡本（漢語名完顏宗幹）主持國政，以斡離不（漢語名完顏宗望）、黏沒喝（漢語名完顏宗翰）總領軍事，決意繼承和發揚亡兄的遺志，創建更加輝煌的功業。崇尚武力是金國的傳統。金太宗堅定不移地沿習傳統，確定當務之急，是要利用武力，徹底消滅遼國的殘餘勢力。

宋、金之間出現短暫的和平局面。兩國簽訂的協議中，有雙方互相賀正旦生辰的內容，所以東京街頭，時時可見金國出使宋朝的使臣。他們大多身材不高，穿皮衣皮靴，頭髮長，鬍鬚密，皮膚黧黑，雙耳愛戴一副大大的圓形銀環。若戴帽子，帽上必插白絨毛製作的飾物，飾物半尺多高，據說那是武勇的象徵。金國使臣到東京，大宋皇帝通常是要接見的。接見地點在紫宸殿。宋徽宗命把國庫珍藏的各種寶物，陳設在殿裡，琳琳琅琅，璀璨奪目，用來誇示大宋的富有。接著，大臣陪同金使遊覽皇宮，遊覽艮岳和御街，並設宴招待貴客。酒宴之豪華令人咋舌，山珍海味、瓊漿玉液自不必說，就連所有餐具，碗、盤、碟、筷子等，都是金質銀質玉質的。金使來自遙遠的偏僻的白山黑水間，到了大宋，到了東京，無異到了天堂，原來天堂是這樣富庶！金國使臣最著迷最垂涎的，還是大宋的女人，一個個風姿綽約，一個個娉娉婷婷，人人都像天上的仙女！不少金使也學宋人，逛起窯子嫖起窯姐來。在那裡，他們領略到了仙女的滋味，魂銷魄化，其樂無比。因此，金使中流傳這樣的話：「當使臣若不逛窯子嫖窯姐，那使臣就白當了，人也白活了！」

李師師在香豔樓的姐妹們，那些日子到滄巫樓看望師師，談論的話題幾乎都是逛窯子嫖窯姐的金國使臣。竹竹說：「那些金國使臣真逗！見了我等，不是叫花姑娘，就是叫花仙子。」鶯鶯說：「金國人的名字怪得很，聽說有叫烏鴉嘴、野狐狸、歪歪斜的。」燕燕說：「我接的一個客人，還叫拉屎（駛）盆呢！」鵲鵲說：「金國人一上床，就餓虎餓狼似的，那瘋狂粗魯勁，真讓人受不了。」花花說：「那叫男人雄風！」好好說：「什麼雄風？一點情調都沒有。」月月說：「金國人有錢，他們那裡盛產生金、人參、貂皮、珍珠、海東青。我接的一個客人，送我一大袋子珍珠。」圓圓說：「我接的一個客人，送我一支千年老參，說下一回再來，要送我一隻海東青。」

花花、好好問：「海東青是什麼？」圓圓搖頭，說：「不知道，可能是什麼海貨吧？」竹竹笑了，說：「外行了不是？海東青是一種大鳥，俗稱鶻或鷲，生性凶猛，比鷹還厲害，飛在空中，突然俯衝，能捉住地上奔跑的兔子。圓圓，金使若送你海東青，你就不用再接客了，不妨帶著它去捉兔子。那樣，我等天天可吃兔肉。」

「哈哈，哈哈！」一眾姐妹樂得哄堂大笑。

師師見姐妹們說笑，眉飛色舞，全都是風月場上行家高手的樣子。她看她們，都是塗脂抹粉化了濃妝的，唯有這樣，才能掩蓋歲月鐫刻在她們額頭、眼角的印記。這一年，師師三十歲，按照李茵的說法，她正從次品向等外品過渡。而竹竹、鶯鶯、燕燕、鵲鵲已是等外品，花花、好好、月月、圓圓亦已是次品了。啊，歲月！時時刻刻都在流逝的歲月，多麼無情和殘忍哪！

姐妹們告辭。竹竹悄聲問師師說：「師師，皇上常到滄巫樓，你問過他嗎？金國會不會南侵宋朝？」師師說：「我問過，他說不會。」竹竹說：「可我接待過一個金國使臣，問他這個問題，他回答得很乾脆，說：『這還用問嗎？金國鐵騎先滅遼國，再滅宋朝，這是既定的國策，三年，最多五年，金國人必定飲馬黃河！』」

先滅遼國，再滅宋朝？一個「滅」字，像一聲驚雷，轟響在師師心頭，使她久久說不出話來。

金國若滅宋朝，那麼宋朝人不就當亡國奴了麼？而宋朝皇帝，面對磨刀霍霍的外敵，全無憂患意識，要麼是無知，要麼是麻木，妄言對方不會南侵，甚至說對方有那個心，也沒那個膽沒那個力呢！堂堂皇帝，怎能這樣？如此下去，怎麼得了？師師在事後想想又自覺好笑。金國南侵不南侵，滅宋不滅宋，那是國事，宋朝皇帝和大臣都不憂心不操心，自己一個塵埃一樣的小人物，又憂的那門子心操的那門子心呢？

確實，宋徽宗對於國事既不憂心又不操心。因為他相信，金國第二任皇帝是無心無膽無力南侵大宋的。宣和六年（西元一一二四年），他像往常一樣，整天泡在宣和殿裡，觀賞那些精美的書法、繪畫、金石藏品，或寫字、作畫，還考慮要不要再編輯《宣和金器圖》、《宣和玉器圖》、《宣和瓷器圖》三部大書，以進一步彰顯文治文功。再就是遊覽艮岳，艮岳壯美，艮岳奇巧，遊覽千遍萬遍也不會生厭。他覺得艮岳上花卉還不夠多，所以又計劃要建造千畝花海。具體設想是：選擇蘭花、梅花、牡丹、菊花、荷花、月季、茶花、桂花、水仙、杜鵑花等十種名花，各集中栽植一百畝，形成「海」之勢。到時候，全年都能在艮岳觀花，花繁花豔花香，那景象將會多麼迷人和醉人哪！

忽一天有宮監報告，說艮岳萬壽峰生出靈芝。宋徽宗忙去觀看，以為是祥瑞之兆，詔令艮岳改名，改叫壽岳。無獨有偶，宰相王黼奏稱府宅中也生出靈芝。宋徽宗又去觀看，又以為是祥瑞之兆，龍顏大悅。王黼設宴款待皇帝，邀請梁師成作陪。君臣開懷暢飲，直至深夜。梁師成府第與王黼府第相鄰。宋徽宗醉醺醺的，通過便門，又駕幸梁師成府第。梁師成吩咐備宴，一呼百諾，廚役立集，不到半時，便擺出上百道菜肴，菜肴之精之美，可比御膳。宋徽宗高興，又換大杯痛飲，酒後進酒，醉上加醉，竟至昏昏沉沉，不省人事。五更時分，張迪等十餘個宮監，七手八腳，用軟輿抬著皇帝，從艮岳旁的龍德宮，開複道小門，回到大內。皇帝爛醉如泥，例行朝會取消。眾多朝臣紛紛議論，得知皇帝是因醉酒而不能臨朝的，無不搖頭嘆氣。

宋徽宗酒醒後，尚書右丞李邦彥入宮請安，故意說：「王黼、梁師成好手段，敢是要讓陛下當酒仙吧？」宋徽宗聽出此話的弦外之音，是說王黼、梁師成存心不良，有企圖架空皇帝之嫌。他猛地記起夜間情景，王黼、梁師成府第何等豪華，僕役何等眾多，飲食何等精美！而且，王黼還曾嫌太子趙桓過於懦弱，主張改立鄆王趙楷（宋徽宗第三子）為太子！因此，宋徽宗疑忌起王黼來，命其致仕。他覺得李邦彥這個人不錯，所以提升為少宰。李邦彥本名李浦子，自號李浪子，風姿秀美，質性聰悟，好謳善謔，尤長蹴踘，常將街市俚語，集成小曲，唱來靡靡動人。宋徽宗視為異才，故而重用，時人稱之為浪子宰相。

宋徽宗疑忌王黼，又莫名其妙疑忌起童貫來，命其致仕，但很快又命官復原職，仍掌全國軍權。宋徽宗最不疑忌的恐怕只有蔡京，第四次任用他為宰相。蔡京時年七十八歲，兩眼昏花，無法理政，為相僅四個月就又致仕。宋徽宗所能倚重的只有童貫了，破例封其為廣陽郡王。大宋朝宦官封王，童貫是唯一的一人。

這時的大宋朝已今非昔比，所謂的「三大氣象」（太平、清明、興盛氣象）蕩然無存。鎮壓方臘起義，建造艮岳，加上「北伐」，財政耗盡，國庫空竭，連貢獻給金國的歲幣與代稅錢也拿不出了。六月，宋徽宗採納新任宰相白時中等人的意見，詔令京西、淮南、兩浙、江南、福建、荊湖、廣南諸路，編制服徭役的役夫名單，各達數十萬人，役夫暫不服役，但須交納「免夫錢」，每人三十貫，若不交納，處以軍法。此舉遭到諸路民眾的強烈反對。偏偏河東、陝西、熙河、蘭州等地發生地震，這裡報旱災，那裡報澇災，全都伸手，要求朝廷救濟。朝廷無錢無糧無物，拿什麼救濟？以致各地人情洶洶，怨聲載道。

這期間，金國君臣精誠團結，滅遼戰爭進行得有聲有色。宣和七年（西元一一二五年）二月，遼國徹底滅亡，金國國力更加強盛。金太宗吳乞買雄才大略，稍作休整，立即部署鐵騎南下，大宋朝緊步遼國後塵，滅亡之日步步臨近了。

突起的烽火狼煙，打亂了李師師的行動計畫，使她未能如期離開滄巫樓，離開皇帝。她是個自愛而又自覺的女人，明白自己的身分，在和宋徽宗相處的日子裡，從不過問國事。皇帝說，她聽；皇帝不說，她絕不打聽。倒是張迪，不把師師當外人，斷斷續續，愛和她說一些鮮為人知的祕密內情。師師把張迪的話加以梳理，基本上能理清事態的大致輪廓。

金國滅亡了遼國。宋徽宗仍毫無危機感，派遣使臣向金太宗賀喜，並異想天開向金國索要武、朔等州。他甚至置嚴重的內憂、外患而不顧，還要樹立皇帝的什麼權威，詔令天下，規定官民士庶的名字，不得用「天」、「王」、「君」、「聖」這四個字。而這時，金國君臣已找到南侵宋朝的合理藉口，六萬鐵騎整裝待發了。

金國侵宋的藉口是張覺事件。張覺原是遼國官員，任平州（今河北盧龍北）知州，後投降金國，仍任知州。他懷有復興遼國的妄想，遂派親信到燕山府聯絡，願以平州歸降宋朝。宋燕山府府尹王安中大喜，飛報朝廷。宋徽宗貪圖小利，同意接受張覺歸降。平州並不屬於燕雲十六州之列。趙良嗣以為不妥，諫道：「我朝與金國簽訂有協議，若納降張覺，必失金歡，金國興師問罪，後悔晚矣！」宋徽宗不從，斥責趙良嗣膽小怕事，降官削秩。這樣，平州理論上就成了宋朝的疆土，張覺升任節度使。金國哪能容得張覺叛逆？國相斜也命令斡離不、闍母二將，率三千鐵騎，不費吹灰之力，便收復了平州。張覺倉皇逃往燕山府。金軍追至燕京城下，索要叛逆。王安中庇護張覺，從監獄中挑選一囚犯，梟首裝匣，詐稱是張覺，送與金軍。不想斡離不、闍母識破其詐，狠狠把首級擲還，定要張覺真首級，否則進攻燕京。王安中驚懼萬分，奏報朝廷，請殺張覺，以避兵禍。宋徽宗這時才知納降張覺大錯特錯，只得准奏。於是，王安中縊殺張覺，割了首級，交給金軍。燕京另有不少遼國降宋的軍民，由此感到心寒，動了兔死狐悲之念，相率泣下。那個郭藥師反應最為激烈，忿然說：「金人索要張覺，即與其首級，倘金人索要郭藥師，亦將與我的首級麼？」

十月，金國完成軍事部署。金太宗命斜也、斡本為都元帥，坐鎮京師，調度軍事。斡離不為右副元帥，率兵三萬，自平州攻燕京；黏沒喝為左副元帥，率兵三萬，自雲州攻太原。金軍侵宋的理由，果然如趙良嗣所料：宋朝背盟納降，金國要興師問罪。宋徽宗接到警報，驚慌失措，卻又計無所出。他的所謂武治武功，早像虛幻的煙霧，飄到九霄雲外去了。

斡離不是金太祖第二個兒子、金太宗的侄兒。黏沒喝是已故國相完顏撒改的長子。二人馳騁沙場，英勇善戰，且有謀略，在滅遼戰爭中功勳顯赫。當黏沒喝揮師南向，兵鋒直指太原的時候，廣陽郡王童貫任河東、河北、燕山路宣撫使，正在太原宣撫。他見金軍來勢凶猛，在汾水一戰，就殺死宋軍一萬多人，嚇得面無血色，忙派部將馬擴、辛興宗前往金營，請求罷兵議和。黏沒喝怒斥宋朝背盟納降，厲聲說：「罷兵議和可以，先割河東、河北地給金國，以大河（黃河）為界，聊存宋朝宗社！」

獅子大開口，童貫嚇破膽。他自知無法應付這種局面，乾脆藉口要請示皇帝，準備逃歸東京。太原府府尹張孝純見童貫膽小如鼠，異常氣憤，連譏帶刺地說：「金人背盟，攻我大宋，大王理應號令各體將士，悉力抗敵才是。而你卻欲棄太原逃跑，等於是把河東地拱手送給金人。河東一旦丟失，那麼河北地還能保住麼？」童貫陰陰一笑，說：「童某只受命宣撫，並非守土長官。你要我留駐太原，那麼還要你等這些守令、將帥何用？」張孝純見童貫近乎無賴，拊掌而歎，說：「平日裡，你童大王多麼威風啊！而今，一遇大事，就怕得要死，抱頭鼠竄，還有何面目去見天子？」

黏沒喝在河東攻城掠地，斡離不在河北則兵不血刃，進軍神速，原因在於郭藥師不戰而降，整個燕山路盡歸金國。郭藥師降金，使宋朝方面損失了四五萬兵卒、萬餘匹戰馬、五萬副鎧甲。此人由宋朝北邊守將變成引領金軍南下的嚮導，宋朝河北各州府的官吏、守將，不是投降，就是逃跑。宋徽宗忘了自己說過的「寧人負朕，朕不負人」、「用人不疑，疑人不用」的大話，大罵郭藥師：「他原是遼國降將，朕待他不薄呀！他怎能這樣卑劣，這樣無恥，這樣……」由於氣憤，他不知該用怎樣的詞語了。十一月底，斡離不的帥帳，已駐紮到北京大名府，偵察部隊到了黃河北岸。

童貫不顧張孝純的譏諷和嘲笑，於十二月乙巳日逃歸東京。宋徽宗像是見到了救星，急切地問：「當下形勢，該如何應對，如何應對？」童貫沉思良久，說了兩個字：「內禪。」

內禪？宋徽宗眼睛瞪得老大，盯著童貫，好像不認識似的，說：「你要朕放棄皇位皇權？怎會出這樣的餿主意？」童貫不慌不忙，給皇上分析危急形勢，特別強調說：「金軍來勢凶猛，若過黃河，京師難保。陛下現在要兵無兵，要將無將，又無錢無糧無物，拿什麼抗禦金軍？京師一旦失陷，那會是什麼景象？陛下若想當亡國皇帝，那就在皇位上坐著；若不想背亡國皇帝的罪名，那就只有內禪。太子登上大位，率領軍民抗金，勝了，是他的造化；敗了，說明他無能。陛下為太上皇，不妨到南方去避一避，可進可退。進，指太子失德或金軍攻破京師，陛下可在南方復辟，仍是皇帝；退，指太子幹得不錯，那就讓他幹去，陛下安安心心當太上皇，坐享清福。順便說一句，紫宸殿的御座始終是陛下的，陛下只要願意，隨時都可以宣布復辟。那時，我童貫甘為前驅。太子他，沒有什麼根基，羽翼未豐，想擋也擋不住！」

宋徽宗無語。他想，自己十九歲登基，在皇位上已坐了二十五年。皇位皇權好啊！真龍天子，金口玉言，主宰天下，至尊至貴，想什麼有什麼，要什麼有什麼，誰敢說半個「不」字？而如今，童貫卻要自己內禪，把皇位傳給太子，這怎麼能行？歷史上只有荒淫腐朽、昏庸無能、焦頭爛額、走投無路的皇帝才實行內禪，難道我趙佶也是荒淫腐朽、昏庸無能、焦頭爛額、走投無路的皇帝麼？不，不，絕對不是！林靈素曾說自己是玉帝次子青華大帝君降生凡間，既然如此，自己又怎會是怎能是荒淫腐朽、昏庸無能、焦頭爛額、走投無路的皇帝呢？眼下形勢確實危急，但金軍能渡過黃河？能攻陷京師？不至於吧？再則，自己還有迴旋餘地嘛，作為緩衝之計，可以退居二線，由太子監國嘛！所以內禪之事，最好先放一放，別急別急。

童貫從消極方面主張皇帝內禪，朝臣中則有一人從積極方面主張皇帝內禪。這人叫李綱，字伯紀，邵武（今福建邵武）人，時年四十二歲，任太常少卿。他憂心國運，但官微言輕，無法面見皇帝奏事，只得登門拜訪諫官吳敏，說：「敵勢猖獗，兩河（河東、河北）危急，皇上若不把大位傳與太子，恐怕不足號召四方。」

吳敏說：「內禪不易，不如奏請太子監國，怎樣？」李綱說：「不！太子監國，治表不治本，若要治本，皇上必須內禪。唐朝安史之亂期間，肅宗李亨稱帝，擔負起平叛重任，力挽狂瀾，可為借鑑。」

吳敏入內奏陳李綱之言。宋徽宗於是召見李綱。李綱刺臂流血，寫成血書，當面進呈皇帝。宋徽宗不禁動容，但見寫道：「皇太子監國，禮之常也。今大敵入攻，安危存亡，在呼吸間，猶守常禮可乎？名分不正而當大權，何以號召天下，期成功於萬一哉？若假皇太子以位號（皇帝名號），使為陛下守宗社，收將士心，以死悍敵，則天下可保矣！」

李綱的血書言簡意賅，觀點鮮明，反對太子監國，主張一步到位，給予太子「位號」。宋徽宗又詢問一些事情。李綱對答如流，仍舉唐肅宗李亨的例子，說皇上若不內禪，那麼有識之士很有可能仿效，擁戴太子稱帝抗金，那時皇上就會成為唐玄宗第二，那就太沒有面子了。各地警報像雪片一樣飛來。河東、河北州府，一個個失陷，死人無數。黏沒喝的軍隊包圍了太原，太原對外交通斷絕。斡離不的軍隊砍伐大量樹木，擬在黃河上架設浮橋。京城裡，米珠薪桂，物價飛漲，人心惶惶。宋徽宗終於感到什麼叫焦頭爛額，什麼叫走投無路，這才不得不考慮童貫、李綱的建議，決意內禪，決意要把一個千瘡百孔、風雨飄搖的爛攤子，交給太子趙桓去收拾去打點！

宋徽宗決意內禪，但還沒下最後的決心。保和殿大學士宇文虛中進言說，皇上應下《罪己詔》，改革弊端，或可挽回人心。如下《罪己詔》，那就等於承認有「罪」。宋徽宗一百個一千個不願意，怎奈群臣附和，支持宇文虛中。沒奈何，他只好命宇文虛中代為擬詔。宇文虛中頗有文才，當即草詔，略云：

朕以寡昧之姿，借盈成之業，言路壅蔽，面諛日聞，恩幸持權，貪饕得志，縉紳賢能，陷於黨籍，政事興廢，拘於紀年，賦斂竭生民之財，戍役困軍旅之力，多作無益，侈靡成風。利源酤榷已盡，而牟利者尚肆誅求。諸軍衣糧不時，而食者坐享富貴。災異迭見，而朕不悟；眾庶怨懟，而朕不知。追維己愆，悔之何及！思得奇策，庶解大紛。望四海勤王之師，宣二邊禦敵之略，永念累聖仁厚之德，涵養天下百年之餘。豈無四方忠義之人，來徇國家一日之急，應天下方鎮郡縣守令，各率眾勤王，能立奇功者，並優加獎異。草澤異材，能為國家建大計，或出使疆外者，並不次任用。中外臣庶，並許直言極諫，推誠以待，咸使聞知！

宋徽宗讀詔，臉色難看，用朱筆在「言路壅蔽，面諛日聞，恩幸持權，貪饕得志」，「賦斂竭生民之財，戍役困軍旅之力，多作無益，侈靡成風」等語下面，劃上粗粗的線條，意思是「不確不實，需要修改」。當時已是臘月下旬。往年這時，宮內宮外乃至整個東京，繁忙熱鬧，準備過年。而這年這時，從皇宮到市井，蕭條蕭瑟，冷冷清清。金軍就在黃河北岸，柴米油鹽嚴重匱乏，誰還有心思過什麼年呢！

宋徽宗想起兩三個月沒見師師了，便由張迪陪同，經過複道，駕幸滄巫樓。師師見了皇帝，嚇了一跳。因為在他身上，不見了風流倜儻、神采飛揚，不見了自信自負、盛氣傲氣，顯露出的只是疲憊、消沉、心事重重與委靡不振。他好像突然變得衰老了遲鈍了，其實他才四十四歲呀！張迪輕聲告訴師師：「皇上心情不好，小心點！」

宋徽宗上樓，把《罪己詔》草稿丟在梳粧檯上，說想睡覺。師師忙給他脫去長袍，扶他靠著床頭，蓋上被子。宋徽宗半坐半躺，閉上雙眼，好像入睡了。師師看那《罪己詔》，發現上面有朱筆劃的線條，不知何意。忽聽得皇帝發問：「師師，你說朕是個怎樣的皇帝？」

師師見皇帝沒有睡著，笑了笑，說：「你要聽真話還是假話？」宋徽宗說：「當然是真話。」師師說：「那好，我就告訴你：你恐怕是個不稱職的皇帝。」

宋徽宗第一次聽有人這樣評說自己，睜開眼睛，把身體往上挪了挪。師師看著他，平靜地說：「不愛聽不是？但我還得說。茂德帝姬常跟我說起你，說你應該當藝術家，不應該當皇帝。我亦有同感。可是，你偏偏當了皇帝，當了皇帝卻癡迷於藝術，癡迷於宮殿園林、美女粉黛。你說你這皇帝能當好嗎？你當皇帝，根本不管國事，於是便出了『公相』、『媼相』、『隱相』人等。他們把持朝政，所思所想只是阿諛逢迎，討你喜歡，私下裡幹了多少禍國殃民、中飽私囊的勾當，你知道嗎？你崇奉道教，建造艮岳，無端『北伐』，納降張覺，讓那個郭藥師捍守燕京，以致落到異國入侵、下詔罪己的地步。你說你這個皇帝稱職嗎？」

這些話直白、尖銳甚至苛薄，宋徽宗的大臣們不敢說，后妃們不敢說，兒女們不敢說，只有師師敢說。因為師師無所求於皇帝，無私無畏，無欲則剛。宋徽宗看著師師，默不吭聲。師師又說：「還有，我還得說：你也不是個稱職的丈夫和父親。你的後宮有多少女人，我不想知道。但我要問：你對她們負過責任嗎？她們當中許多人，僅僅受過你一次臨幸，就終生守活寡呀！而你，連她們姓什麼叫什麼，也不知曉。另外，你可知你有多少兒子兒媳、多少女兒女婿，及孫子孫女輩？你可知他們想什麼盼什麼？比如茂德帝姬，那樣美貌、活潑、可愛，你最愛她，而你卻把她嫁給蔡京的兒子蔡鞗！蔡鞗是什麼人，你不知道嗎？他不僅年齡比帝姬大許多，而且早是個花心花意的浪蕩公子。你說，帝姬嫁個那樣的丈夫，能稱心嗎？能幸福嗎？」

宋徽宗無言以對。他過去從未想過這個問題，總認為自己是皇帝，后妃們兒女們跟著享受榮華富貴就是，還有什麼不順心不如意的？現在看，自己對他們過問太少太少，關愛太少太少，確實不是個稱職的丈夫和父親。

宋徽宗很想把自己決意內禪的事告訴師師，但話到嘴邊又嚥了回去。他長長歎了口氣，說：「唉！諸多事，不說也罷。朕現在只覺得很煩很累，真想找個遠離塵世的地方，住在那裡，觀山觀水，品風品月，安安逸逸，了此一生。」師師笑了，說：「得了罷！從古至今，哪個皇帝這樣做的？」

宋徽宗又閉上眼睛，說：「師師，朕這輩子，有過很多歡樂時光，包括那年化名趙乙，去香豔樓第一次遇到你，看你寫字，和你弈棋，聽你彈琴和小唱。你彈的好像是名曲《梅花三弄》，唱的好像是張先的《行香子》。朕那時的感覺真好，真好呀！可惜，那時光不會再有了。去，把琴拿來，再給朕彈一曲唱一曲，這樣，朕能睡得安穩些。」

師師暗暗驚詫，驚詫皇帝的記性竟然這樣好。她去外間客廳取了琴，放在梳粧檯上，落座，掉轉頭說：「你就靜靜躺著，把眼睛閉上，什麼也別想，只聽我彈琴、小唱就是。」她於是又彈起《梅花三弄》，彈得很紓緩很輕柔。彈完，轉而彈《行香子》曲調，輕聲歌唱：「舞雪歌雲，閒談妝勻……奈心中事，眼中淚，意中人。」她再掉轉頭看皇帝，皇帝早就進入夢鄉。

次日凌晨，宋徽宗起床穿衣，準備上朝。師師還在熟睡。他沒有喚醒她，俯身在她額上輕輕一吻，然後下樓離去。宋徽宗和李師師當時都未意識到，那一夜是他和她相處的最後一夜。漫天的烽火狼煙，結束了皇帝與名妓之間的豔情，就此一別，二人再無機會相見了。

朝會上，宰相白時中等報告軍情：黏沒喝收縮包圍圈，太原恐怕難保；斡離不攻陷中山（今河北定縣）、河間（今河北河間）府，府尹、守將降金。宋徽宗詢問應對之策。眾朝臣無一人應聲。宇文虛中催促頒發《罪己詔》。宋徽宗將尚未修改的《罪己詔》扔給他，說：「朕也無心修改了，頒發吧！」次日是己未日，《罪己詔》頒發。再次日是庚申日，宋徽宗舉行最後一次朝會，正式宣布內禪，將皇位傳與太子趙桓。

皇帝內禪，多有風傳，但皇帝突然親口宣布，還是引起了震動。朝臣們有贊同的，有反對的，爭爭吵吵，鬧鬧嚷嚷。有詔命召東宮太子。趙桓正患風寒，慌忙來到紫宸殿，宮監將一件龍袍披到他身上，他方知自己已是皇帝了。趙桓又驚又喜又懼，涕泣固辭。宋徽宗傷感地說：「父皇老了，不中用了，很多朝臣寄希望於你，你就臨危受命，負責保我大宋宗社吧！」

又次日是辛酉日，趙桓御垂拱殿即皇帝位，接受群臣朝賀，時年二十五歲，是為宋欽宗。尊父皇為教主道君太上皇帝，居龍德宮；尊鄭皇后為太上皇后，居寧德宮。立太子妃朱氏為皇后，居紫垣宮。宦官鄧述一直侍奉太子，取代張迪，主管內侍省事，成為宋欽宗貼身宦官押班，即新的大內總管。

師師是從李蘊、李茵口中知道皇帝換了人的。她想起宋徽宗那番「很煩很累」的話，估計那時他就決意內禪了，只是沒明說而已。李蘊的情緒有些激動，說：「皇帝為何要換人呢？原先的皇帝多好呀！若不是他，我哪能沾師師的光，住到這滄巫樓來？我第一次見他，他多和靄呀！李茵，他誇我和你培養出了一個美師師好師師，還各賜黃金千兩、白銀萬兩、玉如意一柄呢！這些，你忘了？」李茵笑著說：「姐，我沒忘，沒忘！但要叫我說，皇帝換人也好。原來的皇帝光用奸臣不用忠臣，光顧自己享樂不顧百姓死活，弄得金軍快過黃河快到京城了，難道不該換嗎？但願新皇帝英明些能幹些，帶領軍民，擊退金軍，那就阿彌陀佛了！」

李蘊唉聲嘆氣。李茵把臉轉向師師，說：「師師，皇帝換了人，下一步會怎樣，誰也說不準。

你知道嗎？你的芳名都傳到金國去了。前幾天，一個金國使臣到香豔樓，掏出二萬兩銀票，說要見花姑娘李師師一面，只是見面。包青天問他，他怎麼會知道李師師的？金使說，在金國，從皇帝到王公大臣，沒有不知道李師師的，都說她色藝雙絕，幽姿逸韻，比天仙還要天仙。包青天問我怎麼辦？我說：你把銀票摔到金使臉上，明確告訴他，大宋朝第一名妓李師師，豈是他見得的？二萬兩銀票算個屁，就是抬一座金山來，李師師都不會瞧他一眼。要不，你跟他說，他倒可以見老娘一面，但老娘不要他銀票，只要他喝一盆老娘的洗腳水！」

師師笑得花一樣燦爛，說：「瞧媽媽說的！」李蘊也說：「你那張破嘴，老沒個正經！」從這一刻起，師師考慮應當盡快離開滄巫樓了，越快越好。

大宋皇帝換人，給事中李鄴奉命赴金軍大營，報告此事，且請宋、金修好。斡離不猶猶豫豫，意欲停止進軍，回金國去，過罷新年再說。可恨那個郭藥師，喪盡天良，說：「末將降宋時，見過時為太子的趙桓，懦弱無能，所以大帥不當回師，而應加強進攻！」斡離不聽從郭藥師建議，攻陷信德府（今河北邢台），驅軍南進，勢焰更盛更熾。

宋欽宗即位後數天便是新年。古詩云：「日靖四方，永康兆民。」新皇帝取其含義，確定來年改元靖康。可是，金軍壓境，國本動搖，既不能「靖」，更不能「康」，這一年號帶來的只能是靖康之難、靖康之恥。

第十七章 煙花正氣

靖康元年（西元一一二六年）元日，宋欽宗御垂拱殿，接受群臣朝賀，然後率眾宰相等前往龍德宮，朝賀太上皇。太上皇連聲抱怨，說這個新年過的最沒意思，御酒粗製濫造，御膳難以下嚥，除夕都未舉辦歌舞宴會，不像話，不像話！最後，他低聲告訴兒子皇帝說：「金軍快過黃河了，所以朕還是到南方去避一避為好。」這一次，他倒是雷厲風行，正月初三就急匆匆上路，藉口是到亳州、鎮江燒香，美其名曰「南巡」。

大敵當前，太上皇「南巡」，引起朝野共憤。「南巡」自有宮廷衛士三千人護衛。奇怪的是那個童貫，竟也率領勝捷軍陪同「南巡」。童貫在職掌軍權期間，專門挑選萬名精壯大漢，嚴加訓練，配置一流裝備，組成一支軍隊，稱勝捷軍。勝捷軍實際上是童貫的親兵，不上前線打仗，只負責保護童貫的安全。太上皇鑾駕經過護城河橋時，許多宮廷衛士發現「南巡」是假，逃命是真，氣得抓住橋上欄杆放聲大哭，拒不前行。童貫竟凶惡地命令親兵，射殺拒不前行的宮廷衛士，片刻間殺死一百多人。

正月初五，茂德帝姬趙福金到滄巫樓給李姨拜年，師師聽她講述，方知太上皇已離開東京。帝姬對她的父皇滿懷憤慨情緒，說：「父皇怎能這樣？剛剛內禪，就又『南巡』。什麼『南巡』？我看是逃跑是逃命！他一逃了之，丟下一個大宋朝怎麼辦？丟下我們這些皇家成員怎麼辦？大哥固然當了皇帝，可他接的是個爛攤子，他為人又懦懦弱弱，京城能保住嗎？大宋宗社能保住嗎？父皇做的，這叫什麼事兒！」

師師在帝姬跟前，不好說她父皇怎樣，但在心裡，對那個皇帝有了從未有過的更加深刻和透徹的認識。她鄙夷地直呼那個皇帝的姓名：趙佶。是趙佶，長期來荒淫驕奢，重用奸佞，玩物喪志，縱欲敗德，政治上軍事上外交上多次失策失誤，這才導致金國大舉入侵。大敵當前，趙佶卻推卸責任，突然內禪，把皇位傳給懦弱的太子，接著便「南巡」——逃跑逃命。實踐說明，趙佶私智小慧，貪生怕死，臨陣脫逃，是個最自私最無恥的膽小鬼、窩囊廢！而自己，作為趙佶的私寵，時間竟長達九年多！自己當初認為，那人起碼不那麼平庸與粗俗，所以才同意移住到滄巫樓的。李蘊、李茵媽媽還以此為天大的榮耀，到處宣揚與吹噓。現在看，錯了錯了，自己住到滄巫樓來，侍奉一個膽小鬼、窩囊廢，不是什麼榮耀，而是恥辱，恥辱啊！

師師有了這樣的認識，再看富麗、堂皇、奢靡的滄巫樓，物物礙眼，處處彆扭。比如二樓客廳那副瘦金體對聯：「歌舞神仙女，風流花月魁」。過去看，以為是讚美之語，是讚美自己的美貌與才藝的；現在再看，實是趙佶以佔有了一個絕代名妓，而自喜而得意而炫耀。師師越看越覺得礙眼和彆扭，讓蟬兒把對聯，連同那幅《芙蓉錦雞圖》畫，取下來，扔進火爐裡燒了。

師師不再住二樓那個房間。那個房間裡，龍床、被子、褥子、單子、枕頭、鸞帳等都留有趙佶的氣息。她移住到蟬兒住的那間平房，乾脆和蟬兒同住。鋪的蓋的全換成新的，凡她和趙佶共用過的東西，一樣也不要。

太上皇逃跑逃命，誤國奸臣們爭相效尤，數蔡京逃得最快。茂德帝姬告訴李姨，她的公公及兒子、孫子們，除在職少宰蔡攸外，全部逃往亳州去了，包括她的丈夫蔡鞗。蔡鞗是要帝姬一起南逃的。帝姬斷然拒絕，說：「不！我姓趙，大哥皇帝在京城，眾多庶母及兄弟姐妹在京城，我要在這裡和他們生死與共！」蔡鞗南逃了。帝姬樂得清清閒閒，幾乎每天都到滄巫樓，給李姨講述朝廷新聞。

茂德帝姬說，她大哥即位的第三天，太學生陳東即率諸生上書，略云：

今日之事，蔡京壞亂於前，梁師成陰賊於內，李彥斂怨於西北，朱勔聚怨於東南，王黼、童貫又從而結怨於遼。金創開邊隙，使天下大勢，危如絲髮。此六賊者，異名同罪，伏願陛下擒此六賊，肆諸市朝，傳首四方，以謝天下。

帝姬說：「這份奏書將蔡京等六人合稱六賊，請求誅殺，真是大快人心。」「六賊」中的李彥，也是個宦官，以「刮地」聞名，採用各種手段，將農民三百多萬畝土地「刮」為「公田」。

師師問：「你大哥皇帝會誅殺六賊麼？」帝姬說：「我想會的。因為大哥也恨六賊，尤恨那個王黼。」

這時，金軍又攻陷相州（今河南安陽），宋軍在河北節節敗退，退保滑州（今河南滑縣）、浚州（今河南浚縣），快到黃河岸邊了。宋欽宗嚇得一日數驚，假意宣示要「東征」，實際上也想效法太上皇，逃跑逃命。李綱反對「東征」，力勸皇帝率領軍民，抗擊金軍，說：「方今中國勢弱，君子道消，法度紀綱，蕩然無存。陛下履位之初，當上應天心，下順人欲。攘除外患，使中國之勢尊；誅除內奸，使君子之道長。」吳敏、李梲二人知樞密院事，職掌軍事，也反對「東征」，說：「當務之急是要嚴懲六賊，贏得民心。」

宋欽宗當然明白贏得民心非常重要，所以拿六賊中的三賊開刀：王黼貶為節度副使，永州（今湖南零陵）安置；李彥賜死，抄沒家產；朱勔放歸田里，抄沒家產。王黼為相時曾企圖廢立太子。宋欽宗對此耿耿於懷，密命開封府尹聶昌，派遣武士取王黼首級。王黼在赴永州途中，夜宿農家。武士追及，梟首而歸，繼抄沒家產。抄沒三賊的家產，朝廷獲得一筆相當可觀的收入。茂德帝姬講大哥皇帝嚴懲六賊中的三賊時，情緒高昂，眼睛發亮。師師受到感染，也覺得新皇帝跟老皇帝不同，即位不久就懲治了三個奸賊，很不簡單。接著，茂德帝姬再講她的大哥皇帝，情緒就又低落了，眼睛裡沒有了那種亢奮的動人的光彩。

原來，金軍輕而易舉就攻克滑州、浚州，進而在黃河上架設浮橋。宋軍在黃河南岸，居然無一人敢向前攔擊，逃得比狗攆的兔子還快。斡離不渡過黃河，大笑道：「宋朝可謂無人。若用一二千軍士駐守，我等怎能順利渡河？」金軍一戰而克紅廟（今河南開封東），從而在黃河南岸構築了一塊進攻東京的基地。強敵進逼，應當英勇抗擊才是。然而，帝姬的大哥皇帝，本質上酷如其父，也貪生怕死。他任用李綱為尚書右丞兼東京留守，命其抗擊金軍，而他卻和幾位宰相，打算「出巡」到鄧州（今河南鄧縣）、襄陽（今湖北襄陽）去。這天，禁軍已備好鑾駕，即將出發。李綱發現，高聲詢問禁軍將士說：「你等是願死守京城呢，還是願隨皇上出巡？」「出巡」等於逃跑。將士們齊聲回答道：「願意死守，死守！」李綱再見皇帝，懇切地說：「陛下已答應臣留在京城，奈何還要出巡？試想，禁軍將士的家屬都在東京，他們若中途散歸，何人護衛陛下？況且，金兵逼近，只恐陛下鑾駕馳出未遠，就會被敵人快馬追上，那時陛下又如何禦敵呢？」宋欽宗頓時紅了臉，久久無語，最終還是硬著頭皮留了下來，以李綱為親征行營使，允許其便宜從事，負責保衛京城。

茂德帝姬講了哥哥皇帝「出巡」未果的事，不禁嘆氣道：「唉！我父皇和我哥，骨頭為何都這樣軟，光想著逃跑逃命呢？」師師說：「我看李綱倒是一副硬骨頭。」帝姬說：「可他是個文官，怎樣保衛京城？」師師陷入沉思。是呀，要一個文官保衛京城，談何容易！

那幾天，李茵一有空就會到滄巫樓，和姐姐、師師商談一個重大問題：下一步怎麼辦？師師的態度很明確，她會離開滄巫樓。李蘊有點捨不得。李茵還說到香豔樓，時局亂亂，人心惶惶，香豔樓恐怕要關門啦！

璇兒到京城給李茵和師師拜年，自然住滄巫樓，和師師說了一夜的話。師師告訴璇兒，自己已決定離開滄巫樓，但還不知去哪裡落腳。璇兒立刻說：「去喬村呀，去我家呀！不早就安排好了嗎？」

「早就安排好了？什麼意思？」師師不解地問。

「姐，這你就不知道了吧？」璇兒微笑，有幾分得意，說：「那年春天，周邦彥周大人去處州赴任，途中專門拐到喬村，找到我家，給了我五百兩銀子。他說，他離開東京，最放心不下的是姐，今生今世也不可能再見姐了。他說，姐總有一天會離開滄巫樓，到時候連個落腳的地方都沒有，怎麼行？所以，他要我用那些銀子，在喬村建兩間房，當姐離開滄巫樓時，務要把姐接到喬村居住，並要照顧好姐的生活。我滿口答應，不要他銀子。但他硬把銀子留下，就上路了。從那年起，喬農就陸陸續續，緊挨我家正房，又建了兩間正房，單獨開門。那兩間正房就是姐的家，專等姐回家去住呢！」

師師眼睛濕潤了，說：「這事你怎麼不早說？」璇兒說：「周大人不讓我告訴姐。他說，他一生中欠姐的太多太多，給姐的太少太少。」

師師淚水奪眶而出。在這個世界上，只有周邦彥周老師，和她的心貼得最近最緊，不僅教授給她才藝，而且一直真摯地想著她愛著她，理解她體貼她，而他，長眠地下已經四年了！周邦彥生前做的這個安排，恰合師師的心意。所以她答應璇兒，到時候自己會去喬村那個「家」的，但此事切莫聲張，亂世小人，不可不防。

斡離不指揮金軍從紅廟向東京挺進。宋軍怯敵，望風而逃。正月初七，斡離不在東京東北方向約二十里的黃河岸邊紮下大營。各營的帳篷全是青色，故號稱青城。東京城內一片恐慌。當夜，小股金軍試探著進攻陳橋門（東京外城北向東門）。李綱率領將士英勇禦敵，斬殺百餘人。金軍攻城，宋軍守城，一場轟轟烈烈的攻防大戰就此打響。

李綱是個文官，這時表現出了卓越的將帥才能。他把八千名禁軍和數萬民眾組織起來，統一編制，嚴密守衛東京外城四個方向，每個方向布防禁軍二千人。同時將馬步軍四萬人，分為前、後、左、右、中五軍，每軍八千人。其中，前軍駐防金水門（東京外城金水河上水門）一帶，以保衛藏有四十萬石糧食的延豐倉；後軍駐防新宋門（東京外城東向南門）內一帶，以扼守城壕較淺的地段；左、右、中三軍作為預備隊，駐防城南，以備急需。

金軍從水、陸兩路向東京發起進攻。水路方面，戰船從黃河入汴河、五丈河、金水河，企圖突破河上水門，攻進城內。李綱早有防範，招募敢死之士二千餘人，手持長鉤，專門鉤住敵船，拖向岸邊，用石頭將其擊沉。同時在河中設置種種障礙物，阻止敵船行駛。蔡京府第瀕臨金水河上的西水門。李綱命拆除蔡府假山，將那些石頭扔進河中，將西水門基本堵死，使敵船根本無法從那裡進入城內。陸路方面，金軍越過護城河，架設雲梯，企圖登城。李綱挑選優秀射手一千人，專門射殺架設雲梯的金軍。遠者，用神臂弓強弩射之；近者，用手炮檑木擊之；再近者，用床子弩坐炮轟擊之。金軍傷亡甚眾，稍稍後退。李綱抓住戰機，派遣壯士，縋城而下，偷襲金軍營壘。金軍以為是神兵天降，嚇得落荒而逃。宋軍回城，將金軍丟棄在城邊的雲梯全部燒毀。

每天都有戰事，每天都有傷亡，戰事和傷亡牽動著東京每一個民眾的心。茂德帝姬到滄㳟樓的次數更加頻繁，透過她的講述，師師大體上能了解攻防大戰的宏觀態勢。蟬兒也產生了很大作用，她使師師了解到宋軍中的一些真實情況。

蟬兒的丈夫是個軍人，叫柯宏，多數時間住在軍營，所以蟬兒在婚後仍回滄㳟樓，伺候師師姐，只有在柯宏休假時，夫妻才在家中團聚。日前，柯宏升任小尉，參加京城保衛戰，恰在李綱帥帳擔任警衛，統轄士兵二十餘人。柯宏告訴妻子，正在進行的戰事異常艱苦，軍中什麼都缺，缺衣缺糧，缺錢缺物，缺甲冑缺兵器。尤其是數九寒冬，許多士兵沒有棉衣，夜晚睡覺沒有棉被，手、腳和耳朵、鼻子都凍破了。熱飯吃不上，熱湯喝不上。許多士兵上陣，不是害怕發抖，而是凍得發抖，雙手連兵器都抓不牢，這仗怎麼打？大帥李綱真不容易，一面用民族氣節、愛國精神鼓舞、激勵將士，一面千方百計解決將士的禦寒問題。唉！太難太難啦！

蟬兒把丈夫的話如實告訴師師。師師聽後，感到悲涼和悲憤。大宋將士為保衛京城而戰，為保衛國家而戰，誰能想像，他們竟艱苦到這種程度？皇帝在幹什麼？朝廷在幹什麼？為河不把錢、糧、物集中用在戰事上？起碼也該讓將士們吃飽穿暖呀！

師師定神想了想，說：「蟬兒，你把趙佶這些年來，賞賜給我的金銀及金、玉器物，清點出來，裝箱，我要把它們送去軍中，慰勞守城的將士。」蟬兒立刻說：「哎呀姐，你太偉大啦！將士們定會感謝你，把你叫大慈大悲觀世音菩薩的。」師師說：「我不要感謝，也不當什麼菩薩，只望將士們能少受些饑寒，擊退金軍就好。」

「那些金銀、器物，無須清點，我原本就把它們單獨存放的。」蟬兒說：「我算了算，金銀、器物，等總價值約合十萬兩銀子。姐，總得給你留一些吧？」

「不！全部裝箱，一點不留。」

金銀、器物都存放在二樓東房的箱箱櫃櫃裡。師師把錢物看得很輕很淡，從不經手，也從不過問，所以平時很少到東房。蟬兒在東房裝箱時，她也沒去看上一眼。那些金銀、器物等都是那個皇帝賞賜的。往事不堪回首。她不想再看到它們，以免引起一些貌似榮耀實則屈辱的沉重回憶。

師師考慮將要外出活動，卻又不能暴露身分，讓蟬兒買回幾套男人衣服，二人穿戴起來，女扮男妝，一主一僕，模仿男人說話、走路、施禮的樣子。花了一天功夫，模仿得基本像樣。師師纏過足，但並非三寸金蓮。這使她模仿男人走路，並不那麼搖晃。她再讓蟬兒把柯宏叫到滄巫樓，商定了一個攜帶錢物，面見親征行營使李綱的妥當方案。柯宏，時年二十五六歲，壯實、機靈。師師為蟬兒有這樣一個丈夫而感到高興。

這一天，朔風呼嘯，天色陰沉。柯宏進帥帳向李綱報告，說有一位李公子攜帶巨資前來勞軍。

李綱和幾個副將正為缺錢缺衣缺物等而憂愁，聽了報告，喜從天降，忙出帳迎接。柯宏從中介紹。李綱見李公子，身穿灰緞長袍，外罩藍綾刺繡短褂，頭戴雪白的絨帽，眉清目秀，年輕英俊，雖值寒冬，卻給人一種玉樹臨風的感覺，拱手施禮說：「李公子前來勞軍，歡迎歡迎！」李公子見李綱，雖是文官，卻一身戎裝，腰懸佩劍，目光炯炯，神情剛毅，說話聲音宏亮，忙拱手還禮說：「大帥威名，如雷貫耳，今日得見，榮幸之至！」李綱一擺手，說：「請！」李公子亦說：「大帥請！」二人並排進入帥帳。蟬兒跟在李公子後面，心跳如鼓。柯宏朝她笑了笑，意思是說：「別緊張嘛！」柯宏招呼，幾名士兵從馬車上抬下三個沉沉的木箱，抬進帥帳。

帥帳裡設施簡陋，幾張條桌幾條長凳，連個取暖的火爐都沒有。李綱和李公子落座，其他人都站著。李綱說：「李公子可別笑話，這裡條件極差，都無法請你喝口熱水。」李公子說：「軍中情況，我略知一二，所以才來勞軍。」她轉身示意蟬兒，說：「打開箱子，讓大帥過目。」蟬兒答應，取出鑰匙，開啟大鎖，打開三個箱子。帥帳裡頓時光芒閃耀，璀璨奪目，所有人都驚呆了。

李綱和幾個副將向前察看，只見一個箱裡裝的是金條銀錠，堆碼得整整齊齊；兩個箱裡裝的是精美器物，有鸕鷀杯、琥珀盤、瑟瑟珠、珊瑚燈、博山爐、辟寒金鈿、映月珠環、舞鸞青鏡、金虯香鼎，等等，每件器物都完美無瑕，巧奪天工。

李綱相當激動，說：「這……這……」李公子說：「這些東西，對我來說，都是身外之物，毫無用處。大帥正統領大宋將士抗擊金軍，保衛京城。數九寒冬，聽說許多士兵沒有棉衣棉被，吃不上熱飯，喝不上熱湯，上陣時凍得發抖，連兵器都抓不牢。我們民眾心痛心疼哪！大敵當前，本人當盡棉薄之力，捐出這些金銀、器物，用來勞軍。但願將士們能吃飽穿暖，那怕上陣前能喝上二兩酒，暖暖身子，這樣才能保家衛國呀！」

李綱向李公子鞠躬，身體彎成直角形，動情地說：「我李綱代表全體將士，感謝李公子雪中送炭。有廣大民眾的支持，我們定能擊退金軍，守住京城！」

帥帳四壁，懸掛有多幅詩文條幅，都是勞軍志士留下的墨寶。李綱也請李公子留下墨寶。李公子推辭不過，提筆在手，略一思索，用擅長的隸書寫下唐代王昌齡的《出塞》詩，有意將末句中的「陰山」改作「燕山」：「秦時明月漢時關，萬里長征人未還。但使龍城飛將在，不教胡馬度燕山。」李綱拍手叫絕，說：「好！一字之改，盡顯李公子愛國愛民、崇敬英雄的熾熱情懷。」

師師完成一件大事，遂和蟬兒回了滄巫樓。當晚，李綱詢問柯宏，李公子是何來頭？柯宏本想裝聾作啞，怎奈李綱以軍令相逼，只好實話實說：「大帥知道李師師嗎？」李綱說：「絕代名妓，太上皇的人，當然知道。」柯宏說：「李公子就是李師師女扮男妝的。」李綱大驚，一拍腦門，說：「該死，我本該想到的！除了李師師，誰又能有這樣多的金銀這樣美的寶物呢？」片刻又讚歎說：「煙花正氣，巾幗豪傑！在她面前，所有齷齪鬚眉都應當汗顏和自愧呀！」

蟬兒告訴師師，趙佶賞賜的器物中，還有不少綾羅綢緞、紙墨筆硯和樂器等。其中一張金玉蛇紋古琴最為貴重，乃大內庫藏藏品，價值連城。師師說：「把它們都扔進櫃裡，不稀罕！」蟬兒說：「但有一物，姐姐肯定稀罕。」說罷，將一個長方形木盒放到師師面前。師師驚呼：「呀，《清明上河圖》！這可是無價之寶，論貴重程度，勝過所有金銀、器物！」

宋徽宗自將《清明上河圖》帶到滄巫樓後，早就忘了，三年多來再未取走。師師有幸觀賞過上百次長卷畫作，每次觀賞都是莫大的藝術享受。她意識到，《清明上河圖》是無價之寶，若干年後更是國寶，自己即將離開滄巫樓，那麼該如何處置它呢？帶走不行，那樣等於據為己有；留下也不行，那樣它不知會落在誰的手裡，弄不好就有可能遺失或毀壞呀！師師思量好久，覺得最好的辦法是把畫作歸還給作者本人，至於作者本人怎樣處理畫作，那就是他的事了。

師師記得趙佶說過，畫作的作者叫張擇端，是畫院的畫師。於是，她和蟬兒再次女扮男妝，攜帶畫作，雇乘馬車前往位於皇城的畫院，稍一打聽，便找到張擇端。師師原以為張擇端是個老者，一見面才知是個中年人，四十歲出頭，中等身材，有點禿頂，神情憂鬱，一副未老先衰的樣子。張擇端見兩個公子長相標緻，風度翩翩，卻不認識，疑疑惑惑。他請客人進了自己的畫室，說：「敢問……」

畫室裡很亂。一張大桌，上面放著大硯台、調色板、紙張、筆墨、鎮尺等。牆上掛著畫了一半的畫稿。只有一把椅子，來客無處落座。師師微笑，拱手說：「在下姓李，前來還給先生一樣東西。」蟬兒把那個長方形木盒擺到桌上。張擇端還是疑疑惑惑，打開木盒，取出畫軸，剛一展開，便大叫說：「啊，我的畫，我的畫！」他將畫從頭到尾看了一遍，驚喜萬分，重複多遍，說：「我的畫，我的畫呀！」他抬頭望李公子，仍是疑惑，說：「我畫了此畫，獻給當時的皇上，並請題寫畫名。皇上題名《清明上河圖》，說要收藏於御府。敢問公子是何人？此畫怎會在公子手裡？公子說要將畫還給我，又是何意？」

李公子語氣平和，說：「我是何人，為何有此畫，並不重要。重要的是此畫應當歸於作者。眼下，金軍正在進攻京城，兵荒馬亂，我擔心這幅畫會遺失會毀壞，所以要將畫完璧歸趙，但願它能流傳於後世，成為稀世國寶啊！」張擇端又是拱手作揖，又是彎腰施禮，說：「感謝李公子，感謝感謝呀！」

李公子笑著說：「感謝就不必了。我想問先生兩個問題，可以嗎？」

「公子請問。」

「第一個問題：《清明上河圖》這個畫名，是先生本意嗎？」

張擇端搖頭，說：「不！我畫此畫的初衷，是為了反映汴河風貌，或者說是京城風貌。因此，我將畫名定為《汴河風貌圖》或《汴京風貌圖》。可是皇上說這樣的畫名缺少高度，特意題寫了《清明上河圖》的畫名。我畫的就是一幅風俗畫，重在寫實，從沒想過要透過它反映什麼氣象。」

李公子點頭，又說：「第二個問題：先生畫上以畫春景為主，但為何又畫了夏景和秋景？」

「公子真是個觀畫行家，觀得這樣仔細！」張擇端說：「這還要回到我畫此畫的初衷上。我在汴河兩岸觀察多年，才畫此畫，凡汴河、京城的風俗風貌，我腦中有印象的人與物，都畫上去了，當時根本就沒考慮季節的差異。文學創作和藝術創作往往都有這個特點：自由揮灑，不必拘泥。」

李公子再次拱手，說：「謝謝先生，在下觀此畫的兩個疑問，今日有答案了。好，就此告辭。」

兩個公子離去。張擇端像做了一場大夢，許久許久沒弄明白：他的畫作到底是怎樣回到自己手中的。

師師和蟬兒乘坐馬車，離開皇城，有意經御街，過州橋，出朱雀門，到南薰門，折向東，上隋堤，再向西北，繞了個大圈，返回滄巫樓。沿路所見景象，觸目驚心。風厲雲厚，天氣陰冷。商鋪店肆，大多關門。行人匆匆，神色凝重。一隊一隊軍服單薄的士兵，手執兵器，跑步來來去去。乞丐很多，主要是老人、女人、孩子和殘疾人，衣衫襤褸，面黃肌瘦。他們多是從河北各地逃到京城的，露宿街頭，又餓又寒，每天都有人餓死凍死。人們餓極了，只能靠捕殺流浪狗，燉肉充饑。反正屬狗的太上皇逃命去了，禁止宰狗、禁吃狗肉的詔令失效，宰狗吃肉，誰也管不著！師師目睹這一切，心中作痛。這才幾年？那個趙佶口口聲聲標榜和炫耀的所謂太平氣象、清明氣象、興盛氣象，在哪裡？在哪裡？

師師和蟬兒回到滄巫樓，竹竹正等著師師。竹竹一見二人，讚賞地說：「嘿！你倆女扮男妝，真好看，也很帥氣。」師師笑著說：「沒辦法，權當是魚目混珠吧！」

竹竹指著放在桌上的一個大包，說：「你讓我找書商，出版周邦彥周大人的書稿，書出來了，共印了一百冊。書商留下八十冊，打算銷售。另二十冊，全取回來了。」師師欣喜，說：「是嗎？太好了！」

周邦彥臨死時，拜託金陵曇光寺方丈靈慧法師，將兩大本書稿，設法轉交給師師。師師認真整理，改正一些錯訛之處，讓竹竹找書商刊印，叮嚀書商要多少錢就給多少錢。歷時一年多，書稿變成了書，她焉能不喜？師師取一冊書觀看。書名叫《周邦彥文稿集》，封面深藍，古香古色，裝幀精細，美觀大方。收錄的文稿第一篇是《汴都賦》，以下是二百多篇長短句。這些長短句，師師都很熟悉，許多篇都是她小唱過的。當晚，她和蟬兒將一冊書焚燒。師師說：「老師，你在陰間大概會收到看到你的書吧？我將它出版，也算了卻了一樁心願哪！」翌日，她讓蟬兒透過郵驛，將五冊書郵寄給金陵曇光寺的靈慧法師。

宋代眾多文學大家中，周邦彥的作品保存得最為完整，基本上沒有散佚。這應歸功於李師師，因為在周邦彥去世四年後，她就將周邦彥的文稿整理、出版了。

這年正月的東京，寒冷，緊張，躁動，恐慌。金軍攻城，宋軍守城，人人提心吊膽過日子，誰也不知道明天會怎樣。元宵節似乎被忘得乾乾淨淨，全城沒有出現一盞花燈。很多人都聽說一位李公子，攜帶巨資勞軍的事蹟，卻無一人能說清楚李公子是誰。十七日，金軍進攻新酸棗門及（東京外城北向中門）衛州門（東京外城北向西門）、陳橋門。李綱親自督戰，命用李公子勞軍的錢，買酒買肉，犒勞參戰官兵。當天大戰，宋軍格外英勇，自卯時至酉時，斬殺敵軍三千多人。

李綱領導的京城保衛戰進行得有聲有色，如火如荼。忽有消息說，朝廷一直在和金軍談判，都快達成協議了。人們恍然大悟，難怪東京街頭，寬袍大帽、趾高氣揚的金國使臣，一撥接一撥呢！

當金軍氣勢洶洶，開始進攻東京的時候，宋欽宗就派大臣鄭望之、高世則去見斡離不，希望議和。斡離不假意答應，一面猛烈攻城，一面派蕭三寶奴等為金國使臣，與宋朝周旋。金軍提出的議和條件十分苛刻：宋朝須將河東、河北地劃歸金國，同時要向金國貢獻數千萬金銀與綢緞。宋朝當然要討價還價，於是雙方舉行談判。因為談判，東京城內的金國使臣及其隨從忽然增加了許多。

金國人到了東京等於到了天堂，最愛做和必做的事是逛窯子嫖窯姐。金國人普遍有酗酒的習慣，酗酒以後逛窯子嫖窯姐，每每生出事端。

金國副使安倍三鱉，年過半百，膀大腰圓，渾身是肉，胖如肥豬。他是個酒鬼，這天酗酒，已有八九分醉意，晚上又到香豔樓嫖花姑娘，掏出一把銀票扔給包青天，摘了李月月的花牌。保全將他領到月月房間。他一進門就大吐特吐，吐得房裡滿地污穢，惡臭能把人薰死。月月感到噁心，想要清掃。安倍三鰲伸手將她抱住，張開臭烘烘的大嘴，去咬她的嘴。月月更感到噁心，左躲右閃。安倍三鰲掄起手臂，狠狠抽了她一個耳光。月月雙耳嗡嗡作響。安倍三鰲繼將她抱起，丟在床上，扒光衣裙。他也脫光衣服，壓到她身上，一陣發洩，樂得哇哇直叫。事畢，安倍三鰲還要凌辱月月，側身躺著，命她跪在自己身邊，先用大手狠抓她的雙乳，再取放在一邊的佩刀，撥弄她的兩個乳頭，說：「老子會把它割下來，你信不信？」月月雙眼緊閉，不敢吭聲。安倍三鼈又說：「你，把這上面的東西舔淨。」月月微微睜眼，見安倍三鰲手指他兩腿間那個又黑又髒的醜陋之物。她更感到噁心，直想嘔吐。安倍三鼈說：「你不舔？老子是花了錢來嫖你的，叫你舔，你就得舔！」月月巋然不動，眼中燃起怒火。安倍三鰲抓住她的頭髮，把她面部摁向自己兩腿間。兔子急了也會咬人。月月受此凌辱，渾身戰慄，咬牙切齒，忍無可忍，伸手抓住那個醜陋之物，用盡平生之力，恨不得將它硬拽下來，扔在地上，用腳踩爛餵狗。安倍三鰲疼得一聲慘叫，奮力推開月月，一挺佩刀，刺進她的胸膛……

安倍三鰲嫖窯姐殺了人，八九分醉意嚇醒一半，慌忙穿好衣服，躡手躡腳離開香豔樓，回了驛館。

香豔樓發生了凶殺案，李茵讓包青天報官。開封府衙役前來勘察現場，認定凶手是安倍三鰲，凶手行凶的佩刀還留在那裡。安倍三鰲是何許人？兩查三查，查出他是金國副使。宋朝談判代表李棁，將此事通報金使蕭三寶奴，索要殺人凶手。蕭三寶奴卻說：「對不起，安倍三鰲剛剛回金國去了。他行凶殺人了？即便如此，貴國也無權過問，更無權懲治呀！」

月月慘死，死得很冤很屈。竹竹等去滄巫樓，向師師報告凶訊。師師驚駭、憤怒，許久說不出話來。月月，是李蘊從大理寺買回的罪臣之女，幾乎沒有人知她真實姓名。她溫溫順順像一隻貓，還有點靦腆，不久前還為一個金國嫖客，送給她一大袋子珍珠而高興，如今，卻被一個金國惡魔殺死，而那個惡魔，竟逍遙法外，一逃了之！大宋朝軟弱無能，奈何惡魔不得，真是可悲呀可悲！

戰事正緊，李茵還是為月月舉辦了葬禮，葬在戴樓門外（東京外城南向西門）公用墳地。李茵、包青天率香豔樓的所有妓女、保全，冒著凜冽的寒風，含淚送葬。送葬隊伍中，還有幾個夢仙樓、銷魂樓的妓女。他們用這一舉動，表達了對月月的敬重和對異族的仇恨。師師和蟬兒女扮男妝，也參加了葬禮，但離墳地較遠，無人能認識她倆。師師讓蟬兒將一張紙條送給竹竹，並叮囑如此如此。當天，竹竹、鶯鶯、燕燕、鵲鵲、花花、好好、圓圓，滿懷悲憤，將師師紙條上一句話寫在橫幅上，掛在香豔樓門前：「金狗，滾開！」這很快引起連鎖反應。夢仙樓、銷魂樓及背街小巷的二、三流妓院，也紛紛掛出橫幅，上寫：「金國人與狗不得入內！」「概不接待金狗！」「金狗，滾開！滾開！滾開！」

在李綱率領將士浴血奮戰的日子裡，在香豔樓妓女遭金國副使殺害的日子裡，宋朝廷和金軍的談判一刻也沒有停止過。正月下旬，蕭三寶奴根據斡離不的指令，重新提出四項議和條款：一、宋朝賠償金國黃金五百萬兩，白銀五千萬兩，錦緞一百萬匹，牛馬一萬頭；二、宋朝割太原、中山、河間三鎮給金國；三、宋朝送一位親王、一位宰相到金國當人質；四、宋朝皇帝尊金國皇帝為伯父，國書中稱金國，須在國名前加個「大」字。李綱堅決反對這些條款，尤其反對第一、二款，說：「金軍侵我大宋，燒殺搶掠，反要大宋賠償金國，強盜邏輯，豈有此理！金國索要那麼多金銀、錦緞，就是搜括全國，恐怕也難以如數。再則，祖宗疆土，國家根本，當以死守，尺寸之地，豈可與人！」可是，李邦彥、張邦昌等畏敵怯敵，力主議和。宋欽宗自然站在李、張一邊，說：「只要金軍退兵，什麼樣的條件都好商量，都好商量。」並詔令籌集金銀、錦緞等，準備與金軍簽訂和約。

國庫早已一空如洗，巨額金銀、錦緞等從哪裡來？宋欽宗詔令：一部分從南方各州府緊急調運，一部分就地攤派，東京大小商鋪店肆包括各妓院等，都得交納相當數量的金銀。開封府官吏奉朝廷之命，通知香豔樓、夢仙樓、銷魂樓老鴇，三天內分別交納黃金五千兩、白銀五萬兩，如果拒絕或延誤，逮捕下獄，嚴懲不貸。

李茵急急趕到滄巫樓，見了李蘊和師師便叫苦連天，說：「憑什麼？開口就要黃金五千兩、白銀五萬兩，把老娘當財神爺不是？」李蘊詢問，方知朝廷攤派金銀之事，亦很氣忿，說：「朝廷居然向妓院要錢，也不怕天下人笑話！」

李茵問師師該怎麼辦？師師想了想，說：「這錢恐怕得交。開封府官吏是奉朝廷命令來要錢的，不交行嗎？交吧，權當拿錢消災。另外，我想跟媽媽說，香豔樓恐怕難以為繼，應當關門了。」

「關門？」李蘊大叫，說，「不，不！數十年來，我和李茵把全部心血都花在香豔樓上，它就像我倆的孩子，孩子啊！」

「姐，聽師師說。」李茵說。

「兩位媽媽對香豔樓感情深厚，這，我知道。」師師說，「但眼下是什麼環境？異族入侵，兵荒馬亂，家國難保啊！香豔樓賺的錢夠多了，兩位媽媽這輩子能花完嗎？何必還要賺可有可無的錢？媽媽有錢，朝廷沒錢——都叫那個趙佶糟蹋光了！朝廷不向媽媽這些人要錢，又向誰要去？今天要黃金五千兩、白銀五萬兩，明天、後天還會要黃金一萬兩、白銀十萬兩，信不信？現在的朝廷，可是個怎麼也填不滿的無底洞啊！所以，香豔樓最好關門，立即關門。」

李茵頻頻點頭。其實，她已在考慮關門問題了。師師接著說：「還有，我們紅樓藝女班共出來十二個姐妹，梅梅、蘭蘭已死多年，月月近日也死了，想來讓人悲傷、難過。菊菊因染病而得福，嫁給竹竹的哥哥，算是有了歸宿。除我以外還有七人，即竹竹、鶯鶯、燕燕、鵲鵲、花花、好好、圓圓。她們都年過三十，屬於等外品了，還能繼續接客嗎？所以我的意思是，請兩位媽媽以慈悲為懷，讓她們從良吧！那樣，她們或嫁人或獨身，才算是自由人哪！妓女的贖身費每人三千兩銀子不是？這個錢，我出！」

李茵忙說：「瞧你說的，竹竹等果真從良，我哪能要她們的贖身費？」她略略停頓，又說：「師師，你光想著別人，想沒想過自己？今後，你，你怎麼辦？」

師師淡然一笑，說：「我？我會離開這裡，去我該去的地方。」

李茵和師師相處多年，太了解師師了。師師不僅色藝雙絕，而且身上有一股正氣，正義正直，堅持自我，活出自我，從不隨波逐流，更不同流合污。香豔樓把她當作大搖錢樹搖晃，搖下的金銀無法計算。她也賺了很多錢，可從沒把錢當回事。僅此一點，就說明她人品高尚，智識超群。李茵聯想到自己和姐姐，整天裡滿腦子都是錢錢錢，祕密錢窖已堆滿金銀珠寶，香豔樓地產房產至少還值五十萬兩銀子。這麼多錢，誠如師師所說，這輩子能花完嗎？花不完，人一死，難道裝進棺材帶到陰間去不成？李茵這樣一想，頓有醍醐灌頂之感，笑著對李蘊說：「姐，師師的意見沒錯，香豔樓是該關門了。」李蘊只能同意，嘆氣說：「唉！什麼世道！」

李茵是個爽快、幹練的女人，立即做這樣幾件事：一、如數向開封府官吏交納黃金五千兩、白銀五萬兩。二、貼出露布：「本樓自即日起歇業。」三、宣布所有妓女從良，不要贖身費，當初買賣人身的契書交還本人。四、發給每個保全、廚師等五十兩銀子，讓他們另謀生計。

正月底之前，李茵麻利地把該做的事全部做完，封閉了香豔樓大門。二月二日，宋朝廷和金軍正式簽訂和約，宋朝全盤接受金軍提出的條款，而且罷免了李綱的職務。

宋朝和金軍一直在談判，正式簽訂和約，不足為怪。怪的是統領軍民英勇抗金、保衛京城的大帥李綱，為何被罷免職務？李師師從茂德帝姬趙福金口中，得知其中緣由。

原來，金使蕭三寶奴根據斡離不的指令，在談判中除提出四項苛刻條款外，還提出兩項附加條款：一、李綱抗擊金軍，使金軍蒙受重大損失，宋朝必須解除此人職務；二、斡離不聽說茂德帝姬異常美貌，願納其為妾，以示金、宋友好。茂德帝姬到滄巫樓，對師師說到這第二項條款時，滿臉淚水，說：「李姨，我怕，我怕他們真會把我送給斡離不。」

師師驚愕，師師憤慨：那個斡離不怎會這樣無恥！不過，她還是控制了情緒，拉起帝姬的手，安慰說：「我看你不用怕。斡離不或許不知你早就嫁人，所以才生出如此妄想。再說，當今皇上是你大哥，他能答應斡離不的荒唐要求嗎？」

帝姬搖頭，不屑地說：「我那個大哥？哼，軟得像麵條。加上幾個宰相，全是軟骨頭。面對強敵，他們只顧自己，哪還會顧我啊？」師師默然。帝姬又說：「李姨，聽說金使還打聽你的情況呢！對了，金國皇帝叫什麼來著？」

「完顏吳乞買，漢語名叫完顏晟。」

「對，就是這個人！金使說，這個人知道你是大宋第一名妓，色藝雙絕，很是仰慕，說若能得到你，必為你建造一座舉世無雙的宮殿。」

師師身上打了個冷戰。她不由想起周邦彥說過的話：「從歷史經驗角度看，美女色藝雙絕，很難說是什麼福分，相反，多半倒是災禍。……有道是：自古紅顏多薄命。我是相信這句話的，因為事實就是如此。」茂德帝姬美貌，所以斡離不打她的主意；自己美貌，所以吳乞買打自己的主意。紅顏薄命，這道萬惡魔咒，使多少美貌女子遭受屈辱和不幸哪！

此後幾天形勢的發展，出乎所有人的意料。宋朝履行和約，拼命搜刮金銀、錦緞等，無法如數，只得搜刮多少貢獻多少，並獻上太原、中山、河間三鎮圖籍，物色可為人質的親王與宰相。河北、河東路制置使種師道率兵勤王，到達東京，其他大約二十萬勤王兵馬，迅速向東京靠進。太學生陳東在宣德門伏闕上書，民眾聚集達萬餘人。宋欽宗閱讀奏書，略云：

李綱奮身不顧，以身任天下之重，所謂社稷之臣也。李邦彥、張邦昌、李棁之徒，庸謬不才，忌嫉賢能，動為身謀，不恤國計，所謂社稷之賊也。陛下拔綱（李綱），中外相慶，而邦彥等嫉如仇讎，恐其成功，因緣沮敗。且邦彥等必欲割地，曾不知無三關四鎮，是棄河北也。棄河北，朝廷能復都大梁（東京）乎？又不知邦彥等能保金人不復敗盟否也？邦彥等不顧國家長久之計，徒欲沮李綱成謀，以快私憤。李綱罷命一傳，兵民騷動，至於流涕，咸謂不日為虜擒矣。罷綱非特墮邦彥計中，又墮虜計中也。乞復用綱而斥邦彥等，且以閫外付種師道，宗社存亡，在此一舉。伏乞睿鑑！

吳敏等唯恐民眾生變，奏請恢復李綱官職。宋欽宗皺眉，命召李邦彥商量。李邦彥入朝，恰被民眾發現，追著他痛罵奸賊，又用亂石砸他，萬眾吶喊，撼山動地。宋欽宗驚慌，命宮監朱拱之宣召李綱。民眾信不過宮監，一擁向前，拳打腳踢，立時將朱拱之毆死，踏成肉餅。繼又毆殺其他宮監數十人。宋欽宗終於懂得什麼叫眾怒難犯，忙命戶部尚書聶昌當眾宣旨，恢復李綱官職，兼任京城防禦使。民眾這才停止騷動，轉而歡呼萬歲。

斡離不坐鎮青城，了解東京發生的事情，寢食不安。他最害怕的是宋朝的勤王兵馬，二十萬，二十萬哪！那些兵馬如果攻佔紅廟附近的黃河浮橋，那麼他麾下的金軍，就過不了黃河，回不了金國啦！宋朝賠償的金銀、錦緞等不足十分之一，納茂德帝姬為妾也未能如願。三十六計走為上。二月九日，斡離不統領金軍，忽然匆匆退去，東京解嚴了！

二月十日，茂德帝姬第一個到滄巫樓，告訴師師金軍退兵的消息，還說：「金軍退兵，他們就不會把我送給斡離不了，阿彌陀佛，阿彌陀佛呀！對了，李姨，你說金軍還會捲土重來嗎？」師師說：「難說，不過應當作重來的防備。一群惡狼，在某個地方吃了肥肉，通常過些日子，還會去那個地方尋找肥肉吃的。」

茂德帝姬剛剛離去，竹竹等七人到了滄巫樓。她們已經從良，成了自由人，表面看輕鬆、愉悅，其實內心是矛盾、憂傷的。因為她們身分有污點，年齡過三十，嫁人固然不難，但真要嫁個稱心的丈夫，有個理想的婚姻，並不那麼容易啊！

師師已決定離開滄巫樓，李蘊當然也得離開。師師和李蘊商量，不妨將李茵、黃媽、華嫂、菊菊四人請來，她要招待媽媽們姐妹們吃一頓飯。於是，鶯鶯雇乘馬車去請李茵、黃媽、華嫂，竹竹雇乘馬車去接菊菊。不一時，李茵、黃媽、華嫂、菊菊先後到來。師師問候黃媽、華嫂，並和菊菊熱烈擁抱，喜極而泣。師師自到滄巫樓以後，這是和菊菊僅有的一次相見，恍若隔世。

滄巫樓總管杜德杜公公，按照師師吩咐，置辦了一桌豐盛的酒宴。杜德平時得到過師師給予的許多好處，所以對師師一貫敬重，有吩咐必照辦。京師剛剛解嚴，物資缺乏，但杜德竭盡所有，還是將酒宴置辦得有模有樣：十二道涼菜，十二道熱菜，一鹹一甜兩道湯，外加一罈宮廷飲用的瑤池酒。酒宴上，李蘊、李茵、黃媽、華嫂、竹竹、菊菊、鶯鶯、燕燕、鵲鵲、師師、花花、好好、圓圓、蟬兒十四個女人，敬酒勸酒，開懷暢飲，回憶、敘說往事，有喜悅，有歡笑，有傷感，有遺憾，有痛苦，有淚水，有悵惘，有迷茫。誰都明白，這是她們最後一次團聚，從此以後，曲終人散，根本不可能再見面了。

這頓飯吃了近兩個時辰。李茵接了李蘊，連同黃媽、華嫂，先行離去。師師和姐妹們還有話說，難分難捨。她送給竹竹、菊菊等每人一件紀念品，那是她接客期間，客人送給她的禮物，都是價格不菲的金、玉製品。所有禮物中，她最看重的是周邦彥送給她的兩大六小八隻玉雕雞，分裝在三個木盒裡。只可惜太重太沉，無法帶走，所以只好轉送給鵲鵲。因為鵲鵲和她同歲，也是屬雞的。另外，師師還送給每人一冊《周邦彥文稿集》。

姐妹情深，終有一別。竹竹、菊菊等和師師緊緊擁抱，互道珍重，灑淚告辭。師師看著她們遠去的身影，為她們祈禱和祝福，但願她們都能有個美好的歸宿。

當晚，師師請來杜公公，進行一次談話，交代了幾件事情。師師讓蟬兒再給杜公公一千兩銀票。杜德不要。師師真誠地說：「杜公公，這些年來，你和其他宮監宮女，精心照料我的飲食起居，我只能說兩個字：謝謝。這一千兩銀票，給你五百兩，另五百兩分給宮監宮女們，這樣我會心安些。」杜德推辭不過，這才把銀票收了。

第二天是二月十一日。師師女扮男妝，毅然離開滄巫樓。她帶走的只是自己的東西，一個小包袱和一個小木盒。蟬兒亦女扮男妝，和杜德雇乘馬車，將她送到平康津碼頭，送上一艘開往廣陵的大船。午正，大船啟航。師師透過船窗，向蟬兒、杜德揮手告別。大船駛出老遠，蟬兒也和杜德告別。杜德回了滄巫樓。蟬兒回家，途中登上柯宏雇乘的一輛馬車。馬車沿著隋堤，馳向汴河下一個碼頭安順津。按照預定的計畫，師師在安順津棄船登岸，由蟬兒和柯宏將她送去一個隱蔽的地方——喬村。

第十八章 亡國劫難

春寒料峭，暮色蒼茫，一輛馬車停在喬村東面約一里遠的地方。師師不想驚動任何人，所以在那裡下車，告別蟬兒和柯宏，背小包袱，提小木盒，獨自走向村裡。蟬兒和柯宏很不放心，站在原地很久，確信並未發生什麼意外狀況，這才上車，返回城裡。

師師很容易就找到璇兒家。因為璇兒說過，她的家在喬村東巷，巷北第五戶，四周有很多樹木和青竹，形成天然圍牆。師師到了柴門跟前，門內一條狗發出狂吠。一個女人走出廚房，正是璇兒。璇兒一眼看到一位俊美公子，再看，認出公子是師師姐，驚喜萬分，歡叫著跑向前去，開了柴門，伸手把師師抱住，說：「姐，璇兒終於把你盼來了！」

璇兒接過小包袱和小木盒，引師師進入院落。那條狗不再狂吠，圍繞著璇兒撒歡。璇兒引師師進入正房，師師見到了璇兒婆婆喬母、丈夫喬農，以及兒女虎子和英子。喬母等初見俊美公子，很是詫異，經璇兒介紹才恍然大悟，原來俊美公子就是李師師——他們家的大恩人哪！北方農村初春還燒炕，所以房裡很暖和。天色已黑，喬農點亮油燈。璇兒打來熱水沏了茶。師師摘去頭戴的白色絨帽，露出烏黑的秀髮和明媚的面龐；脫去身穿的藍綾刺繡短褂和灰緞長袍，露出紫紅色繡緇緊身小襖，露出潔白的手腕和纖長的手指，用濕毛巾擦了擦眼角和嘴角，然後端起茶碗抿了一小口茶，舉止輕盈，神態閒雅。喬母、喬農、虎子、英子都看得呆了：莫不是天上仙女來到自家吧？尤其是英子，羨慕死了：這個李姨，女扮男妝好看，恢復女妝更美更豔！

璇兒一家人已吃過飯。璇兒再去廚房，片刻就做出一碗熱騰騰香噴噴的旗花麵來。又從炕膛裡取出一個烤紅薯，剝了皮放在碟裡。師師吃旗花麵吃烤紅薯，啊，真香啊！她的面龐變得白裡透紅，正房裡因此滿堂生輝。

飯後，璇兒引師師進入另外兩間單獨開門的正房，她稱那是小房，說：「姐，你回家了。這小房，就是周邦彥周大人給的銀子，我們專門為你建的。」璇兒說到周邦彥，師師心裡微微一動。她看小房，牆壁雪白，蘆席頂篷，地鋪青磚，且是套間，外間是客廳，裡間是臥室，寬寬敞敞，乾乾淨淨。桌子、椅子、衣櫃、梳粧檯等都是新的，油光鋥亮。臥室裡的土炕已經燒熱，小房裡亦暖暖和和。璇兒從衣櫃裡取出新被子新褥子新單子新枕頭新枕巾等，麻利地鋪鋪疊疊，便為師師安頓了舒適的住處。梳粧檯擦得纖塵不染，抽斗裡有新梳子新篦子，還有香粉、胭脂、首飾等。師師深情地說：「璇兒，謝謝你，什麼都為我想到了。」璇兒說：「瞧姐說的，見外了不是？若沒有姐，哪有我璇兒的今天？這裡條件不如滄巫樓，但它是家，住了踏實、安穩！」師師點頭，重複說：「是啊，這是家，住了踏實、安穩！」

璇兒讓師師洗漱後上炕，坐進暖和的被窩裡。她坐在炕沿，聽姐說話。師師說起年前和年後發生的一切，特別說到月月之死，說到香豔樓關門，說到頭一天李蘊、李茵媽媽和姐妹們聚會，說到自己為何要離開那個貪生怕死，最自私最無恥的皇帝趙佶。璇兒說：「姐做的對！那個皇帝有什麼好？我們喬村人全都罵他，過去罵他是瞎子、聾子，現在罵他是膽小鬼、窩囊廢。」她停了停，又說：「姐，你說金國軍隊還會再來嗎？我們喬村人，最關心的就是這個問題。」

這個問題，昨天茂德帝姬問過師師。師師的回答只能是模稜兩可，說：「難說。這要看大宋朝是強是弱。若強，金國軍隊不敢來；若弱，金國軍隊必來。惡狼吃肥肉吃到了甜頭，大宋朝可正是一塊大肥肉啊！」

師師隱蔽住到喬村，生活上得到璇兒無微不至的照料，眼靜耳靜心靜。京城發生的事情，她知道的很少很少。這樣最好。她一個已經淡出江湖的煙花女人，何必要知道那麼多的事情呢？

斡離不是在和約條款並未得到履行的情況下匆匆退兵的。河東方面，黏沒喝也退了兵。金軍在退兵途中，燒殺搶掠，擄掠的錢物、糧食、牛馬、女人不計其數。宋朝君臣只想著金軍退兵就好，人人喜形於色。在例行朝會上，文武百官跪拜皇帝，高呼：「吾皇聖明！」「吾皇萬歲萬歲萬歲！」宋欽宗也覺得自己「聖明」，應該「萬歲」，大笑說：「金國還是畏懼我大宋的，不然為何退兵？它既然退兵，朕看和約條款也就不必履行了，哈哈，哈哈！」

宋欽宗坐上皇位時，朝臣中無一人是有胸懷有抱負有才學的。所以，宰相由白時中換成李邦彥，由李邦彥換成張邦昌，由張邦昌再換成徐處仁。主管軍事的知樞密院事，也像走馬燈似的一換再換。徐處仁阿諛逢迎，進言稱太上皇的眾多妃嬪，應當遷去龍德宮居住才合禮儀；且稱皇上應當仿效太上皇，廣納妃嬪，以利生育盡量多的龍子鳳女。宋欽宗深以為然，准予實施。忽然傳來流言，說童貫正鼓動太上皇，要在南方復辟。宋欽宗又驚又懼，太上皇若復辟，那自己這個皇帝又算什麼？他思來想去，忙立皇子趙諶為太子，並命李綱去亳州迎太上皇回歸。四月，太上皇回到東京，仍住龍德宮，還帶回兩個妃嬪，一個姓汪十三歲，一個姓郭十四歲，俱封婉容。他又記起李師師，但無臉見她，乃命張迪去滄巫樓察看情況。杜德告訴張迪，李師師在東京解嚴後，就由水路去了南方，目的地可能是廣陵，也可能是金陵或錢塘；太上皇給予她的所有賞賜，分作兩部分：一部分，金銀、器物等總價值約合銀子十萬兩，用於勞軍了，親征行營使李綱出具有收據；一部分，綾羅綢緞、紙墨筆硯、樂器、衣裙等，全部放在箱裡櫃裡，她離開滄巫樓時，一樣也沒有帶走。張迪據實回報。太上皇聽後，久久無語。他能感覺到李師師對他的嘲笑、鄙夷與蔑視，轉而遷恨於童貫。是那個閹貨，力勸內禪和「南巡」，自己才既失去了皇位，又失去了李師師啊！

蔡京、童貫等緊步太上皇後塵，亦大模大樣回到東京，照樣氣焰熏灼，作威作福。太學生陳東和一些正直諫官，紛紛上書，請求懲治「六賊」中的另外三賊。宋欽宗需要通過懲治奸賊提高威望，於是又拿梁師成、蔡京、童貫三賊開刀。梁師成貶為彰化軍節度副使，途中被官差殺死，籍沒家產。蔡京連連遭貶，放逐潭州（今湖南長沙），途中購買飲食，店家和小販知是蔡京，無人肯售，並高聲詬罵奸賊。蔡京抵達潭州，一命嗚呼。潭州知州下令，曝曬其屍，不許殮葬。其子蔡攸、蔡翛賜死；蔡鞗因是駙馬都尉，免死罷官；餘子及諸孫皆流徙邊地，永不寬赦。童貫也連連遭貶，放逐英州（今廣東英德）。此人長期職掌軍權，封過王爵，親信、爪牙甚多。宋欽宗對他最為畏忌，密令監察御史張澂，沿路追趕，就地斬首。張澂攜童貫首級回京，懸於街市三日以示眾。

宋欽宗先後懲治了「六賊」，更覺得自己「聖明」。金國派出使臣，要求宋朝履行和約。宋欽宗、徐處仁態度傲慢，不理不睬。當時，宋朝肅王趙樞在金國為人質，宋朝則扣押金國使臣蕭仲恭為人質。徐處仁、吳敏等異想天開，出了個餿主意，放歸蕭仲恭，讓他給原遼國皇室成員耶律余睹捎去一封密信，鼓動他反叛金國，復興遼國。宋欽宗居然同意，認為可行。蕭仲恭回歸金國，根本未和耶律余睹見面，而是把密信交給了金太宗。金太宗讀信，勃然大怒，立命右副元帥斡離不、左副元帥黏沒喝，各統領精騎五萬，仍分兩路，再次大規模進攻宋朝。金太宗嚴厲詔令：「這次進攻，必須攻陷東京，滅亡宋朝，否則提頭來見！」斡離不、黏沒喝抱拳表態，說：「遵旨！」這樣，大宋朝壽終正寢就指日可待了。

李師師住在喬村，像是住進陶淵明筆下的桃花源，「不知有漢，無論魏晉」，那種安靜、寧靜、恬靜的感覺，真好！小房寬敞，乾淨，明亮，暖和。為了不暴露行蹤，她白天足不出戶，只在夜深人靜之時，才會到院落裡走一走站一站，仰望天空星辰，伸伸胳膊，扭扭腰肢，呼吸呼吸新鮮空氣。她和璇兒的家人，很快成了朋友。喬母，五十多歲，和藹慈祥，總誇師師人美心好，因為她，自己才有了個好兒媳，才有了地有了房，全家人不愁吃不愁穿，像是掉進了蜂蜜罐裡。喬農，快三十歲，勤勞憨厚，腿略略有點跛，除種莊稼外，還做木匠活，愛老娘愛妻子愛兒女，稱得上是好兒子、好丈夫、好父親。虎子十三歲，長得像喬農。英子十歲，長得像璇兒。虎子、英子聽娘說，李姨讀過很多很多書，字寫得好，琴彈得好，舞跳得好，小唱更好，一次小唱，就能賺幾千兩銀子。兄妹倆驚訝無比、佩服無比：天仙一樣美的李姨，原來還有這樣大的本事！

璇兒是一個出色的家庭主婦。早晨，她第一個起床；晚上，她最後一個睡覺。整天忙忙碌碌，整天又樂樂呵呵。她告訴師師姐說，喬農因略有殘疾，所以全家人能相守在一起，沒有悲歡離合，也就用不著擔驚受怕。她說，民以食為天，吃飯問題最重要，她家甕裡裝滿米、小米和麵粉，地窖裡儲藏有白菜、蘿蔔、南瓜和紅薯，乾菜有粉條、木耳、豆莢乾，另外還醃有很多鹹肉、醬黃瓜、雪裡紅等，加上十幾隻雞下的蛋，足夠整個冬天和初春吃的。她說，女人當家，關鍵要有計劃，根據家境決定花銷，有錢時切莫露富擺闊，以免遭人忌恨。她說，她這些年來事事滿足，再過幾年，給虎子娶個媳婦，給英子找個婆家，她和喬農就可以坐享清福了。

師師說：「你呀，天生勞祿的命，哪會坐享清福？」璇兒笑了，說：「可不是？我這個人就是閒不住，一閒就心慌，手也癢癢。」

師師當年在礬樓就知道璇兒為人低調、務實、知足，從而得到啟示，想像璇兒那樣，當個小女人小婦人，於是包花周邦彥，過了兩年她以為是最普通最簡樸的生活。其實，她的小女人小婦人當得極不合格，不僅沒有伺候周邦彥，反而時時要周邦彥伺候，哪像璇兒這樣，孝敬婆婆，尊重丈夫，疼愛兒女，料理全家人吃穿住用，井然有序，從來也沒想過自己怎麼樣。璇兒，真是個善良、能幹、無私的女人！

師師和璇兒家的狗也成了朋友，輕聲一喚，狗就歡快地跑到她的跟前。狗的名字是虎子起的，叫虎虎。虎虎體長尾長，腰壯腿壯，毛色金黃，眼睛黑亮，一副桀傲、勇猛氣概。虎子、英子外出，必帶著虎虎，有虎虎在，誰也不敢欺侮或傷害它的主人。師師從虎虎不禁想到趙佶。趙佶屬狗，那條「狗」貪生怕死，自私無恥，論氣概論品格，無疑與虎虎相差十萬八千裡！

夜晚，師師早早吃罷飯，洗漱後坐到熱炕上，坐進被窩裡，那是最美好最愜意的享受。虎子、英子和李姨熟了，坐到炕前，要李姨講故事。師師讀的書多，滿肚子都是故事。她講古人盡孝，如閔損蘆衣順母、老萊子戲彩娛親、黃香扇枕溫衾、董永賣身葬父、王祥臥冰求鯉等；她講古人報國，如藺相如完璧歸趙、屈原悲國沉江、周勃誅呂安劉、蘇武牧羊望日、諸葛亮鞠躬盡瘁、馬援馬革裹屍、祖逖舞劍擊楫等。她還講其他內容的故事，如揠苗助長、守株待兔、畫蛇添足、濫竽充數、鑿壁偷光、磨杵成針等。虎子、英子是農村孩子，又沒上過學，哪裡聽過這樣生動有趣的故事？聽得入迷，簡直上了癮。一天，英子說：「李姨，有女孩子的故事嗎？我想聽。」師師說：「有啊！」她於是講淳于緹縈上書救父、楊香扼虎救父、花木蘭代父從軍等。英子小臉笑成一朵花，說：「呀，真好聽！」接著又天真地問：「李姨，你為何知道得這樣這樣多？」璇兒坐在炕沿，邊納鞋底邊聽故事，代替李姨回答說：「讀的書多啊！你倆可知李姨讀了多少書？告訴你倆：能把這小房堆得滿滿的！」虎子、英子驚呼：「啊？這樣多！」

師師講故事，虎子、英子聽故事，每次都是璇兒反覆催促，虎子、英子才肯回房睡覺。師師沒有睡意，通常會取出《周邦彥文稿集》，靜靜閱讀。周邦彥的作品，很多篇都和她有關，寫豔情寫相思，情真意切，和雅典麗。她讀那些作品，很想放聲小唱，一訴衷腸，可惜環境不允許，又沒有琴，所以只能在心裡默默哼唱，哼唱哼唱，眼中不知不覺已蓄滿淚水。

三四月間，春回大地，人們脫去棉衣穿夾衣。師師堅持，不再穿綾羅綢緞衣裙，只穿璇兒穿過的粗布衣裙、農家衣裙。喬母、璇兒、英子讚不絕口，說師師穿上粗布衣裙、農家衣裙，同樣好看，別有一種風采。槐樹開花，由嫩黃色到純白色，團團簇簇。璇兒採了些槐花，洗淨，拌上麵粉，放在籠裡蒸熟。那叫「槐花飯」，吃來滿口清香，吃了還想吃。還有香椿，綠中透著紅，紅中透著綠，鮮嫩鮮嫩，香椿炒雞蛋，那可是難得享用的一道美味。時過立夏，天氣漸熱，再不用燒炕了。璇兒早給師師懸掛了蚊帳，被子褥子等都換成薄的。轉眼到了六月，農村夏收大忙。喬農雇人，收割、碾打麥子。往年雇人是管吃飯的，今年雇人不管吃飯，工錢增加一倍。因為外人到家裡來吃飯，萬一發現美若天仙的師師，傳揚開去，哪還得了？

盛夏時節，璇兒家四周的天然圍牆，蓊鬱蔥綠，生機勃勃。每隔一丈，便有一株樹木，槐樹、榆樹或楊樹，根深幹粗，枝繁葉茂。樹木之間，密密麻麻栽植三四排青竹，青竹直立，雄勁挺拔。樹木和青竹組成天然圍牆，堅固結實，幾乎沒有縫隙，從外面看不到裡面，從裡面也看不到外面。圍牆內側，種植有多種草花，芍藥、薔薇、美人蕉、鳳仙花、萱草花等，紅紅黃黃，白白紫紫，且豔且香。白天烈日，樹上知了拼命嘶叫，高亢地唱著一支旋律固定的歌。夜晚徐風，竹叢中螢火蟲閃爍、飛舞，得意地展示一盞盞晶瑩如珠的燈。正房後面水井附近，璇兒還闢有一處菜園，菜畦裡分別種著黃瓜、南瓜、冬瓜、豇豆、扁豆、辣椒、茄子、青菜、韭菜等，長勢旺盛，果實累累。

深夜，天氣太熱。師師難以入眠，常會拿一把芭蕉扇，到井台邊小坐納涼。虎虎陪伴著她，呼哧呼哧，跑前跑後。夜風習習，月色融融，樹影幢幢，花香陣陣。天宇繁星璀璨，尤其是那條壯美的白色銀河，好像伸手就能觸摸到似的。此時此刻，師師心靜如水，可以回想往事，可以思考未來。這幾個月間，她真正感受到自己既無能又無用，離開璇兒的照料，恐怕一天也活不成。她想，這樣不行，自己得改變自己，起碼要學會做飯、洗衣、操持家務等基本生活技能。可問題出來了，她得走出小房，她得拋頭露面，那麼自己還能安安寧寧在喬村住麼？須知，她色藝雙絕，她萬眾矚目，她是太上皇趙佶的私寵，連金國皇帝都打著她的主意哩！一旦拋頭露面，誰也不知會發生什麼樣的情況。未來，未來充滿太多的未知數，而最大的未知數，莫過於宋朝和金國的關係。

這時，璇兒提了個小凳，也到井台邊納涼，打斷了師師的思緒。師師問：「今年收成怎樣？」璇兒說：「湊合。就是賦稅太重，上年十稅三，今年變成十稅四，十分之四的麥子要交給官府，農民叫苦連天。喬農要和官差理論。我說算了算了，胳膊擰不過大腿，理論只能自己吃虧，划不來。」

師師點頭，說：「你說的很對，切莫因區區小利而讓人吃虧。璇兒，這些日子，瞧你起早貪黑，忙裡忙外，我這個廢人不僅幫不上忙，反而淨添麻煩，事事要你照料、伺候，真不好意思。」璇兒說：「說什麼哪？你是我姐，我照料姐伺候姐，應該的，怎能是麻煩？姐才不是廢人呢！姐是能人，是恩人，璇兒的恩人，喬家的恩人！人要知恩圖報，這道理我是懂的，不然，還算是人嗎？」

師師緊緊握住璇兒的手，說：「什麼恩人不恩人的，不許再說這種話。璇兒，我剛才還在想宋朝和金國的關係，我有一種預感，金國軍隊賊心不死，怕是還會捲土重來，進攻宋朝的。」璇兒說：「不至於吧？金軍退兵才幾個月？又會重來？」師師說：「問題在於宋朝君臣太軟太弱，給了金國太多的甜頭機會呀！」

師師停了停，又說：「璇兒，我近來一直在考慮，京城是回不去了，只能在喬村落腳，隱姓埋名，過完餘生。」璇兒高興地說：「好啊，這正是我盼望的，我可以天天照料姐伺候姐。」師師說：「別說傻話，你有一大家人，哪能老照料我伺候我？所以我想，最好在附近再建幾間房，找個女人和我同住，替我洗洗涮涮，那樣你省心，我也安心。」

璇兒急了，說：「不，不，不！外人照料姐伺候姐，我不放心。」師師說：「你聽我把話說完。我讓你保管的那個小木盒，裡面裝有約四萬多兩銀票，還有十幾件金器。那些錢，我和你們一家人這輩子也花不完。你可以取些銀票，讓喬農經辦，看看怎樣建房。」

璇兒更急了，說：「不，不，不，不！即便建房，也不用花姐的錢。十多年來，姐每年都給我錢，加起來共有二千多兩銀票。那些銀票，我一兩也沒用，全都存著哩！」璇兒直視師師的眼睛，說：「姐，問一句不該問的話：姐想沒想過嫁人成個家？」

師師搖頭，苦笑說：「一個女人從進入青樓那天起，就不會再有愛情與婚姻。風塵煙花，人盡可夫。這樣的名聲背在身上，嫁人成家只能是自取其辱，絕不會有好結果。尤其是像我這樣的人，注定是不能嫁人成家的。我呀，只能學唐代薛濤，單身獨處，永不迷失自我。」

璇兒歎息說：「唉，苦了姐了！」她進而說：「姐，金國軍隊和宋朝君臣的事先放一邊，建房的事也先放一邊，我得給姐找個事做，可好？」

「何事？」

「教虎子、英子認認字寫寫字。我不是望他倆成龍成鳳，只是為了讓姐分分心岔岔神，別老胡思亂想那些不沾邊不靠譜的事。」

師師理解璇兒的心情，笑著說：「中！一年，至多兩年，我包讓虎子、英子會讀會寫《百家姓》和《千字文》。」

師師預感到金國軍隊還會捲土重來，進攻宋朝。果不其然，秋天八月，兩路金軍，十萬鐵騎，又揮舞刀戟戈矛，長驅直入，呼嘯著向大宋殺來了。

夏收過後，翻整土地，種上穀子，栽上紅薯苗，又有一段農閒時間。喬農卻閒不住，還要幹木匠活賺錢。這天他在鄰村幹完活回家，說鄰村人都說，金國軍隊又進攻大宋了，兩個統帥，一個好像叫窩里撥，一個好像叫黏沒水喝。璇兒忙把消息告訴師師姐。師師靜靜一想就明白了，金軍兩個統帥還是上次那兩個人：斡離不、黏沒喝。那兩個人攻宋，輕車熟路，這一次，大宋怕是在劫難逃了！

從秋天到冬天，喬農幾乎每天都帶回金軍攻宋的消息。消息緊緊牽動著師師的心，也使她大體上感受到了大宋亡國的經過與劫難。

斡離不、黏沒喝兩軍的戰略目標十分明確：一軍攻掠河東，一軍攻掠河北，然後兩軍南渡黃河，合圍東京並攻陷東京，滅亡宋朝。金軍攻宋有兩條現成的理由：一是宋朝君臣態度傲慢，拒不履行金、宋簽訂的和約；二是宋朝君臣用心險惡，居然勾結和鼓動耶律余睹反叛金國，復興遼國。

宋朝君臣呢？根本沒料到金軍會捲土重來，而且來得如此之快。以宋欽宗為首，一個個張皇失措，為是和是戰議來議去，最終主和派佔了絕對的上風。宋欽宗派出一批又一批使臣，分別去見斡離不、黏沒喝，表示願意履行和約，請求停止進軍。斡離不、黏沒喝也派使臣與宋朝交涉，但進軍絕不停止。金軍這次攻宋，採取穩紮穩打、平面推進的策略，每攻陷一個州府，便把那個州府劃入金國版圖，委任金國官員管理，徵收錢糧布帛和戰馬飼料。這樣做，使十萬金軍就地就近解決了後勤供應問題，有效保障了戰鬥力。宋朝河東、河北州府的官吏、守將，遙見金軍旗幟，大多望風而逃。所以金軍進軍，基本上未遇到什麼像樣的抵抗，順風順水佔領了河東、河北廣大地區。

宋欽宗再換宰相，由徐處仁換成唐恪。九月，黏沒喝攻陷太原，實行一場血腥的屠殺，張孝純等慘遭殺害。夏國党項族人趁火打劫，派兵侵擾宋朝的西北邊境。李綱因為主戰，遭到唐恪等人的排斥，罷知揚州，繼被貶為節度副使，成了個遠離前線的閒人。老將種師道率兵勤王，突然得暴病身亡。太上皇宋徽宗仍不忘享樂，常在一些年輕妃嬪簇擁下遊覽壽岳。壽岳景象大不如前，破破敗敗，雜草叢生。宋徽宗很不樂意，說：「皇帝（宋欽宗）怎能這樣？為何不派人整修整修？」

十月，金軍全力向南推進。宋欽宗詔令河北、河東、京畿地區清野。此詔令一下，大量民眾拖家帶口，湧進東京。東京城裡到處都是難民，最多時達五六十萬人。東京承受不了這樣大的壓力。宋欽宗於是又撤銷清野詔令。逃離家鄉的難民哪能再回去？東漂西泊，挨餓受凍，苦不堪言。

偏偏靖康元年是閏年，閏十一月，冬天漫長而寒冷，朔風刺骨，滴水成冰。十一月本月，斡離不軍經由上次攻宋的路線，已到滑州、浚州，將渡黃河。宋欽宗驚惶萬狀，忙命王雲為資政殿學士，陪同康王趙構赴金軍大營，答應立割太原、中山、河間三鎮給金國（三鎮實際上已歸金國所有），並奉袞冕玉輅，尊金國為大金國，尊金國皇帝為皇叔，敬上金國皇帝徽號長達十八個字。趙構、王雲到達磁州（今河北磁縣），知州宗澤和廣大民眾反對康王赴金軍大營。王雲不識好歹，呵叱民眾。民眾大怒，痛罵奸賊，拳腳相毆。王雲被打倒在地，片刻間一命嗚呼。趙構的使命也就終結，既沒赴金營，也沒回京城，改道去了尚未失陷的相州。斡離不軍兵不血刃渡過黃河，佔領紅廟，便自東往西進攻東京。

黏沒喝軍也是所向披靡，從太原進抵黃河北岸。黃河南岸，宋朝駐守河防和洛陽的軍隊有十餘萬人。金軍在黃河北岸擂了一夜戰鼓。黃河南岸的宋軍嚇得屁滾尿流，未戰先潰，倉皇逃命。黏沒喝軍輕而易舉渡過黃河，佔領洛陽，接著便自西往東進攻東京。宋欽宗既要顧東，又要顧西，忙派侍郎馮澥、李若水去黏沒喝軍中議和。黏沒喝冷笑說：「議和？可以。宋朝先割河東、河北地給我大金國再說。」馮澥、李若水回朝覆命。宋欽宗焦頭爛額，踱步搓手，說：「奈何奈何？」唐恪等主和派本質上是投降派，力勸皇上接受議和。宋欽宗實在無計可施，再派耿南仲、聶昌分別去見斡離不、黏沒喝，答應以黃河為界舉行談判。斡離不、黏沒喝所要的，實是金太宗所要的，絕不僅僅是河東、河北地，而是東京，是整個宋朝江山，所以一面假裝願意談判，一面加快進軍步伐，從東、西兩個方向，形成了對東京的合圍之勢。

斡離不軍與黏沒喝軍會師，斡離不帥帳紮在青城，黏沒喝帥帳紮在不遠處的劉家寺。金軍鐵騎時時在東京城外疾馳。宋欽宗驚慌，詔令京城戒嚴，關閉所有城門。當時，東京城裡宋軍約有七萬人，由二流將軍姚友仲、辛永宗等統領，登城守禦。市井混混郭京，本是個無賴，遊手好閒，騙吃騙喝，吹噓能施「六甲法」，利用「六甲神兵」擊退金軍。宋欽宗聽了這話，居然相信，立刻召見郭京。郭京大言說：「臣的六甲法，只用七千七百七十七人，布成甲子、甲寅、甲辰、甲午、甲申、甲戌六個方陣，略加訓練，即成『六甲神兵』，一戰必擒敵帥。」宋欽宗大喜，說：「若能如此，朕尚何憂！」遂命授郭京為成忠郎，賞賜金帛，由他自行招募和訓練「六甲神兵」。

斡離不、黏沒喝並未急於攻城，派出親信勃堇撒離為使臣，入東京見宋欽宗，指名索要兩個美女：一是右副元帥斡離不索要茂德帝姬趙福金，二是左副元帥黏沒喝索要順德帝姬趙纓絡，擬納其為妾，以示金、宋友好。宋欽宗連忙搖手，說：「不可不可！茂德帝姬是朕六妹，今年二十歲，早嫁駙馬都尉蔡鞗；順德帝姬是朕十妹，今年十六歲，上年已嫁駙馬都尉向子扆。這兩個妹妹均是有夫之婦，哪能再做他人之妾？」勃堇撒離聳聳肩膀說：「這怕由不得你我，大金國元帥要的女人，誰敢不給？」宋欽宗又氣又窘，說：「這事還得商量。」勃堇撒離下了最後通諜，說：「行，貴國可以商量，但時間不等人，明天給話，如果拒絕，金軍立即攻城。」說罷甩手而去。

宋欽宗雙手抱頭，六神無主。唐恪等進言說：「皇上，這事拒絕不得，拒絕不得呀！」宋欽宗遂命駕幸龍德宮，去見太上皇。因為茂德帝姬、順德帝姬是太上皇最疼愛的兩個女兒，到底怎麼辦，得由太上皇定奪。宋徽宗聽後也是六神無主，只是一次一次重複說：「豈有此理！豈有此理！」茂德帝姬、順德帝姬已知消息，匆匆到了龍德宮，痛哭流涕，尋死覓活。宋徽宗面對兩個女兒，宋欽宗面對兩個妹妹，啞然無語。鄭太后也趕來了，勸住兩個帝姬，說：「國難當頭，你倆就為父皇和哥哥皇帝做點犧牲吧！金國元帥指名索要你倆，大宋不給行嗎？金軍一旦攻陷京城，還不知多少女人會遭殃呀！聽說那個斡離不是金國皇帝的侄兒，那個黏沒喝是已故國相撒改的兒子，統兵打仗，有勇有謀。你倆成了他倆的女人，榮華富貴還是有的，絕不會比做蔡鞗、向子扆的妻子差，是不是？」茂德帝姬想到丈夫蔡鞗，一貫花心，受蔡京牽累，罷官閒居，終日酗酒，恨得咬牙切齒，遂擦乾眼淚，說：「罷了罷了，你們把我送給斡離不就是。」順德帝姬的丈夫向子扆，也是個花花公子，吃喝嫖賭，諸毒俱全。她見姐姐如此，也就同意他們把自己送給黏沒喝。

宋徽宗、宋欽宗強作笑顏。鄭太后擔心節外生枝，陪著兩個帝姬，當夜住於龍德宮。次日，宋欽宗派使臣通知勃堇撒離。再次日，宰相唐恪任送親使，率幾位大臣，將兩個穿了禮服的帝姬連同豐厚的嫁妝，送去青城、劉家寺。茂德帝姬臨行，一腔憤恨湧上心頭，眼中含淚，大笑說：「父親是皇帝，把已婚女兒送給胡人；哥哥是皇帝，把已婚妹妹送給胡人。自私，軟弱，無能，也無恥！你們說，天下有這樣的父兄嗎？父兄皇帝如此，大宋焉能不亡！」

宋徽宗、宋欽宗面無血色，不敢正眼看兩個帝姬。不一時，蔡鞗、向子扆跑到龍德宮，罵罵咧咧，責問老丈人和大舅子：他倆和帝姬還是夫妻，而帝姬卻又嫁了胡人，這是怎麼回事？兩個皇帝無法回答兩個駙馬都尉的責問，像是兩具木偶，蔫頭蔫腦，默不吭聲。鄭太后出面應對，喝退蔡鞗、向子扆，維護皇帝的體面。茂德帝姬府邸一侍女又前來報告，說范奶娘聽說帝姬被送給胡人，急火攻心，一頭栽倒在地，氣絕身亡……

大宋將兩個美貌帝姬送給金軍兩個統帥的消息，也是喬農帶回的。師師聽後，無比震撼，直覺得渾身冰涼。她和茂德帝姬交往八年，曾聽茂德帝姬說起過順德帝姬。兩個帝姬出身皇家，婚姻卻很苦澀，生活並不幸福。金軍第一次攻宋時，斡離不就提出要納茂德帝姬為妾，只是倉促退兵，未能如願。師師記得二月東京解嚴，是茂德帝姬第一個到滄巫樓，告訴她金軍退兵的消息，還說：「金軍退兵，他們就不會把我送給斡離不了，阿彌陀佛，阿彌陀佛呀！」茂德帝姬的喜悅狀歡欣狀，如在眼前。孰料九個月後，茂德帝姬及其十妹順德帝姬，還是被送給斡離不和黏沒喝了。羊入虎口。可憐兩個帝姬，等待她倆的將會是怎樣的痛苦與屈辱啊！

宋朝君臣以為，把兩個帝姬送給金軍統帥，宋、金「友好」，金軍就不會進攻東京。然而他們錯了。攻陷東京，滅亡宋朝，是金國金軍的戰略目標，這個目標豈能因兩個帝姬改變而捨棄呢？

東京軍民在寒冷和驚恐中忍受著煎熬，度日如年。沒料想閏十一月更加寒冷，朔風、凍雨、大雪交作，二十多天沒見過太陽，冰天雪地，到處都凍得嚴嚴實實。最遭罪的是那些露宿街頭的難民和乞丐，每天都有六七百人凍死餓死。人死了無法埋葬，多處低窪地，成了亂扔屍體的死人坑。活著的人還要生存，隨意砍伐街道上和隋堤上的樹木，生火取暖。他們發現壽岳有許多空著的宮殿，於是不顧侍衛的阻攔，憤憤衝了進去，權且在那裡安身，剝樹皮挖草根，煮熟了充饑。太上皇毫無憐憫之心，只介意壽岳，說：「朕的壽岳呀，壽岳呀！」

守城的軍士同樣遭罪。軍營簡陋，四面透風。軍衣單薄，許多人沒有甲冑，甚至還穿著草鞋，凍得瑟瑟發抖，都握不牢手中的兵器。宋欽宗一天登城巡視，裝模作樣，命以熱騰騰的御膳賞賜士兵。士兵回報以冷眼，說：「皇上不必賞賜御膳，能讓我等吃上熱飯喝上熱水就足夠了。」宋欽宗一時面紅耳赤，無言以對。

唐恪因受民眾毆罵，辭去宰相職務。宋欽宗再也找不出宰相人選了，乃以門下侍郎何㮚為尚書右僕射兼中書侍郎，代行宰相職權。他遍觀朝臣，文臣不文，武臣不武，忽然心血來潮，想起保衛京城，功勳卓著的李綱來，決定重新起用，命驛召還朝，任資政殿大學士、領開封府。可是，京城內外交通斷絕，哪還能驛召李綱還朝呢？

護城河面結了一層厚厚的冰。金軍可在上面行走，選擇各個地段，架設雲梯攻城。宋軍這裡招架，那裡抵禦，傷亡慘重，筋疲力竭。到了閏十一月中旬，城內宋軍只剩下三萬人。風狂雪猛，奇寒奇冷，軍士頂風冒雪，竟有僵死者。那個曾經招安宋江的張叔夜，新任知樞密院事，催促成忠郎郭京施法，出動他的「六甲神兵」。郭京守著火爐烤火，飲酒吃肉，說：「還不到時候，還不到時候。」閏十一月二十四日，宋欽宗連下三道詔令，命郭京出兵。郭京這才答應，伸著胳膊說：「好啊，看我的！」

二十五日，郭京讓他的「六甲神兵」飽餐一頓，穿上五彩衣服，臉上亦塗五彩，手執道士用的拂塵。東京外城東向中門新曹門城樓上，一張方桌一隻香爐，香爐裡點燃香炷。郭京也穿五彩長袍，披頭散髮，一手執寶劍，一手執銅鈴。他對張叔夜說：「我將施法退敵，外人不得偷窺，可撤下守城軍士。」張叔夜照辦。郭京於是登城施法，舉寶劍，搖銅鈴，口中念念有詞，宣布道：「開啟城門，神兵出擊！」城門打開，「神兵」按甲子、甲寅、甲辰、甲午、甲申、甲戌方陣順序，一擁而出。金軍覺得好奇，觀望一番，接著便揮刀挺戟，衝殺過來。「六甲神兵」也是血肉之軀，瞬間三成死了兩成。郭京又對張叔夜說：「看來，我得去城外施法。」張叔夜同意，放他出城。誰知那個無賴到了城外，帶領餘眾，腳底抹油，一溜煙逃得無影無蹤。

金軍發一聲吶喊，乘勢攻佔新曹門。姚友仲、辛永宗等戰死。接著一個時辰，北面新酸棗門、西面萬勝門、南面南薰門等各個城門，皆被金軍攻佔。大宋京城陷落了！

宋欽宗在紫宸殿聞報，大驚失色，慟哭流涕，跺腳說：「郭京怎敢騙朕？郭京怎敢騙朕？」皇宮裡亂了套。朱皇后在紫垣宮裡團團亂轉。宋徽宗的眾多妃嬪忙於收拾細軟。宮監、宮女們漫無目的地跑向這裡，又跑向那裡。宋徽宗在龍德宮也知京城陷落，直是懊悔：早知如此，半年前真不該回京城！

宋欽宗正慟哭流淚，忽聞殿外大譁，越發嚇得魂不附體。殿前都指揮使蔣宣推門而入，稱自己和幾名侍衛，已備好乘輿，願護衛皇上突圍。何㮚以為不可。蔣宣抗聲說：「宰相誤信奸佞，害得這般局面，尚有何說！」何㮚啞口無言。尚書呂好問也以為不可，說：「汝等欲護衛皇上出圍，原是忠義，但此時到處都是敵軍，皇上輕動，那太危險啦！」果然，宮監又急急報告：金軍已解除宮廷侍衛武裝，控制了皇宮諸門。也就是說，宋欽宗意欲突圍也不可能了。

金軍從各個方向湧進城裡。金將銀朮可率一隊軍士，直奔滄巫樓。斡離不、黏沒喝交代給他一項特殊任務：找到名妓李師師，確保她的安全，因為大金國皇帝需要這個美人。銀朮可到達滄巫樓時，卻見大門緊閉，人去樓空，只有一個年老的宮監守著門房。老宮監說，李師師早就離開滄巫樓，去了哪裡，他可說不清楚。銀朮可進樓裡察看，到處是灰塵，足有銅錢那樣厚，證明李師師離開，確實很長很長時間了。

斡離不、黏沒喝曾有命令，攻克東京後，不許燒殺搶掠。可是這時，命令不起作用。湧進城裡的金軍，砸開商鋪店肆的大門，猛衝進去，見了酒肉，就喝就吃；見了值錢的東西，就往腰包裡裝。很多金軍衝進民宅，姦淫婦女，甚至有姦淫後將婦女殺死的。金軍又在南薰門城樓放起火來，濃煙滾滾，烈焰騰騰。全城民眾都能看到火光，嚇得心驚肉跳，只能合掌念佛，祈求菩薩保佑。城裡大量難民、乞丐和金軍發生激烈衝突，約有數千人傷亡。

宋欽宗和幾個近臣除了驚慌、焦躁外，一籌莫展。忽報金使勃堇撒離前來，要見宋朝皇帝。宋欽宗忙說：「快請，快請！」勃堇撒離進殿，宣稱大金國還是願意議和的。宋欽宗像是溺水快死之人抓住了一根救命稻草，連聲說：「謝謝，謝謝！」二十六日，他派何臬陪同濟王趙栩前往青城，請求議和。二十七日，何臬、趙栩回報說：斡離不、黏沒喝要太上皇去青城「訂盟」，聲稱這是最終決定，不容討價還價。所謂訂盟，就是投降，宋朝向金國敬獻降表。宋欽宗面如死灰，身體一軟，跌坐在御座上。幾個近臣面面相覷，束手無策。許久，宋欽宗嗚嗚咽咽說：「太上皇已驚憂成疾，何可去青城訂盟？罷了，罷了，還是朕親往吧！」

二十八日，何臬、孫傅奉命起草降表，一面起草，一面流淚。二十九日，天氣放晴，出了太陽，陽光卻無光彩，陰冷陰冷。三十日，宋欽宗身穿粗布長袍，脖上懸掛稻草，乘坐白馬素車，由何臬、孫傅陪同，前往青城，鄧詵隨行。青城，金軍列陣，衣甲齊整，兵器鋥亮。斡離不、黏沒喝高坐帥帳胡床，帳內站滿佩刀懸劍的金國將軍，傳令入見。宋欽宗戰戰兢兢，進入帥帳，不敢仰視，躬身施禮，雙手舉過頭頂，恭敬獻上降表。這一獻是個標誌，標誌著宋太祖趙匡胤開國，歷時一百六十六年的大宋朝（北宋）滅亡了。

閏十一月天氣太寒太冷，道路冰滑，喬農沒有外出幹木匠活。師師失去金軍攻宋的消息來源，倒也心平氣和，只管教虎子、英子認字寫字。十二月初的一天，璇兒去五里外的耿鎮購買布料，匆匆回家，說：「師師姐，鎮上人亂哄哄的，都說京城失陷了，皇上去青城獻了降表。你說，大宋是不是滅亡了？」師師身上一震，心中一陣酸楚。可不是麼？京城失陷，皇上獻了降表，大宋自然是滅亡了！師師和璇兒遙望京城方向，擔心起李蘊、李茵來，擔心起竹竹、菊菊、蟬兒等人來。從此，所有大宋臣民都成了亡國奴，深重的劫難怕是才剛剛開始呀！

第十九章 烈性芳魂

宋欽宗趙桓獻上降表，意味著宋朝滅亡，他已不再是皇帝。斡離不、黏沒喝考慮他還有利用價值，所以仍把他當皇帝看待，命人搬來一張圓杌，讓他坐著。何㮚、孫傅、鄧述隨後進帳，恭立在他身後。宋欽宗乘機打量一眼胡床上的兩個統帥，約莫四十多歲，臉黑眉粗，濃鬚如刺，高傲，凶悍，威風！那些將軍，也都凶悍，盛氣凌人，投向他的目光，全都帶著嘲笑和鄙夷。斡離不看過降表，遞給黏沒喝，說：「我大金國本不願興兵，只因汝國君臣荒淫昏庸，又無信義，所以撻伐問罪。我軍無意在東京久留，待訂盟告一段落，即會退兵。」黏沒喝說：「訂盟，主要是三件事：一、割地，以黃河為界，河北地盡歸大金國；二、納金，汝國須給大金國黃金一千萬兩，白銀二千萬兩，布帛一千萬匹；三、立君，選立異姓賢德者為君，主持中國事務。」

宋欽宗嚇得不敢作聲。孫傅拱手說：「割地、納金二事，均可依從；立君一事，尚須商量，要立，只能立趙姓，斷不能立異姓。」何㮚也拱手說：「納金一事雖可依從，然數目太大，恐難以辦到。」

斡離不沉下臉來，厲聲說：「三件事，不是商量，而是決定，懂嗎？決定！」黏沒喝也厲聲說：「這是大金國皇帝的決定，是聖旨，必須遵從，沒有什麼可商量的！」

金軍統帥指定使臣勃堇撒離，代表金國，與宋欽宗、何㮚、孫傅洽談三事，先洽談割地、納金二事。當天，宋欽宗住在青城，和何臬、孫傅、鄧述合住一個透風的帳篷，睡的是地草鋪，吃的是黑麵餅，連熱湯也沒喝上一口。宋欽宗嬌生慣養，錦衣玉食，哪受過這樣的苦？何臬、孫傅也沒受過這樣的苦，鼓動皇帝，不妨答應二事，爭取返回京城。十二月一日繼續洽談，宋欽宗果然全盤答應二事。勃堇撒離將此結果報告斡離不、黏沒喝。斡離不、黏沒喝需要利用宋欽宗完成割地、納金任務，同意放他回東京。

東京完全處在金軍的控制之下。二日，宋欽宗回到皇宮，見到已不是皇后的朱氏和已不是太子的趙諶，涕淚滿頤，恍若隔世。宋徽宗來看兒子，得知訂盟三事，長吁短歎，眼中竟也流出幾滴苦淚。他問兒子可曾見到茂德帝姬和順德帝姬？宋欽宗說沒有。宋徽宗嘆氣說：「唉，我那兩個女兒啊！」他還有點自知之明，第一次自稱「我」而未稱「朕」。

宋欽宗已沒有資格再舉行朝會，但還要割地，還要納金，只得召來幾個舊日大臣，分任割地使和納金使，負責二事。割地使由金兵押解，趕赴兩河尚未陷落的各州府縣，曉喻官民，說明宋朝已亡，當地已割給大金國，只能投降，不可抵抗。各州府縣官民不肯降金，多半怒斥割地使，閉門以拒。割地使中也有愛國志士，歐陽珣算是一位。他任深州（今河北恆水）割地使，到了深州城下，高聲呼喚城上守軍，流著淚說：「大宋為奸人所誤，導致亡國，割地納金，我特拼死來此，奉勸汝等，宜勉為忠義，守土報國，祖宗土地，尺寸不可與胡人！」押解他的金兵大怒，當場將他殺死。

納金比割地艱難千倍萬倍。國庫裡拿不一兩金銀、一匹布帛，納金使只能搜刮商家、富戶、錢莊，強行攤派。皇帝、朝廷、官員已是名不正言不順，誰還買納金使的帳？商家、富戶、錢莊拒不接受攤派，還罵納金使是騙子，是國賊。東京三大妓院，夢仙樓、銷魂樓沒有及時關門，當年不僅沒有賺到錢，反而貼賠了不少冤枉錢。納金使又登門攤派，張口就要黃金一萬兩、白銀十萬兩。老鴇崔晶、趙筠氣得破口大罵道：「狗屁！大宋亡了，皇帝降了，哪來的什麼納金使？老娘有錢，為何要給金狗？夥計們，取傢伙，把這騙子、國賊往死裡打，出了人命，老娘兜著！」保全遵命，取棍取棒。納金使叫苦不迭，嚇得奪門而逃。納金使還到農村攤派，要農民每人交納一兩銀子。農民更不買納金使的帳，痛毆騙子、國賊，還發生多起殺死金國士兵的案件。

勃菫撒離再見宋欽宗，轉達斡離不、黏沒喝的命令，索要一千五百名年輕女子，到青城、劉家寺充當侍役。所謂充當侍役，就是供金國將軍姦淫、蹂躪。宋欽宗不敢不從，意欲強徵（實際上是強搶）民女。何㮚、孫傅以為不可，忙說：「那樣會逼得多少人家家破人亡啊！」宋欽宗哭喪著臉說：「那又有何法？」鄧述在場，插話說：「太上皇內禪之前，宮內宮女多達五六千人。皇上（宋欽宗）即位後打算裁撤，未及進行。現在何不從那些人中，選出一千五百人送去金營？這樣，宮中還能節省不少開支呢！」宋欽宗點頭，表示同意。於是鄧述很快選出一千五百人。可憐那些宮女，聽說要去侍奉金狗，無不哭泣，羞恥心和節烈觀強者，投井，懸樑，或用刀剪割腕，兩天內死了三百人。最終送去青城、劉家寺的，約一千二百人，由斡離不、黏沒喝分配給大小頭目享用。宮女們飽受折磨與屈辱，昏天黑地，生不如死。

勃菫撒離報告斡離不、黏沒喝，說鄧述這個人大有用處。斡離不、黏沒喝會意，立即命勃菫撒離，祕密約會鄧述，贈予黃金五十兩，要他幫大金國做事。鄧述受寵若驚，點頭哈腰，滿口應承。

未幾，已是除夕。從皇宮到民間，悲傷，憂愁，鬱悶，哪有心情辭舊年迎新年？宋朝滅亡，靖康年號已不存在，但又沒有另外年號，所以仍用靖康紀年，稱新的一年為靖康二年（西元一一二七年）。新年正月，天氣仍像年前一樣寒冷，朔風、冰雪，加上陰霾、大霧，宛若世界末日似的。斡離不、黏沒喝派出專使，住進皇宮，催索納金。宋欽宗無計可施。何㮚、李若水說：「時間太緊，哪能弄得那樣多金帛？陛下只有再去青城，請求寬限納金時日。」宋欽宗覺得也只能這樣，遂於十日，由何㮚、李若水陪同，再次前往青城，鄧述隨行。他自知這次凶多吉少，可能有去無回，所以特作安排，命孫傅為太子太傅，輔佐太子監國。宋朝已亡，已無太子名號。什麼「太子太傅」，什麼「太子監國」，純是自欺欺人罷了。

斡離不、黏沒喝留住宋欽宗、李若水，放回何㮚，要他帶領舊臣，繼續搜刮、獻納金帛。宋欽宗可不想死在青城，垂淚對何㮚說：「卿務要盡力，救我還朝呀！」

此後一個月，何㮚搜刮金帛，倒也盡力，主要是以營救宋欽宗還朝為由，向南方各州府攤派，兩次共獻納黃金四十五萬兩、白銀七百二十萬兩、布帛一百四十萬匹。斡離不、黏沒喝欲壑難填，呵斥說：「只有這少許金帛，九牛一毛，想是欺我大金國不是！」為示淫威，殺死多位宋朝舊臣，如梅執禮、陳知質、程振、安扶等。何㮚好不心寒，推說患病，窩在家裡，再不出頭露面了。

宋欽宗已在青城，宋徽宗還在東京。斡離不、黏沒喝擔心，宋徽宗在宋人心目中還是太上皇，隨時都有復辟宋朝的可能，因此命令，宋徽宗也得移住青城。二月十一日，金軍威逼宋徽宗動身。張叔夜進諫，說：「皇上（宋欽宗）一出不返，太上皇不應再去青城。臣當率勵將士，護駕突圍，陛下即便遇難，比起生陷夷狄來，也算勇義和光榮啊！」宋徽宗嗟歎猶豫。不意都巡檢范瓊已降金軍，向前拉了宋徽宗，塞進一輛牛車，牛車出了皇宮，直奔青城。張迪侍奉宋徽宗，欲上牛車隨行。范瓊一把將他推開，怒聲罵道：「滾！」張迪毫無防備，一個踉蹌，偏巧太陽穴撞在一堆磚頭的磚角上，鮮血橫流，片刻身亡。

斡離不、黏沒喝又高坐帥帳胡床，會見宋徽宗、宋欽宗。趙家父子先是站著的。斡離不朗聲說：「大金國皇帝有旨：宋朝原皇帝趙桓、太上皇趙佶，俱廢為庶人。」二趙既為庶人，在斡離不、黏沒喝兩個元帥面前，就得下跪。他倆還有架子，不想下跪。早有金將從後面狠踢兩腳，喝道：「跪下！」二趙跪地，方知屈辱、恥辱是怎麼回事，無地自容。黏沒喝又高聲說：「庶人趙桓、趙佶已降金國，就算是金國百姓，著換衣服！」又有金將扯去趙佶、趙桓穿的長袍，扔在一邊，讓穿上胡服。胡服極不合身，看上去滑稽、怪異。二趙已無表情，麻木如癡。李若水見此情狀，向前跪地，抱住趙家父子放聲大哭，痛不欲生。

忽然，兩個女人闖進帥帳，痛哭大叫：「爹──！哥──！」那聲音撕心裂肺，破肝碎膽。兩個女人，一是趙福金，一是趙纓絡。她倆雖然痛恨父兄自私、軟弱，但聽說父兄到了青城受辱，親情佔了上風，還是發瘋似地跑來，要見父兄一面。趙佶、趙桓跪在地上，聽出是女兒、妹妹聲音，面如死灰，只恨地上沒有縫隙，若有，一定鑽進去。斡離不、黏沒喝好生惱怒，同聲喝道：「胡鬧！來人，把她倆拉出去！」幾個金軍如狼似虎，遵命照辦。趙福金、趙纓絡被拉出帥帳，掙扎著大聲叫罵：「斡離不！黏沒喝！你倆不是人！是豬狗是畜牲！」

東京皇宮裡，還有個「太子監國」，這是斡離不、黏沒喝斷不能容忍的。那個鄧述答應幫大金國做事。斡離不、黏沒喝透過勃堇撒離，要他提供幾份名單。鄧述曾是大內總管，熟知皇宮和皇家所有情況，很快將名單列出，詳詳細細，一目了然：一、趙桓皇后、太子、兒子名單；二、趙佶后妃、女兒名單；三、趙佶兒子名單；四、趙佶伯伯、叔叔、哥哥、弟弟名單。斡離不、黏沒喝將幾份名單交給金將完顏宗磐，命按圖索驥，把趙氏家族所有成員集中起來，分批押解至青城。一時間，什麼太子，什麼太后、皇后、貴妃，什麼王公，王妃、夫人，什麼帝姬、駙馬等，皇家顯貴盡成囚虜，四批共三千多人，陸續到了青城。他們像趙佶、趙桓一樣，多人合住一帳篷，睡地草鋪，吃黑麵餅，還要換穿胡服，學說胡語。一個個或號哭或嗚咽，有的哀歎生於皇家，有的後悔佔了「皇」字的邊。何謂亡國奴？何謂落架的鳳凰？若到這裡看一看，自會明白一切。

金國滅亡宋朝，可以吞併兩河土地，但絕對無力吞併黃河以南包括長江流域在內的大片國土。金太宗詔令：「訂盟」三件事，第三件事是立君，選立異姓賢德者為君，主持中國事務。這裡的「中國」，僅指黃河以南地區。誰是「異姓賢德者」？斡離不、黏沒喝早物色好了：張邦昌。

張邦昌字子能，東光（今河北滄州南）人。進士出身，當過三個州的知州。此人為官訣竅是以上司的意志為意志，上司叫往東他不往西，上司叫攆狗他不攆雞，還時時給上司送金送銀，加上世故圓滑，八面玲瓏，所以官運亨通，調進朝廷，歷任禮部侍郎、尚書右丞、尚書左丞、中書侍郎。宋欽宗即位，頻繁更換宰相，李邦彥任太宰時，張邦昌有幸任少宰。金軍第一次攻宋，李邦彥、張邦昌力主議和，宋、金簽訂和約。按照和約，張邦昌曾作為宰相，極不情願地陪同康王趙構，赴金軍大營當了幾天人質。期間，他見過斡離不和黏沒喝。金軍的剽悍、凶惡與殘暴，使他嚇破肝膽，以為必死無疑，沒想到金軍卻將趙構和他放回宋朝。張邦昌回朝，恰值浪子宰相李邦彥罷相，太宰之職便落到他的頭上。他為太宰，堅決主張賠償金國金銀、錦緞，割予三鎮，宋朝皇帝尊金國皇帝為伯父。因此，斡離不、黏沒喝非常欣賞他，稱讚他是金國最忠實最可靠的朋友。金軍退兵。宋朝群臣上書，指斥張邦昌通敵叛國，為社稷之賊。宋欽宗於是將其罷為觀文殿大學士、中太一宮使。張邦昌為太宰僅僅一個月，但這一履歷為他撈取了足夠的政治資本。

當宋朝滅亡，趙佶、趙桓父子身陷青城的時候，金使勃堇撒離奉命，私下會見張邦昌，暗示斡離不、黏沒喝認定他是「異姓賢德者」，有意立為皇帝。張邦昌感激涕零，恨不得把兩個敵帥叫爹叫爺。當時，東京留守王時雍、翰林承旨吳開、吏部尚書莫儔、都巡檢范瓊、開封尹徐秉哲等宋朝舊臣，均投降了金國。斡離不、黏沒喝授意他們，裝模作樣聯合簽名，請立「異姓賢德者」張邦昌為帝。三月七日，斡離不、黏沒喝派人送來大金國皇帝的冊文，冊立張邦昌為皇帝，定國號為楚。張邦昌於是身著冠冕，北向拜舞，御文德殿，即皇帝位，接受官員朝賀。稀稀拉拉二三十人跪地，呼喊「吾皇萬歲萬歲萬萬歲」。張邦昌直覺得祖墳上冒青煙，心中像有一萬朵鮮花，齊刷刷開放，絢麗無比。但他知道，他是金國金軍一手扶立的，所謂楚國只是個偽楚國，所謂皇帝只是個偽皇帝，為宋人所不齒，所以不敢自稱朕而稱「予」，頒發的文書不敢稱聖旨而稱「手書」。

李若水在青城，聽說金國立了個偽楚國偽皇帝，破口大罵斡離不、黏沒喝，還罵吳乞買。惹惱一些金將，用鐵撾擊落他的牙齒，又用匕首割掉他的舌頭。李若水滿嘴血污，仍是大罵，直至氣絕。斡離不、黏沒喝不禁讚歎道：「好一個忠臣，難得難得！」

天氣漸漸變暖，喬農又外出做木匠活，又帶回一些零星消息。李師師憑這些消息，略知東京城裡發生的事情，但不確切。三月中旬一天傍晚，虎虎對著柴門狂吠。璇兒向前察看，認出柴門外一男子，竟是女扮男妝的蟬兒，且驚且喜，迎接蟬兒，直接進了小房。師師和蟬兒又見面，驚喜，激動，緊緊擁抱，淚水簌簌。

蟬兒和璇兒家人相見，洗漱，吃飯，夜幕降臨。小房裡點亮燈，門窗遮得嚴嚴實實。師師和璇兒明白，蟬兒冒險來到喬村，必有重要情況要說。果然，蟬兒扯開衣袖裡縫著的夾層，取出一張兩指寬的紙條，遞給師師，說：「姐，你先看這個。」師師看那紙條，上寫五個小字：「提防張邦昌」。她莫名其妙，說：「這是何意？」

蟬兒說：「說來話長。去年二月，姐離開滄巫樓，我也再未去過那裡。後來聽說太上皇趙佶返回東京，李綱大帥遭到罷斥，金軍又捲土重來。去年冬天特冷，金軍進攻京城，京城各城門封閉。不久，京城陷落，皇上趙桓獻了降表，大宋滅亡。今年頭兩個月，哎呀，京城裡亂得一蹋糊塗，原有的難民、乞丐不說，幾萬胡人又湧進城來，燒殺搶掠，無惡不作。趙桓先去了青城，接著趙佶及所有皇家成員，男女老幼，都被押解著去了青城，趙家宗廟也被胡人放火燒了。前些日子，金軍又立了個皇帝，就是張邦昌，國號好像叫楚。」

璇兒驚呼說：「這麼說，豈不是改朝換代了？」蟬兒說：「誰說不是？可又有人說，這個楚國和張邦昌都是什麼偽的，兔子尾巴——長不了。」

師師說：「那這紙條又從何而來？」

「杜德杜公公給我的。」蟬兒說，「去年二月，我和杜公公在平康津碼頭分手後，再未見過他。大前天，他突然找到我家。我一問，才知滄巫樓早就關門，他也回了皇宮。他說，先後有兩個人找過他，打聽姐的下落。」

師師聽了這話，像被蠍子螫了一下，身上一震一顫。蟬兒接著說：「一人是金國將軍銀朮可，在京城陷落的第一時刻，他就去滄巫樓，企圖找到姐；再一人是趙桓貼身宦官押班鄧述，這人已投降了金國，聽命於一個叫勃堇撒離的金國使臣。杜公公回答銀朮可和鄧述，說姐在上年京城解嚴後，就去了南方，可能去了廣陵，也可能去了金陵或錢塘。杜公公回答得很肯定，說是他親自送姐登上開往廣陵的商船的。他怕連累到我，所以沒說我也送姐了。大宋滅亡，杜公公獨自一人，無處可去，仍留在皇宮裡。沒料想張邦昌成了皇帝，也找杜公公，打聽姐的下落。杜公公回答張邦昌的話，跟回答銀朮可、鄧述的話一模一樣。可張邦昌不信，說：『李師師係一女流，怎會去無親無故的南方？這個人必定還在東京，或在東京附近！』張邦昌還說，他已是皇帝，意欲封姐為貴妃，所以派出多人，明查暗訪尋找姐。他很自信，說：『予一定能找到李師師，封作貴妃，也像趙佶那樣，享享豔福。』」蟬兒頓了頓，繼續說：「杜公公關心姐又擔心姐，這才找到我家，給了我這張紙條。我說我和他一樣，也只知姐去了南方，其他一無所知。他長長歎了口氣，留下紙條，然後就走了。要在一個月前，金軍嚴厲把守城門，我想出城也出不了。近日，聽說金軍打算退兵，把守城門不那麼嚴厲了，我這才能出城到這裡來，既是為了送這紙條，更是為了看看姐。姐，蟬兒想死你了！」

璇兒說：「這紙條會不會有詐？」蟬兒說：「不會！杜公公不是那種忘恩負義的小人。」

璇兒又說：「張邦昌是個什麼人？」蟬兒說「聽說當過幾天宰相，見了胡人就兩腿發軟，就想下跪。」璇兒說：「難怪胡人要立他為皇帝呢！」

張邦昌這個名字，師師好像聽人提到過，但已毫無印象。她也了解杜公公的為人，相信他說的話是真的，那樣，自己恐怕再不得安靜和安寧了。她暫把自己安危放過一邊，問蟬兒說：「柯宏可好？」

蟬兒神色有點暗淡，說：「李綱大帥遭到罷斥，柯宏的情緒一落千丈，一天拼死抗擊金軍，丟了一條胳膊，回家治療、休養，總算保住了性命。這樣也好，再不用服兵役徭役了。」

師師緊緊抓住蟬兒的手，表示安慰。璇兒問：「可有李茵媽媽的消息？」蟬兒說：「再未見過李茵媽媽和竹竹、菊菊她們。一次無意間撞見包正包青天，他說李蘊、李茵媽媽和黃媽、華嫂都好，她們說起往事，總誇師師姐有眼光有見識，香豔樓若不早早關門，還不定要遭受多大損失呢！包青天還說：竹竹嫁了她哥哥的一個朋友，鶯鶯、燕燕、鵲鵲去了長安，花花、好好、圓圓去了成都。」

師師臉上露出一絲欣慰之色，說：「媽媽和姐妹們平平安安，比什麼都強！」

三個女人心心相印，說話說到後半夜才休息。蟬兒累了，很快進入夢鄉，師師輾轉反側，難以成眠。

她想，銀朮可和鄧述打聽她的下落，無非是要找到她，把她獻給金國皇帝吳乞買。這，茂德帝姬和李茵媽媽都曾說起過，她並不奇怪。奇怪的是那個張邦昌，竟也打聽她的下落，還派人明查暗訪尋找她，聲稱要封她為貴妃。她覺得好笑，自己只是個色妓，早是殘花敗柳和等外品，可吳乞買和張邦昌還在打自己的主意。尤其是張邦昌，胡人扶立的偽皇帝，肯定賣國求榮，賣主求榮，吃裡扒外，寡廉鮮恥。這類貨色，在豺狼面前是綿羊，在綿羊面前可是豺狼。杜公公要自己提防他，怎麼提防？自己萬一落到他手裡，絕不受辱，寧玉碎勿瓦全，大不了一個字：死！

蟬兒在喬村住了一夜，次日告別師師姐和璇兒，留下自家地址，返回東京。璇兒送走蟬兒，回小房對師師說：「姐，想到那張紙條，我好害怕。」師師淡淡一笑，說：「害怕又有何用？」璇兒說：「我怕張邦昌的人會找到喬村來。」師師說：「是福不是禍，是禍躲不過。自古紅顏多薄命，那就由命吧！」

青城，斡離不、黏沒喝接到金太宗詔令，定於三月下旬班師。張邦昌服柘袍，張紅蓋，親詣青城餞行。斡離不、黏沒喝叮囑，亡宋向大金國納金的數目，還差得很多很多，這任務須由楚國繼續完成。張邦昌老雞啄食似的點頭，說：「那是，那是！一定，一定！」

從三月二十六日至四月一日，金軍押解著亡宋的兩個皇帝，一個太后（鄭氏）、一個皇后（朱氏）、一個太子（趙諶），以及眾多王公、王妃、夫人，趙佶的妃嬪、女兒、女婿，部分大臣、宮女等，衣袂聯屬，陸續起程，經紅廟北渡黃河，前往金國。所有人都蓬頭垢面，哭哭涕涕，呼天不應，喚地不靈。和這支淒悽慘慘隊伍並行的是數千輛馬車，馬車上滿載著金銀珍寶、綾羅綢緞等物。《宋史．欽宗紀》記載：「凡法駕、鹵簿，皇后以下車輅、鹵簿，冠服、禮器、法物，大樂、教坊樂器，祭器、八寶、九鼎、圭璧，渾天儀、銅人、刻漏，古器、景靈宮供器，太清樓祕閣三館書、天下州府圖及官吏、內人、內侍、技藝、工匠、娼優，府庫畜積，為之一空。」蒼天或許以為這樣的掠奪，過於野蠻和瘋狂，所以連颳兩天大風，飛沙走石，摧樹折木，氣溫驟降，彷彿又回到了寒冬一般。

金軍退兵，張邦昌笑顏逐開，喜悅，開心。從此，黃河以南錦繡河山姓張，他為九五之尊，擁有天下，號令天下，能不喜悅能不開心嗎？加之，數天前他已獲知李師師的下落，喜悅和開心更增加了一百倍一千倍。

張邦昌也是個好淫好色之徒，對美若天仙的李師師垂涎已久，故在即位後就向杜德杜公公打聽李師師的下落。他不相信李師師去了南方，所以派遣鐵桿心腹劉升等，就在東京及東京附近明查暗訪，發話說：「就是挖地三尺，也要把李師師給予挖出來！」劉升頗有心機，透過香豔樓舊日保全，查訪出侍奉過李師師的兩個侍女，一叫璇兒，一叫蟬兒，璇兒與蟬兒都叫她姐姐。蟬兒和丈夫住在東京宣仁坊，經偵察，家中未住外人。璇兒嫁到東京南郊四十里的喬村。劉升抓住這一線索順籐摸瓜，帶人到喬村查訪到喬農家，認出喬農妻子正是璇兒。他們不聲不響，專門在深夜到喬家天然圍牆外潛伏，重點注視單獨開門的兩間正房（小房），終於發現，兩間正房裡還住著個女人。一天半夜時分，那個女人步出正房，站在院落裡，遙望東京方向，良久良久。她的身段很美，儀態更美。不一時，璇兒走到她跟前，輕輕叫了一聲「姐」。哈哈，那個女人必是李師師，必是李師師了！

劉升將這一發現報告張邦昌。張邦昌大喜，眉飛色舞，但叮嚀劉升切莫聲張。這是因為，斡離不、黏沒喝也曾命張邦昌尋找李師師，說是大金國皇帝極想得到這個美人，如果聲張，讓斡離不、黏沒喝知道，那自已豈不是竹籃打水一場空了？

四月二日，張邦昌確定金軍已經退去，立命劉升帶領十餘人和一輛馬車，去喬村接李師師回東京。說是「接」，當然是要讓她非回東京不可。

四月初正是換季時節。師師在璇兒幫助下，脫去厚厚的棉衣，換上藍色夾衣，紫色夾裙，束上粉色繡花腰帶，整個人一下子輕鬆輕爽了許多。肩上再披一條寬大的乳白色披巾，立在銅鏡前端詳，直有一種瀟灑、飄逸的感覺。忽然，虎虎狂吠。柴門外有人聲有車聲。璇兒預感到不妙，快步走出小房，隨手關了房門。師師也感到不妙，沉著地將一把鋒銳的剪刀藏在懷中。

璇兒、喬農走近柴門，見柴門外有十餘匹馬十餘個人，人人穿著軍服，持刀執戟，還有一輛馬車。為首者三十多歲，尖嘴猴腮，滿嘴黃板牙，他就是劉升。劉升大聲說：「打開柴門！」喬農說：「你們是誰？要幹什麼？」劉升說：「我等奉命，前來接李師師回東京。」璇兒說：「李師師？誰是李師師？我們家可沒有這個人？」劉升惡惡地說：「別裝了！你叫璇兒不是？李師師就住在你家那兩間房裡！」他手指單獨開門的兩間正房。璇兒一時語塞。劉升不耐煩了，抬腳踹開柴門，十幾人湧進院落裡。喬農、璇兒伸開雙臂，阻擋來人。虎虎一撲一撲的，凶惡狂吠。幾支長戟指向虎虎。虎子呼喚虎虎，跑向前去。一人趁勢將虎子抓住，把雪亮的刀鋒橫在虎子喉部。虎子大叫：「爹！娘！」喬農、璇兒嚇壞了，急急地說：「你們可別胡來，可別胡來！」喬母、英子也嚇壞了，一個叫「虎子」，一個叫「哥」。劉升獰笑，高聲喊道：「李師師，現身吧！不然，我等就把這小孩殺了！」

小房的門打開，李師師走了出來，並向前穩走數步。她的美貌，她的器度，她的從容，她的鎮定，立刻鎮住了來人。師師站定，以不容置疑的語氣說：「放了孩子，我跟你們走！」璇兒撲向師師，說：「姐，你不能跟他們走，不能，不能哪！」

劉升在師師面前，不敢太過放肆，改變稱呼，討好似地說：「花魁娘子，對不起，我等也是奉命行事。」他一揮手，那人把虎子放了。他再說：「我等是奉楚帝張邦昌之命，來接花魁娘子回東京的，那就請吧！」

師師走向喬母，施了一禮；拉過虎子、英子，摸了摸兩人的小臉；再朝璇兒、喬農一笑，走出柴門。璇兒痛哭失聲，說：「姐，不能哪！不能哪！」英子也流淚說：「李姨，你別走，別走！」師師回頭，看了璇兒、英子最後一眼，毅然登上馬車。劉升等十餘人紛紛上馬，一聲吆喝，護擁著馬車，疾馳而去。

璇兒、喬農傻了懵了。這可怎麼好？這可怎麼好？還是喬母提醒說：「你倆快收拾收拾，趕去東京，找到那個蟬兒，務要設法救出師師才是。」璇兒忙說：「對對對！」也沒有什麼可收拾的，取了些銀子、銀票，叮嚀虎子、英子聽奶奶的話，便和喬農出了家門。臨行，喬農喚了虎虎同行。喬村離東京四十里，徒步得走兩三個時辰。在村口，恰遇一輛去東京的馬車。璇兒開口給五兩銀子，要搭乘順車。五兩銀子可是個大數目。車夫歡喜不盡，連聲說：「上車上車！」

師師登上的馬車帶有車廂，車廂裡恰也整潔和舒適。她知道此去在劫難逃，但並不恐慌，更不畏懼。透過車廂窗簾縫隙，她看到道路兩旁廣袤的田野，田野荒蕪，很少莊稼。稀疏的村落一閃而過。村落破敗，沒有一縷炊煙。樹木都是光禿禿的，小水渠小池塘旁的迎春花和報春花，開得無精打采。馬車進了南薰門。南薰門被金軍放火燒過，城樓垮坍，棟折榱崩，磚瓦焦黑。前面是長長的御街。御街蕭條，來來去去的，多是難民和乞丐。馬車進了內城，馳過州橋。州橋兩側汴河上，行駛的停泊的僅有三五艘小船。遠望可見壽岳。壽岳遮住東北方向半個天空，死氣沉沉。再前面就是皇城。馬車馳進宣德門，馳進皇宮，三拐兩拐，在小巧的鸞鳳殿門前停了下來。劉升撩起車廂門簾，說：「花魁娘子，到了，請下車吧！」他伸出右手，想扶師師下車。師師說：「走開，別碰我！」劉升自討沒趣，尬尷地收回了手。

師師下車。偌大的皇宮，好空曠好清冷哪！兩個年約五十歲左右的老宮女向前，伺候師師。師師認識她倆，一人姓田，一人姓梁，曾在滄巫樓服過役。師師進入鸞鳳殿，裡面的陳設還算齊整。老宮女端上熱水、熱茶、熱騰騰的麵條，說：「楚帝交代，讓花魁娘子好好吃飯，好好歇息。」師師渴了也餓了，洗手，飲茶，乾脆把一大碗麵條全吃了。天色已晚。老宮女點亮蠟燭，引師師進入臥室，悄聲說：「張邦昌說，明天上午，他來見你，當心！」說罷退去，掩了房門。師師趕緊把門栓插牢，再看臥室，被褥等都是新的，乾乾淨淨。她搖頭苦笑，自言自語說：「還是那話：是福不是禍，是禍躲不過。管它哩，先躺一會兒再說。」她和衣而臥，拉了被子蓋在身上，輕輕閉上眼睛。

璇兒、喬農領著虎虎到了東京，找到宣仁坊，找到蟬兒。蟬兒家是一個小小的院落，兩間正房一間廚房。柯宏抗擊金軍，丟了左胳膊，所以左邊的衣袖是空著的。璇兒把當天的事一說。蟬兒急得流下淚來，說：「怕鬼怕鬼，鬼就來了！師師姐落到魔鬼手裡，如何救得？」兩個女人兩個男人緊急謀劃，決定得先找杜德杜公公，弄清情況。於是，蟬兒再次女扮男妝，到了皇宮門前。柯宏遠遠跟隨，暗中保護妻子。看守皇宮大門的差不多都是年老的宮監。蟬兒禮貌地請出其中一人，先遞上二十兩銀票，聲稱自己有急事，要和舅舅杜德杜公公商量，煩請傳話，讓杜公公出宮來見個面。有錢能使鬼推磨。那人滿口答應，樂意傳話。不一時，杜德來到宮門外面。蟬兒剛要開口。杜德擺手，說：「情況我都知道了。是張邦昌心腹劉升，帶人查訪到師師下落的，今天又將她弄進大內，安排住在鸞鳳殿，由兩個老宮女伺候著。兩個老宮女和我熟悉，告訴我說，明天上午，張邦昌會見師師，結果怎樣，實在難料。我估計，師師烈性，嫉惡如仇，寧折不彎，所以怕是凶多吉少。」蟬兒帶著哭腔說：「那可怎麼辦？」杜德搖頭，說：「現在誰也救不了她，就看她的造化吧，唉！對了，明天是關鍵的一天，午正（中午十二時）前後，你在此等我，一有消息，我會立即通知你。」

杜德急急回了皇宮。蟬兒垂頭喪氣回家。那一夜，對於蟬兒、璇兒、柯宏、喬農來說，是何等何等漫長啊！

李師師原本只是想躺一會兒，不想躺下不久就睡著了，一直睡到次日天明，連夢也沒做一個。她暗暗罵了自己一句：「李師師，你真沒心沒肺！」老宮女端上熱水。師師洗漱，取了梳粧檯上的梳子，梳了梳秀美的長髮。老宮女端上熱茶。她飲了幾口茶。老宮女端上早點：三個荷包蛋、兩塊酥餅。她又乾脆把荷包蛋和酥餅全吃了。鸞鳳殿正廳，一張八仙桌，兩把靠背椅。師師吃得飽飽的，抱定必死的決心，端坐在一把椅子上，單等張邦昌到來。

辰正（上午八時），張邦昌身著冠冕，由劉升陪同，進入鸞鳳殿。他之所以安排師師住在這裡，圖個「鸞鳳」二字有寓義，吉利。師師迅速打量張邦昌一眼，見他五十多歲，中等身材，稍胖，小眼睛塌鼻樑，臉上掛著笑，但笑得奸猾和諂媚。張邦昌邊走邊說：「剛剛舉行罷朝會，予就過來了！」他以為師師會稱他「皇上」或「陛下」，行跪拜大禮，哪知人家端坐，動也未動，理也未理。他悻悻在另一把椅子上落座，用獵人審視獵物的目光，審視師師。這一審視，不由意盪神搖。因為師師太美了，美在天生麗質，美在本色自然。她沒有化妝，飾物僅有一副碧綠的翡翠耳環。長髮蛾眉，玉面香唇，兩個黑眸在長長睫毛襯托下，流轉靈動，波光閃閃。肌膚白嫩，晶瑩如脂，神態端嚴而冷峻，略帶些憂傷。往那兒一坐，宛若神女，媚力四射，媚力中又透著美的震懾力，讓人想入非非，卻不敢輕舉妄動。

劉升立在張邦昌身後，也在貪婪地看著師師。張邦昌不悅，命他去殿外守候，自己要和花魁娘子單獨說話。劉升退去殿外。張邦昌乾乾咳嗽一聲，不稱花魁娘子，改稱師師，說話了。他說：「師師，予在地方上任知州時，就聽說你的豔名，很是仰慕。予到朝廷任職，曾去香豔樓，知你接客的價格是五千兩銀子，嚇得只能望樓興歎，因為予一個禮部侍郎，俸祿有限，拿不出那麼多錢。後來，予升官了有錢了，再去香豔樓，你卻讓周邦彥包花，不接客了。予不甘心，等，誰知你又成了趙佶的人，住進了滄巫樓，予呀，更是望樓興歎。予還是等，等，一直等到今天，才有幸和你面對面坐在這裡。予跟你說，予要封你為貴妃，讓你享受潑天的榮華富貴。東京已很破敗，不宜再作國都。所以予決意到富庶的江南去，建都金陵。那時，我們就等於生活在天堂裡，可以縱情享樂，縱情享樂啊！」

張邦昌說得很投入，力圖用真情和美景征服師師的芳心，贏得師師的青睞。他色瞇瞇地盯著師師，故顯輕鬆地問：「哎，師師，你說怎樣？」

師師淡淡一笑，說：「請問你是誰？為何對我說這些胡話昏話？」

這玩笑也太大了！他，楚國皇帝，一身冠冕，說了許多，對方居然不知他是誰，還說他說的是胡話昏話，這可能嗎？「這，這……」張邦昌有些氣惱，卻又無法發作。師師又淡淡一笑，說：「其實，我知道你是張邦昌。不過，你倒可以把名字改一改。」

「怎麼改？」

「改作張敬瑭。」

「這是何意？」

「後晉有個石敬瑭，現在又有個張敬瑭唄！」

張邦昌恍然，原來李師師是奚落他嘲諷他，說他和石敬瑭一樣，也是個吃裡扒外、認賊作父的「兒皇帝」。他窘得一時說不出話來。師師稍稍提高聲音，說：「宋朝皇帝趙佶、趙桓荒淫昏庸，重用一大批奸賊，這才導致亡國。蔡京、童貫等固然很奸很賊，但還沒敢明目張膽賣國求榮，賣主求榮。而你張邦昌等，賣國求榮，賣主求榮，迎合胡人，割地納金，到了明火執仗，恬不知恥的地步！你等在宋朝，都是高官厚祿，朝廷沒虧待你等呀！而胡人滅亡宋朝，你等充當內奸，充當幫凶，爭先恐後。農家養條狗，尚知看家護院。你等一不看家，二不護院，還毀家毀院，哼，連條狗都不如！胡人退兵，要立個偽楚國偽楚帝。你張邦昌搖尾乞憐，當上偽楚帝，北面事胡虜，洋洋得意不是？今天又大言不慚，要封我什麼貴妃。告訴你，做你的大頭夢去吧，本人不稀罕，對你這樣的丑類，更感到噁心！」

師師說話，歷來不卑不亢，不溫不火。這番話，卻像刀子像鞭子，劃劃在抽打在張邦昌身上。他有一種原形畢露、體無完膚之感，臉色由黃變白，由白變青，由青變紫，紫得竟像豬肝顏色一樣。他氣極敗壞，手指李師師，說：「你，你，你別不識抬舉！真也好，偽也罷，我畢竟已是楚國皇帝，真龍天子，金口玉言，順我者昌，逆我者亡！我還要告訴你，金國皇帝吳乞買對你也感興趣，指示斡離不、黏沒喝，務要把你找到，送去金國。是我，隱瞞胡人，保護了你。你若敬酒不吃吃罰酒，那我完全可以把你送去金國，送給吳乞買！」

師師端坐，毫無反應。張邦昌更加氣極敗壞，說：「漢女落到胡人手裡，只能當妾，當妾，你知道嗎？趙佶的妃嬪、女兒、兒媳等，好幾百人，都成了胡人的妾，受糟蹋受蹂躪，你知道嗎？」他從衣袋裡取出一頁紙，看著紙上的記錄，繼續說：「不說趙佶的妃嬪、兒媳，單說他的女兒。她們都曾是金枝玉葉，那能又怎樣？茂德帝姬趙福金、柔福帝姬趙多富（又名嬛嬛）歸了斡離不，順德帝姬趙纓絡歸了黏沒喝，洵德帝姬趙富金歸了完顏設也馬，惠福帝姬趙珠珠歸了完顏斜保，嘉德帝姬趙玉盤歸了完顏宗磐，榮德帝姬趙金奴歸了完顏昌，安德帝姬趙金羅歸了完顏闍母，儀福帝姬趙圓珠歸了完顏宗弼，寧福帝姬趙串珠歸了完顏宗雋。她們的身分都是妾，實是奴僕，沒有任何尊嚴可言。保福帝姬趙仙郎、仁福帝姬趙香雲、賢福帝姬趙金兒，這三人都是十六歲，不堪凌辱，已被折磨致死。另有幾個帝姬尚未成人，只能到洗衣房洗衣服，罰服苦役！」張邦昌說到這裡，又手指李師師，說：「你說，我若把你也送給胡人，你能有好果子吃嗎？」

師師冷笑，說：「我是個妓女，雖然下賤，但不媚外，不賣國，不把胡人叫爹叫爺。你把我送給胡人，無非是為了討好主子，求得幾根骨頭啃啃。行，我成全你，我去金國，讓你主子扔給你很多很多骨頭！」

師師說著，起身，看也不看張邦昌，舉步走向殿外。張邦昌快氣瘋了，臉形扭曲，嗓音嘶啞，咆哮道：「劉升，備車，將這個女人送去青城，交給胡人！」

一陣忙亂，師師登上馬車。劉升不解，進殿問張邦昌說：「青城已無胡人，陛下是……」張邦昌咬著牙，詭祕地說：「嚇唬嚇唬她，只要她回心轉意，就再回來。」

劉升奉命，帶領前一天那夥人，騎馬護擁著馬車，緩緩馳出皇宮，馳出內城，馳出新酸棗門，馳上通往青城的大道。師師坐在車上，心如止水，往事歷歷，一件件在眼前浮現：兒時出入勾欄，七歲入籍倡家；師從周邦彥學藝，十四歲成了「東京之花」；十五歲進香豔樓小唱，因燕青有了妻子，嚮往與憧憬破滅，憤世自戕，開始接客；二十歲包花周邦彥，當了兩年小女人小婦人；二十三歲遭遇貴客，住進滄巫樓；二十七歲會見宋江，促成梁山英雄招安；其後是艮岳複道，是烽火狼煙，是金軍南侵，是亡國劫難；把皇帝的所有賞賜用於勞軍，將名畫《清明上河圖》送還作者，力主香豔樓及早關門，讓身陷青樓的姐妹們從良……她想，她這年三十四歲，以色藝雙絕而獲得榮耀，又以色藝雙絕而招致禍秧。從東京隱蔽到喬村，原想退出江湖，遠離塵囂，然而時乖命蹇，還是落入惡魔之手。胡人也好，張邦昌也好，都不會放過自己，自己只有以死相爭，絕不受辱！她的眼前，又掠過一張張熟悉的面影：娘（燕嫂）、燕青、李蘊、李茵、周邦彥、竹竹、菊菊、趙佶、趙福金、蟬兒、璇兒、虎子、英子……她微笑著輕聲說：「沒有什麼可留戀的，也沒有什麼可後悔的，走吧，走吧！」她從懷中取出鋒銳的剪刀，看了看，然後雙手握把，猛地刺進咽喉。鮮血飛濺，鮮血流淌。瞬間玉殞香銷，一縷芳魂，飄飄搖搖去了冥國……

劉升發現馬車上有鮮血流出，忙叫停車。他撩起車廂門簾一看，只見師師跌落在車廂裡，剪刀扎進咽喉，血污狼藉。他伸手去探師師的鼻息，鼻息已無。劉升萬沒想到會出現這種情況，讓同夥停在原地等候，自己策馬返回城裡，向張邦昌報告。張邦昌還在鸞鳳殿，指望李師師能回心轉意，聽了報告，氣得臉色鐵青，呵斥道：「你等是幹什麼吃的？竟讓個大活人大美人死在馬車上！」劉升哭喪著臉，陪著小心說：「我等，我等……那現在怎麼辦？」張邦昌惡惡地說：「怎麼辦？予要的是活人，不是死人！她罵予連條狗都不如，那就把她的屍體扔在河灘上，餵狗去！」說罷，氣哼哼走出鸞鳳殿。

杜德杜公公從姓田姓梁兩個老宮女口中獲知最新消息，又敬佩又悲傷。敬佩的是師師有血性有骨氣，寧死也不屈從於邪惡勢力；悲傷的是一個色藝雙絕的名妓，就這樣含恨辭世了。他慌忙來到皇宮大門外。女扮男妝的蟬兒從巳正（上午十時）起就等候在那裡了。杜德未開口先落淚。蟬兒心慌，忙向：「怎樣？」杜德說：「師師死了。」蟬兒雙腿一軟，險些跌倒。璇兒、柯宏、喬農就在不遠處，急急跑了過來，得到的回答同樣是剜心之痛一句話：「師師死了。」

杜德簡約轉述兩個老宮女偷偷告訴他的鸞鳳殿發生的事情。璇兒滿臉淚水，說：「師師姐，你死得慘死得冤哪！」蟬兒也是滿臉淚水，說：「現在得找到師師姐遺體，將她安葬才是。」於是，他們一起走向新酸棗門。璇兒呼喚虎虎，拍拍它的頭，說：「找師師姐，懂嗎？找師師姐！」虎虎好像聽懂了，歡快地跑在他們的前後左右。

杜德說，新酸棗門通往青城，只有一條大道；劉升他們送師師去青城，也肯定走此大道；按時間計算，師師應是在十餘里外的鳳凰坡附近絕命的，那麼她的遺體，應被扔在那裡的河灘上。杜德分析的沒錯，當他們順著大道，向北走出十餘里時，虎虎嗅出地上的幾滴血跡，向著璇兒大吠。璇兒對它說：「快，找師師姐去！」虎虎飛快跑向河灘，不一時又一陣大吠。眾人也跑向河灘，師師的遺體果然在那裡。她的臉上、衣服上、手上都是血污，那條乳白色披巾染上的血污，已成了紫黑色。她戴的一副翡翠耳環不見了，顯然是被劉升一夥摘去了。

璇兒、蟬兒撲在師師屍身上放聲大哭。杜德和柯宏、喬農商量：死者入土為安。安葬是不可能的，只能就地埋葬。前方好像有個小鎮。喬農去鎮上買回一把鎬兩張鍬。在河灘岸邊選擇一塊向陽的高地，三人掄鎬揮鍬，挖掘起墓穴來。

璇兒、蟬兒把師師屍身放平，給她整理好長髮，整理好衣裙。將手帕去河水裡沾濕，細心擦去她臉上的咽喉的手上的血污。璇兒邊擦邊說：「姐，你死得苦啊！我本想把你運回喬村安葬，可無車無船，沒法運哪！這地方聽說叫鳳凰坡，你是一隻鳳凰，就在這裡安息吧！今天也無法給你焚燒冥錢，等我回家，我，虎子，英子，一定給你焚燒很多很多冥錢。」蟬兒也邊擦邊說：「姐，你這一生，光想著他人，關愛他人，視錢物如糞土，自己死後，連個棺材、壽衣、葬地都沒有。這不公平，不公平哪！你風華絕代，你才藝超人，這本應是女人的驕傲，可是它卻成了你不幸的根源。姐呀，來生來世，你千萬別太美貌，別太多才藝。女人無貌是福無才是德，這話有一定道理啊！」

璇兒、蟬兒擦淨師師屍身。師師顯得安祥、恬適、寧靜，好像累了睡著了。璇兒取下自己戴的白玉耳環，給師師戴上。蟬兒取下自己戴的花銀手鐲，給師師戴上。二人再將那條染了血的乳白色披巾展開，蓋在師師的臉上和身上。

墓穴已經挖好。杜德和喬農抬了師師，頭北腳南，放進墓穴。璇兒、蟬兒跪地叩頭，痛哭呼喊：「姐呀！姐呀！」三個男人往墓穴裡填土，填平，又在地面壘個小小的墳頭。這時已是酉正（下午六時）時分。天色陰沉，烏雲濃重，忽然一道閃電，空中傳來隱隱的雷聲。四月初響雷是很罕見的現象。悠悠蒼天，大概是為師師之死鳴不平吧？

有風吹過，快下雨了。璇兒、蟬兒、杜德、喬農、柯宏含淚，告別師師，一步一回首，返回城裡。虎虎又跑回去，圍繞墳頭轉圈，連聲大吠。它想喚醒師師回家，可師師已聽不見它的吠聲，只能留在鳳凰坡，獨自長眠在陌生而荒涼的河灘上了……

古時有「天子死社稷」之說，意謂社稷在，天子在；社稷亡，天子死，以死殉社稷。然而宋徽宗、宋欽宗可沒有那種風範，貪生怕死，苟且求活，所以注定要蒙受羞辱。趙家父子長途跋涉，抵達金都會寧府。斡離不、黏沒喝引二人跪謁金太祖阿骨打廟，算是「獻俘」。繼引二人跪拜大金國皇帝。金太宗高坐於乾元殿，威風八面，鄙夷地封宋徽宗為昏德公，宋欽宗為重昏侯。趙家父子還得叩頭謝恩。宋徽宗的妃嬪、女兒、兒媳等，盡成胡人侍妾，就連四十七歲的韋妃，也歸了蓋天大王完顏宗賢所有。

張邦昌因佔有李師師的圖謀落空而懊惱，但仍做著偽楚國偽楚帝的美夢。忽有報告：康王趙構五月一日在南京（今河南商丘）即了皇帝位，仍用宋國號。趙構新建的宋朝可是正統王朝，偽楚國偽楚帝的「偽」性盡顯。張邦昌慌了，也混不下去了，不得不撤銷國號帝號，去南京向趙構請罪，開脫責任說：「所以勉循金人推戴者，欲權宜一時以紓國難也，敢有他乎？」滿打滿算，偽楚國偽楚帝僅僅存在四十多天，就灰飛煙滅，貽笑大方。數年後，李綱舊事重提，上書痛斥張邦昌「國破而資之以為利，君辱而攘之以為榮」，是犯了「僭逆」大罪的「亂臣賊子」。張邦昌又牽扯到一起淫穢案件，趙構詔令將他賜死。

趙構遙尊淪為俘囚的父兄為「二聖」。他也是軟骨頭、膽小鬼、窩囊廢，南逃定都臨安，是為南宋高宗。他口口聲聲要迎還「二聖」，卻又偏安一隅，奉行投降政策，重用奸臣秦檜，殺害名將岳飛，聽任父兄在金國蒙羞受辱。金天會十三年（西元一一三五年），昏德公趙佶孤苦寂寞，病死在五國城（今黑龍江伊蘭東）。重昏侯趙桓比父親多活了二十六年，金海陵王完顏亮惡作劇地命他為「騎將」，驅馬狂奔，以為笑樂。趙桓狂奔落馬，一命嗚呼。

趙佶在五國城時作有不少詩詞，格調轉向凝重、哀怨、淒涼。他聽說了李師師的死訊，百感交集，五味雜陳，寫下絕句《悼師師》：

苦雨西風歎楚囚，香銷玉碎動人愁。

紅顏竟為奴顏恥，千古青樓第一流。

「楚囚」與「奴顏」，係趙佶自指。他苟活成了「楚囚」之後，方認識到自己是一副「奴顏」——奴才相、懦弱相、卑微相，李師師因此竟也蒙受自己所蒙受的羞恥，以致凜然自殺。她呀，真乃「千古青樓第一流」人物！

元代修成的《宋史》評述趙佶：「恃其私智小慧，用心一偏，疏斥正士，狎近奸諛。於是蔡京以獧薄巧佞之資，濟其驕奢淫佚之志。溺信虛無，崇飾遊觀，困竭民力。君臣逸豫，相為誕謾，怠棄國政，日行無稽。及童貫用事，又佳兵勤遠，稔禍速亂。他日國破身辱，遂與石晉重貴（後晉石敬瑭之子，即位後亡國，成為遼國俘囚）同科，豈得諉諸數哉？……自古人君玩物而喪志，縱欲而敗度，鮮不亡者，徽宗甚焉。」評述趙桓：「享國日淺，而受禍至深，考其所自，真可悼也夫！真可悼也夫！」至於張邦昌，則入《叛臣列傳》，「冠屨易位，莫甚斯時」，他的名字，永遠釘在歷史的恥辱柱上。

相比之下，世人同情李師師，讚美李師師，崇敬李師師。南宋時就有很多野史，記述李師師的事蹟，產生了佚名作家的傳奇小說《李師師外傳》。該外傳專寫李師師和宋徽宗的交往，結尾評論道：「李師師以娼妓下流，猥蒙異數，所謂處非其據矣。然觀其晚節，烈烈有俠士風，不可謂非庸中佼佼者也。」明代，《水滸傳》中寫到一個美貌、善良、樂於幫助梁山英雄的李師師。梅鼎祚的《青泥蓮花記》記述了包括李師師在內的多位名妓，「青泥蓮花」，明顯脫胎於《愛蓮說》語意，稱譽李師師等「出淤泥而不染，濯清漣而不妖」。清代，黃廷鑑編輯《琳琅祕室叢書》，稱讚李師師「饒有烈丈夫概……可爭輝彤史也。」民國時期，魯迅校錄《唐宋傳奇集》，《李師師外傳》入選其內。蔡東藩編著《宋史演義》，將宋徽宗和李師師進行比較：「名為天子，不及一妓，雖決黃河之水，恐亦未足洗恥。」河南省開封市北郊一個墓塚，被認為是李師師墓。新時期以來，有一首歌頌李師師的七律詩廣泛流傳：

芳跡依稀記汴梁，當年韻事久傳揚。
紫宮有道通香窟，紅粉多情戀上皇。
孰料胡兒驅鐵馬，竟教佳麗死紅羊。
靖康奇恥誰為雪，黃河滔滔萬古殤。

「紅羊」，指中國古代八卦運數中的紅羊劫，多發生在農曆丁未年（天干「丁」在五行中屬火為紅色，地支「未」在十二屬相中為羊），為諸多劫難中最大的劫難，無法破解和避免。李師師身上，有韻事有劫難，色藝雙絕，烈性芳魂，世人還會同情她，讚美她，崇敬她，繼續講述她的故事她的傳奇……

絕代名妓李師師／張雲風著. -- 一版.-- 臺北市：
大地, 2015.10
面： 公分. --（歷史小說：33）

ISBN 978-986-402-092-8（平裝）

857.7 104016881

絕代名妓 李師師

歷史小說 033

作　者	張雲風
發 行 人	吳錫清
主　編	陳玟玟
出 版 者	大地出版社
社　址	114台北市內湖區瑞光路358巷38弄36號4樓之2
劃撥帳號	50031946（戶名　大地出版社有限公司）
電　話	02-26277749
傳　眞	02-26270895
E - mail	vastplai@ms45.hinet.net
網　址	www.vastplain.com.tw
美術設計	普林特斯資訊股份有限公司
印 刷 者	普林特斯資訊股份有限公司
一版一刷	2015年10月

大地

定　價：320元